延安情结

中共广州市委党史研究室
广东省延安精神研究会　编
广州市延安精神研究会

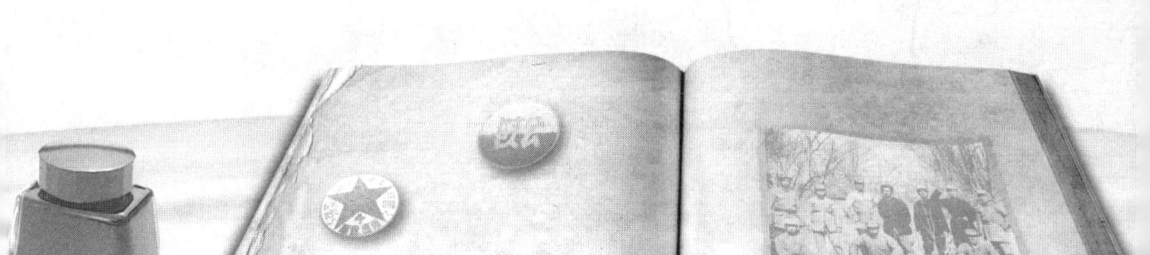

南方出版传媒
广东人民出版社
·广州·

图书在版编目（CIP）数据

延安情结／中共广州市委党史研究室，广东省延安精神研究会，广州市延安精神研究会编．—广州：广东人民出版社，2018.12（2023.7 重印）
ISBN 978-7-218-13335-5

Ⅰ．①延…　Ⅱ．①中…②广…③广…　Ⅲ．①革命回忆录—作品集—中国—当代　Ⅳ．①I251

中国版本图书馆 CIP 数据核字（2018）第 300675 号

YAN'AN QINGJIE
延安情结
中共广州市委党史研究室
广东省延安精神研究会　编
广州市延安精神研究会

出 版 人：肖风华

责任编辑：卢雪华
特邀编辑：老嘉琪　黄美珠
封面设计：邵家雅
责任技编：吴彦斌　周星奎
制作统筹：广州六宇文化传播有限公司 Guangzhou Liuyu Culture Communication Co., Ltd.

出版发行：广东人民出版社
地　　址：广州市越秀区大沙头四马路 10 号（邮政编码 510199）
电　　话：（020）85716809（总编室）
传　　真：（020）83289585
网　　址：http://www.gdpph.com
印　　刷：三河市华东印刷有限公司
开　　本：787mm × 1092mm　1/16
印　　张：30.25　　**字　数：**442 千
版　　次：2018 年 12 月第 1 版
印　　次：2023 年 7 月第 2 次印刷
定　　价：68.00 元

如发现印装质量问题，影响阅读，请与出版社（020－85716849）**联系调换。**
售书热线：（020）85716833

前言

延安——陕北高原上的一座古老山城。1935 年，中共中央、中央红军以及毛泽东等老一辈无产阶级革命家来到此地，把这里作为革命的大本营。在这里，中国共产党人肩负起人民的希望，高举抗日救国的大旗，唤醒了多灾多难的中华民族，从此延安便成为了举世闻名的中国革命圣地；在这里，党中央和毛泽东运筹帷幄，作出关系中国命运前途的一系列重大决策，为夺取抗日战争和全国解放战争的胜利奠定了坚实的基础，孕育了伟大的延安精神。延安犹如一座灯塔，照亮了中国人民的前进道路；又像一块磁铁，吸引着千千万万革命青年，投入到抗日战争和解放战争的洪流中。“黄河之滨，集合着一群中华民族优秀的子孙。人类解放，救国的责任，全靠我们自己来担承……”中国人民抗日军事政治大学的校歌，正是当年延安生活的真实写照。

从 1935 年到 1948 年，来自海内外的千千万万热血青年和爱国知识分子，怀着赤诚之心和爱国热情千里迢迢奔赴革命圣地——延安，在这片特殊的热土上，经受了血与火的考验和锻炼。与此同时，一批批受党组织派遣的各级干部也来到延安工作与学习。他们进入各院校和相关部门熔炼，学习各种知识和技能，他们中的很多人参加了难以忘怀的中共七大、大生产运动以及延安文艺座谈会、延安整风运动等，政治理论水平和思想道德素质得到极大提高。抗日战争胜利后，他们从延安这个大熔炉里走向全国各地，在祖国的大地上燃起了革命的熊熊火焰，为中国革命、建设和改革立下不朽功勋，其中一些延安干部在南中国的广东留下了人生的印记。

从曾经在广东地区工作过的延安干部来看，他们中有在中央谋划全局的，有为广东省、广州市的建设贡献力量的，有各行各业的领军人物，也有一直在基层默默奉献的，甚至还有没留下姓名与文字材料的无名英雄。他们对党和人民的贡献是不可磨灭的。不论是在艰苦卓绝的革命战争年代，还是在如火如荼的社会主义建设时期，或是在高歌猛进的改革开放新时期，他们既是延安精神的创立者，也是延安精神的践行者。令人惋惜的是，这一批延安干部，多已去世，个别在世的也已是耄耋之年。因此，及时抢救这段历史记忆，总结他们的人生经验、弘扬他们的高尚情操，对于丰富党史资料征集与研究意义深远，也是党史部门和延安精神研究会义不容辞的责任。

《延安情结》是《他们从延安走来》系列书之一，本书收录了反映在广东省工作、生活、学习过的延安干部的70余篇文章。本书以延安为主线，根据资料的来源途径分为三部分：一是“延安灯塔　指明方向”，主要收录延安干部本人撰写的回忆文章；二是“延安道路　紧跟党走”，主要收录延安干部的战友或他人撰写的文章；三是“延安精神　不忘初心”，主要收录延安干部子女、孙辈、亲友等撰写的文章。这些朴实无华的文章，重现了战争年代的画卷，讲述着一个个史诗般的故事，让我们仿佛走进那段激情岁月，去吟唱“浩浩延河水汹涌奔腾，巍巍宝塔山直插苍穹”的诗句，去感受延安干部心中挥之不去的延安情结；抗大的窑洞、枣园的灯光、杨家岭的大礼堂、王家坪的会议室、南泥湾的稻香等等，这些红色记忆在我们面前越来越清晰和立体。

“几回回梦里回延安，双手搂定宝塔山。”延安情结已深深镌刻在延安干部的生命中。如果说，中国共产党的光辉实践铸就了延安精神，那么延安干部的延安情结则传承了延安精神。延安精神的主要内涵是坚定正确的政治方向，解放思想、实事求是的思想路线，全心全意为人民服务的根本宗旨，自力更生、艰苦奋斗的创业精神。因此，延安精神承载的不仅是一种精神，更是中华民族的优良传统……

目　录

延安灯塔　指明方向

延安道路　紧跟党走

延安精神　不忘初心

延安灯塔　指明方向

王　德

王德，1906年出生，福建龙海人。1926年加入中国共产主义青年团，次年转入中国共产党。1938年到延安，后任中共中央组织部科长、中共中央晋绥分局组织部副部长、八路军第一二〇师独立旅政委、中共雁门区委副书记。中华人民共和国成立后，历任中共粤西区委第二书记，中共粤中区委、广州市委第一书记，』中共广东省委书记处书记，中共中央中南局候补书记，中共广东省委书记。是中共七大、八大代表。1996年6月30日逝世。

延安岁月

王　德

我于1938年5月初到达革命圣地——延安，住在中央组织部的招待所。到延安不久后，我有幸聆听了毛主席作《论持久战》的报告。参加报告会的有200人左右，地点在延安城内唯一的一间小礼堂。后来我才知道，毛主席凡有重要的著作或重要的指示要发表，总是首先向延安的高级干部作报告，或在其他会议上先作报告，等过一段时间再发表。他说这样做是征求大家的意见。我认为这是一个方面，另一个方面也是先向大家打个招呼，让大家有个思想准备。毛主席在向我们作《论持久战》的报告后，大约过了一个多月，作了一些文字上的修改，《论持久战》就正式发表了。发表后即轰动全国。我听了毛主席的报告之后，相当长一段时间心情都不能平静下来，浮想联翩。首先感到激动难忘的是，这次亲眼看到了伟大领袖毛主席的风采，亲耳聆听了毛主席的教导，从内心里感到一种从未有过的兴奋；觉得我们党和中国人民有毛主席这样伟大的领袖，是我们党的骄傲，是中国人民的幸福，是革命事业胜利的保证。其次是对抗战的前途充满了胜利的信心。毛主席在报告里讲得有根有据，运用摆事实、讲道理的方法，以理服人，令人信服。《论持久战》是引导全国人民抗战必胜的指路明灯。我们深信：中国抗日的司令部在延安，而不是在重庆。我坚信：在毛主席的领导下，抗日战争一定能胜利，也一定会胜利。再次是提高了自己的思想认识。《论持久战》是一篇不朽的革命名著，虽说的是军事上的问题，但其实包含着看一切问题的思想方法。过了不久，我又读到了《实践论》和《矛盾论》这两篇光辉著作。我认为这三篇著作完全可以相提并论，都是论述辩证唯物论和历史唯物主义的光辉哲学著作。

我到延安后，将到绥远和组建挺进军先锋队的经过向陈云同志作了汇报。我先被分配在中央组织部干部科，约两个月后被调到中央组织部训练班工作，这个训练班简称为组训班。任务是对从中国人民抗日军事政治大学、陕北公学毕业的一些新党员，以及在外边工作回来和在某些机关工作的新党员进行党的基本知识的训练。每期训练时间为 3 个月。根据陈云、李富春同志的指示精神，组训班的组织机构很精干，实行党政合一，设主任 1 人，主任下设总支委，总支委内设书记和组织处、宣传处、秘书处。各处设处长 1 人，并依照工作实际需要设干事若干人。在总支隶属下又设行政处，主要管行政事务及生活上的事情。组训班的学员根据人数的多少每期分为若干队，由总支委管理。第一期和第二期都是男学员 2 队、女学员 1 队。这两期的学员每期有 200 人左右。第三期学员最多，有 400 多人，比前两期增设 1 个男队。各队有工作人员 3 人，即队长 1 人、副队长 2 人。各队的队长兼支部书记，副队长则分别负责组织和宣传工作。组训班第一期的主任是由中央组织部地方科长（当时中央各部委都不设处，部下来就是科）刘锡五兼任（他是我在北平草岚子胡同监狱的战友），我任总支书记。第二期和第三期均由我任主任，曾固同志任总支书记。刘锡五于第一期结束后即回中央组织部，后派往地方局巡视。

组训班课程的主要内容是党的建设、中国革命问题、怎样做一个共产党员以及工作方法等。第一、第二期的教员都是请各单位的人来讲课。有中央宣传部的杨松、吴亮平，中央组织部干部科科长王鹤寿、秘书长邓洁。还有陈云、李富春同志也常来。一般是上午讲课，下午讨论，有时是一天或两天讨论一次。

第二期组训班快结束时，遇上日寇飞机轰炸延安。组训班的地址在城隍庙，城隍庙坐北向南，右边是山坡。这里也是新华书店、银行的所在地。那天刚好是星期天，来往的人格外多。敌机从东而来，又是大雪过后，地面上一片白茫茫，人走在雪地上是一个个黑点，目标非常明显，成了敌人轰炸的重点，因此有一些伤亡。敌机轰炸的时间是上午 9 时左右，因是星期天，早饭后组训班的学员大部分到东门外抬白菜尚未回来。敌机轰炸时，组训班的学员只有一位姓路的女学员被炸伤，后因患破伤风而死亡。敌机一连两天都是在上午轰炸，每天在上空盘旋两圈、炸两次。第一圈轰炸前正值我与一位学员岳坤谈话，她原是民国北平市市长秦德纯的家庭教师。抗战爆发后来延安学习，在党校已毕业，拟去晋察冀工作，我在北平地下党工作时已与她认识。组训班的学员和工作人员住的都是平房。敌机快临空时，大家才知道是空袭来临，我马上逐房查看，检查是否有人还在宿舍，并催大家赶快离开，到与我们相连的马海德、李德的窑洞躲避。这时敌机已在上空投弹，第一圈轰炸过后，我才离开驻地进入窑洞。

自从第一天被敌机轰炸之后，延安城里的机关、商店和居民连夜往城外疏散。后来在南门外依山挖洞，开辟了一条颇为热闹的市集街道。组训班的学员也从轰炸的第二天起，到北门外的山沟防避敌机，等过了午后才回来。作为临时措施，不失为一个办法，但长期下去总不是良策，不但妨碍学习，而且人心也难以安定。在这种情况下，组训班决定第二期提前结业，并决定第三期在城外举办。为选择地址，我们走了几天山沟，最后确定在龙耳寺这个地方。龙耳寺位于延安城南门外，出了南门沿大路走 20 华里（1 华里 =500 米，下同），往西进山沟再走 10 华里。

我们利用那里的庙宇，再借用一些民房，但还是不够住，就雇请人挖窑洞解决问题，挖一个窑给 10 元钱。后因人逐渐增多，增加了一个行政队，有一百四五十人，窑洞也就挖多了，但晚上仍然住得比较拥挤。

中央机关大多均已迁到北门外，组训班与之相距约 30 多华里之遥。第三期的教员来源比较困难，除了陈云、李富春和王鹤寿同志各来过一两次外，许多课都是由我讲。后来中央组织部派了一名叫张松的教员来讲课，他在苏联学习过，主要讲一些马列主义的基本原理及在苏联的一些见闻。我主要讲党的建设。张松一个星期讲 2 天课，我一个星期讲 4 天课。第一、第二期我讲课不多，可以随学员参加听课，第三期我是讲课的主角。组训班的日常工作基本上都由曾固同志负责。我整天都是忙于备课、写讲义、讲课。工作环境迫使自己不得不加紧看书学习。每晚坐在木炭火盆旁边看书学习，边写讲义，几乎天天到半夜之后才休息。只有碰上开会才进城，即到北门外中央组织部。

由于组训班的学员大部分是大学生或中学生，在外边思想大多比较进步，也或多或少参加了一些实际工作，思想比较活跃，工作热情也比较高。如果他们在训练班中学不到东西是会有意见的。这也增加了我备课、讲课的压力，讲课非要有一定的水平不可。在这段时间，我为了备好课、讲好课，简直是废寝忘食。虽然很辛苦，却学到不少东西。可惜这些讲义后来均丢失了，只记得主要讲了党的组织及基本原则、党的思想作风。记得比较清楚的是讲授了下列九个专题的课：（1）阶级、政党；（2）党的指导思想；（3）民主集中制；（4）党的秘密工作；（5）为共产主义奋斗到底；（6）群众观点；（7）统一战线；（8）党的建设；（9）党的作风。

在办班的过程中，我每期都要找一些学员，请他们谈各地的革命运动和国民党统治区的情况。一方面对我备课有帮助，另一方面可以互相交流，这也是学习的一种好办法。从第一期开始，我们便以班组为单位，组织学员进行交流和讨论。每位学员都要将自己的经历和经验、教训在班组里作介绍。如参加学生运动、战地服务团，在部队、解放区或国民党统治区工作的情况等，并让大家充分讨论，在讨论中进一步总结经验教训。同时结合上课的内容，谈自己的心得、体会。然后选其中讲得比较好的学员，在各队学员大会上发言，再选更好的在全体学员大会上作报告介绍。这是一种很好的学习方法，可以扩大每个学员的视野，了解其他地区的情况，也提高了学员的思想认识。

第三期组训班结束之前，即1939年1月底，上级调我回中央组织部任地方科科长，接替刘锡五同志的工作。中央决定组织一个包括党、政、工、青、妇的考察团到北方局晋东南考察，由刘锡五任团长。考察几个月回来后，又决定派他到北方局任组织部部长。

我任地方科科长的时间是1939年2月到1941年6月底。后来中央决定成立党务研究室，地方科合并于党务研究室。由王若飞任研究室主任，我任研究员。我在中央党务研究室工作一年多，于1942年8月初跟随林枫同志到晋绥工作。

当时地方科的工作任务是很艰巨的，一方面自己工作能力有限，另一方面环境也十分困难。地方科主要是研究党的工作，即各个不同地区党的组织工作和基层支部工作。当时因交通不便利，加上通信落后，对各解放区的情况难以了解，对大后方和敌占区情况掌握则更加困难，所以难以提出带战略性的建议。如在解放区一定时期应放手发动群众，大力发展党员；在敌占区应精干隐蔽等问题。在工作中，深入实际后则比较容易了解问题。如后来我到了晋绥根据地二地委工作，经过调查研究，很快就了解到晋绥二地委存在的问题是群众暂时没有发动起来，二地委党委与部队之间存在矛盾等。这样，情况了解后，解决问题就有的放矢了。实践经验证明的结果常常是，对某一问题的看法，在上面是这样，而到下面深入实际了解后，感性认识会更加丰富、充实，对过去的看法可能会随之变化，甚至产生另一种完全不同的看法，处理的办法也会有所不同。所以，经常深入基层，找下面的干部、群众多谈心，多听多看，是一个领导者的主要工作方法。严格地说，我在地方科的工作不算称职，但却是一个很好的学习机会，对我的帮助很大、能力得到提高。主要包括三个方面：

第一，由于当时党中央、毛主席的一些重要指示大体上是先向延安的高级干部作报告或打招呼，并组织讨论。所以我有幸能够聆听中央首长和毛主席的教诲，并在讨论中有机会和陈云、李富春等同志一起发表自己的看法。像这样的学习机会是很难得的。

第二，中共七大本拟于1940年召开（后来延至1945年）。召开前即1939年冬至1940年春，全国各地的代表陆续到达延安。陈云、李富春同志趁这个机会，分别请代表们汇报交流各地的情况。同时还邀请部分解放区的党委负责人，各带1名地委负责人和1—2名县委负责人及支部书记汇报工作、交流情况。这样，上、中、下各层的干部都有，既可以了解、掌握各级组织的工作情况，比如各级是如何贯彻落实中央的方针、政策的，在贯彻过程中碰到的困难和问题是如何解决的等等，又可以了解和考察各级干部的素质，掌握干部的情况。我参与这些工作，丰富了不少知识，提高和增强了自己认识问题与处理问题的能力。尤其是在陈云、李富春同志的身边工作，从他们身上我学到了不少好思想、好作风、好方法。

第三，毛主席在延安曾组织中央有关负责同志学习哲学，也邀请过一些对哲学有研究的同志进行交流。陈云、李富春同志也参加了毛主席组织的学习。他们学习回来后，也组织了组织部的学习哲学小组。①

我们通过参加哲学小组的学习，回到各科也组织干部学习，形成了一股学习哲学的热潮，学习的气氛很浓。在学习中，既谈哲学上的问题，也联系实际谈中国革命的现状以及目前工作中的具体问题，做到有的放矢。在讨论中，大家畅所欲言，有什么就谈什么，怎么想就怎么说。通过讨论，运用集体的智慧去解决在工作中碰到的问题。我个人的学习方法是，以问题为中心进行学习。如学习列宁著作时，我不是一本书一本

---

① 陈云同志在1987年7月17日《身负重任和学习哲学》的谈话中说：“那时，中央组织部成立了一个学习小组，一共六个人，有我、李富春、陶铸（当时任王稼祥的政治秘书）、王鹤寿、陈正人、王德。”

书从头到尾去读，而是围绕问题，把相关的篇目集中起来读。比如说对于农民问题，则把所有有关农民问题的文章都集中起来，然后按时间顺序先后联系俄国每个时期革命形势来进行阅读。

1943年王德从延安到晋绥后，在山西保德县，时任晋绥二地委书记、二分区政委的留影

我名义上虽然读了高中，但高中没有毕业，因闹学潮被校方列为“共党嫌疑”分子开除出校。后来在白区工作也难以有学习的机会，文化程度不算高。在我漫长的革命斗争岁月里，有两个短暂难忘的学习时期：第一个时期是在北平国民党监狱坐牢期间，看了很多书籍，增加不少传统文化特别是历史的知识；第二个时期便是在延安，虽然在延安期间，我没有进中国人民抗日军事政治大学、陕北公学、中央党校、马列学院学习，但在延安这个革命的摇篮里，在毛主席、陈云、李富春等中央首长的直接领导下工作，我还是学到了不少的东西，事实上也等于是进了一次党校。

（节选自中共广州市委党史研究室编：《王德回忆录》，广州：广东人民出版社，2001年版；文章由王德儿子王晋鹏提供，本书编辑时内容有删节）

云广英

云广英，原名云昌旭，曾用名云清、林秀生，1937年4月周恩来副主席为其改名为云广英，1905年11月出生于海南文昌县朝奎村。1930年加入中国共产党。曾参加第三、第四、第五次反“围剿”和红军二万五千里长征。到达陕北后，任红军大学政治组织部科长。抗日战争时期，历任八路军驻广州办事处主任、延安军政学院高级班指导员、中央军委编译局副局长兼俄文学校副校长等职，当选为中共七大代表。中华人民共和国成立后，先后任广东省委交通部副部长、广东省经济委员会副主任、广东省计划委员会副主任、广东省统战部副部长、广东省第四届政协副主席、广东省人大常委会副主任。是第五、第六届全国政协委员。1990年病逝。

从延安到广东

云广英

1936年冬，我从西安回延安参加中国人民抗日军事政治大学高级班学习。在学习班中的同学，多数是参加过长征的战友，我感到非常兴奋。1937年4月间，李克农同志到学校来同我聚首座谈。他说：“你去年到广西向李宗仁、李济深等进行统战工作，颇有成效。你把李济深给毛主席的信带回来，毛主席看后很满意。目前全国各地抗日运动迅猛发展，形势很好，党中央最近决定要派老干部到广东开展抗日运动。你是‘广东佬’，到广东去工作很适合，你有什么意见……”我立即笑着回答：“共产党员是革命的工具，为党工作的需要，我服从党的决定，没有意见。”过了几天，李克农同志带我到杨家岭中央办公厅时，周恩来副主席、朱德总司令和叶剑英参谋长指示我的工作任务。

1937年，原红七军部分人员在延安合影。前排左起第一人是卢永克，第二人是张震球，第三人是李干辉；后排左起第一人是云广英，第二人是陈英，第三人是莫文华，第四人是张云逸，第五人是韦杰，第七人是冼恒汉

周副主席在谈话中，首先精辟地分析了国内外的形势，接着强调加快开展华南，特别是广东地区抗日运动的重大意义。临别时他指示我说：“你去广东工作，可把云清的名字改为云广英。”

叶参谋长说：“你到香港后，尽可能购买一部电报收发机使用。这事可到澳门找柯麟先生帮助解决。他在澳门是有名望的医生，是一位同情我们的进步人士。”

朱总司令紧紧地握着我的手说：“你是广东人，熟悉地方情况，出去工作很好。”

翌日，李克农同志给我指示说：“你可偕同爱人陈英同志先行，不久中央还会派些同志到香港。你们走的路线仍经过天津，找王世英同志会面。”他还与我约定以后同中央通电报的密码及通电呼号和波长。准备工作办好后，于4月初，我们就动身离开延安，经西安到天津。

我到达天津的第二天，找到了王世英同志，他很高兴地同我聚谈。我把中央派我到广东的工作任务向他报告后，他详细地跟我谈了广东方面的抗日运动情况。过了三天，王世英同志带我去看刘少奇同志。少奇同志在中央苏区担任总工会领导工作时，我已认识了他，一见面就握手欢谈。他化装穿着很美观的丝绸长袍，看起来很像个大商人，我一看到不禁欢笑起来。我把中央派我到广东的任务同他汇报后，他对有关抗日统战工作的问题指示说：“目前全国与华南的抗日运动发展很快，形势很好。北方局去年已经派孔志成（薛尚实）同志在香港工作，他任中共中央南方临时工作委员会书记，你到香港要去找他，他会给你情况和工作上的帮助，请世英同志介绍你同他联系。”少奇同志的指示以及世英同志提供的情况，给了我工作上很大的启示和帮助。

我离开天津，途经上海到达香港，住了两天，就与孔志成同志会晤。他很亲切地同我聚谈数次，了解到广东抗日运动正在蓬勃地开展，极为兴奋。过了几天，孔志成同志把我公开的身份介绍给救国会负责人李章达、民族大同盟的领导人陈铭枢、十九路军军官云应霖，以及谭平山先生等，进行抗日统战工作。我分别到他们的住宅走访，向他们宣传党的抗日民族统一战线的方针、政策，他们均表示赞成和拥护，而且正在积极进行抗日群众运动。

但是，在我同陈铭枢交谈当中，碰到一个引起争论的问题。他说：“国共合作，一致抗日，我是赞成和拥护的，这点我没有什么异议。不过我认为，蒋介石是不可靠的，所以我们提出‘反蒋抗日’的口号来进行活动。”我则认为他提出这个口号是错误的，同我党提出“联蒋抗日”的方针有原则区别。我说，在西安事变之前，我们党的方针是“迫蒋抗日”，西安事变和平解决之后是“联蒋抗日”。因为蒋介石在与张学良、杨虎城两将军和谈时，已经允诺张、杨所提的六项条件，其中重要的一条是“停止剿共，联合红军抗日”，这些情况陈先生你是知道的。

在目前全国各地抗日运动正在发展的情况下，再提出“反蒋抗日”的主张是欠妥的。我认为不是蒋介石他一个人的问题，他掌握着国民党的军队，统治着广大的地区……如果现时还提出“反蒋抗日”的主张，那就不利于团结国民党中的抗日力量，不利于团结全国各界人士实现全面的抗日斗争，而且还很可能为汉奸、亲日派所利用来制造分裂，发动新的内战。我向他全面详细地阐明我们党的方针、政策，但是由于他与蒋介石过去有私仇，一时难以改变观点，只是勉强同意。到七七事变抗日战争全面爆发后，他才改变了自己的错误观点。当时，中共中央南方临时工作委员会正在积极进行培训干部工作，一连开办了几期训练班，浦特（饶彰风）同志要我去讲课，我在干训班讲了两次课，主要是讲抗日群众运动和抗日游击战问题，受到学员们的欢迎。

（节录自云广英：《抗日战争时期的八路军广州办事处》，中共广东省委党史资料征集委员会、中共广东省委党史研究委员会办公室编，广州：广东人民出版社，刊登在广东党史资料第四辑，1985 年版，第 93 页；本书编辑时文字、照片有所改动）

文　迅

文迅，1918年6月出生，广东潮安人。1943年加入中国共产党。1936—1938年在香港读高中；1938年8月到陕北洛川中国人民抗日军事政治大学总校报到；1938年9月至1939年7月在中国人民抗日军事政治大学第一分校学习；1939年8月至1940年4月任八路军总部特务团团部秘书；1940—1943年在第一二九师新一旅轮训队当干部教员；1943年在中国人民抗日军事政治大学第六分校当政治教员；1949年任平原省联立沁阳师范学校校长。1950年任中共中央华南分局党校组教科副科长，1956年任中共广州市委文教部文教处处长，1962年任中共广州市东山区委副书记、区长，1974年2月至1983年12月任中共广州市委党校副校长，1984年起任中共广州市委党校顾问。2010年12月28日在广州逝世。

“抗大”第一分校的生活片段

文　迅

我们是在1938年9月中旬到中国人民抗日军事政治大学（简称“抗大”）第六大队学习的。当时抗大第六大队驻在洛川城西北一带的村落，大队部驻在猴子头村。大队长是韦国清，政委是黄欧东，政治处主任是张正光。第六大队领导下有3个支队，每个支队约有4个中队，另外还有1个女生队。我们被分配在第三支队第十一中队第九班。第三支队队长是陶汉章，政治协理员是铁坚。第十一中队队长是黄景深，指导员是李宁。我们的中队驻在离洛川城11华里（1华里=500米，下同）的蒋村。这个村子有100多户人家，中间有一条黄土小巷贯穿全村。我们第九班共10个人，其中有6个是来自广东的同志：陈远高、陈宏、苏孟云、陆荆、王仕强、文迅；有4个是来自上海的同志：吴象、张鸿书、钟琪、程历痕。大家都是为了共同的理想而走到一起的，一见面马上就亲热起来。我们班被分配住到村头一个土窑洞里。这个土窑洞的外形已经相当旧，里面空荡荡没有东西，门楣和几面墙壁都有些残破。窑顶上是一片平场，并有几片菜地。我们把窑洞的里里外外都打扫干净后，去老乡的家里借来麦秸和芦席打地铺。这个地铺，除了供全班同志集体睡觉用之外，同时也供全班同志开会和学习用。开会时，大家席地坐在一起发言；写字时，每个人把自己的被子叠成一个小四方形作写字台。我们当时对于初到抗大的这种生活方式是挺惬意的，认为这是到革命的队伍中来，是处在战时的环境中，需要这样。有的同志还认为，这好像是在过着原始时代的穴居生活，很有趣。

抗大教职学员均住窑洞，这是学员宿舍

过了两天，是九一八事变7周年纪念日，在当天下午，全队同志都去到村边的打麦场上集合，开纪念会。我们坐在田埂上发言，愤怒控诉日本帝国主义侵略中国的罪行，唱起《松花江上》等抗日救亡歌曲。大家越唱声调越洪亮激愤，东北的同志想起自己的家乡沦陷后的悲惨情景，难过得声泪俱下，悲泣声与歌声混成一片，全场的人情绪异常激动。

我们初到抗大的时候，对于抗大中的生活和一切事物都感到很新鲜，宛如到了一个新的世界；感到人与人之间的关系发生了很大的变化，自由民主的气氛很浓，待人说话都很和气，上下级之间、同志与同志之间，都充满着平等、团结、友爱的气氛，与老百姓的关系也是很亲密融洽。我们经常帮助老百姓打扫院子，做一点事情，把村子里的周围环境都打扫得很干净，道路都修理得很平坦整齐，还把老百姓屋前屋后的墙粉刷一新，写上了鼓舞人心的抗战标语，充满了浓厚的抗战气息。

刚到抗大时，每天下午夕阳西下的时候，同志们都自动走到村边的打麦场上集合，练习唱抗大的校歌和抗战的革命歌曲。“黄河之滨，集合着一群中华民族优秀的子孙……”嘹亮的歌声，伴随着一阵阵的秋风，在陕北的黄土高原上，在我们所驻的这片土地上，在各个村落的上空回荡着。

过了一个星期后，我们全体学员便开始过起抗大紧张的军事学习生活了。每天东方的天空刚泛出鱼肚白，便听到值班排长吹响的尖锐而清脆的哨音，从村头到了村尾，划破天空，唤醒还在沉睡中的整个村落。我们纷纷赶紧起床，叠被子，整理内务，以最快的速度跑到村头的打麦场上集合、出操，以整齐雄壮的步伐迎接陕北高原上早晨的太阳。抗大的生活，每天从早晨起床、出操、上课、劳动，到野外军事演习，晚上开讨论会，都是安排得很紧凑。除了晚饭后有一个半小时的自由活动外，几乎是没有一点儿空余的时间。早晨出操，每次吃饭、上课，晚上点名等集体活动，都必须以最快的速度跑去集合，每次集合都要唱革命歌曲，同志们都很活泼而又严肃。白天上课，晚上还要开学习讨论会，互相交流学习心得，来加深对课程的理解和巩固记忆。每周末还有一次民主生活会议，由各人主动汇报自己在这一周来的思想、学习、生活、劳动等情况，坦率诚恳地开展批评与自我批评，互相帮助进步。当时的课程，分有政治课和军事课两种课程。我们初期在洛川的这段时间，主要是先学习政治课，学习马列主义的社会科学知识和中国的现代革命运动史。当时在抗大上课没有课本，也没有课室，一般都是由教员讲授，学员做笔记（有时也发些补充材料）。向老乡借来一块门板作黑板，一张小桌子、一张小凳子给教员讲课时用，教员就开讲了。学员则坐在地上听，把笔记本放在自己的双膝上做笔记。冬天时就找一个四周都有墙能够避风的地方，夏天则在村外找一块树荫比较大的平地。

我们初到洛川时，白天尚比较长，每天还是吃三顿饭，可以吃到白菜、萝卜、豆腐，又有大米饭吃，过了一段时间，还可以改善生活，吃到肉，而且每月还发给每人两元零用钱。大家领到两元零用钱的时候，就跑到洛川城去买牙刷、牙膏之类的日用品，而且还可以到饭馆去吃上一碟扬州炒饭、一碗拉面，我们是挺高兴的。但是过了一个多月后，武汉失守，不能运大米来了，便改为吃小米饭。在改为吃小米饭的当天下午，又是头一次改为吃两顿饭，许多同志都嚷肚子饿了，盼着早开饭。可是当真正盼到开饭的时候，小米饭却做得又干又硬，我们这些从南方初到北方的同志吃起来，简直像嚼沙子似的，很难下咽。以后便经常挨饿，有时饿得急了，便跑到厨房向炊事员同志要锅巴来吃。除了吃饭的问题外，当时在陕北用水也很困难，我们所喝的水必须跑到10余华里的小水沟去挑。早晨洗脸，也要在出操后跑到那里去。特别是到了冬天，小水沟已经结成冰，洗澡、洗衣服就更困难了，因此同志们的身上都长出了虱子。有一次晚上，班里在开讨论会，陈远高坐在火炉边，边烤火边摸虱子，把虱子放进火炉里烧，烧得噼噼啪啪响。第二天早晨起来，他还与我们开玩笑说：“昨晚战果辉煌，消灭了敌人110多个！”我们听了都哈哈大笑。

陕北高原不仅平时到处都刮起风沙，刮得遮天蔽日，村子里的屋顶上、人们的身上都披上了灰尘，出门一定要戴口罩；而且到了冬天，寒风凛凛，沁人肌骨。每天清早出操，站在操场上，耳朵、手指、脚趾，被冻得像针扎似的痛，有时还要卧倒在地上，握着一根冰冷的枪杆学瞄准，这就更难受了。当时在抗大的生活，是很紧张而又艰苦的，但是同志们的情绪都很高涨，朝气蓬勃，感到生活在这样的革命环境里很有意义。我们队里的俱乐部，经常组织大家写墙报，周末举行娱乐晚会，定期开展体育比赛、演讲比赛，在支队部、大队部演戏等，各式各样的文艺、体育、政治活动开展得非常活跃。

有一天，朱德总司令从前方来洛川，向我们作报告。朱德同志，人们一直是把他当作传奇式人物看的。我们在香港看电影时，在纪录片中看到他率领部队上抗日前线的英姿，同时又看到他平时与士兵在一起生活的情景。他所穿的衣服和普通的士兵一样，作风也是完全和普通的士兵一样，没有一点总司令的架子，这使我们感到很惊奇，也感到很佩服，我们非常尊敬他。那天下午，我们忽然接到队部通知说，朱总司令到洛川来了，要向我们作报告。同志们都很兴奋，提前吃了晚饭，集合出发。当我们赶到了大队部的操场时，看见整个会场都已经坐满了人，很肃静，没有听到有人说话的声音，大家都静悄悄地、高度集中精神等候朱总司令的到来。隔了一会儿，朱总司令穿着一件深灰色的普通旧军装，在大队部领导同志陪同下走进会场来。他神态很从容真实，来到一个临时搭起的讲话台上，站着向我们讲起前方的军事形势和国内的政治形势。他从头到尾讲得很生动，态度很自然，全场不断爆发起一阵又一阵的热烈掌声和欢笑声。讲了一会儿，天渐渐黑下来，大队部负责同志提过来一盏马灯放在他旁边，又拿过来一件旧呢大衣给他穿。他把那件大衣接过后，随手披在肩膀上继续讲。最后，他以自己在旧社会中的亲身经历来开导我们，说明在战争环境中的生活虽然很艰苦，特别是从广东来的同志会感到很不习惯，但这是为了国家和人民的解放事业，很有意义。他指出，抗战一定能够胜利，将来共产主义一定能够实现。他说他一想起将来人类最美好的共产主义社会能够实现，就感到很大的安慰。朱德同志的崇高形象，一直受到我们的衷心敬仰，他当时讲话的内容，后来也一直成为在困难中鼓励我们前进的力量。我们班里的同志谈论起来，都对朱德同志的这种自然真实、平易近人的作风佩服得五体投地，都说：

“这才是真正的平凡中的伟大啊!”“这才是真正做到了‘唯大英雄能本色’!”吴象是我们班里最小的一位同志，他的口才很好，在我们队中举行演讲比赛时获得第一名，平常在练习演讲的时候，好模仿一些著名人物的姿态动作。他听了朱德同志这次讲话后对我们说：“像朱总司令这样的作风很自然，我以后不再去学习那些矫揉造作的东西了。”

全体学员都是来自海内外各地，所穿的服装形形色色，大部分是穿学生装，但也有的是穿西装、军装、长袍，有的女同志还穿着旗袍。到了冬天，组织给每个人统一发下棉衣、棉帽，穿上后，又在腰间系上一条皮带，脚上打上绑腿，便统一整齐了起来。面貌焕然一新，完全是一个“新八路军”了，所有的人都笑逐颜开。

过了两个半月，有一天清早醒来，忽然看见窑洞外面有许多雪花在天空中飞舞，我和陈远高、陈宏、王仕强马上起床，跑到窑洞顶上去观看，只见整个村子的地上和屋顶上都覆盖了一层厚厚的“银毯”。原来黄沙滚滚的黄土高原，忽然变成了漫天遍野的白茫茫大千世界，村子里原来许多光秃秃的树木，都变成了一棵一棵美丽纯洁的白色珊瑚。过了一会儿，全班的同志个个都跑上来。从南方初到陕北的同志，目睹了北国这种壮丽的风光，无不喜得手舞足蹈起来，有的在诵诗，有的在唱歌。

过了几天，我们的队部接到上面的通知说，党中央决定，我们抗大第六大队和其他的大队，以及陕北公学部分学员迁到敌人的后方晋东南去学习。说这是到战争的环境中去学习，能够更好地理论联系实际。同志们听了都很高兴，纷纷响应党中央的号召，马上进行了轻装，把原来带来的皮箱、衣服等东西都进行了清理减少，并且练习打背包，做好行军的准备。

出发那天早晨特别早，我们都还在熟睡中，就被起床号惊醒了。大家立即起床、打背包、拾掇东西，把窑洞里面和外面打扫干净，然后把向老乡借来的门板、麦秸等东西送还给了老乡。那天，我和陈远高值日，便端着铁盆，踏着很深的雪，到伙房去打饭菜。这一天由于起来得很早，对于行军生活不习惯，嘴里是苦的，吃起小米饭又苦又涩，比往时更难下咽。虽然明知要行军，不吃饱会挨饿，但是也只能像填鸭子似的填个半饱。在天麻麻亮的时候，我们的队伍就集合出发了。路上的积雪深得几乎没过膝盖，我们迎着凛冽的朔风在雪地上行走，人们呼出的气体，很快便在两鬓角结成霜雪。每个人身上都背着笨重的背包，又在两个肩膀挂上挂包、水壶、打饭时用的铁盒等用具。在雪地上艰难地行走着，寒风不断夹着雪粉向人们的脸上扑来，耳朵、手指、脚趾的疼痛比往日早晨出操更严重了，还有那两只手掌痛得不知往哪里藏才好。隔了一会儿，两只胳膊也感到麻木得有些僵硬了。太阳从地平线升起来时，在白皑皑的原野上放射出闪光耀眼的万丈光芒，地上的积雪也开始渐渐地融化了，人们在路上所走的脚印也越来越深，变成了一个一个泥淖。人们脚上所穿的鞋和袜都灌进了泥浆，身上所背的背包和两个肩膀所挂的挂包、水壶、铁盆等都在不停地晃动，发生互相碰击，发出了“咯噔咯噔”的声音。渐渐地，两只手腕和两只胳膊被摩擦得有些破了，两只脚底板也被磨得起了血泡，人们在泥泞的道路上蹒跚走着。在中间休息时，由于附近没有村庄，到处都是冰天雪地，泥泞不堪的道路，无法找到一块干净点的地方把背包放下来，便只好坚持把背包背在身上，站在原地上，把冻得已经冰冷了的水壶水倒出来，喝几口，就算作是休息了。

头一天行军，因为很多人都没有经过行军的锻炼，缺乏经验，而且遇到刚下过大雪，路上很不好走的情况，走起来很困难，所以只走了30多华里路，下午便在路旁找村子宿营。我和王仕强跛着脚走进路边的一个屋了里的时候，看见我们班里已经有几位同志先到了，都把背包放在堂屋地上，又在地上铺了一堆高粱秆，让后面到来的同志休息。我们的副班长张鸿书正带着两位同志在老乡的厨房里烧开水。我和工仕强把背包放下来后，四肢伸直躺在高粱秆上，两只眼睛直望着屋顶，我说了一句：“原来我们的行军是这样的艰苦！”王仕强说：“听说红军二万五千里长征，爬雪山、过草地的时候，没有东西吃，连树根和皮带都啃了，还要赤着脚在冰天雪地里，在荆棘丛生的山岭上与敌人搏斗，比我们的艰苦真不知要多多少倍哩！”陈远高听到了，马上走过来说：“我们这是来到了时代的大熔炉中锻炼啦!”他每次和我们谈起抗大的艰苦生活的时候，总是喜欢说这一句话，大家听了都深有同感。

我们的行军经过三四天后，路上的积雪渐渐融化了，腿部和肩膀经过锻炼后，也渐渐不痛了，从初时的每天走几十华里路，增加到了最多时达一百几十华里，每天晓行夜宿，经过了无数的村落。路过甘泉县境时，各支队伍都在离延安60华里的“六十里铺”会合。抗大总校副校长罗瑞卿、八路军参谋长滕代远等领导同志来给我们作报告，鼓励我们去敌人的后方学习。宣布到了晋东南成立抗大第一分校，由何长工担任第一分校校长，率领去晋东南。我们原来以为还要去延安，但是党中央决定不去延安了，便从甘泉县翻过大崂山，经过延长县、延川县过黄河。到了延川县境的郭家河一带村落休整了几天，在那里过1939年元旦，做渡黄河的准备。队长和指导员反复向我们动员，要我们加强敌情观念，预防过黄河时敌人空袭，在乘船过黄河时，严格遵守统一指挥。我们来到黄河边一个山坳里的村子隐蔽了起来。次日早晨，沿着山岭走到黄河边的一个山顶，从上面望下去，看见黄河水从上游滚滚奔流过来，河水很浑浊，夹着无数深黄色的泥沙，河水深黄得有点发红，翻起来的浪花也是深黄色的，黄河在两岸群山的怀抱中。河边结起一层厚冰，许多先到的同志在溜冰，正玩得兴高采烈；有的同志则坐在沙滩上休息。我们下去后，等到快晌午时才开船，没有敌机来空袭，冬天上游的河流比较小，河面大约只有六七十米宽，河流很急，船很快就顺着水势划过去了。过了黄河就是山西省的境界。下了船，在沙滩上走了好久才上岸，又沿着山下的岸边走了很长的一段路。然后便往山沟里走，这时太阳早已经从高山的背后落下去，山沟里渐渐昏暗了起来。这一带很偏僻，村庄很少，又小又分散，离敌人的据点又近，日本鬼子和汉奸时常出来骚扰，所有的老百姓都逃光了。我们进到村子里没有见到一个老百姓，家家户户都实行了空室清野；进到老百姓家里，都是四壁空空如也，连一块床板也找不到。我们从清早走到了夜里，没有吃过东西，既饥饿又疲乏不堪，想要稍歇息一会儿也没有时间。我们的班长从队部回来说，由于大家住得太分散，不能集体做饭了。我们在乌灯黑火里进行了分工，有的跑到山沟对面去领米回来做饭，有的抬桶跑到10余华里外的水沟去抬水，有的跑上山去找高粱秆回来打地铺。等到我们把这顿饭做出来，吃完，已经是午夜12时了。但是由于所住的这个地方，离敌人据点近，敌情严重，必须提高警惕，所以同志们都没有脱下棉衣、棉裤，只简单解开背包，盖着被子，便在高粱秆上躺了起来。这一夜的放哨，加了一个流动哨，成为放双人哨，因此也就轮流得很快。我方躺下片时，睡得正昏昏沉沉中，便被唤醒了。我在漆黑的夜里，跟着那位来叫我的同志，走过村子里的一条小巷，向站在村边放哨的同志接过任务。他把手中的步枪交给我，用很低的声音对我说："队部通知，这个地区经常有武装汉奸来活动，必须加倍提高警惕。在这样的夜里，一般老百姓是不会到这里来的。如果看见有人影或听到有人的脚步声走过来，就应立即喊口令，对方不回答口令，或者口令回答不对，就应开枪。"他说到这里，又补充说了一句："这是为了保证整个队伍的安全。"我紧握着刚接过来的步枪，立即站到了他所站过的那个比较隐蔽的位置上，看见他俩的身影很快在黑暗中消失后，密切注视着几个重要的路口和他所指过的方向，察看和谛听着有没有人走过来。这正是隆冬腊月的寒夜，从黄河边刮过来的飕飕冷风，一阵又一阵在呼啸着，真是刺透人肌骨。风儿好像有意在捉弄人似的，一股劲地往我身子空隙里钻，一会儿钻进袖子，一会儿又钻进裤腿……我抖擞起精神来迎接风儿的挑战，早把这几天来的过度疲劳和睡魔统统驱赶到九霄云外去了，全神贯注盯着各路口，想着如何完成今夜的站岗任务。

我站岗完成后，把任务交给下面来替我的同志，走回自己所住的房子，摸着自己原来所躺过的位置躺了下去，很快就进入梦乡里。但又是没睡多久，又是睡得正昏昏沉沉中，便被班里的同志猛然推醒了。我睁开眼睛时，看见房子里已经点起一盏豆油灯，在忽明忽暗地摆动着，我们的副班长张鸿书坐在我的旁边笑着说："老文，赶快起来，你大概太疲劳了吧！我们接到队部的通知，现在所住的这个地方，离敌人的据点很近，随时有受到敌人袭击的可能，必须提早离开。”我听了立即起来，跟着班里的同志们打背包、拾掇东西，走出外面去做饭。这天早晨的这一顿饭，也是和昨夜的一样，只在饭里放了一些盐，没有菜吃，草草吃罢，就赶紧集合出发了。队伍一个紧跟着一个，在黑咕隆咚的山沟里的石头路上行走着，只听到脚碰石头的声音，没有听到有人说话的声音。这一夜，所有的人实际上只睡了两三个小时，都是由于过度疲乏和睡眠不够，所以便一边走路一边打起了瞌睡，迷迷糊糊、跌跌撞撞地跟着前面的同志走着，不是你撞到了我，便是我撞到了你。有不少人是边走路边进入梦乡里。走在我前面的王仕强被石头绊倒过很多次，我看见他在前面扑下去了，立即用手去拉他，自己也被那块石头绊倒下去。在夜里行军中摔跤，这本来是司空见惯的了，但是在这天的凌晨却是特别的多。有一回王仕强跌进路旁一个小水沟里，我和两个同志费了好大功夫才拉了他上来。晌午，坐在山顶上休息，喝开水的时候，陈远高和他开玩笑说：“老王，你当时梦见周公了吧？”王仕强也不甘示弱，回答说：“老陈，我梦见了周公，你呢？你有没有梦见在香港游山顶公园？”逗得大家哈哈大笑起来。

我们的队伍从陕北渡过黄河后，就进了晋西南，沿着吕梁山脉，在永和县、隰县等几个县的边境绕道行走，然后从灵石至介休这段同蒲铁路通过敌人的封锁线。日本帝国主义占领了山西省大部分地区后，在同蒲铁路沿线和汾河流域建立起星罗棋布的据点，企图以此来分割我们各个根据地之间的关系，封锁我们经过。我们要往晋东南，就必须通过这条封锁线。听说在我们刚过了黄河时，就已经有汉奸向驻灵山石城的敌人司令部报告了。敌人在我们尚未过去前，就已经进行过军事演习，所组织的火力网可以消灭这一带的死角，平均每平方米能打过一颗子弹。这就是说，只要我们的部队从那里经过，敌人所组织的火力就可以消灭我们。当时我们抗大的学员和工作人员共3000多人，男男女女，绝大部分是没有战斗力的青年学生，莫说是打仗，如果是枪声响了，队伍乱起来了，走散了，那也是很难收拾的。可是八路军朱德总司令却打来电报命令说，这3000人都是宝贝，必须保证都安全到达目的地，一个也不能丢失。这对于率领我们的队伍过敌人封锁线的领导的军事指挥艺术，真是一个很严峻的考验。

这几天来，为了使我们的行动不被敌人发现，我们一直都是在人烟稀薄的深山里行军，走了很多弯弯曲曲的山路，把白天行军改为夜里行军，白天休息。临过封锁线那天，我们经过重新休整，在山脊上走了两个小时，来到一个四周环山的高山坳里面集结。这个山坳里面没有一户人家，只有一个风景清幽的古庙。我们的队伍陆续到达后，在一面山坡上按次第坐下来，待命出发。为了不暴露目标，所有的人都不准说话、不准抽烟。这时太阳开始从西边的山头落下去，阳光渐渐从底下往山头上收缩，山坳里阴暗了下来，几千人坐在一起，没有听到一些儿声音，气氛好像特别紧张似的。出发时，队伍从山坳里翻上了山头，从山上望下去，下面是一片大平川，对面是一群大高山，大家都猜想到，到了下面就是要过封锁线了，心情既兴奋又紧张。但是由于离得太远了，视线模模糊糊，对村落、铁路、公路、河流都看不清楚。我们从一个又高又陡的山坡走了下来。忽然看见对面的山坡上有人在烧火，烧起一股白烟，接着又在其附近冒起第二股、第三股白烟。大家都在猜想，这很可能是我们自己布置的，是指引我们队伍前进方向的信号。当我们走到下面山脚时，天已经完全黑了，连对面人的脸孔也看不清楚了。这时又走过一大片梯田。为了预防有人掉队，或者发生敌情走散了，认不清自己的队伍，带队的同志布置，在每个人的右胳膊上绑一条白毛巾作为标志。

由于田间的地形复杂，又是在夜里行军，很容易失去联络、走错路，而且在这一带地区离敌人的据点都很近，容易被敌人发觉，所以我们的队伍便都放轻脚步，一个跟着一个，在田野里小心地行走着。时而拐左，时而拐右，时而往上，时而又往下。忽然发现有人走得慢了些，拉开了一段距离，后面的同志便着急起来，马上嚷着："快！快！快！快跟上去！"一片紧张的声音，一阵急步地追了上去。但是隔了一会儿，被前面带队的同志听到了，马上又一个挨着一个，从前面传过来说："往后传，不要说话，注意跟上队伍，把脚步放轻点。”在这个夜里，连续发生这样的事情不知有多少次，有时在前面碰到一个小坑、小沟，前面的同志走得慢了，许多人便拥挤在一起；有时过了小沟后，前面的同志走得快些，把后面的同志的距离拉远了，后面的同志为了接上去，又一阵急跑了起来。我走了一段时间后，浑身感到累，脚下面的布鞋绑被挤宽了，走起来松松垮垮，老是要从脚跟掉出来，一面要紧跟着队伍走路，一面又要兼顾脚下的鞋，走起来很不对劲，但又没有空隙停下来整理，所以越走越累。正在着急的时刻，忽然又听到了：“往后传，走错了！”前面带队的同志急掉头转了回来，后面的同志也马上跟着急转了回去（当时带队的同志走在前面，在黑黝黝中，突然看见有一个人影站在前面，头部戴着一顶钢盔，他意识到这是敌人的哨兵，他走到敌人的警戒线了，便立即急掉头转了回来）。于是我们的队伍，又在黑茫茫的田野中转着，转了好久，才走到了下面的汾河边。那时天空上的镰钩月已经开始在云层中羞羞答答地露出脸儿，照在河面上有一丝儿微弱的光辉，隐隐约约可以看到河面已经结成冰，有人在河面上铺了木板和高粱秆让人们踏着走过去。同志们走到汾河边后，都立即跑了起来，我也跟着跑了过去。跑过汾河后，又沿着河边一条公路往右面继续跑着。跑得快的，往前面跑掉了；跑不动的，掉了下来。我跑了一会儿，两条腿发软，气喘吁吁地，只是在原地上踏步，没有一点前进，有些同志从后面赶过来，对我说：“快跑呀！这是一条公路，日本鬼子会乘车从公路上追过来呀！”我说：“我已经跑不动了！”在公路上站了一会儿，觉得已经有一点气力了，才又和几个像我一样落在后面的同志，沿着公路慢慢地走了起来。我干脆把脚上的两只布鞋脱了下来，用手拿着，赤着脚走路，反而觉得没有原来那样累赘了，好走些了。这时，看见天上的月亮已经离开云层，照在地上的景物，已经可以看得比较清楚了。忽然看见在我们左边公路有一条铁道出现在我们的眼前，大家的心情都为之震动了一下，有一位同志说：“这就是我们所要过的敌人封锁线——同蒲路呀！”大家都意识到了最危险的地方，能够走得快一点，就应尽量走得快一点。但是，谁也没有气力能走得快一点，只能够一步一步地挨着走了过去。过了铁路，再往前走，便看见一条石砌的路通往一个山冈，我们便从这条石砌的路，一级一级地撑着走了上去。看见在上面路口，正有几位同志坐在路旁的石头上休息，我们上去后，刚坐了下来，忽然便有一位同志哇啦哇啦地吐了起来。这时我们的副班长张鸿书也从后面走上来了，他是在后面搞收容队工作的，看见了我，非常高兴，问起我是怎样掉了队的，为什么两只手拿着两只鞋，赤着脚走路？我把我原来是怎样掉队的情形告诉了他。说着，又从背包里取出来另一双布鞋换穿了上去。他指着山冈上面的一个碉堡对我们说："你们看，在我们大家的头顶上面有什么东西？这是敌人的碉堡呀！离我们这里是多么近！我们还是赶快离开这个地方吧！"我们大家听了，都抬头往上面望了望，大约也就是百来米远的光景，敌人若从上面开枪的话，是很容易就打到我们的。但是我对他说："这有什么办法呢，我们这些人实在是走不动了，只有再休息一会儿才能走啊！"我劝他在前面走，告诉一下我们自己的队伍，我们过一会儿就可以跟上来了。其实，在这个夜里，我们所经过的地方，何止是在这个山冈上面的这个碉堡呢？一路上附近的碉堡，有的是离我们有两三里远，有的是离我们有几百米远，比较近的也就是和这个山冈上的差不多。

我们的副班长张鸿书在前先走了以后，我和在路旁的几个同志再坐了一会儿，都感到自己的身体恢复得有一点气力了，才重背起背包走起来。从山冈路口走下去，看见在下面有一条河水流过来，哗啦啦响，却没有结冰，比我们原来所经过的那条河似乎还要大。在河边又有一条比较平坦宽阔的石砌路，我们在月光下不慌不忙走着，也觉得比较好走了。走到了前面，看见我们的中队正停在路旁清点人数。我们班里的同志看见我也跟上自己的队伍了，都非常高兴。问起我是怎样掉了队的，我方答了几句，吴象跑了过来，把他的水壶盖打开，按下我的头说："赶快喝水吧，不要说话了。"我仰起头喝了几口，感到今晚上的水实在太甜了。各人原来身上带的水都早已喝光了，吴象这壶水是从河里灌上来的。大家一直沿着河边走着，不断把水壶拿到河里盛水来喝，这一夜所有的人不知喝了多少河水。有的同志说："我们真要把这条河喝干了。"

我们从那个山冈下来后，大约又走了两三个小时，才走到了里面靠绵山根的静升镇，在镇子里歇息。静升镇是属于晋西南盆地中一个比较富裕的地区，许多房子都是用当地有特色的青砖盖的，很整齐美观。我们走进老百姓的家里，个个都感到很高兴，里面的房子既宽敞干净又有暖坑，暖坑前都有烧得很旺的煤炉，正在烧着开水，老乡待我们也很热情。我们把背包卸下来，一面烧开水，一面吃干粮，原来过封锁线时的那阵艰苦紧张的气氛现在消失了。这个镇子离灵石城只有三四十华里，在地形上受到灵石城及同蒲路附近敌人据点的合围，如果敌人出来包围我们，两三个小时内便可到达。所以我们只在那里待了几个小时，连背包也没有解开，天方微亮，就赶紧吃饭集合出发了。当时灵石城及其附近据点的敌人为什么没有出击呢？这是由于率领我们过封锁线的领导人打了个调虎离山的战术。通过情报工作，获知我们的队伍过了黄河，汉奸曾向灵石城的敌人报告了消息，同蒲路沿线据点的敌人曾经进行过军事演习以后，我们这边就将计就计，故意放出空气说，我们过黄河的部队有一个师的兵力，带了很多重武器准备在当晚进攻灵石城，让汉奸再把这个消息报告了灵石城的敌人。灵石城的敌人得到我们这个假情报后，便立即把周围据点的大部分兵力都调回去灵石城，准备防守灵石城，沿同蒲线上的据点，只留下很少的兵力在死守。在当时那样的情况下，我们过路的部队如果不先开枪打他们，他们也是不会主动先开枪打我们的。那个晚上，上面只派了一个营的作战部队，在一些重要的路口以及附近的敌人据点下面掩护我们，我们便安然无恙过去了。当时担任掩护我们任务的营长，看见我们全部人员连最后一个也都走完了以后，他便向天空打了一个信号弹，通知担任掩护任务的部队全部撤退。在他打信号弹的时候，因不小心把自己的身体露出了掩体，结果附近据点的敌人打了一排子弹过来，使他的胳膊受了轻伤。后来我们的领导人去医院慰问他的时候，对他胜利完成掩护任务进行了表扬，但也批评了他在处理这个问题时缺乏敌情观念。他当时在处理这个问题如果没有这点麻痹大意的话，我们全体人员在这次过封锁线，可以说是丝毫没有受到损失。

抗大学员跨过千山万水，突破敌人重重封锁，挺进敌后前线

那天早晨，我们离开静升镇，在田野上行军时，敌人的飞机曾来侦察过几次。我们看见敌人的飞机飞过来了，便都在田野里隐蔽，敌人的飞机在上空兜了几个圈子，大概没有发现什么目标就走了。可能是灵石城的敌人被我们施了一个迷魂阵，弄得晕头转向了。

绵山，真是绵绵不尽！我们在来绵山之前，上面就反复讲过，要做充分的准备，绵山又高又远，山上的气候变化很大，常常冻死人，无论如何必须在中午之前过了山顶。早晨，我们在山脚的田野上走了一段路后就上山，在山下迂回曲折绕着，还没有上到半山时，肚子就觉得饿了，但到了半山腰才宣布休息。姚天纵从别的班跑过来看我们，我们几个广东的同志凑在一起，坐在一块大石头上，你觑我，我觑你，都愕然，看见每个人的脸部由于近来的过度劳累而憔悴如土青色。大家翻开了用毛巾裹着，周围已经结成一层薄冰的小米饭来充饥，又去旁边的水沟敲了几块冰来吃。王仕强笑着说："我看这里的冰块，比香港安乐园的冰激淋还好吃啦！"陈远高笑着说："你们还想吃冰激淋吗？等革命胜利了，我请大家美美吃一番，而且还有其他更好的哩！”说得大家又乐了起来，活跃了起来。我们这些人遇到了困难的时刻，总要憧憬着革命胜利后的美好远景。

在半山腰休息了半个小时，队伍又继续往山上爬，到了晌午时分，都疲惫不堪了。这时真是到了寸步难行的境况，都是低着头咬紧牙关往山上跨步。我背着背包，只觉得自己昏昏沉沉的，使尽气力往上走着，走完了一步算一步，下意识这样想着：“走完了这一步之后，就不再走了！”但走完了这一步，又继续对自己鼓劲：“还是再走一步吧！”……不断地如此一步又一步地坚持着，好像在这个时候多走了一步，便有多走了一步的胜利。走到离山顶尚有二三十米的斜坡时，身不由自主地往前扑了下去，好像在这一刹那间，大脑休息了几秒钟，然后被后面的同志拉了起来。现在说起来也感到奇怪，好像顿然间感到睡醒了似的，再走时就不再瞌睡了。过完了山顶，一直下山，身体也感到比较有气力了。一路上，走了很长的山脉，没有见到一户人家，也没有见到一个老百姓。下到山底，已是夜里八九点钟了，忽然见到一个老乡挑着一担红萝卜从山谷走过来，我向他要了两个，洗干净，吃到了肚子里，忽然感到有气力起来，好像再多走些路也不感到怎么疲乏了。这一天过绵山，共走了130余华里，才在深夜找到了村子宿营。

过了绵山，走出山沟，便往晋东南走。那边绝大部分是平原地区，一路上有许多村子，气候也比较暖和，离敌人也比较远了。转入正常行军，白天走路，夜间休息，每天走七八十华里路，以至百来华里路，不觉得有何困难了。两条腿也锻炼得像一部机器似的，只要哨子响，一声出发，两条腿就会很自然地开动起来。所有的人经过一个余月的行军锻炼，身体也普遍感到比原来结实了。从陕北洛川出发，包括中间的几天休整，共42天，就到达晋东南潞城县。我们在潞城县故漳镇过了春节。过完春节，我们抗大第六大队与其他大队，以及陕北公学的部分改编，正式宣布成立抗大第一分校。校长是何长工，副校长是周纯全，训练部部长是韦国清，政治部主任是黄欧东。我们原来的中队被编为第一营第四中队，驻在故漳镇，原来的队长、指导员、排长都调换了。队里各班的学员也在本队内作了调整，我和吴象依然是同一个班，被分配在第六班。抗大第一分校与八路军总部、中共中央北方局等领导机关都驻得很近。抗大第一分校开成立大会以及开其他的大会时，朱德总司令、北方局书记杨尚昆、八路军副参谋长左权等经常到会讲话。当时彭德怀副总司令在大后方与国民党谈判，回来前方时，也来向我们作报告。我们在洛川时上的课，基本是政治课，到了晋东南后，开始有系统地上军事课，有连队的专职教员，讲游击战术和军事上的基本知识。我们经常进行军事演习，在白天或晚上打野战，学习如何在作战时利用地形地物，撩手榴弹、打靶。在夜里还演习紧急集合，由学员轮流当班长、排长。校部领导经常下连队观察学员们的演习。何长工校长亲自向我们讲军事课，讲抗日战争和国内战争中的一些典型战例，还讲他们当时怎样率领我们过敌人的封锁线，讲得很生动，很受学员们欢迎。在政治课方面，有哲学课，党建、中国革命的基本问题。八路军宣传部也定期来向我们作形势报告。到了晋东南后，每个队、每个班都分配了土地开荒种菜，生活方面得到了改善，时常可以吃到自己种的菠菜和磨的豆腐。俱乐部的写墙报、周末晚会、民运工作、唱歌等活动也很活跃，同志们的生活都过得很愉快，政治气氛很浓。很多同志经过抗大第一分校这近10个月的学习锻炼，而被组织吸收加入中国共产党。在抗大第一分校的这段历史，给我们留下了极其深刻的印象，抗大为中国革命培养人才作出了重要的贡献。

（节选自内部编印的《文迅文集》，第16—38页；文章写于1997年7月，本书编辑时增加照片）

方　华

方华，原名罗晌，1912年出生于广东省和平县热水乡农民家庭。1938年4月加入中国共产党。1932年3月参加革命工作，1939年11月被选为中共七大代表。历任广东省和平县农会主席、中共和平县委书记、中共抚顺市委民运部部长、抚顺市工会主席、中共辽东三地委组织部部长、安东市总工会主席。1949年随军南下，历任广州市军管委企业管理处处长、广东糖业管理局局长、中共湛江市委书记兼市长、中共中央华南分局工业部秘书长。1955年先后担任茂名石油公司筹建处主任、茂名石油工业公司党委书记兼经理、南海石油勘探指挥部党委书记、中共茂名市委书记。1983年任中共广东省顾问委员会委员、茂名石油工业公司顾问。1986年5月离休。1999年7月12日在广州病逝。

我参加中共七大的经过

方　华

1938年3月，中共中央政治局决定召开第七次全国代表大会。1939年11月前后，中共广东省委在韶关召开第四次扩大会议，选出广东出席七大代表。1940年前后，全国各地的七大代表都陆续到延安集中，而正式会议却于1945年4月23日至6月11日才在延安召开。这次大会经过4年的准备，全党在思想路线、政治路线和组织路线上都得到了统一，全党的团结达到了空前的高度。因而在大会之后，全党执行七大制定的路线，很快就取得抗日战争和新民主主义革命的胜利。我被选为七大代表，参加这次伟大的会议是党给我的光荣使命。对此，我是永远忘不了的。

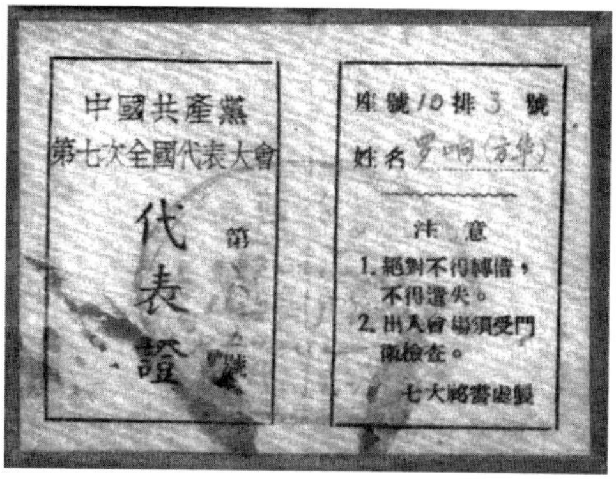

1945 年，方华参加中国共产党第七次全国代表大会的代表证

当时，广东的党组织还是地下党，我没有参加省委在韶关召开的第四次扩大会议。我被选为七大代表是到皖南新四军军部集中后，古大存同志告诉我的。在此之前，尹林平同志（中共东江特委书记）只告诉我，组织上决定送我去延安学习，要我于 1939 年 12 月 10 日到韶关向省委报到。我当时很高兴，因为要到延安这一夙愿不日就可实现了。

事情的经过是这样的：

1939 年 9 月间，尹林平同志来和平县，向我传达了当前的政治形势，说国民党开始反共。因我在和平县比较暴露，组织上决定让我撤退。为了免受损失，组织要我做好三件事：（1）选好县委的接班人，交代好工作，尽快离开和平到中心县委待命；（2）对现有的党员进行一次审查；（3）把党员训练班筹备好。我完成上述任务后，于 10 月初离开和平到龙川中心县委。11 月末，尹林平同志在省委开完会后到了老隆就通知我，说组织上决定送我去延安学习，时间半年，要我于 1939 年 12 月 10 日到达韶关向省委报到。我按尹林平同志指定的时间、地点和联系暗号到韶关向省委报到。当时的省委书记是张文彬同志。他要我汇报和平县的工作。我讲了两个多小时，他给予我很多鼓励。第三天，经过组织布置，我便与田家沟的代表周小鼎一起坐火车到桂林八路军办事处报到。在去桂林的火车上，国民党的宪兵检查了两次，都被我们应付过去了，顺利地到达桂林。

我们找到桂林八路军办事处的当晚，八路军办事处副主任石磊同志就对我们说：武汉沦陷后，从广东去延安只剩下由重庆经西安一条路了，但从国民党发动第一次反共高潮后，对去延安的同志严加限制，多方刁难，甚至加以扣押、杀害，这条路不安全了。所以，要改变路线，把你们先送到新四军军部。

1939 年 12 月中旬，从桂林出发，由桂林到新四军军部这一段路我们都化装成新四军战士，由周恩来同志身边的工作人员龙飞虎同志护送。我们坐上装军衣的大汽车，龙飞虎同志挂上国民党少校军衔，坐在车头的位置上。经过湖南的衡阳，江西的吉安、南城和上饶，浙江的开化，到安徽的太平（即黄山）。从太平到军部这段路不通汽车，我们步行了两天到章渡，第三天就抵达云岭新四军军部了。那时，古大存、区梦觉和吴有恒同志已先到达了。

到军部集中的有中共中央南方局和东南局的 40 多名代表，组成了南方代表团。团长是古大存同志。当时广东的代表是古大存、区梦觉、朱荣、方华、唐初；香港的代表是吴有恒、钟明、周小鼎、周材、何潮。还有杨尚奎同志（中共粤赣边特委书记），他没有和我们一起出发，而是之后通过重庆到达延安的。

当时日寇为了阻止新四军漓江开辟根据地，对长江封锁甚严。因此，我们在新四军军部住了一个多月等待渡江。在这段时间，代表团组织我们学习《社会发展史》《党的建设》，并开始过较严格的组织生活。那时项英（当时的中共中央东南局书记和新四军政委）和陈毅同志都曾给我们作政治报告，对我们的学习帮助很大。

1940 年春节前，我们探知日寇放松对长江的封锁，便于农历腊月二十左右从军部出发，开始了长途行军。首先由军部派部队护送我们乘木船过江。那天正好大刮东南风，很快就把我们吹到江北，顺利地到达江北游击区。腊月三十晚，我们过淮南铁路，到达安徽定远县的新四军江北指挥部，见到中共中央中原局书记刘少奇同志。当时因为我党开辟华中敌后根据地迟了一步，国民党有相当多的部队留在敌后的江苏、安徽的广大地区，搞所谓“曲线救国”等等，压制了我军力量的发展。当时淮南、淮北根据地都在初创时期，主要是在军事上打击日寇和国民党之顽固势力，华中与华北的根据地还没有连起来，我们不得不在淮南、淮北等地与敌周旋，抽空学习。我们学习了《论共产党员的修养》（油印本）；刘少奇同志在百忙中给我们作了几次政治报告（或谈话）。这阶段我们还两次下基层帮助工作，但两次都被刘少奇同志找回来，说我们的主要任务是安全到达延安。到7月初，我们才进入鲁南，到达第一一五师部。师政委罗荣桓同志及代师长陈光同志都给我们作了报告。到8月间才从师部出发，超过狙莱山和通过津浦路，经太西冀南，过平汉线，抵太行山八路军总部。时值百团大战后期，战斗非常激烈，彭德怀同志还抽空为我们作政治报告。从同浦路到达晋西的吕梁山区，再渡黄河，到达陕北的绥德，再从绥德走了六七天的路后，就胜利地到达延安。那时已是1940年12月了。从桂林出发，经过华中、华东和华北的广大游击区和根据地，历时一年，行程一万余里。在路上也有几次碰上战斗，两次遭到敌人袭击，但代表团的同志在我们的武装掩护下无一人伤亡，全部胜利到达延安。这不仅说明中央决定走这条路线是安全的，而且更重要的是使我们看到全国大部分的敌后根据地，学习到敌后搞武装斗争的经验，提高了对毛主席路线的认识，这都为开好七大做了极好的思想准备。

我们南方代表团抵达延安后，首先是由中共中央组织部副部长李富春同志接见我们。当天下午，便把我们编入党校四十七班。那时已届隆冬，天气很冷，但到了中央所在地后，大家都感受到革命的温暖，心情都很愉快。

原准备开过七大之后，我们都回原来的地方开展工作，为了保证日后的安全，组织上要我们每个人起个化名。我现在用的“方华”这个名字，就是在那时起用的。

我们到延安后，每人都写一份自传，送中共中央组织部审查，接着就分别向组织部地方科汇报工作。当时，地方科的科长是王德同志。他指定地方科的科员刘鸣同志负责听我的汇报。我把和平县的工作情况汇报后（主要是讲和平县的农民运动），刘鸣同志帮助我进行总结，一共搞了七八天。现在中央档案馆保存的那份中共广东省和平县委农民运动情况的材料，就是刘鸣同志帮助整理的。

中央的负责同志都很关心南方党的情况，特别是对原苏区党员和群众的情况，除了找代表谈话外，中央政治局还在青年食堂设宴欢迎南方党的代表。那天虽然下大雪，但在延安的政治局委员都到了。毛主席一坐下就谈笑风生地问我们，你们看中国革命能不能胜利？毛主席和朱总司令同我们一一握手，并一一劝酒。毛主席说他不会喝酒，敬我们每人一块面包，说："祝中国革命万岁！"朱总司令也说自己不能喝酒，请他的参谋长王若飞同志代他干杯。整个宴会充满着团结、活泼的气氛。

1941 年上半年，我们在延安党校学习，总结过去的工作。从 1941 年下半年起，我们就搬到马列学院去学习中国问题。当时中国问题研究室主任是邓力群同志。

方华于 1945 年在延安中央高级党校学习时的留影

1942 年，中央成立高级党校，我们被安排到高级党校学习。1942 年 2 月 1 日举行开学典礼，毛主席作整顿党的作风的报告。到同年的夏季，就正式开始整风。方法是学习文件，主要是学习毛主席的整顿党的作风报告，在提高认识的基础上，联系实际，检查自己的立场、观点、方法。先在小组会上开展批评，然后用写自传的形式对自己过去的思想、立场和工作进行检查，总结经验。大家都觉得通过这样的学习进步很快。

1943 年，国民党反动派发动第三次反共高潮。康生搞了个"抢救运动"，搞"逼供信"。好在毛主席一发现就制止了，但也伤害了一些好同志。从 1943 年下半年开始，我们用了差不多两年的时间学习"两条路线"，发扬民主，总结经验，提高认识，统一思想。到 1945 年 4 月，中共中央召开六届扩大七中全会，作出关于若干历史问题的决议。经过"两条路线"的学习，全党的思想统一了，一致认为毛主席的路线是正确的，公认毛主席是我们伟大的领袖。

中共七大开会前夕，中央要广东增补云广英、廖似光、谭辅仁等3位代表，统一编入中共中央南方局代表团。

七大于1945年4月23日正式开会，到6月11日闭幕。七大总结了我党领导民主革命的经验，批判了“左”倾与右倾机会主义路线，总结了经验，制定了一整套的新民主主义革命的方针、政策，统一了认识，增强了团结。所以七大之后，中国人民在七大路线的领导下，很快就打败了日本帝国主义，打倒了蒋介石，统一了全中国，取得了民主革命的伟大胜利，并开始进行社会主义革命。

因为经过长期的准备，所以在七大会议上，对大的问题是没有什么争论的，一些重大的历史问题都在整风的学习中统一了认识。大会一致拥护毛主席、朱总司令和刘少奇同志的报告。当时对抗战胜利后能不能取得和平的环境来建设我们国家的问题，有些不同的看法，争论比较大。毛主席在闭幕时对这个问题作了详尽分析，指出我们今后还是要“前拒虎，后拒狼”，要设想我们还会遇到很多困难，要我们“下定决心，不怕牺牲，排除万难，去争取胜利”。

大会花最多时间的是酝酿候选人名单，高度发扬民主，反复了几次。花了半个月时间，才选出了中央领导班子。

七大闭幕后的第二天早上，我们即离开延安，奔赴各自的战斗岗位。因为当时我们还没有估计到日本帝国主义投降得那么快，准备赶快回江西、湖南和广东开辟根据地。岂知我们在洛阳过黄河时，就收到日本投降的消息。日本一投降，国民党从山上下来，我们南下就不行了。中央把广东的代表同志分为三批：化装南下回广东工作的有吴有恒、钟明、何潮、唐初等同志；奔赴东北工作的有我和云广英等同志；留在延安工作的有古大存、区梦觉、朱荣和周小鼎等同志，以后他们也到东北工作。

（选自刘路红主编：《烽烟岁月》，中共河源市委党史研究室编印，1999年印刷，第14—119页；本书编辑时增加照片）

伍乃茵

伍乃茵，原名伍翠云，又名李思扬、吹匀、伍尚明，1914 年 11 月出生，广东台山人。1936 年 8 月加入中国共产党。1937 年底到达延安进入陕北公学学习。1938 年 4 月任中国人民抗日军事政治大学女学队指导员。1942 年 9 月新疆军阀盛世才背信弃义将他邀请到新疆的八路军干部全部逮捕入狱，在 4 年的监狱生活中伍乃茵任女牢党支部委员，斗争坚决、意志坚定，1946 年 7 月在党中央营救下胜利回到延安。1979 年任华南师范学院（今华南师范大学）副院长等职务直至离休。2011 年 8 月 14 日在广州逝世。

喜迎校庆忆当年

伍乃茵

最近，为了准备中国人民抗日军事政治大学（简称“抗大”）建校 50 周年纪念而参加校友会歌唱队，随着校歌歌声的飘荡，我的思潮起伏，激起当年在抗大那段珍贵难忘的回忆。有几件往事，更使我眷恋不已。

第一，是校歌的感召。1938 年 4 月底，我被调到抗大第二大队第五队（女生队）担任政治指导员。为了纪念五一国际劳动节，我校各队人员踏着整齐的步伐，列队进入会场。会前，各队互拉唱歌：“××队，来一个，快、快、快!”

于是嘹亮的歌声，有如汹涌澎湃的波涛，此起彼落。不多时，首长们陆续到齐，其中一个站着的是罗瑞卿同志。开会时，首先是唱校歌，我们全体肃立，随着指挥大家以雄壮而响亮的声音，庄严、自豪的姿态高唱着："黄河之滨，集合着一群中华民族优秀的子孙。人类解放，救国的责任，全靠我们自己来担承……"

唱完后，这支校歌还反复在我耳际回荡。一幕幕骇人的情景又浮现在我的眼前。幼年时家住广州东川路的东源大街，我亲眼看见那些土匪般的"丘八"，恶狠狠地闯进民房，逞凶抢劫，还拳打脚踢无辜的老百姓。那时我一看见当兵的就害怕，直至长大后看见"军佬"都还心有余悸。而今天我和党的军事将领，当过老红军的教员、干部和热爱祖国、决心抗日救亡的学员们坐在一起唱歌、听报告，心情是多么愉快啊！我们的抗大培养出来的是救国救民的军人，我们这支军队和我所见过的旧军队是多么截然不同啊！

我越唱越爱唱这首富有感召力的校歌，每逢碰到困难逆境时，我便细细回味着："团结、紧张、严肃、活泼，我们的作风；艰苦奋斗、英勇牺牲，我们的传统"，这两句歌词像党的号角一样鼓舞我前进，并以此作为行动的准则。

1942 年，我们在新疆的八路军人员无辜被军阀盛世才监禁了 4 年。在牢狱中，难友们时常低声唱抗战歌曲，也唱抗大、陕北公学的校歌。革命烈士林基路在狱中写的《新囚徒歌》《思夫曲》，由抗大校友陈谷音谱写了曲子。我们天天齐唱着这些歌，遵循党的教导。发扬延安抗大精神，坚持党的立场，发扬艰苦奋斗、英勇牺牲的优良传统作风，终于争取到全体无罪释放回到延安。"文革"时，我们被诬为"叛徒集团"的罪名，最后也得到党中央的平反、昭雪。我们抗大校歌的感召力是多么伟大啊！我要感谢军歌作词的凯丰同志和作曲的吕骥同志，今天更应感谢十一届三中全会以来党的正确领导！

第二，我们敬爱的副校长罗瑞卿同志。罗副校长在抗大的威信极高，他名义上是副校长，实际上做的是校长的工作。他是身经百战、出生入死、智勇双全的我军高级将领。他的颧骨曾经负过重伤，以致嘴巴不能张大，但在作报告时他的声音却极其响亮，说话十分清晰，使在广阔院子里的听众都能听得清清楚楚。他是以极大的毅力，克服着生理上的困难才把报告作完的。

有几次，罗副校长深入我队检查工作。他的指示简要明确，针对我们女生队的特点提出学习的要求，使我们大家都易于领会也乐于接受。他也常来参加我队的文娱晚会，每演完一个节目，他都报以热烈的掌声，直至全部节目演完才离开会场。他怎么会知道，他的这些一言一行，体现在他身上的党的优良作风，曾给我们这些刚进入革命队伍不久的年轻人以这么深刻的示范作用呢！

第三，作风深入、善于施教的大队长冯达飞同志。初次见面，冯达飞同志就给我以和蔼可亲的印象。他是经过长征，数次参加粉碎敌人“围剿”的老红军，但他并未因他过去的功绩和现任的职务而使人感到他威严不可亲近，他很能抓住女同志的心理状态进行教学和做思想政治工作。他对我们既严格又亲切，亲自到现场指导我队操练，到寝室里检查内务，鼓励我们学习军事技术，养成革命军人遵守纪律，内务整齐、清洁的习惯。我队有一次打靶时，在两个学员去检查环数的途中，我没有遵守打靶的规定，便对着靶子开枪射击，在场的同志都急得大声叫喊，吓得我自己也在发抖。事后冯大队长对我不是严厉责备，而是详细给我们讲解打靶的要领和要注意的规定，这使我对他更为敬重，以后我碰到困难，就向他倾诉心里的话。

冯大队长也很关心我们干部的政治学习，并用各种方法来提高我们的政治水平和对党的政策的认识。有一次，他通知全队干部到大队部进行政治笔试，但这不是“突然袭击”，因为早已发下了复习材料。所以我们都考出优良成绩，我和几个同志还得了满分。

第四，革命红炉育新人。我队的学员来自四面八方，各人的政治经历、文化水平，以及生活习惯都各不相同。在这几个月的学习过程中，我们以团结友爱的革命感情，互相学习、互相帮助，全队学员都有很大的进步。她们大多数从单纯的爱国主义者，变为初步具有远大理想的共产主义者。党支部按照党员条件的要求，积极培养发展她们入党。这些同志毕业以后分配到前线和后方各个岗位上，工作都很出色。我队的“妈妈同志”任锐（她是孙炳文烈士的妻子，那时已经40多岁了）也是在队上经过培养教育，成为中国共产党党员的。曾在队上学习过的丁雪松同志，后曾任中国第一位女大使；曾在我队学习过的范瑾同志（即许勉文），后担任过北京市的女副市长。

第五，战斗地学习，愉快地劳动。我队的炊事员几乎全部都是经过长征的老红军，他们把队的伙食办得很好。学员来队学习以后都变得脸色红润、身体结实，这其中也有炊事员同志的功劳。学员们体贴炊事员的劳苦，便利用星期天假日或空闲的时间，高高兴兴地到伙房里代替炊事员搞炊事工作，让炊事员休息。救亡室还分配专人给他们上文化课，我也给他们讲抗日战争的道理和新闻。那些经过长征的炊事员也娓娓地给我们讲长征故事。全队充满了团结、友爱、和谐、活泼的革命大家庭气氛，也体现了“官兵一致”革命队伍的特色。

抗大自创立以来，在党的领导下，培养出大批的杰出优秀人才，为党的事业作出了宝贵的贡献。可惜敬爱的罗瑞卿副校长被林彪“四人帮”迫害致死了，冯达飞大队长也已在皖南事变中惨死于上饶集中营，还有许多校友在各个时期、各个战场上英勇牺牲了。在今天庆祝抗大建校50周年纪念盛典的时候，不能与这些校友同欢共庆，悲痛万分。我们要以这些英勇的烈士为榜样，继承他们的遗志，发挥最大的余热，为“四化”作出贡献。

伍乃茵离休后学画，多次画出当年（1938年11月）雪夜上延安的画作，并常在一些纪念画展展出。这是伍乃茵站在自己的画旁留影

（原载广州校友会编：《抗大广州校友文集》，2006年版，第234—238页；文章由李云扬和伍乃茵的儿子李胜利提供，本书编辑时照片有所改动）

刘兆伦

刘兆伦，1920年7月出生，广东大埔人。1938年1月参加革命工作，3月加入中国共产党。先后在陕北安吴青年训练班、延安中央党校学习。曾任安吴青训班、延安泽东青年干校党支部书记、指导员，延安自然科学院政治教员、教干科副科长；1945年随军南下，任干部队副指导员；日本投降后，北上东北，任吉林省和龙县县长、代书记，全国政协第一届筹委会人事室秘书兼科长。1950年后，历任珠江水利工程总局副局长；广东省水利厅副厅长、厅长、党组书记，兼任水利部广州勘测设计院院长、珠江流域规划办公室主任；广东省水利电力厅厅长、党委书记，兼任广东省水利电力勘测设计院院长；广东省基本建设委员会主任、党组书记。1979年后，任水利部珠江水利委员会主任、党组书记、水利部副部长。1985年后退居二线，任水利部珠江水利委员会顾问、珠江水利经济研究会名誉理事长、中国水利经济研究会高级顾问。是中共广东省第二届候补委员，第四、第五届省委委员，中共广东省顾问委员会常委。1994年离休。主持编制《珠江流域综合利用规划》，编纂出版《珠江水利简史》《珠江志》，著作出版《驯水集》。被列为20世纪广东重要科技人物。

在延安的熔炉里冶炼成长

刘兆伦

1937年抗日战争全面爆发，战火迅速燃遍全国，危逼香港。当时我正在香港南华中学高中三年级读书，家父在马来西亚柔佛经商。我是独子，家父要我远离战火回到他身边，可我却要投身战火，希望到中国人民抗日军事政治大学（简称“抗大”）、陕北公学学习，学好本领上前线抗击日本救中国。

我用父亲汇给我的旅费和张夫、朱毅等5位同学一起奔赴延安。通过张夫的亲戚——八路军驻香港办事处主任饶彰风介绍到广州八路军办事处，云广英主任接待了我们，并给我们开了介绍信，我们很高兴地乘火车北上，在风雪天经武汉、郑州到达西安。西安八路军办事处主任伍云甫和熊荆天大姐接待了我们，他们说：“因为现在要去延安的青年太多了，抗大和陕北公学因为窑洞挖不及，没地方住，暂停招生，暂时不能去延安。”他们介绍我们到也是共产党八路军领导的泾阳安吴堡青年干部训练班（简称“青训班”）去，我们愉快地服从了。

我们乘汽车到三原，再雇驴车到达泾阳安吴堡。安吴堡位于西安西北约50多公里，咸阳以北45公里，这是中国共产党为了适应战时革命青年纷纷奔向延安的需要，在蒋管区设的一个桥头堡，也是各地青年到延安的一个“转运站”。青训班自1938年春从延安迁至安吴堡，共举办了多期训练班，毕业学员1.3万多人，培养了大批青年干部。

我是1938年1月28日到青训班四期八队，2月正式编入五期一大队学习，结业后留班工作。先后在七期二连、八期儿童连任协理员，党支部书记，后到生活指导处任秘书干事，1939年1月又到本科一队学习，直到7月离开安吴堡到延安。青训班的班主任是冯文彬，副主任是胡乔木，我们的大队长是李田夫。当时到延安的各地男女青年络绎不绝，从上海来的李导等3个大学生就是和我们同时到达的。1938年是全国建立抗日民族统一战线高潮时期，交通顺畅，到青训班来的学员每天都有，每月都有几百至上千的同学入学和毕业。学员大多20岁左右，也有更大一些或小一点的。在五期一队，我是小字辈的，当时还不满18岁。石济时、田领峰是三四十岁老大哥，章泽、高沂、金紫光、华山、李之华等大多数则比我大几岁，在七期二连的学员还有15岁的青年工人，八期儿童连则都是十四五岁以下的小弟弟和小妹妹。安徽来的孩子剧团，有小哥哥带着小妹妹，有的小学员晚上还尿床。在连队工作的李国瑞、樊镜秋、李岚和我是大哥哥大姐姐，早上起床时都要关心他们："昨晚谁'画地图'了没有？"帮他们把尿湿的被毯悄悄地拿去晾晒。这些"画地图"的青少年后来全都成长为革命战士，参加了抗日战争和解放战争，为中华人民共和国的成立和社会主义建设作出了卓越的贡献。

青训班按来班先后分为若干期，初时每期二到三周，1938 年后为至两个月，亦有更长时间的。1939 年，由于日寇扩大侵略，中国大片国土沦陷，铁路交通线被占，加上国民党反动派封锁、卡堵，学员来源大量减少，青训班就着重培养青年工作骨干。由关中陕北公学来的大批青年学员、延安抗大来的学员和青训班干部组成本科一队和预科一队，进行较长时间、较长系统的提高学习。

青训班实行的是抗大式的战时体制，学员编成班、排、连，过严格的军事生活。政治课有社会发展史、中国革命运动、抗日民族统一战线、革命三民主义、民众运动、青年运动等。军事课有游击战、步兵操练、夜间站岗放哨、紧急集合、夜行军、野营演习等。军事教员黄春霆、李东潮、朱致平等都是长征老红军，言传身教。

青训班的文娱活动丰富多彩。连队设有救亡室、学生会、墙报板，班部有俱乐部，连队早晚都教唱革命歌曲。上大课开大会时，连队间相互拉歌比赛，非常热闹。每逢节日或送别，常常演出歌舞、戏曲、相声、口技、秦腔、京戏，五花八门，在广场搭上戏台，在明亮的汽灯下演出丰富多彩的节目，令人难忘。

青训班的生活很艰苦。睡觉没有床，把稻草铺在地上就是床，同学们按班组睡在一起，褥毯同铺、毯被同盖。没有课室、礼堂，广场、大庙和柏树林坟地就是上大课、听大报告的课堂和礼堂，没有桌椅就席地而坐，有的拿块砖头当垫椅，膝盖就是桌子。

青训班经费很困难，我们每人按两个月学习时间，交 12 元伙食费；后来工作了，每月给我们 1 元生活津贴。吃的是小米，一天两干一稀，会餐才有馒头和米饭；日常吃青菜、萝卜、土豆、粉条一锅烩的汤菜，会餐才有肉吃。干部和学员都吃一样的大锅饭菜，学员按班组围在地上集体吃，干部唯一的特殊则是可以打回去宿舍兼办公室的地方吃。1939年春，为了克服困难，我们还组织远征队到亮马台开荒种地，同学们穿的是自带的衣服，来自国外、大城市的学生、大中专学生、华侨子弟等“洋包子”穿得较好，来自农村、工厂的“土包子”学员穿得较差，五花八门。但是大家日夜相处，情同手足，亲如一家人。不管是炊事员还是勤杂人员都与学员互称同志，对班主任冯文彬、胡乔木、刘瑞龙等，我们也称同志。

毕业最难忘的是，我加入了中国共产党。因为青训班地处蒋管区，因此党的活动是秘密进行的。五期一大队支部书记是罗毅，公开名称是指导员。他找我个别谈话，了解到我是个纯洁青年，在家乡大埔百侯中学读初中时，受陶行知先生委派去的晓庄师范老师的启蒙教育，有了进步思想，在香港读书时又看了不少进步书刊，觉悟更提高了，虽未满18岁，但有强烈加入组织的要求。于是他让我填了表，由他和大队长田夫介绍，于1938年3月18日加入中国共产党。宣誓仪式是在安吴堡古城楼上，由他们监誓我举手宣誓被编入支部，候补期是三个月，参加组织生活。入党后，我多次在夜晚到一小屋里，在油灯下听党课，一个个悄悄地进去、出来，熟人见了面也守纪律，不说话不打招呼。4月25日，我提前转正，被派到七期二连任支部书记、协理员。我积极地发展党员，分别和指导员廖习仗、连长李里做介绍人，先后发展了一批新党员，领导宣誓。

“你们先去了，我们就跟上。再会吧，在前线上！”唱着这首歌，我们把一批批同学送上前线。1939年初，我们欢送6个西北青年战地工作团上前线，大家情不自禁地欢呼告别。7月份，鉴于国民党掀起新一轮的反共高潮，青训班环境更恶劣了，组织上决定我们本科一班全体及预科班部分学员由田夫、杨诚带领奔赴延安。我们晓行夜宿，经旬邑、甘泉等地，大家一路上欢天喜地，欢歌笑语，日行百余里。原野上荞麦红花盛开，像在欢迎我们这些热血青年。当看到向往已久的延安宝塔时，大家热泪盈眶，欢呼雀跃，向往已久的延安终于到了。我和大多数同学进入中央党校三十八班青年学习班，开始了新的生活。

8 月 1 日，在延安南门外，我和同学们第一次见到了毛主席，并聆听主席为追悼“平江修案”死难烈士的讲话。中央党校校长是陈云同志，后为邓发，谢觉哉同志为副校长。在党校除学习外，由于国民党的封锁，我们还响应毛主席“自己动手，丰衣足食”的号召，开展大生产运动，到蟠龙区参加征粮、扩兵、办学习班等工作。经过一年多的学习提高，1941 年 3 月毕业，我被分配到泽东青年干部学校任指导员兼党支部书记。校长是我们青训班的老领导冯文彬，教导主任则是后来任中国外交部部长的黄华同志。8 月份泽东青年干部学校停办，我被分配到延安自然科学院工作，任党总支常委兼初中部政治教员，院长是令人尊敬的革命老人徐特立，副院长是陈康白。1942 年整风运动时，我任教干学委会主任兼党支部书记，1944 年改任院部秘书，1945 年 1 月改任教干科副科长。

在自然科学院，由于我还身兼初中部的政治教员，年轻的我就成了初中部的小老师。当年的学生后来大多成为国家的各级领导和专用人才，例如叶选平、李鹏、彭士禄等。多年以后，在广州工作的自然科学院学员常在一起聚会，在选平同志的安排下，当同学们聚在一起共同回忆当年激情燃烧的岁月，一起分享胜利后的成果，当他们还像当年那样尊称我为老师的时候，我的内心充满了自豪和喜悦。

尽管当年延安的物质极度匮乏，但我们的生活却丰富多彩。我们从南方到延安的同学大多会游泳，在从上海来的李导同学的倡议下，1942 年为参加延安“九一”扩大运动会组织了一支游泳队，取名“飞鱼”。当时发信邀请时任谢觉哉同志秘书的广东籍康云同志参加，康云同志当时在杨家岭，由于李导同志字迹太过潦草，结果把给康云的信误送到康生手中。当时正值整风运动反对党八股中文风不正，于是康生便写了首打油诗在延安《解放日报》上发表：“请我游泳吃一惊，字如飞鱼认不清，看了半天识一字，始知康云误康生。”康云同志立即成了名人，一时传为佳话。

1942 年 9 月，刘兆伦在延安游泳比赛中获男子蛙泳冠军。图为飞鱼游泳队合影

运动会的游泳项目在清凉山下的延河中进行，我获得了蛙泳冠军，冠军奖品是朱德总司令亲手颁发的一顶草帽。事后黄华同志的爱人何理良（飞鱼队员）问我为什么游得这么快，我笑着告诉了她诀窍——因为我的泳道是在延河的中间，水流急，顺流而下能不快吗？

延安的生活是供给制，不论职务高低，官兵一律平等。我们对革命前辈们是无比的敬仰，但他们却是那样的平易近人、和蔼可亲。我们去看望同学陈友群，他时任朱德总司令的秘书，一到朱老总处，总司令立即热情接待，与我们亲切交谈，没有一点架子，就像一位慈祥的家长，关心我们的生活、学习，嘘寒问暖。当同学们聊到开心处唱起歌曲，朱老总立即取出胡琴为我们伴奏，欢歌笑语，此情此景终生难忘。

在陕北生活了 7 年多，初衷是学本领上前线打鬼子，结果未能如愿，“精兵简政”我要求下基层下乡也未获准，一直在学校学习、工作。1945 年四五月间，中央决定将两广及湘鄂干部集中学习后随军南下，开辟根据地工作，我心里非常高兴，终于有机会上前线打仗了。

1945 年 6 月 13 日——中共七大结束后的第二天，这是个难忘的日子，毛主席、朱德总司令、叶剑英总参谋长等中央领导到机场检阅我们南下队伍，为我们送行并作了重要指示。

毛主席指示：“我送给你们的礼物就是，记住，小能胜大，不怕一切艰难困苦。如果我们的政策正确，就能无敌于天下。经常责备自己就能胜利。两个耳朵，一个听地方上的，一个听部队上的；一个听首长的，一个听士兵的。我们一定会胜利，问题在于敢不敢胜利。将来大地方见！”

1945 年 5 月南下前夕，刘兆伦于延安王家坪桃园留影

朱总司令指示：“信心要有，雄心要大，革命是为百姓好，不是为个人。革命成功了，百姓有了出路，才是好的。人人有出路，我们的出路就在里面。拥政爱民，我们建的政权，我们要拥护它，这样它的威信就高了。不能军阀主义，群众是母亲。”

叶参谋长指示：“到一处学一处，做什么学什么，团结是胜利之本，彼此了解才能团结。主动团结人，灵魂相见，精诚无间。”

毛主席等中央首长的送别指示，语重心长，简洁有力，含意深刻，通俗易懂，句句真理！我铭记在心，终生不忘，成为我成长、工作和为人处世的指针，成为激励我前进的动力！

一同出发南下的有：警一旅编为第二支队，第三五九旅的一部分编为第三支队。司令员是文年生，政委是张启龙。我被编入广东干部队二队，指导员是方华，大队长是云广英，政委是伍晋南。与 1938 年到延安相比，我在延安这座大熔炉里锻炼成长，再也不是稚气未脱的毛头青少年。我已成长为中国共产党的青年干部，成为能为党分忧的可用之才。这一切都是在延安这座革命的大熔炉里为我提供的机会，再见了延安——我的第二故乡，我成长的摇篮！

1983年9月，刘兆伦重返延安

刘兆伦偕夫人王锐心摄于延河畔

我今已耄耋之年，当年在延安的首长和战友大多离我而去，谨以此文纪念当年的首长和战友，为你们对我的成长所付出的心血深表敬意和感谢！

（刘小力根据刘兆伦回忆整理）

关相生

关相生，1924 年 5 月 7 日出生于陕西省澄城县冯原镇关家桥村。1937 年 11 月加入中国共产党。1938 年 8 月到延安陕甘宁边区中学学习，曾任冬学、小学、中学教员，边区师范、陕甘宁边区中学教务干事。中华人民共和国成立后，先后任陶铸同志秘书，中共中央华南分局办公厅秘书处处长，中共广东省委秘书处处长、办公厅副主任，中共罗定县委书记，中共中央中南局办公厅副主任，中共广东省委副秘书长，中共广东省顾问委员会秘书长等职。

延安，我成长的地方

关相生

▶ 北上延安求学

1937 年 7 月 7 日卢沟桥事变，日本发动全面侵华战争。

当日寇的铁蹄践踏着祖国的大好河山时，我还是个 13 岁的孩子。但当听闻日寇对我同胞实施惨无人道的暴行（“三光”政策）时，我满腔怒火，誓言雪耻。当时我积极参加学校地下党组织的抗日救亡运动。1937 年 11 月，我在家乡陕西省澄城县冯原镇关家桥地下党支部加入了中国共产党。

1938 年 8 月，我怀揣着组织介绍信，和家乡王庄（镇）小学的同学郑新记（后改名为郑拓彬）、李甲平从老家关家桥出发，步行北上延安求学。先是到延安陕北公学，但没想到该校招生期已过。接着我们转去中国人民抗日军事政治大学（简称“抗大”）碰碰运气。到了抗大门口，招考人员见我们的个头小，便打趣地说：“你们还没枪高，怎么学军啊？明年再来吧！”碰了一鼻子灰，我们心灰意冷，感觉天要塌下来似的。“怎么办？就这么扫兴回家，还有什么脸面见父老乡亲？况且，我们还是背着大人们，偷偷跑出来的。就这样无功而返，我们不甘心！”我们三人心里想。正当我们一筹莫展时，无意中看到《新中华报》刊登的一条“陕甘宁边区中学成立”的新闻，顿时感到有如神助，绝处逢生。

我们疾速赶到边区中学报名，经过文化考核，均被录取。真是功夫不负有心人啊！

我被编入二队（初中一年级）学习。几个月后，边区政府开展扫盲运动，我被派往靖边县任冬学教员。刚开始，当地老百姓对冬学有抵触，不愿意把孩子送来乡府所在地读书，怕孩子被我们拐到部队当兵。后来经我们挨家挨户做思想工作，才消除了家长们的顾虑，放心让孩子来听课。

由于当地文化极其落后，许多年龄比我大、个子比我高的农家孩子大字不识一个。老乡们看到我这个做“先生”的还是个孩子，都很心疼我。每当我上门给学生补习时，乡亲们都拿出自己平时舍不得吃的食物招待，端上热腾腾的饭菜让我吃个饱。

1939年春，我完成冬学教课后，返回学校继续学习。后来，我又被派往南区和固临（宜川县北）做了几个月的逐村扫盲工作。扫盲工作结束后，我再次回到学校学习。也就是在那时，为防范日军飞机轰炸，学校从延安搬到延安北边的安塞县吊儿沟、茨儿沟。同时，为了粉碎国民党反动派的经济封锁，响应毛主席“自己动手，丰衣足食”的号召，师生们积极开展大生产运动。经过边区人民的艰辛努力，我们做到了粮食自给自足，学校饭堂每周都能吃上香喷喷的羊肉。我们那时是一边劳动，一边学习，生产学习两不误！

开荒大生产运动后，我被派往盘龙区府所在地盘龙小学当老师（因前任老师逃跑，无人授课)。一年后返回边区中学，任教导处教务干事，兼任数学老师。那年，因工作积极，被选为模范工作者，参加了陕甘宁边区第一届劳动模范大会，亲耳聆听了毛主席在会上作《必须学会做经济工作》的报告。

抗战结束前，我进入中央党校五部（培养区、营级干部）学习。

抗战胜利后，我入选干部团，告别延安，赴东北参加东北民主联军，在联军司令部参谋处任参谋，先后参加了辽沈战役、平津战役，为打败蒋介石，解放全中国，履行了一个革命战士的义务。

1988年9月18日，于延安中学50周年校庆留影。关相生（左一）、王曼秋（左二）、李锦论（左三）、史太洛（左五）、黄克强（右一）

▶ 我们在吊儿沟的时候

吊儿沟，在地图上你是找不到这个地方的。从延安沿着延河向北，走50里（1里＝500米，下同）便是安塞县，从安塞再向北翻山越岭50里，有一条小沟，便是吊儿沟。土地革命前，这里原是一个大地主的庄园，有十几孔窑洞。现在，这里就成了我们边区中学的新校址。当时中学部分4个队，有200多个学生，附小比中学部还多人。由于窑洞少而师生多，后又将一年级二、三两队100余名师生搬到了吊儿沟东边约5里的茨儿沟，附属的保育院小学（简称“保小”）搬往吊儿沟以西30余里的真武洞。从此，中学部与小学部分开就再未在一起了。

边中的师生来自全国各地，有不少学生是革命烈士和领导干部的子女，还有海外华侨、朝鲜学生。当时的条件很艰苦，学校给学生每月发1元津贴、2角学习费，吃饭、穿衣全由公家负担。这对于我们多数穷学生来讲，条件已经是很优厚的了，我们十分满意。学校除简单的炊具和日用家具外，每个学生仅有一个木板凳，一块上课时作课桌用的小木板。从延安搬到吊儿沟，也算是一次小长征，对我们是一次很好的锻炼。

搬家是在有组织、有秩序的统一指挥下进行的。一队的学生年龄较大，每人负责背保小的一个小同学；二、三、四队的学生因为年龄较小，每人负责照管保小一位年龄较大些的学生一同行军。经过两天的长途跋涉，在日寇飞机轰炸下，除了一队学生曹峰不幸被炸死在延安外，全校学生都安全到达吊儿沟，开始了新的学习生活。

为扫除文盲，边区政府教育厅决定在全边区举办教冬学运动，并从边中抽调一部分学生下乡任冬学教师。我当时15岁，荣幸地被抽调，派往靖边县镇罗区二乡郝家渠子教冬学。临离校之前，学校召开动员大会，杀猪宰羊，欢送我们。由于当时经济困难，粮食不够吃，我们仅吃了个半饱，但谁都毫无怨言，背着自己的行装离开了母校。经过4天的长途行军，我才到达边区最北边与伊克昭盟（今鄂尔多斯市）大沙漠连接的靖边县。我在那里一共教了4个月冬学。

1939年3月，我们结束了教冬学的工作，之后返回学校，我所在的二队和三队这时住在灰儿沟。经过一段冬学教育工作的实践，我深感自己知识的贫乏和学习的重要。这时，国民党顽固派掀起第一次反共高潮，在经济上封锁我们，停止给边区发经费，因而生活异常困难，几乎没有粮食吃。为了克服困难，渡过难关，坚持抗战到底，毛主席和党中央号召边区人民自己动手，开展大生产运动。我们也响应号召，停课生产，全体师生投入了一场轰轰烈烈的开荒运动。

在大生产运动中，每个人都是拼命地干活。经过四五十天的艰苦努力，几十个山头数百垧（1 垧 =3 亩，1 亩≈666.667 平方米）荒山变成了良田，播种了谷子、糜子、土豆等农作物和蔬菜。

那时，我们每天上山开荒，午饭都是由管后勤的同学做好送上山来吃。各人自带搪瓷饭碗或茶缸，由值日生按班分菜。饭前先集合队伍，由队长讲生产情况，表扬好人好事，讲应注意的事项。有时也读报或唱歌，我们经常唱的一些抗日歌曲，如《大刀进行曲》《八路军进行曲》《在太行山上》《游击队歌》《延安颂》等等，往往反复轮唱，歌声嘹亮，响彻山谷。

值班队长哨音一响，大家都按班次各围成一圈，每班 10 人左右，集合吃饭。那时菜很少，多数时候吃的是自己挖的野菜。因为菜少，便自然形成一个好规矩：值班的夹一次菜，大家都跟着夹一次；值班的不动，大家也自觉地不动。

这时我 15 岁，劳动消耗体力很大，吃饭时不免狼吞虎咽，结果患了胃病，在草铺上躺了一个多月，简直疼痛难忍。因当时医药缺乏，只能靠自己控制饮食，喝小米稀饭调养。难以忘怀的是，和我同队、同班的一位同学，患有与我同样的病，后来竟变成了严重的胃溃疡，终因医药条件太差，不幸身亡了。

开荒播种完毕，便开始抓紧学习。但为了保证学习，先要吃饭，而粮食要从很远的地方运来，所以除由少数同志组织专业运输队以外，大家还要去参加运粮。我们从数十里外将粮食搬回学校时，没有口袋装粮食，大家就将自己的衣裤脱下，用绳子扎成袋子。没柴烧，便自己上山砍柴。就这样，一个个困难都被克服了。大家学习的劲头很足，尽管生活很艰苦，但精神非常愉快，唯一的希望就是学到本领，到前线去参加战斗，争取抗战早日胜利。

学习一个月左右的时间后，地里的庄稼需要锄草了。全校师生又把学习暂停下来，投入锄草劳动，以保证秋收。

陕北民谚“锄草如绣花”，这和开荒种地大挖大砍不同。大家头顶烈日，耐心细致地除杂草，并要保护好庄稼苗，使庄稼得以茁壮成长。

夏日正是庄稼成长的好时光，学校抓紧这一个月的宝贵时间正式上课。繁重的生产劳动，挤掉了我们宝贵的学习时间，所以在这一个月里，同学们都如饥似渴地投入学习，力争满足自己求知的愿望。时间过得真快，满山金灿灿的谷穗随风摇曳，土豆破土而出，西红柿果实累累，南瓜个个肥大，经过一年的辛勤劳动，秋收终于到来了。全校又停课参加秋收劳动。丰收的喜悦是难以形容的。粮食堆积如山，蔬菜装满了地窖，伙食由此大为改善，真正是做到丰衣足食了。同学们个个精神抖擞，士气高昂。后来，为响应边区政府教育厅抽调学生下乡办冬学的号召，我和十几位同学一起被派往延安县，到盘龙区政府所在地史家崖地小学，又当了3个月的小学教师。

1988年9月18日，老同学回延安参加母校延安中学50周年校庆（三排右四是关相生）

（摘自关相生：《高山仰止思前贤》；文章由关相生儿子关南群提供，本书编辑时增加照片）

苏　惠

苏惠，原名庄启芳，曾用名曾琴、庄严、刘莲、苏晦、苏素、苏蕙、庄淑惠、澜江等，1910年2月24日出生，广东海丰人。1925年4月加入中国共产主义青年团，后转入中国共产党。1939年11月被闽粤赣边区推选为中共七大代表，在前往延安途中任代表团总团第三班学习组组长。1945年4—6月出席中共七大。中华人民共和国成立后，曾任中共中央华南分局妇委副书记，广东省妇联副主任，广州市妇联主任，第一、第二届市府委员，市纪律检查委员会委员，省监察委员会委员，市监察委员会委员，市政法委员会委员，市人民代表等。1955年4月至1966年任国务院华侨事务委员会党组成员、中侨委机关党委副书记、国内司及人事司司长。1996年7月24日逝世。

去延安参加中共七大

苏　惠

1935年春，我从泰国回到香港，在中共南方工作委员会（简称“南委”）的领导下从事党的工作。

1937年春，南委派我到上海去建立南委和中央联系的联络站，在潘汉年同志的领导下进行工作。当时协助我工作的姚念同志也是从泰国回来的革命青年。

1939年秋，在中共闽粤赣边党代会上，叶剑英、边章五、方方（中央指定的）、王维、伍洪祥和我被选为出席党的第七次全国代表大会的代表。同年11月，代表团一行在方方的率领下前往延安。到达韶关时，中共广东省委书记张文彬向我们传达了中央的指示：方方与张文彬留在原地工作，以应付突然事变；闽粤赣边的代表同广东、香港的代表一起，由古大存带队北上，经新四军驻地奔赴延安。到延安去，这是我梦寐以求的夙愿，眼看着就要成为现实了，我抑制不住心头的激动和喜悦。

▶ 一

我们一行共14人，从韶关到了桂林八路军办事处。桂林八路军办事处主任李克农热情地接待了我们，给我们换上了新四军的军装。我们只停了两天，第三天就匆匆地乘新四军的军车出发了，一路朝行夜宿，经湖南、江西，进入安徽，直达泾县新四军军部驻地。到这里之后我们才知道，先后到达这里准备到延安去出席中共七大的代表团，除了我们闽粤赣边区、广东、香港之外，还有广西、湖南、福建、江西、上海、苏北、浙江等省市的代表团，共有代表50人左右。经项英同志建议，各省市代表团合建为一个总团，由古大存任总团长；各分团又进行了一次行军的组织建设，每个代表团为一个班，选出班长和党的学习小组长各一名，领导行军生活和学习等活动。伍洪祥被推为我们分团的班长，我被推为党的学习小组长。我们在新四军军部大约住了4个星期，过着有秩序、有纪律的军事生活，还在这里度过了1940年的新年。

在军队期间，我见到一位英姿勃发、风华正茂的青年干部，他就是第一批回国后，由方方带到汕头来的泰国归侨青年陈惠，当时他已是新四军的青年部长了。他也被选为参加中共七大的代表。分手时，我们曾相约再见于延安。但从此一别，我们却终未再见。一年后，他不幸牺牲于皖南事变的千古奇冤之中。

我们即将离开新四军军部的时候，新四军的政治委员、中共中央南方局书记项英还专门找代表团中的几位女同志（我记得有区梦觉、徐莲娇、刘贞、周婉如和我共5位女代表）谈过一次话。他说，你们都是来

革命政权和革命领导权的重要性问题。

我们在江北先后又停留了大约一个月。在这期间，刘少奇要我们代表团分成若干个小队下去做群众工作。我们代表团的几个女同志是一个小组，我们看到这些地方受到日寇“抢光、杀光、烧光”的破坏，生活很苦，天旱、缺水，老百姓没有水喝的情景让人感到十分难过。另一部分下到连队的代表也感到军队的群众纪律不是很好——因为军队的成分比较杂，其中有些是刚刚起义过来或者是刚刚被我们收编过来的国民党杂牌部队。古大存还亲自下过一些连队，看到有些人没有遵守三大纪律八项注意，侵犯了群众的利益，心里很不安，便向少奇同志作了汇报，并建议首先要把军队整顿一下，刘少奇为此又给我们作了一次报告。他引用列宁的一句话说，革命工作要抓住主要环节，整个链条才能带动起来。现在这里周围都布满敌人的武装——日寇和国民党顽固派的军队，天天要打仗，客观环境不允许我们停下来整顿军队。主要的中心问题是要打胜仗，打了胜仗才能休养生息，才能谈到整顿军队风纪的问题；要是打了败仗，那就一切都谈不上了。少奇同志的讲话理论联系实际，很能启发人，给了我们一次辩证唯物主义的深刻教育。

那时，我们同刘少奇同志都住在一座地主的大祠堂里，他住在后院，我们住在前院。有一天，天很热，我想找水喝，信步走进后院去了。看见有一口大水缸，上面有盖（可以上锁的），打开一看，里面长满了青苔，有点水，却布满了孑孓，没法喝。我一抬头，发现少奇同志在这里，他走过来问我，做了群众工作，发现了什么问题，有什么意见。我半带玩笑又语意双关地说，群众最迫切的需求是水，现在的中心问题是要帮助他们找到水源。他笑着说，你同我想到一块去啦！作为一个党的领导者，刘少奇同志和蔼亲切、平易近人，给我留下十分深刻的印象。在以后的行军途中，我们又在山东碰见过他一次。他诙谐地对我们说，你们一路来，一路受到顽固派的拦截，我则在后面一路“护送”着你们。听到这里，我们都笑了。原来，他也同我们一路走到山东来。

在山东，我们住在肖华同志的部队里。这位年轻的指挥员，像接待亲人般热情地接待了我们这些来自南方的代表，特意让人找了白面——这在当年是十分稀罕的食物，做白面馒头招待我们。可我们这些人中，大多数还是第一次吃馒头，不大习惯，一个馒头几个人分着吃还吃不完。后来我们发现战士们吃的一种卷子是两面金黄，中间夹着一层红色的东西，都以为是红糖夹心的饭食，拿来一尝，更难下咽，才知道这叫金银卷，是用玉米面和高粱面做的。战士们乐了，都叫我们为“洋土包子”。越往后走，生活的艰苦就越甚了，不但有物质条件的原因，还有生活习惯上的问题。到了鲁西北，群众生活更苦了，大多数人只能吃用柿子面做的煎饼，吃起来又苦又涩，更是难以下咽。

我们从安徽到苏北、山东、山西，一路多半是夜里行军。交通员带领我们，有时住在群众家里，有时在野地里宿营或休息；看情况迅速通过敌人的一道道封锁线，这对我们是一个极好的锻炼。有一次，正要通过铁路线的时候，我们见到了罗炳辉将军。他对我们说，通过铁路线时，如果碰到敌人的铁甲车，别惊慌，来不及躲避时，就卧倒在铁轨两边的沟里好了，等敌人的铁甲车过去之后，再爬起来走自己的路。鬼子是不敢离开它的乌龟壳的！我们按照他讲的办法过了几次铁路线，果然一路并未碰到什么意外。当时，日本鬼子打我们，国民党顽固派也打我们；鬼子到处搞“三光”，走一路，饿一路，有些地方根本就看不到一个人，当然也找不到任何可吃的东西。好不容易才到了太行山八路军总部，我们好高兴，看见了彭德怀副总司令，他招待我们美美地吃了一顿小米饭就羊肉。这一带是我军的势力范围，从这儿开始，我们改为白天行军了。

1940 年 12 月 16 日，经过 13 个月的行军生活，我们终于到达延安。延河边上的延安古城，河谷两边黄色的山崖，山坡上若隐若现的窑洞，南门外高高的宝塔山，都使我们感到无比的亲切和激动。在延安，我又见到几位从泰国回来的华侨青年，谈起来，他们也有同样的感情，据说还有人一踏上延安的地面，便激动地流着泪亲吻起这里的土地，好像扑到了母亲的怀里。这是党中央所在地呀！这是万千红军战士前仆后继，用鲜血和生命换来的土地呀！

1941 年的新年，毛主席请古大存和我们 5 位女同志到他家里吃饭。我们向他汇报了沿途的经过，毛主席扳着指头风趣地说："你们过了长江，你们过了黄河，中国主要的河流、山川、铁路都让你们走过来了。我们是大长征，你们是小长征！"

▶二

为了开好党的第七次全国代表大会，中央把到达延安的各地代表都组织起来进行学习。我是第一批进中央党校的女学员，分配在一部，住在小砭沟的后山。一开始是同杨之华大姐住在一起，后来又进来一批女学员，便同蹇先任、张越霞和张清华 4 个人同住一间窑洞。

中央党校的校长是毛主席，副校长是邓发①，教育长是彭真，教务主任是刘芝明。

延安原是个苦地方，加上国民党反动派的封锁，生活就更加艰苦，能吃上小米饭、盐水煮土豆便算不错了。有一次，邓发来看我，我们正在吃饭。他也动了感情，说："广东的'黑衣仔'（叫花子）都没有这样苦。你去挖一点野菜吧，我那里还有点油，可以拿来炒一炒。"其实，苦是普遍的，连野菜也挖不到的。1940 年冬，毛主席曾作过一个著名的报告。他问道：生活这么苦怎么办呢？一条是解散，一条是自杀，一条是自力更生，任由自己选择。结果，所有共产党人都选择了自力更生的路，大家一齐开荒种地、纺纱织布，热烈而又认真地搞起大生产运动，一年后生活便得到了改善。

1942 年 4 月 3 日，中央作出整风的决定，转入整顿三风，学习整风文献。中央派彭真同志主持党校的整风工作。

学校每月发给每个人 10 张油光纸，作为记笔记用；每间窑洞发一盏

---

① 编者说明：根据黄超著《抗战中的延安》一文，邓发从 1939 年 12 月到 1943 年 3 月担任中央党校校长，1940 年 9 月开始到 1943 年 3 月，党校副校长职位空缺。1943 年 3 月，毛泽东兼任党校校长，彭真任党校副校长。本文作者记忆有误。

小煤油灯；洗面盆和口杯有时也当小锅来用。此外便没有什么其他用具了。那时听报告，写学习心得笔记都是把自己的膝盖当作桌子来用的。尽管生活条件艰苦，但是同志们在学习中能够互相帮助、互相启发，取长补短，相见以诚，所以我们还是感到非常愉快。我们在讨论问题时，有时也不免争个面红耳赤，但到头来又能实事求是地虚心听取别人的意见。每每争论之后，取得思想的一致，大家就显得更加团结，更加亲密无间。

整风后期，因为要开好党的第七次全国代表大会，转入审干，这对党的建设是十分必要的。但是当时搞的“抢救运动”却是错误的，伤害了一些同志，有的同志甚至被弄得死去活来。我也曾经被围攻了一个晚上。一个自称是已经向党坦白交代清楚了的蓝衣社特务，居然污蔑闽西的党组织是什么“红旗党”，并质问起我来。我当下就给他一记耳光。我说，闽西的党组织是毛主席创建的，所有5位省委书记——刘少奇、邓发、罗明、张鼎丞和方方都还健在，你怎么敢于污蔑？我用事实反驳了别有用心的攻击，通过了审干和代表资格的审查，出席了党的第七次全国代表大会。

（选自全国政协文史和学习委员会编：《峥嵘岁月：华侨青年回国参加抗战回忆录》，北京：中国文史出版社，2016年版；杨村整理）

李云扬

李云扬，1913年12月出生，广东台山人。1936年加入中国共产党。1935年参加革命工作，1937年赴延安在中央党校任教。1938年2月受党中央派遣与林基路（革命烈士）作为第一批八路军干部同往新疆，从事建设大后方，保证国际大通道工作。1942年新疆军阀盛世才背信弃义将所有共产党人逮捕入狱，李云扬在狱中坚贞不屈，作为狱中骨干之一，坚持斗争4年，在党中央营救下于1946年7月与129位被逮人员胜利回到延安。1979年进入暨南大学，任党委第二书记、第一副校长，广东省政协常委。2004年3月10日逝世。

延安——我们心中的灯塔

李云扬

1937年9月，正当抗日烽火燃烧起来的时候，我们一行——周扬、艾思奇、周立波、何干之、梁未闻、林基路和我在上海搭上了向西北方向驶去的列车前往西安。当时，西安事变已和平解决，红军在西安建立了联络处，后改为八路军办事处。我们的身份是党中央聘请的教员，受到办事处同志的热情接待。邓颖超同志亲切地接见了我们，并同我们在办事处门前留影。

在西安逗留几天以后，我们就坐上延安派来的汽车上路了。

在离延安还有几十里远的地方，我们发现一座翠绿的小山。那位陪我们去延安的同志介绍说："这里是劳山。红军曾在这里消灭了东北军的

1937 年 9 月，在西安八路军办事处留影。前排右起第一人是邓颖超，第四人是何干之；后排右起第一人是周立波，第二人是李云扬，第四人是艾思奇，第五人是林基路，第七人是周扬

一个师，师长被我们生擒，经教育后释放了。这个师长和被俘的士兵回去后，当了红军的义务宣传员，宣传共产党和红军的抗日主张，在东北军中产生极大的影响。”办事处那位同志还告诉我们：“周恩来同志曾在这里遭伏击。那是 1937 年 6 月的一天，周恩来同志从延安登上一辆卡车，向西安进发，过劳山时，突然遇到一群土匪的伏击。这伙 200 多人的匪徒，居高临下地从前后左三方围攻卡车，一接火，司机的大腿就被打断了，车开不动，情况危急。”周恩来同志临危不惧，沉着应战，亲自指挥警卫班和敌人激战了半小时。由于敌众我寡，恋战将对我方不利，周恩来同志当机立断，带领警卫班撤出战斗，旋即插到右边，迅速绕到山头，又转上公路，与听到枪声赶来支援的我方骑兵会合，使大家转危为安。

听了这段故事，我们对周恩来同志更是敬佩万分。

过了三十里铺，宝塔山已遥遥在望。延安，这个黄河边上的古城，古时是个荒凉贫瘠的边戎之地，宋朝学者范仲淹曾任陕西经略副使兼知延州（今延安县），他对延安的感受，曾反映在他的一首词中："塞下秋来风景异，衡阳雁去无留意。四面边声连角起，千嶂里，长烟落日孤城闭。……"诗人的笔下，一片荒漠、偏僻、悲凉的景象，难怪"衡阳雁去无留意"了。

延安，自从党中央、毛主席把革命的大本营奠定在这里以后，这一向闭塞的中国西北角上的小城，开始为全世界所瞩目。美国记者埃德加·斯诺写下著名的《红星照耀中国》（《西行漫记》），中国名记者范长江写下《陕北之行》，使延安更是蜚声中外。卢沟桥上炮声响了，千千万万知识分子、工人、海外华侨背着简单的行装，长途跋涉地奔赴抗日的中心——延安，寻求救国救民的道理。正如当时脍炙人口的抗大校歌中所唱的："黄河之滨，集合着一群中华民族优秀的子孙……"

延安，周围是山，延河绕城流过，城东的宝塔山上有雄伟的九层宝塔，城东北的清凉山上有万佛洞和四季常青的松柏。在这些名山宝塔映衬下，延安显得格外的庄严、朴实、美丽。最吸引人的是一踏进延安的土地，就仿佛置身于一个神奇的世界，一阵阵清新的、生机盎然的、蓬勃向上的气息扑面而来。看那陕北老乡，诚实的眼睛，常挂在嘴角的笑容，朴素的衣着，洁净的羊肚毛巾，人人红光满脸，精神焕发。山川里，成片的玉米棒子在风中摇曳，悠然吃草的羊群，嘹亮的信天游歌声……一派安居乐业的动人景象。毛主席、朱总司令不时到老百姓家中做客，拉家常，八路军官兵同老乡一起闹秋收，使我真正理解了"水乳交融"的含义。当时党的干部、军队的官兵，不分等级，不论职务高低，每月一样领取 2 元钱津贴，还有定时的民主生活会，开展批评与自我批评，使我感受到了真正的民主、自由、平等和进步。总之，它与蒋管区大大不同，是一个新社会的雏形。

我们一行人在离延安城南门不远的一所石头砌的大房子住下，这是中央招待所。第三天，负责接待我们的一位同志突然前来告诉我们，说："主席看你们来了！"还没等我们反应过来，毛主席那高大魁梧的身躯已经出现在我们房前。他同我们一一握手，亲切地说："欢迎你们，你们路上辛苦了。陕北生活不好过，可不比在上海。”周扬同志马上回答道：“在上海，我们也是住亭子间。”毛主席接着说：“在延安住窑洞，睡大坑，更艰苦。”寒暄几句后，艾思奇同志先发问：“主席，抗战爆发了，你看这场战争如何打法，结果怎样？”这可把毛主席的话引出来了，他笑着说：“来，来，咱们到这边谈谈。”毛主席走近桌子，他运用桌子、茶壶、茶杯摆阵势，生动形象地阐明了抗日战争的形势，以及这场战争的持久性和艰苦性。我们听了，才明确了“速胜论”和“亡国论”都是没有根据的。这是到延安后，毛主席给我们上的第一课，那情景我一辈子也忘不了。

大约过了一星期，组织上征求我的意见，问我想到哪间学校当教员。当时，延安办了中央党校、中国人民抗日军事政治大学、陕北公学。到延安的这些天，我从革命领袖和周围同志的身上学到了许多东西，也找出了自己的差距，深感自己没有经过艰苦斗争的磨炼，思想比较幼稚，而学校的学员大多是老红军，叫我去给他们当教员，实在没有这个水平和胆量，我还是有自知之明的。我将自己的想法向组织作了汇报，并要求入党校学习，党组织很快满足了我的请求，让我到中央党校学习。

党校在桥儿沟，离延安有 10 多里（1 里 = 500 米）地。我们住的是窑洞，当时党校开办不久，不要说没有教室，连张小板凳也没有。党校实行军事化的生活制度，清晨军号一响，大家迅速起床出操，下操后便到延河边洗脸刷牙，然后开始一天的学习。我们的课程有列宁主义问题、党的建设、政治经济学和统一战线，还有游击战术问题等，有些课是党校的专职教员讲，有些则是请党的高级干部或八路军将领来讲。那时没有什么现成的课本、讲义，全靠自己听课时记录、整理。

生活上我们实行供给制，吃的是小米、南瓜，偶尔有点西红柿，那可算得上珍馐佳肴了——又当菜，又当水果；更高一级的享受算是花生米和炒南瓜子了。物质生活虽然很艰苦，但同志们亲密无间的友谊，使每个人都感到自己生活在温暖的革命大家庭中。我们把党看作母亲，把同志当作兄弟，互相信任，互相帮助。有一晚，轮到我放哨，三更时分天气越来越冷，高原呼呼的北风透过我薄薄的灰棉衣，冻得我直发抖，不得不来回走动。这时，查岗的一位同志来到我跟前，突然把一件暖烘烘的大衣披在我的肩上，他知道我是南方人，又是头一次放哨，怕我吃不消，就把自己的大衣脱下来给我披上，我一时感动得说不出话来，还没等我道谢，这位老红军已迎着凛冽的寒风，消失在茫茫的夜色里。

我从这些老同学的身上，明白了许多在书本上学不到的东西。和我同一房间有一位姓阮的老红军，他是在上海搞工运出身的，后来到了张国焘的红四方面军当保卫部部长，他看上去似乎有点流里流气、不拘小节，实际上是一块真金，是一条英雄好汉。张国焘的西征失败后，队伍打散了。这位姓阮的共产党员身上带着公家的四十两黄金，如果稍有私念，他完全可以跑到上海、香港等其他地方去享福。然而，他却跋山涉水，忍饥熬寒，一路讨饭，历尽千辛万苦，千里迢迢地跑回延安，把四十两金子如数交给党组织。在中央党校毕业后，他被派到山西太原任省委保卫部部长。后来不幸被捕，日本宪兵用尽酷刑，都不能从他口中得到一点我党的机密，真是铮铮铁骨、宁死不屈，最后被敌人残忍地挖心杀害了。

这位老红军的英雄形象，一直活在我的心中，成为我对敌斗争的好榜样。

1937 年底，我的爱人伍乃茵也到了延安。我们夫妻能在这里相会，真是喜出望外。就在这个时候，我们的党总支书记找我和林基路同志谈话，说组织上决定派我们两人去新疆开展统一战线工作，还说明为什么要派我们去的道理，问我们有什么意见。说实话，我是不愿意去的。我从小就崇敬宋朝的民族英雄岳飞，在今天民族存亡的关头，我一心想上抗日前线去拼杀一番，这正是大丈夫当战死疆场，为国捐躯的时候。但是，我十分明白新疆工作的重大意义。于是我二话不说，坚决服从组织决定。不久，我就告别战友，离开延安，踏上去新疆的道路。

（原载《希望》1982 年第五期，第 33—34 页）

杨　烈

杨烈，曾用名杨淑华，1914 年 5 月出生于广东省潮州市庵埠镇。1940 年 8 月加入中国共产党。1939 年通过重庆办事处介绍奔赴延安。1940—1941 年初在延安中国女子大学学习，并当了体育教员，后在延安青年会体育会工作，曾任第三任延安体育委员会主任。中华人民共和国成立后，曾先后在国家体育总会、上海体育学院和广州体育学院工作。1991 年 11 月逝世。

延安中国女子大学的体育活动

杨　烈

抗日战争时期，无数革命志士怀着追求真理、抗日报国的理想，冒着生命危险，从祖国各地奔向革命的中心根据地——延安。为民族解放而培养革命干部，为时代造就人才，这是多么严肃而迫切的使命！在这座古城的冈岳沟壑中，党中央先后办起了中国人民抗日军事政治大学、陕北公学、中央党校、马列学院、泽东青年干部学校和中国女子大学。延安，这个冶炼革命干部的大熔炉从此名垂史册。

中国女子大学建于 1939 年。文化沟口沿河对岸的几个小山冈上一排排错落的窑洞，那就是女子大学的校舍。女子大学的学员，有从沦陷区或大后方越过国民党和日寇的封锁而来的青年，有各抗战前线和各抗日根据地的英雄模范，有长征老干部，有陕北地方干部。她们在这个炙热的集体中，接受马列主义的滋润，朝气蓬勃，斗志昂扬。

中国女子大学根据学员来源、文化程度和工作需要，建立普通班、高级班、文化班、陕干班、妈妈班等班级。

女子大学的学习内容以文化和政治理论为主，兼学些工作技能。主要课程有马列主义、哲学、政治经济学、中国近代革命史、党史、妇女运动史以及党的政策。

为了学习生产知识，为了联系群众和组织、发动群众，生产劳动也是学校生活内容之一，如开荒、种地、种菜、纺纱、缝纫（学校办服装厂）、打柴、背米等。此外，校内还开展各种适合女性特点的体育活动，提高学员身体素质，以适应抗日战争的需要。

当年中国女子大学旗帜

当年中国女子大学窑洞

冬暖夏凉的窑洞宿舍，如楼宇层层，点缀着起伏的山坡；涓涓的延河，成了天然的洗漱、浣衣的场所；河边的沙滩，提供了宽敞的运动场。

陕甘宁边区地瘠民贫，物质生活十分困难。面临着虎视眈眈的日寇和国民党反动派几十万军的包围，随时要准备投入严酷的战斗。毛主席要求大家在紧张的学习之余开展体育运动，提出“锻炼体魄，好打日本”的口号。

1939 年 7 月、8 月间，中央青委延安工作科设延安青年俱乐部，组织体育竞赛，开辟运动场地。1940 年 5 月 4 日，中央青委为了加强体育工作，提倡在延安青年俱乐部的基础上成立延安体育会，请李富春同志任名誉会长，配有专业知识的干部任主席（第一任是李导，第二任是张远，第三任是杨烈）。体育会是一个群众性组织，主要任务是积极推动和组织延安学校、机关、工厂、部队的体育活动，增强体质，提高学习、工作和生产效率，以战胜日本侵略者。各单位的俱乐部负责体育工作的干事为体育竞赛也活跃起来，体育活动成为人民生活中不可缺少的一部分。

中国女子大学的学生和职工组织校友会，下设俱乐部，负责领导全校的文艺、体育活动，主任是丁雪松同志。体育方面的工作，由我利用业余时间分管，所以我也是延安市体育会的一个代表中国女子大学的委员。

中国女子大学有1000多个学员，教员中只有我一个人学过体育。要开展群众性的体育活动，如何解决体育教师的不足呢？我们从每个班里各选出一名体育干事，集中在一起研究开展活动方案，订计划，想办法，回班里做组织推动工作。又在各班中物色对各项运动较有专长的学员加以训练，回到班里带早操、当裁判、教舞蹈、做游戏等。不久，一批基层体育骨干队伍逐步地形成了。

体育运动场地是中国女子大学师生自己动手开辟的，延河畔的沙滩修成田径跑道和跳舞场，校内的一片空地平整后当运动场，场内划分为两个篮球场、两个排球场和一个垒球场。在一片山坡地上建了一个领操台。

体育器材是因地制宜、因陋就简自己制造的。有一次，一个领导从重庆开会回来，带来一些篮球、排球、垒球和垒球棒，这些东西成了我们学员们爱不释手的奇珍。学校传达室的一位男青年主动要求当体育器材管理员。有一次山洪暴发，汹涌的急流淹没了运动场和合作社，大家纷纷抢救公共财物，这位青年管理员一次次冲入水中，将一批批体育器材抢救出来，他的出色表现受到全校师生的热烈赞扬。

每天黎明，号声和哨声迎着早霞，彩练般的人流从山头、山腰顺着山道弯曲盘旋泻落河边。学员们砸开延河的冰块取水洗漱，然后在河畔的运动场上早操、跑步、排舞、练唱。当时鲁迅艺术学院的冼星海、郑律成、李鹰航等同志不辞辛苦，多次爬山越岭来为中国女子大学合唱队指挥排练“三八大合唱”和“黄河大合唱”等歌曲。

在下午课外活动延至傍晚时分，场地上歌声、笑声、哨声、叫声与延河的流水声交响，人影、球影、山影与晚霞争辉，蓬勃的体育活动使学校生活增添绚丽的色彩。

年龄差异大、地区差异大、习惯爱好差异大是中国女子大学的特点之一。在这里，有刚刚离开儿童团的小鬼，也有两鬓挂霜的“大婶”“大妈”。在普通班有来自上海、北京等大城市的大学生，在陕干班有刚解放的缠足农村妇女。一同参加丰富多样的球类、田径、体操、武术、秧歌、集体舞、民族舞等课外活动。这么多样化的课外活动，在当时全国各类学校中也属罕见的。

运动场上还经常可以见到老、中、小一家三代人在一起高高兴兴地活动，革命的家庭与革命的集体如此和谐地融合在一起。这些体育、文艺活动，增强了团结，提高了学员的体质，锻炼了顽强的战斗意志。

为了庆祝中国女子大学建校两周年，全校举行篮球、排球比赛，各班代表队经过一段时间较量，将技术高强的队伍选拔出来，组成校代表队。校代表队有三个篮球队、三个排球队和两个垒球队。这些纪律严明、群众爱戴的球队经常参加延安市体育会组织的节假日联赛和庆祝前线告捷表演赛。

为了提高这些校队的技术水平，聘请了东北救国总会、延安市排球代表队队员李东野同志任排球教练，请中央青委丁秀同志任篮球教练，请中国人民抗日军事政治大学学员朱德兰（前中央国立体专学生）任垒球教练。这些同志严肃认真，不怕辛苦，一清早就蹚过延河来辅导训练。遇到比赛，经常从下午课外活动时间一直辅导到天黑。他们无私的服务精神，给代表队员以深刻的教育。经过短期的刻苦锻炼，各代表队都有显著的进步，在全市的比赛中屡为学校争得荣誉，也博得群众的好评。队员们回到班里，各承担本班代表队的技术指导，使中国女子大学的群众性体育活动在普及的基础上得到提高。

夏天，延河是游泳的好地方。经过测量，选择水深合适处，在河岸的岩石下拉上线，筑成了“游泳场”。游泳技术较高的南方学员，多是市体育会举办游泳比赛的积极参与者。而那些初学者则三五成群，在浅水处嬉波逐浪，她们也希望掌握一点水性，以便上前方后能派上用场。在午休时间，一些学员到河边洗衣，衣服洗好，晾在沙滩的石板上，然后穿着裤衩汗衫顺水畅游，游完上岸，衣服已被烈日晒干，即可穿上或带回。

冬天，延水冰冻，把水泼在地上就变成了光滑的溜冰场。青年人穿起各种自制的冰鞋（板上钉上铁条），歪歪地学习平衡动作。有的学员曾溜过冰，用旧皮鞋或缴获的日寇军鞋加点工，就成了高级冰鞋，在冰上翩翩起舞。那些优美多姿的表演，经常使站满两岸的观众羡慕。

中国女子大学为适应女同志对美的爱好和欣赏，很重视舞蹈活动的开展。在建校一周年时，全校同学表演了一个有1000多人参加的“三八集体舞”，由舞蹈小组自编自导，并请从苏联归来的徐一新同志辅导，请鲁迅艺术学院的同志配乐。集体舞的场面壮观，队形多变，有时用现代舞步交换前进，有时以陕北秧歌舞穿插其中，有时表演叠罗汉，最后组成大圈套若干小圈的图案，高举妇女解放万岁的字样作结尾，舞蹈造型新颖，深受各方的赞扬。正式演出时，上千人统一穿上学校服装厂自制的列宁服和学员自己编的凉鞋，格外整齐美观。这个集体舞被延安电影局拍摄成纪录片。

中国女子大学操场上，学生们在表演集体舞

1940 年的五四青年节，中国女子大学编了一套既刚强有力，又柔和优美的集体舞参加会演。同年，中央青委在文化沟青年运动会场举办大型集体舞晚会，学校以其精彩的表演使晚会大为增光。中国女子大学的舞服是用学员的绸缎花被面制成，在火炬的照耀下轻盈起舞，色彩艳丽夺目。而白求恩医科大学的学员，以白床单缝成舞衣，整洁别致，另具特色。地方民兵、妇女，有的也来表演大刀操、红缨枪舞等节目，博得热烈的掌声。许多群众从数十里外专程赶来观赏这一不平常的盛会。周恩来同志刚从苏联回来，也特来参加这个晚会。

为庆祝中国女子大学建校两周年时，邀请了朱总司令和其他首长莅临参观篮球决赛，此外还举行了“蒙古之夜”舞蹈晚会，晚会的舞蹈节目洋溢着浓厚的草原气氛，体现了党的民族政策。由高洋同志编舞，请蒙古族艺人指导基本动作，请艺术学员杜慧加同作曲。中国女子大学缺乏男演员，只能将部分演员女扮男装。晚会节目令人耳目一新，大受欢迎，后来应邀在八路军礼堂连续演出几晚，毛主席也亲临观看。

中国女子大学的文艺、体育活动，是当时延安文体活动的缩影。中国女子大学的学员具有广泛的代表性。既有学生，又有工农群众；既有来自前线的战士，又有陕北地区的干部；既有敌占区或国民党统治区的青年，又有蒙古族、回族等少数民族学员；既有四五十岁的妇救会老同志，又有十多岁的少先队员；还有那从海外归来的爱国华侨，他们经历千辛万苦前来延安，准备为挽救民族危亡贡献自己的一切。

这些同志渴求掌握革命的理论和战斗的本领。所以，在当时物质生活非常困难，敌我斗争紧张严酷的情况下，她们依旧情绪高涨，在学习上和体育锻炼上表现出很大的主动性和自觉性。

1941 年，随着抗日战争形势的发展，前方和后方需要大批干部，边区又提出征粮任务。中央决定将中国女子大学和其他几所大学停办，调集力量投入新的战斗，学员们分别走上各个新岗位。

从 1939 年到 1941 年这段时间里，中国女子大学培养了一批德、智、体全面发展的妇女干部，为党和国家输送了人才。这些人才，最后成为抗日战争、解放战争和建立中华人民共和国各部门的骨干。当时的俱乐部主任丁雪松同志，曾任中国驻荷兰大使；校队运动员陆岩同志，曾任水电部司长，其妹肖岩曾任中央教育部师范司司长；孔莜同志曾任旅游局领导人；于兰同志成为电影界知名人士。中国女子大学的许多学员，在中央和地方的各部门都发挥了积极的作用。

（摘自《广州体育学院学报》1985 年第一期；文章由杨烈女儿杨薇提供，本书编辑时文字、照片有所改动）

杨　震

杨震，又名杨焕楣，1921年1月出生于广东省大埔县百侯镇侯南村。1938年2月加入中国共产党。1937年在上海读书时参加抗日救亡学生运动，同年11月赴延安，先后进陕北公学、马列学院学习和工作。1939年9月由延安派往中原鄂豫边区新四军工作。中华人民共和国成立后，先后任华南、中南协作区办公厅副主任，中共中央中南局计委局局长、副主任，广东石碌铜矿革委会副主任，广东省计委副主任、主任、党组书记。1997年2月在广州病逝。

我的延安学习回忆

杨　震

▶ 在武进及到延安（1937年8—11月）

我父亲失业一年以后，7月间经一位大埔人郭汗鸣（当时在江苏省地政局任秘书或秘书长）介绍，到武进县地政局任第三课课长（实际上无第三课，是挂名的）。8月初父亲到上海和我说，他失业一年多了，欠了不少债，现在找到了工作，收入不多，一家人要吃饭，希望我不要再念书了，和他一块到武进去找个工作。我当时还想念书，不愿意离开上海，同意在开学前到武进去看看，然后还是回上海读书，我说读书不用花多少钱。我把行李留在上海，和我父亲一起到了武进。

我在武进住了一星期左右，“八一三”上海抗战爆发了，我不能再回上海。地政局又借口抗战要压缩经费，只给职员发伙食费。这样，我同意了父亲的意见，到地政局登记处做临时抄写（土地核算）工作，每月12 块钱。

地政局单独在一个旧式平房办公，离火车站不远。全局大概有三四十人。我和十几个登记处的职员（好像叫书记）在进大门旁边的一个大房子里办公。每个人有一本土地登记账簿、一个算盘，一户户、一村村地核算田亩有无差错。抗战全面爆发了，职员们都没有心思干这个活，经常在办公室磨洋工，聊天。登记处主任是个老头，他不管。局长姓王，他不放心，常到各个办公室查看，他来了，大家就装模作样打起算盘来。地政局没有宿舍，我和父亲是住在局里人合租的一个宿舍里，在饭铺里买饭吃。

武进县属的戚墅堰（在武进南边京沪线上）是供应上海的火电站所在地，日寇飞机经常来轰炸，以后随战争的发展愈炸愈频繁，武进也被炸过几次。地政局不能在城里正常办公，9 月间我随一部分职员迁到郊区农村去 20 来天。后来局里修了防空洞，我父亲去城里，10 月间我又回到了城里。

9 月份开始，特别是国民党的中央社和上海报纸发表了中共中央宣布两党合作的宣言，以及蒋介石承认中国共产党合法地位的谈话以后，武进街头上的气氛也发生了变化，上海出版的抗战报刊很多，上海的救亡团体和演剧队一批批路过武进在街头宣传演出，我去看过多次，如《放下你的鞭子》《小放牛》《松花江上》等。武进战时服务活动也活跃了起来。地政局死气沉沉，我不认识人没有关系不能参加外面的活动，心里很着急，老想着怎么能够离开这个地方投身到抗战的烽火中去。郭沫若在上海主办出版的《救亡日报》发行到武进，我是每期都买来看，那里不断地登载有八路军开赴前线作战、平型关大捷、陕北通信等消息，当时报道了陕北公学（简称“陕公”）创办招生，成仿吾担任校长的消息，我心里就有想法了。以后我收到杨林从安徽来信，问我看到陕公招生的消息没有，他想去，问我是否一块去。我给他回信说我也想去，问他怎么个去法。我还写了一封信给南京八路军办事处，讲了我的情况，问他进陕公到哪里投考，怎么个去法。办事处很快给我回了信，说到陕公要到西安办事处去投考。杨林收到我的信后给我来了信，要我先到自来桥镇他那里会合，并告诉我到他那里，在张八岭下车走30里路（1里＝500米，下同）就可以到。这时已是10月底了，但是我父亲不放心我一个人先走，另外当时日寇已经突破了上海的防线，上海失守也是几天内的事了，他要我等几天待他定了行止以后再走。这样拖了几天到了11月初，上海失守或快失守了，难民和散兵开始涌到武进来，地政局已人心惶惶，决定收摊，各人自找出路了。我父亲要我和他一块先到镇江，他找到郭汗鸣和我的一个叔伯舅父张载霖定了行止以后我再走。

11月初我和父亲一块，挤上了一个敞篷车厢坐了一夜，第二天到了镇江。我们找到了张载霖，他给我们安排了住处。郭汗鸣知道我父亲到镇江以后，他来看过我父亲，我也见到了他。

张载霖听我父亲讲我要到陕北以后，他很赞成，要我父亲放心我去。他说他有一个也想到陕北的熟人可以和我做伴，他还可以给在延安的老战友写信请他们帮助我们。他把那个人找了来和我见了面，他是中央大学毕业生，在《时事类编》（中苏友协办的杂志）做俄文翻译，姓沈，二十五六岁，安徽安庆人，他也是看了陕公招生的消息想到陕北去的。我们商量了走的办法，我提出一块先到杨林那里再一起走，他说到嘉山县（现明光市）时再看情形决定。他说他在西安有熟人，可以找到地方住。张载霖给邓发写了一封信交给我，信的意思是说我们两人要进陕公，请他帮助的话。他和我说他们夫妇和邓发夫妇是老战友，很熟，到延安见到邓发时，要我转达他如果不是老婆孩子拖累也想到延安的意思。我父亲给了我30块钱作路费，张载霖说路上钱不够，可以找姓沈的帮助。

我在镇江住了两天，我们就出发了。由镇江到南京下关差不多走了一天。过江在浦口车站等了近一天。浦口到徐州还有客车，我们上了车厢，没有火车头拉，因为日寇飞机来空袭，临时调了一个火车头把车厢拉出浦口十几公里停了下来又等了一天。火车开行后由于让军车、等火车头，时开时停。路过张八岭时是在半夜里，火车没有停，我看到当时坐火车不容易，姓沈的听说要走30里路，也不大愿意转到杨林那里，我不能再回头了。火车走了两三天才到徐州，我给杨林写了一封信，说我找了一个伴直接到西安去了，希望能和他不久后在延安见面。我们在徐州车站等了一天多，才坐上到西安的客车。这趟列车也是时开时停，路上躲空袭、等火车头、让军车，走了七八天，大概20号才到西安。到西安后姓沈的带我一块到西安大学学生宿舍和几个西安大学的学生住在一起。西安大学的学生谈了一些到陕北学习的情况，说那时到延安进中国人民抗日军事政治大学（简称“抗大”）、陕公的学生很多，有的坐汽车去，有的走路去，300多公里要走八九天；说最近去的人多，窑洞不够，要自己动手打窑洞，生活比较艰苦，吃小米，天气比较冷，有冻坏鼻子耳朵的。姓沈的听了就动摇了，第二天他和我说他怕冷不想进陕公了，想回武汉或安庆去搞点俄文翻译工作或文化工作，问我怎么办。我看他确定了念头已经说不转来了，我就说我是只有到延安这一条路，没有退路的。最后，我一个人到七贤庄八路军办事处去。我到办事处后和传达的同志说我是来报名投考陕公的，我把南京八路军办事处给我的回信和张载霖给邓发的信都交给了他。一会，一个穿军装的女同志接见了我，问了我的家庭历史情况，投考陕公的志愿，对中国共产党、八路军、抗日民族统一战线的认识，张载霖怎么认识邓发的，现在的情况等，我作了回答以后，她出了几个政治形势方面的问题要我书面作答，并要我填了一张投考陕公的登记表。我答完填完以后，她要我第二天再到办事处听她的答复。第二天，也即是我到西安后的第三天，姓沈的不等我投考的结果就动身回武汉了，临走前他给了我10块钱。我到办事处找到那个女同志，她告诉我已经被录取了，说明天有汽车到延安，要我一早到办事处来集合，并告诉我延安比较冷，要我多准备点衣服去。我出来后就在街上用姓沈给我的钱（我父亲给我的钱快用光了），买了一套黑色的棉学生装。在我到西安第四天的一早我到了办事处，这时门口停了两辆卡车，有不少青年学生已在那里等着，我们上车离开了办事处。在西安城内大街上行驶时，我们还高唱着救亡歌曲，车在路上行驶了三天，到延安时已快到月底了。

▶ 在延安（1937 年 12 月至 1939 年 9 月）

我们在南门外招待所住了两三天以后，于 12 月初编到陕公六队三班学习。我在陕公校务处注册时，校务处处长饶卫华是个老红军干部，大埔人，他问了我张载霖的情况。他说，他们也很熟，我揣想是张载霖给邓发的信转到了陕公，他看到了才会主动问我。我和他说我是在镇江看到的，镇江失守以后就不知到哪里去了。并且我把张载霖要我转告邓发的话告诉了他。他说知道了张载霖下落后，会想办法通过组织来找他联系。

杨震重返 1937 年学习的地方——延安陕北公学旧校舍前留影

我到陕公以后就看到了侯中同学杨菜珍（她是侯中第三届毕业的，由香港去的），也看到了在抗大学习的侯中同学张力克和百侯人、大埔中学念书的白彦（萧史培）。饶卫华还带了两个长征干部来看我们，其中一个就是抗大的政治教育科长杨兰史，百侯人，他认识我父亲。以后我到他那里玩过几次。

陕公校长是成仿吾，我快毕业时才来了副校长罗迈（李维汉）、教务主任邵式平、政治部主任周纯全。六队行政上只派一个队主任，姓名我忘记了。教员和主要课程有王若飞讲统一战线，萧劲光讲抗日游击战争，聂洪钧讲民主运动。毛主席给全校师生作了一次讲话，讲完以后许多热情的学生还包围了毛主席，要求毛主席在自己的小笔记本上签名留念，毛主席满足了好些学生的要求。陈伯达到延安不久也住在陕公，他的话不好听懂，没有讲课。康生作了反对托洛茨基匪徒的报告。

1938 年 1 月中旬，我所在的三班班长朱民军，他是个党员，开始和我谈话，问我对共产党的认识，想不想做一个党员，能不能做到一个党员的要求等。我谈了我在侯中开始就仰慕中国共产党，到延安来就是为了在党领导下参加革命，我的志愿就是能够做一个共产党员，就怕不够条件等。后来他要我写一个自传，并问我在延安有没有熟人是党员，给我写一个证明。我说我有一个名叫张力克的初中同学是党员，在抗大学习，我可以找他写证明。我写了一个详细自传交给了他，内容包括我的家庭，我父亲的职业和政治态度，我的历史和思想转变过程，我到延安来的经过等。星期天，张力克到陕公来找我玩，我和他说了写证明的事以后，他写了一个证明交给我，内容是说我和他同学期间政治上没有问题，并告诉我如果需要，他可以通过抗大党组织再写一张。我把证明交给朱民军，问他要不要张力克通过抗大党组织再写来，或由陕公党组织去了解。他说证明交给他就行了。以后他再没有提过了解这个问题，他要我填了一份入党志愿书。2 月初，朱民军找我谈话，告诉我校总支委已批准我入党做一个候补党员，候补期是三个月，介绍人是他和张景生。他说做一个共产党员是一个人一生中的最重大事件，是新的政治生命的开始，要珍惜共产党员的光荣称号。他告诉我候补期的意义是对新党员进行考察和教育，要我努力争取按期转为正式党员，介绍人是对我在政治上负责的，要我铭记介绍人的名字。张景生是六队的支部书记，他和我谈了一次话，告诉我一个共产党员的权利、义务和要求，要努力做一个好党员等。我被批准入党后，编到朱民军负责的党小组过组织生活，开始只有三个人，朱民军、我和另外一个班的一个人，以后增加了一两个人都记不清楚了。朱民军给我看了周恩来同志在延安纪念党的16周年庆祝大会上的讲话，题目是《英勇奋斗的十六年和党的建设》的油印小册子（中央党校的讲义）。2月中旬学习结束前几天，全校统一举行了新党员宣誓仪式，参加宣誓的新党员有上百人，加上工作人员和学生中的原有党员有近200人参加，由总支书记申力生主持会议，罗迈作讲话。中共中央组织部也有人参加（记不清楚是否王鹤寿）。

2月中旬，从三队到十队作为陕公第一期同时结束毕业。分配工作时朱民军和我说，学校决定我留校工作，六队留校工作的我回忆中有三个人，其中一人是姜某某（中华人民共和国成立后在中央办公厅工作）。校总支负责人申力生和陈伯村找我们谈了一次话，告诉我们要到新的队去做支部工作和建党工作。后来把我们留校工作的人共30来人集中在校部前一个平房里住，作为中共中央组织部的临时训练班，编了一个临时支部，每天过延河到城内靠山的窑洞听党课，讲课人有陈云、李富春、刘锡五、王鹤寿等，每次讲两个多小时，回来讨论，共学习了两个礼拜。参加这个训练班的，除姜某某外，还能记起来名字的有七队毕业的陈明刚（金沙）。训练班结束时，为了使我们到新队能担任支部委员和发展新党员的工作，把我们这些候补党员提前转正为正式党员。因此我的候补期实际上只有一个月的时间。

3月初，我和姜某某被分配到十九队，队主任是胡元至，一个德国留学生，有很深的近视。我和姜某某行政上的名义是助理员，党内姜某某任支部书记，我任组织委员。我们到十九队是中途去的，一个月左右就结束了。我们助理员的任务主要是做支部工作和发展新党员的工作，参加全队的活动，分工到班里去参加学习，通过学习和在与学员的接触中了解学员的情况，给予辅导和帮助，并从中发现可培养为新党员的对象。我在十九队因时间短没有发展新党员。

4月上旬，我到二十一队任助理员。队主任是李唯一，助理员有方波、朱捷夫和我。方波是支部书记，学生中选的队长有孙德山。我们在学员中发展有 30 多个党员，以我为主发展的有 10 来个党员，这些人我以后都未再碰见过，也没有听熟人谈起过，姓名我都记不起来了。

6 月下旬二十一队结束，中央决定陕公迁往栒邑，扩大招生，在延安设立分校，迁往北门外。学校决定我留分校到二十七队担任助理员。分校主任是宋侃夫，二十七队队主任是胡元至，助理员有冯雨泉和我。陈明刚（金沙）担任过一段时间的助理员，以后调到另一队去担任副主任。中共中央中南局财委陈希愈说，他在二十七队学习了一个多月，担任过队长，但我们互相都不认识了。我在二十七队发展的党员也记不起来了，如宋养初说是我发展的，但我一直回忆不起他当时的印象来。我和宋养初，以及在二十七队学习过的吕克白、刘洪生在北京工作时都在一起待过或见过面，但从来没有谈起过陕公的情况，我当时就认不出他们是在二十七队学习过的，他们自己也没有讲过。

8 月底马列学院招第二届学生，陕公分校选送了陈明刚和我共 4 人报考。朱光是马列学院秘书长，他带了三个人到陕公来和我们谈了话并做了口试。9 月初，我们就进了马列学院。我在马列学院学习了一年。毛主席给我们讲了两次战略与策略。中央许多负责同志给我们讲课或作过报告。但是那时是在全党整风学习以前，党内“左”倾机会主义和教条主义还没有受到很好的批判，学院指导我们学习马列主义

当年在延安马列学院的同学，从左到右：王匡、罗克明、吴植椽、杨震

不注意和中国革命具体实践的联系，没有突出去学习中国革命的问题和经验，对我们这些大部分是知识分子出身缺乏实际工作经验的新党员，没有抓紧世界观的改造，因此学院费力不小，而我们学习效果不大。我就感到消化得不好。这种教条主义的教学内容和教学方法还影响到我们以后负责的教学工作中去。在马列学院学习时间长，一年中编过几次班，中华人民共和国成立后见面谈起的人就比较多，像王匡、简文、宋平、吴植椽等，当时学习和以后见面都是比较熟悉的。

▶ 到竹沟及突围（1939 年 9—11 月）

1939 年 9 月，马列学院第二班学习结束，组织上分配我到华中新四军地区工作。我和同班同学吴植椽、罗克明三人同行，我们都穿着八路军战士的制服，戴上第一一五师的臂章符号，坐汽车到西安，住在七贤庄八路军办事处，然后坐火车到洛阳，住在洛阳八路军通讯处，徒步七八天到确山县竹沟镇，大概是 10 月 10 日了。我们到竹沟时，前方回竹沟参加中共中央中原局会议的人还没有走，我们看到了几个先我们走的马列学院同学还在竹沟，如任质斌、简文、谢中峯、朱讯等。中共中央中原局决定吴植椽和罗克明到苏北去，我留下到中共河南省委组织部任地方干事。

（摘自杨震于 1969 年 3 月 26 日所写《关于我的历史的交代》；文章由杨震儿子杨立诚提供，本书编辑时增加照片）

肖华湘

肖华湘，1902年1月1日出生于江西省萍乡市湘东区。1930年加入中国共产党。1934年从江西出发参加红军二万五千里长征，在贵州茅场战斗中负伤。1935年任红四方面军供给部教导员、红二方面军卫生部休养连政治指导员。1937年任延安留守兵团警卫营军需处主任，后任军民客栈主任、绥德土产公司科长、石岔盐业公司和米脂贸易公司经理。中华人民共和国成立后，先后任广州港务局航道工程局副局长，广州市东山干部疗养院副院长，广州干部文化学校副校长，广州市参事室副主任，江西省政协第四届委员，广州市政协第四届委员、广州市政府视察室副主任，广州市委顾问组成员。1983年离休。1995年3月14日逝世。

忆刘先胜同志救我出腊子口

肖华湘

在纪念红军长征50周年的日子里，我忘不了刘先胜同志救我出腊子口的一段经历。

1936年9月，红军经历了一年多艰难困苦的跋山涉水，尤其是刚翻过了高耸入云、大雪纷飞的雪山，接着又穿过了雾气阴森、遍野泥沼的草地，忍受着饥饿和严寒的胁迫，那时已是断盐缺粮，每天只能用些青稞、大麦粉加水搅拌着充饥，还得将两天的干粮分作三天吃，每顿只能吃半饱，渴了喝些雪水，而草地的黑瘀水长年累月积聚着腐烂的植物，含有毒素也不能喝。身上穿的单衣，又薄又破，在这变化无常的天气里早已滚得一身泥浆，双脚红肿麻木，这样的风吹雨打太阳晒，战士们已是极度的虚弱疲倦，有不少战士病倒了。我也是皮黄骨瘦，关节肿痛，胃疼得弯着腰还直冒冷汗，靠着树棍支撑着。行到岷州腊子口时，只见天险腊子口两翼是山崖绝壁，中间横贯着一条不宽的河流，到处还可见到先遣部队在这里进行过激战的痕迹。我越走越慢，实在支持不住了，病倒在路旁，眼望着忍受疲劳，沿着河岸边行走的战友们，我几次挣扎站起来想跟上队伍，才站起来，一阵头晕眼花又跌倒下来，生命岌岌可危，隔不多远，还有其他病伤的同志倒在路边，有的默默无声的就长眠不醒了。

1936 年，红军通过腊子口的情景

时间过了不知多久，我朦胧听见有人呼唤："同志，醒醒。"我张眼望着不相识的面孔，知道是卫生部收容部队的同志到了，正在为病伤人员理伤送药，这时一位骑着骡的人走到我身边，望着我，即跳下骡来握着我的手说："是您呀！"我望着这熟悉的面孔，记起他就是我在兴国才相识的原安源矿警队八连连长，此时是红军巡视团团长的刘先胜同志。他虽是湖南湘潭人，可满口说的是萍乡话，每当我们谈起 1922 年安源煤矿工人的苦难，讲起轰轰烈烈的安源路矿工人运动，便感到格外的亲切。几年没见面了，我怎么也没有想到他会从一方面军到了二方面军，现在他是二方面军卫生部的政委，他叫卫生员给我服了药，见我病重支撑不住，无法行路，即要我骑上他的骡，我再三推辞不掉，含着泪骑上了他的骡，一路上吃些药，经过20多天的护理，过了渭水河身体才好转。

刘先胜同志救我出腊子口，使我跟上了部队，胜利地完成了长征，到达了陕北革命根据地，一同进入延安这所革命的大熔炉。在党中央、毛主席直接领导下，一起接受新的革命考验。这段经历使我终生难忘，这只有在中国共产党领导的革命队伍中，才能有这种官兵一致、充满了阶级友爱、同甘共苦、团结一致的精神，这是我们党的优良传统，也是我们所以能在这样恶劣的环境中克服重重困难，取得胜利的保证。

（文章由肖华湘子女肖延清、肖延忠、肖秦德提供，本书编辑时文字、照片有所改动）

肖 殷

肖殷，原名郑文生，笔名肖英，1915年出生，广东龙川人。1938年加入中国共产党。1938年就读于延安鲁迅艺术学院，历任《新华日报》编委、延安中央研究院研究员。中华人民共和国成立后，先后任《石家庄日报》副总编辑，《文艺报》副主编，《人民文学》主任，中国作协青年作家工作委员会副主任、文讲所副所长，暨南大学教授、中文系主任，中共中央中南局宣传部文艺处处长，广东省文联副主席，中国作协广东分会副主席、党组副书记，《作品》主编，中国作协理事。1983年逝世。

延安精神 延安作风

肖 殷

现在，我们的国家连续两年遭遇了自然灾害，大家的生活面临着新中国成立以来最大的困难，人心困惑。这时候，我想起了延安，想起了延安精神，想起了延安作风，想起了仅仅是十几年前那个为了崇高理想百折不挠的奋斗年代。

我于1938年7月底到达延安，年底被派往山西工作。1939年4月底再回延安，7月再调太行山工作，因战乱腿部负伤致残，两年后离开太行山回到延安。此后，从1941年4月直到1945年9月的四年半，我一直留在延安。把三段时间加起来，我有5年在延安工作和生活的经历。回忆延安生活的点点滴滴，我的心时至今天依然激动不已。

抗战时期，党中央及根据地军民生活在陕甘宁边区贫瘠的黄土高原上，这里自然条件恶劣，杂粮等农作物的产量都很低，人民的生活十分艰苦。

1938 年 8 月，肖般进入延安鲁迅艺术学院学习。图为该院的外景

1941 年和 1942 年，抗战进入相持阶段，国民党停发了八路军的军饷，并且对边区采取经济封锁，断绝一切外援，妄想将我们饿死、冻死、困死在边区。由于重重封锁，边区的生活必需品从布料、燃料、饲料到药品文具都很缺乏，吃饭、穿衣都成了问题。物资匮乏，还时时被敌人袭扰破坏，胡宗南几次进攻边区革命根据地，发生各种规模的“摩擦”。要顶住强大的敌人，需要很大的人力、物力、财力，但是战争的环境，无法进行正常的生产，我们那时的生活确实艰苦。吃饭了，一碗汤只浮着两片菜叶，没有油，大家只要求盐水多。

穿衣服也很节省，洗完澡洗衣服，然后等衣服干了才能穿上，因为只有一件。衣裳穿破了，小心地撕，长衫变短袖，长裤变短裤，当衣裳破烂得像块纱布的时候，就把它扭成布条编草鞋，行军的时候就可以穿了。冬天穿的毛衣、毛袜，是自己纺的或用手捻的毛线织成的。

冬天的陕北很冷，没有火柴，只靠打火镰，为一点点火，大家要跑几个山头。

天黑以后，没有油点灯，不能学习，就在黑暗中座谈，不浪费一点时间。没有棉衣，冻得关节发炎，冻得身僵手麻，只好不停蹦跳以增加体温。

晚上睡觉就睡在稻草上、野草上，甚至睡在牛粪上。实在冷得睡不着了，就起来一起去打篮球。

没有水，要到15里（1里=500米）地外去驮水回来。

因为没有铁，开荒用的锄头只剩下两三寸长。

1939年5月14日，肖殷刚刚从山西派回延安，在延安记者协会工作时的留影

我们遵守节约的原则。不丢一张纸，拾炸弹片打锄头，利用一切废物，比如牙刷把、破罐头、破油桶，把变色铅笔作墨水，以盐代替牙粉，挖野菜、苦菜树叶代替粮菜，日记本一行写两行的字……

没有钞票，用邮票、用木刻画当钞票。

在敌后太行山的时候，每年只能吃到四样菜：胡萝卜、白萝卜、南瓜和马铃薯。有时下山背粮食，每个人背百来斤高粱，一路上大家都饿着肚子，却粮水不沾，有一点吃的，便会互相谦让。

我们崇尚劳动创造一切。打窑洞，筑围墙；纺线纺毛，在八路军大礼堂比赛棉纺；开尽所有荒地，绿遍山原；见粪肥就捡，还挑水上山；每个人都交出劳动果实，如南瓜、西红柿、毛衣、毛线、棉纱，也有人交“洋娃娃”的，各尽所能为社会生产。

我们积极创造，建成了炼铁厂，生产了“丰足”牌火柴，生产了纸张、烟卷、肥皂等等。在延安用甜高粱等作物代替糖，在太行山用枣儿柿子代替糖……

我们有革命理想，要最后战胜国内外反动力量，党提出“自己动手，丰衣足食”，提出“保全自己，消灭敌人”，发动大生产，为战胜敌人，创造物质条件。大生产运动后，机关、部队、学校不仅开荒种地，还建立起了各种副业，如养猪、做豆腐等。到了 1943 年，边区经济逐步好转，已经逐步达到丰衣足食，有毛衣、呢大衣穿等。

大家没叫苦，主要是革命理想支持，藐视困难，动脑筋克服困难。

我们学习很认真，都想学好一套本领，在反攻时能发挥作用。学习成风，饭堂、厕所大争论，桃林的树底下，情侣也在讨论哲学问题（见茅盾的《谈风景》）。

干部生活多样，劳逸结合，劳动是自觉的，劳动已经成为生活必需，不觉得是什么负担。

舞会活跃，球赛经常。

大家高兴，心情舒畅；老百姓文化提高，学校多起来了；女同志房间都很朴素，每间窑洞前面都种上各人喜爱的花。

以革命实践、生产实践推进显示进步，同时在实践中充实自己和改造自己。

这里有个大前提，就是忠于革命理想。有些人丢了好生活，到延安来革命，为祖国，为祖国的解放和创造未来的幸福，丢了自己个人目前的享受。延安精神就是“小米加步枪”，就是自己吃苦，也要为解放全国劳苦大众奋斗。

这就是延安精神，以及人们在这种精神指导下所产生的革命的工作作风。

比起现在来，那时环境的确困难，如果跟当时的困难比起来，我们现在的困难算得了什么困难呢?

是前进中暂时性的困难，成绩伟大，困难不少，前途光明……

在延安，在最困难的时候，胡宗南大举进攻前夕，连疗养所的病人也充满胜利的信心，要求参加训练俘虏的工作。

敌人搞细菌战，我们趁机提高卫生水平。

我们都想一想，比起延安与当时抗日根据地，这不算什么困难。我们要鼓足干劲，奋发图强，动脑筋，一起动手，困难将被克服，富足生活很快就会被创造出来。

应当发扬延安精神，同舟共济，不要站在一边发牢骚、埋怨。

文艺应当鼓舞群众发扬这种革命精神，鼓舞大家积极创造，藐视困难，为克服困难而付出智慧和力量的人，应当是我们时代的英雄。

延安精神概括起来有很多条，今天我想说的是其中一条，延安精神就是为了人民的解放事业，不怕牺牲、不怕艰险、不怕困难，自力更生、艰苦奋斗、克服困难的精神，就是坚定正确的政治方向，艰苦朴素的工作作风，灵活机动的战略战术，就是团结、紧张、严肃、活泼。这是一种用革命意志、革命情操克服困难，发挥一切主观能动性，发掘潜力，展现所长，从而创造物质基础，最后战胜困难，取得胜利的精神支柱。

这种不屈不挠的奋斗精神是中国共产党在江西五次反“围剿”的战斗中，从二万五千里长征中所积累下来，又在特定的困难环境中一步步发展起来的。

今天我们欢呼延安精神，因为我们需要合力摆脱眼前的困境，有延安精神鼓舞，我们会更加坚强，我们一定会克服暂时的困难，迎接胜利。

（文章由肖殷女儿陶萌萌提供，本书编辑时文字、照片有所改动）

吴介民

吴介民，1922 年出生，广东增城人。1938 年 10 月加入中国共产党。1938 年参加革命，同年 9 月赴延安陕北公学学习，1940 年毕业于延安马列学院，结业后历任中共中央西北局宣传部秘书、延安中央研究院文艺理论研究室研究员、陕甘宁边区政府研究室研究员等职。1945 年 6 月起，由延安赴东北。中华人民共和国成立后，先后任广州市惠福区委书记兼区长，中共广州市委政策研究室副主任，广州市总工会筹备会文教部部长，广州市总工会副主席，中共广州市委党校副校长、校长，中共广东省委党校副校长，中国社会科学院外国文学研究所党委副书记、书记兼副所长，中国社会科学院党组成员、副秘书长、秘书长。2008 年 1 月 5 日在北京逝世。

叛离家庭　奔赴延安

吴介民

1945 年解放战争初期，我在东北民主联军第二十四旅第七十二团任政治处主任的时候，团长颜德明原是第三五九旅的副团长，一位身经百战，亲历二万五千里长征的工农干部。我们初次相识，谈到各自的身世时，他讲自己是穷苦农民，放牛娃出身，吃不上穿不上，还受地主老财的气。共产党在他家乡打土豪，分田地，农民翻了身，他为了找生活出路，也为了保卫革命胜利果实，参加了红军。说到这里，他话头一转，向我提出一个迷惑不解的问题：生活富裕的知识分子为什么要到革命队伍里来？这位团长向我发问：你吃穿不愁，还能读书上学，前途无量。

为什么有好日子不过，舍弃优裕的生活，冒着生命危险，跑到延安吃苦受累，究竟为了哪般？

我为什么参加革命？这是个严肃的话题。没错，我的家庭是地主，生活十分富有，除了家庭成员，还收养了两个丫鬟侍候，过着饭来张口、衣来伸手的少爷生活。从 6 岁开始念书，到读中学的时候，受到进步思想的启蒙，渐渐关心世事，国民党达官显贵贪污腐败、欺压百姓、强取豪夺，而广大民众食不果腹、衣不蔽体，挣扎在死亡线上，人们对这样的社会现象十分不满，怨声载道。特别自 1931 年九一八事变，日本占领东三省后，日本帝国主义步步紧逼，魔爪伸向华北，想要侵吞整个中国，亡国灭种的危险迫在眉睫。因此，激起全国民众的愤恨，纷纷喊出救亡图存的呼声，社会各界组织救亡团体，举行救亡运动。可是，国民党政府采取“先安内、后攘外”，即先消灭共产党，再谈抗日的妥协投降方针，镇压抗日救亡运动。中华民族面临生死存亡的关头，中国往何处去？出路在哪里？这些问题萦绕在全国人民的心间。

正当我极度苦闷彷徨的时候，联络了一批同学，组织读书会，相互交流对时局的看法，从一些进步的书刊中，懂得了要推翻吃人的旧社会，只有打倒日本帝国主义，才有中华民族的光明前途。但是，谁带领我们干呢？这时一本轰动一时的佳作出现了，就是埃德加·斯诺的《红星照耀中国》（《西行漫记》），我们反复研读，心里豁然开朗，得出的结论是：腐朽透顶的国民党反动派是中华民族的败类，只有中国共产党才是抗日救国的中坚力量，它的根据地在延安，延安是革命的圣地，是中国人民希望的所在。

就这样，我们几位志同道合的伙伴，下决心要到延安找共产党。对我来说，首先是如何逃出家庭的问题。我是家中的骄子，从南国去遥远的大西北，家里肯定是不会放行的。当时的广州，遭日寇天天飞机轰炸，华南告急，我就读的中学迁移到香港去了。于是，我编了个谎言，说要到香港读书，获取了一个学期的学费 200 块大洋，和同学徐辛雷、徐亮、王彦鸿、甘霖一起奔赴延安。

我们定下去延安的目标，于是找寻实现的途径。1936 年，张学良、杨虎城发动兵谏的西安事变，迫使蒋介石采取停止内战，联合抗日的方针。在 1937 年日本侵略者进攻卢沟桥的七七事变之后，国共两党达成协议，中国工农红军主力改编为国民革命军第八路军，并在国民党统治区若干城市设立八路军办事处。我们看到当时共产党主办的《救亡日报》刊登了延安中国人民抗日军事政治大学、陕北公学的招生广告，于是我到广州设立的八路军办事处，取得了广州八路军办事处的介绍信，向延安进发了。

1938 年 9 月，热血青年吴介民奔赴延安（时年 16 岁）

一伙没有出过远门的青年学生，要到一个遥远神秘的地方。日寇飞机向铁路沿线日夜轰炸，国民党军警对前往延安人士封锁拦截，随时都有生命危险，前途未卜。但是，我们立下抗日救亡的志愿是坚定的，早把生死置之度外，唱着“同学们快拿出力量，担负起天下的兴亡”（《毕业歌》）的豪情和“冒着敌人的炮火前进”（《义勇军进行曲》）的决心，经过一个多月的长途跋涉，终于在 1938 年 9 月到达了目的地——延安。

谈到这里，我对颜德明同志说，我和你出身阶级不同，从不同的道路出发，为了一个共同的目标——民族解放事业走到了一起，这叫殊途同归。老颜点头称是。

▶ 下定决心，光荣入党

路经西安时，八路军办事处同志介绍，到延安有两个学校可供选择，一个是中国人民抗日军事政治大学，课程是七分军事，三分政治；一个是陕北公学，课程是七分政治，三分军事。我们选择了陕北公学。

这里集合了全国各地的青年，生活条件是艰苦的。没有地方住，同学们拿起锄头、铁锹打窑洞，挖成地炕，上面铺了一层麦秆，十来个人就在那上面睡觉。吃的是没有油腥的大锅饭，上课在大树荫下坐个小板凳垫着大腿做笔记，白天在烈日暴晒下上操，夜间扛着三八大盖枪放哨。而大家从不叫苦，我们来自五湖四海，带着不同的地方口音，都有同一的抱负，所以很快就熟悉了，交换各自不同的经历、见闻。劳动或课间放开喉咙唱着抗战歌曲，激昂热烈的歌声高高飘扬，大家尽情释放从国民党统治区带来的抑郁，愉快地呼吸着民主自由新天地的空气。

一个月左右，我渐渐地察觉到，在同学们中有些先进分子异样行动，他们时常秘密集合在一起开会，为什么不通知我？要好的同学透露，那是共产党的集会，当时党组织是不公开的。于是，我冒昧地向队里政治指导员提出要加入共产党的想法。在一个深秋黄昏，指导员把我领到一堆麦垛旁边，各自拾了一捆麦秸坐下，他直截了当向我发问，你为什么要远离家乡到陕北来？我答复，为了打日本救中国找共产党的。又问：你想参加党吗？答：是我梦寐以求的愿望。这时，指导员同志态度严肃，指出参加党意味着把一切交给党，为党的事业献身。接着向我提出两个问题：

1. 入党后要服从党的需要，不能考虑自身的安危，比如组织上决定你上前线去打仗，随时有牺牲的可能，你能办到吗？

2. 入党后不能有个人打算，计较个人得失，比如组织上需要你到国民党统治区去工作，要同你爱人分离（我是和爱人一起到陕北公学的），你看怎么办？

对于这两个问题，指导员要我好好想一想，给他一个明确的答复。他反复强调加入共产党组织，是决定一个人政治生命的大事，一定要慎重考虑，还给我一本油印的小册子《中国共产党党章》，叫我认真读一读。

经过几天的思考，抱着为中华民族解放事业献身的决心，我坚定地回答了指导员的问题。一个月色朦胧的夜晚，在一方苞米地里，同十来位同志一起，对着鲜红的党旗，庄严宣誓，愿为共产主义事业奋斗到底！从此，我光荣地成为中国共产党党员。时间是1938年10月18日。

那时，召开全校党员大会可隆重了。好几百人首先唱《国际歌》，然后进行其他议程。当唱到“不要说我们一无所有，我们要做天下的主人，这是最后的斗争，团结起来到明天，英特纳雄耐尔就一定要实现”的时候，热血沸腾，大家作为一名共产党员，以解放全人类事业为己任的自豪感油然而生。

▶ 整风学习，改造思想

入党了，是个共产党员了，然而我参加党，是缺乏坚实的思想基础的。为什么？正如后来所理解的那样，我这个共产党员，只是组织上入了党，思想上还没有完全入党，这个从组织上入党到思想上入党的过程，是经过延安马列学院打下了基础，最后在延安整风运动中完成的。

我在陕北公学高级班完成学业之后，1939年考上了延安马列学院。

通过马列学院的学习，我了解了马克思列宁主义的基本原理，资本主义的形成和发展过程，资本主义的实质，它必然为社会主义、共产主义所代替的社会发展规律；了解了中国共产党领导中国革命的历史，新民主主义是社会主义革命的必经阶段，共产主义是中国共产党的最后奋斗目标。在这之前，我的抱负是打日本救中国，日本帝国主义打倒了，革命任务也就完成了。对于什么是社会主义、共产主义，为什么要进行社会主义革命和实现共产主义的途径在思想上是模糊的。学习了马列主义理论，脑子里有了精神支柱，眼界开阔了，目标明确了。一个共产党员不仅要积极投入到抗日救国的斗争，而且要在中国这块土地上推翻私有制，消灭阶级，实现共产主义，为全人类的彻底解放而奋斗。从而树立起远大理想，坚定了埋葬旧社会，创造新社会的胜利信心。

通过在马列学院的学习，我懂得了中国共产党是无产阶级先锋队的组织，是以中国人民的彻底解放为己任的政党。在这以前，我只知道中国共产党是由有知识、有本领、有正义感的人组成的，我从《红星照耀中国》一书中知道了中国共产党领袖毛泽东、周恩来、朱德、张闻天、彭德怀、贺龙。我到延安以后，目睹了他们的风采，对这些才智出众的中华民族精英非常敬仰，但思想上根本没有什么阶级概念，自然也没有把他们和阶级这个词联系起来，更不知道他们是什么社会力量的代表。我出身于地主家庭，上学念书，没有接触过社会底层，对那些“无知无识”手足胼胝的劳动者，从心眼里是瞧不起的。学习了社会科学理论，认识劳动创造世界的真理，无产阶级是当今最先进的、最有组织的、最有前途的革命阶级，是资本主义的掘墓人。只有无产阶级，才能担负起建设社会主义、共产主义的历史使命。以实现共产主义为目标的中国共产党，作为无产阶级的先锋队，是理所当然的。观念转变了，加上在马列学院参加生产劳动的实际体会，对劳动者工人、农民产生了亲切的崇敬的感情，也进一步体会到自己成为无产阶级先锋队一员不仅是光荣的，而且还肩负着解放中国人民的沉甸甸的责任。

1941 年 5 月在马列学院的基础上，组建延安中央研究院，我进入文艺理论研究室。1942 年春，延安整风运动开始了。

延安整风运动，是毛主席发动和领导马克思主义的教育运动，以整顿三风，即反对主观主义、宗派主义和党八股为宗旨。对青年学员来说，主要是纠正教条主义。延安中央研究院的做法是：首先学习整风文件，领会它的精神实质；然后以文件为武器，对照检查，进行自我反省；接着，在反省的基础上加以梳理，各人写思想自传，对自己的思想认识发展过程作出历史的全面的总结。个人写的思想自传都要在党小组会上宣读，展开批评与自我批评。批评时要有的放矢，与人为善，仔细帮助被批评者哪些说对了，哪些没有说到点子上，使对方乐于接受。不足之处，自传作者根据大家意见进行修改。一次不行，再来一次，直至同志们满意为止。我清楚地记得，我们的思想自传在小组的会内会外讨论修改补充 13 次，才被认可通过了。

每个人的思想自传改好了，交给党支部汇总，由研究室主任审阅。

审阅后大多写了评语予以指点。我们文艺理论研究室主任，是被毛主席称为“党在理论战线上的忠诚战士”的艾思奇同志。他在我的思想自传上写的批语是：“温室的花朵是经不起风吹雨打的，只有在群众的实际斗争风雨中经过锻炼，才能成为有用之才。”这些话，体现了延安整风对没有做过多少实际工作的青年知识分子提出的要求，让我永志不忘，终身受益。

1944 年，在延安窑洞前，吴介民夫妇与两个儿子合影

（文章由吴介民儿子吴予康提供，本书编辑时文字、照片有所改动）

郑星燕

郑星燕，又名郑仲瑞、郑汶，1914年10月出生，广东湛江遂溪人。1938年加入中国共产党。九一八事变后加入反帝大同盟，1938年在洛川抗日军政大学第六大队学习。之后，转延安抗日军政大学、中央马列学院学习。1940年夏任马列学院研究室研究员、中共中央宣传部马列主义第一研究会指导员。1942年参加延安文艺座谈会。中华人民共和国成立后，历任中共粤北、粤中区党委副书记，中共佛山地委第一书记，中共韶关地委第一书记，中共广州市委书记，中共广东省委党校校长、党委书记，中共广东省顾问委员会常委等职。1986年离休。1998年5月19日在广州逝世。

参加延安文艺座谈会的回忆

郑星燕

1942年5月2日，党中央、毛泽东同志召开延安文艺座谈会。我于1941年从延安马列学院调到全国文艺界抗敌协会延安分会（简称“文抗”），专职做党的工作，荣幸地接到由毛泽东同志、凯丰同志（当时党中央宣传部部长）署名，于4月27日发出的开会请帖。我是以“文抗”党的工作者的身份，被邀请参加会议的。在这次座谈会上，毛泽东同志作了两次极为重要的讲话，后来发表、编入《毛泽东选集》第三卷，题为《在延安文艺座谈会上的讲话》（简称《讲话》）。这个会议，在我党领导文艺工作的历史上，在我国文艺工作者与广大工农兵相结合的前进道路上，在坚持文艺为工农兵、为人民群众服务的方向上，都有着极其重要的影响和深远的意义。

▶ 一

大约从1940—1941年前后，更早的是在1938—1939年期间，都有原在国民党统治区的作家、诗人、戏剧家、音乐家、美术家等，一批批来到革命圣地——延安，其中有党员、有非党员。另有一些远在华北、华东抗日根据地的文艺工作者，这时也陆续来到延安。在我的记忆中，1941年住在“文抗”从事创作的，有欧阳山（后来到延安中央研究院工作）、草明、黑丁、曾克、魏伯、罗烽、白朗、吴伯萧、肖军、舒群、张仃、庄启东、方纪、雷加等。更早一些时候到延安来的，有刘白羽、白晓光（马加）、金肇野等。另一部分文艺工作者分到延安鲁迅艺术学院写作、任教的，有周扬、周立波、荒煤、何其芳、严文井、冼星海、吕骥、张庚、江丰、塞克等。这许多文艺工作者先后到了延安，他们对国民党的消极抗战、积极反共及其专横、腐败、黑暗，表现出极其强烈的不满和憎恨；他们对共产党、毛泽东同志，对陕甘宁边区和各个革命根据地，又表现出无限的敬佩和热爱。他们是在寻找光明和进步，追求抗日和革命。那时候，党中央、毛泽东同志极其热情地欢迎他们，亲切关怀他们，给他们一一安排了工作、写作和学习。但他们中的一些人由于长期生活、工作在国民党统治区，程度不同地存在着与工农兵群众结合不密切、实际情况不够了解等缺点。有的甚至不能真正区别革命根据地和国民党统治区的不同本质。

大约在1942年2月份，延安文艺界的极少数人，首先是王实味写了《野百合花》，恶毒地攻击延安的生活，攻击党的领导。这篇《野百合花》发表之后，受到许多同志严肃、尖锐的批评，但在文艺界（特别是在初期），却也博得一些人的同情和赞赏。后来报刊又陆续发表过一些不健康的作品，也曾有人共鸣和支持。此外，有的主张“从来文艺的任务，就在于暴露”（黑暗）；有的主张“还是杂文时代，还是鲁迅的笔法”，即认为生活在延安革命根据地，也要像鲁迅在国民党的黑暗专制统治下那样，予以辛辣的讽刺和无情的鞭挞；有的声称：“我不是歌功颂德的，歌颂光明者其作品未必伟大，刻画黑暗者其作品未必渺小”；也有的提出：文艺的基本出发点是“人类的爱”，追求超阶级的“爱”，等等。这种种思想、言论的出现，正如毛泽东同志在延安文艺座谈会上的讲话指出的，是“立足点”还没有转移到无产阶级方面来，或者说“他们灵魂深处还是一个小资产阶级知识分子的王国”。毛泽东同志曾严正地指出：延安文艺作家还存在着思想作风不正的东西，还有唯心论、脱离实际、脱离群众等缺点。

延安文艺座谈会，就是为了解决文艺上这些重大的原则问题而召开的。

▶ 二

为开好文艺座谈会，党中央、毛泽东同志亲自带头，进行调查研究，了解情况，充分做准备。

从 1942 年春开始，毛泽东同志用了相当长的一段时间，深入了解文艺界存在的问题，听取文艺工作者的意见。这个时期，毛泽东同志在杨家岭窑洞里，先后约见了延安党员作家、非党员作家和许多文艺工作者，亲自一一谈话。凯丰同志也常参加。有时约见二三人小型交谈，谈话的时间长了，还留下吃便饭，很朴素。我记得，住在延安“文抗”方面被邀请去会见谈话的作家，有丁玲、刘白羽、肖军、罗烽、舒群、艾青、黑丁等，可能还有吴伯萧和李雷。欧阳山、草明同志是从延安中央研究院那里去参加的。此外还有哪些人，我已记不起来了。

受邀请去谈话的作家们回来，都不约而同地说，毛泽东同志能亲自和他们见面谈话，是他们原来预想不到的。毛泽东同志会见他们时，态度极为诚恳、热情、慈祥，又十分谦逊、朴素、平等待人。在谈话中，令人不感到拘束，能够把心里想的意见都说了出来。毛泽东同志始终聚精会神地、认真地倾听完各种意见，一些听不清楚的问题总是追问到清楚。回来的同志还说，谈话中谈了文艺和政治的关系问题，文艺工作和其他革命工作的关系问题；文艺为什么人的问题；文学艺术源泉问题；文艺工作者和工农兵相结合问题；党员与非党员的关系、文艺界统一战线与宗派主义问题等等。还谈论了高尔基、鲁迅，"左联"以及所谓"人性""人类的爱"等，真是海阔天空，广泛交谈。作家们提出了许多问题，反映了许多情况，讲出自己的观点，包括正面的、反面的、侧面的、赞同的、反对的各种意见。由于毛泽东同志亲自进行了深入的调查研究，掌握了大量的第一手材料，并进行研究，把马列主义和中国文艺界实际情况相结合，因而写成了《讲话》这篇重要著作。

谈话回来的同志还说，从交谈过程中，感到毛泽东同志胸怀无限广阔，知识非常渊博，站得高、看得远、讲得透彻，记忆力特别好。在谈话中，他引用到古书和民间故事或鲁迅著作，都记得非常清楚。他说话深入浅出，通俗易懂，非常深刻，说服力强。有时批评也很尖锐，但使人心悦诚服，乐于接受。有时还幽默地说些笑话，使谈话气氛很为轻松愉快。毛泽东同志很重视各种建议，对提出一些要办的事，能解决的就迅速解决。

为了召开文艺座谈会，毛泽东同志这个时期阅读了大量有关文艺问题的著作和作品，阅读了有关马列主义文艺理论，还一再阅读了鲁迅的作品。谈话回来的同志说：毛泽东同志不论是谈论文艺理论或文学作品，都非常熟悉、精通，总是一下子就抓住问题的要害和本质。毛泽东同志谈到文艺问题的许多道理，他们都觉得新鲜，很有启发，很受教育。

▶三

延安文艺座谈会第一场大会，是 1942 年 5 月 2 日在延安杨家岭中共中央办公厅礼堂举行的。毛泽东同志在会上作了第一次讲话，就是后来发表称为《讲话》的“引言”。5 月 23 日，举行结束大会，毛泽东同志作了第二次讲话，为会议作了总结，即《讲话》的结论。整个会议历时 21 天，中间小组讨论和大会发言相结合。

参加5 月 2 日第一次会议的中央领导同志，我记忆中还有朱德总司令和中央宣传部部长凯丰同志等。会议开始前，毛泽东同志站在大礼堂前头，和到会的同志一一握手。他握手那么有力，眼睛总是注视着你的面孔，并且亲自询问或由陪同人员介绍姓名，令人感到温暖，感到平易近人。当我报出自己的姓名时，他便知道我是在“文抗”专职做党的工作的。在其他一些作家通报姓名时，毛泽东同志有时很幽默地开点玩笑，如对作家黑丁同志说：“黑丁不黑。”

第一次会议开始，毛泽东同志讲话，一开头就强调说，在我国人民解放的斗争中，要战胜敌人，要有文武两个战线，要有文武两支军队。首先要依靠手里拿枪的军队，但还要有另一支必不可少的“文化军队”，“要使这两者完全结合起来”。这样不多的几句话，就把革命斗争中文化工作和文化大军的重要性，极其明确地点了出来。许多作家听后说，毛泽东同志对文化工作的重要性及其重要地位的评价，比自己原先的认识和评价还要高，还要充分。这次讲话中，毛泽东同志还根据他前一个时期和作家们逐个谈话所得来的材料，集中起来，提出了文艺工作者的立场问题、态度问题、工作对象问题、熟悉工农兵问题和学习问题等等，当作“引子”，请大家进行讨论、研究、发表意见。

从小会和大会发言中，可以看出作家们经过学习、讨论，绝大多数人思想认识上都有很大的进步与提高，这是主要方面，但同时仍有意见分歧和争论。例如有一位作家在发言中攻击和污蔑延安的整风。他发言后，许多同志热烈发言，和他展开思想交锋，批评了一些错误思想。其中，尤以胡乔木同志的一次发言，讲得明确有力，帮助大家提高了思想认识。

▶四

延安文艺座谈会是5月23日结束的。毛泽东同志第二次讲话，为大会作总结。毛泽东同志一开始便指出，我们讨论问题应当从实际出发，而不是从抽象的定义出发，不要照搬教科书。接着他讲了中国当时客观存在的“实际”，指出要在这个“实际”的基础上考虑问题。这充分体现出党中央、毛泽东同志一贯坚持马列主义理论和中国革命实际相结合的原则。他指出这次会议讨论的根本问题，针对作家们的思想和文艺界存在的问题，深刻地作了回答，大大发展了马列主义的文艺理论。

这次文艺座谈会讨论和解决的中心问题，基本上是一个为群众的问题和一个如何为群众的问题。鉴于当时一些作家写作的兴趣，主要是放在写少数小资产阶级和知识分子上面；阅读的对象，主要是城市小资产阶级和知识分子。即使也有些描写工农兵群众的，但许多也是衣服是劳动人民的，而面孔却是小资产阶级的、知识分子的。因此，毛泽东同志针对当时实际存在的这个问题，明确提出了我们的文艺要为最广大的、占全国人口百分之九十以上的人民服务，即：第一是为工人；第二是为农民；第三是为武装起来的工人、农民，即八路军、新四军和其他人民武装队伍；第四是为城市小资产阶级和知识分子。这在我们文艺运动史上是第一次这样明确地指出文艺为工农兵、为人民大众服务的根本方向。并指出，这个问题不解决，其他许多问题就不能解决。

针对当时许多文艺工作者不了解工农兵、不熟悉工农兵感情、不懂工农兵的生活和语言，或者说简直生疏得很的情况，毛泽东同志在讲话中十分强调文艺工作者必须与工农兵群众相结合，又指出文艺工作者与工农兵相结合的道路。这是会议要讨论解决的另一个根本问题。

毛泽东同志在讲话中要求文艺工作者要了解工农兵、熟悉工农兵、学习工农兵，要在思想感情上和工农兵群众打成一片。这样，就要下决心接近工农兵、深入工农兵，和工农兵交朋友，参加工农兵的实际斗争，还要学习马列主义和学习社会，要有10年、8年时间或更长时间去锻炼和改造自己，才有可能解决立场转变这个问题，做到把立足点移到工农兵方面来，移到无产阶级方面来。

毛泽东同志在提出解决立场这个根本问题的同时，还提出文艺工作者对歌颂与暴露应该采取的正确态度。指出无产阶级的文学家不应去歌颂资产阶级，而应歌颂无产阶级。我们应该肯定革命根据地的光明面，这是主要的；但也要实事求是地批评其阴暗面。

这次会议还讨论解决了其他许多问题，在《讲话》中都有论述。

▶五

延安文艺座谈会的召开，毛泽东同志在会上的讲话，不但在当时具有伟大的现实意义，而且对以后我国革命文艺的发展，也具有深远的历史意义。党中央、毛泽东同志通过这次会议，指明了文艺工作者与工农兵人民群众相结合的根本道路，以及文艺为工农兵、为人民群众服务的根本方向，由此促使文艺工作者深入实际、深入城乡，了解工农兵、熟悉工农兵，在思想感情上和广大人民群众打成一片。它帮助了几代文艺工作者的成长，在历史上起过重大作用，现在和将来也必定对我们的文艺工作具有指导意义。延安文艺界在这次会议之后，参加了延安的整风运动，大批文艺工作者纷纷下乡，深入实际、深入群众，熟悉和描写工农兵，在短短的几年里使出现了一批优秀作品，如秧歌剧《兄妹开荒》、歌剧《白毛女》、评剧《逼上梁山》《三打祝家庄》以及欧阳山的《高干大》、柳青的《种谷记》、丁玲的《太阳照在桑干河上》、周立波的《暴风骤雨》等小说。这些作品都是在《讲话》指引下取得的初步成果。

延安文艺座谈会召开到现在，已经整整38年了。今天，重温毛泽东同志的《讲话》和回忆会议召开的情况，仍令人感到深切难忘，并受到巨大的鼓舞。现在，我们文化工作者团结的基础，比之过去任何时期都更加广泛，创作条件比之过去任何时候都更为优越。我们联系当前实际，继续坚持文艺为最广大的人民群众，首先是为工农兵服务的根本方向，努力创作出更多更好的文艺作品，这将有力地促使社会主义文艺繁荣的新时代的到来！

（原载《羊城晚报》，1980年5月23日）

钟　明

钟明，曾用名钟子鸣，1919 年 8 月出生，广东深圳人。1936 年加入中国共产党。1936 年 11 月参加革命工作，1939 年 11 月在中共广东省委扩大会议上被选为中共七大候补代表，从广东奔赴延安。1940 年 12 月到达延安，1941 年 1 月至 1942 年 2 月进入中央党校马列学院学习，1942 年 2 月至 1945 年 4 月参加中共中央高级党校一部整风学习，1945 年 4—6 月作为大后方代表团成员参加中共七大。中华人民共和国成立后，曾任中共广州市委副书记，广东省人大常委会副主任、党组副书记，中共广东省顾问委员会副主任，广东省关心下一代工作委员会副主任等职。2003 年 1 月 7 日在广州逝世。

党的七大教育我成长

钟　明

▶ 暂别广东

1939 年 11 月，中共广东省委在韶关召开第五次执委扩大会议，选出了出席中共七大的代表，其中广东的代表是：古大存、区梦觉、朱荣（当时是广东西江地区党的青年工作负责人）、方华（原名罗响，当时是中共和平县委书记）、唐初（当时是广州市一个印刷厂党的负责人）。香港代表是：吴有恒（当时是中共粤东南特委组织部部长）、周小鼎（当时是中共香港九龙中华书局支部宣传委员）、何潮（当时是中共香港洋务，工会负责人）、周材（海员工人，在海员工会工作）和我。还有琼崖代表李叫（李黎明），赣南代表杨尚奎（当时是中共粤赣边特委书记）。

中共七大香港市委代表团5人分两批出发去延安，周材等3名工人同志为一批；我和吴有恒打扮成学生为另一批，先后进入东江游击区，到了惠阳，曾生派人护送我们去连平，然后从连平到韶关。当时，广州已经沦陷，广东省会从广州迁到韶关，中共广东省委也设在韶关。我们向省委报到后，又与另外几名广东的七大代表区梦觉、古大存、唐初、朱荣、方华等人会合组成广东代表团（杨尚奎没有跟我们一起走，他后来是通过重庆到达延安的）。随后，省委又安排我们分别化装到了桂林，在八路军办事处集中，换上了八路军战士的军装，龙飞虎（中华人民共和国成立后曾任福建军区副司令员）挂上国民党少校副官军衔，带领我们转乘坐新四军派来的军车到了黄山附近的太平镇，因前面没有可通车辆的公路，只好步行翻过黄山，一直走到位于泾县云岭的新四军军部。

1987年8月，钟明回延安参观七大会址，在中央大礼堂留影

休整几天后，我们又转移到丁家山，即中共中央东南局机关驻地。在这里，我们与浙江、广西、湖南、江西、福建、上海、闽粤边、苏南等9个地区参加中共七大的代表，共44人会合。根据东南局的指示，代表们组成了党的临时支部，古大存（广东）任书记，范式人（福建）、李辉（江西）、林一心（浙江）、伍洪祥（闽粤边）等为支部委员。关于我们赴延安参加中共七大的路线，党中央来电的指示大意是：当前时局恶化，蒋介石正加紧反共，南方各省出席七大的代表不宜走西安等大后方城市，而要走敌后根据地到延安。

在丁家山生活和学习期间，恰遇陈毅从前线回来，东南局请他给我们作了新四军第一支队在苏南敌后斗争发展情况的报告，其中讲到了敌后斗争的形势、群众运动和统一战线工作，还非常生动地讲了同国民党派来的“联络参谋”斗争的经过。这些前所未闻的情况和经验使我大大地开阔了政治视野，从中认识到从实际出发贯彻党的方针政策的重要性。

▶ 巧渡长江

由于我军反“扫荡”战役的胜利，铜陵、繁昌先后攻克，我们北上的通道已经被打通，所以东南局同志让我们立即出发，经敌后根据地到延安。我们9个地区的代表组成一支小队伍，为保密起见，东南局规定我们对外的名称用“服务团”，并指定古大存为团长。

1940年1月20日前后，我们全团在军部一个连的护送下，直奔长江南岸芜湖西头的渡口，登上两艘大木船，避过日军的巡逻艇，向北岸驶去。船过江心，同志们不约而同地哼起在丁家山时何士德同志为我们写的《偷渡长江》歌：“薄雾迷漫在江面，微风掀起了波纹，在黑沉沉的午夜，我们要渡过长江，我们要渡过长江……去争取最后的胜利。”胜利的喜悦使我们忘却彻夜未眠的疲劳，登岸整理队伍后，全团在部队的护送下离开江边继续前进。经过几天的行军，我们随罗炳辉司令员的部队在夜间越过津浦路，翌日到达来安县城。因恐形势有变，我们未敢久留，于是转移到长天、六合地区。此时，我们接到了往半塔集结的通知。到半塔后，才知道这里是新四军江北指挥部所在地。

当时，刘少奇（化名胡服）刚从北方局调到华中工作，华中局机关就驻在江北指挥部里。两天以后，江北指挥部同志要我们去参加指挥部的干部会议，听刘少奇的报告，我们全体同志都去了。刘少奇报告的题目是《从华北的经验看华中的工作》，其中给我印象最深的是第一部分“历史行程的曲折性”。他说：“历史有的时候发展得很慢，而有的时候发展得很快，突飞猛进，一天等于20年，我们的工作要适应形势，不能像小脚女人那样裹足不前，跟不上历史形势的发展。华北的工作经验是大踏步地前进，大刀阔斧地向前发展，华中的工作也应该是这样。”他在对我们的讲话中还提到，在有利的大好形势下要打破陈规，大胆采取新的组织形式和工作方法。如由领导机关委派县委书记和县长，到一个地区去，责成他们到那里发动群众，打开局面，建立党的组织和政权组织，然后报上级批准，不一定要从建立支部和乡政权做起。所有这些从实际出发大胆创新、不离原则放手发展的指导思想，都给我留下了深刻的印象，并从中学习到老根据地的经验，受益确实不少。刘少奇的报告还为我后来回到广州，在指导对敌地下斗争时审时度势，采取有时放手进攻、有时坚决撤退，有时直进、有时迂回，有时集中、有时分散的策略步骤提供了思想准备。特别是在蒋管区如何在有利形势下放手发动群众，在领导群众进行公开的斗争、有力地打击敌人的同时，又保护好党的秘密组织不受破坏等问题。到延安后看到刘少奇关于白区群众工作的报告，我受到很大的启发，解决了如何善于处理公开与秘密工作的问题，使两者既要严格分开，但又要灵活结合。后来回到广州，在解放战争期间，根据我党在蒋管区工作的十六字方针，制定了一套党的组织形式和斗争策略，即单线联系、纵深配备的组织形式；严格的秘密工作条例；对暴露的成员果断地及时撤离；建立多种党的秘密外围组织；实际依靠广大群众，有理有利有节的指导斗争原则。就是这样，我们胜利地领导了几次大规模的群众斗争，粉碎了敌人两次大逮捕的阴谋，建立和发展了党的组织及其秘密外围组织，为党培养了一批干部。在整个解放战争时期，我们没有损失一个同志。这是后话。

在华中局，刘少奇分别送给我们每人一本他著的最早版本的《论共产党员的修养》，人手一册，作为学习的理论课本，团长古大存组织我们边行军边学习。通过学习，我解决了两大思想问题：

第一，我们在学习过程中，就有同志提出“如果你发现上级的决定错了，还应该不应该执行”的问题展开讨论。后来大家取得一致意见：为了实现我们所负担的历史任务，要求全党各个组成部分和全体党员都在统一意志、统一行动和统一纪律的大前提下团结起来，成为一个有组织的整体。因此，坚决执行党的决定，自觉遵守党的纪律，这是每一个共产党员的义务，不能你认为不正确就不执行，因为你的认识也不一定是正确的。就算你的认识有根据，那也只能把意见向组织反映，争取组织同意改变原有的决定。如果组织仍不改变原有决定，你还可以越级向上反映意见，同时，在执行过程中应尽量减少损失。更不能利用党外各种力量去压上级组织改变原有决定。维护党的团结统一是革命利益的大局，每个共产党员都必须自觉做到这一点。这些认识就成为我后来处理党内矛盾斗争的一条重要指导原则。

第二，通过学习，使我从出身于中产阶级家庭的思想包袱重压下解放出来。我出身于香港一个中产阶级的家庭，叔父对我抱有很大的期望，要我报考香港大学，毕业后再到英国剑桥、牛津大学深造，将来为他主管企业。我拒绝了他的安排，选择了走革命的道路。但这次中共广东省委选举七大代表时，由于家庭出身的问题，在我领导下的同志当了正式代表，而我只当选为候补代表。于是，家庭出身问题就成了我的一个思想包袱。通过学习《论共产党员的修养》，我认识到，一个革命者要参加革命实践，在实践中经受锻炼，同时还要在实践中认真学习理论，加强自我修养。实践、学习和修养要反复进行，坚持下去。一个出身不好的幼稚的革命者，可以变成一个成熟的老练的革命者，但这要经过长期的改造过程。我又看到，我们党的领导同志不一定都是工农出身，但也成为伟大的革命者，这就更增添了我的希望和信心，解决了思想问题，轻装前进。

▶ 汶口突围

在半塔集结逗留了半个月后，江北指挥部通知我们向皖东北挺进。我们跨过宿迁地区，两渡古金河，然后夜行百里越过陇海铁路，再穿越大战后到处是断墙残壁的台儿庄，抵达鲁南山区八路军第一一五师的师部抱犊崮。经过一个星期的休息后，师部派老六团团长贺东生率一个加强连护送我们去鲁西地区。我们很快进入了沂蒙山区，穿过一段山路后，在一个黎明前渡过大汶河，天亮时抵达离汶口三四里地的一个村庄，整个白天就在村里休息。原计划是晚上转移队伍驻地，但贺东生团长考虑我们多数是“文弱书生”，还有部分女同志，连日行军已经很疲劳，因此决定就在原地多休息一晚。不料，就在第二天凌晨，我们遭到了当地由红枪会改编的伪军的包围袭击。

这天，我一早起来到外面查动静，发现敌人的迫击炮已打到了隔壁院子。在行军路上，组织安排我负责服务团的医疗工作，并分配了一个卫生员随同我保管药箱，那些药物都是各地区很艰难地从敌占城市采购回来的。我发现敌情后，立即返回驻地找卫生员，同他一起收拾好药箱，带着他随同志们一起冲出村子。可是，贺东生团长带着大部人员已经撤了出去，我们走在后面来到村口时，村口已被敌人的机枪封锁了，我们只好往回走。路上碰到了另外一个掉队的同志，便会合在一起找当地老乡请教出村办法。老乡很着急地告诉我们：此地不可久留，敌人一旦进村搜查，在村子里是无法躲藏的，现在只有翻过后墙，躲进村边的苞谷地里再作打算。后墙并不高，我刚爬上去，就看见几个敌人向我们这边走来。在这万分危急的时刻，我反而觉得心情特别平静。我们果断地往下跳，敌人误以为我们发动攻击，连忙后退了几步趴在地下。我们靠苞谷地的掩护，很快跑了很远的地方。

我们以苞谷为屏障静观各方的动静，发现不远处有一名老乡向我们走来，认出他是村里的合作社主任，于是把他叫来并告诉了情况。他听完后说：“你们好险啊！不能老躲在这里，要设法与我们的人取得联络。前面有个村子，里面驻的不知是敌人还是我们的游击队，你们暂时在这里隐蔽，我是老百姓不要紧，让我先过去看看，如果是游击队，我就向你们招手，你们就可以走过来；如果是敌人，我就大模大样地走过去，你们仍旧在这里隐蔽，千万不要露面，等我把情况弄清后再带你们出去。”不久，我们看到合作社主任向我们招手，就连忙走了过去。原来那里驻的是我们的游击队。他们热情地接待我们，要我们好好休息，并表示会千方百计地打听撤退队伍的去向。当天晚上，我们在游击队的引导下终于找到了服务团。

我们安全归队，使服务团的同志们惊喜万分，全团一下子沸腾起来，大家纷纷前来问寒问暖，激动得互相拥抱，热泪直流。原来，大家都以为我们在敌人袭击时牺牲了，团长更是心情沉重，还准备电告中央，引咎自请处分。我知道这情况后，立即向党支部汇报了掉队经过及以后的情况，并作了自我批评。团长指出：“你们负责携带的药箱关系到全团同志的健康，当然非常重要，你们的负责精神是好的。但是，药物丢了还可以买回，而你们是身负党代表的责任，中央千方百计护送大家到延安开会，如果在半途中牺牲了，那又怎能完成党交给的任务呢？凡事要分清大小轻重，要懂得顾全大局，不能因小失大，捡了芝麻丢了西瓜。”经过这件事情，我认识到共产党员凡事要考虑大局，还亲身感受到抗日群众和八路军的鱼水深情，进一步认识到我们党一切为了群众、一切依靠群众的好传统是永远不能丢的。

▶ 两过平汉路

当夜幕降临的时候，我们又继续出发往前赶路，跑步前进越过津浦铁路上敌人的封锁线，到达泰西的陆坊宿营。陆坊距泰山仅 20 多公里，是我军历史上著名的陆坊突围战所在地。在这里，我们遇见了当时任八路军第一一五师政委的罗荣桓，他给我们讲述了山东抗日根据地的建设、武装斗争、群众运动以及贯彻党的方针政策等方面的经验。

泰西离《水浒传》上说的梁山泊也不远，因此我们也向梁山泊地区活动，目的是沟通日后西去的联系。我小时候读过《水浒传》，曾深深为书上的英雄豪杰们利用梁山水寨的地利与敌周旋的故事所吸引。可是这时的梁山已远非《水浒传》上所描述的情景，已经没有广阔的湖泊水寨，没有高山密林，剩下的只是几条小河和一个百来米高的小山包而已。

我们从梁山继续西进到东平地区，然后乘船渡过东平湖，在湖西地区休整了几天后继续往前走，到达鲁西根据地。当时的区委书记张霖之接见了我们，第一一五师一个主力旅的政委兼行署主任萧华为我们作了有关鲁西地区对敌斗争形势和根据地情况的报告。

离开鲁西，我们又经过几天的行军，进入冀南根据地。这里已是八路军第一二九师的辖区。区党委书记宋任穷、军区司令员陈再道当时正忙于组织反顽斗争，打击顽军向我根据地的进攻。我们得以继续西进，逐渐靠近敌占的平汉铁路。

平汉铁路是日寇占领控制华北的大动脉。敌人为了维护其对冀鲁豫三省的统治，切断太行山与冀鲁豫平原的联系，对平汉铁路封锁特严，在铁路两侧挖了宽 4 米、深 5 米的封锁沟。谁想要越过封锁线，就非要走敌人预留的路口不可，而每个路口处都有敌人设置的固定哨所据守，两个哨所之间又可以互相呼应，一旦有情况发生，敌人就把信号灯熄灭以通报左右。几分钟内就可以把信息传到日寇的据点，据点里的敌人马上就会鸣枪出兵，奔赴出事地点。铁路两侧的村子里还有在敌寇强制下组织的护路队巡逻守卫，如果他们知情不报就要受连坐之罪。所以，平汉路是我们一年行军中最难逾越的一道封锁线。

8 月间的一个黑夜，部队派出一个团护送我们过铁路。前头部队刚接近铁路，立即就被哨所的敌人发现，沿途哨所马上连锁熄灯。我军见行动已经暴露，迅速传令撤退，转回永年县暂住。

第一次偷越铁路没有成功，过了十多天，部队派出一个营再次送我们过路。这一次，我们仍然利用夜幕掩护，但却另找小路潜行，在离铁路大约2里（1里=500米）地处隐蔽待命。营长带着一个突击组靠近铁路口的哨所，营部一名十六七岁的通信员摸到哨所跟前，突然大步跃进哨所，里面两个伪军还没来得及反应就成了我们的俘虏。我们奉命立即跑步越过铁路，一口气跑了十几里路，到了一个村子才停下来休息。我们安全地越过了平汉铁路以后，即进入了冀西的武安山地区。

▶ 一堂柿子政治课

我们到冀西后，即到了八路军第十一旅政治部。杨克冰主任接待我们，随即安排前往第一二九师后方机关驻地索堡。这是清漳河边上的一个大村子。在师部，古大存向师长刘伯承和政委邓小平汇报了情况。随后，我们在部队的护送下进入深山区，经桐峪、麻田、占壁，到达八路军太行山总部。那时正是我军发动百团大战的后期，敌人的活动相当频繁。总部因正处于战争状态中，经常移动。我们西去的路线又因敌人的严密封锁而不能通过，只好等待时机，随同总部转移到太行山区，前后历时约一个月。

在总部，我们见到了副总司令彭德怀和副总参谋长左权，还听取了政治部主任罗瑞卿的报告，讲当前的战争形势和工作任务。在这期间，彭老总指挥在关山垴打了一仗，歼灭鬼子300多人。敌人派出增援部队进行反扑，于是我们又随总部转移。敌人找不到我军的踪迹之后撤退，我们又回到桐峪一带的驻地。

当时，山西的柿子已经成熟，有的掉落在驻地的院子里。由于总部经常转移，机关人马很多，粮食供应缺乏，所以大家的生活是相当艰苦的。战士宿营后，有摘柿子吃的，我们服务团的同志也有在地上捡柿子吃的。第二天一早，司令部集合机关全体人员开大会，我们也参加了。会上，彭老总把大家狠狠批评了一顿。他说：“我们是八路军，是共产党领导的队伍，立下了三大纪律八项注意。为什么要拿老百姓的东西吃？有人说是掉在地上捡起来吃的。我说掉在地上的也是老百姓的东西嘛，为什么要拿来吃？现在总部责令各单位负责同志进行检查，凡是摘了的柿子，一律送还给老百姓，吃了的就赔钱。”彭老总严于律己也严于治军，这一次我们都亲身感受到了，印象很深，教育很大。彭老总的讲话给我上了一堂活生生的政治课。我深深感到，共产党人必须时刻严格遵守群众纪律，越是在困难的时候越是不能纪律松弛，这样群众才会真正相信我们。

▶ 连闯五道封锁线

我们随总部活动一个多月后，一天，忽然接到总部的通知：准备出发西行。全团马上沸腾起来了。经过打听后我们知道，徐向前由山东经总部去延安，总部派两个团护送他们通过同蒲路和汾河封锁线，准备一旦在途中发生情况就硬打过去。总部还决定我们与之同行。

我们一行离开总部，经蟠龙、武乡向太岳山脉转移，随后又到达晋中平原。这一带是山西的产粮区，也是大军阀阎锡山的势力范围。我们下山后，住进一个大圩子里，并立即禁绝行人出入，封锁消息，在圩子里整整隐蔽了一天一夜。翌日黄昏，天还没有完全黑下来，我们又随部队向西疾进，是夜连过五道封锁线：先是通过五条公路，然后冲过同蒲路，再涉水渡过汾河，最后又越过一条公路，直到天色大亮的时候才进入吕梁山区，一个晚上走了 70 多公里路程，有的地方还是跑步通过的。这是我们组成服务团以来走路最多的一次夜行军。

第二天，我们进入交城、文水地区，这里是八路军第一二〇师的活动区域，也就是晋西北根据地。从此地出发，我们顺利地通过了方山县城，抵达黄河河套的边沿，在一个叫咀头的小渡口乘船渡河。这一带两岸都是我军的驻地，所以我们可在白天安全摆渡。过了黄河，我们来到陕甘宁边区的吴堡，稍事休息后，又渡过无定河到达绥德城。随后，经清涧、延川、延长，到达延安。

我们于1939年11月底从韶关出发，一路上几次遭受敌伪袭击，但在八路军的掩护下无一伤亡，全部安全到达延安。当时已是1940年12月16日下午，整整走了一年，跨越11个省，行程万里。在这一年的时间里，我们经过了许多游击区和老解放区，听到了陈毅、刘少奇、彭德怀等领导人的报告，闯过了一道道日军、伪军的封锁线，经受住困难和危险的考验。所有这些，不但扩大了我们的政治视野，而且锻炼了我们的革命意志。特别是一路上看到各地区党的负责人实事求是地贯彻党的方针政策，一切为了群众、一切依靠群众的好作风，艰苦奋斗、排除万难的精神，都给我们留下了深刻的印象，对我们以后的工作有重要的影响。

▶ 抵达延安

我们到达延安后，得到中共中央组织部同志的热情接待，并安排我们到中央党校特别班学习。按照中央组织部的规定，我们首先要填写登记表，写自传和写出自己工作地区的工作报告，经中央组织部审阅研究后送交中央保存。在这期间，中央机关有关部门的领导都分别找我们谈工作情况。1941年春节，党中央书记处在中央党校的中山食堂宴请南方各省到达延安的七大代表。中央领导同志朱德、陈云、任弼时、李富春，还有王明、博古等均出席了。那天，毛主席因为有事，在宴会快要结束时才到达席间。他拿着酒杯走到我们的面前向我们祝酒，并一一询问姓名，来自哪个地方，做什么工作，有的还问及年龄大小，态度非常亲切。这一天晚上，毛主席原来准备向我们作一次讲话，但因洛甫在屏风那边宴请一批文化人，也等着他去接见，所以对我们的话没有讲成，大家都感到十分可惜。

我们在中央党校学习期间，建立了中共独立支部。不久，中央组织部又把我们转到马列学院（后改为马列研究院、中央研究院）学习，搬到后山住。在这里，我们学习了中国近代史和其他一些课程，并且听了一些领导同志的报告。

1942年初，党中央将原延安党校改组为中央高级党校，由毛泽东任校长，彭真任副校长①，黄火青任秘书长，古大存任第一部主任。以后又陆续成立了第二部、第三部、第四部和第五部，先后抽调了全国各地，主要是抗日根据地的主要干部前往集中学习。七大代表都集中住在一部，我们从南方来的代表因此也调到一部参加学习。

当时，正值日本和英美之间的太平洋战争爆发，日本侵略军企图把中国变成他们进行太平洋战争的后方基地，但对我军发动的百团大战又感到震惊，于是向我敌后抗日根据地大举“扫荡”。因此，从1941年到1942年间，是敌后人民抗日武装最困难的时期。为了克服严重的物质生活困难，坚持抗战而又不加重人民的负担，抗日根据地掀起了大生产运动，党提出的总方针是“发展经济，保障供给”，要“自己动手，丰衣足食”。1941年初，党中央命令王震率领八路军第三五九旅开赴南泥湾实行军垦屯田。在延安的党政军学各界数万人也投入了大生产运动，中央领导同志亲自参加生产劳动。在党校门前的路上，每天清晨，我们都看见朱德总司令背着箩筐拾粪积肥。中央党校作出规定：每个学员每年要生产南瓜或土豆500斤，作为公粮上交学校，没有耕地就要挑水上山点种浇水。党校的大食堂也相当困难，我们吃的除了小米饭就是南瓜、萝卜，经常是一个星期吃不上一顿肉。学校发不出零用钱，我们几个“老广（东）”就凑合起来，用生产得来的钱杀狗会餐改善生活。狗肉确实是好东西，居然把我几年治不好的冻疮治好了。

那时延安的物质生活虽苦，但文化生活却相当丰富。每到星期天，就有剧团到党校演剧，剧目有歌剧《白毛女》、京剧《三打祝家庄》，还

① 根据宋荐戈、张腾霄著《简明中国革命根据地教育史》一文，1942年2月28日，中共中央政治局通过《关于党校组织及教育方针的新决定》规定，今后中央党校政治指导由毛泽东负责。邓发仍为校长，彭真为教育长。1943年3月，中共中央决定由毛泽东兼任中央党校校长、彭真为副校长。

有歌剧《兄妹开荒》。这些剧本创作每修改一次就为我们演出一次，征求我们的意见。此外，还有跳舞、打麻将等文娱活动，真是各适其宜，各得其所。我们真正感受到生活在党的怀抱里，心情十分的舒畅和愉快。

我们还经常能听到中央领导人的报告。我第一次听到毛主席作《整顿党的作风》《反对党八股》的报告是在党校礼堂。那时，党校礼堂刚刚建成，大门上塑着毛主席亲手题写的“实事求是”四个大字，里面可容千人，但除了主席台上有一张桌子和几条板凳以外，平常里面就是空空荡荡的，什么也没有。我们听报告时，每人都拿一块砖头当凳子，有条件的就用一块木板作书案，把本子放在上面做笔记。毛主席的报告讲得深入浅出，十分风趣，明确提出了整风的内容、方针、任务和方法。

▶ 延安整风

1941 年 4 月，中共中央宣传部发布《关于在延安讨论中央决定及毛泽东同志整顿三风报告的决定》，随后又发出《关于在全党进行整顿三风学习运动指示》。从此，在全党全军范围内的整风运动逐步展开。这次整风的方针是“惩前毖后，治病救人”，最主要的任务是反对主观主义。我们党校学员每人发有一本整风文件目录，上面列着整风所要学习的文件题目。我最先接触到的是毛主席的《改造我们的学习》的讲话稿，里面再三强调实事求是的重要性。他说：“实事”就是客观事物的内在联系，即规律性，“求”就是我们去研究。要这样做就必须不凭主观想象、不凭一时的热情、不凭死的书本，而凭客观存在的事实，详细地占有材料，在马克思列宁主义一般理论的指导下，从这些材料中引出正确的结论来。这是多么精彩的论断啊！我联想起礼堂大门上“实事求是”几个大字，深深地感到，它不仅是作为我们的校风，而且是我们党的思想路线，是我们行动的指针。回想我在香港救国会工作期间，我们竟然要在香港这样一个闹市召开纪念九一八事变的群众大会，使组织遭到了严重的破坏。我虽然不是决策人，也因不在场而没被捕，但我却在当时的情况下接受了任务，要在另一个地方同样召开群众纪念大会，这确实是一种脱离客观实际的、愚不可及的行动。

在整风运动中，保安机关破获了一些特务案件。为了纯洁干部队伍，中共中央于1943年4月3日发布《关于继续开展整风运动的决定》，决定在整风运动的同时进行一次普遍的审干运动。这是整风运动的重要组成部分，是从组织上扩大、巩固整风的成果，加强党的建设的重大措施。但在审干的过程中，即1943年7月到8月间，中央社会部部长、审干运动的主要负责人康生扩大敌情，在延安干部会上作《抢救失足者》的动员报告，发动所谓的“抢救运动”，大搞“逼供信”的过火斗争，使审干工作一度走偏了方向，许多同志受到怀疑，被列为“叛徒”“特务”进行审查；有些白区党的组织被认为是被特务打进来控制着的“红旗党”。当时常常连夜召开大会，号召“失足者”登台坦白，争取宽大处理。一些人纷纷登台排队“坦白”。台下各党小组就对那些被怀疑的同志进行“帮助”“抢救”，实际上是进行围攻斗争，空气十分紧张。在那种气氛之下，同志们普遍感到怀疑和焦虑。我当时是一个党小组的组长，组内有一个工人出身的同志惊慌失措，也自动在小组“坦白”，说自己是被敌人突击加入了特务组织，讲得活灵活现声泪俱下，可是就讲不出对党组织有何破坏行为，过了一夜，自己又全部推翻了“坦白”的口供。这位同志的反复无常，使我们对他“坦白”的真实性产生了很大的怀疑。由于延安与外界几乎处于隔绝的状态，对干部历史情况的调查十分困难，一时无法分清真假。

中共中央及时发现了审干运动中的问题，于1943年8月15日作出《关于审干工作的决定》，重申毛主席在7月30日提出的审干九条方针：(1)首长负责；(2)自己动手；(3)领导骨干与广大群众相结合；(4)一般号召与个别指导相结合；(5)调查研究；(6)分清是非轻重；(7)争取失足者；(8)培养干部；(9)教育群众。强调要调查研究，分清是非，注重真凭实据，不搞“逼供信”。10月，中共中央又制定“一个不杀，大部不抓”的原则。随后于12月间进行了甄别工作，纠正错误，为受迫害的同志恢复名誉，使审干工作得以顺利进行。

作为一部主任的古大存严肃地作了自我批评，主动地承担责任，并在七大大会发言中作了深刻的分析和检讨，多次向被搞错了的同志赔礼道歉。他认为：审干是必要的，中间有些错误，党中央已经纠正过来。他呼吁一度被搞错的同志消除怨气，顾全大局，增强党内团结，表现了革命者光明磊落的胸怀。毛主席称赞他是“带刺的玫瑰花”。我们深受感动和教育。

在这次审干工作中，我省代表团的同志没有受到很大的牵连，组织上都为我们作出结论，并确认了代表的资格。我们大家在运动中都经历了一场前所未有的深刻的教育，认识到在革命的过程中难免会遇上这样或那样的干扰和破坏，我们相信党中央能够领导我们绕过任何险滩，坚持正确的道路，使中国革命的航船胜利前进。

值得一提的是，在当时学习的整风文件中，刘少奇的《论党内斗争》给了我很大的启发。后来经过土地革命战争十年路线大辩论、审查干部、“抢救运动”、甄别复查等实际斗争的体验，更进一步认识了这一文献的丰富内容和精辟的观点，从而为我后来在长期的革命斗争中做了思想准备。中华人民共和国成立后，我先后受过 1957 年“反地方主义”运动、1966 年“文革”等政治运动的冲击。当时我很清楚这是不对的，心里想，如果刘少奇在就好了。但后来又想，即使刘少奇在也不行，正如他在位时也无法阻止“大跃进”和“文革”的发生一样。鉴于党的历史经验，在推行错误路线的主要领导还在位时，要求平反是不可能的。如果勉强去做，可能遭到严酷的处理，只能待下一阶段，经过实践发展，问题的错误性质逐渐显露清楚时，才有可能解决问题。所以，直到 1980 年，在邓小平拨乱反正政策指导下，我的处分才得到平反。但是，经过错误的处分 22 年之后，我已经过了 60 岁。在这期间，刘少奇严格的组织原则、党的铁的纪律以及维护党的团结大局的教导使我冷静地对待问题。在“文革”中，我曾拒绝了一些人想利用派性的力量来为我平反的错误做法。当然，这都是后话了。

1943 年 10 月，审干工作告一段落，整风进入总结历史经验阶段。党校发给我们学员每人一本《六大以来》文件汇集，要求我们认真阅读研究，进一步讨论和总结我党历史上的路线是非问题。一开始我们就对党的六大路线是否正确展开热烈的讨论。学校召开大会，让不同的意见自由发表展开争论，前后经历了一个多月。中共中央又分别召开许多总结各地历史经验的座谈会，开展批评与自我批评，弄清路线是非。1944 年 4 月 12 日，毛主席作《学习与时局》的报告，阐明了研究历史经验应当采取的正确方针和态度，对高级干部关于党的历史问题的讨论作了总结。1945 年 4 月，中共六届七中全会通过《关于若干历史问题的决议》，对于我党历史上各次“左”倾与右倾错误，特别是第三次“左”倾错误作了公开的批评和结论。至此，延安整风运动胜利结束。

▶ 参加七大

延安整风运动是一次伟大的思想教育运动，也是一次伟大的思想解放运动。我有机会参加这次学习，认识到马克思列宁主义的普遍真理必须同中国革命具体实践相结合，凡事当前必先摸清情况，按实事求是的原则去处理各种问题；了解到党内历次“左”倾与右倾路线的错误，特别是王明“左”的错误对中国革命事业的危害，深感路线政策是党的生命，它的正确与否关系到革命的成败兴衰，我们任何时候都要把正确理解和对待党的路线政策作为首要任务。

整风运动经历了反对主观主义的学习、审查干部和总结历史经验几个阶段，为召开党的七大做好了思想上、政治上、组织上的准备。1945 年 4 月 23 日，中共七大召开，广东代表团全部参加了大会，并经党中央批准增补了云广英、廖似光、谭辅仁为代表，和我们一起参加了大会。毛泽东在会上作《论联合政府》的政治报告；朱德作《论解放区战场》的军事报告；刘少奇作《关于修改党章的报告》；周恩来作《论统一战线》的发言。会议选举出第七届中央委员会，通过了相应的决议。大会确立了以毛泽东思想为全党一切工作的指针，提出了中国共产党的政治路线：放手发动群众，壮大人民力量，在中国共产党领导下打败日本侵略者，解放全国人民，建立一个新民主主义的中国。七大把党在长期奋斗中形成的优良作风概括为三大作风：理论联系实际、密切联系群众、批评与自我批评。毛主席在中共七大闭幕时要求全党学习愚公移山的精神，“下定决心，不怕牺牲，排除万难，去争取胜利”。

七大是一次团结的大会、胜利的大会，它使全党达到了空前的巩固和团结，为抗日战争的胜利和夺取新民主主义革命在全国的胜利奠定了基础。毛主席还讲到当时我们存在的困难，其中令我印象最深的是，他说抗日战争胜利后，估计蒋介石会发动内战，英美帝国主义也可能运兵帮助蒋介石打内战。毛主席满怀信心地对代表们说：“同志们，我们胜利在望了。”

▶ 重返广东

七大刚刚结束，我们就接到中共中央组织部的通知，要我们协助调集一批南下广东工作的团级干部共 90 多人，组成一个干部连队，随同中央组织的南下第二梯队（司令员文年生、政委雷经天）南下广东。此时，由司令员王震、政委王首道率领的第一梯队已抵达广东梅岭。后来，因日本投降，部队回师北上。1945 年 6 月，我们广东代表团随第二梯队从延安出发，8 月到达河南陇海路边，也由于日本投降而中途折回太行山。

按照中央组织部的决定，吴有恒、何潮、唐初和我 4 名七大代表离开了部队，沿着各个根据地交通路线徒步到了江苏新四军指挥部。那时，华北根据地已经连成一片，我们不必像去延安时那样闯封锁线了，因此行程大大缩短了。1946 年 3 月间，我们到达淮安，休整一段时间后，于 1946 年 5 月秘密经上海回到香港，立即向中共广东区党委报到，与区党委城工委书记梁广接上了党的组织关系，很快被派往广州主持地下党工作。以后任中共华南分局城市工作委员会副书记，分工负责广州和全省蒋管区的城市工作。

回忆当年参加七大，心潮澎湃。我是在党的培养下成长起来的。七大的教育在我一生中产生了极其深远的影响，坚定了我的革命理想，增强了我的革命信心，锻炼了我的革命意志，使我在复杂的革命历程中经受住了对敌斗争的锻炼、党内斗争的考验，以及改革开放以来权钱交易的诱惑，从一个很不成熟的革命工作者坚持成为堂堂正正的共产党员。现在，我虽已年逾八十，但革命工作永远也不会画上终止符号，在我完成了编写部分有关历史材料后，还坚持老有所学、老有所为，有一分热，还要发一分光。几年前我投身到教育青少年事业中去，把教育下一代作为我一生最后的革命事业，坚持到最后一息，使我在人生长河中不负初衷，终生无悔。

1992 年，钟明在香港九龙尖沙咀留影

（文章及照片由钟明儿子钟建民提供，本书编辑时文字、照片有所改动）

徐　亮

徐亮，1919年12月出生，广东增城人。1938年10月加入中国共产党。1938年赴延安陕北公学和马列学院学习，后任延安马列学院图书馆、中央研究院图书馆、中央图书材料室管理员和负责人。解放战争时期，曾任热河省中共滦平县委宣传部部长，围场县委宣传部部长、副书记。中华人民共和国成立后，历任广州市惠福区委书记、中区区长，广州市文教办副主任，中共广州市委统战部副部长，广州市政协秘书长、副书记、党组副书记。1990年离休。2009年8月25日在广州病逝。

在艰苦奋斗中改造世界观

徐　亮

延安马列学院，永远让我怀念。

1939年6月，根据中央决定，我们陕北公学分校浩浩荡荡的队伍，从关中行军到达延安集中，准备与鲁迅艺术学院等校开到华北敌后，组成华北联合大学。抵达延安后，我们有七八位同志考进马列学院学习，我高兴极了。

7月初，一个金色阳光洒满大地的早晨，我们背上背包，一位同志带领着我们，从城外出发，沿着延安城北行。最后，跨过延河，经过一片庄稼地，看到山上有几排错落的窑洞，山下是两排长长的整齐的平房和其他建筑，被一堵弧形的土墙围着。带队同志指着告诉我们，这就是蓝家坪，就是马列学院。

入院后，第一课就是刘少奇同志讲“共产党员的修养”。第一次听中央领导同志讲课，第一次看到刘少奇同志，也是第一次系统地听讲世界观问题，我全神贯注地听，认真地记笔记，恨不得把每一个字都记下来。课后，使我深思，觉得少奇同志的报告，内容丰富、新鲜，很有哲理，深入浅出，过去没有听过那么好的报告。对于我这样的新党员而言，实在太重要了，检查我原来对自己的认识，对学习的目的、方法都有许多幼稚的、不正确的想法。

我生长在广东增城，1936年念完初中，接受进步思想的影响，读过一些进步书刊，组织和参加过读书会，后来投入到轰轰烈烈的抗日救亡运动。由于对国民党丧权辱国、腐败不满，我向往延安，奔向延安。我在陕北公学分校学习了半年，并且加入了中国共产党。当时，只知道共产党好，对抗战有办法，是中华民族希望所在，祖国希望所在，但对党纲、党章以及怎样做一个好的共产党员……则是朦朦胧胧的。那时我认为自己是十七八岁的青年，刚从校门出来，像一张白纸，是最纯洁、最清白的，也是最易接受真理——无产阶级理论，最易接受新事物的。对于能考入被认为是延安最高学府的马列学院，我十分兴奋、激动，决心学好知识，否则对不起党和人民。当时主要是从培养理论干部方面来理解，所以着重考虑如何专心听、用心学、认真记笔记，提高理论水平，学好一套理论，以便将来做教育工作。所以开始一段时间，只着重在死记硬背上

1938年1月，增城抗日救亡宣传队下乡前摄于雁塔下。徐亮（左二）、徐辛雷（左三）

下功夫；而对于通过学习马列主义理论，改造自己的世界观，则考虑较少。后来对照少奇同志的报告，反复思考、琢磨，逐渐认识到，我从旧社会来，必然沾染许多小资产阶级的思想和各种各样的非无产阶级思想，这种思想不克服、不改造，是会严重妨碍自己进步的，是不可能革命化，不可能成为一个思想上入党的合格的共产党员的。

少奇同志指出，无产阶级应该自觉地去接受长期的社会斗争，并且在这种斗争中改造社会、改造世界，同时改造自己，只有把伟大而高尚的共产主义理想和切实的实际工作、实事求是的精神统一起来，才能成为一个好的共产党员。在党内、在人民中，要吃苦在前，享受在后，与别人不比待遇的优劣，而比革命干劲和艰苦奋斗的奉献精神。

我还逐步领会到毛主席指出的真理：坚定正确的政治方向，是与艰苦奋斗的工作作风不能脱离的，没有坚定正确的政治方向，就不能激发艰苦奋斗的工作作风，没有艰苦奋斗的工作作风，也就不能执行坚定正确的政治方向（1939 年 5 月 1 日，毛主席在延安庆祝五一国际劳动节会上的讲话）。经过学习，我把自觉地发扬艰苦奋斗的工作作风作为共产主义世界观的组成部分，也是理论联系实际的一个重要内容，是自觉地改造世界观的一个重要手段和体现。

马列学院认真带头发扬艰苦奋斗的工作作风。学院生活虽然非常艰苦，但同志们以苦为乐，朝气蓬勃，始终充满了同志之间的友爱和严肃活泼的气氛。

我在马列学院四班学习了一年半，四班学员的来源，一部分是经验丰富的老红军、老同志，大部分是 20 来岁至 30 岁的青年学生、知识分子，那些老红军、老同志处处作出榜样，他们和我们一样，一起听课、一起讨论、一起生活，互相关心、互相尊重、互相帮助，同志间相处亲如兄弟。我们在小组学习过程中，有时将提出的疑问、争论的问题，跑到宋时轮、高朗山、李治等同志处请教、交谈，他们平易近人、以诚相见、热情帮助、谦虚探讨的作风，给我很深刻的启发和教育。

为了完成上级交给的生产粮食任务，我们参加耕地、秋收等劳动。延安的黄土地，山像个大馒头，一个个簇拥在一起，谷子、糜子都种在一大片一大片的山坡上，适合于“大兵团作战”。耕地的那天，大清早就集合队伍，扛起镢头上山，从下坡往上耕，按组排成“一”字，拉开适当距离，摆开阵势。一组七八个人，只有四五把镢头，多是两人一把，也有三人一把的。哨子一响，像冲锋号一样，同学们个个像小老虎，只听见嚓嚓的镢头落地声，镢头过处，土皮翻转，杂草刮下来。跟着后面的同志，只要看到前面稍为慢一点，马上抢着上前替换，顷刻间就耕了一大片。两个小时过去，休息哨子吹响了，后勤同志送来开水，有的喝水，有的擦汗。一会儿，山沟里、山顶上，荡起一片欢腾的歌声和欢乐的笑声。“锄头是我们的枪，挖开荒地种食粮，秋风吹来，满山遍野一片金黄，这金黄的食粮，像千万颗子弹，它穿透了敌人的胸膛，啊！锄头是我们的枪！”此起彼伏。负责后勤和送开水的同志，完成了自己的任务后，也悄悄地跑到我们后面，抢着镢头替换耕地的同志。到日近西山收工了，同学们虽然拖着疲倦的身躯，但是想到将来自己耕的一个山头又一个山头大片的庄稼地，重黄叠翠，便都带着胜利的喜悦归来。

为了解决烧柴问题，在马车运输力量不足的情况下，学院要自力更生，组织同学们到40里（1里＝500米，下同）以外的劳山沟里去背柴，院部作为一件大事来抓，除了各科配合，做好学习劳动的统一安排及准备干粮以外，同学们都检查自己的草鞋、绑腿、挂包和干粮袋。头一晚提早睡觉，第二天清晨4时就起床了，吃罢早餐，每人带上几个馒头，集合出发，虽然知道重任务还在后头，但在路上休息时，还是按捺不住唱起歌来。到了目的地，生产科锯好的林柴早已堆放在那里，对背柴多少，虽然没有规定数量，但每个同志都是按照自己的体力，尽量多背，多的七八十斤，少的三四十斤，用绑腿捆绑好。我们大多数同志都是第一次干这种活，年纪大些的有经验的同志，还帮助检查绑得紧不紧，背起来合不合适。我是小个子，只背三四十斤，开始时不觉得怎么样，但走了10多里，就越来越重，起初队伍还有队形，后来越拉越长，我也掉队了。那天，早的下午4时许就回来了，晚的5时多才到家。最后，有些身体好的同志还去接应。个个晒得满脸通红，汗流浃背，肩膀发麻，腰酸腿痛，但没有人叫苦。晚上，厨房准备了热水让大家洗澡、烫脚。第二天休息半天，又转入了紧张的学习。

我们全年的主粮是小米，只有一个月一次加菜和过年过节才能吃上白面馒头，至于大米更是稀罕了。分配的口粮，一般可以吃饱，但许多同志都喜欢吃小米锅巴（饭焦），既香脆又耐饱，被称为“马列饼干”“无产阶级饼干”，每顿饭到最后都很抢手。菜的品种很单调，一年大部分时间吃土豆，白萝卜下来时，整个月都吃萝卜，有时吃白菜、西红柿、豆角，那就是上等菜了。约一个月加菜一次，照例是红烧肉，猪肉或羊肉煮豆腐粉条。厨房养了几头大猪，某一天若听见猪声那就是大喜讯，大家都高兴起来。

每个学习小组10人左右，发一个装上铁耳的方形半截煤油桶，作为打菜用，这是小组唯一的集体餐具，它除了开饭时盛菜外，用处多着咧，平时洗脸、洗衣服、洗澡都用它。假期，偶然有人加点菜，自然它就是最好的菜锅，在窑洞旁挖个小洞作炉灶，架起柴来烧。至于碗筷，当然是各人自备，有的用搪瓷缸，有的用钱买只陶碗；筷子有人用高粱秆或柳条枝，也有人用勺子。

穿衣方面，每人一年发一套单衣，那时同学们很少有可供换洗的内衣裤，夏天只有趁着天气好的时候，到延河深水的地方洗澡，先脱下衣服把它洗好，晒到石头上，然后下河洗澡，待衣服晒干了再上岸穿回来。三年一套棉衣，要交旧领新。冬天把单衣作衬衣用，如果把单衣洗了，就光着身子，披上一件棉袄。天暖了，不少同志把棉衣的棉花拆下来，作夹衣穿几个月，到秋凉时，再把棉絮铺上，又过一冬。

洗衣服，到延河边是最好的去处，没有肥皂，只有洗被子、拆洗棉衣棉裤，才用草木灰过滤碱水以代替肥皂。以旧布作手巾，用旧布卷着手指代替牙刷，以盐代替牙粉。总之，就地取材，因陋就简。

为什么在艰苦困难中，大家能积极找窍门、想办法？为什么艰苦的生活磨灭不了同学们的革命乐观主义精神？什么力量使同学们以苦为荣、以苦为乐？主要是大敌当前，为了挽救灾难深重的民族和挣扎在死亡线上的千百万人民，有马列主义武装，逐步树立了胜利的信心，从而自觉地在克服困难的过程中，培养艰苦奋斗的工作作风，磨炼革命意志；其次是领导、老红军、老同志带头苦干，作出榜样，上下级间、同志间，同甘共苦，团结一致，亲密无间。

我永远不会忘记，哺育我成长的蓝家坪。永远不会忘记马列学院那温暖的窑洞，紧张的学习，理论联系实际的学风，艰苦奋斗的工作作风，使我获得了马列主义的理论基本知识，奠定了我为共产主义奋斗到底的思想基础，它的光辉照亮了我一生的革命实践，它的精神始终激励着我，给我前进的力量。尽管几十年来我们的党有成就也有失误，遇到过各种挫折和风波，我个人亦遭受到冲击和挫折，但自己对党、对共产主义的信念始终坚定不移。

现在，即将进入20世纪90年代，中国社会主义建设已进入新的历史时期，中华人民共和国成立以来的正反面深刻的经验教训，都充分证明加强党的建设，坚持在改造社会的同时改造我们自己的重要性；坚持艰苦奋斗、自力更生的延安精神的必要性。虽然后者的具体内容、形式、方法因时代不同而有所变化，但是艰苦奋斗的延安精神不能丢。正如邓小平同志指出："艰苦奋斗是我们的传统，艰苦奋斗的教育今后要抓紧，一定要抓60年至70年。"

（原载吴介民主编：《延安马列学院回忆录》，北京：中国社会科学出版社，1991年版；文章、照片由徐亮儿子徐丹提供，本书编辑时文字、照片有所改动）

朱劭天（右）、高秉洁夫妇

朱劭天，1916年12月17日出生，山东单县人。1937年2月加入中国共产党，随后到延安。1938年1月赴山西抗日第二战区前敌总司令部卫立煌特务营任指导员，开展统战工作，为地下党支部负责人之一；1939年初调回延安中共中央统战部交际处工作；1942年在延安中共中央财经部工作；1945年在延安西北财经委员会工作，任陈云同志秘书。中华人民共和国成立后，先后任中南财经学院（今中南财经政法大学）副院长、湖北大学党委书记、中共湖北省委宣传部副部长、武汉大学党委第一书记、中共中央中南局科学技术委员会第一副主任、华南工学院（今华南理工大学）党委书记兼校长、广东省人民政府外事办公室副主任、广东省人大常委会委员。1989年离休。2010年11月24日在广州逝世。

高秉洁，1917年1月出生，山东菏泽人。1937年12月加入中国共产党，随后到延安。1938年1月赴山西抗日前线，受党组织委派，经西安转山西第二战区前敌总司令部战地工作，先后任战地工作团员、支队长；1939年1月接党组织通知，由西安八路军办事处介绍回到延安，5月在延安中国女子大学普通班学习，任班长、校党总支委员；1942年9月在延安中央研究院中国经济研究室任研究员；1945年10月任延安西北财经办事处秘书。中华人民共和国成立后，先后任铁道部统计局科长，中共广州市委宣传部秘书长、顾问。1984年离休。2010年1月6日在广州逝世。

夫妻同赴延安路

高秉洁

我在北平清华读书时，参加一二·九抗日救亡运动，并在学校参加了地下党组织。抗日战争全面爆发后，1938 年春，我到了山西抗日前线。山西当时被划为第二战区，战区司令长官为阎锡山，副司令长官为卫立煌、朱德。蒋介石为控制山西土皇帝阎锡山及监视八路军，加委嫡系将领卫立煌为第二战区前敌总指挥，直接统帅指挥山西战场。卫立煌曾做过孙中山的警卫排长，也曾充当蒋介石反共悍将，在晋北、晋西对日作战中，得到八路军在敌后牵制的配合，使他认识到抗日要取胜，不与八路军合作不行。他同朱德总司令多次接触交谈，表示愿学习八路军治军经验和作战经验，仿照八路军战地服务团，成立了第二战区前敌总指挥部战地工作团。我们几个秘密党员，是经我八路军驻西安办事处林伯渠指示，进卫立煌的总部服务的。战地工作团在西安公开招收到几十名爱国青年，许多是从中国人民抗日军事政治大学、陕北公学毕业的。确定从事战区群众组织训练，在部队官兵中进行抗日教育，进而从战地工作团中培养骨干，陆续派遣到部队和地方政权中任职。

战地工作团组成后，立即开到黄河畔的延水关，准备东渡到晋西前线。当时八路军主要活动在太行山，晋军靠拢吕梁山，中央军集中中条山，粉碎日军速战速决计划，摆开与日军打持久战态势，卫立煌总部决定由河东永和经陕北转移往中条山。战地工作团遂随总部折回河南渑池，北过黄河，到达晋东南中条山。到达战区，我们亲身目睹日寇炮火轰击我方阵地，残暴杀烧我军民的罪行，更激发了我们奋不顾身地日夜奔波于战场、部队及群众之中。我们开展了多种形式的抗日宣传活动，赈济受灾群众，审讯日军俘虏。在豫北封门口战场，即传说中愚公移山的王屋山下，在我八路军唐天际支队开创活动的邵源镇北寨一带，和我军同志有着秘密联系和支援。时处抗战初期，形势较好，工作顺利。

燕京同学朱劭天，当时是地下党支部负责人之一，任卫立煌特务营指导员。朱德、彭德怀来前敌总指挥部述职时，参与组织迎送仪式，出面促进联络。地下党支部工作原由八路军驻西安办事处林伯渠领导，1938 年 11 月中央六届六中全会后，刘少奇出任中共中央中原局书记，即改由少奇领导。联络地点在河南渑池。劭天在一次向刘少奇同志汇报工作时，少奇同志谆谆介绍在白区工作的经验，在国民党军队中应注意诸多方面，当问到我和劭天的恋爱关系，为便于在国民党军队中开展工作，就动员并批准我和劭天结婚。那时我们都还年轻，满腔热情扑在工作上，经少奇同志动员和交代，我们在西安《秦风工商日报》上刊登了结婚启事，曰：我们奉家长之命，在西安举行结婚典礼，谨此敬告诸亲友。并穿上西装、花旗袍，到东大街照相馆拍了结婚照。这样，在白区工作，特别是在国民党军队中，方便很多。

1939 年春，在形势逆转的情况下，党组织决定将我和劭天调回延安。我们到八路军驻西安办事处转党组织关系，熊天荆和王哲然同志热情地接待我们，并要我们等待搭乘运物资军用卡车赴延安。当时赶运物资任务繁重，排队等待搭乘卡车的人已排了一个多月，我们遂主动提出利用我们在卫立煌总部的公开身份，乘西兰公路的长途客车出发，经邠县到栒邑，进入陕甘宁边区。料想不到，此时国民党在咸阳桥头已开始设卡，刁难并扣留去陕北的爱国青年。我们是穿着国民党军官军服，黄呢绑带，佩戴着战区前敌总指挥部徽章，持有盖着前敌总指挥部大印的军用护照，购票出发。咸阳桥头检查站守卫特务对我俩产生怀疑，进行盘问，并要检查随身携带的行李。劭天摊开一大张军用护照，敲拍着检查站的桌子，火气大发，声称：现前方正吃紧，官兵们浴血奋战，流血牺牲，这次是挤短短几天时间送家眷探亲治病，你们待在后方，这样凭空无理刁难，有意延误我们行程，五天后我就回来，定追究责任。他们中有的咕哝着什么，有的赶忙端上茶杯，有的连声解释误会，以缓和气氛。车到邠县，夜幕已降，车站灯光昏暗，人群嘈杂，我们担心咸阳桥检查站向这边有电信追踪，不敢住进车站附近的旅店，匆忙拎着行李躲离车站，转过几条小巷，穿进一间小理发店内休息。待到午夜，请店主帮助雇两头牲口，天亮赶赴栒邑。

晨曦初现，守城门的卫兵见我们长官装束气派，举枪敬礼，我们答礼出城扬长而去。骑上牲口，紧催赶路，爬上几处丘陵土坡，视野开阔，一片关中黄土高原。约莫一小时后，老乡说：这里已属边区界内。于是我们从牲口上下来，脚步放慢，全身绷紧的神经才松弛下来，一边唱起当时流行的苏联歌曲《祖国进行曲》：

> 我们祖国多么辽阔广大，
> 它有无数田野和森林，
> 我们没有见过别的国家，
> 可以这样自由呼吸！
> ……

我们同跟牲口的老乡一路有说有笑，下午赶到了栒邑看花官。陕北公学就设在这里。自幼抚养我成长的姨父杨霖、姨母宋介，带着他们的小女儿，已在校部工作。校部对我们热情接待，不久，即结伴几位同志同赴延安。

1945 年 8 月 15 日，抗日战争胜利日。朱劭天、高秉洁和女儿朱延力（乳名：果梅尔）在延安合影

到中央组织部报到并汇报后，分配劭天到中央统一战线部工作，分配我到新成立的中国女子大学学习和工作。

这是 60 年前的一段经历，风风雨雨，如今我们已过了钻石婚。我们深切缅怀刘少奇同志，我们怀念着延安中国女子大学。

（文章由朱劭天女儿朱延力提供，本书编辑时文字、照片有所改动）

黄静波

黄静波，1919 年 7 月 20 日出生，陕西绥德人。1934 年加入中国共产主义青年团，同年转入中国共产党。1935 年始曾任共青团中央少先队训练部副部长，少共陕甘省委宣传部部长，中共绥德县委书记、米脂县委书记、清涧县委书记，清涧县县长，陕甘宁边区粮食局局长、财政厅副厅长，第一野战军后勤部副部长、政委。1945 年 4—6 月作为陕甘宁边区代表团成员参加中共七大。中华人民共和国成立后，历任甘肃省财经委员会副主任、粮食部副部长、陕西省副省长、广东省革命委员会副主任兼秘书长、广东省革命委员会党组副书记、中共广东省委常委、广东省副省长、广东省人民政府党组副书记、中国广州交易会主任、中共青海省委书记、青海省省长、第七届全国政协常委。2014 年 12 月 1 日在北京病逝。

我对陕北 30 年代革命岁月的回眸

黄静波

我是一个十五六岁的孩子时，已参加了少共特委的工作，当然我还不会全面了解陕北革命根据地的全貌。1935 年夏天的陕北，即是 23 县连成一层，800 个根据地旌旗猎猎；更是血雨腥风来袭，将士人人自危之时啊！

就在陕北根据地不断扩大巩固发展的大好形势下，却突然冒出了一个上海临时中央局驻北方区代表孔原，派出的一个赴西北指导工作的“钦差大臣”朱理治。这个朱理治一来陕北，先解散西北工委和军委，成立由他任书记的陕甘晋省委，郭洪涛任副书记，王达成任组织部部长，郭述申任宣传部部长，而原陕北干部一个不留。

朱理治带来临时中央五封信，封封是对“左”倾主义指责。朱理治很快就和十五军团保卫部部长戴季英以及郭洪涛、聂洪钧，还有程子华等联手对陕北红军下手了。

当时陕北红军红二十六、二十七军共有8000人，徐海东、程子华的红二十五军到陕北只剩不到2000人。但朱理治宣布组成十五军团时，军团长是徐海东，政委是程子华，副军团长兼参谋长是刘志丹，副政委兼政治部主任是高岗，政治部副主任是郭述申，保卫部部长是戴季英。

不久，朱理治和戴季英就开始拿陕北红军开刀。说陕北红军将领没有好人，都是坏人。说刘志丹是白军军官，张秀山是刘志丹的“私人”，高岗是刘志丹的“谋士”。

接着实行大逮捕，把刘志丹、高岗、习仲勋、刘景范、张秀山、杨森、杨琪、李西萍、黄子文、张庆孚、蔡子伟、汪锋、张文舟、张仲良、赵启明、赵守一、张策、马文瑞、惠子俊、郭宝珊、高朗亭、王聚德、朱子休、孔令甫、黄罗斌等几十名西北根据地和红军的领导人抓起来实行酷刑，并且杀害了200多人。是毛主席率中央红军赶到，一声令下，刀下留人，立即放人；是毛主席挽救陕北根据地，救了刘志丹、高岗、习仲勋啊！

因为中央来到陕北，才使朱理治、戴季英、聂洪钧、郭洪涛等人的“肃反”停了下来，才使陕北根据地巩固了下来。如果中央红军和毛主席不到陕北，恐怕用不了多久，陕北的形势会是另一种样子，也或许朱理治人头不保。陕北人不是吃素的。

在中央的领导下，1937年1月，陕甘省委成立，李维汉任陕甘省委书记，刘景范（刘志丹胞弟）任省政府主席兼军事部部长，霍维德任省政府副主席，张邦英任组织部部长，李华生任宣传部部长，杨一木任统战部部长。

少共陕甘省委中，白向银任书记，王朗超任组织部部长，我任宣传部部长，省委驻地在陕西省中部的黄陵县店头镇。与此同时，中共中央领导机关迁驻延安，延安成为抗日战争的指挥中心和战略总后方。

我随即被调到延安参加市的工作团，延安市整个工作由高朗亭和张汉武负责，主要活动地区除延安外，包括富县、甘泉县、王家坪、子长县王家湾、杨家园子、绥德县张家山、延长县等。

这期间，我曾经跟随陕甘省委组织部部长张邦英一起去关中特委地区巡视，关中特委驻地是淳化县桃曲河，习仲勋是特委书记，张仲良是司令员。

关中特区苏维埃政府是在1937年2月由陕甘边南区革命委员会更名而得的。陕西地形地貌是这样划分的，北山和秦岭从北到南把陕西分为陕北高原、关中平原、秦巴山地三个地貌区。陕北畜牧业较为发达；陕南秦岭、巴山和汉江谷地以林业和农业见长；而关中平原西起宝鸡，东至潼关，地势平坦，交通便利，气候温和，是全省的精华之地，号称“八百里秦川”。因此这里的根据地也格外重要。

为了促进国共合作的实现，1937年2月，中共中央致电国民党五届三中全会，提出五项要求：停止内战，一致对外；保障言论、集会、结社的自由，释放一切政治犯；召开各党各派各界各军的代表会议，集中全国人才，共同救国；迅速完成对日作战的一切准备工作；改善人民生活。并提出，如果国民党将五项要求定为国策，共产党愿意实行四项保证：停止武力推翻国民党政府的方针；苏维埃政府改名为中华民国特区政府，红军改名为国民革命军；特区实行彻底的民主制度；停止没收地主土地的政策。

这四项保证是对国民党的重大让步。这种让步是有原则的，在国难当头的情况下也是必要的。因为只有这样，才能消除两大政党和两个政权的对立，实现国共合作，一致反抗日本的侵略。这五项要求和四项保证引起巨大反响，并得到国民党内部抗日派的赞同。

1937年9月，国内形势发生了变化，抗日民族统一战线形成。实现了国共第二次合作，国民党军队陆续撤离，苏区逐渐得到恢复，但有国民党政权的地方，党的组织仍处于秘密状态。中央决定撤销陕甘省委，工作人员回到延安。我被调回延安西北青年救国联合会（前身为少共陕北省委、少共陕甘省委）。

对敌斗争稍有平歇时，我感到自己的理论知识还需要进一步学习提高。1937 年 5 月，在我的要求下，我进入中央党校学习 4 个月。党校在延安桥沟，党校校长是李维汉，教务长是成仿吾，总支书记是廖志高，四班主任是白栋材，教师有方仲如、邓力群、罗炳辉等。我在四班学习并兼任校总支委员，负责民运工作，党校四班都是陕北干部。在政治精英云集的地方，我感到受益匪浅，对如何化敌为友、团结起来抗日有了进一步的了解。

抗日战争全面爆发后，成千上万的爱国青年冲破重重阻力，跋山涉水奔向延安。为了造就抗日救国的人才，中国共产党先后在延安创办了 30 多所干部学校。

中国人民抗日军事政治大学是中央到延安后创办的第一所高等军事学府，先后培养了 10 多万德才兼备的抗日军政人才，为中国人民的解放事业建立了不可磨灭的历史功勋。

中央党校、马列学院是培养党的中高级干部和理论干部的学校。

毛主席于 1943 年还为中央党校亲笔题写了“实事求是”的题词，这个题词一直被奉为中央党校的办学宗旨，也是党的思想路线的核心。

毛主席为中央党校题写的“实事求是”四个大字

1937 年的国际形势是，第一次世界大战后走上法西斯主义道路的德、意、日三国企图重新瓜分世界，先后结为反共同盟，成为欧洲和亚洲的战争策源地。在中国的抗日民族统一战线刚刚建立之时，日本就悍然发动了全面侵华战争。

1937 年 7 月 7 日夜，日本侵略军在北平西南的卢沟桥附近，突然向中国驻军进攻，中国官兵奋起抵抗。中华民族全面抗战由此开始。全面抗战 8 年，既是关系中华民族生死存亡的关键阶段，也是中国共产党发展壮大的重要时期。

经国共商议，8 月 25 日，中共中央军委发布红军改编为国民革命军第八路军的命令（9 月改称第十八集团军），朱德任总指挥，彭德怀任副总指挥，叶剑英任参谋长，左权任副参谋长，任弼时任政治部主任，邓小平任政治部副主任，其第一一五师师长林彪、副师长聂荣臻，第一二〇师师长贺龙、副师长肖克，第一二九师师长刘伯承、副师长徐向前，总共 4.5 万多人。

南方八省边界地区的红军和游击队除琼崖红军游击队外，改编为国民革命军陆军新编第四军，叶挺任军长，项英任副军长，共 1.03 万人。红军改编后迅速开赴抗日前线，国共两党军事上的合作，推动了全国抗战和国共合作的进一步发展。

（摘自《黄静波回忆录》；文章由黄静波儿子黄少南提供，本书编辑时文字、照片有所改动，新加标题）

曾　志

曾志，曾用名曾昭学，1911 年出生，湖南宜章人。1926 年加入中国共产党。1939 年 12 月赴延安马列学院学习，1940 年秋任中央妇委秘书长。1949 年 5 月后，先后任武汉市军管会物质接管部副部长，中南国政委员会委员，中共中央中南局工业部副部长兼广州电业局局长、党委书记，中共广州市委书记，中共广东省委委员、常委、书记处候补书记等职。1982 年 9 月，在中共十二大会议上，当选为中共中央顾问委员会委员、任中顾委临时党委副书记，1992 年当选为中共十四大代表。1998 年 6 月 21 日在北京病逝。

出席中共七大以及奔赴前线

曾　志

好像是 1944 年下半年，已经延期多年的党的七大终于进入正式筹备阶段，党中央成立了几个大区代表团，开始审查代表资格。整风审干中有遗留问题的代表都由各代表团负责甄别。

我虽不是代表，但我是华中的干部，所以华中代表团的领导对我的历史和原审查结论也进行了考察和甄别。

华中代表团团长是陈毅，钱瑛也是领导成员。他们考察了我在审干中的表现，认为我态度诚恳，实事求是，在高压下没有讲过一句假话，而在临时支部 70 多位受审查的同志中没有讲过假话的只有 4 人，这种政治上的坚定是难能可贵的，代表团领导因此推荐我为党的七大候补代表。这样，党的七大代表资格审查结论便成了我在延安审干中的最后结论。

结论大意是：从我入党到离开闽东之前，以及离开闽东之后，工作一贯是积极的，表现是好的，但因病离开闽东是一种政治动摇的错误。

华中代表团正式选举代表时，陈毅为我作了介绍，肯定了我的长处，但也指出因病离开闽东苏区是一个错误。大多数代表投了我的赞成票，我被选为党的七大候补代表。但毕竟有一个“错误”尾巴，所以赞成票更改超过三分之二，可以说差一点就落选了。

党的七大开幕前，党中央决定大会后要派一批干部并调一支军队到两湖、两广，深入日军占领区去加强武装斗争，并在敌后更大区域内开展党的群众工作。陶铸要求到敌后去，党中央同意了。由于敌后斗争异常艰苦凶险，党中央决定此次深入敌后一律不调女同志，也不准带家属。

但我想去敌占区。我长期以来被迫背着“逃离闽东”的沉重包袱，由于在战争环境里一时难以进行调查核实，因此要证明自己不是贪生怕死之徒，只有主动到最危险的敌后战场去。我要用事实、用鲜血甚至生命来证明我政治的坚定和对党的忠诚。

我写了一份报告送给毛主席，并向主席当面说了我的想法和决心，请求党中央为我破例，准我去敌后工作。我说我有长途行军的经历，参加过部队作战，也打过游击，做过地下工作，身体又好，决不会成为部队的负担与累赘，我一定要用行动来证明我的清白，证明我不愧为一名坚强的共产党员。毛主席听了我的话，想了想便同意了，但又说：“我还要同少奇同志说一下，请中央决定。”最后，党中央也同意了。

就要告别延安了，就要结束我在延安 5 年 8 个月的难忘岁月了，我心中还真依依难舍。离开延安，最放心不下的是我们的女儿亮亮。她刚 4 岁，天真活泼，谁见谁爱，是陶铸的心肝宝贝。然而为了抗战

1941 年，曾志与女儿在延安合影

胜利，为了民族解放，多少人已经抛头颅洒热血捐躯疆场，我们离开女儿又算得了什么？何况还有党组织和同志们的照顾，我又何必牵肠挂肚！

1945年4月23日，党的第七次全国代表大会开幕了，地点在杨家岭大礼堂，参加大会的代表和候补代表共700多人。毛主席在会上致开幕词（即《两个中国之命运》），并作《论联合政府》的政治报告，他科学地总结了三次革命特别是8年全面抗战的经验，提出了打败日本侵略者和团结全国人民建立中华人民共和国的纲领与策略。在政治报告的最后，毛主席满怀激情地号召：

> 成千上万的先烈，为着人民的利益，在我们的前头英勇地牺牲了，让我们高举起他们的旗帜，踏着他们的血迹前进吧！
>
> 一个新民主主义的新中国不久就要诞生了，让我们迎接这个伟大的日子吧！

听了毛主席的报告，大家精神无比振奋。在整风审干中挨过整的同志，心中的一切抱怨和不满也都一股脑儿抛到九霄云外了，特别是毛主席在一次会议上向被错整的同志们脱帽、鞠躬、赔礼道歉，大家更是感动得热泪盈眶，呜咽不能语。大会期间又有许多同志报名到前线去，到敌后去，到最艰苦的地方去。

党的七大所制定的路线、方针、政策，为赢得抗日战争的最后胜利，为以后革命事业的发展奠定了坚实的基础。

党的七大是6月11日闭幕，6月12日，我们来不及参加牺牲同志的追悼会，就随警备第一旅的大部队出发了，杨顺卿叔叔抱着亮亮和朱仲丽（王稼祥夫人）等同志一起来送行。当我骑上马时，看到亮亮很惊慌，却又不敢啼哭，而我则早已泪如雨下了。因为我是抱着赴死的决心踏上那喋血沙场的，这一别，五年十年难再见，而且很可能就是我与女儿的永诀了……

部队离开延安，经过清涧、绥德后，在吴堡境内横渡黄河。这个地方虽崖高谷深，水流却还平缓，几条小船，只两三小时就把5000人马渡过去了。

过了黄河，进入山西的山区。从此地到太岳根据地，要经过宽约20里（1里=500米，下同）的敌占大平原。这里距日军的巢穴——太原城很近，碉堡林立，戒备森严。但地方机构却多是两面政权，名义上是敌人的乡、村、保、甲，实际上是我们的人民政权，而且几乎村村通地道。许多地方，碉堡上站岗的是日伪军，碉堡下的村庄里却住着武工队、八路军。

部队预定急行军180里，天亮前在太原附近过封锁线，然后渡过汾河进入太岳山区根据地。我们傍晚6点下山，尽管是急行军，但因有几千人的大部队，加上马匹辎重的拖累，所以过汾河时天已大亮了。一夜辛苦，司令员命令：部队停止前进，布好警戒线做好战斗准备，吃完早饭立即开拔。

部队一停下，当地群众便欢天喜地拥了过来。过去大部队经过这里都是晚上，敌占区群众第一次看到这么多八路军，兴奋得不得了。各村都拿出了粮食、蔬菜等，男女老少抢着为部队做事，烧火、做饭、喂马，或站岗放哨、侦察敌情。军民情同手足，感人至深。

吃过饭，正要出发，敌人从太原乘火车追来了，我们立即向太岳根据地急行军。沿途碉堡里的敌人不断向我们开枪，太原的敌人还向我们开炮，子弹在身边“嗖嗖”飞过，炮弹也不时在附近爆炸。更可恨的是，在某个村子驻扎的伪军，竟摆开一副阵势企图阻击我们。

文年生司令员身先士卒，带着身边的战士像饿虎扑食一样呼啸而上，一下就把敌人打傻了。这时大部队也到了，向伪军包抄过去，吓得伪军立即抱头鼠窜。这次遭遇敌人追袭，我们伤亡数人，其中有一位是团职干部，还丢了几匹牲口、几箱银圆。有一位老红军和几位战士掉队后被群众掩护，藏在地道里，几天后群众又护送他们赶上了队伍。有这样好的人民群众，我们的军队能不赴汤蹈火多打胜仗吗?!

在太岳根据地，部队进行了休整，进入河南境内已经是7月了。不料连日大雨，河水暴涨，黄河过不了，其他几条河，涉水也过不了。这一个月里，我们和部队只好在河南焦作、渑池、孟县、孟津一带来回运动。

8月中旬，突然得到日本投降的消息，我们和全体将士一样，都高兴得手舞足蹈起来。党中央来了命令，要警一旅停止南下，就地勒令日伪军投降，收复据点，收缴枪械。部队立即按党中央命令，开始了行动。

新安县铁门镇驻守的日军不肯向我方缴械投降，部队坚决采取军事行动，强攻铁门镇。但因敌人工事坚固，且地势险要，所以接连两天没有打下，进入了胶着状态。

就在这时，党中央致电陶铸，命他率领随队南下做地方工作的十几位同志立即北上，日夜兼程赶往沈阳接受新任务。

看了电报，我们一刻也没有停留，由四匹牲口驮着行李就出发了。我们白天步行，晚上躺在牛车上，请老乡一站接一站往前送，经河南孟县、博爱、辉县、涉县、武安，到达邢台。这些地方都刚被我军解放几天。从邢台再往北，一路也是解放区。我们先后经过河北的巨鹿、南宫、冀县、献县和霸县。在霸县休息了两三天，便又继续向北走。走到北京南口机场附近，看到一批由美国人驾驶的小飞机沿公路作超低空飞行，飞机只比树梢高一些，机舱里美国兵的嘴脸看得一清二楚。我们牵着马，停下来瞪着飞机。美国人见我们停了下来，都狂笑起来，“呼呼呼”地紧贴着我们的头顶掠过去。这显然是一种挑衅行为。

美国兵为什么要向我们寻衅呢？因为美国人同蒋介石是一个鼻孔出气的；因为日本投降时，蒋介石还在峨眉山上乘凉、观战。而在广大的日军占领区坚持了8年运动战和游击战的八路军、新四军、游击队和广大民兵却迅速收复了大片国土，人民的事业得到了很大发展。对此，蒋介石和美国人又岂能善罢甘休？

毛主席在分析抗战胜利后我们与蒋介石的斗争时，曾一针见血地指出：抗战时期，我们在敌后，他上了山。现在他要下山了，要下山来抢抗日胜利的果实了。

所以，抗日胜利后，立即出现了反动派抢夺胜利果实和人民保卫胜利果实的尖锐斗争形势。中国面临着两种命运、两个前途的抉择。

我们奉调东北，就是参加这场保卫胜利果实的伟大斗争的。

东北七纵政委陶铸和夫人曾志与毛主席合影

走到香河县境，正碰上香河发大水，一望无际的高粱被淹没了大半截，公路更看不见了，只见白茫茫汪洋一片。但我们还得抓紧时间走。水淹过了马肚子，我们在水里慢慢趟了十几里，才踏上了未被水淹的公路。又经过玉田、丰润，终于到了山海关。

山海关街道不见宽，但相当繁荣，我在街上买了汗衫和衬裤。这是我 1938 年以来第一次买衣衫，屈指算来也有 7 年了。

离开山海关来到绥中，看到铁路上正行驶着一辆汽油巡道车直奔锦州。由于车小，马匹只好留下，由饲养员带着走。

在锦州，见到了李运昌，他是驻锦州部队的司令员。他的部队最早占领锦州一带，缴获了许多军械装备，所以部队穿着较齐整，显得很威风。在锦州还遇到了林枫等，他们是刚从晋西北来的。休息了两天，我们就与林枫等同志同乘一列火车赶往沈阳了。

1945 年 9 月 20 日左右，我们抵达沈阳，住在汇丰银行大楼里。住在大楼里的还有全国各地调来东北的同志，如张平化、吴亮平、朱光、李天佑、邓华等，桌上、地上都睡了人，我也睡在一张大会议桌上。因为人多，对一些设备又不懂得使用，所以银行所有的抽水马桶都塞满了粪便，自来水水龙头终日滴着水，电风扇开了不会关也只好昼夜吹着风。

在这里我们住了三四天，其间听了一次彭真的报告。报告讲了抗日战争胜利后的形势和党中央的战略方针：一方面是要尽力反对内战，争取和平；另一方面是对帝国主义和反动派不抱幻想，坚决保卫人民的斗争果实。报告说我们的目标是：建立一个以全国绝大多数人民为基础，以工人阶级为领导的统一战线的民主联盟的新民主主义国家。对他的报告印象最深的是，讲当时的苏联政府与国民党政府刚刚签订了《中苏友好同盟互助条约》和其他协定，这些协定承认了中国在东北的主权，但又规定这些主权要交给国民党政府。彭真说：东北是战略要地，我们决不轻易放弃，人民的果实，要靠坚决的斗争来保卫。

我党我军正是在这种态势下，像楔子一样“挤”进东北的。

当时的局势是：苏联一百万大军消灭了日本关东军后控制着整个东北；我党领导的抗日联军和先期出关的八路军、新四军力量正迅速发展壮大，党的工作也正在全面铺开；国民党正规军虽远在千里，但在美国的支持下，正通过陆、海、空三路加紧向东北集结军队，同时以高官厚禄大量网罗伪满人员，收编伪满警察，组成了国民党地下军与我军对抗。

住在汇丰银行的同志们很快就分配了工作，有的去黑龙江，有的去吉林，有的留在辽宁。陶铸任中共辽宁省委书记，我任中共沈阳市委委员兼铁西区委书记。

（选自黄修荣等主编：《忆七大——七大代表亲历记》，哈尔滨：黑龙江教育出版社，2000 年版，第 301—303 页）

曾昌明

叶　彬

曾昌明，原名曾浪波，谱名祥澄，1909年出生于海南琼山桂林洋迈德村。1928年加入中国共产党。1926年参加革命，抗日战争时期，任长江交通局交通员、中共中央华中局交通特派员、交通分局局长，冀晋纵队驻承德办事处主任。是中共七大列席代表。中华人民共和国成立后，历任广州市政府人事处处长、副局长、局长，中共广州市委组织部副部长，广州市人民检察院检察长，中共广州市委常委、市委监察委员会书记，广东省监察委员会副书记，全国政协委员会委员，政协广东省委员会常委，中共广东省纪律检查委员会顾问。1982年8月病逝。

叶彬，1920年12月出生，广东东莞人。1935年8月加入中国共产党。1935年参加游击队，任广东惠阳县坪山圩政二队事务长，1942—1943年在新四军军部工作，1945年在热河纵队驻承德办事处工作。中华人民共和国成立后，历任广东省民政厅人事处干部科科长，广东省人事厅办公室副主任、主任，广州市建委办公室副主任，广东省农业厅政治处处长，广东省林业厅办公室主任。1982年离休。2012年12月21日逝世。

千里迢迢赴延安

曾昌明

……

西去路漫漫，风物仔细看。

不知霜露重，应悔着衣单。
行行过太行，迢迢赴延安。
细细问故旧，星星数鬓斑。
……

这是当时一位领导同志1943年赴延安参加党的七大前留别华中诸同志的战斗诗篇，今天重新诵读，我心潮澎湃，思绪万千。30多年前，我们在华中敌后建秘密交通线的战斗经历，当年多次送战友奔赴延安、转辗数千里的艰苦征程，如今依然历历在目。

1942年12月，为了迎接新的革命高潮，党中央指示中共中央华中局抽大批干部到延安党校整风学习。为此，新四军军部调集了几十个旅团级干部组成教导队前往，我和叶彬同志也参加了教导队。队伍从安徽省天长县黄花塘村出发，走了一天一夜，就遇上了日寇的疯狂“扫荡”。为了避免不必要的损失，教导队只好折返军部。

就在这种情况下，华中局组织部部长曾山同志把我找去，传达了党中央重要指示和华中局的决定：要我负责交通局，迅速打通从华中局到延安的交通线，尽快把教导队的同志输送到延安学习。这是一个十分紧迫的重大任务。经同志们一起分析情况，了解敌情，提出了各种行军路线和行动方案。最后，决定首先打通与八路军运河支队（即原铁道游击队）的联系，进入鲁西根据地，再从鲁西根据地经华北根据地前往延安。但这一交通线必须突破陇海铁路与津浦铁路的敌人封锁线，那里有重兵把守，戒备森严。

我们的方案很快得到上级的批准。我和交通局的同志深入敌人戒备森严的陇海两侧以及峰城、枣庄等敌人严密设防的战略据点，监视敌情，掌握敌人的活动规律，并与八路军运河支队取得了联系。新四军第四师也为建立这条交通线做了许多工作。往鲁西根据地的通路终于打开了。至于进入鲁西以后，在山东、河南、河北、山西、陕西五省的交通联络，则由鲁西二分区、冀鲁豫军区等负责。这样，一条连绵数千里的秘密交通线便迅速建立并连接起来了。新四军军部教导队干部就沿着这条交通线迅速安全地奔赴延安。就是这条地下交通线，为护送革命同志从安徽、江苏徒步去延安参加党的七大立下了不朽的功绩。

1943 年 10 月下旬，我接到了速返军部的电报，当即赶回军部。曾山同志交给我一项新的任务：新四军有一名高级指挥是根据党中央、毛主席指示，前往延安参加七大，并参加整风学习。组织决定安排叶彬同志和我一起，利用新开辟的这条交通线护送该首长到延安。为了保证绝对安全和保密，只能经各根据地，不能坐火车。

延安是党中央、毛主席所在的地方，是中国革命的心脏。多年来，我是多么向往延安这个革命的圣地啊！因此，我听到这个消息非常兴奋。接受任务后，曾山同志带我去见了首长，向他介绍说："曾浪波同志是亲自建立新的交通线的，由他陪同你前往延安。"我向首长汇报交通线情况后，11 月下旬，首长带领两名警卫战士，还有我和叶彬同志一行共 5 人，从新四军军部所在地——安徽省天长县黄花塘村出发，到江苏省邳县土山区新四军第四师第九旅驻地。经过几天繁忙而又细致的准备工作以后，12 月初，我们离开了华中根据地，踏上了奔赴延安的征途。

离邳县抗日根据地不远，就是陇海铁路。为了掩护首长安全通过铁路，第九旅派出了一个连队和 20 多名武装便衣交通员。我们赶到铁路边上，天已黑了。茫茫的夜色中，陇海铁路像一条盘在地上的巨蟒，蜿蜒伸展。铁路两侧，穷凶极恶的日本鬼子拉上铁丝网，挖了封锁沟，筑起封锁墙。在铁路沿线，瞭望站、碉堡林立，鬼子的巡道车和装甲车在铁路上频繁来往，车上的探照灯凶狠扫视着铁路两旁，不断用机关枪射击，虚张声势。

敌人的巡道车刚过，部队就迅速越过静悄悄的田野，插到铁道旁，部署好警戒阵地，警惕地注视着铁路边上的动向，机警的武装便衣交通员敏捷地架起梯桥。我们就从梯上跨过封锁沟，越过封锁墙和铁丝网。由于我们事先做了周密的侦察了解敌情、地形，制定了严密的战斗方案，并且进行了严格演练，所以在敌人的眼前过路，部队的一切行动都是紧张肃静，秩序井然。我们就在敌人两趟巡道车之间相距不过半个多小时的间隙中，神不知鬼不觉地“飞越”了敌人严密戒备的陇海铁路，而且还从容不迫地派出后卫人员彻底消除了过路留下的痕迹，保住了交通线和队伍行军的秘密。

越过陇海铁路以后，队伍连续走了一天一夜，赶到枣庄附近，和运河支队取得了联系，第九旅派来的连队和交通站的便衣武装交通队就回去了。我们稍事休息后，在首长的指挥下，由运河支队派出的武装交通班带路，摸黑穿过敌人重重堡垒。第二天黑夜，我们决定从沙沟站穿过津浦铁路。

沙沟站是微山湖附近的一个集镇，也是从微山湖通过津浦铁路的重要关卡，敌人一直控制得很紧。但是，随着抗战形势的不断发展，敌人在我军的沉重打击下士气日益低落。威名远震的“飞虎队”——运河支队抓住战机，对驻防沙沟站的伪军展开了强大的军事攻势和政治攻势，迫使相当一部分伪军和我军建立了不同程度的秘密统一战线关系。这样，沙沟站就成了我方人员通过津浦铁路的安全门户。虽然如此，为了应付任何不测事件，我们在过路前还是做好了各种准备。运河支队牢牢控制了敌据点内外的要害阵地。我们带着运河支队的一个班，护送首长迅速通过闸门，跨过津浦铁路，进入微山湖。

微山湖是运河支队的根据地。从设在山上的交通站望去，湖光景色十分优美。正如首长在诗中所说，从淮南到此已是“横越江淮七百里，微山湖色慰征途。鲁南峰影嵯峨甚，残月扁舟入画图”。我们在微山湖休息 5 天，就向鲁西大平原前进。

从微山湖到鲁西二分区，要通过沛县、丰县。这是一望无垠的大平原，无遮无拦，更危险的是，那里是敌、伪、顽三角割据的区域。鬼子、伪军、国民党顽军互相勾结，狼狈为奸，“扫荡”“清剿”十分频繁，关卡、炮楼星罗棋布。我们一进入这平川旷野，就感到气氛异常紧张，碉堡炮楼上枪声阵阵，远望处火光冲天。秘密交通站的同志告诉我们，最近敌人在遭受到我军沉重打击以后，对游击区进行疯狂报复，经常偷袭、

“清剿”、包围村庄，实行残酷的“三光”政策，敌便衣特务夜间活动也十分频繁。首长听了汇报，沉思片刻，果断地决定：急行军快速通过。并鼓励大家要以爬雪山、过草地和三年游击战争的精神奋勇前进！

夜，黑沉沉的。我们由秘密武装交通班带路，开始了急行军。我们要在一夜中走一百五六十里的路程，穿过敌、伪、顽三角地带。为了避开敌人，不能走大路，专走那些坑坑洼洼的小道，这就更增大了行军的困难。我们知道首长早年作战曾负重伤，大腿留下了残疾。可是在急行军中他却以顽强的革命毅力紧跟在向导后面，还不时鼓励我们加快步伐。虽已是严冬时节，但我们只觉得浑身发热，好几层衣服都湿透了。当东方发白的时候，我们终于在敌、伪、顽的夹缝中穿出了三角地带，赶到了预定的目的地，和正在那里急切等待着我们的八路军鲁西二分区骑兵排胜利会合。我们顾不上休息，又沿着当地军民与敌人周旋的交通壕策马驰骋，奔向新的目的地。

1943 年底，正是隆冬腊月，我们来到河南省安阳市附近。安阳是敌人封锁太行山根据地的重要据点，敌人对过往人员检查得很严，封锁比陇海、津浦铁路更为严密。敌人扬言“就是共产党的苍蝇也飞不过去”，气焰十分嚣张。以前刘少奇同志经过时，是武装部队硬打过去的，但这办法代价太大，交通站同志建议：“为了不惊动敌人，安全过铁路，可以考虑通过伪军中的统一战线关系，化装混过去。”这有一定的危险性，但任务重大，时间紧迫，怎么办？在这紧急的关头，大家都把眼光集中在首长身上，首长皱了皱眉头，沉思了一会，胸有成竹地

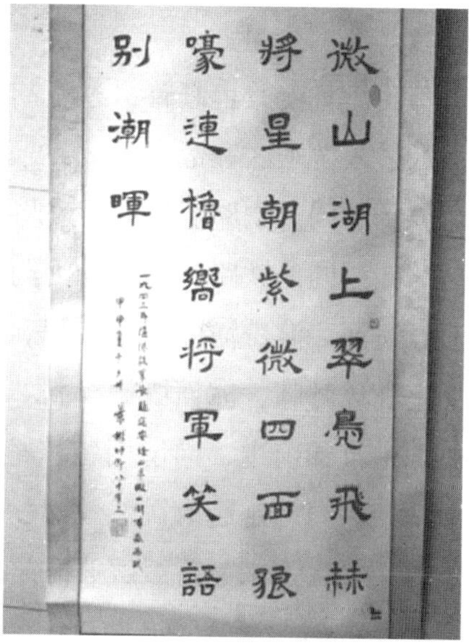

曾昌明夫人叶彬2003 年在广州时，对 1943 年护送首长去延安经山东微山湖有感而发，写下此诗（时年 83 岁）

说：“不要紧，大路朝天，一人半边，他走他的，我们走我们的，现在化装前进。”我们就这样在首长的指点下，认真进行了化装。首长化装成绅士模样，坐上轿子，两个警卫战士化装伪军随同保护，我化装为商人坐黄包车，叶彬同志骑着毛驴化装成回娘家的妇女，秘密交通站的同志化装成伪军殿后，随时准备战斗。下午 1 时，正是过往行人最多的高峰时刻，我们把武器藏起来，插进熙熙攘攘的过路人群中，出其不意地穿过安阳市，过了平汉铁路。敌人大概做梦也不会想到，一群共产党人在他们眼前大摇大摆、神态自若地穿过他们的封锁重镇。

1944 年元旦过后，我们到达太行山八路军前线指挥部晋冀鲁豫军区司令部，邓小平政委和滕代远参谋长热情接待和慰问了首长和我们，还通知伙房做了一顿高粱窝窝头慰劳首长和我们。当时部队在艰苦卓绝的战争环境中，常常啃榆树皮和野菜，高粱窝窝头要算高级的优待餐了。我们在那里休整了 10 天左右，就由晋冀鲁豫解放区向晋绥解放区太岳军分区前进。

我们日夜兼程赶路，过了胡家坪，又在大雪纷飞中奋勇前进，由解放区进入游击区和敌占区。在一批又一批的秘密武装交通员带路下，不久就到了同蒲铁路。我们通过与我军有联系的“伪军”，夜里开了铁路闸门，穿过同蒲铁路，先到汾河附近的秘密交通点站住脚，然后又趁黑夜渡过汾河。渡汾河的那天夜里，天上下着鹅毛大雪，千里冰封的汾河河面上狂风呼啸，冰面既硬又滑，我们一步一拐，几步一跌，有时还得在冰面上匍匐前进，同志们鞋袜都冻成冰块，脚疼痛难熬。但是，胜利的激情使大家越走越有劲。夜渡汾河以后，我们仍然在冰天雪地中日夜徒步行军，迅速来到晋绥解放区第二军分区。

晋绥第二军分区绝大地区已解放，但主要公路干线和部分重镇仍被日寇占领和控制，敌人经常出来蚕食，打埋伏袭击。军分区司令员陈赓同志派一连部队护送我们。为了安全，我们爬山越岭经水晶坡，向吕梁山区前进。一路上，雪越下越大，满山遍野白茫茫的，雪深盖膝，我们爬上滑下，连滚带跌，跋涉十分艰难。正如首长曾描述恶劣环境及天气的诗中所说："雪涛冰柱鸟难过，水晶坡上蚁旋磨。下马敲冰图寸进，赤手攀援如刀割。行行行行觉衣重，朔风吹来裘又薄。进退艰难人马困，不复少年轻腰脚。……"因为我们走了崎岖的山路，终于使敌人在大路上的埋伏扑了空。我们继续前进，登上吕梁山。吕梁山区比太行山更高峻雄伟。我们在首长的带领下，在白银世界中奔波，大家越走脚越重。我的双脚已被冻坏，不能行动，只好以牛代步。在佳县过了黄河，2 月底进入大后方陕甘宁边区。3 月 7 日，宝塔山上的巍峨宝塔遥遥在望，我们终于来到了日夜向往的革命圣地——延安！

（原载《南方日报》，1982 年 10 月 16 日；文章由曾昌明女儿曾琼英提供，本书编辑时标题、文字、照片有所改动）

廖似光

廖似光，1911年4月出生于广东省惠阳县淡水镇周田村。1929年加入中国共产主义青年团，1934年5月经胡耀邦同志介绍转入中国共产党。1934年10月参加红军长征，任卫生部民运干事，休养连、供给部支书等职。在陕北，历任陕甘宁边区粮食部干部、共青团瓦窑堡市委副书记兼组织部部长、陕甘宁边区总工会劳动保护部部长等职。1937年12月派往武汉，1941年回延安。1942—1943年，任甘肃庆阳陇东专区贸易局副局长、陇东地区陇东平反小组组长。1945年出席中共七大。中华人民共和国成立后，先后任中共广州市委副书记兼市总工会主席、广东省工业厅副厅长、中共中央华南分局工业部副部长、中共广东省委工业交通部副部长、中共广东省委组织部副部长、广东省政协副主席、全国政协委员等职。2004年7月2日在广州病逝。

在党的七大召开前后的岁月里

廖似光

党的第七次全国代表大会于1945年4月23日在延安召开，6月11日结束。会议整整开了50天。作为七大代表，这段光荣的经历永远地烙在我的记忆里。

七大召开前开了党的六届七中全会，这次会议开了差不多一年时间，制定了《关于若干历史问题的决议》，总结了党的历史经验和教训，为七大做了准备。党的历史上有两个《关于若干历史问题的决议》，一个是前面讲到的，另外一个是十一届三中全会以后制定的《关于党的若干历史问题的决议》。这两个决议都很重要，是党史上的两个里程碑。第一个决议结束了王明路线在党内的危害；第二个决议否定了“文化大革命”的极“左”路线。

抗战全面爆发前夕，我在延安担任陕甘宁边区总工会劳动保护部部长。从此，与工运工作结下了不解之缘。七七事变后，日本侵略军步步逼近内地，上海、南京相继沦陷。这时素称“九省通衢”的武汉，成了“战时的首都”。根据形势发展的需要，1937 年 12 月，党中央派周恩来、董必武、邓颖超、博古等组成中共代表团驻武汉（当时党内称长江局），领导南方各省党组织的斗争，并开展广泛的抗日统一战线工作。我也以陕甘宁边区总工会代表团代表的身份随团调武汉，担任长江局工委副主任职务。

1938 年 10 月，鉴于武汉局势紧张，我随中共代表团从武汉撤迁重庆。12 月，陕甘宁边区总工会加入了中国劳动协会（简称“劳协”），我被选为劳协的常务理事。1941 年皖南事变后，我从重庆回到延安，参加大生产运动和整风学习。1942 年初，我进入中央党校系统学习革命理论。2 月 1 日，中央高级党校举行开学典礼，毛主席在典礼大会上作《整顿党的作风》《反对党八股》的报告。其后，全党开展了整风运动。学习结束后，我向毛主席提出调离延安，到外地去工作的要求，主席很快就安排我到庆阳陇东专区担任贸易局副局长。

1943 年，中共中央社会部部长康生搞“抢救运动”，反所谓的“国民党特务”。抗战时期，我党的威信很高，蒋管区很多学生到了延安。我曾经在蒋管区工作，我了解他们，其中有不少人是经过我介绍进延安的。“抢救运动”中很多知识分子被打成特务嫌疑、特务，使不少知识分子受了委屈，幸亏中央及时纠正了“抢救运动”的错误。

党的七大召开前全国的形势是：抗日战争接近胜利，蒋介石从峨眉山上下来与我们抢胜利的果实。中国共产党主张在打败日本侵略者以后，建立独立、自由、民主、统一、富强的中华人民共和国；蒋介石集团则坚持在日本失败后，仍维持大地主、大资产阶级的统治，继续反共、反人民。

党对七大代表的历史、政治审查很严。参加七大的广东代表团有古大存、区梦觉、朱荣、唐初、方华等人，原来打算由东江纵队政治委员尹林平带队，但由于尹林平要领导部队开展游击战争，走不开，后来改为由古大存率领代表团北上。代表团经华南、华中、华东、华北，穿过了国民党和日寇的一道道封锁线，历时一年到达延安。到达的第二天，毛泽东、朱德、任弼时、王若飞等特地请代表团全体人员会餐。根据广东情况，需补选两名七大代表。经过两个月的酝酿，因为我和云广英都是长征时期的干部，历史清楚，所以补选了我和云广英。因此我是在延安成为广东参加七大的党代表的。

从全国各地来的七大代表集中在中央党校一部学习，一部主任是古大存，我跟帅孟奇（湖南女代表）同住在一个窑洞里。我们学习党的历史，总结以往的革命斗争经验，学了一年。

1945 年 4 月 23 日至 6 月 11 日，党的第七次全国代表大会在延安杨家岭隆重召开。出席会议的正式代表 547 名，候补代表 208 名，共 755

1945 年，中共第七次全国代表大会期间，邓颖超（前排中）和廖似光（后排中）等合影

人。代表全国共产党员121万人。广东地区党组织出席七大的代表由三部分组成，共19人，由古大存任团长。其中广东代表团8人：古大存、区梦觉（女）、唐初、方华、朱荣、云广英、谭甫仁和我；闽粤赣边代表团6人：叶剑英、方方、边章五、王维、伍洪祥、苏惠（女）；香港代表团5人：吴有恒、何潮、周材、周小鼎、钟明。

5月11日，大会举行第10次会议。广东地区代表团团长古大存作了广东党在开展武装斗争中的经验教训的发言。

5月23日，大会举行第15次会议，广东地区代表叶剑英作了关于国际形势问题的发言。

6月9日，大会举行第19次会议，选举了新的中央委员会，选出了中央正式委员44人，广东代表叶剑英当选。

6月10日，大会举行第20次会议，选举了候补中央委员33人，广东代表古大存当选。

我以正式代表的身份出席了这次大会，听取了毛泽东、朱德、刘少奇等中央领导同志的报告。七大的中心任务是确定全国革命胜利前的路线，彻底破除党内以王明为代表的把马克思列宁主义教条化，把共产国际决议和苏联经验神圣化的错误倾向，总结历史经验教训，团结犯了错误而愿意改正的人，确立了毛泽东在党内的领导地位，确定毛泽东思想为党内的指导思想，并写进党章。

七大后，日军投降，党中央把大量干部送到东北接管敌伪企业和开展土地改革，我也调去东北。在去东北途中，被国民党占领区所阻，后调到正集结在山东的“两广纵队”。东北解放后，在哈尔滨召开全国工人代表大会，我作为劳协代表参加了会议。这次大会决定恢复中国工人阶级的统一的全国组织——中华全国总工会，为后来统一全国的工人组织工作奠定了基础。我被选为全总执委。接着沈阳解放，我参加了接管沈阳的工作。不久，北平解放，我参加了在北平召开的全国第一次妇女代表大会。会后，我随军南下，解放武汉，开展接管工作，筹备成立武汉市总工会。这时，叶剑英率领大军南下解放广东，路过武汉。我找到他，他对我说：我们一起打回老家去吧！我跟随叶剑英，到了江西赣州，召开赣州会议，布置贯彻七大路线，确定解放和接管广东的方针、政策。1949 年 10 月 14 日，广州解放。我被中共中央华南分局任命为中共广州市委副书记、工委书记，分管工会工作。

以上是我对党的七大召开前后岁月的回忆，这是我终生难忘的一段革命经历。

（选自中共中央党史研究室第一研究部编：《七大代表忆七大（下册）》，上海人民出版社，2006 年版，第 1184—1186 页）

延安道路　紧跟党走

王匡（右）、田蔚夫妇

王匡，1917年出生，广东东莞人。1938年加入中国共产党。1937年七七事变后，奔赴延安，进入中国人民抗日军事政治大学学习，后在马列学院、中央党校学习和工作。曾任国家出版事业管理局局长，到香港任中共港澳工委书记、新华社香港分社第一社长，回京后任国务院港澳办公室顾问。2003年在广州病逝。

田蔚，原名陈秋吟，1919年出生，江苏苏州人。1936年加入中国共产党。1935年参加革命，1938年夏赴延安，先后在鲁迅艺术学院、马列学院和中央研究院学习和工作。曾任广东、广州人民广播电台副台长、台长，广东省广播事业管理局局长、党组书记，中共广东省委宣传部副部长。1989年12月2日在广州病逝。

志同道合超越半世纪

陈越平

蓦回首！王匡同志离开我们已6年了。

我和王匡同志相知相交六七十个年头，从意气风发、风华正茂十五六岁的同学少年，到2003年12月他因病逝世，我们是同乡、同学，更是同志和战友。我们的友谊可以上溯到1930年前后，大致分为五个阶段：

▶ 中学时代

1929—1932 年，我考入广东省东莞县立中学（简称“莞中”）念初中，王匡比我小 3 岁，那时他叫王卓培，我叫陈成昌。他来莞中比我稍晚些，但他从初中到高中都在莞中念书，到 1937 年才离校。1931 年九一八事变，激发了一代年轻人的爱国热忱，我和王匡都是学校里抗日爱国学生运动的积极参与者。王匡当年的爱国热情与思想觉悟至今仍为莞中师生所称道。1932 年，我初中毕业参加全省会考获第一名，学校师生和各地亲友为之轰动，成了王匡日后极力推荐我回广东工作的事由。

▶ 延安时代

1941 年，因参加抗日救亡运动，我几经周折，三度入学（广州中山大学附中高中部、上海暨南大学、北平大学），三度被校方开除，最后辗转进入陕甘宁边区。到了延安，才发现王匡同志早我三年多，于 1937 年底就到延安了，很可能当初在莞中他就找到了地下党的组织关系。他的身边还多了一位能干的女同志——他的爱人田蔚。田蔚当时在延安的女同志中相当出众：中央党校开大会，毛主席和中央领导同志作报告，台上右角记录席四个座位，每每有她一席，在台上担任大会记录。1943—1944 年延安整风后，我和王匡在中央党校学习后留校，开始时我在教务处编校刊、小报。接着在党校一部、四部兼文化教员；王匡和我没在一起，但也在党校另一部当文化教员，给那些出身贫寒但战功卓著的将军们扫盲，教他们读书认字。后来我和田蔚同在新三部工作——我是组教科科长。1944 年 11 月，王匡随第三五九旅南下支队第一次出延安，因田蔚刚生孩子没跟去。1946 年秋后，我们奉党中央指示撤出延安，我同梅开五、郝友三带领党校新三部学员及家属 200 多人，我妻子吴刚带着 3 岁和 1 岁的两个孩子，开头一段王匡夫妇也带着女儿晓吟和我们同行

（后他们随军挺进豫西、鄂西）。大队行军近半年，非常艰苦。数九寒天，长途跋涉，还要躲开敌人。大人累得站着走着就睡着了，孩子们缺少营养，有的哭闹，有的病倒，队伍每天只能走一二十公里。为了克服困难，记得有一次王匡向老乡买了很多红萝卜，熬了一整天才煮出半脸盆的稀糖浆给孩子补充营养，还特地送来给吴刚让我们的两个孩子吃。至今回味起来，还觉得心里甜甜的。1947 年 3 月，我们抵达冀鲁豫区党委所在的山东阳谷县，我被分配到区党委宣传部工作。

▶广东 50 年

1952 年 9 月，平原省撤销，中共中央华北局原来已决定分配我到天津工作。事后我才知道，当时在中共中央华南分局工作的王匡，极力向时任华南分局书记的陶铸同志再三推荐，终于说动了陶铸同志向华北局开口要人。几经周折，最后获华北局同意调我入华南分局宣传部工作。回到阔别近 20 年的家乡，征尘仆仆，当年王匡夫妇的家就成为我们到广州的第一个接待处和落脚点。他安排我们在附近的东亚酒家暂住了半个月，后在梅花村安顿下来。

此后的 50 年当中，王匡同志历任中共中央华南分局委员、宣传部部长，中共广东省委常委、候补书记，中共中央中南局委员、宣传部部长。他当中共中央中南局宣传部部长时，我是中共广东省委宣传部部长。我们是同乡、同学，现在又干同行，虽然王匡一直是我的领导，但类似的经历、共同的任务，把我们拉得是那样的近。王匡领导我，我又领导田蔚（田蔚当时任广东人民广播电台台长，后任中共广东省委宣传部副部长）。我们在工作中配合默契，有商有量，不断开创新局面。当时中共中央中南局宣传部、中共广东省委宣传部、中共广州市委宣传部、中共广东省委党校、中共广州市委党校的主要领导都是东莞的同志，难怪有人戏言说，广东的文教宣传舞台，让东莞人全包了。

王匡的能干是有口皆碑的。

王匡同志自延安从戎，到随军南下；从军旅记者，到从事宣传工作的职业革命家，他一生注重学习，有坚实的马列主义毛泽东思想理论基础。他强调调查研究，深入实际，坚持实事求是，研讨理论，针砭时事。爱才心切的陶铸同志把他视为左右臂，下乡视察总爱邀他同行。

除了给陶铸同志做一些类似高级参谋的工作，王匡于1994年出版的《长明斋》收录了他在广东工作几十年的50余篇杂文诗词：有对宣传工作一些提法见地，也有对当时报刊社论评述、诗文丛录……“长明斋”指他在广州梅花村37号的住处，说的是他家书房的灯光彻夜长明。

早在1962年，王匡对广州高等学校全体政治课老师作了一次报告，他特别强调要“不放过任何机会去读书”“读是为了用，为了工作”。记得王匡还跟我说，搞宣传的人不单要学好马列主义，还要博览群书。后来我在宣传部机关专门办了一面墙报，名称就叫“读书”，说要“读万卷书，行万里路”，才能把工作做得更好。但这成了“文革”中造反派批判我的一条罪状，说“陈越平要宣传部干部向封建奴才学习”。

1992年，王匡（右二）与陈越平（右一）到羊城晚报社开座谈会时留影

“文革”期间，我们都受到了冲击，关“牛栏”，住“牛棚”，被监督劳动。机缘巧合，我于1969年就从干校被“解放”，恢复工作；而王匡同志则吃了更多苦，到1976年才恢复工作。

▶ 劫后余生初衷不改

“文革”十年浩劫过后，1976年，王匡到北京任国家出版事业管理局局长，他利用国家出版局的工作条件，大量出版了30多种中外名著，打破了市面上十年书荒的局面。有意思的是，当时中共广东省委有同志跟我谈，王匡调离国家出版事业管理局时，曾推荐我去接替他的工作，当时是中共广东省委提意见把我留下。

王匡于1977—1983年到香港，先任新华社香港分社第一社长，后任国务院港澳办公室顾问、党组成员。

王匡在香港时，脚踏实地为当地群众办实事办好事：当时香港有一所培侨中学资金缺乏，发展困难。王匡利用广东的老关系，收集了几十张岭南画派的画在港出售，为“培侨”筹资，壮大“培侨”声势。此事被一些人误认为是“倒卖国家文物字画”。中共广东省纪委书记责成我调查此事。我找了广东省文化厅相关人士，查明那都不属于国家控制出口的文物，对照国家规定，为王匡洗清了“罪名”。不仅无罪而且有功——中学扩建了，学习条件更好了，香港各界人士反映很好。

王匡的爱才也是有口皆碑的。

王匡同志长期领导中南、华南、广东的宣传文教工作。在广东的文化界知名人士当中，朋友很多。“文革”中他被打成中南地区“最大的阎王”。无力保护那些被迫害、受打击的文化界知名人士，但他关爱人才，保护同志，凭党性良心办事是一贯的。我因恢复工作较早，王匡希望我运用自己的影响力多方设法保护这些人，如陈寅恪、容庚、红线女、林小群等等。记得创作《艺海拾贝》的作家秦牧，王匡曾作诗赞誉他：“器识文章久噪名，为人心地水般清。”“文革”中造反派要强行没收秦牧的房子，把他赶出东山住处，王匡得知后找我谈了好几次，让我帮助秦牧保留原住处。秦牧知道此事后，十分感动。王匡还专门为广东粤剧院罗家宝的事给我写信，争取让罗家宝发挥更大的作用。信里称赞："罗的唱腔好，香港人非常关心……长期不让他出来演戏，是很不得人心的。"此外，对"文革"中受过打击的宣传文教界知名人士，有的出国逃避的，王匡都主张设法动员他们回来，发挥他们的作用。

▶ 离休以后

1987 年后王匡回到广州，我在 1985 年后也已从广东省顾问委员会副主任退到只担任一些名誉职位。大家都有闲暇了，老骥伏枥，王匡同志仍以一个老共产党员的情怀，关心党和国家的前途命运，关心广东的改革开放和香港的繁荣稳定。

王匡生于广东省东莞市虎门镇，清朝名宿林则徐虎门销烟，威震中外，于是与生于斯长于斯的王匡就有了说不完的"联系"。王匡追缅前人，常以英雄自勉勉人。1984 年，王匡为林则徐纪念馆题字："雾拨云开出远山，是非功过百年间，将军早着安邦策，未许艨艟入海寰。"1986 年，王匡邀我同游虎门，信手书写出林则徐的一首诗："力微任重久神疲，再竭衰庸定不支。苟利国家生死以，岂因祸福避趋之？"足见王匡以此诗抒怀励志久矣。另一次同游虎门，王匡还邀我一起去看望了他家乡的姐姐。看着他姐家的清贫简陋，想着王匡勤恳为党工作几十年，两袖清风，不由感慨万端。1990 年我们再游虎门，参加林则徐销烟 150 周年纪念，我也写了一首诗记述虎门："虎门销烟百五年，古炮巍巍枕海天。沙角惊涛威镇远，改革笙歌天下传。"

巧得很，王匡家和我家搬到了省委同一栋楼，一个住二楼，一个住四楼。楼上楼下，来往更方便了。王匡身体不好，一个电话打来说"想上来聊聊"，我说"还是我下去吧"。这样的"闲聊"每周总有一两次。在他家的客厅里，我们的话题更宽了：古往今来，国家个人，时事家事……

我告诉孩子们，我和王匡的革命情谊超越半个世纪：同上莞中，同窗读书；同年参加革命（我是1937年春参加革命，王匡是1937年11月参加革命；而他入党比我早，他是1938年，我是1939年）；同在延安中央党校；同出延安过黄河；同在中共中央华南分局宣传部；同住一栋楼为上下楼邻居。有时身体好些，还同去东莞虎门，同到从化温泉、顺德清晖园，同度晚年生活。悠悠半个多世纪过去，我们一直志同道合，心心相通。

王匡同志晚年曾建议东莞建一座图书馆资料馆，把原籍东莞的名人学者的藏书、重要文章资料搜集起来，用捐赠者的名字设专门阅览室，供内部和公开阅览。当时提名的有我和王匡、祁峰等人。中共东莞市委非常赞成王匡的建议，曾派专人负责搜集、整理。后因这些材料一时难以整理出来，且各种材料保密要求不一致，暂时无法实现。但从长远来说，王匡同志的设想是很好的（省委档案局有关部门后来也有类似收集要求）。

（摘自陈士矛、陈芳芳、陈湘湘、陈东东：《他从延安走来》，广州：广东人民出版社，2014年版，第214—219页；文章由陈越平女儿陈芳芳提供，本书编辑时文字、照片有所改动）

方　方

方方，原名思琼，1904 年 6 月 1 日出生，广东普宁人。1925 年加入中国共产主义青年团，1926 年春转入中国共产党。1934 年 10 月参加红军长征；1937 年 4—9 月受闽西南军政委员会委托，到延安向党中央汇报，并在中央党校及中国人民抗日军事政治大学作游击战争的报告；1943 年 8 月后再到延安，参加整风学习；1945 年在延安出席党的七大。中华人民共和国成立后，任中共中央华南分局第三书记、第五书记，广东省人民政府第一副主席，广东支前司令部政委、分局组织部部长，中华人民共和国华侨事务委员会副主任兼党组副书记、书记，中共中央统一战线工作部副部长，中华全国华侨联合会副主席等职。1971 年 9 月 21 日含冤去世。

党的七大给方方奠定思想基础

陆永棣　刘子健

1943 年 8 月，方方从重庆到达延安，在中央党校一部学习，参加整风运动。

20 年来，方方大部分时间都在激烈的斗争中度过，戎马倥偬的生活，使他没有能够“静静地坐下思考问题”。初到党校，虽有些不习惯，但很快他就感到革命理论对他来说是不可缺少的精神食粮。他说：“我对学习感到‘异常的有兴趣’，对问题的认识，思想改造，是日见增进与提高。”在党校的两年时间，他如饥似渴地认真阅读马克思、列宁著作和毛泽东著作及整风文献，自觉地运用马克思列宁主义理论来总结自己20年来的斗争经验，特别是与战友们一道总结了抗战以来成功与失败的经验教训。他常常和同志们开展辩论，明白了过去那些失败了的事情的原因，把斗争的实践提高到理论上来认识。

1943年8月，于延安中央党校合影。从左到右：安子文、张鼎丞、方方

方方到延安时，正好碰上“抢救运动”。他感到运动中的做法不对头，他直言不讳地说：“先把人推下水，然后再把他的头拉起来，这样的‘抢救’是不成理的。”他的话代表了大多数干部的内心想法，讲了真话。不久，党中央及时纠正了反特扩大化的严重错误，并对受冤屈的同志进行了甄别平反。

在整风运动中，方方认真地学习和研究党的历史和路线是非问题。他自觉地进行批评和自我批评，检查了思想根源，明确了改造思想的努力方向。

1945年4月，方方出席党的第七次全国代表大会。他学习了毛泽东等同志的报告及有关文件，更深刻体会到狭隘的农村工作经验不足以搞好工作，中国革命必须靠马克思列宁主义来指导；他深深认识到中共七大路线的正确，衷心拥护以毛泽东同志为首的党中央的领导，对党的事业和未来斗争的必胜信念更坚定了。他说：“20 年来，由于我的出路，我的利益已经和党的利益不可分开，由于我已尝过了旧社会残酷的滋味，我在工农革命运动的熏陶与教育下，看见了已经胜利（苏维埃）和将要更大的胜利（新民主主义社会）。真理何在，已由历史告诉了我，故我的人生观是确定了的，不是一时的成败和利钝所能动摇了的。”在延安两年的生活，使方方的思想理论水平提升到了一个新的高度，为他在解放战争时期及中华人民共和国成立后做好党的工作，奠定了更好的思想基础。

党的七大后，方方满怀喜悦的心情，暗下决心，遵循七大的政治路线，回南方大干一番，以迎接即将来临的抗日战争的胜利。

（摘自陆永棣、刘子健：《方方》，广州：广东人民出版社，1984 年版，第 72—74 页）

古大存

古大存，1897年4月24日出生于广东省五华县梅林优行村。1924年加入中国共产党。曾参加第一、第二次东征和海陆丰起义。1930年任东江苏维埃政府副主席、红十一军军长，是东江革命根据地和东江红军的主要创建者之一。1931年和1934年，两次当选为中华苏维埃共和国执行委员会委员。抗日战争期间，曾担任中共广东省委统战部部长。抗战胜利后，先后担任中共中央西满分局常委兼秘书长、东北局委员兼组织部副部长等职。中华人民共和国成立后，先后担任中共中央华南分局副书记、广东省人民政府副主席、中共广东省委书记处书记兼副省长、广东省政协副主席等职。

古大存参加延安整风和党的七大

杨苗丽　杨　清

1939年秋，党中央决定召开党的第七次全国代表大会，通知各地选派代表出席。中共广东省委在韶关召开第四次扩大会议，选举古大存、区梦觉、朱荣、方华和唐初为广东出席七大的代表。11月，古大存带领代表们从曲江启程，经广西、湖南、江西、浙江，到达皖南新四军军部。广西、湖南、江西、上海、浙江、福建、闽西南等地的七大代表也会集在那里，共有44人，组成了南方各省出席七大的代表团。古大存担任团长和临时党支部书记。

1940年春节后不久，代表们到达驻在皖中定远县的新四军江北指挥部。古大存到指挥部向中共中央中原局报到，第一次见到中原局书记刘少奇。刘少奇向大家简要介绍了当时的抗日形势，嘱咐代表们要加强学习，并给每个代表送了一本他著的《论共产党员的修养》。他还建议代表团对外改称“南方参观团”，在路上学习各地的群众工作、武装斗争、政权建设等经验。这些代表大多数是来自白区的地下工作者，对根据地情况不熟悉。古大存每到一地，都请根据地的领导人作报告，然后组织参观。代表们先后听了陈毅、罗荣桓、彭德怀、陈赓等军政领导人的报告，还听了许多根据地的经验介绍，深受教育和鼓舞。

从新四军军部出发，古大存与代表们一起步行。到了新四军江北指挥部后，领导给他配了马，可他还是跟大伙一起，继续坚持步行，而把马让给生病的代表骑。那时粮食供应很紧，古大存与代表们一起吃高粱、豆饼，有时还到山上采野菜充饥。

1940 年 12 月 16 日，古大存率领 44 名党的七大代表安全到达延安。中央领导高度赞扬了古大存出色地完成党交给的任务。

当时，党中央决定在全党开展一次普遍的马克思主义教育运动，即整风运动，并首先组织 100 多人的高级干部学习组进行整风学习，古大存也参加了，并担任学习小组长。1942 年 2 月，全党整风运动开始。古大存在中央党校先后担任党支部书记、一部主任，参加整风运动的具体领导工作。在运动中，他坚决贯彻党中央制定的“团结—批评—团结”“惩前毖后，治病救人”的方针；对于党内不正之风，他敢于批评，不讲情面。新四军一位领导干部执行王明右倾路线，在战斗中临阵退缩，古大存严厉地批评了他的错误。他自我解剖更严，对自己曾一度执行“左”倾错误，使红军蒙受损失的事，主动作了深刻的检讨。这种敢于坚持原则，正确开展批评与自我批评的精神，给大家树立了榜样，受到了普遍好评。毛主席称赞他是“带刺的玫瑰花”。

党校一部有 10 多个党支部，几百个学员。古大存与学员们保持密切的联系。他平易近人，没有架子，经常与学员一起学习、讨论，有说有笑。他还积极参加大生产运动，和学员一起上山开荒种地。同志们都很尊敬他，见面总是热情地叫他“古老”。

在延安整风中，进行了审查干部的工作。古大存所在的中央党校一部负有审查七大代表的重任。由于受康生“抢救运动”的影响，一部的审干工作也曾出现“左”的偏向，搞错了一些干部，后来党中央及时作了纠正。

1945 年 4 月，中国共产党第七次全国代表大会在延安召开。古大存出席了大会，并被选为中共中央候补委员。

在延安期间，古大存还受党中央委托，参与成立广东临时省委的工作。1942 年春，中共南方工作委员会秘书长郭潜被捕叛变，广东党组织遭到破坏，中央决定广东党组织暂时停止活动。至 1944 年 12 月，由于革命形势发展的需要，中央决定通知广东党组织重新恢复活动。古大存与吴有恒按照中央指示，研究成立广东临时省委的具体意见，并代中央起草了给曾生、尹林平的电报指示。广东临时省委成立后，古大存迅速开展工作，使东江、海南岛、珠江、北江等地抗日斗争蓬勃发展起来。

（选自杨清、杨苗丽、杨森：《古大存》，载中共党史人物研究会编：《中共党史人物传》第五卷，西安：陕西人民出版社，1982 年版）

朱 光

朱光，原名朱光琛，1906 年 11 月出生，广西博白人。1926 年加入中国共产主义青年团，1931 年春在上海转入中国共产党。1926 年参加革命，1932 年春进入鄂豫皖革命苏区，任红四方面军总政治部秘书长，参与红四方面军第三、第四次反“围剿”和转战川陕创建新苏区的领导和指挥工作。参加了红军二万五千里长征，并到达延安。1935—1937 年担任中共中央宣传部科长，参与创建鲁迅艺术学院和马列学院，并任两个学院的秘书长。1938 年 9 月任八路军总部秘书长、八路军总政治部秘书长、八路军前敌总指挥部秘书长。1940—1945 年任八路军第一二九师宣传部部长、冀南军区冀鲁豫军区政治部主任。中华人民共和国成立后，历任广州市军管会副主任，广州市副市长、市长，中共广州市委副书记、书记处书记，广州市各界人民代表会议协商委员会（广州市政协前身）第二、第三、第四、第五届副主席，中共广东省委常委，广东省副省长，国务院对外文委副主任，中共安徽省委常委，安徽省副省长。1969 年 3 月 9 日在合肥含冤去世。

延安才子——朱光

王 克

1932 年底，红四方面军到达川北，开辟了川陕边革命根据地。1933 年 2 月，张国焘发动了反“右派”斗争，朱光被定为“罗章龙右派分子”，被开除出党。数以百计的红军优秀干部被张国焘杀害了。被战友们誉为才子的朱光，由于能绘制军事地图，能印制钞票，张国焘还要利用他，因此被关在保卫局，戴着脚镣从事工作。

1935 年 5 月，红四方面军继续西进，开始长征。朱光和廖承志（1934 年任红四方面军政治部秘书长）、罗世文等，仍被作为“囚徒”，背着沉重的油印工具，跟随部队长征。1936 年 10 月，红一、四方面军在两河口会师。11 月，在宁夏同心城纪念十月革命节的大会上，傅钟代表中共中央西北局宣布撤销朱光、廖承志等人的处分，恢复党籍。朱光调任党中央宣传部干事，后任科长。

1937 年 1 月，朱光到达延安，和廖承志负责中国文艺协会戏剧组的工作。他们举办了第一次公演，演出话剧《煤炭矿夫》。廖承志扮演老矿工，朱光扮演老矿工的儿子。演出十分成功，使观众感动不已，朱光在这次演出中初露锋芒。接着又演出了话剧《广州暴动》《秘密》等反映无产阶级革命斗争的剧目，都受到观众的热烈欢迎。尤其是在纪念“一·二八”淞沪抗战 6 周年的时候，朱光由于聆听了毛主席的《实践论》《矛盾论》报告和许多关于抗日的讲话，深受教育和启迪，和左明编导《血祭上海》，话剧中以亲身经历和新颖艺术手法，使演出获得巨大成功。在《血祭上海》演出的座谈会上，毛主席大加赞扬，也就在这个时候，慧眼识才的毛主席和朱光的交往一天天密切起来。在一些生活场合，他们之间是无拘无束的，充满了诙谐和情趣。朱光因而被延安军民誉为“红军艺术家”。毛主席观看演出后大加赞赏，当场敲定要朱光参与组建鲁迅艺术学院和马列学院。

1938 年 2 月，由毛泽东、周恩来领衔，有关单位联合发出了鲁迅艺术学院《创立缘起》。1938 年 4 月，鲁迅艺术学院成立，毛泽东兼任院长，朱光是院务委员之一；5 月 5 日，马列学院成立，张闻天任院长，朱光任党委书记，并同时兼任这两个学院的秘书长。这位“两院”秘书长，既兼演员，又兼教员。在马列学院担任中共党史课，他以独特的授课风格引人注目；在鲁迅艺术学院，他以高超的演技感人至深，被称为“延安才子”。在此期间，他为这两个学院的创立和发展倾注了大量心血，为党培养了大批优秀的高级人才。这时，朱光和毛主席的交往甚密，成为毛主席的诗友。对于朱光的文学艺术才华，毛主席深为赏识，称他为“江南才子”。

1938 年 5 月 1 日，朱光同历尽艰难险阻，从香港投奔延安参加抗战的富家千金、青年学生余修结婚。毛泽东、陈云、李富春、张闻天等中央领导同志都应邀参加了婚礼晚会。

朱光，多才多艺，风流倜傥。政治工作、军事斗争、城市建设、文艺创作，建树颇多。他是一位才华横溢的名士。下面记述的是他与中国人民的伟大领袖毛主席交往中的几件有趣的轶事。

▶“权既在你，我只得服从”

1937 年平型关大捷之后，坐落在延安城外、延河之畔、凤凰山之麓的一所普通小院落里，毛主席殷勤款待着被誉为“延安才子”的朱光所引见的随军青年记者舒群。

舒群于前方某地被日本侵略军狂轰滥炸的废墟里拾得莎士比亚名著《汉姆莱特》（现在译名是《哈姆雷特》）、《奥赛罗》、《李尔王》、《仲夏夜之梦》四册书和《石索》、《三希堂》残帖两卷，如获至宝。尽管朱德总司令多次通令轻装，但他始终舍不得“轻”掉这些名著。

舒群深为毛主席博览群书，阅历深广而敬仰不止，决定把这些在延安难以见到的“宝贝”献上。毛主席喜出望外，爱不释手。哪料在一旁的朱光毫不客气，一把将莎翁四册名著抢了过去。

“见面分一半！”与毛主席同有共好的朱光，无拘无束地开腔。

“岂有此理！”毛主席毫不相让。

“王羲之父子草隶，在你笔下已经生花升华……”

“颜柳欧赵书法，你早有临摹根基……”

“法帖先不说，剧本该归我。”

“谁说剧本应该归你？莎士比亚是一代戏剧大师，马克思爱读他的书。他的二女婿拉法格在《忆马克思》里说，马克思家中有一种真正的莎士比亚崇拜热。他的小女儿阿弗玲说，莎士比亚的书是家中的《圣经》。……我是马克思的党徒，对于莎氏的作品所有权问题，怎能与你朱光善罢甘休?”毛主席嘴上是这么说，但在他脑海里已浮现着朱光这位年轻才子编演话剧的情景。

“我是南国社元老，有权决定剧本属谁。”朱光撒赖说。

原来，朱光在上海的时候，曾经在地下党的领导下，组织南国剧社，进行革命宣传活动。毛主席晓得朱光对于莎氏这些名著也是同自己一样视若明珠的，于是他含笑点头。

“权既在你，我只得服从。但我要问你，你自称南国社元老，而今你还能演莎士比亚的话剧吗?”

“你听我背诵独白……”

朱光脱口而出的朗诵，声情并茂，感人肺腑，语言节奏快慢急缓，字字句句抑扬顿挫，恰到好处。而唯一不足的是夹杂着浓重的粤音。

“你的口音不够国语化……”

“我的表演，超群出众，精彩绝伦……”

“如此说来，你演出《奥赛罗》，我必须到场欣赏领教……”

“岂敢，岂敢!”

就这样，朱光与毛主席实行了“平均书权”。

▶“你要从实招来”

毛主席和朱光两人的关系，倘论相互同志之谊、笔墨之交，已是良深；若谈彼此所处地位，则是上下有别。毛主席极其看重前者，朱光也认为，与人要“相尚以道”，一直把自己与毛主席的关系看作是道义结交的朋友。

1938年5月1日国际劳动节之夜，朱光与余修举行婚礼。歌剧《罗密欧与朱丽叶》一首插曲刚罢，中共中央秘书长、中央组织部副部长李富春高兴地对前来贺喜的毛泽东、朱德、陈云、罗瑞卿、凯丰等同志说道：“告诉诸位，朱光、余修的婚事是经过我的审查后同意的，我的眼光不会看错，二位堪称天生一对才子佳人。”

“莫夸口，莫夸口，富春同志。我这个判官倒要细细审来。”毛主席对着煤油灯吸燃了一支边区自产的卷烟，诙谐地学着张国焘的语气说道：“朱光，你这个土包子是怎样把这位香港小姐骗来的？你要从实招来！”

朱光对于严刑拷打，“你要从实招来”的滋味已尝了不知多少次。1928—1929年，在上海两次被国民党军警逮捕入狱，以及在红四方面军里被张国焘迫害，都充满了悲凉和凄惨。但是这一次毛主席的“你要从实招来”，却充满了幸福和欢笑。于是，他深情地看了一眼身旁的“妹子”，从1927年冬参加广州起义失败转到香港与余修萍水相逢说起：“那时，我在香港经友人介绍，躲进了香港生利建筑公司余老板的家，同情革命的余老板十分关心我，使我身体迅速恢复，我闲着无聊，便教余老板那个天真活泼的小女儿唱歌、演戏、写诗、绘画，这个小姑娘亲热地称我为好哥哥。1931年我二次被捕出狱后，组织上又安排我到香港疗养，于是再次见到那个妹子，她表示要跟随她的‘哥哥’投奔革命……”

毛主席听着朱光和余修的罗曼史，越听越有趣。朱光的话音刚落，他便说：“我们可不能偏听偏信呀……”他张大眼睛环视众人，征求附和，众人示意赞同。

含着几分腼腆的余修不得不作答：“七七事变后，我背着爸妈，借着报考中山大学的名义，从港到穗，又从穗到汉，经八路军办事处董必武同志介绍，过西安到延安。真想不到，在延安又遇上了他！”余修乖巧地一巴掌轻拍在朱光身上。

“这就是有缘千里来相会啊!”毛主席这位“判官”斩钉截铁地作了“判决”。在座的人都开怀地笑了起来:“好,好你个朱光……”

1938 年 11 月,党的六届六中全会后,朱光被任命为八路军总司令部秘书长。他随同朱德总司令到了太行山,再次开始他的戎马生涯。

(选自中国人民政治协商会议广西壮族自治区玉林市委员会文史学习委员会编:《玉林文史》第 3 辑,《毛泽东与朱光》一文,2003 年 1 月,第 116 页;本书编辑时文字有所改动)

庄　田

庄田，1906年出生，海南万宁人。1926年在新加坡加入中国共产党。1931年赴江西瑞金中央革命根据地，继而参加红军二万五千里长征。到达延安后，曾任中国人民抗日军事政治大学第三分校大队长和教育长、陕甘宁边区考察团团长等职。中华人民共和国成立后，先后担任云南军区副司令、中国人民解放军总高级步兵学校副校长、广州军区副司令、海南军区兼四十三军司令员等职。1992年4月25日在广州病逝。

庄田在延安的二三事

赵庆雅

一

1936年10月，时任红军大学教导师第三团政治委员的庄田率部随红四方面军一部历经一年多艰苦卓绝的长征到达会宁，与红一方面军会合。11月下旬，红四方面军一部与红一方面军一部共1000余人，渡过黄河西部，改称西路军。庄田所部改编为西路军第三团。12月，西路军军政委员会为保存领导骨干，决定西路军主要领导人和各部队领导干部离开部队返回陕甘宁苏区，余部2000多人分成3个支队，由李卓然、李先念等组成的西路军工作委员会统一领导，深入祁连山打游击。其中，由西路军工委直接率领1000余人的左支队，沿祁连山脉西进。庄田率第三团随西路军工委经过40余天的艰苦行军与作战，于1937年1月底到达甘肃、新疆交界处的星星峡。党中央得知西路军工委到达新疆后，即调派汽车并委派陈云、滕代远等前往迎接。

1936年10月，红一、二、四方面军在甘肃会宁县会师以后，团以上干部合影（第二排左三为庄田）

1937年2月，庄田率部随西路军工委抵达延安。4月的一天，毛泽东主席、朱德总司令接见了这批从甘肃、新疆等地到达延安的干部。会面时，毛主席亲切地对历尽艰险辗转到达延安的西路军干部说："同志们，你们辛苦了！我代表党中央、中央军委欢迎同志们，请你们吃便饭，并向你们表示敬意！"①

这次接见，毛主席指出，西路军指战员们的表现是好的。不论遇到什么样的困难，都顽强作战，坚持战斗到最后。这种坚定的革命意志，除了共产党领导的红军，其他任何军队都是办不到的。②

① 取自庄田秘书吴基林根据庄田生前回忆记录。
② 取自庄田秘书吴基林根据庄田生前回忆记录。

周恩来副主席接着对在座的西路军干部说，我们红军部队的干部一直在打仗，学习的机会很少，普遍感到在新的形势下，自己的政治理论水平和指挥作战的能力赶不上形势任务的需要。因此，党中央决定来延安的红军干部，都可以到中国人民抗日军事政治大学（简称“抗大”）去学习深造。①

1937 年 4 月，庄田根据中共中央组织部的安排，进入抗大学习。经过 5 个月的学习，他以优异的成绩从抗大毕业，并留在抗大任教官。

1938 年 11 月，中央组织部将庄田调到延安第三分校任第一大队大队长，与时任第一大队政委的胡耀邦同志一起工作。庄田从莫斯科回国后一直从事红军学校的教学工作，胡耀邦在红军部队时则一直从事青年思想教育工作，他们两人既有政治工作经验，又有指挥打仗经验，在工作上相互支持，精诚团结，将第一大队的教学工作开展得有声有色，使第一大队的学员们无论是军事理论水平，还是军事技术战术都有很大的提高。庄田晚年在回忆这段工作历史时，曾心情激动地说：“我在抗大第三分校第一大队工作，是我参加革命工作以来，最称心、最愉快的一段经历。”

庄田与胡耀邦同志在第三分校第一大队携手共事一年多，上级工作组在考核第一大队这个时期的工作时，一致认为他们是一对军政结合的好拍档。一年后，中央组织部同时调整了胡耀邦与庄田的职务，他们两人都分别被调到更高的领导工作岗位，胡耀邦调任为中央军委总政治部组织部副部长，庄田调任为抗大第三分校教育长。

▶ 二

抗日战争时期，国共两党为建立抗日民族统一战线再次进行合作。1937 年 9 月，中共中央将陕甘宁革命根据地改建为陕甘宁边区政府，延安是边区政府首府，也是中共中央、中央军委所在地。

---

① 取自庄田秘书吴基林根据庄田生前回忆记录。

是年9月22日，国民党中央通讯社发表了《中共中央为公布国共合作宣言》。9月23日，蒋介石发表公开谈话承认了中国共产党的合法地位。10月12日，国民政府行政院确认陕甘宁边区为八路军的募补区，并将陕甘宁政府改称为陕甘宁特区政府。至此，陕甘宁边区既是中国共产党的抗日根据地，亦是国民政府行政院的直辖行政区。边区东临黄河，西接六盘山脉，贯甘肃的固原和宁夏的豫旺堡，北起长城线的府谷和横山，南临泾水及陕西中部的淳化，面积近13万平方公里。

为了制定陕甘宁边区各项政策与施政纲领，1939年11月初，中共中央军委根据毛主席的指示，经由中央组织部从延安抗大抽调干部成立一个考察团，并将时任抗大第三分校教育长的庄田同志调到考察团任团长。这个考察团是陕甘宁边区建立后规模最大的考察团，50多名考察团成员中，既有军事干部也有经济学专家。

中央下达的考察任务时间紧迫，有关部门给庄田配备了一匹栗色马。庄田接受任命后立即骑着栗色马率队奔赴延安周边的延川、延长等县区。陕北的黄土山坳有许多雨裂沟，有些裂沟坡壁陡峭、沟底深邃，在这样的沟壑地域策马行军，稍有不慎就会人仰马翻。

庄田与他的战马

庄田率考察团接连数日急行军，人与马都感到疲惫。一天黄昏，当他策马跨越一条约五六米深的雨裂沟时，栗色马前蹄一软未能跨过裂沟，庄田与马一起滚落到沟底。马跌落到沟底时发出了低沉的呜咽，很快就没了气息。当考察团的同志们焦急地冲到裂沟边，却见庄田从马肚子下抽出腿站了起来，他一边惋惜地拍了拍栗色马的头，一边向峭壁上的同志说：“我的命硬，死不了。”①

栗色马遇险后，中央军委又重新给庄田配备了一匹白马。这匹白马浑身上下没有半根杂毛，一色雪白，唯有四个马蹄乌黑。学识渊博的庄田认为这匹产于西北的白马，一点都不逊于三国名将赵云的坐骑“照夜玉狮子”。

从此，庄田精心驯导和悉心饲养这匹白马，每次急行军后，他都要用毛刷刷掉白马身上的尘土，还经常在半夜时亲自到马厩为白马添加草料。那个时期在延安工作的人们都知道庄田对这匹白马喜爱至极。

为了在中央军委指定的时间内完成考察工作，庄田几乎每天都骑着这匹白马，率考察团在陕甘宁边区穿行，他们的足迹遍布六盘山脉和陕北的黄土高坡。走遍边区 23 个县的山山水水，行程约 2 万公里，接受调查的干部和群众达 1000 余人，收集整理的政治、经济、文化等方面的资料共 96 份，绘制和校正了 23 个县的军事地图。一个多月的考察工作，考察团的同志们历经艰辛，每个人的头发都参差不齐地长得好长，庄田的脸上还蓄起了一把胡子。

1940 年 1 月，考察团圆满地完成任务，向中央军委提交了一份翔实且很有价值的考察报告。这些丰富的第一手资料，为中共中央和中央军委做出建设和保卫陕甘宁边区抗日根据地的各项决策与施政纲领提供了重要依据。周恩来等领导人对庄田和考察团的工作给予很高的赞赏。

翌年 5 月 1 日，《新中华报》全文刊印了由中共中央批准颁发的《陕甘宁边区施政纲领》。这份纲领是抗日战争时期陕甘宁边区一项带有根本法性质的政纲，表达了中共中央团结抗战的总方针及边区政府的各项政策。

庄田结束考察团工作后不久，中央又委任他一个极为重要的历史使命。1940 年春夏之间，中共广东区党委和中共琼崖特委请求中央派遣军事领导干部到琼崖，代表党中央加强对琼崖抗日和军事斗争的领导。中

① 根据庄田儿子庄祝胜口述整理。

共中央组织部认为庄田是比较合适的人选，于是将刚刚结束考察团工作的庄田派遣到海南岛加强琼崖纵队的军事领导工作。

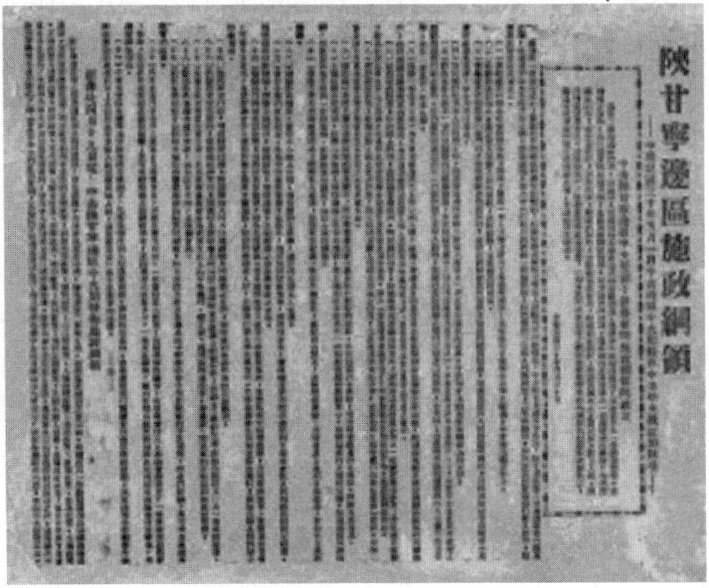
陝甘寧邊區施政綱領

陕甘宁边区施政纲领（部分内容）

离开延安前，周恩来找庄田谈话，告诉庄田到达海南时，琼崖抗日游击总队司令冯白驹核实庄田身份的暗号是询问他在延安骑的是什么样的马。

1940年9月，从延安辗转到达海南的庄田与冯白驹见面了。果然，在相互交换情况时，冯白驹看似不经意地问庄田："听说你在延安经常骑马，你的马是什么颜色?"庄田回答："白马。"冯白驹听到庄田的回答后，脸上露出会意的笑容。①

（内容来源于两个方面：一是取自庄田秘书吴基林回忆所记录；二是根据庄田儿子庄祝胜的口述整理。本书编辑时文字、照片有所改动）

---

① 根据庄田儿子庄祝胜口述整理。

李凡夫

李凡夫，原名郑锡祥，1906年出生于广东省中山市濠头村。1934年加入中国共产党。七七事变后，到延安担任《解放周刊》编辑，任中国工农红军大学、中国人民抗日军事政治大学、陕北公学等校教员，被公认为名教授之一。中华人民共和国成立后，先后任中共中央华南分局和中南局宣传部副部长，中央第五中级党校校长兼党委第一书记，中共安徽省委委员兼调研室主任、省委常委兼宣传部部长，安徽省人民政府副省长、第四届政协副主席、人大常委会副主任。1990年在北京病逝。

怀念李凡夫同志

陈越平

1996年7月，是凡夫同志诞辰90周年。转瞬间，凡夫同志离开我们快6周年了。拿起笔来，一桩桩往事映入眼帘，引起我对一位老学者、老领导的深切怀念。

凡夫同志和我虽然是在广州中大、上海暨大先后同学，同样被反动学校当局开除，后来又同在延安数年，又是在一条战线上长期从事党的宣传、教育工作，但却很少见面。直至1952年在中共中央华南分局宣传部，在凡夫同志直接领导下工作了一段时间，彼此才有了进一步的认识和了解。直至今天，他的工作作风、理论修养、学者风度，仍时刻萦留在我的脑海之中。

1952年，当时全国已经进入社会主义改造和社会主义建设新的历史时期。凡夫同志从延安到东北，后随军南下广州。我是从延安到冀鲁豫，1952年才调到华南分局宣传部工作的。为了一个共同目标，我们走到一起来了。当时分局宣传部在梅花村，我们同在一幢楼房里办公。凡夫同志是副部长。在这段工作期间，除配合当前形势和任务进行宣传工作外，现在回忆起来，有一件比较突出的任务是组织在职干部进行《联共党史》的学习。那时对苏联“老大哥”的经验是非常重视的。凡夫同志在部的统一部署下，和大家一起，一章章、一节节地认真学习。在集体研究的基础上，组织我们五六位理论基础较好的同志，分工负责，每人准备一章，到广东省和广州市直属单位作辅导报告。我们走遍了省、市大小礼堂，形成一支声势浩大的辅导队伍，每人轮流报告不下十余次，收到了很好的效果。

凡夫同志学问渊博，理论基础深厚，早在20世纪30年代在上海就是一位比较有名的学者。到延安后又是中国工农红军大学、中国人民抗日军事政治大学、陕北公学以及华北联合大学的名教授之一，经验也比我们丰富得多。在他和部里几位领导的启发、帮助下，我们不仅顺利完成辅导任务，而且在实践中深受教育，获益匪浅！

初创时期陕北公学校徽（1938年）

记得1943—1946年，我在延安参加整风运动后留在中央党校工作，在我担任党校新三部组教科长期间，正值党校对各部留校学员进行党的七大报告和文件的学习。在抗战胜利前夕，延安出了一本小册子，名叫《抗战八年来的八路军和新四军》，该书洋洋10万余言，材料丰富，观点明确，用大量的事实，雄辩地说明八路军、新四军在8年全面抗战中的丰功伟绩，给人们明确指出胜利斗争的来龙去脉与继续前进的发展方向，为学习七大政治报告提供了一份很好的参考材料，深受读到这本小册子的学员欢迎。当时我不知此书是凡夫同志执笔的，还以为这是军委总政的同志编写的，对凡夫同志的丰富经验不很了解，但阅读该书后，更留下非常深刻的印象。——这也可以说是精神上第一次接触吧！

凡夫同志离开中共中央华南分局宣传部后，到中南局宣传部、武汉第五中级党校和中共安徽省委工作，来往不多。当时听说凡夫同志在1959年反右倾时被撤销领导职务，下放到安徽大学。在1957年反右派和1959年反右倾运动的年代，在“左”的思想路线占主导地位的情况下，许多同志由于实事求是地指出工作中的缺点、错误，或者在毫无根据的情况下，被打成右派或右倾机会主义分子。这恰恰证明，凡夫同志如实地向上级反映浮夸风的严重危害等问题是完全正确的，体现了凡夫同志对革命事业的忠心耿耿，无限忠诚。正如邓小平同志在1992年南方谈话中所指出的：“在我们党的历史上有右的东西影响我们，也有‘左’的东西影响我们，但根深蒂固的还是‘左’的东西，‘左’的东西在我们党的历史上可怕呀！”凡夫同志正是在这“可怕”的风口浪尖上接受考验的。这是非常难能可贵的。虽然凡夫同志早已得到平反，恢复名誉，但这“可怕”的历史教训，是非常深刻的，值得后人永远记取。

综观凡夫同志所走的道路，是20世纪初期中国知识分子走向革命具有典型意义的道路，虽然具体经历不尽相同，但是为了拯救国家、民族的危亡，为了推翻三座大山的压迫、统治，他们奋斗的目标和理想是一致的。今天我们纪念凡夫同志，就是要发扬这种革命精神，沿着前人开辟的道路，沿着建设有中国特色的社会主义道路继续前进！

（摘自陈士矛、陈芳芳、陈湘湘、陈东东：《他从延安走来》，广州：广东人民出版社，2014年版，第220—221页；作者陈越平系中共广东省委原常委、宣传部部长，文章由陈越平女儿陈芳芳提供）

李鹰航

李鹰航，原名李英堂，笔名方冬、鹰航，1916年出生，广东台山人。1938年12月加入中国共产党。1938年5月进入延安鲁迅艺术学院音乐系深造，毕业后留校当研究生和助教，并任烽火剧社艺术指导；1941年5月任教于延安“星期音乐学校”民乐班，并组建延安乐队；1942年6月任延安国乐社社长，后当选为文艺界甲等英模，出席陕甘宁边区第一次英模大会。中华人民共和国成立后，先后当选为广东省音乐家协会主席、广州市政协常委；1980年成功组织第二届羊城音乐花会；1985年后承担《冼星海全集》副主编和《岭南音乐》主编等工作。1999年在广州病逝。

诞生于延安的第一部大合唱《中国共产党颂》

蔡子人

20世纪40年代中期，中国曾出现过第一部情寓铿锵、气壮山河、声震心灵的《中国共产党颂》大合唱。在今春观赏电视剧《延安颂》之际，它那雄阔而壮美的旋律仍回响在我的耳边。现将曲作者李鹰航老友当年对此歌的讲述及我本人的体会，忆介如下。

▶ 一

1945年，在革命圣地——延安的杨家岭中央大礼堂里，中国共产党第七次全国代表大会的闭幕式刚刚结束，毛泽东、周恩来、刘少奇、朱德等中央领导与全体代表一起，正在静静地等候着：由李鹰航作曲兼指挥、萧向荣作词的《中国共产党颂》大合唱即将启幕。随着大幕的徐徐开启，在舞台上排列得恰似一段巍峨长城的延安联政宣传队大合唱队伍中，庄严地响起了一段歌颂中国共产党、歌颂领袖毛泽东的男高音独唱。此时此刻，正如曲作者当年所述，他曾将这段“自由散板”式的抒情节奏与豪迈气势相结合的乐曲意境，设计在中国的泰山极顶之上，让一位男高音歌唱者傲立于此，遥仰天际、俯瞰大地，代表万众向着全中国、全世界发出庄重而自信的抒唱：“我们来歌唱共产党，共产党是中国人民的方向；我们来歌唱毛泽东，毛泽东是中国人民的英雄!”从而激起了党的七大全体代表强烈的共鸣与暴风雨般的掌声。

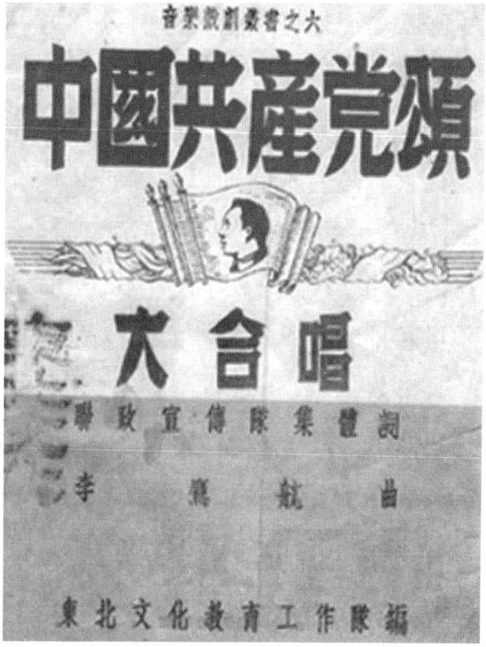

《中国共产党颂》大合唱，1945 年创作于延安，1948 年 10 月修改于哈尔滨，东北文化教育工作队编，东北新华书店发行，共 29 页。图为该书封面照，现存于中国艺术研究院图书馆

继之，大合唱的乐曲与歌声突然转入悲壮而感慨的男声齐唱：“灾难深重的中华民族，为了自己的解放，进行了百年来的斗争……”正如曲作者当年所述，他设计的这段历史诉说式的乐曲意境，是想将人们引入那深沉的回想之中：百年来，中国人民抛头颅、洒热血，前赴后继进行着悲壮的斗争，由于没有找到正确的方向与道路，从而使得中华民族更加陷入灾难的深渊。在那齐唱之后，曲作者又特在乐曲中作了进一步的沉重渲染，节奏逐渐放慢并延长至悄无声息之境，中华民族似乎仍在那无边的苦海中欲吼无声地漂泊漫航着。突然由远而近、由弱而强地传来

了呼唤之声，将人们立即引入了另一种音乐意境，犹如在那黑暗之中突然射来一缕曙光，并逐渐上升，直至一轮耀眼的太阳喷薄而出，给人们带来了欢欣与振奋、方向与希望，从而齐向那火红的太阳迅奔而去。于是，大合唱的乐曲即以此起彼伏的“小快板”速度进行着男女声轮唱：“自从有了共产党，人民的解放事业便面目一新……自从有了毛泽东，革命的航船就拨正了方向……”从而，大合唱的乐曲开始展现了革命洪流不可阻挡的磅礴气势和人民战争势如破竹、宏伟壮阔的历史意境。

继之，大合唱先后以8名男声和8名女声分别进行重唱，庄严地叙述了党的性质、指导思想和这一历史时期的斗争纲领，并以雄阔而浑厚的男声歌颂党，以甜润而幽婉的女声歌颂领袖。继之，大合唱在队伍浩荡、步伐整齐，并以二轮唱加强其力度的进行曲中，歌颂了党的光辉历程及高贵品质。继之，大合唱在激动的“快板”中加进了大鼓、大锣、大钗等渲染民族气氛的乐器，来叙述胜利前夜向全党动员、向全国宣言。继之，乐曲突然转入“慢板”，并以无伴奏男女四部合唱，拟将人们引入那自我衡量——怎样来完成这历史赋予使命的深刻思索意境之中。

最后，更如曲作者当年所述，当这部大合唱以饱含信心的坚定性乐曲，响起向反动派发起总攻的进军号时，曾先以齐唱：“让反动派走进自掘的坟墓，让我们迎接伟大的最后胜利，让我们将新民主主义的旗帜插遍全中国!”继而又对上述唱词，以推浪逐涛式进行着：男女声二部轮唱、女高音男高音男低音三部轮唱，直至女高音女中音男高音男低音四部轮唱，逐级地推动着情绪由低而高、节奏由慢而快，并在乐曲中进一步出现了枪炮齐鸣、杀声震天、硝烟弥漫的激战气氛，从而使这部大合唱结束在最高潮乐曲气氛的历史意境之中。

▶二

这部情寓铿锵、气壮山河、声震心灵的《中国共产党颂》大合唱的曲作者李鹰航，能使此曲流香时代、留誉盛世，并非偶然，这与他在多年音乐生涯中的积累密切相连。他从广东台山家乡的少年时代起即酷爱民间音乐，并逐步能以多种乐器演奏广东音乐名曲及粤剧、粤曲中的曲牌。在任小学校长兼音乐教师多年之后，他于1938年加入中国共产党，并以其抗日青年先锋队队员的豪情壮志，奔赴延安鲁迅艺术学院音乐系学习，曾师从吕骥、向隅、星海，并进入星海任教的作曲高级班。他无论在鲁迅艺术学院学唱及艺术指导科工作，或在烽火剧社任艺术指导，或在部队艺术学校及联政宣传队从事教学、创作，或被推举为延安业余国乐社社长期间，都牢记毛主席《在延安文艺座谈会上的讲话》精神及星海关于“要学习中国民歌与民间音乐，结合运用西洋有用的东西来创作我国新音乐”的嘱咐，从而使他逐渐成长为比较成熟的青年革命作曲家。经他谱写的《三边风光》中大漠风情的《拉骆驼》以及诸多音乐作品，都多重民族风韵、民族旋律、民族配器；在他应约为首演《黄河大合唱》中《黄河之水天上来》的朗诵伴乐，其三弦弹拨技巧之精妙、弹拨意境之神韵，曾深得曲作者兼指挥者冼星海及词作者兼朗诵者光未然之赞誉。由此可见，其民族魂根基之深，其民族音乐美学观之坚定。尤其在那部《中国共产党颂》大合唱中，更加重视渗透其坚韧不拔的个性风格。如在首曲的男高音独唱——“我们来歌唱共产党，共产党是中国人民的方向；我们来歌唱毛泽东，毛泽东是中国人民的英雄”中，即曾用过倔强的“4”（伐）音符达14处之多。经他七昼夜赶写的这部大合唱，除在当年党的七大会场被代表们带回各解放区，李鹰航还于1946年从延安随大军开赴东北新解放区时，又将这部大合唱带到了哈尔滨大学戏音系（他任系主任兼教授）、哈尔滨大学文工团（兼团长）、东北文化教育工作队（任队长）

《中国共产党颂》大合唱的曲作者李鹰航

和长春东北师范大学（任音乐系主任、教授），从而在他指挥下曾唱遍松花江流域。中华人民共和国成立前夕，李鹰航率队赴北京参加中华全国文学艺术工作者代表大会期间，更将这部大合唱唱响中山公园音乐堂、长辛店机车车辆厂和清华大学校园之中。他在年迈卧于南国病榻上仍邀我为其写词，从而完成了他生涯最后一首爱党爱国之曲作《啊，香港你必将更加芳香!》。由此可见，这位饱经漫长峥嵘岁月考验的老音乐家，对中国共产党与领袖毛泽东的感情之深。

如今，年届耄耋，曾任广东省音乐家协会主席的李鹰航已驾鹤远去，但他这部情寓铿锵、气壮山河、声震心灵的《中国共产党颂》大合唱，却仍能以其豪迈、雄阔、壮美的历史强音，不断地回响在我的耳边，这位倔强顽强、丹心侠笔的音乐家李鹰航，至今令我更加怀念。

（文章发表于2006年8月25日，作者系北京文化部艺术教育司车公庄站机关管理离休干部）

杨　华

杨华，1915年9月15日出生，广东梅县人。1938年10月加入中国共产党。1937年底到延安，在中央公安部门工作。中华人民共和国成立后，曾任广东省检察院第一处处长、广东省科委办公室主任、广东省府机关服务局副局长等。1980年6月病逝。

怀念杨华

廖经天

杨华同志逝世10年了。他是我少年时代的战友，他和他的爱人许志毅同志又都是我在延安中央党校的同学，70年前的情况历历在目，我应该写点东西纪念他。

▶ 谜底解开了

1939年，我们在延安中央党校里学习。我们那个班里，华侨党员很多，但是许多同志都用了化名。除非是过去认识的，要不谁也不知道谁的本名叫什么。我当时的名字也是化名。其中有一个叫杨华的，一听口音就知道他是我的老乡。当然，大家都遵守秘密工作的纪律，谁也没有问过对方姓名、籍贯之类的问题。

春天，窑洞对面的山头上还点缀着稀稀疏疏的残雪，但不到大风时，天气并不那么冷，窑洞外面的空地便成为同学们课间游憩和饭后活动的最好场所。人和人接触起来，华侨呀，同乡呀，很自然地就接触得多一些，因为他们有共同的口音，共同熟悉的山川景物、风土人情。就是谈学习马列主义，也联系过去的斗争实际呀！一联系，大家都不自觉地“泄密”了！杨华谈到李思绮，谈到熊光，也谈到古大存……这些都是我们当年共同战斗的战友，我们就格外亲近起来了。但是，我们当年都没见过面，我也没听说过有个名叫杨华的同志。

一天吃饭后，我们在延河边散步，这时正是初夏，一场大雨过后，山洪暴发，黄流滚滚。杨华望了望延河，若有所思地说：“我们家乡发大水也是这样子——不过梅江比延河大多了。”

“是的，大多了。”

我们缓步到了杨家岭对岸。他抬头望了一望，好像触动了他回忆的闸门，他回过头来问我，“你记得轩坑吗？”

“我记得，那是我们经常活动的地区。当年朱德军长率红四军攻克梅县县城后，就是从轩坑渡河到梅南。”

“轩坑可比杨家岭这条沟大多了。”

是的，当然大多了，那是一个大乡。

他停住了脚步，向我的脸上凝视了一会，似乎带着点伤感的语调问我：“罗永香牺牲的情况你知道吗？”

“知道。是区团委开会遭到反动派包围，全体壮烈牺牲的。”

“是的，她就牺牲在轩坑松树塘神山上的庙里。”接着，他就谈起罗永香牺牲的经过来。说：我原来是第九区中共区委书记兼共青团县委的执委，罗永香就在中共区委当青年、妇女委员，她虽然是一口大埔口音，但性情活泼，会唱歌，能和群众打成一片。我们常常编一些革命歌谣和写新词填旧民歌谱，当时叫做“旧瓶装新酒”，由她去教青年、妇女和儿童唱。后来，敌人调集了绝对优势的兵力来“围剿”我们，武装部队退入了山区，县城的地下党组织一次一次被敌人破坏，斗争形式越来越残酷了。县委在山区召开了一次党、团干部扩大会议，我和党的区委书记叶柏桓出席。后来，我和其他一些党和团的区委委员，在乡下待不住，有能力找到关系转移到县城里去的，自找社会职业掩护，设法住下来，了解敌情和党团组织被破坏的情况，如果还未被破坏的则想办法联系，在工人和学校中重建组织，随时向行委汇报。1930 年秋冬之间，叶柏桓等行委全体同志隐蔽在轩坑松树塘神山上庙中，突然被反动派包围，他们进行了坚决的抵抗，最后全体壮烈牺牲，罗永香也在这次战斗中牺牲了。

谈到我的战友和亲人牺牲的情况，我心里是很悲恸的，我低下头沉默着，过了一会，我抬起头来，仔细端详着杨华的脸，10 多年前的斗争情况，像电影画面一幕一幕地在我眼前飞驰过去，但我始终想不起这个杨华是谁，究竟在什么地方一起工作过。不然他怎么能知道我就是当年的谁，又那样确信不疑地、没有用过任何探询的口气，就肯定我就是罗永香的战友和亲人呢？既然他表示对我那么熟悉，我又怎么好意思像一个陌生人似的追问他呢？

后来有一天，我们不约而同地到古大存同志那边去，这个谜底终于揭开了。

▶ 流亡曼谷的岁月里

杨华原名杨煌兴，是梅南陈坑（后与轩坑合并改为轩陈乡）人。1928 年夏，畲坑暴动后，梅南的革命运动曾遭到残酷的摧残。但革命的火种没有熄灭。1929 年 10 月，红四军挺进梅县，进驻梅丰边的马图、顺里，梅南的革命烈火又开始熊熊燃烧了。至 1930 年 3 月、4 月间，梅南各乡都成立了苏维埃，形成了东江苏维埃革命运动的高潮。1929 年夏，杨华开始了他革命活动的生涯。1930 年初，他负责梅南区委工作，就是在这一个时期，罗永香在他领导下工作。

梅南苏维埃在敌人“围剿”下失败后，梅县城地下组织也连遭破坏，损失很大，有一些同志都流亡到南洋去了。杨华的家也连遭抄劫，无法安身，父母带着他的妹妹到暹罗去了。杨华潜伏在城里找了个职业，虽然勉强可以维持艰苦的生活，但和组织失掉了联系，没有法子开展工作，感到非常苦闷。有一天，他接到父亲来信，知道许多认识的同志都到暹罗去了，同时也知道其他根据地失败后，有许多同志流亡到暹罗及南洋其他地方的消息。于是他下决心到暹罗找他父亲去，希望在那边也找到组织。1930 年夏天，他跟着“水客”去暹罗的曼谷。

到了曼谷，父亲给他找到了一个裁缝工人的职业。就在这个时候，他和林中、黄耀寰等接上头了，重新参加了进步青年团的工作，担任工会的油印报《工人之路》的编辑，并团结进步青年组织了读书会及社会科学研究会，宣传进步思想。1931 年九一八事变，日本入侵中国后，东北逐步沦陷，他们又积极开展抗日救亡的宣传运动，揭发国民党对日妥协投降，对内积极“剿共”镇压人民救国运动的反动罪行。1936 年，他担任了青少年曼谷市委书记。

抗日战争全面爆发后，暹罗以及南洋各地华侨的抗日爱国运动风起云涌，华侨青年纷纷奔赴祖国抗日前线。1937 年底，暹罗华侨革命组织决定由杨华带领一批进步青年到延安去。在安吴堡青训班学习后，杨华光荣地加入了中国共产党，1939 年选送进入中央党校学习。在这里，我与杨华同志见面了，并且是一见如故。

党校毕业后，我被分到陕甘宁边区政府教育厅工作，他被分到公安政法战线上去了，从此又战斗在不同的战线。

（文章由杨华儿子杨光宇提供，本书编辑时文字有所改动，增加照片）

杨　烈

杨烈，曾用名杨淑华，1914 年 5 月出生于广东省潮州市庵阜镇。1940 年 8 月加入中国共产党。1939 年通过重庆办事处介绍奔赴延安。1940—1941 年初在延安中国女子大学学习，并当了体育教员，后在延安青年会体育会工作，曾任第三任延安体育委员会主任。中华人民共和国成立后，曾先后在国家体育总会、上海体育学院和广州体育学院工作。1991 年 11 月逝世。

延安体育会第三任主任杨烈

王增明

杨烈，女，几代人侨居越南，而她却在国内读书学习。1928 年在集美读书时，她就是一个出色的体育爱好者，后考入两江体育专科学校学习。毕业后，她去日本体操学校女子部当了研究生。期间，抗日战争全面爆发，她回到上海参加救亡运动。在长沙国立体专干了一阵，几经周折，1939 年通过重庆办事处介绍到延安中国女子大学当了体育教员。面对文化程度和体质差距较大的学生，她千方百计让她们慢慢爱上了体育活动。

1940 年 3 月 8 日，延安 500 名女学员表演大型组字操场面

1940年底至1941年初，杨烈被调到延安体育会工作，直到张远因工作需要调离，她当上了第三任延安体育会主任。她回忆这段工作时说："我到延安体育会后，主要做些什么呢？星期六、星期日在文化沟沟口贴海报，组织各种形式的比赛。重大节日，如三八节、五一节、五四青年节、儿童节、元旦、春节、庆祝前方胜利等，也组织多种形式比赛。此外，我们还搞体育晚会。我任主任时，还搞过儿童五项竞赛：跑、跳高或跳远、爬绳或爬竿、投掷手榴弹和跳绳。以及体育图片展览、集体舞会和火把晚会等。"

陕甘宁边区体育史料座谈会合影（前排右三是杨烈）

1986年，在毛主席旧居前合影。左起：蔡德仁、杨烈、张远、吴江平、李导

（原载《中国红色体育研究》（专著），2010年4月24日；本书编辑时标题、照片有所改动）

吴南生

吴南生，1922 年出生，广东汕头人。1936 年参加革命，1937 年加入中国共产党。1944 年赴延安中央党校学习，抗日战争胜利后由延安赴东北。1949 年随军南下，曾任中共广东省委宣传部部长，中共中央中南局副秘书长、农办主任。“文革”结束后，任中共广东省委常委、省委书记（时设省委第一书记）。1979 年，兼任广东省经济特区管理委员会主任，深圳市委第一书记、市长。1985 年起，历任广东省第五、第六届政协主席。2018 年 4 月 10 日在广州逝世。

“您的儿子参加革命了，准备死了！”

南方日报专访

1937 年，抗战烽烟燃起，一位 15 岁的潮汕少年加入了中国共产党，投入抗战洪流。他对父亲说：“您的儿子参加革命了，准备死了！”

1979 年，是他立下“军令状”，喊出了“要杀头就杀我”的豪言，主动请缨，与同志们一道，创办了广东三个经济特区，为改革开放立下功勋。

从革命小鬼到改革闯将，一以贯之的，是为国为民的理想豪情。岁月老去，情怀依然。吴南生，这位德高望重的中共广东省委原书记、广东省政协原主席，晚年热心公益、凝神挥毫，仍在思考中国的改革前程。

抗战胜利 70 周年之际，在花木扶疏、书画飘香的家中，一头银发、精神矍铄的吴老接受南方日报记者专访，追忆 70 多年前的峥嵘岁月：

1942 年“南委事变”，他把中共南委书记方方等一批同志藏在家乡，送他们安全转移。随后，奉命千里迢迢监护动摇分子姚铎到重庆，在姚铎逃出红岩村后，又发“暗语”电报通知潮汕党组织锄奸。

1944 年到延安中央党校二部学习，他亲耳聆听毛主席关于“愚公移山”与全力夺取东北的报告。宝塔山下，他与革命伴侣许英喜结良缘，一碗糯米饭“甜到底”。为了响应领袖号召，他们靠两条腿穿越陕北、内蒙古、长城，将近一年，走到了东北。

“最难忘 1945 年 8 月 15 日晚上，日本投降的消息传来，整个延安都沸腾了！没有电灯，大家就点亮火把，在一个个山头、窑洞间传递喜讯，我们还把破布点燃，跳着，唱着……八年了，终于胜利了！”说起动情处，吴老露出了孩童般的笑容。

令记者感动的是，在看稿时，93 岁的老人家连续几天熬夜翻阅了大量的历史资料，用红笔作了密密麻麻的批改，连晚饭都顾不上吃。他说，怕自己年纪大了，记忆有偏差，要对历史负责。

▶ 14 岁发表进步文章

南方日报：1937 年抗日战争全面爆发，您才 15 岁就入党了？

吴南生：我参加革命，跟写文章有关系。我在汕头市出生，家住在贫民窟中，爸爸在汕头小公园骑楼下修理钟表，大革命时期是工会积极分子。读小学时，我的很多老师都有进步思想。那时，我开始读蒋光慈的《少年漂泊者》、鲁迅的《故乡》等许多文学作品，已经能写两三千字的文章，老师多次给我的作文打 99 分、100 分，表示赞赏和鼓励。

1935 年，抗日救亡的一二·九运动传到汕头。当时汕头是对国际开放的城市，有 5 家大报，其中《星华日报》是报业大王胡文虎的“星系报纸”之一，经常介绍进步思想，像鲁迅、萧军、萧红的消息常见报端。我这辈子第一篇公开发表的文章，就是《评萧红的〈生死场〉》，发表在《星华日报》的副刊上，笔名叫“左慈”，就是《三国演义》中那个掷杯戏曹操的狂道士，那时觉得他很厉害，代表正义的声音。

当时我才14岁，得了2元稿费，这对于当时的我来说就是一笔巨款啊！我第一件事就是去书店买一本潮州话版《圣经》给我妈妈。我们家是基督教徒，妈妈长期想买一本潮州话版的《圣经》，一本8毛钱，家穷，买不起。当时我爸爸失业10年，心情不好，动不动就拿挑水的绳子抽打我，我很硬气，就是不哭，他就愈发生气地打。现在好了，我妈妈劝他，不能再打了，孩子已经长大，会在报纸发表文章了。从此以后，爸爸就没再打我了。我又陆续发表了不少进步文章，成了汕头市小有名气的作家了。1936、1937两年，我发表的作品，剪贴成两本。妈妈一直替我藏在衣服杂物中，中华人民共和国成立后，我随军从东北南下，妈妈交还给我。可惜在“文革”中烧掉了，很心痛！

因为发表这些文章，引起了老党员的关注。当时，有个越南人叫李班，党内叫李碧山，原是越共党员，后来加入中国共产党，曾在瑞金中央苏区教外语。他刚好认识我的外语老师，就来找我，传播革命思想。后来，上海的党组织派孙大光（中华人民共和国成立后曾任地质部部长）来广东，决定恢复潮汕地区的党组织，恢复了李碧山的党籍。在他们的带领下，我于1936年参加华南人民抗日义勇军，1937年8月就破格入党了，是潮汕地区在大革命失败后重新建党的第一批党员。

▶ 战闽粤重建根据地

南方日报：当时潮汕地区的抗战是怎样的？

吴南生：潮汕党组织于1937年8月领导建立了公开合法的汕头青年救亡同志会（后改称“汕头青年抗敌同志会”，简称“青抗会”），将这一组织形式推广到潮汕各县。还成立了汕头青抗会少年工作队，我当政治指导员，汇聚了一批优秀爱国少年，开展了各种抗日救亡宣传活动。少工队演出的《打鬼子》，就是我编写的，是潮汕地区第一个抗日潮剧，一直在潮汕抗日前线演出。在青抗会的推动下，妇女、教师、学生、华侨和各行业工人也纷纷成立了救亡团体。

1939年6月，日军攻占汕头、潮州。形势紧张，我们准备打游击，分成了两支队伍，一支搞武装，叫潮汕青年抗日游击队，准备打起来就作为游击队的司令部。这支队伍在铁路两侧活动，在广东省活捉第一个日本兵，就是我们这支队伍干的。另一支搞宣传，叫汕头青年抗敌剧团，由我负责，准备打起来后作为游击队的政治部。

但是，战争的形势和原来的估计不同，日本军队只占领汕头、潮州、潮阳、澄海几个城区和原铁路线，目的就是封锁汕头港，不让海外物资进入中国。这样，武装活动的范围很小。于是，中心县委决定，我带队伍到潮州凤凰山白水湖一带的老区，重建革命根据地。那时候，经常要走两天的路，翻山越岭。前些年，我写了一首诗《怀凤凰山》回忆这段往事："一别凤凰数十秋，年年梦作凤凰游。白水湖畔花似火，乌岽山前月如钩。壮士挥戈战闽粤，天兵仗剑下潮州。而今重踏凤山路，满眼风光不胜收。"我一直铭记着凤凰山区对潮汕革命斗争作出的贡献。这时，我当潮澄饶中心县委常委、宣传部部长。不久，撤销中心县委，分设两个县委，我当澄饶县委书记，1942年调到普宁当县委书记。普宁是潮汕地区共产党员最多的县，我记得当时全县有党员996人。

▶"南委事变"后掩护方方

南方日报：1942年，国民党顽固派发动第二次反共高潮，在广东制造"南委事变"，抓捕了八路军驻港代表廖承志、中共南委副书记张文彬等人，中共南委书记方方及时撤退，幸免于难。据说，方方和一批同志在您的掩护下一直安全，后来到达重庆八路军办事处，到了延安。

吴南生："南委事变"发生时，我在普宁。当时中共闽西南潮梅特委书记林美南通知我，负责掩护一批南委机关撤退的同志。于是，我就回到我老家潮阳关埠上仓村。当时，日军刚占领香港，我就说他们是香港的朋友，逃难回来。一批一批，男女老少都有，先后在我家乡居住，陆续转移去重庆或别的地方。村民很好，没有发生过任何事故。上仓村在中华人民共和国成立后被确定为老区。

1943 年春节前后，我陪方方和他的妻子，在揭阳城北门租了一个房子，一直住到 5 月底，我和王华生同志陪同送他到汤坑，华生陪他赴重庆。方方比较胖，装扮成商人，华生扮成跟班。动身前，他交给我两个与重庆南方局联系的地址，一个是公开的，《新华日报》秘书长陈铁铮。后来我才知道这是中共中央南方局组织部部长孔原同志的化名；一个是秘密的，是一家药材行。方方要我在他动身后，即发一电报“当归即发”到这家药材行。他安全到达重庆，6 月底随同周恩来返回延安。后来在延安我们又见面了，他在中央党校一部学习，我在二部。

▶ 暗语发电报通知锄奸

南方日报：*后来，您又监送动摇分子姚铎去了重庆？*

吴南生：当时的南委秘书长姚铎撤退住在我家，对革命前途悲观失望。在党组织决定让他到汕头待船去上海找新四军后，他回到澄海老家，生活腐化，与国民党人员（他的同乡同学）密切往来，有叛变投敌的嫌疑。为了不让党组织遭受更大损失，经请示中共中央南方局（书记周恩来），决定让我把姚铎送到重庆，还是着眼于教育挽救。

1944 年春节后，我们先从揭阳搭单车到丰顺汤坑，爬山越岭到达兴宁，乘上破旧货车走了几天才到韶关，雇了一个小艇休息，姚铎趁我困睡时说要上厕所，独自上岸一个多小时，更加可疑。当晚，我们乘火车到广西桂林转贵州独山，改乘汽车颠簸了三四天才到达重庆。经历险阻，终于安全地把姚铎送到红岩村八路军办事处，交给党组织。

我们在南方局招待所住了将近半年，和各地到重庆准备转延安的同志一起参加学习。这年夏天，林伯渠、王若飞从延安到重庆参加国共谈判，王若飞在内部作了延安整风学习情况的报告，谈到了“抢救失足者运动”。这时，南方局准备利用谈判时机，输送一批干部到延安，大家都十分高兴，唯独姚铎紧张，情绪低落。数天后的一个早晨，他借故跟我吵架，大闹一场跑了出去，投奔国民党中统局，返回潮汕，准备诱骗地下党员上钩，一网打尽。

受南方局领导委托，我赶紧起草电报，通知林美南，按照事先约定的暗语，大意是“逆子不听教诲，卷款潜逃”等等。潮汕党组织经过周密部署，经过两次行动，把姚铎处决了。

▶ 在延安听毛主席作报告

南方日报：任务完成后，您没有返回潮汕，而是到了革命圣地——延安。当时延安的情况是怎样的？

吴南生：延安，是当时中国人心中的红星。宝塔山屹立，延河水奔流，人心都向往着它。我是 1944 年秋到延安的。当时从重庆去延安很不容易，要趁延安有人出来谈判时，形势较为缓和，开着一辆辆卡车，运物资特别是医药物资和人进去。我到延安后，被安排在中央党校二部学习。一部学员是七大代表，他们于 1939 年前后从全国各地来到延安，一下子六七个年头过去了。二部是县委书记以上的。党的七大召开，我们每天学习文件、听报告。中央党校的礼堂很大，毛主席、刘少奇开大会作报告就在这里。七大开幕前，经常会提前把报告稿发给我们学习讨论。我擅长记录，是负责记录报告的学员之一。

当时，延安的风气很民主、活跃。物资匮乏，生活艰苦，但大家都很乐观。延安的窑洞依山而建，女同志住在山下，男同志住山上。我住在最高的窑洞，要走 333 级台阶的泥路上去。每天在党校食堂吃完饭，再爬上去，就又饿了。冬天非常冷，饭堂的馒头我一手就抓了三个，装在棉衣兜里，晚上切开，烤着吃。

说件趣事！我从重庆带了一个铜脸盆到延安。这个宝贝作用可大了——白天打水洗脸、擦身子，晚上太冷，就当便盆，到了周末，我们广东老乡聚会，又用它来煮东西吃。邻居说，哎呀！这是他拿来撒尿的！

老乡们笑着说，不怕，他的是童子尿。陕北人宰牛羊，只吃肉，不吃内脏、头、脚，我们就去拖来煮，吃得津津有味，把当地老乡吓了一跳。

▶ 黄炎培写诗支持共产党

南方日报：*去年南国书香节，您书写了黄炎培的一首诗《过茅台》，题记说："1945 年秋，于延安杨家岭中央大礼堂见黄炎培先生自书诗，忽忽七十年矣，岁月易得，因书志之。"这里面有怎样的故事？*

吴南生：1945 年 7 月 1 日，黄炎培等 6 位国民参政员，应毛主席之邀，飞赴延安访问，非常轰动。此前在重庆反共气氛中，黄炎培曾题了一首七绝："喧传有客过茅台，酿酒池中洗脚来。是假是真我不管，天寒且饮两三杯。"说的是红军长征期间四渡赤水路过茅台，有媒体歪曲渲染说红军在酿酒池中洗脚了。黄炎培写这首诗讽喻，体现了他对共产党的理解支持，代表了当时民主人士和知识分子的人心取向。后来他又亲自书写这首诗，送到了延安，挂在杨家岭中央大礼堂里。

黄炎培和毛主席长谈，毛主席说了那段著名的话："我们已经找到新路，我们能跳出这个周期率。这条新路，就是民主。"更是鼓舞人心。当时，中国共产党不仅是这样说的，也是这样做的，得到了人心，最终取得解放全中国、建立中华人民共和国的胜利！

▶ 一碗糯米饭，70 年"甜到底"

南方日报：*您在延安也收获了爱情，许英大姐也是老党员？*

吴南生：她也是潮汕人，1938 年加入中国共产党，1939 年潮汕游击队党支部的女委员，1940 年被选调到党的南方工作委员会机要科，搞机要工作。"南委事变"后，她撤退到重庆，再到延安。我们原来就认识，到了延安就更熟悉了。

1945 年日本投降后，毛主席去重庆和蒋介石谈判回来，在党校大礼堂作报告说，中国革命要胜利，一定要有工业，中国工业在东北，全力夺取东北！挥手动员，全场沸腾。延安当时只有一间小电厂和火柴厂、卷烟厂，炼不出钢造不出机器，人们分外憧憬工业基地。整个延安几乎空了，都去东北了。我们也报名去东北，有老同志建议，去东北一路辛苦，要不先结婚了，一路也好互相照顾。那一年，我俩都是23岁。老乡们在延安小市场买了点糯米、糖，用砂锅煮了一小锅糯米饭。大家一铲子铲到锅底，寓意“要甜到底”！一转眼70年了，真的是甜到底啊！

2015年，93岁的中共广东省委原书记吴南生和夫人许英庆70载钻石婚

当时去东北，整整走了一年，都是两条腿走路。从延安到黄河边，过黄河走进山西，一路向北，过长城，走到张家口，因为战争，三进三退赤峰。在穿越大草原四个县的征途中，我写了一首诗：“日日征途上，年年作客中，愿借千里马，指日抵辽东。”过长城时，天气非常冷，在延安穿的棉衣棉裤都挡不住，棉鞋用草绳绑起来。当时，我又冷又累，想坐下来，同行的老同志都是华北人，再三告诉我，你千万不能坐下去，一坐就起不来了！很多冻死的人脸上都是微笑的，就因为一坐下觉得很

舒服，于是笑着笑着就冻死了。我想起了安徒生的童话，那个冻死的卖火柴的小女孩。那时候真的是靠理想支撑着走下去！

2005 年 9 月 2 日，参加广东省暨广州市颁发中国人民抗日战争胜利 60 周年纪念章大会后，吴南生、许英伉俪在广州东湖合影

▶ 提着脑袋闹革命、办特区，为的就是理想

南方日报：70 多年过去了，您有怎样的感慨？对青年人有什么寄语？

吴南生：革命关键时刻考验人性、党性。像“南委事变”后，南委副书记张文彬被捕后坚强不屈英勇牺牲，人们永远歌颂他、纪念他。而南委组织部部长郭潜、宣传部部长涂振农、秘书长姚铎却相继叛变。这些叛徒可分为两类，一类是被捕后怕死，另一类是原本生活腐败，早就对党不满。现在那些腐败分子，要是放在革命年代，肯定也是叛徒！我们这一辈人提着脑袋闹革命、办特区，为的就是理想，哪里想过当什么官？现在一些腐败分子却买官卖官，唯利是图，不知廉耻！这些人，都会像历史上那些奸臣、贪官污吏一样，千秋万载永被唾骂。

“昔如埋剑常思出，今作浮云不计程。”我是90多岁的老人了，能尽的力量已十分有限。我们为国家繁荣、人民富裕、政治民主、社会和谐的点滴进步而高兴。希望青年人不忘历史、坚守信仰！

（原载《南方日报》，2015年5月12日；文章内容已由吴南生同志审定，本书编辑时文字有所改动）

何　浚

何浚（濬），字赞华，原名达统，1904年10月19日出生，广东乐会（今海南琼海）人。1927年春加入中国共产主义青年团，同年夏转入中国共产党。1943年4月前往重庆八路军办事处参加整风学习。1944年初奉调延安，进入中央党校二部学习。其间，任中共中央海外工作委员会办公室副主任。1945年4—6月作为大后方代表团成员参加中共七大。中华人民共和国成立后，先后任中共海南岛区委第二副书记、第五书记，广州市人民政府常委委员兼监委主任，广东省边防部副部长，广东省革命根据地建设委员会副主任，广东省人大常委会委员等职。1982年6月17日在广州病逝。

从粤东到延安

王炳南

1940年6月，为加强粤东地区武装斗争，何浚调任中共广东潮普惠中心县委副书记兼军事部部长。他一到县委，就深入普宁、潮阳、揭阳等县开展工作。这年夏秋之际，国民党普宁县党部动用反动武装，强占了距县城40多里（1里=500米）的鸡笼山锡矿，使当地靠挖矿为生的数万农民生活无着。为维护农民的切身利益，何浚根据中心县委的决定，来到鸡笼山附近的藏宝堂，和县委组织部部长罗天一起，依靠我党建立的“白皮红心”政权，发动群众起来斗争，终于迫使国民党反动武装撤出了鸡笼山锡矿。

此后，何浚留在藏宝堂，指导当地党组织在农民自卫武装中发展党员，还在50岁以上的妇女中组织“母亲会”，举办妇女识字班等，进行抗日的宣传教育，取得了显著成效。他又总结了藏宝堂地区的经验，要求各地党组织学习藏宝堂，开展两面政权工作，争取合法斗争，积极发展党组织。同年12月，中共南方工作委员会（简称“南委”）决定成立中共闽西南潮梅特委，何浚调任特委常委兼组织部部长。

1941年10月，何浚根据特委指示，到普宁县的茨坑乡组织筹款。他深入群众，依靠当地党组织，共筹款2万多元，解决了特委活动经费的困难。这时，何浚患上神经衰弱病，头经常发昏，但他仍坚持工作，受到周围同志的好评。

1942年，南委被破坏。6月，中共闽西南潮梅特委根据中共中央南方局关于党组织暂时停止活动的电示，执行“隐蔽精干，长期埋伏，积蓄力量，以待时机”的十六字方针。何浚在潮阳、揭阳一带认真做好党组织的转移撤退，并鼓励大家不要被困难压倒，要坚信革命一定会成功。

翌年4月，按照党的决定，何浚化名徐继良，撤往重庆八路军办事处参加整风学习。1944年初，何浚奉调到延安，被分配在中央党校二部学习。他按照中央总学委的部署，在认真阅读整风文献的基础上，联系潮梅、闽粤边地区的斗争历史和自己的经历，认真总结经验教训，克服文化水平低的困难，写出了一份1万多字的自传。在中央党校学习期间，何浚被选为七大候补代表，光荣出席了党的第七次全国代表大会。此间，他还参加中共中央海外工作委员会的工作，担任办公室副主任。

（摘自中共党史人物研究会编：《中共党史人物》（29），西安：陕西人民出版社，1986年版，第337—338页）

邹　瑜

邹瑜，1920年10月出生，广西博白人。1938年加入中国共产党。曾任陕甘宁边区政府保安处秘书科科长、吉林市公安局副局长。中华人民共和国成立后，历任中共潮汕地委常委、汕头警备区副司令员、中共粤西区委副书记、广东省公安厅第一副厅长、中共汕头地委第一书记、中共湛江地委书记、中共广东省委常委、国家地震局局长、全国人大常委会法制委员会副主任、中共中央政法委员会副秘书长、司法部第一副部长、中华全国律师协会会长、司法部部长兼中国政法大学校长、第七届全国人大内务司法委员会副主任委员、第七届全国人大常委会委员。

★★★

朝花夕拾说延安

——访司法部原部长邹瑜

夏莉娜

一踏进邹老的家门，就被架上、桌上、地上摆满的石头吸引。形状各异的奇石间摆放的一些绿色植物，使室内充满生气。今年已92岁高龄的邹老，思维敏捷，说话干脆利索、简洁明快。他说："吕氏春秋有'石可破不可夺其坚'之句。我就是喜爱石头坚贞的品格，做人也应如此！"

2012 年 5 月，作者夏莉娜（左）与邹瑜（中）等合影

邹瑜珍藏的石头均签名盖章

▶“三八式”老干部

了解中共历史的人都知道，我党的干部论资历，一般按革命阶段分期：第一批是 1921—1923 年的建党干部。第二批是 1924—1927 年国共合作时期的大革命干部。这两批干部素质虽高，人数却少。第三批是 1927 年四一二事变至 1937 年七七事变的红军干部。第四批是在 1938 年前后抗日战争时期参加革命，被称为“三八式”干部。邹瑜就在这批“三八式”干部之列。

邹老告诉记者：“我 1920 年出生于广西博白县，15 岁考入广东省立廉州中学高中部。高二时参加党的外围团体‘星星读书会’，阅读了革命书刊，成为读书会的骨干，并参加了中国共产党领导下的抗日救亡运动，接受共产主义的启蒙教育。1938 年初，我和两位同学经广州八路军办事处介绍奔赴革命圣地——延安。在党组织的安排下，我进入陕北公学（简称‘陕公’）学习。陕公是与中国人民抗日军事政治大学（简称“抗大”）齐名的革命学校。抗大偏重于军事，陕公偏重于政治。陕公是中国人民大学的前身，当时的校长是成仿吾，副校长是李维汉。我第一次听毛主席讲话就是在陕公，内容是关于张国焘叛变的问题。毛主席还讲过唯物辩证法，语言通俗幽默，内容丰富深刻，天当教室地当椅，连伙夫马夫都参加听讲。那时生活艰苦，但我们情绪高昂，一心追求革命。在这里，我成为一名中国共产党党员，这是我人生道路上的一个里程碑，也是一个崭新的起点。”

▶ 陕甘宁边区隐蔽战线的“黄埔一期”学员

1938 年 6 月，邹瑜被选入陕甘宁边区保安处七里铺第一期训练班。这是专门培训党的保卫、情报干部的机构。这期训练班被称为陕甘宁边区隐蔽战线的“黄埔一期”。党的保卫情报工作一向是党的高级机密，在经过了 60 多年之后，邹老把那些鲜为人知的往事慢慢“解密”：“那期训练班一共挑选了 36 名学员，都是初中以上文化程度，其中还有 6 名女学员。邓小平的夫人卓琳也是我们那期的学员。训练班的课程主要是两门，一门是政治课，一门是业务课。政治课主要讲党的建设，业务课主要讲保卫工作与情报工作。授课的人都是我党著名的政治家和隐蔽战线的主要领导人，其中有陈云、李富春、潘汉年、孔原、徐特立、邓发、刘鼎、高自立等。陈云同志讲怎样做一个共产党员。在讲到为共产主义奋斗到底时，他举起拳头对桌子重重一击，说：‘为共产主义奋斗到底就是为共产主义奋斗到死！’60 年前陈云同志的声音至今仍然回荡在我的心里。潘汉年同志讲的是沦陷区情报工作。大家从中了解到他历尽艰难险阻不怕牺牲的高尚情操，了解到他机敏巧妙的斗争智慧。一些生动的故事我至今仍深记不忘。那时正值国共两党合作抗日的初期，我们的敌人是日本帝国主义，有的同学结业后打入日寇的核心部位，获取了较为重要的情报。有几位同学在情报工作中英勇牺牲了。他们为共产主义事业献身的崇高品德永远激励着后人。”说到这里，邹老的眼睛里闪着泪光。

1999 年，是七里铺训练班第一期毕业 60 周年。当年的同学卓琳同志特意邀请在京的几位同学到她家聚会。他们一同回顾了那段珍贵的时光，饭后又一起合影留念。邹老一边说，一边把那次聚会的照片指给记者看："卓琳拉着的是吕璜和姜鹏，她们是6个女生中幸存的3个，这是谢衡、杨黄林、刘平……"

▶ 毛主席一生之中唯一专门论述保卫工作的长篇讲话

在1938年底训练班结束时，年仅18岁的邹瑜被留在陕甘宁边区保安处担任秘书科科长。邹老回忆道："在延安我们经常能听到毛主席的报告。1939年，毛主席在保安处小礼堂作了报告，主题是一般工作的战略策略与特殊工作的战略策略的关系。他说，做特殊工作的人，必须懂得一般工作的战略策略，不懂一般工作的战略策略就不懂一般规律，就不能把握正确的政治方向，就会成为盲目的事务主义。不懂特殊工作的战略策略，就会成为空头政治家，不能做好本职工作。因此，一个合格的优秀的保卫工作者，必须懂得一般工作的战略策略，同时精通特殊工作的战略策略。"

邹老还清楚地记得："保安处小礼堂台上放着个长方桌，那次毛主席作报告时坐在桌子的一边，我坐在毛主席旁边做记录。"

1962年时任中共汕头地委第一书记的邹瑜，接到中央办公厅的电报，询问毛主席那次讲话记录稿的下落。据说毛主席的这份讲话记录一直没有找到。一提起这份记录被丢失，邹老简直是万分遗憾："那可是毛主席一生之中，唯一一次专门论述保卫工作的长篇讲话啊！"

（文章由中国人大杂志社高级记者夏莉娜于2012年5月31日采访司法部部长邹瑜后所写，本书编辑时增加照片）

宋维静

宋维静，1910年10月出生，广东高明人。1927年1月加入中国共产主义青年团，5月转入中国共产党。1936年打入阎锡山控制下的妇女团体，与丈夫温健公配合默契，搜集、传递情报。后来受组织派遣，再次打入阎锡山军队内部，被委任为上校专员。1941年1月至1945年12月在延安马列学院、中央党校一部学习。1945年12月至1947年8月在晋冀鲁豫中央局民运部从事妇女工作，任二野后方总医院政治部主任。中华人民共和国成立后，先后任广东南岭煤矿军事代表，大同矿务局副局长、局长；中央轻工业部监察室副主任、主任，轻工业部企管司财务工资司司长，福建省燃料工业局局长；中央农机部农具改良局局长；中共延安地委党校副主任、副校长、党委副书记；中共广州市委党校副校长、党委副书记，五七干校副校长；广州市纪律检查委员会筹备小组副组长；中共广州市委顾问组副组长，全国政协委员，广东省政协第四届常委。1991年6月离休。2001年逝世。

延安整风的考验

黄穗生

宋维静翻过吕梁山，穿过敌人一道道的封锁线，终于来到党中央所在地延安。

延安，一座北国边塞的古城，东临黄河，西连子午岭，南依铜川、渭南、咸阳，北接榆林，是大平原与浩瀚沙漠戈壁过渡的山重岭险之地，古时多战，素有“三秦锁钥，五路襟喉”之称。红军举世闻名的二万五千里长征到达陕北，来到这一方贫瘠的黄土地之后，这里就成为中共中央的所在地，全国人民民族解放斗争的总后方。在这个充满阳光的新天地，到处都能看到人们纺纱织布、开荒生产的繁忙景象，荡漾着《纺线谣》愉快的歌声：

小小纺车吱扭扭转，摇起了那个纺车纺线线；别看这纺车小呀，力量大无边；边区闹生产，打碎敌人封锁线……

延安，充满着自力更生、团结抗战的浓烈气息。

这是宋维静日夜向往的地方。她走南闯北、历尽艰险而毫不动摇，就是因为心中有党，有人民解放事业必胜的坚定信念。她多年来在国民党统治区艰苦斗争，尤其是在山西从事统战、情报工作，感受最深的就是要正确掌握、运用马克思列宁主义理论和党的政策。党的政策就是她心中的指路明灯，是她战胜一切困难的力量源泉。她早就听人说过，“延安窑洞里有马列主义”。随着抗日高潮的到来，全国各地的爱国人士和知识青年大量奔赴延安，她在山西民族革命大学也动员和影响了一批学生到延安，许多干部学校在延安应运而生。如今，她来到了延安，来到了党中央的所在地，她最大的心愿就是能学到更多的马克思列宁主义理论知识和党的方针政策。

宋维静最渴望的是到设在延安北郊蓝家坪的马列学院学习，这里被誉为延安的“最高学府”，由洛甫担任院长，毛泽东的《新民主主义论》首先在这里讲授，刘少奇的《论共产党员的修养》也是首先在这里和大家见面，学员都有较高的文化水平和理论基础，但必须通过入学考试。宋维静下定决心，非考上马列学院不可。她把能借到的理论书籍统统借来，堆满了一炕头，埋头阅读，准备赴考。

马列学院这一期招生300多人，但前来报考者竟有1000多人。幸运的是，功夫不负有心人，宋维静被录取了，她成了这一期10多名女学员中的一员。入学不久，宋维静就到杨家岭，聆听毛主席在延安干部会议上作《改造我们的学习》的报告。报告分析了在中国共产党内存在的两种截然相反的对待马克思列宁主义的态度，全面深刻地阐述了马克思列宁主义和中国革命相结合的思想，评判了王明以主观主义为特征的“左”倾教条主义，向全党提出反对主观主义以改造学风的任务。要求确立以马列主义基本原则为指导，以研究中国革命实际问题为中心，废除静止地孤立地研究马列主义的方法。他用一副对联给教条主义者画像：“墙上芦苇，头重脚轻根底浅；山间竹笋，嘴尖皮厚腹中空。”毛主席对教条主义入木三分、淋漓尽致的批判，使宋维静大受启发。她有多年白区地下斗争的工作经验，对“左”倾教条主义给党带来的危害，尤其是对白区党组织造成的祸害，有亲身的感受。她目睹多少战友由于“左”倾盲动主义、“左”倾教条主义的瞎指挥，牺牲在敌人的屠刀之下。她如饥似渴地学习，每天天一亮就爬上山头，在朝阳的光辉下整理笔记；晚上，在清朗的月光下，与同伴们在河边散步，边走边讨论学习上的问题。掩卷之余，她就登上巍巍宝塔山，眺望滔滔延河水，感悟共产党领导人民寻求解放正确道路的艰苦曲折的历程。中共中央机关所在地杨家岭、中央军委和八路军总部所在地王家坪、中央党校所在地桥儿沟、凤凰山麓等地，都让她流连忘返。她觉得自己是世界上最幸福的人。

1941年7月，党中央决定将马列学院改组为马列研究院，宋维静被调到中央党校继续学习。不久，她在中央党校参加了具有重要历史意义的延安整风。

延安整风具有深刻的历史背景和时代政治意义。1935年的遵义会议虽然结束了王明“左”倾错误的统治，但由于日本帝国主义加快了侵华的步伐，中国共产党肩负起了领导全国人民奋起抗战的重任，因此对王明的“左”倾错误思想及其在党内的影响还没来得及清算。而在抗日战争进入相持阶段以后，中国共产党面临着严重的困难和更为艰巨的斗争任务。为了打败日本侵略者，肩负起领导全国人民夺取抗战胜利的伟大任务，就必须提高全党的马列主义水平，提高党的纯洁性和战斗力。同时，随着革命形势的发展，党在全国人民心目中的威信迅速提高，党的队伍发展很快，党员人数由1937年7月的4万多人，发展到1940年7月的80万人。这些党员多数出身于农民、学生及其他小资产阶级，需要进行教育。毛主席认为，要实现民族抗战的胜利，“我们的队伍要整齐，我们的步调就要一致”，这样，我们党才能“领导人民打倒敌人”。

1942年2月1日，毛主席在中央党校开学典礼上作《整顿学风党风文风》的报告，这就是后来被收入《毛泽东选集》的著名的《整顿党的作风》。由此拉开了全党整风的帷幕。毛主席的讲话深入浅出，说理透彻。他从思想上总结了过去的党内路线斗争，阐明了整风运动的目的、任务和方针，并强调整风是为了分清路线是非，澄清问题，端正思想路线和工作作风，而不是为了整某个人、追究什么人的个人责任。

毛主席讲得多好啊！宋维静和党校学员以无比兴奋的心情认真地听了报告，对毛主席的高瞻远瞩由衷地佩服，思想上认识到整风运动确实是关系党的巩固和发展的大事，关系中国革命成败的大事。她严肃认真地集中思想和精力学习整风文件，既做笔记，又写自我检讨，还与同志们一起认真地研究和讨论党的政策、方针、路线等各方面的问题，感到思想上获得了从未有过的巨大收益。

然而，党内刮起的一股过“左”、过激的歪风，使整风运动的方向悄悄地发生了变化。中央党校当时集中了全党的高、中级干部3000多人，既是延安整风学习的重点，又是全党整风的缩影，因而宋维静很快感受到了这股歪风的袭击。

1942年12月，中央整风运动委员会领导成员之一的康生作题为《关于锄奸问题》的报告，这个满肚子阴谋诡计的党内大奸，胡说延安“特务如麻”，国民党用“打进来、拉出去”的手法，在我们的队伍里发展他们的人。其后，整风运动开始转为审查干部。这实际上是一场清查特务、内奸，开展反特的斗争。中央党校每个人都要写历史自传和思想小结，作历史反省和思想反省。这时，不知从哪里传出一个口号，叫“大胆怀疑，互相揭发”。曾经在国民党统治区工作的同志，历史一般比较复杂，社会关系也比较复杂，审干一开始，他们就首当其冲，成为被怀疑的主要对象。宋维静长期在白区工作，深知白区工作的重要和艰险，她对这种“大胆怀疑”的做法思想不通。她认为在党内对自己的同志说话无须拐弯抹角，因而多次坦率地在支部会议上提出疑问，由此与支部领导产生了意见分歧。

1943 年 4 月 3 日，党中央发表《关于继续开展整风运动的决定》，认为：“自抗日民族统一战线成立与我党大量发展党员以来，日寇与国民党大规模地施行其特务政策，我党各地党政军民学机关中，已被他们打入大批内奸分子，其方法非常巧妙，其数量至为惊人。”规定：“整风的主要斗争目标，是纠正干部中的非无产阶级思想（封建阶级思想、资产阶级思想、小资产阶级思想）与肃清党内暗藏的反革命分子。”随后在延安召开有 2 万人参加的中央直属单位工作人员大会，动员开展反特斗争。康生这时又有了新的“发现”，他认为，“整风必然转入审干”“审干必然转入肃反”。7 月 15 日，他在中央直属机关作题为《抢救失足者》的报告，认为“抢救运动”的目的，就是要“抢救”由于“失足”而成为“民族叛徒”“敌特分子”“反革命分子”的一些人；“清除内奸，这是我们目前急不可缓的任务”。于是，整风运动的火药味越来越浓烈了，在白区工作过的同志几乎都被怀疑为特务和特嫌。宋维静在中共中央华北局联络部系统下工作时的领导人王世英被诬指为特务；曾在山西牺牲救国同盟会（简称“牺盟会”）工作的同志无一例外地受到了“大胆怀疑”歪风的冲击。宋维静的“问题”更为“严重”，她两次被捕，两次脱党，还在阎锡山手下担任过重要职务，与特务头子康泽有关系，因而党支部有人断言：“宋维静如果不是特务，砍我的脑袋！”

不少人经受不住连日的逼供和强大的舆论攻势压力，上台坦白自己的“罪行”，揭发“特务”关系。于是，大家给他戴上大红花，为他鼓掌欢迎，把他抛到空中以示庆贺，让他美美地吃上一顿被誉为“坦白饭”的鸡蛋挂面，还被作为“坦白”得好的典型，到处进行现身说法。

宋维静对这一套先是不解，后是反感。王世英是大革命时期入党的中国共产党党员，黄埔军校第四期学生，抗战爆发前后曾领导她和温健公等人开展对阎锡山的工作，为党的统战和情报工作作出重大贡献，怎么成了特务？要说是特务，也是共产党的特务，但这何罪之有？而牺盟会及大批怀有满腔热情投身抗日、投奔延安的年轻娃娃，有些还是她动员、介绍到延安的，他们又怎么会是特务呢？宋维静倔强执着的个性，又一次把自己的命运推向了极其险恶的境地。她决不相信那么多一度并肩战斗、生死与共的同志是特务，拒绝不顾事实地按照一些人的指引去“坦白自新”，交代所谓的“特务关系”，然后戴大红花、吃“坦白饭”，因而与支部领导的关系越闹越僵。结果，宋维静被投进了特别支部——这里面都是一些有“天大问题”的干部。她被关押在一个又矮又小的破窑洞里。

1935 年，宋维静与温健公在山西阎锡山部队开展情报工作期间照的全家福

敌人的牢房，宋维静坐过两次，但在延安，在党中央的所在地，因被自己的同志怀疑是特务而被关押，这却是头一回。宋维静对党赤诚的心受到了伤害，它在流血，它因含冤受屈而引起了难以名状的剧烈痛楚。但她坚信，党总有一天会纠正偏差，她的不白之冤总有一天会昭雪。

正当宋维静被关在阴暗的窑洞，日夜被催逼写“坦白交待”材料的时候，她的五弟宋维扬敲开了窑洞的破门，看望姐姐来了。宋维扬是宋维静最小的弟弟。宋维静和宋维真在上海期间，把刚刚高小毕业的宋维扬也接到了上海，让他在惠平中学读书。这所中学是张平江为纪念她的丈夫黄惠平（原国民党中央委员，后来参加邓演达、谭平山等人组织的第三党）而创办的私立中学。学校不少教员是大革命时期的党团员，担任他国文教师的是邓仲齐（即邓恳，邓小平的亲弟弟），公民教育是刘一民（刘田夫，1934年加入中国共产主义青年团）。受这些进步教师的影响，宋维扬后来也参加了革命并加入中国共产党。1943年，中共中央书记处由杨家岭搬到枣园，宋维扬被调任中共中央社会部教育干事，也在枣园办公。他听说姐姐受审查，经请示组织同意，专程前往探望。此情此景姐弟相见，宋维静既惊又喜。在长时间被关闭，一肚子的冤屈不能对人讲的时候，见到了自己久别的亲人，这当然是一件值得高兴的事。但是，宋维扬在这个时候，这种场合出现，不能不使宋维静担忧。他是不是也在受审查，被关入了特别支部？她大声问道："你来这里干什么？"她对弟弟一向要求严格，绝不允许他做出对不起党和人民的事情。宋维扬把自己已征得组织同意，前来探望姐姐的经过告诉了宋维静。这时，宋维静才稍稍松了一口气。但是，她又怕自己的事情连累了弟弟，怕被人怀疑与弟弟串通一气攻守同盟，所以还是让宋维扬赶快离开。姐弟久别相见，却不能多说半句话，不敢多留一分钟，就这样匆匆分手了。

"抢救运动"搞得风声鹤唳，人人自危，幸好党中央不久就发现了运动造成的严重后果，立即予以纠正。7月30日，毛主席指示"停止抢救失足者运动"。8月15日，中央通过了由毛主席起草的《中共中央关于审查干部的决定》，强调"实事求是的调查研究，禁止主观主义的'逼供信'方法"。10月9日，毛主席提出"一个不杀，大部不抓，是此次反特务斗争中必须坚持的政策"。从1943年12月起，延安各机关、学校普遍进行甄别工作，逐渐平反冤假错案。毛主席亲自向受冤屈的同志做工作，向他们赔礼道歉。在这种情况下，宋维静获得了行动的自由，但是她的历史"问题"被挂了起来，一直到1945年4月延安整风结束，组织上仍然没有作出结论。

宋维静是经过考验的成熟的革命战士，她对党的信念是不可动摇的。她不会迎合一些人的需要，违背事实去承认自己是特务，诬陷自己的同志是叛徒、奸细，但也不会消极等待，任由命运的摆布。当厄运降临的时候，她决不会一筹莫展，束手无策。她经常从位于延安城北小沟坪的中央党校跑到城西的枣园，找中共中央组织部的夏之栩，找曾在桂林八路军办事处领导过她的李克农，以及一起在桂林工作过的曾宪植，向他们反映情况，积极争取组织的了解，同时也协助中共中央机关工作。虽然，组织上对她还没有分配具体工作，但在枣园却经常能见到她忙碌的身影。人们说："枣园好像就是宋维静的家。"

1945 年 8 月 15 日，日本天皇广播"终战诏书"，宣布无条件投降。艰苦抗战终于取得了胜利！消息传到延安，全城顿时沸腾起来了。以延安城为中心以及附近的几条山沟中，漫山遍野红旗招展，锣鼓喧天，爆竹齐鸣。人们欢呼雀跃，把衣服帽子抛向天空。不管认识不认识，大家都拉起手来扭秧歌。宋维静和同志们奔走相告胜利的消息，互相热烈拥抱，分享民族抗战胜利的喜悦。延安人民的狂欢整整持续了三天。

在这历史的转折关头，党中央需要大批的干部到前方去，担负起新的战斗任务。宋维静是个闲不住的人，她积极要求组织安排新的工作任务。这时，安子文调任中共中央组织部副部长，他实事求是地处理那些被挂起来的案子，为一大批干部卸下了本不应有的历史包袱。宋维静也向中央组织部提出了重新审查历史的申请。

一度被认为有严重政治历史问题的宋维静，终于在 1945 年 8 月 20 日得到中央组织部公正的结论：

1. 宋同志两次被捕及出狱均无问题。

2. 宋同志 1931 年第一次出狱后……1933 年恢复了组织关系是事实。

3. 宋同志 1933 年第二次出狱后……既无问题自应恢复其组织关系。

4. 宋同志转入特科工作后，一直未脱离工作及与领导人的联系……。

5. 宋同志与阎锡山、康泽等人的关系，是党令温、宋去工作所发生的……。

水落石出，丹心可鉴。宋维静对党的忠诚是经过革命斗争考验的，是毋庸置疑的！党中央终于还宋维静以清白。

（摘自黄穗生、杨苗丽、廖惠霞：《宋维静传》，广州出版社，2001 年版，第 87—97 页；本书编辑时增加照片）

张文彬

张文彬，原名张纯清，曾用名刘宗义、张南杰、刘崇义，1910 年 5 月出生，湖南平江人。1925 年加入中国共产主义青年团，1927 年加入中国共产党。1927 年春到武昌中央农民运动讲习所学习。1931 年夏任红七军政治委员、红三军团保卫局局长。在第一、第二次中华苏维埃共和国全国代表大会上，均当选为中央执行委员。1936 年春任中国工农红军抗日先锋军第十五军团东渡黄河司令部政委，后调任毛泽东秘书；同年 8 月，受中共中央派遣进入西安，领导中共西北特支，对杨虎城、杜斌丞进行统战工作，以杨虎城的少校秘书身份进行活动，同张学良的东北军建立联系。西安事变后，作为中共代表之一，参加同蒋介石代表的谈判，协助周恩来、博古、叶剑英做了大量工作。1938 年 4 月成立中共广东省委，任书记。1940 年 10 月中央指示成立中共南方工作委员会，任副书记兼组织部部长。1944 年 8 月牺牲于狱中，年仅 34 岁。

张文彬在陕北的日子里（节选）

叶文益

“黄河之滨，集合着一群中华民族优秀的子孙……”一曲雄浑激越的壮歌，鼓荡起亿万热血青年奔赴抗日疆场的豪情。自从有了这支动听的歌曲，延安这块革命圣地更加令人向往。张文彬长征抵达陕北后，曾经在这里学习、工作、战斗过。宝塔山下，活跃着他那矫健的身影；延水河畔，回荡着他那爽朗的笑声。陕北的山山水水、一草一木，都给他留下了美好的回忆……

▶ 中共中央秘书长

红军长征结束了长达一年的艰难历程，于1935年10月胜利抵达陕甘根据地，终于在这里找到落脚点，有了一个比较圆满的归宿，中国革命终于又度过了一个非常困危的时期。在陕甘根据地新的落脚点，红军在调理补充，休养生息，新的力量在整合、积聚，新的生机在孕育、萌发。中国革命的元气在恢复、凝聚之中。

就在红军长征胜利抵达陕甘根据地的时候，国内形势也发生了新的变化。1935年夏，日本帝国主义欲壑难填，贪得无厌，得寸进尺，肆无忌惮地把魔爪伸进关内，加紧了侵略华北的步伐。日本方面为了达到吞并华北五省——河北、山东、山西、察哈尔、绥远之目的，向国民党政府的军事委员会北京分会代理委员长何应钦，提出了对华北统治权的无理要求，并从东北地区增调大量日军入关，声称如不接受上述要求，日军将迅速做出反应，采取“自由行动”。其言下之意，就是不管同意与否，都要达到“实现华北统治权”的目的。

日本帝国主义这蛮横无理的恶行劣迹，简直是强盗逻辑！

在日本侵略者咄咄逼人的军事压力下，国民党政府隐忍迁就，一味退让，先后与日方签订了《秦土协定》《何梅协定》，将包括北平和天津在内的河北、察哈尔两省的大部分主权奉送给日本。

华北沦丧，国土遭侵食，民族危机日益深重！

面对着国内外形势的发展变化，特别是在民族矛盾日益上升、不断加剧的情况下，中国共产党有必要认真分析自己所面临着的从土地革命战争向民族革命战争转变的新形势，也有必要重新制定出适应新形势的政治路线和战略方针。为此，就在1935年12月7—25日，中共中央在其驻地——陕西安定县（今子长县）县城瓦窑堡下河滩田家院召开了中共中央政治局扩大会议，史称“瓦窑堡会议”。

瓦窑堡，是位于陕北高原中部偏北的一座群山拱卫中的古城。凡熟悉瓦窑堡当地风土人情的人都知道，瓦窑堡的煤炭是当地的名优特产。瓦窑堡之所以颇有名气，就是与盛产煤炭有关。据说，这里的煤，其最大的特点是块头大，燃点低，几张旧报纸就可以将它引燃，加之产量大，价格便宜，最适合民用，深受当地民众所青睐。

因此，在陕北曾流传着这样的谚语：米脂的婆姨，绥德的汉；清涧的石板，瓦窑堡的炭。可见，瓦窑堡并非僻处荒漠的小地，而是在陕北地区颇有知名度之地，早已家喻户晓，声名远播了。

瓦窑堡地理位置极为重要，苦心经营，因而该地城坚濠深，雄镇一方，且又兼地处晋、陕、蒙交通要冲，商旅穿梭、车马不断，人口稠密、商贸发达，是陕北地区的一块宜商宜居宝地。自从毛泽东率领红军进入陕北以后，就将瓦窑堡作为中共中央机关的驻地。瓦窑堡也就曾一度成为毛泽东指挥中国革命战争的立足点，也曾一度成为中国革命的指挥中心。从此之后，瓦窑堡这座小城，就在《毛泽东选集》和中共党史教科书上反复提到，也在丁玲等著名作家笔下多次出现，其知名度就更大了。

就在中共中央机关迁驻瓦窑堡期间，张文彬被任命为中共中央秘书长①，成为中国革命指挥中心的一名得力的高级领导干部。

这一次在全国抗日救亡运动蓬勃高涨形势下召开的瓦窑堡会议，讨论了全国的政治形势、党的策略路线和军事战略问题。会议通过《关于军事战略问题的决议》，确定“把国内战争同民族战争结合起来”，“准备直接对日作战的力量”和“扩大红军”的方针。会议还通过《关于目前政治形势与党的任务决议》，确定了抗日民族统一战线的策略方针。

在红军抵达陕北之前，由于中央领导机构跟随部队辗转征战，漂移不定，没有安定的环境，故原来中央各种工作部门或精简，或撤销，一

---

① 《中国共产党组织史资料》第三卷（上），北京：中共党史出版社，2000 年版，第 36 页。

切从简，以适应战争的动荡环境。自从红军抵达陕北并将其选定为立脚点之后，为了尽快将根据地的各项工作开展起来，在瓦窑堡中共中央政治局扩大会议上，还“宣布恢复中共中央秘书处和中央各部委”，建立和健全中共中央下辖的一些工作机构和部门，以便事有专管，各司其职，各得其所。会议决定恢复成立的中共中央办公厅秘书处，直接受中共中央秘书长张文彬领导①。根据有关资料显示，在这段时间里，张文彬实际上是在担任毛主席的秘书工作。他在毛主席的身边直接亲聆其教诲，在毛主席的言传身教之下，获益匪浅。

在领导秘书处工作期间，张文彬的工作职责和内容主要是负责中共中央和机关的日常性的文书、函件的处理等，包括文电收发、保管，会议筹备和会议期间的文字记录，以及机关事务管理等工作。当时，中共中央机关刚刚抵达陕北，属下的各个工作部门也刚刚恢复成立，各项工作的开展刚刚起步，尚未走上正轨，因而对于文电收发、保管工作任务不是很重。他平时还有时间跟随中央领导同志下去各部队视察，了解情况，指导工作，帮助解决一些实际问题。总之，这秘书处的工作主要是为中央首长服务，是党中央的“内管家”。

但是，这“内管家”的工作极为重要，既要认真，又要细心，来不得半点的懈怠和马虎。因为即使是一般的机关和部门，文秘工作本来就很具体烦琐，更何况是党中央的机关文秘工作了。这种工作必须事无巨细，都要事必躬亲，精心安排，周密布置，具体经办，才能做到件件落实、事事“到位”。张文彬深知这秘书工作的重要，他恪尽职守、尽责尽力，兢兢业业，乐此不疲，总是想方设法将各项工作做得井井有条、妥妥当当，让中央首长放心。

张文彬的文化程度为仅读初中，尚未毕业。但这一学历在当年红军队伍中已经算是“知识分子”了。加上他谦虚好学，勤奋多思，才气横

① 李欣《杨尚昆初掌中央办公厅》一文说：“1935 年 12 月，中共中央政治局瓦窑堡会议决定恢复中央秘书处，直接受秘书长张文彬领导，处长是王首道。”见《百年潮》，2000 年第 4 期。

溢，自身又具有良好的政治素质、严谨的工作态度和务实的工作作风，使他在中央秘书处的工作岗位上干得得心应手，受到中央领导同志和同事们的啧啧称赞。

张文彬勤勉供职，严于律己，善于团结同志。他不仅自己工作责任心强，认真细致，而且能带动身边的同志一道做好工作。当年在张文彬领导下工作的一些同志，每有谈及张文彬，都异口同声地说：与张文彬秘书长共事，从他的身上既可以学到如何做人的优良作风，也可以学到如何办事的好办法。

▶ 进入中国抗日红军大学学习

红军渡河东征结束后，张文彬也跟随东征部队胜利返回陕北。

经过东征之役，陕北红军获得了暂时的安宁休整的环境。这时候，鉴于国内外形势的发展变化，为了深入贯彻中共中央瓦窑堡会议精神，提高红军干部特别是中高级干部的政治素质和领导能力，以迎接抗日民族革命战争高潮的到来，中共中央决定利用这一时段相对安定的环境，以工农红军学校为基础，恢复长征以前在中央苏区创办的红军大学，定名为中国抗日红军大学（简称“红大”），抽调红军干部和招收社会上的知识分子入学，进行学习培训。

1936 年 5 月 14 日，红一方面军在陕北延川县大相寺召开团以上干部会议。会议除了总结东征战役、部署西征之外，还传达了中共中央关于创办红大的决定，并决定在红军各部队中抽调大批从军团级的领导到连排基层干部，进入红大学习。当时，张文彬也与彭雪枫、苏振华、王平、张爱萍等数十名红军高级指挥员和一大批红军基层干部被抽调进入红大学习。

在现代人的眼里，工作之余参加学习培训，进行“充电”“补课”，更新知识结构和业务深造，已是习以为常的事情。而在红军时代，能利用战争之间隙，有机会坐下来读书学习，那是非常不容易的。在当时紧张的战争环境中，中共中央、中央军委和第一方面军对干部的培训工作极为重视，为了提高红军各级干部的素质，仍然抽调出1000余名干部，分期分批进入红大学习。

5月20日，中共中央召开政治局常委会议，着重讨论了创办红大的问题。毛主席在报告中提出了关于红大的五个问题：

1. 学习时间为6个月，部分的9个月到一年。其目的是为顾及时局开展，准备大批高级干部。

2. 教育方针：高级及上级科，前3个月偏重政治，占三分之一，后3个月政治、军事并重。军事上战役术与战略各占一半，主要是战略高深原则的学习，联系到常识，部分的联系文化学习；普通科前3个月文化、政治、军事各占三分之一，后3个月文化、政治与军事各半，着重于军事，军事着重于战术问题，战略战役授予基本概念，从具体的学习到原则的了解。

3. 教育内容：高级及上级科，政治——世界、中国革命基本问题，时事问题；材料——列宁主义概论及各种重要书籍；军事——中国革命战争中基本问题，时事问题；其他重要书籍。

4. 教育方法：高级及上级科，指导自动研究为主，讲授为辅。普通科，政治方面，教授与讨论结合；军事方面，讲授与演习结合。

5. 组织：校长林彪，教育长罗瑞卿……教育委员会由林彪、罗瑞卿、毛泽东、周恩来、杨尚昆、周昆组成①。在这次会议上，与会同志一致同意毛主席的报告。

5月下旬，张文彬与红军中被抽调的一批高级干部一起，前往设在陕北根据地瓦窑堡半粮山的红大报到。

人生中有一段这样难得的“再受教育”的机会，张文彬倍加珍惜。从此，张文彬又一次回到那神圣的课堂。他在学生时代，读过小学、初中，进过乡村私塾的课堂，也进过教会学校的课堂。1927年，他也到过

---

① 《毛泽东年谱》（上卷），北京：中央文献出版社、人民出版社，1993年版，第542—543页。

武昌中央农民运动讲习所受训，进过农讲所培训农运干部的课堂。现在，他又走进了红大的新式课堂，接受政治理论和军事知识方面的再教育，他感到十分荣幸。

6月1日，红大在陕北根据地的瓦窑堡半粮山举行开学典礼。张文彬以学员的身份出席开学典礼仪式，并与其他学员一起听了毛主席的报告。毛主席在红大开学典礼上，勉励学员“现在上山学道，学成之后下山济世”。还说，“学道修道，重在个人修行，在这里，我们大家都是学生，又都是先生……形势发展很快，一个新的局面就要到来，良机不可错过。大家要充分利用这难得的机会，真正要放下板凳，坐稳屁股，抓紧时间埋头读书，研究些问题，总结些经验，在不超过半年的学习时间里，真正做到学有所成，修成正果，去普度众生……”①

听了毛主席的报告，张文彬心情格外激动。他虽然在投身革命以前读了几年书，但所学的知识很少。特别是对于马列主义概论、中国革命的基本问题、中国革命战争的基本问题等知识都十分贫乏。后来参加了革命，由于战争的环境，常年辗转征战，颠沛流离，难以有安定的环境进行读书学习。如今，在陕北根据地有了相对稳定的生活环境，可以坐在红大的课堂里进行比较系统的学习，张文彬深感这是一次极为难得的好机会，必须将学习搞好。他决心在红大学习期间认真读书，刻苦训练，提高自己的政治思想水平和领导能力，完成党中央交给的学习任务。②

---

① 东方鹤：《上将张爱萍》（上），北京：人民出版社，2007年版，第171页。

② 李志民：《抗大抗大，越抗越大》（之一），载《中共党史资料》第7辑。另据红大第一科学员莫文骅等回忆，由中共中央军委直属机构和红一方面军各部队抽调入红大第一期第一科学习的学员有：林彪、罗瑞卿、陈光、罗荣桓、莫文骅、谭政、周建屏、郭述申、杨成武、耿飚、刘亚楼、彭雪枫、王平、赵尔陆、杨立三、宋裕和、张爱萍、苏振华、张纯清（张文彬）、符竹庭、罗保连、彭加伦、边章伍、张树才、张经武、杜理卿（许建国）、邓富连（飞）、刘鹏、刘惠农、吴富善、陈士榘、张达志、贺晋年、谭冠三、贾力夫、童小鹏、萧文玖、武亭、洪水、黄永胜共40人。其中部分学员兼任红大的一些领导职务。（见《中国工农红军第一方面军史》，北京：解放军出版社，1993年版，第697页）。李志民将军在《抗大抗大，越抗越大》一文中，说进入红大第一期第一科学习的学员有38人，是刘鹏开学不久就离开了，越南的洪水到校较晚未计算在内之故。

张文彬被分配在第一期第一科学习。

红大的第一科，集中了一大批“特殊的学员”。他们人数虽少，而职位较高，平均年龄仅27岁，都是具有丰富的战斗经验的红军指挥员，有些还是军团级的高级领导干部。因红大专职领导干部少，学校的领导职位还由一些学员兼任。第二科有2个队，主要训练红军营、连干部，共225人。第三科有6个队，主要训练红军班、排干部，共800人。

红大是一所特殊的学校，而进入红大学习的第一期第一科，也是一个特殊的班级。一位外国朋友、美国著名新闻记者埃德加·斯诺曾到过红大采访。他在其所撰写的《西行漫记》中就有对这个特殊班级做过描述：“红军大学自称有一个班的学员全是老战士，平均年龄是27岁，平均每人有8年作战经验，受过三次伤。有什么别的学校由于‘纸荒’而不得不把敌人的传单翻过来当作课堂笔记本使用？或者每个学员的教育费用，包括伙食、衣着，一切在校开支，每月不到15元银洋？或者把那些鼎鼎大名的学员的首级赏格加起来总共超过200万元？”①

斯诺所说的这个班，就是张文彬所在的红大第一科。

斯诺是1936年7月初冒着生命危险进入陕甘宁革命根据地，进行实地采访的。在陕甘宁根据地期间，他采访了毛泽东、朱德等中共中央领导人，也采访了许多当年长征抵达陕北的红军高级干部，张文彬也是接受斯诺采访过的其中一个。张文彬与红大第一科的学友们都很喜欢斯诺，大家的关系也十分融洽。

当时的红大，是在红军长征刚刚结束之后创办的，白手起家，条件十分艰苦，教学设备极为简陋。“以窑洞为教室，石头砖块为桌椅，石灰泥土糊的墙为黑板”，被称为是“校舍完全不怕轰炸”的经得住战火考验的“窑洞大学”。② 就在这座特殊的学校里，张文彬和他的战友们，接

---

① ［美］埃德加·斯诺：《西行漫记》，董乐山译，生活·读书·新知三联书店，1979年版，第88页。

② ［美］埃德加·斯诺：《西行漫记》，董乐山译，生活·读书·新知三联书店，1979年版，第89页。

受着紧张的政治、军事方面的训练。

红大第一科的课程比较多，学习任务比较重，其课程主要有马列主义、哲学、政治经济学、联共（布）党史和中国革命问题及战略学、战役学、战术学等。这些在理论方面和军事领域算是比较高深的课程，对于这些文化程度参差不齐的学员来说，是难以吃得消的。但是，在红大这所特殊的学校里，什么奇迹都可以产生。

就像人们所说的，在红大，从学校到班级，再到学员，都充满着令人惊奇的“特殊”因素：那就是在这特殊的学校，设置有特殊的班级；而特殊的班级，汇聚着一批特殊的学员；而这些特殊的学员，又创造出了特殊的业绩！

张文彬有一定的文化基础，加上他对学习刻苦用功，勤于思考，如饥似渴，能融会贯通，举一反三，故大开眼界，大长见识，收益甚多。

文武之道，一张一弛。尽管学习较为紧张，但学习生活十分愉快。当年与张文彬、彭雪枫一起学习受训的张爱萍将军，在回忆这一段学习生活时说：“尽管当时的物质条件差，我们在课余之隙，还在一起打网球，学习生活过得既紧张又愉快。”①

红大的课堂教育形式多样，生动活泼。可以请进来对学员演讲、作报告，也可以在课堂上开展教学互动，解惑析疑，颇受学员的欢迎。

张文彬和他的战友们与埃德加·斯诺的关系很好，平时经常一起聊天，或回答一些他感兴趣的问题。有时张文彬他们请斯诺吃面条，让他讲有关美国工人斗争方面的事情。

有一次，张文彬所在的红大第一科就曾经邀请斯诺作了一场题为《英美对华政策》的报告。报告后，接着就是“惯例”的“课堂答疑”。然而，张文彬与战友们急于了解英、美两国对华的真正态度，向斯诺提了一大批颇为尖锐的问题：

---

① 张爱萍：《雪枫同志永存》，载《拂晓报》，1945 年 2 月 5 日。

英国政府对成立亲日的冀察委员会的态度如何？

英国政府对日军进驻华北的态度如何？

国际联盟为什么失败？

在英国和美国，共产党都是合法存在的，为什么这两个国家都没有工人政府？

请谈一谈，既然美国和英国是中国人民的朋友，为什么他们在中国驻有军舰和军队？

……

这些问题，犹如连珠炮般接连提出，且每个问题都是那么尖锐，令斯诺感到有点招架不住。从所提出的这些问题中，一方面表现出张文彬和他的战友们平时对政治时事热点问题的关注，同时也反映了这些特殊学员们的求知欲望是多么的强烈！

面对这些疑问，斯诺尽量作答，但他自感到难以满足学员们的要求，因为其答案连他自己都不满意。张文彬与他的战友们所提出的问题，都是他们平时极为关心的问题，要回答得好并非易事。

对于这次的课堂解答，斯诺是这样说的："要在两个小时之内回答这些问题可不简单！而且实际上不止两个小时。从上午10时开始，一直到下午很晚的时候。最后得不出什么结论，暂告结束。"①

事后，斯诺说："我不久就发现，这是个大错误，请我吃的面条根本抵偿不了我遇到的难堪。向我提出的问题，即使由H. G. 威尔斯②先生来回答，也要自叹智穷才竭。"③

从红大学员们以上的提问中，我们可以看到，包括张文彬在内的红大第一科学员的学习态度都是非常认真的，有疑必问，有惑必解，一丝

---

① ［美］埃德加·斯诺：《西行漫记》，董乐山译，生活·读书·新知三联书店，1979年版，第92页。

② H. G. 威尔斯（1866—1946），英国著名小说家。

③ ［美］埃德加·斯诺：《西行漫记》，董乐山译，生活·读书·新知三联书店，1979年版，第91页。

不苟，直至弄懂为止，其钻研问题的精神极为可嘉！

斯诺在陕甘宁革命根据地进行了将近三个月的考察后，于同年10月底秘密回到了北平。他把在陕北根据地采访获得的丰富材料写成书寄到英国，在伦敦出版了《红星照耀中国》一书，并且很快被译成10多种文字，第一次向全世界公正而翔实地介绍了中国共产党领导下的工农红军和革命根据地的真实情况。当时，世人对于中国共产党领导的工农红军和陕甘宁革命根据地的信息，知之甚少，觉得十分神秘而传奇，也都想知道这其中的奥秘。斯诺的书一问世，迅即引起了轰动。以后，《红星照耀中国》也被译成了中文，用《西行漫记》的书名出版，在中国国内也产生了广泛的影响，使众多的人从中了解到有关中国共产党、工农红军和陕甘宁革命根据地的历史真相。

由埃德加·斯诺著的《红星照耀中国》被译成中文，用《西行漫记》的书名出版

经过这一段时间的学习，张文彬在政治上更加成熟了，思想认识上有了新的飞跃，理论水平和工作能力方面也有了新的提高。

这时候，国内形势发生变化，中华民族危机日益深重。1936年8月10日，中共中央政治局召开扩大会议，研究国共两党关系、统一战线问题。会议确定：放弃“抗日必反蒋”的口号，实行“逼蒋抗日”的方针，继续国共谈判，同时对国民党各地方实力派分别进行统战工作，并大力开展群众抗日运动，以推动国民党政府走向抗日道路。

为了尽快促成抗日民族统一战线的建立，中共中央根据当时抗日战争形势发展的需要，决定派遣一批年富力强的红军干部，前往各地担任联络官，迅速开展统战工作，以便团结国内各方的抗日爱国力量，停止内战，一致对外，拯救国家之危亡。就在红大开学仅两个多月，党中央就从红大抽调了经过长期革命战争锻炼和考验的张文彬、张经武、童小鹏等人，另行分配工作。

在此 3 人当中，张经武是湖南酃县（今炎陵县）人，年龄最长，出生于 1906 年，时年 30 岁。他于 1930 年加入中国共产党，1931 年参加工农红军，在长征中历任中革军委直辖教导师师长、军委第二野战纵队参谋长。童小鹏是福建长汀人，出生于 1914 年，最年轻，当时仅 22 岁。他于 1930 年参加工农红军，同年加入中国共产党，曾在红四军和红一军团政治部、政治保卫局任秘书。而张文彬的年龄居中，当时 26 岁。他们都是党和红军中的优秀干部，年轻有为，精明睿智，能够独当一面创造性地开展工作，个个都是开展党的各项工作的行家里手。

1936 年 8 月 13 日晚上，时任红大教育长的罗瑞卿，忙前忙后，张罗筹办了一桌便宴，亲自为张文彬、张经武、童小鹏 3 人饯行，以壮行色。当晚，适值天气发生变化，外面电闪雷鸣，风雨交加，而窑洞里却气氛轻松，情意浓郁。餐桌上，几碟土家菜，一瓶葡萄汁当酒。他们 4 个人围坐在一起，无拘无束，边饮边谈。话题则五花八门，上天下地，古今中外，往事回忆，未来打算，无所不谈。聊到高兴的时候，几个人你一句、我一句，凑了一首打油诗：

狂风暴雨饯经武，
且说且笑送文彬。
葡萄美露汁当酒，
翘首秦中报捷音。[①]

① 周燕：《张经武军旅中的一段秘密生涯》，载《湘潮》，2013 年第 4 期。

这首打油诗，尽管是随口拼凑而成，文字朴素，通俗浅白，但字里行间蕴含诚挚，情真意切。它真实地展现了当年战友临别时的场景，也真实地反映了当年战友话别的难舍心情！

便宴过后几天，遵照党中央的指示，张文彬、张经武、童小鹏 3 人便告别红大，奔赴新岗位。张经武被派往当时形势危急的华北地区从事党的统一战线方面的工作；童小鹏被调到军委机要科工作，后又跟随周恩来奔走于南京、武汉、桂林、重庆等地，长期在国统区从事统战工作；而张文彬则被指派前往西安，对杨虎城的第十七路军和张学良的东北军进行统战工作……

此后，张文彬愉快地走上了新的工作岗位。

（摘自叶文益著，中共广东省委党史研究室、广东中共党史人物研究会编：《张文彬传》，北京：中共党史出版社，2016 年版，第 143—162 页；本书编辑时增加照片）

陈　郁

陈郁，原名陈旭贵，后改名陈郁，化名李文，俄文名为彼得，1901年11月11日出生于广东省宝安县（深圳市的前身）南头陈屋村。1925年8月在参加省港大罢工斗争中加入中国共产党。1940年2月到达延安，被派到中央党校一部学习，同时兼任中共中央职工运动委员会委员。1945年4月23日以中直机关代表的身份参加中共七大，当选为中共中央候补委员。1945年9月派往东北工作。1956年9月出席中共八大，当选为中共中央委员。1957年8月调任广东，先后任中共中央中南局第三书记、中共广东省委书记、广东省省长。1974年3月21日在广州病逝。

陈郁在中央党校的金色岁月

谭秀珍

陈郁从苏联进入国境，一路看到祖国在日本侵略者的铁蹄下遍体鳞伤的景象，心情十分沉重。祖国在受难，人民在受难。陈郁渴望到斗争的第一线去，为拯救危难中的国家和人民而贡献力量。他一到延安，就向中共中央组织部副部长李富春同志要求到前线去。李富春在1930年曾任中共广东省委组织部部长，他和陈郁是老相识。他理解陈郁的心情，可是又不能答应他的要求。中央已决定派陈郁去参加七大预备班的学习。这个决定当然与他的愿望不一致。但他认真考虑后，感到参加学习，开好七大，是对中国革命具有重大意义的事情，便放弃原来的要求，愉快地加入学习的行列中去。

当时延安中央党校校长是邓发同志。陈郁来到中央党校，见到了阔别多年的邓发，心情激动万分。邓发也是海员出身，早在1922年的海员罢工中，他们就互相支持，并肩战斗，结下了深厚的革命友情。在后来爆发的省港大罢工和广州起义中，他们都肩负重任。广州起义失败后，根据党的指示，他们先后离开了广州。陈郁到苏联后，他们天各一方，音信全无。一别十载，如今能在延安见面，怎能不感到激动呢！

邓发紧紧握着陈郁的手，仔细端详着他的面容，连声说："老了！快要不认识了。"陈郁也感慨地说："你也老了，岁月不留情啊！"是的，岁月的流逝在他们的脸上留下了印记，而艰苦斗争的磨炼，却使他们增长了才智。他们都从一名普通海员成长为中国革命的出色战士。两人各自简略地谈了别后的情况。邓发关切地问陈郁："是一个人回来的吗？"陈郁默默地点了点头。

邓发望着陈郁，只见陈郁双目凝视着远方，痛苦的表情呈现在他那饱经忧患而又坚毅的面庞上。为了减轻陈郁心头痛苦的回忆，邓发高兴地告诉陈郁：刘达潮、何潮等老战友为了参加党的七大，现在也已经到延安了。

陈郁听到这个消息十分高兴。他希望能快点和他们见面，因为他们也都是曾经与他患难与共、出生入死的战友啊！

晚上，战友们欢聚一堂。为了庆贺这次难得的见面，邓发在老乡那里买了一条狗。狗肉被广东人视为食物之佳品。邓发以狗肉款待战友，以表示自己对战友的深情。

邓发为大家斟满了酒，举杯为陈郁回到祖国而干杯。陈郁身在异乡的时候，心里曾千百次地呼唤过祖国的名字，欲归而不能。如今果真回来了，虽然祖国还是那样多灾多难，可毕竟她是自己的祖国、自己的母亲。他对祖国充满了无限深情。当他听到邓发说到"祖国"的时候，眼泪便夺眶而出。他激动地举起酒杯，仰直脖子，一口喝干。然后拿起酒瓶又给战友们和自己斟满了一杯，发自肺腑地说："为中国革命的早日胜利干杯！"

陈郁在中央党校一部学习。党校设置的课程有哲学、政治经济学和中国革命史。陈郁在苏联的时候已经学过这些课程，但是他仍然认真地参加学习。每次听课从不缺席，专心听讲，记下要点，努力加深对问题的理解。他还利用课余时间尽量多读马列著作，特别是毛主席关于中国革命问题的论著。

学习使陈郁的马列主义理论水平进一步提高。有一次，当他和同志们一起探讨列宁领导俄国十月革命的经验时，他认为："列宁的策略是完全适应革命过程的环境变化而变化的。为了实现革命的目的，要采取各种策略，有进攻，有退却，不能采取不合实际的策略。这一点是我们在中国革命中必须特别注意的。"大家认为他的看法很有见解。

陈郁在学习中，结合自己近20年的革命实践，用马列主义的立场、观点进行了严格的解剖，并且对一些重大的历史问题坦率地提出了看法，写了2.5万多字的自传性思想总结。这篇自传，不仅对后人研究党史提供了重要的史料，而且也提供了正确的思想方法。

陈郁在中央党校一部学习期间，中共中央职工运动委员会在中央党校设立了职工班。陈郁是职工运动委员会委员，他一面参加中央党校的学习，一面还经常为职工运动委员会机关干部以及职工班的学员讲授职工运动的有关课程。

陈郁给他们讲授的第一课——中国工人运动史，主要内容是第一次国内革命战争前后，广东工人阶级英勇斗争的情况。他讲述了在中国共产党领导下，中国工人阶级为推翻三座大山而进行的艰苦卓绝的斗争，讲了省港大罢工的历史。陈郁没有当过教员，平时也不善言辞。但是由于他是这段历史的见证者，他以大量生动的事例重现了当年波澜壮阔的斗争画面，使大家深受感动。陈郁的课不仅给学员传授了工人运动的知识，而且也坚定了他们革命必胜的信念，激励他们踏着先烈的足迹，沿着党指明的道路奋勇前进！

陈郁长期蒙受王明路线的迫害，但他回延安后，却从来不向人诉苦，对个人往日的坎坷经历似乎根本没有放在心上。很多同志都只知道他是位革命老前辈，却不知道他是王明路线的受害者。

陈郁回到延安的时候，王明当时也在延安。王明还是以共产国际的“钦差大臣”自居，经常口若悬河到处作报告，很能迷惑一些青年。鲁迅艺术学院就常有一些学生，从桥儿沟跑很远的路到中国女子大学去听王明的报告，听完报告回家天都快亮了。有个别人在听得高兴时，甚至高叫“王明万岁”！

陈郁知道这些情况后，心里很不安。他从不计较个人的得失，也从没有个人的恩怨。但是他从自己的切身体会中，深知王明的那套理论是完全不符合中国革命实际的。如果王明还能继续以他那套假马克思主义欺骗人，就会危害革命、危害党。所以，他向李富春同志说出了自己的忧虑。

1941年1月4日，蒋介石制造了突然袭击新四军的皖南事变。这次事变，进一步暴露了蒋介石企图消灭人民力量的阴谋，同时也暴露了王明右倾机会主义危害的严重性。党中央和毛主席认为必须解决党的思想认识问题，从思想上彻底解决王明机会主义路线给革命事业带来的严重危害，并从中吸取沉痛教训，彻底肃清王明机会主义路线的影响，克服党内存在的非无产阶级思想。党中央决定在全党开展以反对主观主义、宗派主义和党八股为中心内容的整风运动。

在党中央和毛主席领导下，全党的整风运动首先在延安开始。陈郁从毛主席《改造我们的学习》的报告中，深刻地认识到党的思想路线上如果发生了错误，不把马列主义的普遍真理和中国革命实践相结合起来，只凭一些教条、公式办事，那是非常危险的，甚至会葬送革命。陈郁在整风运动中勇于解剖自己，开展积极的批评与自我批评，用自己亲身的体验，揭露和批判了王明路线给党和革命造成的巨大损失。但他从不提个人遭受的打击和迫害。

整风运动向纵深发展，许多曾经受王明“左”倾路线残酷打击迫害的同志都纷纷起来揭发控诉。杨秀峰和林铁等也将他们在苏联的时候，因为支持陈郁而遭受王明严厉惩罚的经过告诉了同志们。这样，陈郁当年受王明等人诬陷的冤案才公之于众。同志们知道后，对王明一伙人的卑劣行径极其愤慨，对陈郁所遭受的痛苦和磨难深表同情，很多同志都来向陈郁表示慰问。陈郁感谢同志们对自己的好意，诚恳地对大家说：“个人受点委屈不要紧，作为一个共产党员，应该有顾大局识大体的革命胸怀。我们现在重要的是通过整风，总结历史经验教训，使党不再重犯同样的错误，真正兴旺发达起来。”

1931 年 6 月，因对王明“左”倾作为提出批评意见，陈郁被送往苏联列宁学院学习，后又被打成“右派”，下放当工人。1938 年，任弼时在任中共驻共产国际代表团团长时，发现了陈郁的冤情，要求复查。1939 年 11 月，周恩来在莫斯科治病期间，会同共产国际监察委员会撤销了对陈郁的错误处分。1940 年 2 月，陈郁随同周恩来一道返回延安，进入延安中央党校一部学习，同时兼任中共中央职工运动委员会委员。图为 1940 年初，周恩来带陈郁回国前在莫斯科留影。前排右起：周恩来、陈琮英、任弼时；后排右起：邓颖超、孙维世、刘亚楼、杨之华、陈郁、蔡畅

严以律己，宽以待人，这是陈郁为人的品格。当王明的严重错误被揭露以后，他便主动团结过去追随王明而迫害过自己的人，热情地鼓励他们放下包袱，轻装前进。

有一位同志在整风运动中，对自己曾经追随王明的错误有了深刻的认识。他对自己曾在莫斯科伤害了陈郁一事感到内疚，很想找陈郁谈谈，但是又怕陈郁不原谅他。陈郁首先来到这位同志的家。他没想到陈郁会主动来找他，一时不知如何是好。当陈郁同他握手问好的时候，他才醒悟过来，说："我对不起你！"陈郁诚恳地安慰他说："这主要是王明的错误，你已经能够正确地认识自己的问题，这就是你与王明划清界限的表现。过去的事情也有它的客观原因，你也不必太自责了，今后我们仍然是同志和朋友，让我们携手前进吧！"陈郁坦诚的态度，使这位同志深受感动。当陈郁向他告辞的时候，他坚持送了一程又一程。有的同志对陈郁这样做很不理解，陈郁很严肃地对他们说："犯了错误，改正了就是好同志！"

陈郁大海般的胸怀，受到了同志们的尊敬。

（摘自周炎、王景泰、陈谦、谭秀珍：《陈郁传》，北京：中国工人出版社，1985 年版，第 135—140 页）

林　西

陆　坚

林西，原名王崇仁，曾用名大地，1916年农历二月出生于安徽省黟县百户村。1938年10月加入中国共产党。1938年经新四军陈毅同志介绍到延安中国人民抗日军事政治大学学习，结业后留校，在总校任训练部政治助理员。1939—1947年，在延安任中央军委总政治部组织部干事、军委机关党总支副书记，还兼任中央军委直属队锄奸保卫委员会常务委员，负责军委各局保卫工作。中华人民共和国成立后，先后任中共中央华南分局办公厅主任、副主任，中央直属的华南垦殖局办公厅主任兼华南热带作物研究所副所长，华南土特产展览会秘书长，广州市人民委员会交通部副部长兼交通基建办公室主任，广州市人民政府副秘书长、秘书长、副市长、常务副市长、政府党组书记等，中共广州市委书记，还聘为中国建设学会园林绿化学术委员会副主任委员及广东园林学会理事长、中国风景园林学会顾问。1983年5月退居二线，任中共广州市顾问委员会副主任。1993年3月逝世。

陆坚，原名陆慕莲，在延安时叫圣罗拔，1922年在香港出生，广东三水人。1938年5月加入中国共产党。1938年4月进入延安中国人民抗日军事政治大学学习，9月就读于白求恩卫生学校，毕业后兼管军区制药厂，任化验室主任。1943—1947年在延安中央医院做医生，正团级干部。1949年随叶剑英南下，担任叶剑英保健医生。1951—2007年曾任中共中央华南分局办公厅医务科科长，到广州后在广州市传染病医院、东山区人民医院任副院长。2007年3月逝世。

林西、陆坚在延安

杨苗丽

▶ 入读中国人民抗日军事政治大学

1938年4月，经过长途跋涉，跨越三个省，历时几个礼拜，王崇仁等6位年轻人终于来到中国革命的红色之都延安。看见了日夜向往的巍巍宝塔山、滔滔延河水，看见了这片贫瘠而神秘的黄土地，大家都抑制不住激动的心情，欢呼着、跳跃着，有的人脱下帽子，抛向天空，喊着：延安，我们来了！

延安，位于陕西北部，东临黄河，西连子午岭，南依铜川、渭南、咸阳，北接榆林，是陕北地区的商品集散地和交通枢纽。自古为塞上重镇、中原屏障，被誉为“三秦锁钥，五路襟喉”。在中华民族几千年的文明史上，这里也曾有过极光辉的一页，留下了轩辕黄帝、大禹、蒙恬、李广、范仲淹、李自成、张献忠、花木兰等的足迹与动人传说。1935年10月，中国共产党率领中国工农红军长征来到这里，又赋予了延安新的生命。

为了适应新的形势与任务，中国人民抗日军事政治大学（简称“抗大”）应运而生。这是中国共产党在延安创办的众多学校中的一所，它的办学宗旨是为民族解放战争培养干部。

1938年4月16日，抗大第四期正式开学，王崇仁等6人赶上了这一期，成为了抗大的新学员。

为了迎接新的生活，王崇仁为自己取了一个新的名字——大地。他期盼在延安这块充满希望的大地上，脚踏实地地学习、工作；要像大地一样，吸收阳光雨露，日月精华，茁壮成长。

名气很大的抗大其实物质生活是十分艰苦的，这里不要说整齐划一的教学楼，就连简陋的课室也没有，食堂就更不用说了。住的是窑洞，甚至因为学员太多，连窑洞都不够，只能自己动手挖窑洞、修道路、平操场。学校实行军事化管理，白天大家露天上课、出操，还要爬山，进行体能训练。中午与傍晚露天吃小米饭就白菜，晚上读书，只有煤油灯作照明。然而，无论条件多么艰苦，都难不倒抗大的学员，相反，恰恰培养出他们艰苦朴素的工作作风，艰苦奋斗的革命精神与传统。学员都孜孜不倦地刻苦学习政治、军事、文化和科学技术知识。

大地也与其他学员一样，认真学习，十分珍惜这来之不易的学习机会。在这里，他接受了马克思列宁主义基本理论教育，学习了毛泽东一些著作，学习了党中央对抗战的路线、方针、政策，也接触了游击战的战略战术等课程，一切都是那样新鲜，那么科学，那么管用。以前他遇到的许多现实问题，在这里找到了答案，而更多的是他前所未闻的知识。

12 月是抗大第四期学员毕业的日子。毛主席先后两次对这一期的学员发表讲话，可见他对学员们寄予厚望。

12 月 9 日，根据党中央和毛主席的指示，抗大制定了新建制的具体方案并且开始实施。其中规定：驻瓦窑堡大队的 7 个队于 1939 年 1 月 10 日前全部毕业。

马上就要毕业，各奔东西，几个月的学习工作生活，学员们都结下了深厚的情谊，大家依依不舍。大地是新四军派来的，原本准备回到安徽，回到新四军去。他也盼望回到新四军，那时，在抗大学到的军事知识将可以派上用场。到前线去，消灭日本侵略者，建立抗日根据地，把沦陷区的人民解救出来，这些都令大地十分向往。

然而，让大地意想不到的是，事情正在发生变化……作为即将毕业的抗大学员，抗大改变建制的方案他们都有所听闻，但最关心的是与自己有直接关系的毕业时间等，而其他并不在意。但是，正是这个方案，改变了大地的人生轨迹。

▶ 留校工作

抗大改变建制的新方案包括马上在晋东南和晋察冀各成立一所分校。“越抗越大”的抗大，急需补充一批教学人员和机关干部，这些人部分是从每一期的学员中物色、挑选，经短期培训后参加到教学和教辅工作中去。大地是班里表现突出的一个，他学习认真努力，工作积极主动，对自己要求严格，与学员们的关系也处理得很好。与进校前相比，进步快，也在校加入了中国共产党组织。所以，当学校准备从这一期学员中选拔一些留在抗大工作时，大地毫无悬念地被选上了。组织很快找他谈话，征求他的意见，以便把这件事定下来。大地不假思索地回答：我服从组织的安排，只要组织需要，我无条件地接受。

1939 年 1 月，大地由一名新四军战士转变为抗大训练部的一名政治助理员。他回到延安抗大总校，经短期培训就上岗了。

▶ 成为中央军委总政治部组织部的一员

1939 年 12 月的一天，设在延安王家坪的中央军委总政治部组织部办公室灯火通明，几位领导人正在商议为总政组织部补充年轻干部的问题。部长胡耀邦建议到抗大第三分校去挑选，那里有的是人才，有的是八路军、新四军来的，有的是各大城市的知识青年，他们在抗大这个革命大熔炉里锤炼过，都会是块好钢。其他领导人也同意胡耀邦的建议。因为急需用人，而抗大第三分校就在延安城里，近水楼台。经讨论，没有不同意见，去抗大选人一事就这么定下来了。

第二天，总政组织部干部科科长许光兴和股长余建亭带着介绍信去到抗大第三分校，找到校领导说明来意。由于这一期学员还没有毕业，学校方认为现在党中央强调加强敌后抗日根据地的工作，他们毕业后，说不定都要上抗日前线。两人认为说得有道理，干脆从抗大的教师和干部队伍中挑选。由于抗大也属中央军委领导，都是一家人，所以很好说话。学校为他俩调出有关人士的档案，让他俩挑选，大地的档案引起了两人的注意。经初审，他俩认定这个年轻人不错，表现好，学习努力，又年轻、有朝气，决定将档案借回去让领导过目，请领导拍板。

当天，他们的初审意见就摆到了胡耀邦的办公桌上。两位年轻干部雷厉风行的作风，让胡耀邦很满意。而大地在抗大时就曾在胡耀邦的大队学习，他记得这位个子高高、学习认真的年轻人，在抗大入的党，并且记得他的名字叫大地。翻阅了大地的档案后，胡耀邦在初审意见上郑重写下了“同意调入”几个大字，并签上自己的名字。

按规定，胡耀邦还要与大地面谈一次。

接到要去总政组织部见部长胡耀邦的通知，大地十分兴奋。不光因为曾经在抗大认识了这位富有朝气和传奇色彩的领导人，而且想不到自己被总政组织部选中，要到那里工作。

几天后，大地如约来到延安王家坪中央军委总政治部组织部，面见部长胡耀邦。大地按要求，向胡耀邦汇报了自己的家庭出身和工作经历，尤其谈到了在安庆参与创办求知书店，宣传抗日救亡的情况以及辗转参加新四军，再被选派来延安抗大学习的经过。他的认真、坦诚给胡耀邦留下了极其深刻的印象。

大地汇报完，胡耀邦也将总政组织部的工作向他作了简单介绍，并欢迎他来部里工作。

1939 年 12 月底，大地办好手续，离开他学习工作了一年多的抗大，来到王家坪，成为总政组织部的一名干事。

1939 年的最后一天是礼拜天，而第二天就是 1940 年的元旦了。总政机关宣布放假两天，让忙碌了一年的同志们休息一下，以便以更饱满的精神迎接新一年的到来。说是放假两天，实际只有一天，因为大家都要轮流值班一天，大地被安排先值班。到休息的这天，即 1940 年的元旦，大地约上几位好朋友去宝塔山游玩。他们中有组织部的，也有抗大的。这是大地到延安一年多后，第一次去宝塔山。此前他一直忙于学习和工作，还未到过这一名胜古迹。

宝塔山，历史上也曾被称为卧龙山、丰林山、嘉岭山，海拔 1135.5 米，山上有众多历史文物。其中大多为北宋年间范仲淹在延安任职时所亲自修建，包括摘星楼、烽火台、范公井、嘉岭书院、王龙喷泉、摩崖石刻和古城墙。盛唐时期又修建了龟王庙、东岳大殿、岭山寺院与宝塔。

大地一行人从王家坪出发，很快就来到宝塔山下。上山是一条蜿蜒曲折的羊肠小道，山路陡峭，走着走着大家都喘起气来。这时有人提议，大家来个竞赛，看谁先到达山顶。于是，几位年轻人争先恐后地快步行走起来，走着走着便忘记了疲劳。山上树木葱郁，凉风阵阵。登到大半山时，几人不禁发出惊叹：啊！延安！这里居高临下，整个延安城尽收眼底。能清晰看见清凉山，分别向东北、西北和南边流动的延河和河上的宝塔桥。再往上走，一口大洪钟和巍巍宝塔便赫然出现在眼前。

来到大钟前，几人仔细观察了起来，这是一口明代特制的洪钟，传说此钟为延州一些善男善女捐资而铸。但钟的上部刻着代表佛教的莲花纹饰，下部却刻有道教所用的八卦纹饰，故被人们称为佛道合一的奇钟。此钟原来悬挂在宝塔山对面的清凉山，但1937年党中央进驻延安后，日寇飞机常对延安城进行疯狂的轰炸，连山上的古迹东岳大殿也毁于轰炸中。为了防空报警，边区政府派保安处将此钟移至宝塔足下，临畔悬挂，当日机来袭时，驻守山上的有关人员便敲响洪钟，钟声洪亮悠长，可传方圆几十里。四周老百姓听到钟声，即可迅速撤离，进入防空工事，避免受到伤害。所以说，抗战中，这口洪钟为保卫延安百姓立下了功劳。

尽管多次听过这口钟的声音，但第一次见到它，仍让大家感到震撼！此钟高150厘米，直径160厘米，几人尝试着围抱它，结果要三人才勉强围住。钟身有许多文字，大地围抱了一下，发现自己双手中指尖接触到的字分别是“林”“西”。哎，他突然感到，自己跟这两个字很有缘分。据说他为此再一次改名，将“大地”改为“林西”。从此，林西这个名字一直跟随他直至终老。

从1938年4月底到延安，至1940年元旦，短短一年多的时间，王崇仁多次改名。也许，这能说明一颗年轻的心希望不断地挑战自我，与过去告别；也许，还能说明这是一位勇于开拓，热爱新生活的年轻人。

1941 年，林西（前排左三）在延安与在中央军委总政治部共事的战友合影

▶ 林西与圣罗拔的延安之恋

在延安近十年的时间，是林西革命生涯的重要一站，在这里他学习了马列主义，成为了坚定的共产主义战士。又在胡耀邦、傅钟等老一辈革命家身边工作，得到了很大锻炼和提高。与此同时，他还在延安收获了爱情，组织了家庭，有了自己的儿女。

1942 年是林西来到延安的第五个年头。离开家乡，投身革命，为争取民族解放而奋斗，实现了林西年少时立下的志向。然而，故乡、家人依然是他十分牵挂的地方。因为战争，加之路途遥远，林西与家乡亲人的联系，只靠书信，时断时续，并不密切。“烽火连三月，家书抵万金”，这种感受，只有亲身经历，才能深刻领悟。革命者爱国家、爱民族，同样也爱亲人。只是，他们常常把国家、民族利益放在首位，为了国家，可以牺牲小家。战争使通信中断，林西只好通过来延安的老乡，打听家乡的消息、家人的安危。一次，有人为林西带来了一个令他意想不到的消息：你的妻子被人霸占了！听到这个消息，作为一个热血青年，他无法平静！但条件限制，他也无从了解事情的真相，痛苦只能自己默默忍受。一连数天，工作之余，他都沉浸在痛苦的回忆之中。尽管他与妻子相识相伴的时间十分短暂，但非常传统的林西依然希望能与妻子相伴一生，白头偕老。因此，他痛恨日本侵略者，痛恨战争，希望和平能够早日到来。

其实，按当年的习惯，男女分开 3 年，双方就可以另外嫁娶。林西离开家乡已经 5 年，由于战争，音信全无，妻子改嫁也是迫于无奈。让林西感到还有一些安慰的是，他的母亲还算平安，仍与他改嫁后的妻子住在一起，相互照应。

结束了这段无疾而终，原本要用一生去呵护的感情，林西用了一段时间为自己的心灵治疗创伤。他避开所有与婚姻家庭有关的话题，每天全身心地投入工作，空闲时间便抓紧读书、钻研业务，让注意力集中在工作上，让工作占据自己的所有时间。

经过一段时间，他成功了！他把工作做得更好，业务更为熟悉，心灵的创伤也慢慢得到了医治，从此走出阴影。

都说百姓有百姓的情怀，军人也有军人的爱情。天涯何处无芳草。在一次组织部组织举办的党员干部训练班上，他遇到了一位令他怦然心动的美丽女孩。她身材娇小，但长着一双美丽的大眼睛，笑容甜美，落落大方。经打听，她是来自香港的广东女孩圣罗拔。

学习班很快结束，学员们又回到各自的工作岗位。而女孩的身影却留在了林西的心中。

党员干部训练班的邂逅，注定了他们一生的情缘。

林西因为负责保健工作的关系，常到医院和药厂去，或带部队首长做体检，或到药厂为首长找药。1943 年初的一天，在延安中央医院，他再次见到那位美丽女孩。原来她不是一个普通女孩，而是一名正规医生。

圣罗拔，原名陆慕莲，取仰慕出淤泥而不染的莲花之意。1922 年出生在香港一个普通家庭，祖籍广东三水。父亲是一名手艺不错的裁缝，专给顾客做西服。母亲时而在家乡三水务农，时而回香港居住。有兄弟姐妹 5 人，她排行第二，上有一个哥哥，下有一个弟弟和两个妹妹。

慕莲虽然出生在一个普通家庭，兄弟姐妹又多，但是勤劳的父母每天起早贪黑，辛勤工作，赚取能够维持一家开支的生活费，让每个孩子不至于挨饿受冻，还接受正规的教育。他们以身作则，为这个家树立了好家风，即勤劳、节俭、团结、和睦。所以，这个并不富裕的家庭却常常传出欢声笑语，让人处处感到温暖。

在父母的言传身教下，孩子们都十分懂事和争气。作为女孩中最大的一个，慕莲从小就能帮助父母干些家务。最让父母骄傲的是，她生性聪明，学习勤奋，常常受到学校与老师的表扬。1933 年，她在香港静然小学毕业后，考进香港梅芳中学。两年后，她从梅芳中学跳级进入香港文骏中学，读高中。1936 年 9 月，她考进香港圣加英文书院，这是一所中等专业学校。在这里，她结识了华侨领袖陈嘉庚的一个女儿，并成为了好朋友。

1937 年 7 月抗日战争全面爆发，广大海外华侨踊跃支援祖国抗战，陈嘉庚更是出钱出力，为其他华侨作表率。他的女儿受到父亲的影响，准备回国到延安参加抗日。当陈姑娘把这个想法告诉她的好友慕莲时，慕莲非常高兴，连连说："我也去！我也去！"因为抗战爆发后，她们在家里也曾议论过，父母都表示过支持抗日，并说"没有国，哪有家"。慕莲相信，自己回国抗日，父母不会反对。但是，当慕莲回家将这个打算告知父母时，却没有想象中的顺利。父亲表示不同意，说："我不是不支持抗日，但是，你们几个还不满 16 岁的孩子，千里迢迢到延安去，路上有什么情况很难预料，人生地不熟，连语言也不太通，这怎能让父母放心得下呢？碰上日本仔你们怎么办？又没有武器，有枪还不会打呢！碰到国民党又怎么办？总之，我们不放心。"

没有说服父亲，慕莲只好再去找好朋友商量。陈姑娘告诉慕莲："已经找过有关部门，他们告诉我回去的路线，到了广州、武汉和西安，都可以去找八路军办事处，到时就有办法送我们去延安。”陈姑娘说得很轻松。慕莲听后，心里有底了，她回家再将好友说的办法告诉父亲，并说此前已经有人去到延安了，没有问题。

为了使自己与过去没有任何关系，也为了假如出现什么问题家里免受牵连，她为自己起了一个非常特别，类似英文译音又好像有宗教色彩的名字——圣罗拔。但她不信仰任何宗教，加入中国共产党后，她就将共产主义作为自己的终生信仰，而且义无反顾地为共产主义的实现而斗争，而工作。

收拾了简单的行装，慕莲编了一个善意的谎言：随学校去广州旅游。几个女孩很快就出发了。她们经广东北上，或步行，或乘车，各地的八路军办事处都给予了支持。尽管如此，因为路程较远，天气严寒，从未出过远门的几个女孩受到了很大挑战，有人病了，个别人动摇了，但是圣罗拔却坚持了下来。为国抗战，为民族解放出一份力，这个决心她从未动摇。现在仅仅是吃点苦、受点累，将来要上战场，还要准备迎接更大的考验，甚至牺牲生命！想到这些，她顿时觉得，眼前的辛苦真的算不了什么。这位美丽女孩柔弱的外表之下，却有一颗坚强的心，让人有点意外。

1938 年 2 月，她们终于来到了目的地——延安。第一次看见了宝塔山和延河，第一次看见掉光叶子的大树，一切既亲切又陌生。西北的冬天是寒冷的，与严寒天气形成反差的是，这个小山城每天人来人往，来自全国各地的知识青年、文化人等兴致勃勃地来到延安，投奔抗大等学校，要求参加抗日。到处还能听到革命歌曲的传唱。看到这些场景，她们也感到很兴奋。

到抗大报到，是她们到延安后做的第一件事。看到来自香港的爱国青年，抗大的同志对她们表示热烈欢迎。这时第三期的学员的学习已经过了大半，很快就要毕业，于是她们被安排入读第四期。这时离开学还有一段时间，她们利用这个机会，在延安城里逛逛。除了抗大，还有城东党中央所在地凤凰山、城西的清凉山、城南的宝塔山。这里虽然条件艰苦，但风光也很特别，还有不少名胜古迹。她们边看边玩，不断加深对延安的印象。回到抗大总校，她们试着帮忙，看有什么可以做的，因为早到一个月，对刚到的同学，她们就可以当向导了。

4 月，抗大第四期开学了，圣罗拔被分配在第四大队的女生军事队。而第四大队就安排驻延安。

火热的抗大生活开始了，政治理论课、军事理论课、军事训练，每一天都安排得很满。而所有课程对她来说都是新的。圣罗拔主动适应着这紧张的生活，她从严要求自己，学好每一门课程，并在军事训练中加紧锻炼，为未来参加抗日做准备。一个月后，她参加了班里的抗日民族先锋队，这是抗战前成立的先进青年组织。同月，她还积极靠拢党组织，向班党支部递交了入党申请书。看到她表现好、进步快，是班里评出的模范学生，队长张辉、指导员于瑞英打心眼里喜欢她，非常乐意地为她做介绍人，介绍她加入了中国共产党组织。从香港来的一名普通中专生成长为一名共产主义战士，表面上看，圣罗拔用的时间不长。但是，她从此用一生去践行自己的誓言，去为之奋斗，为这一光荣称号增添光彩。不求名利，不论顺境逆境，不论受到怎样的不公正对待，不论组织让她到什么岗位，她始终兢兢业业，不改初衷，高风亮节，让人们由衷地敬佩。

随着抗战的深入，八路军的伤病员增多，而医务人员又非常缺乏，解决这对矛盾的办法，就是要尽快培训医务工作者，以适应抗战的需要。这时，不远万里从加拿大来到中国的白求恩大夫就在延安，他为中国的抗战，医治八路军伤病员做了大量工作，作出了杰出的贡献。同时，他深感医务人员缺乏对我军的不利。除努力帮助培训医务工作者、建设医院外，他还提出要创办一所卫生学校！正好军区领导和卫生部也在酝酿此事，于是他的建议得到采纳。这间学校就以白求恩的名字命名，也请白求恩帮助指导，参与教学工作。

1938 年 9 月，筹备多时的白求恩卫生学校[1]在延安成立。抗大也从第四期学员女生队中动员选调了一批女生，成为该学校的学员。圣罗拔因为学习好，原来的学习基础扎实，又懂一些英文，表现突出，被组织动员到白求恩卫生学校学医。她乐于接受组织的安排，从此走上了一条从医的道路，并终生救死扶伤，造福百姓。

9 月 18 日，圣罗拔离开抗大，来到白求恩卫生学校，成为学校的一名学员。她在这里度过了 4 年多时间，系统地学习了内科、传染科、普外科、骨科、烧伤科等方面的医术。尽管处在战争环境，尽管延安的医疗条件十分有限，但是学员们的学习积极性却是空前的。上课严肃、认真，做实验一丝不苟。白求恩亲自为她们上课，又编写了教材，其中一本为《游击战中师野战医院的组织和技术》，这是白求恩来华 18 个月的工作经验以及红军 10 年经验的结晶。学校还千方百计请一些知名的专家教授来授课，又根据实际情况指导学员边学边干，在实践中学习，在实践中提高。

期间，根据她的党员身份，组织部举办的党员干部训练班也请她脱产参加。那便是林西第一次见到圣罗拔的地方。

功夫不负有心人。1942 年 3 月 30 日，圣罗拔不辱使命，以优异成绩完成学业，顺利拿到由校长江一真、政委喻忠良签发的毕业证书。接着，她被调往晋察冀分区担任医生。

年轻的圣罗拔认真对待每一位病人，用心给他们治疗。由于工作出色，她被评为晋察冀第一分区的模范医生，受到上级的表彰嘉奖。

为此，组织更委以重任，让她兼管军区制药厂，任化验室主任。

1943 年，一些在晋察冀军区医院治疗的八路军首长康复，要返回延安中央军委工作，医院将护送他们回延安的重任交给了圣罗拔。因此，她有机会再次回到延安。任务完成后，她被留在了延安当时最好的医院——延安中央医院，担任医生，并提升为正团级。这座创办于 1939 年

---

① 今白求恩医科大学的前身。

底的医院设在延安城西北的李家堖。因为工作关系，她与林西认识了。护送的八路军首长到中央军委，林西负责接收。以后，每次林西带来做检查或看病的首长，圣医生都认真对待。后来，林西发现，圣医生对每位患者都同样认真。做完检查，开好处方，还细细叮嘱怎样服药和注意事项。她对工作的认真专注，对患者的体贴关心，令林西更加倾心。终于，找了一个机会，林西迈出了第一步，郑重地向圣医生提出交朋友的请求。这年，林西 27 岁，圣罗拔 21 岁。

从未谈过恋爱的圣罗拔一阵紧张，但很快她便冷静下来。别看她年轻，办事却很有主见。她表示要先考虑一下再作答复。因为对林西，她只知道是军委组织部的干事，这位相貌英俊的小伙子热情为首长服务，她也看在眼里，可其他情况却不甚了了。

1940 年，圣罗拔在延安中央医院旁的田野上留影

经过几天思考，圣罗拔答应了林西的请求。从此，延水河畔，宝塔山下，留下了他俩的身影与足迹。他俩谈经历、谈理想，盼望抗战胜利早日到来。林西对圣罗拔说：“咱俩素昧平生，彼此家乡又有千里之遥，是为了抗日这个共同目标才来到延安。我们共同就读抗大，成为同一期学员。毕业后又共同成为军人，这不都是缘分吗？唐代诗人白居易在《琵琶行》中有这样一句：同是天涯沦落人，相逢何必曾相识。今天我把它改一改，改成：同是抗日新军人，相逢何必曾相识。我们比当年的诗人强多了，你说是吗？”圣罗拔听后，莞尔一笑，点了点头，表示赞成。一天，他俩在延河边戏水，突然下起

大雨，令河水猛涨。林西二话没说，赶紧背起圣罗拔，涉水过河，结果弄得自己裤腿鞋袜全湿了。这让圣罗拔十分感动。

心与心交流，终于擦出了火花。

1943 年 7 月 7 日，这对年轻人在延安王家坪中央军委总政治部组织部大院举行了简朴的婚礼，部队首长与同志们的祝福，让这对情投意合的俊男美女感到十分幸福。

两年后，他们爱情的种子结出硕果，圣罗拔在延安生下了一个女儿。女儿继承了父母亲的基因，长着一双明亮的大眼睛，加上卷卷的头发，活像个洋娃娃，人见人爱。女儿的诞生，为这个小家庭增添了欢乐。这时抗战仍未胜利，两口子为女儿取名“和平”，祈盼和平的早日到来！

一年多后，他们又迎来了一个小生命——儿子出生。小家伙长得虎头虎脑，同样招人喜欢，让林西夫妇十分开心。这时抗战已经胜利，中国共产党提出和平、民主、团结三大口号，希望建立一个新民主主义的国家。为此，林西夫妇为儿子取名“民主”，祈盼国家实现和平后，再实现民主，进入和平民主新阶段。

一家四口合影于延安，圣罗拔所抱的是刚满月的林民主，林西怀中的是已满周岁的林和平

林西非常爱孩子。那时生活很艰苦，物质供应极度匮乏，以至作为产妇的圣罗拔营养不足，孩子不够奶吃。为了给妻儿增加营养，林西利用工余时间，自力更生，养鸡、喂羊，以渡过难关。

1946年，为加强各根据地的工作，延安许多部门的干部都被调离延安，到各根据地去，林西所在的总政组织部部长胡耀邦被调走，由傅钟接任。圣罗拔也被调往晋豫冀社会部，担任医务所所长。

这时林西也十分向往到抗日根据地去，但组织上却认为他留在总政比较合适，所以他也只好服从工作需要，依然留在总政组织部，成为该部工作时间最长的干部之一，直至1947年3月国民党胡宗南部进攻延安。

（摘自杨苗丽、周艳红：《留得清绿在人间——林西》，广州：广东人民出版社，2016年版，第64—95页；文章由林西女儿林和平提供，本书编辑时文字有所改动，增加照片）

欧阳山

草　明

欧阳山，原名杨凤岐，笔名凡鸟、罗西等，1908年12月出生，湖北荆州人。1940年在重庆加入中国共产党。1941年到延安，参加延安文艺座谈会和整风运动，其后到农村合作社工作和体验生活。1947年创作出版的描写陕甘宁边区合作社经济发展的长篇小说《高干大》，是革命文艺工作者实践毛泽东《在延安文艺座谈会上的讲话》最早的硕果之一。中华人民共和国成立后，曾任华南人民艺术学院院长、中国作协广东分会主席、广东省第五届人大常委会副主席、中共中央顾问委员会委员、广东省文联主席。2000年逝世。

草明，原名吴绚文，1913年6月15日出生，广东顺德人。1940年加入中国共产党。1939年到重庆参加中华全国文艺界抗敌协会的抗日宣传工作。1941年到延安，任中央研究院文艺研究室特别研究员，陆续写了一些短篇小说。1942年5月参加延安文艺座谈会，受到深刻的教育和启示。1948年完成著名的中篇小说《原动力》，被译为10多种外国语言。是中国一生都在写工人的著名老作家，1987年被全国总工会授予五一劳动奖章。是中国作家协会委员和全国政协委员。2002年2月16日逝世。

欧阳山与草明

付建成　朱民利　景仲生

欧阳山和草明是中国现代文学史上著名的“左联”伉俪作家，欧阳山是“左联”广州分盟的发起人，草明是左联刊物《广州文艺》的编辑，两人因共同的革命志向而走在了一起。

1938 年 3 月，欧阳山、草明（前排左二、左四）与广东战时文艺工作团战友们合影

欧阳山原名杨凤岐，1908 年 12 月生于湖北荆州一个城市贫民的家庭，因家境贫寒，几个月后被卖给一姓杨的人家。欧阳山从小便四处奔波，接触过很多下层社会穷苦人。16 岁时他在上海《学生杂志》上发表了处女作短篇小说《那一夜》，从此投身进步文艺活动，曾受到鲁迅的关怀和鼓励，加入“左联”。1941 年奔赴延安，被任命为中共中央文化工作委员会常委和中央研究院文艺研究室主任。

延安文艺座谈会召开前，毛主席曾和许多文艺家商谈关于党的文艺方针问题，他曾三次写信给欧阳山、草明约谈，谈话过后，又致信请欧阳山代他搜集反面意见。“通过参加延安文艺座谈会和整风运动，欧阳山完成了由一个激进的爱国主义和民主主义文艺家成为一个无产阶级文艺家的根本改变。”1944 年，他到延安县柳林子村南区合作社深入生活，一年多后，他以这个合作社的模范主任刘建章的事迹为素材，创作出长篇小说《高干大》。

《高干大》描写的是延安南区一个名叫任家沟的村庄办供销社的故事。作品的深刻之处在于，它最早提出了在发展集体经济中，如何根据群众的需要办事，反对主观主义、教条主义、官僚主义的问题。任家沟合作社主任常有信奉“上级叫咱们怎么办，咱就怎么办”的信条，强行向老百姓摊派股金，收了5年股金却没有分过一次红利，反而亏了本，又不准退股。老百姓说：“合作社——活捉社，把人民都捉定了！”人们再也不纳股金。这时候，合作社副主任兼推销员高生亮（高干大）挺身而出，根据群众要求，真正实行入股自愿、退股自由、赚钱分红的原则，办起了一个医药合作社。许多人把埋藏在地下的钞票、银圆都拿来入股，同时又采取包交公债、公盐、公粮等办法吸收股金。股金一下子发展到40多万元，于是又办起了信用社、纱厂、运输队，大受群众欢迎。作者怀着满腔热情塑造了“高干大”这个农村基层干部的形象，虽然这一人物形象有一定的理想化色彩，但从总体上看，无论在思想深度还是艺术水平方面，《高干大》都可称得上是解放区小说中较优秀的一部。

欧阳代娜：（欧阳山与草明之女　81岁　时为延安八路军抗日军人家属子弟小学，即简称抗小的学生，延安大学预科班学生。）我父亲在延安文艺座谈会之后，十分欣喜振奋，他对母亲说：“延安文艺座谈会后，我的一切问题都解决了。剩下的事就看我们怎样去实践了！”他们两人言行一致，表里如一，用自己后半生的行动，实践了自己的诺言。他感到最大的收获：第一个是革命现实主义和革命浪漫主义相结合的问题。主席在延安文艺座谈会上有一句很重要的话，强调政治标准第一，艺术标准第二，但是如果没有艺术标准的话，我们再强调政治作品也是没有力量的。这两者结合，是我们创作的根本观点。第二个是语言问题。我父亲曾经很苦恼，怎样的语言才能得到人民群众的喜爱呢？他经过长时间的思考酝酿，最后终于总结出“东西南北调，古今中外法”。这10个字很完整地概括了文学语言的特色。比较多的方言他都会，他从这些方言当中吸收很多生动的东西。但这些生动的东西如果不经过很好的锤炼或化解，不是所有的人都能看得懂，他一直在苦苦思索寻找这条锤炼或化解之路。经过延安文艺座谈会，他明白了，就是要向群众学习，向外国学习，也要向我们传统的文学作品学习。

▶ 南区合作社体验生活

欧阳代娜：1944 年，父亲到南区合作社当文书。他之所以去南区合作社，是因为他要深入农村；而我母亲是深入各种文艺演出团体，他们两人各有各的深入对象。1944 年 6 月 30 号，我母亲跟着柯仲平那个延安平剧团一起巡回演出，当时他们都是自己选择的，愿到哪儿去都可以，提出来我要到哪里去，组织上就给一个介绍信介绍去。

南区合作社离延安 30 里（1 里 = 500 米）地，在杜浦川那面。因为我父亲头脑比较清晰，会算账，会打算盘，所以他在那里跟上上下下关系都搞得非常好。他去不到半年，学了一口地道的陕北话，跟老百姓拉话，坐在炕上，什么都能，所以老百姓什么事都找他，孩子生日起个名字找他，过百日也请他。特别是到了过年，我父亲字写得挺好，写对联也找他，都叫他先生。甚至合作社的会计算红利，因为红利的累进表很复杂，我父亲就设计了一个总表，挂在墙上，一看，多少天、多少钱，很清楚。

抗日战争时期，延安南区合作社运输队护送干部通过敌人封锁线后，胜利归来的情景

▶ 毛主席写信祝贺

欧阳代娜：我父亲是1944年到南区合作社的，6月30日，他和丁玲同志每人写了一篇文章，他写的是《活在新社会里》，丁玲是《田保霖》，写的都是边区的两个劳动模范。父亲写的是从关中地区要饭流浪到延安来的一个老太太，叫邹兰英，她孑身一人到了延安后，组织当地妇女成立合作社，组织妇女纺线织布，最后发家致富。田保霖也是一个合作社的工作人员。毛主席看了这两篇文章特别高兴，在1944年7月1日，写信给丁玲和我父亲说："快要天亮了，你们的文章引得我在洗澡后睡觉前一口气读完，我替中国人民庆祝，替你们两位的新写作作风庆祝！合作社会议要我讲一次话，毫无材料，不知从何讲起。除了谢谢你们的文章之外，我还想多知道一点，如果可能的话，今天下午或傍晚拟请你们来我处一叙，不知是否可以？"我父亲感到很受鼓舞，又继续写了很多反映合作社的小说。

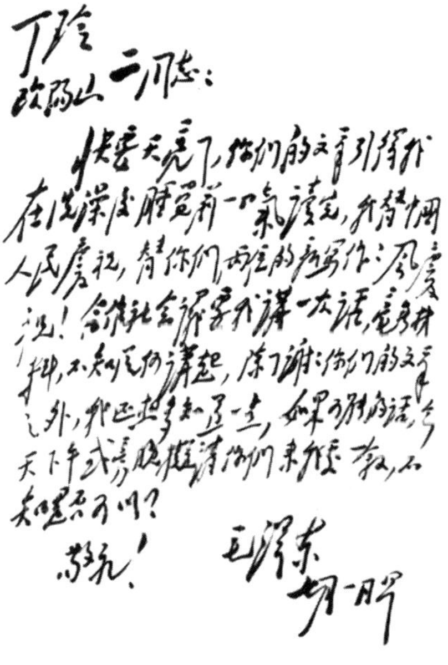

丁玲
欧阳山 二同志：

快要天亮了，你们的文章引得我在洗澡后睡觉前一口气读完，我替中国人民庆祝，替你们两位的新写作作风庆祝！合作社会议要我讲一次话，毫无材料，不知从何讲起，除了谢谢你们的文章之外，我还想多知道一点，如果可能的话，今天下午或傍晚拟请你们来我处一叙，不知是否可以？

敬礼！

毛泽东
七月一日

1944年7月1日，毛泽东致丁玲、欧阳山的信（照片由中央档案馆提供）

▶ 创作《高干大》

欧阳代娜：1946年以后，在延安合作社，我父亲开始写《高干大》。《高干大》里头是陕北话，干大就是干父亲、干爸爸，是当地老百姓把那个小说中的人物高生亮——合作社的副主任亲切地称为干大，是对他的敬仰。这本书是写南区合作社，以刘建章为原型写的。后来文艺界说这本书“土得掉渣”，就是非常的原汁原味，西北和黄土高坡的氛围，整个语言、整个社会背景和环境描写都是写陕北的。这本书是整个抗日战争时期，写我们根据地经济建设唯一的一部长篇小说。

原来我父亲的语言很欧化，因为当时学习外国，学习苏联文学。但是延安文艺座谈会以后，他语言风格大转弯，完全采用了大众化语言，变得非常通俗，从《高干大》开始，简直通俗得不能再通俗了。但通俗当中，他用语言非常高雅，这点是很难得的。所以我总觉得我父亲的语言很有特色，很优美。

1946年后，欧阳山为进一步贯彻延安文艺座谈会精神，写了小说《高干大》

《高干大》写完以后，他念给老百姓听，就像白居易写完诗念给老太太听一样，征求意见。老百姓也非常愿意听，听完以后还给他提意见，说哪一点写得对，哪一点写得不对。群众还对号入座，这是谁啊那是谁啊，说合作社的那个社员的女儿怎样怎样，跟那个高干大的儿子谈恋爱怎样怎样，很有趣。所以后来故事就按照群众意见修改了。

这里有个小插曲，原来高干大跟那个巫神搏斗，同时滚到山崖底下，高干大牺牲了，当然巫神也死了。群众说不行，这么好的人不能让他死。我父亲说是啊，不让他死，但是巫神要死。后来小说的结尾就改成高干大被救上来了，还继续为人民服务。但他的原稿，最后我父亲去世以后我在清理文稿当中，发现原来写高干大牺牲的原稿还在，这个很珍贵。

▶ 1942 年的约定

欧阳代娜：1942 年，周而复从晋察冀边区回到延安。有一次，他和我父亲在谈话中，两人当时都是青年人，大家就相约，说将来新中国成立以后，一人写一部大的作品，反映我们整个革命历史。几十年来的时间证明，1949 年后，他们两个人都没有食言。周而复写了长篇小说《长江万里图》六部，近 200 万字，反映全世界反法西斯战争的实况，里头有中国的、外国的，敌我友几方面都有。写敌人的，从希特勒、墨索里尼写到东条英机；友呢，写和国民党合作，全方位全景式的，很好的六部。我父亲写了长篇小说《三家巷》（又名《一代风流》）五部，150 万字，写的是整个新民主主义革命历史，从 1924 年北伐战争开始，一直写到中华人民共和国成立。他们两个人都完成了这个任务，他们毕生都是非常要好的朋友。

▶ 工业文学的拓荒者

草明，中国现代著名女作家，新中国工业文学的拓荒者。她出生在广东顺德，由于家境贫困，从小就同情工人，九一八事变后，她萌发了革命的要求，就将“萌”字拆开以“草明”为笔名，开始发表反映缫丝女工的作品。1932 年参加“左联”，从事革命文艺活动。1935 年在上海被反动当局逮捕，后来在鲁迅、茅盾等人的援救下，于 1936 年出狱。七七事变后回到广州，参与创立广东文学界救亡协会，积极从事抗日救亡宣传活动。1939 年到重庆参加中华全国文艺界抗敌协会的抗日宣传工作。

1941 年 2 月，草明来到延安，任中央研究院文艺研究室特别研究员。1942 年 5 月，她参加了延安文艺座谈会，受到深刻的教育和启示。她说：“我在延安文艺座谈会与整风后，随着到农民中去、到红色战士中去这一连串实践，是我创作生涯中的一个转折点。思想上的转折点、生活上的转折点都十分珍贵。”此后，草明积极响应毛主席提出的文艺家要深入工农兵、深入群众的号召，使自己全身心地长期投入到火热的斗争生活中去。她曾回忆说：“在陕甘宁边区是我体验生活的一个时期，1945 年我离开延安路过岢岚、五寨、左云、右玉时，进行了采访工作；在张家口到龙烟炼铁厂做了一段工人工作。1946 年我便到了哈尔滨，尔后在东北地区共住了十八年。我被东北工人的可歌可泣的先进事迹所感动。于是，我和邮电工人、皇姑屯机车工人分别共同战斗过相当长的时期，也到过许多机械厂、矿山、勘探队访问过。后来我在鞍山住了十年，在炼钢厂

1942 年 5 月，毛泽东和参加延安文艺座谈会的代表在杨家岭中央办公厅门前合影。草明（前排左九）、欧阳山（二排左七）

当了三年党委副书记。”基于这样长期、深入的生活体验和积累，她在对工业文学题材的开拓上，取得了卓越的成就，于1948年6月写出中篇小说《原动力》。

《原动力》反映的是抗战胜利后玉带湖发电厂工人修复机器、恢复发电的故事，塑造了老工人孙怀德（老孙头）的形象。老孙头对旧社会有丧妻失子的深仇大恨，所以在新社会充满了主人翁精神。日本投降后，他机智地哄骗了国民党的接收大员，保护了机器，并主动带领工人群众刨冰捞油，等待八路军来接收。不久，上级来人，他又协助领导，带领工人战胜困难，修复机器，恢复生产，被译为劳动英雄，当了副厂长。作品结尾点明：发电的原动力不只是水和油，更主要的是以老孙头为代表的优秀工人。作品在艺术的长处是表现出女作家所特有的优美、细腻的抒情风格。

《原动力》的问世，是草明走与工农兵相结合道路的硕果。在工业落后的中国，文学家对工人远不及对农民和其他阶级熟悉，真正生动地描写工人阶级的作品还不多，《原动力》以高度的思想性、典型人物的成功塑造和表现手法上的朴实自然，使草明成为中国文学史上工业题材的拓荒者，从而也确立了她在中国文学史上的重要地位。

欧阳代娜：我母亲在延安文艺座谈会以后，也写了很多作品，比如《无名高地》《咱们的女区长》，都是访问写的。但是后来在延安的时候，因为怀疑有肺结核病，她就住院了，一直到日本投降，她才带着有病的身体回到东北。父亲就留在陕甘宁边区，当战地记者，报道青化砭、羊马河这些重大战役，跟着党中央在陕北转战。后来延安光复了，党中央也撤离延安，到了山西，最后到了晋冀鲁豫，到了西柏坡，父亲他们也跟着走了，最后一起进城。

母亲到了东北以后，大家都纷纷到农村去搞土地改革，她也要下去。当时中共中央东北局的组织部部长林枫告诉她说：写农村的人很多，没有人写工业，你搞吧。母亲小时候在顺德生活，顺德是广东的一个缫丝基地，她从小就看惯了周围缫丝女工的生活，所以分配她去写工人她也很高兴。她被分到哪儿呢？就是现在的黑龙江省牡丹江市旁边的一个镜泊湖发电厂，在那里当文化教员。

1947 年，草明在黑龙江北安搞土地改革

体验生活以后，于 1948 年她写出一部作品《原动力》。现在大家称她为新中国工业文学的奠基人，因为新中国的工业文学，这是第一部。当时正好是全国劳动大会第六次代表大会，工人的代表大会，这本书就作为发给各位代表的一个纪念品。很多工会代表看了以后都很感动，说也有写我们的书了。过去小说很少有以工人为主人公写的，所以这本书得到了郭沫若、茅盾，还有许广平的赞赏，他们都认为这是一部很好的作品，现实主义的作品。

1948 年 10 月，沈阳解放。第二天，母亲作为工作队，进驻沈阳机车车辆厂。这时她就作为军代表来接管沈阳这个厂，在那里发展党员，组织大家，因为当时还有大的任务——要支持我们的大军进关。那时东北已经全境解放，变成了一个巩固的后方，支援兵源、人力还有物力、粮食，特别是很多兵工厂制造弹药，机车厂生产火车头。“北京号”火车头就是工人在那里修复的一辆烂的机车。把它修复好，开到关内去支援大军南下解放全中国。母亲感到工人阶级这种精神很伟大，刚刚解放当家做主，主人翁的姿态就呈现得很充分，自主地支援前线。所以就把工人这种英雄壮举写成一部长篇小说，叫《火车头》，比喻工人阶级的领导就是历史的火车头，带动历史前进。

1953 年，新中国第一个五年计划开始，母亲申请到鞍钢。她在鞍山钢铁公司深入生活，当第一炼钢厂的党委书记、副书记。她每天就是拿一个饭盒，装上一顿午饭，然后就坐班车进鞍钢。十年磨一剑，终于在 1959 年她写出了新中国工业文学的扛鼎之作——《乘风破浪》。1964 年，她奉令调回北京中国作家协会，分配北京市文联，任专职作家。1965 年到北京第一机床厂体验生活，担任党委副书记（实职）。1984 年长篇小说《神州儿女》出版，被全国总工会列为“振兴中华读物”之一。1987 年荣获中华全国总工会颁发的全国“五・一”劳动奖章和“全国优秀作家”称号。

（摘自中国延安干部学院编，中共中央党校出版社出版，由付建成主编，朱民利、景仲生副主编，《延安文艺座谈会》，第六章《丰硕的果实》中“欧阳山与草明”部分，第 295—302 页；文章得到欧阳山女儿欧阳代娜修改补充，本书编辑时照片有所改动）

郑星燕

郑星燕，又名郑仲瑞、郑汶，1914年10月出生，广东湛江遂溪人。1938年加入中国共产党。九一八事变后加入反帝大同盟，1938年在洛川抗日军政大学第六大队学习。之后，转延安抗日军政大学、中央马列学院学习。1940年夏任马列学院研究室研究员、中共中央宣传部马列主义第一研究会指导员。1942年参加延安文艺座谈会。中华人民共和国成立后，历任中共粤北、粤中区党委副书记，中共佛山地委第一书记，中共韶关地委第一书记，中共广州市委书记，中共广东省委党校校长、党委书记，中共广东省顾问委员会常委等职。1986年离休。1998年5月19日在广州逝世。

郑星燕在延安的写照

何锦洲

1931年夏，郑星燕在湛江广东省立第十中学毕业后，到上海，考入中法国立工学院学习。

九一八事变发生后，郑星燕对日本帝国主义占领中国东北三省，义愤填膺，与同学参加反对日本的大游行，在该校加入反帝大同盟。同年11月，经郑为之、张佩兰介绍，他17岁时加入中国共产主义青年团（简称“共青团”），后任共青团中法工学院小组长。为了利于开展革命工作，他转到另一间大学，即中国公学读书，任团支书。1932年，上海抗战发生。他发动同学坚决援助十九路军抗战，开展街头宣传，慰劳抗日将士。

1935年夏，郑星燕在湛江任东海学校校长。10月，他到上海，插班进入上海法学院政治系学习，课余时间喜读政治、文学等书籍报刊。1936年10月22日，他在上海万国殡仪馆参加了中国文坛巨星，伟大的思想家、文学家、新文化运动的杰出旗手鲁迅的葬礼，看见著名人士宋庆龄、蔡元培、沈钧儒、邹韬奋、巴金等站在最前面。长长的送葬队伍，悲痛落泪，唱着挽歌，肃穆地走着。12月西安事变发生后，郑星燕在上海法学院参加组织了学生救亡会（后称“学生抗战后援会”），加入全国救国会。

1937年7月全面抗战爆发后，郑星燕参加发起成立上海学生界救亡协会工作，开展抗日救亡活动。上海沦陷前，他离沪返广东故乡，继续从事抗日救亡活动。

1938年秋，郑星燕通过八路军驻广州办事处及其主任云广英同意介绍，离开广东，经湖南、湖北，赴陕北中国人民抗日军事政治大学（简称“抗大”）学习。离开湛江遂溪时，他决心投笔从戎，撰写了《别故乡》诗：

大地朦胧将破晓，登程赴站箭离弦。
抛家别井心如铁，履水驰山马疾鞭。
昔日初鸣栖半岛，今朝奋翼入云天。
此行休作南归梦，风雨扬帆出湛川。

离开广州北上时，他撰写了《赴延安》诗：

北国烽烟催出征，舟车飞载夕兼程。
挥戈喋血辞南粤，投笔从戎入陕城。
锤志赤都酬夙愿，燎原古国效终生。
十年转战回师日，应是南陲夜之明。

郑星燕到达陕西省会七贤庄一号的八路军驻西安办事处，获同意介绍到抗大第六大队学习。他高兴地写下七绝小诗：

古都喜访七贤庄，千里归来宿愿偿。
叙旧深情思战友，壮怀激烈赴戎行！

郑星燕到达洛川抗大第六大队，被编入连队的第九班，任副班长。1938 年 10 月初，他加入中国共产党，认真学政治军事，赋诗怀念：

青纱帐里学游击，雪地冰天练野营。
深夜荷枪边塞上，长征传统育群英。

同年冬，郑星燕转到延安抗大学习，与洛川转赴敌后的山西抗大同学分别，思潮起伏，赋诗留念：

征戍随营驻洛川，疆场抗日着鞭先。
黎明军角砺兵马，落日歌声动地天。
战海惊涛航舵正，请缨宣誓赤旗前！
甘泉东进传军令，君渡黄河我赴延。

在延安抗大，郑星燕第一次听毛主席作学习报告，毛主席回答学员提出的问题，深入浅出，声音洪亮，十分动人，留下深刻印象，特写诗：

清凉山下晨操练，宝塔峰前夜点兵。
延水河边评战局，土窑灯下读书声。

1938 年冬，据上级安排，郑星燕考进延安马列学院学习，先后听了党中央负责人毛泽东、周恩来、朱德等作报告，听了中共中央组织部部长陈云讲《党的建设》，受到深刻的教育，写下《蓝家坪上岁峥嵘》诗：

蓝家坪上岁峥嵘，磅礴青春烈火熊。
扭转乾坤师马列，武装道路学工农。
谈兵论政冬飞雪，议古评今月半弓。
继往开来新创业，今朝一代数英雄。

1939年春夏，郑星燕听了马列学院院长张闻天作学习报告，写下七律诗：

北塞春风度陕北，延安聚首满堂欢。
土窑剪烛攻经典，雪夜围炉论宇寰。
千仞刀山勤闯路，无涯学海任扬帆。
光辉理论犹灯塔，导向驰航破巨澜！

随后，他听中央领导同志讲干部政策后赋诗：

百炼千锤不朽钢，沙场刑狱益坚强。
终生奋战红旗举，指路明灯马列芳。
铁马金戈驱日寇，改天换地拓新邦。
崇高理想乾坤赤，广育贤能事业昌。

同年，他听刘少奇讲《论共产党员的修养》后赋诗：

征途实践出真知，品德兼优百炼时。
精琢细磨雕玉石，凌霜傲雪岁寒枝。

1940 年夏，郑星燕进入马列学院研究室，任研究员，并被中共中央宣传部聘为马列主义第一研究会指导员，参与指导延安干部学习马列主义。1941 年夏，他被调到延安文艺界抗敌协会，专职做党的工作，任该会党组书记。

1942 年春，延安整风运动开始。4 月 13 日，郑星燕任中央系统机关学习总委员会委员，到中共中央办公厅出席该会委员会议，与李富春、柯敬史、李六如、王首道、方强、邓洁、王鹤寿、李克农、冯文彬、傅连暲、方仲如、王林、吴敏、汪金祥、曹轶欧、王若飞、曾固、徐一新、乔木、蔡畅等 21 个委员制订出整风学习安排。决定各机关要学习毛主席《整顿党的作风》的报告以及有关的 22 个文件。4 月 19 日，延安《解放日报》对该会作了报道。

郑星燕参加了延安中央机关整风学习总委员会后，回到延安文艺界抗敌协会，向该会党员、著名作家丁玲等传达了会议精神，并成立了延安文艺界整风学习分会，由郑星燕、丁玲、刘白羽、黑丁组成，组织人员学习。该会又称中华全国文艺界抗敌协会延安分会。郑星燕认真做好该会的党的思想建设、组织建设和作风建设等项工作。4 月 27 日，毛主席、中共中央宣传部部长凯丰联名发通知给延安文艺界抗敌协会郑星燕同志说："为着交换对于目前文艺运动各方面问题的意见起见，特订于 5 月 2 日下午 1 时半在杨家岭办公厅楼下会议室内开座谈会，敬希届时出席为盼。"

郑星燕按时出席延安文艺座谈会，听了毛主席的重要讲话，以及小组会和大会的发言。这次座谈会共开了 21 天，大会开了 3 次。5 月 23 日，毛主席作总结，强调文艺要为人民服务。郑星燕自始至终出席会议，深受教育，写诗两首：

文艺座谈会上逢

文艺座谈会上逢，杨家岭下百花红。
迎门握手春风暖，一席鸿词岱岳崇。

文武携同更日月，旌旗奋战缚蛇龙。

新人新事新诗画，艺海源泉取不穷。

文艺舞台气象新

文艺舞台气象新，转移立足为人民。

《黄河合唱》英雄曲，《兄妹开荒》大众音。

《逼上梁山》夸首创，《白毛仙女》诉酸辛。

百花吐艳迎佳节，十里秧歌大闹春。

郑星燕多次说，毛主席在延安文艺座谈会上的讲话，不仅在当时具有伟大的现实意义，而且对后来中国文学艺术事业的发展，对促进先进文化的发展，都具有不可磨灭的极其重大的意义。

随后，郑星燕继续参与延安文艺界抗敌协会的整风运动。1943 年，他到中央党校学习和工作，参加整顿三风（学风、党风、文风）。同年秋，他接通知到杨家岭中共中央礼堂，听毛主席关于审干九条方针的报告中指出，要调查研究，分清是非轻重；坚决反对“逼供信”的错误；对冤假错案要进行甄别、平反、改正等。郑星燕听后深深感到党中央实事求是的英明，于是吟诗《求是精神百代芳》：

（一）

高大魁梧立会堂，全场雷动掌声扬。

英明决策正航向，求是精神百代芳！

（二）

是非轻重两分清，实事调研耳目明。

逼信含冤坚改正，广庭平反晓岚晴。

1942年5月，延安文艺座谈会部分参会者合影。据一些参会者回忆，下列人员也曾参会，他们是：陈云、邓发、贺龙、林伯渠、谢觉哉、彭真、吴亮平、杨尚昆、胡乔木、徐一新、李又常、温济泽、郑星燕、吴伯萧、吴奚如、方纪、厂民（严辰）、郭小川、般白（张惊秋）、郑景康、郑律成、马达、古元、陈叔亮、张谔、黄钢、莫艾、张一然、吴雪、任桂林等人

抗日战争时期，郑星燕在延安多次见到和听朱德总司令关于抗日战争的报告，受到深刻的教育，写下《胸怀文武略——听朱德总司令关于抗战形势的报告》诗：

百战建丰功，德高岱岳崇。
挥师歼敌伪，跃马逐顽凶。
凯帜征南北，威名震宇中。
胸怀文武略，壮志九州红。

1945年8月，抗日战争胜利后，郑星燕随工作团出征，反击反动派，经山西到张家口，吟诗《朝出雁门关》：

夜穿同蒲线，朝出雁门关。
挺进张家口，长驱冀热间①。
巡观新北国，喜见易人寰。
戎马战天下，疆场奏凯还！

几十年来，郑星燕对党的事业忠贞不渝，无论在艰苦的战争年代，还是在社会主义建设时期，都无愧于共产党员的光荣称号。在半个世纪的时间里，他为中国人民的解放事业和建设事业，坚定不移，英勇奋斗，忠心耿耿，鞠躬尽瘁。土地革命战争时期，他积极地从事党的地下工作，为保护革命团体和同志，与敌人展开秘密斗争，有时只身孤胆地开辟工作，坚定不屈，表现了一个革命者的崇高气节。抗日战争时期，他坚定不移地执行党的抗日民族统一战线，在文艺界团结一切可以团结的力量进行抗日。解放战争时期，他勇敢地参加战斗。中华人民共和国成立后，他无论何时何地，对党和人民事业都充满着真诚的爱，对壮丽的共产主义事业充满着必胜的信念，在工作岗位上勤奋努力。他热爱党的教育事业，认真贯彻党的干部教育方针，始终坚持学习马列主义、毛泽东思想、邓小平理论，学习历史、文学、诗词，学以致用。他认真贯彻党的知识分子政策，尊重知识，尊重人才，重视发挥老中青干部、教师在办学中的作用。他刚直不阿，坚持原则，光明磊落，作风正派，艰苦朴素，谨慎谦虚，严于律己，宽以待人，十分关心党的建设。

1998 年 5 月 19 日，郑星燕在广州因病逝世。他的一生是为共产主义事业奋斗的一生，是全心全意为人民服务的一生。

（摘自《郑星燕的战斗一生》一文；本书编辑时标题有所改动，增加照片）

① 这里指当时的冀热辽广大地区。

侯富山

侯富山，原名侯丰利，1907 年 12 月 28 日出生于山西省盂县西烟村。1926 年 9 月经王世隆同志介绍参加工会并加入中国共产党。1945 年初被调到延安进行较长期的文化和政治学习，7 月进入中央党校四部学习，8 月日本帝国主义投降，被调到党校二部任组教科科长。1946 年冬蒋军胡宗南部进犯延安，侯富山先留在延安，1947 年 2 月、3 月间调到晋绥。1952 年 7 月到广州，先任中共永汉区委书记，后任中共中区区委书记。1954 年调到广州市监察局工作，1958 年调任中共广州市委街道部部长，1964 年调任中共广州市委监察委员会书记，直至 1966 年。“文革”中受到迫害，1973 年重返工作岗位，任广州市政协副主席。1977 年 5 月 20 日病逝。

侯富山在延安的片段

王　其

1936 年 12 月，侯富山同志接上了党的关系，被组织送到我们党掌握领导的山西军政训练班学习，系统地接受抗日理论、军事、政治常识教育。毕业后，他通过山西牺牲救国同盟会（简称“牺盟会”）的关系分配了工作。1937 年 5 月间，和阎秀峰、张瀚丞等同志一起被派往大同牺盟会，主要是进行抗日宣传和发动群众的工作。8 月底日寇攻陷大同，他撤出后被分配到阳泉担任牺盟会特派员，和何英才同志一起向工人作抗日宣传、组织和发动工作。不久，日寇又到阳泉，这时他们在工人中已有些工作基础，在第一二九师协助下，他们组织了阳泉工人武装自卫队。

何英才和王凤山为队长，侯富山任政治部主任。后来这支队伍开入太行山，改编为八路军独立游击第一支队，他任第一大队副大队长。1938 年 2 月调晋豫地委任组织部部长兼磁县县委书记。1939 年 3 月到中共中央北方局党校学习后，9 月调太行区党委民运部农民科任科长。1940 年调太行三地委任地委书记。

他自和党取得联系后，特别是到太行区工作后，以满腔热情投入党的事业，虽然当时战斗生活异常艰苦，但他感到愉快、满足。孤苦半世，终于有了归宿，怎不令他感慨万分呢！他对党的关心培养感到无比温暖，因而产生了感恩戴德的感情，这种感情转化为他对党的耿耿忠心和坚强的组织观念。到解放区以后，由于他文化水平不高，缺乏工作经验，对有些工作适应能力不强，所以工作变化较大。在这段时间里，他不但调动频繁，工作性质屡有改变，而且职位有升有降。他却毫不计较，党叫他干啥就干啥，到什么岗位都尽力勤勤恳恳工作。在工作中锻炼了自己，提高了政治水平，改进了工作方法。在担任北方局交通科科长时，他为保证党的交通线畅通，不避艰难，深入游击区，开辟和检查工作，对科内同志能以坦荡的胸怀、诚恳的态度、勇于自我批评的精神团结影响大家，齐心协力，搞好工作。他对同志真诚宽厚，不计较个人恩怨。他在六分区工作时曾和一位女同志订了婚，不久那个女同志反悔了，要求解除婚约。当时他年龄已相当大了，却没有利用职权，强迫该女同志履行诺言，也没有在工作中对其打击报复，而是以大公无私的态度对待她。这件事受到太行山同志们的好评，那个女同志也很感动。他本人到 1943 年 3 月才与我结婚。

他性情开朗乐观，虽然斗争严酷，生活艰苦，但他不改其乐。有时在行军中、晚饭后引吭高歌，唱上一段山西梆子，使周围气氛都活跃了起来。

组织上为了培养富山同志，1945 年初调他到延安进行较长时间的文化、政治学习。这正是他多年的愿望，便在三四月间和我一起奔往延安。5 月间到达延安，7 月他进入中央党校四部，热情积极地投入学习。8 月日本帝国主义投降了，蒋介石勾结日寇阻挠我军受降，形势紧张。在延安学习的各解放区的各级领导同志都纷纷结束学习，奔赴前方，抓紧时机开辟工作。他也被调到党校二部任组教科科长。这时他又遇到新问题——他自己文化水平不高，理论水平有限，要负担起组织一些地委委员、县委书记的学习是有困难的，何况他自己也非常需要学习。但他一向对党分配的工作是不讲价钱的，于是二话不说到党校二部报到来了。不久二部的负责同志杨献珍离开，他不得不担负起党校二部全面工作，困难就更大了。但延安毕竟是革命圣地，中央领导同志的豁达大度的民主作风，善于调查研究，集思广益，实事求是地解决问题的科学工作方法，高瞻远瞩，胸襟宽广的态度，像春雨一样滋润了他的头脑。他紧紧地依靠几位担负学习和组织工作的知识分子干部，和学员中的学习骨干，充分发扬民主，广泛听取大家意见，党校工作进行得很顺利。在组教科办公室里，人们经常听到对学习问题所进行的热烈争论，他自己有时也参加争论，最后是根据大多数同志的意见统一看法，结束讨论，顺利地开展了学习。

1946 年冬，蒋军胡宗南部进犯延安。我带小孩撤到晋绥解放区，组织上留他在延安，准备开辟新解放区，他欣然受命，整装待发。后来计划改变，他在 1947 年 2 月、3 月间也调到晋绥来了，担任晋绥七地委书记并兼任军分区政委，主要负责地方工作。这两个分区平原较多，斗争艰苦。地委在老区搞土地改革，巩固解放区，同时集中力量开展游击工作，打击阎伪势力和反动地主豪绅，争取广大群众，以扩大解放区并推进游击区。他和其他领导同志既在后方主持会议研究方针政策、斗争策略，也到前方巡视指导工作，总结经验。工作紧张艰苦，但在这样的情况下，他还不忘照顾机关全体同志。他常常告诉负责机关工作的同志说：“同志们太辛苦了，要关心他们。要给他们一些时间，处理一下自己的事情。”他自己虽然有警卫员，但生活总是尽量自理。有时还帮着保姆给小孩洗衣服，帮着炊事员推碾子，处处以普通劳动者自居。1947 年秋，地委机关因敌人进攻实行转移时，警卫员脚上打了水泡，他就让警卫员骑着他的马，自己却步行随队。

自1947年秋至1948年春，解放区的各项工作都开展得较快。不久，晋中解放战争打响了。他和战友们组织广大群众积极支援前线，日夜工作，不计安危。在他管辖的地区内出现了刘胡兰同志这样的英雄人物，党中央毛主席亲笔题词表扬刘胡兰，更加鼓舞了他们的斗志。

侯富山（前排左二）和王其（后排左一）从延安撤离到晋绥解放区，1948年初与晋绥地委的同志们合影留念

1948年夏，同浦线各地相继解放。他奉调去新建立的晋中解放区三地委任书记。他到晋中后又奔波于解放太原战争的前线。八九月间，在解放军进攻下太原已成孤城，地委工作转向了新区的巩固。这时，他的工作面宽了、复杂了，包括工农兵学商各方面。地委的工作既要重视农村，同时也开始注意城镇。他很注意团结知识分子，发挥他们的作用。为鼓励某中学教师组织宣传队开展宣传工作，他亲自参加指导，观看演出，给学校师生以很大鼓舞，对社会上层也有影响。他性格开朗，平易近人，在学校师生和群众中留下了很好印象。

（摘自冀平、晋凯、建平：《怀念——侯富山　王其伉俪百年诞辰纪念》，第4—7页；文章系侯富山夫人王其所写，由其女儿侯冀平提供，本书编辑时文字、照片有所改动，新加标题）

黄静波

黄静波，1919 年 7 月 20 日出生，陕西绥德人。1934 年加入中国共产主义青年团，同年转入中国共产党。1935 年始曾任共青团中央少先队训练部副部长，少共陕甘省委宣传部部长，中共绥德县委书记、米脂县委书记、清涧县委书记，清涧县县长，陕甘宁边区粮食局局长、财政厅副厅长，第一野战军后勤部副部长、政委。1945 年 4—6 月作为陕甘宁边区代表团成员参加中共七大。中华人民共和国成立后，历任甘肃省财经委员会副主任、粮食部副部长、陕西省副省长、广东省革命委员会副主任兼秘书长、广东省革命委员会党组副书记、中共广东省委常委、广东省副省长、广东省人民政府党组副书记、中国广州交易会主任、中共青海省委书记、青海省省长、第七届全国政协常委。2014 年 12 月 1 日在北京病逝。

毛主席手书奖状永远鼓舞我们前进

——写在黄静波同志逝世一周年之际

屈干臣

看着馆内摆放的毛主席亲笔手书奖状，不由得想起黄静波老领导。

1942 年，是陕甘宁边区经济最困难的一年，抗日战争胜利在望。党中央、毛主席发出“发展经济，保障供给”的伟大号召，广大军民热烈响应，取得了开荒大生产、粮食大丰收的巨大成绩，更为取得抗日战争胜利打下了很好的经济基础。时任陕甘宁边区的清涧县委书记兼县长黄静波，在党中央正确领导下，带领全县人民积极开荒生产，取得了粮食大丰收。1943 年 3 月中央开会，表彰先进，毛主席亲笔手书奖状，颁给习仲勋（关中地委书记）、王震（第三五九旅旅长）、黄静波等同志。毛主席对黄静波的手书奖状上写着："坚决执行党的路线——赠黄静波同志"（正本在中央档案馆，副本发给黄静波同志）。黄静波同志几十年如一日，把奖状带在身边，鼓舞自己。

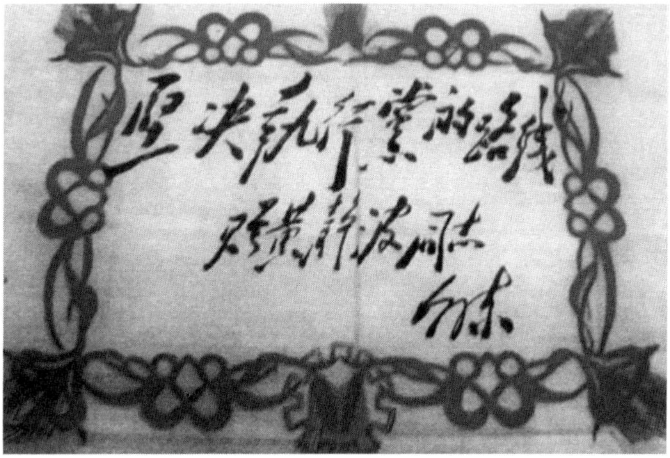

毛主席亲笔手书给黄静波的奖状

2014 年 12 月 1 日，97 岁的老红军、老书记、老省长黄静波同志辞世。老领导临终前吩咐儿子黄少南（武警某部政委、大校）将当年毛主席亲笔手书奖状副本，赠予广东省屈干臣档案馆珍藏。

我和黄静波同志相识于 1978 年。那时，黄老和习仲勋同志一道调来广东工作。在 30 多年里，我和黄静波一起在广东工作，后来又一起参加全国的秘书学会等社会活动，感情友谊很深。黄老曾专程来广东省屈干臣档案馆参观并题词。

（摘自《家庭档案》，2015 年 12 月 12 日第三版；文章由广东省屈干臣档案馆提供，本书编辑时照片有所改动）

梁金生

梁金生，1906年出生于越南东川省南圻。1924年春经同学刘亚任介绍加入中国共产主义青年团，1927年3月经曾宪尧、谭锡泉介绍直接转入中国共产党。1936年至1938年7月在深圳创办民族中学，创建中国共产党领导的抗日自卫队，任南头中学校长；在广东宝安、广州、香港从事革命工作（建立中国共产党的秘密交通线）。1938年7月受党组织安排去延安。1938—1939年后，在中央职委会筹办职工学校。1939年3月至1945年8月在陕甘宁边区任边区参议员、文协执行委员、中医研究会常委、医药研究会委员、东方各民族抗日联盟执委、侨联执委。在延安先后任光华制药厂厂长、卫生材料厂厂长、光华制药总厂厂长，陕甘宁边区保育院小学校校长（延安保小）。1945年5月在延安党校学习。1946年在越南遭国民党特务用毒药暗杀而壮烈牺牲，年仅40岁。

★★★

梁金生同志在延安保小

罗冬祥

我是1942年在陕甘宁边区保育院小学（简称“保小”）与梁金生同志相识的。当时学校有工作人员50多人，学生350多人，全是住校生。校部设有秘书室、教导科、总务科、医务所，还有党支部、学生会。梁金生同志任保小校长期间，对学校的教育，对学生、教师、职工的生活、卫生保健都很关心，他领导保小师生、职工在共同建校中做过大量工作。

由于当时我是校医，因此这里主要回忆梁校长在发展学校生产，改善师生、职工的生活、卫生保健方面的工作情况。

陕甘宁边区教育厅

委任状

兹委任梁金生为陕甘宁边区保育院小学校校长

此状

厅长

副厅长

梁金生被陕甘宁边区教育厅委任为陕甘宁边区保育院小学校校长的委任状

▶ 自己动手　共渡难关

1941—1942 年是解放区最困难的时期，边区开展了大生产运动。在梁校长主持下，保小于 1942 年秋和 1943 年初先后两次召开了全校生产动员大会。他根据我们学校的实际，要求生产重点以农业、副业、畜牧业为主，着手办好生产蔬菜和生产细粮的两个农场，尽快办好急需的作坊，在校内办好消费合作社，还要组织好学生和教师、职工的集体和个人生产。生产动员大会之后，学校制定了生产规划，师生、职工们都积极投入边区开展的大生产运动。学生们在课余时间经常参加菜园、农场的劳动，如抬水浇地、拾肥、抬柴、收蔬菜粮食和摘运瓜果等。

1941 年 8 月 1 日，梁金生（右）与姚淑萍在延安结婚

学校组织了纺纱、纺线活动，总务处买了50多辆手摇纺车，卖给学校师生、职工个人生产使用。他们直接去安塞县生产合作社领回棉花或羊毛，于是纺车无论是白天工间，还是在夜晚的油灯下都不停地转动着。纺出的纱、线，你一斤我两斤地交到安塞县真武洞生产合作社验收。

为了实现梁校长提出的“发展生产，改善生活，广开门路”的要求，学校总务处梁加业同志建议、校长批准在总务处成立了生产科，梁加业同志兼科长，文峰同志为生产科副科长，并充实了生产科的干部和工人。学校扩大了生产规模，在原有菜园、豆腐坊、磨坊、运输队、猪场的基础上，新开办了制酒坊、粉坊（制粉条）和第二农场（有地200余亩，包括租地90亩，开垦菜地100余亩），又将原有菜园扩大成第一农场。这样，农场能够生产几十种农副产品，其中有土豆、甜菜、西瓜、黄瓜、冬瓜、南瓜、西红柿、柿子椒、胡萝卜、白萝卜、水萝卜、大白菜、圆白菜、豆角、菠菜、韭菜、大蒜等，还有小麦、大豆、玉米、油料等。作坊也生产了豆浆、豆腐、面粉、豆芽、粉条、糖稀和白酒等。第二农场除生产土豆、粮食、西瓜外，每年放牧200多头羊，并利用农场、作坊的副产品，喂养了几十头猪和糟牛。到1943年7月，每月每人可以吃到三斤肉，伙房把原来每周吃三餐肉菜改为每天都有肉菜了，细粮、食油、蔬菜、瓜果一年比一年增多。

保小的全体师生、职工在梁校长的领导下，艰苦奋斗，开展大生产运动。在原有基础上，仅经过两年时间（1943—1944年），保小就基本实现了“丰衣足食”。师生、职工的营养水平有了很大的提高，体质也增强了。同时，政府又为学校增发了衣服、鞋袜、手巾、肥皂，学校的生活确实有了很大改善。党中央号召的大生产运动，在保小也同时取得了较大成就。

▶ 重视学校建设　关心卫生保健

梁金生同志既是校长，又是边区有名的中医、陕甘宁边区国医研究会的常委。他不仅重视抓好学校的教育，还关心学校的卫生保健工作。

那时，我是校医，梁校长任职不久，就征求我对改进学校卫生工作的意见。我当时向他提出五点建议，他采纳了，并请示教育厅、财政厅同意后，经过全校师生、职工努力，确实在这些方面有了很大的变化：

1. 通过发展生产，改善了学生的伙食营养和生活。

2. 改善了教室、寝室（窑洞）的卫生条件。1943 年春，学校的师生们和工人一同把全校住窑里的土炕全部搬出，改成了木板床。还粉刷了窑壁，改换了门窗，使教室和寝室的光线亮度以及空气流通状况好多了。教室里又安放了新课桌、新板凳。全校所有寝室、教室施工完毕后，梁校长又带领师生、职工把学校的环境、道路、操场整修一新。

1943 年秋季招生后，学生人数为 405 人，教室、寝室都不够。梁校长找总务处主任梁加业同志研究，确定由梁加业同志和群众协商，请 6 户村民搬迁出村，让出十几孔窑洞给学校用，学校发给他们搬迁的经费，他们可自选地址另修窑洞住。这样，学校用房的困难就顺利地解决了。

1943—1944 年，学校又新建了十几孔窑洞。新教师和保育员、总务处（生产科）、卫生所的用房也全部解决了。

3. 打了深水井。1943 年春季，总务处在离新建伙房 20 多米处打成一口 30 多米深的水井，水质好、水量大。井西北 20 多米处又新建了开水房。在比井高一米的空间，安装了一根木水槽延伸到开水房，将井水提升倒入木槽里，水就流入开水房的冷水桶、冷水缸内，开水也经安装的木槽流入开水缸里。这样，就解决了学生们流水洗脸和洗手的问题。同时，学校还修建了一间洗澡房，两周可轮流洗澡一次。学校用上了井水以后，师生、职工中得痢疾、肠炎、腹泻的人大为减少。

4. 新建了伙房。梁校长几次催促总务处要“很快修建伙房”，不久，新伙房就建成了。新伙房为土木结构，设计得比较合理，采用自然通风，光线充足，室内设有米食锅灶、面食锅灶、做菜锅灶，还分生食房间、熟食房间，刀具、案板等用具也是随房间分开使用。因此，5 年里伙房供应的饭菜从未发生过食物中毒。伙房还开有两通门，门外各设有三道拐弯的通风墙，两边的通道墙刷成黑色，苍蝇一见黑色便转回而出。伙房窗户热天用纱，可以通风、防虫、防蝇，冬季用纸，可以防风、防尘。伙房还设有烟洞走烟，顶部开有侧窗，室内蒸气和热气可以从顶部侧窗出去。

5. 增设卫生所的隔离病床。1943 年夏季，梁校长决定分给卫生所五孔新建窑洞。卫生所这五孔窑洞设有 20 张隔离病床，从此，卫生所有条件接收传染病人进行隔离治疗了。

▶因地制宜　治病救人

梁校长曾担任过陕甘宁边区光华制药厂的厂长。当时边区药品极缺，西药更缺，在防病治病方面经常遇到不少的困难，因此中医的医术和中草药很受各界群众的欢迎。梁校长到保小工作，也是我学习中医技术、中药药学的好机会。每逢我遇到疑难问题时，就向他请教，每次总是得到他的热心帮助。

有的学生曾在农村或战区患过痢疾，因当时未能得到及时治疗而拖成慢性痢疾，经过治疗仍是时好时坏。我在梁校长的指点下，用中药配合西药治疗，终于把病治愈。

许多学生常在秋末冬初或在冬末春初季节患咽喉炎和扁桃体红肿，发烧者不少，当时没有磺胺，也没有抗菌素，只能使用一些消炎药液涂抹患处或漱漱口等，有些含漱的药物有气味，学生不愿接受。后来，我和梁校长讨论这个问题，他告诉我可以用“冰硼散”治疗。就是将硼砂、冰片等几样药品研成细末，调配均匀，装进小竹管内，让病人张开嘴，压住舌头，把药粉吹在患处，每日吹两次，并间隔使用漱口水，保持口腔清洁。经过此法治疗，很快就能治愈。

我又向梁校长学会了使用“枣心散”。即将大红枣去核后夹上白矾，在木炭火上烧焦，待无青烟时方离火放凉，再研成细末。这对齿龈溃烂、口腔溃烂等病疗效很好。当时采用这些办法很实在。我还向他学习治疗乳腺炎。当时，农村妇女患了乳腺炎来要求治疗，相应的药品很缺乏。梁校长指导我，用蒲公英草加白糖捣成细泥后，敷在患处，消肿止痛，治疗效果也很好。当时还采用这种办法治好了腮腺炎病，解决了不少问题。

梁校长还教我治疗婴幼儿惊风病，西医称该病为婴幼儿腹泻。婴幼儿惊风的症状有的是吐泻不止的急性胃肠炎。不少的婴幼儿是受了细菌、病毒感染，急性发病时吐泻很厉害，有的发高烧，脱水严重的容易死亡，病死率也比较高。当时农村医疗既无输液条件，也无口服补液粉的供应，病人吃药吐药、饮水吐水。于是我去请教梁校长，他说此病中医称“小儿惊风”，用八卦丹研成细末，温开水泡溶，服澄清液，祛风即可。当时我用此药治好了不少婴幼儿惊风病。

▶ 胸怀坦荡　热心助人

我和梁校长相处时间虽然不长，但在我们之间形成了一个很融洽的上下级关系和良好的同志关系。有一次，我遇到一个疑难病例，在治疗过程中我们发生争执，这不但没有影响我们之间的关系，而且更促进了相互了解。争议后第三天，他亲自做拔丝丸子请我吃。他说：“你这个人工作好，研讨问题很认真，能坚持原则。”

梁金生同志为人正直、热心，大公无私，一切从工作出发，积极热情地关心他人。他胸怀宽大，不记成见。他与工农群众有着深厚的感情，并善于联系群众。他对干部、对学生负责。无论什么样的干部他都能够容纳，能力强的放手使用，能力弱的他耐心帮助提高，诲人不倦。这些好作风是值得我们很好地学习和效仿的。

梁金生同志和我们永别已经40多年了，他那高尚的情操和朴实无华的工作作风给我留下了深刻的印象，使我永生难忘。

（中共深圳市委党史办公室编：《纪念梁金生》，1987年版；本书编辑时文字、照片有所改动）

魏　伯

魏伯，原名王经川，1912 年出生于河南省荥阳县峡窝乡。1936 年加入中华民族救国先锋队，同年加入中国共产党。1939 年到延安，创作了《民间的谢子长》《争吵》等小说，散文《塞行小记》和诗歌《在黄河》等。抗日战争和解放战争时期，先后担任第十三军游击队第二纵队政治代表、第二战区战地工作团秘书，《西线社》杂志编辑，陕甘宁边区米脂县县长，《晋察冀日报》特派记者，中共牡丹江五林县委书记，辽阳市市长，第四野战军南下工作团教育科科长等职。中华人民共和国成立后，曾先后任中共中央中南局计划委员会副主任、广东省经济委员会副主任、国家城建总局副局长。1984 年 7 月在北京病逝。

★★★

用小说记载发生在延安的故事

魏大劲

这是一个真实的故事。事情发生在 1941 年的延安。我的父亲魏伯就是小说中的“我”。

当时延安的生活条件非常困难。很多干部有了孩子的时候，只能选择请当地老乡帮忙“养活”。我的母亲身体不好，再加上营养不良，根本就没有奶水。所以姐姐“小穆”刚刚出生不久就送到老乡家里寄养。

小说中的“曹金柱”和“我”的关系，实际上是一种亲如兄弟的关系。他们虽然“争吵”，但是他们的目的是相同的：都是为了孩子的健康成长！正是由于这样，才导致了这一场“争吵”。

后来，在我出生以后，大概是吸取了姐姐的经验教训，母亲就自己带着我。没有奶水，就抱着我山上山下一个窑洞一个窑洞到处找刚刚生过孩子的阿姨喂我奶。有一位叫罗兰的阿姨，刚刚生下来的儿子不幸夭折，她就用自己的奶水哺育了我很长时间，把我当成自己的亲生儿子，于是我就有了两个妈妈。由于是战争年代，离开延安以后曾经很长时间我们失去了联系，罗兰妈妈到处找我。一直到中华人民共和国成立以后，父亲到北京开会的时候，她才见到了我父亲。一见面，她就问："老魏，我的儿子呢？"后来我到北京上大学，虽然她已经又有了一个儿子，但是仍然对我如同亲生。记得三年困难时期，她在颐和园后面的中央党校学习的时候，在校园里开辟了一块小小的菜地，礼拜天我去看望她的时候，她就把菜地上种的辣椒叶子摘下来，给我炒着吃……罗兰妈妈是一位来自湖北的二方面军老红军，她是跟着贺龙经过长征才到了延安的。中华人民共和国成立以后，她在劳动部工作。我永远怀念我的两位妈妈。

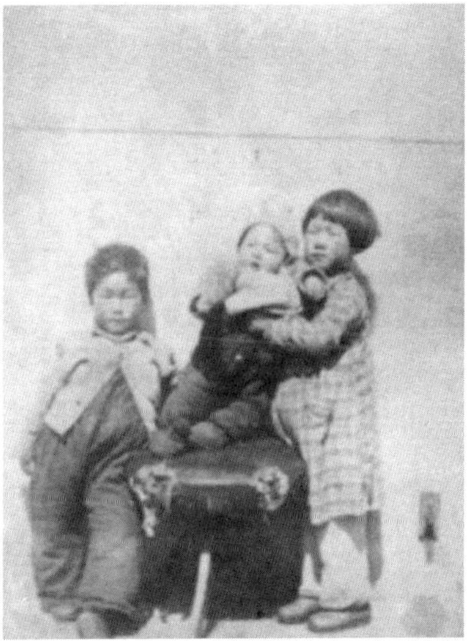

1946 年，魏伯的三个孩子在河北张家口

1948 年，魏伯和孩子们在东北牡丹江

在延安，有时候还找到老乡讨要一些羊奶，实在没有办法就熬一点小米汤。延安的困难时期，一直到毛主席提出"自己动手，丰衣足食"，

开展大生产运动以后，才有了根本的改变。所以我和姐姐都是靠着延安老百姓才能长大的。我是永远也不会忘记的！

▶争　吵

天黑了，我抱着小穆回到自己的窑洞里。她已 3 岁多了，陕北话都会讲，但一从老百姓家抱回来，却忽然变成了“哑巴”，三天只会说几个“不”字。我把她放在地下问她：“小穆，冷不冷？”她在老百姓家一直睡热炕，这时直哆嗦。但只轻声回个“不”字。自己的孩子对自己比路人还陌生。

我抱她到床上，拿枕头垫给她坐。方桌靠床放着，我在上面展开一本《穷人》，想仔细读下去。外面很静，那个在河边练号的同志早回去了，只有燃烧着的木炭吱吱响着。一只耗子钻出了防空洞，头在灯光前耸了一下，马上缩了回去。我看一下小穆，她默默坐着。“小穆睡吧！”已经那么没神了，她却摇着头说：“不！”声音里有种忧悒，一种稚气的寂寞。这孩子会这样忧悒下去吗？

书我一点都看不下去，却忽然想到给她一本有趣的书试试看。我在书架上找了一本英文的《普式庚》。她在奶妈家里整天看见的是红玛瑙镯子、布缝的娃娃、纸烟盒子、小米、羊。奶妈的女孩子凤 13 岁了，在一个小学里念书。小穆也见过她的课本。但那是书吗？只是几张土纸。小穆可以说是见过书的。我把这本装帧精美的书放在方桌上，她的眼睛淡淡地望着它。等我打开了书的第一页，她却突然大声地说：“大马！”

啊，小穆说“大马！”这是你说的吗，小穆？这天真的稚气的声音是你的吗？她脸上也有了微笑。我跟着她说“大马！”她又说了一次。啊，好甜的声音，这微笑，像在连阴天忽然见到云缝里漏下一线金色的阳光，我多么高兴啊。一个男的带一个小孩是很苦的。但现在我在她身上得到了珍贵的欢喜。我翻书的第二页，还是一只马，她却说是一只狗。“黑狗！”就算一只黑狗吧。那声音给我的仍是说不出的欢喜。第三页是普式庚的像，她声音更高了：“婆姨！”我看她的欢喜和兴奋不会一下子就失去，才大胆地说：“不！汉子！”而她却说：“婆姨！”她且用小手指一下普式庚的卷发。她也许以为那是髻纽。她自己翻起书来。每掀到一张画或是像，就嬉叫着、笑着。我自己又把眼睛移到《穷人》上。杜斯杜也夫斯基（也有译为杜思妥也夫斯基）是我喜欢的作家，他所描写的悲惨的灵魂总使我感动。但现在他的杰作却比不过小穆的声音。她竟唱起来了。她忘记了自己是在陌生的地方，在她面前的是一个“陌生”的人，因此也就忘记了三天来的寂寞和忧悒。我恐怕我的什么举动会改变了她的注意，两眼只放在书上，尽力避免看她的视线。

“你还没憩？”我还没辨清楚是谁的声音，就有一个人推开门进来了。而小穆却先认出了来的是曹金柱——她奶妈的丈夫，把书一推，就喊着“大呀”哭起来。

“啊，老曹！这么晚了……”

曹金柱把给我带的豆子和芝麻放在桌上，马上奔到床边把小穆抱起来。像是我把小穆拐来的，我虐待和鞭打了她。她看到了“大”，抱着他的肩膀很悲地哭起来。曹金柱看一阵小穆，再用脸挨她一阵，也像他丢失了孩子，在我这里又找到了。小穆哭着，他喊着：“小穆小穆！”他患着厉害的眼疾，眼皮已经腐烂了，总流着汪汪的泪。现在他便拿这双沙眼往小穆身上擦，像是要找出她的伤痕，或是钻进她心里看一下是不是这孩子变了样子。小穆一下就不哭了，而他还低声地唤着：“小穆小穆！”他也许还不相信小穆已在他的眼前，且已在他的手臂里了。

“老曹，你怎么不早些来？”

“啊！娃娃变啦，哭得厉害吧？”这时候他才感到身边还有我，对我发出严厉的质问。我又一次感觉到他自以为是小穆的保护人，而我——她的父亲，在这时他的眼里却是惹得小穆不安宁的人。“我拦一天羊，黄昏回去还没有端起饭碗，高丙中就跟我讲，说你托他带信，娃娃可是哭得厉害，要我抱回去……啊小穆，回去不？”

“回去，大啊，回去吗……”

“啊回去，明天咱们回去，回去看妈妈呀。”他亲了一下哭着的小穆。高丙中是他村里一个开磨坊的。

“高丙中瞎说，我这两天没碰见他。”

“他说他见你啦……反正娃娃明天回去……”语气非常肯定。他抱着小穆晃了两下，终于独自似的讲起来：“哎呀，这两天可真不能过！”他像扛了好久的重担，一下解脱了，深深地吐了一口气。“往日我拦羊回去，羊没到家，小穆就在喊我了：‘大呀，大回来啦！’你看她喜欢吧。我脚一进窑，就给我找碗、找筷子。挨天不亮她就醒啦，你看她由这一个被窝往另一个被窝钻吧。一窑洞热火火的，尽是笑。而小穆回去后，出口气回口气凉洒洒的，就像没个人。我婆姨把饭端上来，和凤三个人坐下，谁都眼睁睁地看着饭不想端碗。凤问：‘妈呀，小穆怎么还不回？’我婆姨答不上来，两眼挂不住泪……哎呀，简直不成光景……”

“老曹，这芝麻是一升哇？”我不想再跟他讲下去。

“一升。”

我给他10块钱。天这么黑，月亮半夜才会从南山坡爬上来。他带着皮袄，大概今夜不预备回去了。我到总务科给他取了两件破皮袄和一个棉门帘子。我刚回到窑门口，就听见里面在轻声地讲：

“……想妈不？”

“想。”

“想大大不？”

“想。”

“哪里想？”

“这里。”

我推门进去，曹金柱两根山羊胡子还在小穆脸上扫着，小穆的手也才从自己的胸口拿开。她又抱着他的肩膀，带着哭的声音说：“走吗？大！”

我和曹金柱说：“我给你借了一点铺盖。”

“哦！我带的有皮袄。往先动员担架，也带的这一件。冷不怕。”

我和曹金柱的友谊是从小穆寄养到他家里开始的。每次相见，都是先笑后说话。他已 40 多岁，是一个朴实老诚的农民。黎明就到地里劳动，早饭后又带上两个馍赶着羊群上山，一直到星星满天闪了，才拦着羊回家。他并不吝啬，谁赶上吃饭的时候到他家，他就给谁取碗筷。我是问他讨过许多次瓜子、豆子、南瓜的。有时他也托我些事情，我也尽力为他办。谁都称赞和羡慕我们的交情。他村里的人常在背后说："老曹老魏才是两个好亲家。"

现在他抱着小穆的神情却是我没见过的。从前，我讲的话他是很认真地听的，而现在他是有要发脾气的预感。他一讲话，胡子就急得乱抖。我是非常同情和尊重他的，我不希望两人中间发生不愉快的争吵。我平心静气地向他解释："老曹！小穆在你那里养了这么久。我很感谢你。你是她的活命恩人！"

他平素很能听人讲话。别人讲话的时候，他撅着下巴，一双红染染的沙眼，闪着温和而诚恳的光。他现在却不等我讲完话就插进来，仿佛他心里有个东西在来回滚动，使他安静不下去。"你想想，老魏，这娃娃抱来的时候可只有一尺长！多少人劝我们不要奶她。我婆姨也不情愿，怕娃娃成不了人。可是你们那个同志苦求，说我们要是不奶，他就把娃娃往山坡上一扔，随她喂狼去。我说，唉，命是骨头里带的，只要有命，不怕的，就留下了。想想，老魏，那时候我要不收……现在大了，会言传了，你抱回来啦！"他擤了一下鼻涕，像是他的愤怒也由鼻子里喷出来了。

"老曹，一切我都忘不了，我和小穆都感谢你。她才回来有点生，等过些日子她在这里惯了，我再领着她去看你和她的干妈……"

"不，明天就要回去，过两天娃娃冻也冻死了。"

"她明天不能回去，老曹！"我带着笑说。

而他的口气却更坚决起来，说话竟有些口吃："明天一定要抱回去！"

……对他，我忽然感到一种害怕，没有和他硬争执下去。我在窑里来回走着，想清理一下我的脑子。

小穆爬在曹金柱的肩上，打起鼾来。我才记起早是她睡觉的时候。我去抱她，她一下子就醒来了，哭着说“不吗!”这情形前三天是没有过的。他给她脱衣服，她也一样嚷着要回去：“回去，大!”

“老曹，你先回去。过两天我再抱小穆去看你们。”我说。

老曹看了一下我。“我就憩在这里。”

“那小穆恐怕一夜也睡不安稳。”

“不怕!”他蛮有自信。他马上擒住小穆耳朵说：“小穆，乖乖儿睡吧，明天咱回去。”他给小穆脱光了衣服。我把她往被窝里捺，小穆又大哭起来：“大呀，大呀……”被窝像是一个要她命的地方，她一躺下去就没命了。她号着，拼命挣扎着，我给她放下去，她又爬起来。她竟有这样大的力气，我再也按她不倒了。曹金柱站在一边默默不响。我又恨又气，哆嗦着，话也讲不清楚了，然后退了出去。

天已经相当晚了。整排十几个窑洞子窗门已经熄灭了灯。我扑到左耕的窑里，他正趴在方桌上写文章。我疯一样地高声求他：“左耕，你赶快叫老曹到底下睡去!”

“什么，老曹来了!”他也是认识曹金柱的。我用几句话讲明了刚才发生的事情，马上让他赶快去：“小穆已脱光了衣服，迟了就要睡啦。”

左耕是广东人，走路用碎步，却非常快。他马上向我窑洞里走去。我待在他窑洞里禁不住哆嗦。我在想，曹金柱会下去吗？他要发脾气吗？从前我是很了解他的，但现在他却像是变成了另一个人，笑脸见不到了，他的样子总像要吵架，打人……他会和左耕打起来吗？左耕性情是急躁的，而曹金柱的胡子里有那么多的愤怒。

左耕一下就回来了。“老曹已抱住小穆睡下了。”

“在什么地方?”我马上问。

“在地上。”

他陪我回去。曹金柱和小穆睡在我窑洞的左角，上面盖的还是他那件黑布吊的大皮袄。他一声不响。“老曹!”左耕喊他，他也不应。“怎么办，还是算了吧，明天再说。”左耕的话仿佛在安稳我。

左耕走后，我一个人在发呆。曹金柱带来一把拦羊用的铁铲，我拿住想狠狠捣几下——我觉着我的血液在迅速地流动，我非常愤怒。但还没有捣着他就又缩回来，我忽然觉到我没有权利这样做……

小穆忽然从梦里说："走吗？大！"他满含爱抚地喃喃了几声。孩子又睡着了，他却说："大冬天娃娃睡在这个窑里，不难活才怪哩。"

我在窑洞里来回走着，一盏油灯懒懒地发着淡黄色的光。小穆马上有了响声，耗子又出来窥看了一次，又寂速地拖着尾巴跑走了。

我走到外面去，广阔的夜里只闪烁着无数的银星。远近山上的灯火全已熄去。延水因为大半结了冰，流起来声音哑多了。我望着前面无尽的夜色，深深地吸着寒冷的空气。

等我过了一刻熄灯睡下的时候，曹金柱也还发着咳嗽。"老曹，冷吗？""不冷。"他的回答像是在赌气。

夜均匀而平静。小穆的鼾声也还是那么有节奏。昨天这鼾声由我的被窝里发出，我就在这鼾声里睡去。今夜这鼾声发自曹金柱睡的地方，却阻碍着我的睡眠。

三年了，曹金柱的妻子用一口口奶把小穆养得会坐、会走、会说话。三年了，他抱她，逗她玩，和她讲话。三年了，他和他的妻子把小穆当作自己的孩子养活她。三年了，她生活在他们的爱抚中。她喊奶妈作"妈妈"，喊他作"大"。我只是一个月，或两星期去看她一次，她认为曹金柱的家是她的家，而我在她心里和别人一样，不过是曹金柱的一个客人。今年秋天我曾把她接回来一次。上午还玩，下午就哭起来。"回呀，要大呀。""我就是你大。""不，不是。"她用小手打我的嘴，我在她的小眼睛里看出曹金柱的地位。

小穆又咳嗽起来了，是很厉害的咳嗽。白天我看她咳嗽得流眼泪。曹金柱抱着她，嘴里又是同样的喃喃的声音。"你看娃娃咳得多厉害，医生说，这是气管炎，不快治就要转成大病……"我说。

"娃娃就这样子。"他辩解着说。

我还接着讲："你为的是娃娃，我也是为的娃娃。等过了几天娃娃病好了，也在这儿住惯啦，我再领她去看你。”

“娃娃是你的，这我不能说二话。可是老魏，我们养活了一场，抱回去看看都不行啦？说到天边，说到毛主席跟前也没这个道理吧！明天娃娃一定得回去，过年开春了给你送回来。”

“不行，老曹！我看还是慢慢她惯了再去看你们。”

“我看一定要回去！”

再谈下去就要吵架，我暂时沉默下来，再寻找机会向他解释。对山狼已嗥起来，大概夜已很深。我想睡一下，但越想睡却越睡不着。

“唉！”曹金柱沉重地叹了口气，他也睡不着。

“老曹，咱们老相好，不要弄到难看上。你心里别难过，有话明天咱们慢慢谈。”

“养了三年，临了一场空！”

“怎么算一场空呢，她会记起你的，你救活了她的命，她也就和你生的差不多……”

从前我讲什么他都相信的，现在是讲什么他都不信，仿佛请他奶孩子是一场我布置好了的骗局，他现在发现受我的套了，他上当了。

我们又沉默下来。外面远远有一阵模糊的狗咬声，狗咬停止后夜显得格外静了，像是针落在地上都会发出清晰的响声来。两个人都睡不着觉。他常常翻身，微微地叹着气。过了一会他突然说：“这窑洞冷成这样子！”我没答什么。

这种不愉快的情形，也许是他想不到的。我们过去没拌过嘴。他给我带着芝麻、绿豆在路上走的时候，一定想我会答应，且欢迎他把小穆抱回去的。

我更没料到有这个结局。保育院规定收会走的孩子，我在今年春天就想把她接回来养一下送进去。跟曹金柱讲，他说夏天天热了再抱。夏天她患了咳嗽，痢疾。他和他的妻子又要我等到秋天。秋天到了，奶妈得了流行性感冒，很快转成了伤寒。我听到这个消息决定抱小穆回来。我一天下午去看她的时候，看见奶妈躺在炕上，全脸发青，额头上落了几个蝇子，而小穆嘴正含着奶妈的奶头吃奶。我起了寒战，我想这孩子也会得伤寒的。

“唉，小穆不知道还能吃我几次奶，我死了这娃娃不知道怎样哩……”她摸着小穆的头，眼里已流不出泪，但表情却是那样可怕，像是她马上就要离开这世界了。她贪婪地、依恋地看着小穆，再吩咐我说：“好亲娃娃！你可不兴打娃娃呀……”我只呆呆地看着小穆含着她的奶头。没有理由说小穆不传染上伤寒，可是我没有勇气把她拿开，更没勇气把她马上接回来。

但小穆要在老百姓家里养到什么时候呢？李洛今年夏天陪我去看了她一次，她正端着碗吃饭，饭碗上和她的脸上都是蝇子，而头上、屁股上尽是疮。许多朋友都劝李洛想开一些。而我自己想起这事的时候，头上总像绑着一块石头。现在我比较能抽出一些时间，就和奶妈讲要把小穆接回来。

“你赶快抱走，反正早晚有这一遭！”她发火了。但使她发火的，却是小穆要走了的悲哀，她也天天在盘算着这件事。“从今后我要出去讲，劝人不要给队上奶娃娃啦，一月拿一百块钱也不上算。”比起曹金柱，她是一个聪明、稍微有点尖薄、两片嘴唇很会说的女人。

本来小穆每次见我就要躲的，站在炕里对我翻白眼。这一天，我拿了几个红枣给她，她却忽然要我抱起来。我先教她骑羊，她欢喜得发笑。我抱她在外面走，她用小手摸我下巴上的短胡子。“回去吧，回咱家去吧？”她没答应，但那表情却是愿意回来的样子。我试着抱她下山，她也不哭。我又抱到他们窑里，我告诉奶妈，“小穆愿意走哩。”“那你给她抱走吧。”她本来要迟两天，但现在我却想在这小穆不哭，不会造成悲痛的局面的时候就抱她回来。把我的毛衣给她穿上，就抱着她走了出来。风先拦住我，要夺下小穆来，小穆却不要她。“妈呀，你看小穆！”“她要走叫她走吧！”我抱着她走下山去。奶妈站在外面看。“小穆，回啦？”我想这一下也许会惹起小穆哭起来，但她却一声不响。下山坡了，我回头看一下奶妈，她脸上勉强浮着微笑。“老魏，她哭了，马上给我抱回来呀！”

我也预料小孩子回来会哭几天的，但新衣服、许多吃的东西对她产生了诱惑。第一天没有哭，只在夜半的时候，她在被窝里喊“妈呀，妈!”我应了她。她的小手向我胸前摸了一阵又睡着了。

第二天下午，曹金柱和凤赶来了。“哭了啦啊?”他见我就问。然后把他颈子上的毛巾解下来给她扎在头上，“娃娃要受凉啦。”因为河那边羊群在那里，他马上把凤留下，自己先走了。凤一来就哭，泪雨一样顺着麻脸往下流。天快黑了，她才又哭着回去。我把她送到门口，小穆也跟到门口。“凤!”她只叫了一下。我把她引回窑里，在炭火旁坐下。我默默不响，她也默默不响。她商量似的问我：“回，回啦!”我装着睡去的样子，打着鼾声。她一个人开了门走出去。我由门缝里看她往底下大路上望！用力喊着：“大，大呀!”我这时诅咒自己……

现在是曹金柱又赶来了。“哎呀，简直不成光景!”而我就是这“不成光景”的制造人。曹金柱把小穆当作自己的孩子养了三年了，她已成了他们欢喜和悲哀的一部分。没有她，他们就生活不下去。

小穆又“大呀，大呀”叫起来。曹金柱还是发出先前一样的爱抚声音，随后又沉默了。月光已投射进窗子来，照出窑内每件东西的轮廓。我忽然这样想着：把小穆送给他吗?但另一个思想马上严厉地斥责我，“那是你的孩子啊，你对她有责任。你不应该随从自己的高兴就把她像礼物一样送人……”而我好像听见已长成了十几岁的小穆在诅咒我：“你要害我吗?我头上生疮，我不住咳嗽，你还想把我往死里送吗?”……我就这样睡着了。

小穆的哭声重新使我醒来。远处有鸡鸣，天快亮了。小穆说：“大呀，穿衣服回啦!”曹金柱就坐起来为她穿衣服。我点着灯。我这时已决定不论怎样都不让他再把小穆抱回去。我烧起一堆炭火，使不致冻着孩子。她哭了一刻。他劝她：“天明了，回啦!”

“小穆不会哭的，不要走!”我温和地对他说，但他的眼睛里却对我射出敌意的神情。

“光我说不行，你去问问我们这里的同志，看她这几天哭了没有。”

“问他们！”意思是，“你们都是一个鼻孔出气的！”

“老曹，咱们还是不要吵，你为的是孩子，我也为的是孩子，你养活的心疼，我生的就不心疼！”我重复着这些话。“你相信我，我是不会虐待她的。她现在回来有点生，可是过两天会惯的。那时候我再引着她去看你。你是我的恩人，不是仇人。咱们都是为着小穆。你想，我抱回来三天，你又往回抱，抱来抱去简直是折磨小孩子，让她哭。”

他沉默了一下，摇晃着小穆。“我的婆姨快哭死啦，这两天贵贱啥也不做……”

“她可以来看她，我煮肉给她……”

“抱走不叫，来看还不是扑个空……”

“那怎么会，老曹。”

小穆又起了鼾声，他就抱着她倒下去。我打开《穷人》看了几行，才想起他说的“扑个空”是说我会把孩子藏起来。

记得去年鲁南的孩子从老百姓家里抱回来的情景：奶妈和她丈夫来看孩子，鲁南就不让他们看，奶妈的丈夫躺在地下不走，奶妈自己挨着窑洞搜，眼里流着泪，神情像是要发疯的样子。当时我总以为那太残酷了，而我相信我和曹金柱之间不会弄成这样子，我让他来看，他也不会这样麻烦。但现在我知道自己是错了。

天亮了，窗户变成了灰色的。有了号声，那个练号的同志总是黎明就吹起号来。曹金柱这时候把小穆背在身上，用皮袄裹起，什么不说站起来就往外走。

“老曹，你哪里去？”我已老早就注意着他的行动了。这时站起来质问他。

“回去！”

“今天孩子不能回去！”我拉他。他什么话不讲，拿着拦羊的铁铲往外冲。小穆的眼睛稚气地看着我。我再拉他一把，他用更大的力量往外冲，就像一个战士要冲过敌人的封锁线。我抢先一步拦住门，我们就在门口对抗起来。他胸脯向外，我用手推着他的胸脯，他又用手推我的手。

“老曹，把孩子放下，咱们讲……”

“今天小穆一定要回去，你来我家里讲吧。”

“一定不回去!”我又把他推回来。

“一定回!”他用劲冲。我的声音变严厉了。他停了一下，忽然变做哀求：“好老魏，我的好亲戚，要我和小穆走吧……”我看不清他是否流了泪，但声音却是像在哭。这时候我的手突然失去了力量，抖索着，放了下来。我忽然害怕起他，想让他走。但另一个思想马上显现在我的脑中，斥责我：“想妥协吗？你要把小孩子令他抱去吗？”我已是这么疲倦了，使我忍住战栗，重新伸手到曹金柱的胸前：“你今天无论怎样不能把孩子抱走!”声音这样高，简直是从心里迸发出来的。“好老魏，你的良心……”

最后他依着我的要求把小穆放在床上。“你今天不让我抱小穆，你用铁铲把我打死吧，打死我就不抱啦……”我又战栗起来，不敢看他的眼睛，又退了出去。

天已大亮了，底下小鬼在上早操。我仍请左耕去和曹金柱解释。我在外面冷空气里来回走着。我像是在火线上打了一次仗，我深深地感到了疲倦。但曹金柱在向我挑战：“他的孩子怎么样，他说抱回来就抱回来，是我们养大的，怎么啦，抱回去过几天可不行啦……”

理由是不多的，但他却坚持得很厉害。他的意志像一块铁，谁也说不动。我很怕再看见曹金柱的眼睛，但末了我还是插进去：“抱回去不行，老曹!”

左耕走后，我抄起稿子来，我的神色装得这样恬静，像是什么事都没发生过。我把一个字一个字规规矩矩地填进稿纸的方格里去。他把小穆抱起来，把我煮熟的红枣给她吃。窑内这样静，延水边一个人在唱歌，那声音清晰地向我窑洞里传来。

吃早饭了，我给他和小穆端了两碗稀饭。小穆端起碗吃着。“吃吧，老曹!”我诚意地劝他吃，他却说：“不饿。”“吃吗!”我才看见他眼眶里聚着两圈暗光。小穆吃了几口也把碗放下了。我喂她，她摇摇头，而我也没吃多少。

许多同志又来劝他，我趁这时候把小穆接过来抱了出去。小穆哭着，我加快走着。小穆在一个同志的窑洞里睡着了。我走回来看见曹金柱依着窑洞外面的小柳树，默默地流着泪。我请他回到窑洞里去。“外面冷。”我说。而他说，“你窑洞里和外面一样冷！”过了半天我又说：“老曹，你看孩子已睡着了，她并不哭。时候不早，你还是放心回去拦羊吧。”

他仍依着柳树，默默地流着泪。那烂了的沙眼现在是显得更红了。我鼓着勇气又去劝他：“过两天我一定把小穆引到你那里玩……”

他要我把他的东西拿出来。但我把皮袄、铁铲递给他的时候，他忽然变了主意：“我走我会拿，用不到你！”我只好抱歉地把这些放在他身边。

我是什么办法也没有了。请了几个同志留着劝他，我抱着小穆到山那边去。

一直到午饭后，别人才告诉我他走了。我把孩子抱回来，这样疲倦，我倒在床上睡下去。

我们山底下有条大路。每逢有老百姓走过的时候，我就怕是曹金柱来了。我甚至这几天怕出去在路上碰见他，怕半夜里他会来把小穆抱走。现在第六天了，他还没有来，从前他每天在对山放羊，我很远就可以认出是他的羊群。这几天看不见山上有羊。今晚散步的时候，我却碰见高丙中了，他给机关里送面。“高丙中——”我招呼他。他翻了我一眼，然后又转向他的驴子说：“唉！你给老曹弄难活了。”就走开了去。我马上想到那团着一双烂沙眼，那从山羊胡子里吐出的叹息，我战栗着，我像是犯了什么罪……

▶选举　闭幕

1941 年 11 月 6—21 日，在延安召开陕甘宁边区第二届参议员会议。到会议员 219 人，其中有共产党员、民主党派和无党派人士，毛泽东、朱德等中央领导参会。毛泽东在开幕会上和闭幕会上发表演说。最后以无记名投票方式进行。

大会要进行选举了，会场上每个议员的表情便马上紧张起来。年老的戴上花镜，年轻的全集中了精神，眼睛在候选人介绍表上移动；不识字的则请人把每个候选人的履历读给他听。他们所想的，只是谁能干，谁“技巧”最好，谁最能保证使一粒粒种子都能开花结果。

先选政府主席。高岗议长说选谁做正主席，在他头上画两个圈；选副主席画一个圈。有的人只会捏撅头把子，却不会捏笔杆；许多老先生年轻时捏过笔杆，现在拿起笔的时候手乱哆嗦。但他们每个人都严肃地提起了笔，在他们最信任的人的名字上画着圈圈，还恐怕人看不清楚，描了又描。79 岁的老参议员李丹先生扶着拐杖来时，大会已在进行着选举，他便向主席讨了一张票，由别人给他念候选人名单，按他的意思选。

“林伯渠……”“啊，选他!”李老参议员认真地点着头。

一个蓝色的投票箱和一个褐色的投票箱在全场走过的时候，人们都把自己的票——自己的希望投进箱里。开票时又是怎样紧张的情形呀。大家都看着唱票的，当他唱着一个一个人名的时候，会场上有多少人脸微笑啊，仿佛都在说：“我选的要中了。”而当主席宣布林伯渠为边区政府正主席、李鼎铭为副主席时，会场的掌声便像响雷一样很久持续不断。

政府委员一共选 18 个。未选前，高岗同志代表王维舟等同志退出候选人。“因为他们都是共产党员，而共产党员在候选人中占的太多了。”他又说：“我们要保证三三制，共产党员只占六个；如果不够六个，倒可以。”选的结果是多了一个，徐特立同志请求退出，白文焕先生便依次补上去了。

第十六天的上午，大会举行闭幕典礼，在南汉宸议员朗读大会宣誓的时候，会场是寂静的，每一个人全聚神地听着。“大会通过了‘五一’施政纲领……许多抗战施政纲领……改选了政府……”大家都在辨别着，点着头。

高岗议长的话，每个议员都听得懂。他的语气是诚恳的、朴素的：“这次参议会开得好不好，好！有许多参议员20多年没到过延安，现在骑着毛驴来开会，全体不辞劳苦，不避饥饿，为国家民族忘记了个人……这个伟大的革命巨人孙中山先生没有看到在这个地方实现了他的三民主义……”

毛主席也特赶来参加这一人民代表会议的闭幕典礼，在林主席（林伯渠）讲完话后，他在掌声中登上台去。

1941年11月，陕甘宁边区第二届参议会召开，毛主席在会议上发表讲话

“开了十五天会，闭幕了，大家热心，开得好。我觉得很好。总结起来有两大成功。第一，暴露了我们许多东西，好的东西和坏的东西……第二，这是个很大的学习，使共产党员向党外人士学习……”

他说党就是要集中人民的意见，加以系统化，坚持下去。“哪一天不去集中人民意见，不听取人民意见，既无意见……便要腐化，便要没有前途。”他说今后要切实做到上下一致、言行一致。“党外人士有批评自由，有写信、登报的权利；讲的不对也要讲，否则就不叫自由。”最后，他指示要反对两种主义——主观主义与关门主义。“这两个毛病不弄掉，革命无论如何不能成功。中国这样一个泱泱大国，人口有四万万五千万，只顾自己，只图私利是不行的。”不知道用什么方式才能表示出他们的欢喜，参议员们拍着手，嘴里还说：“好，好……”

代表参议员讲话的，是李丹先生，由人扶着走上台去。他向会场先看了半天。“我 79 岁了，今天到大会上来，是老夫发狂言。”他说他耳朵已经聋了，但他要用眼睛看着三三制实行。李老先生是陕北的一个学者，他引用许多古著名言。“‘不可与言而与之言，谓之失言；可与言而不与之言，谓之失人’，今天到了这里遇见可与言之人，我为什么不讲呢！”他向大家伸着手，眼睛向前看着，神色非常兴奋。全场不断响起掌声。徐老、谢老、毛主席都在他的旁边静听。不时劝他坐下、休息、斟茶，怕他受寒，谢老为他戴上帽子。

李老先生之后讲话的还有蒙回代表、朝鲜议员、荷印议员，他们都在这里吐露出了自己的欢喜与希望。最后呼口号，奏乐。这个庄严伟大的、新民主主义的劳作者的会议便闭幕了。

（原载《谷雨》，1942 年 1 月第一卷第二、第三期合刊；原载《解放日报》，1941 年 11 月 24 日；文章由魏伯儿子魏大劲提供，本书编辑时增加照片）

延安精神　不忘初心

王匡（右）、田蔚夫妇

王匡，1917 年出生，广东东莞人。1938 年加入中国共产党。1937 年七七事变后，奔赴延安，进入中国人民抗日军事政治大学学习，后在马列学院、中央党校学习和工作。曾任国家出版事业管理局局长，到香港任中共港澳工委书记、新华社香港分社第一社长，回京后任国务院港澳办公室顾问。2003 年在广州病逝。

田蔚，原名陈秋吟，1919 年出生，江苏苏州人。1936 年加入中国共产党。1935 年参加革命，1938 年夏赴延安，先后在鲁迅艺术学院、马列学院和中央研究院学习和工作。曾任广东、广州人民广播电台副台长、台长，广东省广播事业管理局局长、党组书记，中共广东省委宣传部副部长。1989 年 12 月 2 日在广州病逝。

发生在延安的几件事

王晓吟

▶ 奔向延安

1937 年七七事变后，刚在东莞高中毕业的王匡毅然离开家乡，奔赴延安抗日根据地，投身于抗日救亡的革命洪流中。

1938 年初在延安，王匡不过是一个 20 岁的“小鬼”。他在中国人民抗日军事政治大学（简称“抗大”）毕业后，留在抗大当教员，和其他三四个小教员一起住在延安城北外三大队的窑洞里。他和所有到延安参加革命的青年学生一样，对长征过来的红军将士充满了崇敬之情，奉他们为心中的偶像、英雄楷模。没想到，留在抗大工作，上级交给他的任务就是给红军上课，教他们语文，学习文化。这太出乎他的意料了。他担心自己年纪轻，资历浅，不能完成上级的重托。

1937年9月1日，王匡于延安抗大窑洞前留影（由张学良弟弟张学思拍摄）

▶ 见到毛泽东

有一天，管文化教员的协理员对他们这些年轻教员说，毛主席要见你们。“毛主席要见我们呀！”

这可把这几个文化教员吓住了，他们的心一直在怦怦怦地跳。说话间毛主席就来到了眼前。他们真的见到了毛主席，毛主席和大家一样穿着一身灰布的棉制服，很随和地就和小教员们谈起话来。他说：“你们都是老师了，我告诉你们，你们没有什么了不起。你们不要以为是老师，多识几个字就了不起。你们和他们比是这个——”他伸出一个小拇指来，“你们的学生是这个——”他又伸出一个大拇指来。“他们是工人、农民，经历丰富，会打仗会带兵，他们都是中国工农红军的骨干。”毛主席的这几句话王匡记得很清楚。“你们的任务是教会他们认字，比如说使他们能认三千个字，能看报纸。工农红军样样都强，如若都是文盲，连报纸也不会看，那是不行的。要学会看报，学会写信，学会看电报、看命令，这样的部队才能打仗。所以，你们要教会他们这几件事，你们就完成任务了。”毛主席这番话的意思是提醒知识分子不要自高自大，有点文化没啥了不起，要虚心向工农兵学习，向自己教育的对象学习。做老师的人首先应当虚心做学生，这是毛主席一贯的教育思想。

后来毛主席说的“教育者必须先受教育”，以及他对于教育方针的论述：“我们的教育方针就是要使受教育者在德智体几个方面都得到发展，成为有社会主义觉悟、有文化的劳动者”，甚至于“文革”期间的“五七”指示：“学生也是这样，以学为主，兼学别样，即不但学文，也要学工、学农、学军，也要批判资产阶级”，都是他教育思想的延续。

抗大的学生都是久经考验的红军官兵，是我党的骨干力量。长征胜利后10多万红军只剩下2万多人，这些人是中国共产党的宝贵财富，抗大有责任去提高他们的文化水平、工作能力，使他们在中国革命和建设中发挥更大的作用。

王匡说学文化并不难，学认字也不难。“我最初学认字的时候就是看人家过年时门上张贴的对联的字，什么‘风调雨顺，国泰民安’，一家一家看过去，渐渐地就认识了字。”

“教红军学文化，首先要编出一个好教材，编个课本，要求有三千个字。三个教员，每人编一千字，这就比较困难了。以前教小孩子读书的《千字文》就很了不起：‘天地玄黄，宇宙洪荒，日月盈昃，辰宿列张’，一千个字编成四言韵语的课本，叙述自然、社会、历史、伦理、教育等知识，一千字没有一个字重复，很值得我们学习。”

“红军学生对老师很尊重，对学习很认真。他们知道学习文化的重要性，上级电报来了，你不会看，怎么执行上级的指示呢？所以他们学习都很自觉。”

那时候延安的物质供应很困难，吃的是小米，住的是窑洞，胡萝卜、豆芽菜都是好东西。老红军对革命有贡献，他们身上有伤，也有的残疾了。上级规定，对经历过长征的红军每个月配给少许大米。当时延安把大米当宝贝，一般的人都得吃小米、高粱等粗粮。红军多半来自江西、湖南、湖北，从鱼米之乡来到陕北，吃不惯小米。组织上优待他们，给他们大米吃。一见到大米饭他们高兴极了，不用菜也能吃上两大碗。可是这些红军自己不舍得吃大米，把大米送给了教他们读书的教员吃，这是他们对老师尊重、对文化渴望的表现。

▶ 给艾思奇当秘书

在延安中央研究院时，王匡曾经做过张闻天、艾思奇的秘书，他还写过一篇5000字的文章论《康有为的大同社会主义》。

艾思奇是中国有名的哲学家。他写的《大众哲学》曾经风靡整个中国，在追求真理、积极上进的青年人心目中享有很高的威望。王匡说，抗战前期的中国，《大众哲学》一纸风行的原因是：（1）当时党的统一战线、政治路线的正确；（2）红军突破国民党重重围剿，胜利到达陕北的影响；（3）广大知识青年在抗日救亡运动实践中对理论知识的精神需求。

1939年底，王匡从马列学院被调到中央文委任艾思奇的秘书。文委的负责人是张闻天，艾思奇是秘书长。在延安蓝家坪半山腰的窑洞里，王匡在艾思奇身边工作了两年。能在艾思奇身边工作，王匡自然是非常高兴的。“可是我是怎么样被选中的呢?”他经常会这样想。

这个谜底后来由艾思奇亲自向他揭开了。

原来，在东莞中学读书时的王匡（原名王卓培），在学习艾思奇《大众哲学》的时候，对书中的一两个问题有不同的看法，他竟然动手给艾思奇写了一封信商榷，用的是他在东莞中学的名字“王卓培”。艾思奇挑选秘书时，在送来的几个备选年轻人的档案中，发现籍贯广东东莞的王匡原名王卓培，他想起了曾经因为《大众哲学》给他写过信的王卓培，于是艾思奇就在他的名字下打了个钩。因此，他就来到了艾思奇身边。艾思奇笑眯眯地对王匡说：“你提的意见是对的。你大概已经注意到，后来出书时，我已经根据你的意见做了订正。”艾思奇虚怀若谷的态度使王匡十分感动，没想到，这样的大哲学家，对无名小卒的零星意见也这样重视。

艾思奇在延安的工作非常繁忙，他是《中国杂志》的主编，在抗大、陕北公学等学校讲课，要准备讲稿、编写教材。凡是在延安举办的重要理论、文化、艺术活动，他都是领导者、组织者。他常常夜以继日地工作。有一次，他工作了一整夜，拿了一大沓稿子，约有一万几千字，请王匡帮他校阅一遍。王匡阅读时发现了许多由于精力不济产生的笔误，比如把“工人”写成了“工人阶级”——“这个工厂有三千个工人阶级在做工”。看到这里王匡不禁哈哈大笑，事后告诉艾思奇，他也哈哈大笑。

▶ 邂逅冼星海

1939 年春，王匡和几位在延安的广东同乡在延安城北门外遇到了大作曲家冼星海。这个邂逅让他们非常高兴，因为当时他们正起劲地议论前一晚上看的冼星海作曲和指挥的“九一八大合唱”晚会。冼星海听到了他们的谈话，便问：“昨天的晚会怎样？你们说说吧。”他讲的是带广东口音的普通话。有人便将“九一八大合唱”与“黄河大合唱”作了一番比较，冼星海点点头，表示赞同。王匡向冼星海提问：“你对广东音乐怎样看？”冼星海说：“广东音乐非常好，非常好。”他哼了一段《汉宫秋月》，接着又哼了一段《小桃红》，然后说：“很有特色，很动听，很优美。”王匡问他：“你最喜欢自己的哪些作品？”冼星海说：最喜欢的有两首，一首是根据河南民间音乐素材创作的《拉犁歌》，一首是根据广东民间小调《顶硬上》创作的《广东挑夫歌》。冼星海发现这几位年轻人对自己的作品都很熟悉、很热爱，他非常高兴。

那时，延安的民主气氛很浓郁，上下一致，官兵一致。每次集会都要唱歌和拉歌，集会的时候有人在台上指挥大家唱歌。王匡回忆说，台上的人指挥大家唱《大刀进行曲》，他刚拉起调门：“大刀向……”下面马上有人打断他：“不要唱，歌太旧了！”上面的人就停下来，立即换歌，像换唱片那样快。有时候还有人跳上台学毛主席讲话，用浓重的湖南腔调说："张国焘那个东西……"下面的人被他逗得哈哈大笑，坐在台下的毛主席也跟着一起笑。

▶ 抢救运动

延安整风以后又搞了一个"抢救运动"。"抢救运动"的起因是怀疑一些到延安来的青年知识分子是国民党派来的特务。有的单位揪出的"特务"居然占了百分之三四十。王匡在延安的一个朋友陈茂仪，也被划作了"特务"。王匡气愤地说："像他这样的人也成了特务，不是将人变成鬼了吗？"

自从延安上演歌剧《白毛女》之后，剧中台词"旧社会将人变成鬼，新社会将鬼变成人"在延安就成了"流行语"。王匡大胆的话语让人惊骇。他的妻子田蔚哭着对他说："你说这样的话，领导以后都不会再用你了。"王匡说："我大老远地从广东跑到延安来，像我这样的人都不用，用谁呢？"

▶ 奔赴前线

后来，前方打仗急需用人。上面说经过审查，所有人都没有问题，大家准备上前线。那时正是中秋节，大家一起跳舞、吃月饼，很是热闹。1944 年 11 月 9 日，王首道、王震动员大家穿上军装开往前线。那时候王匡的大女儿刚刚会笑，摸着床架钻来钻去。王匡到了王震的第三五九旅做随军记者，随着部队南下中原。后来又以新华社特派记者的身份随刘邓大军南下，开始了他戎马书生的记者生涯。

（摘自广东省档案馆编：《父辈的抗战往事》，第 1—6 页；文章由王匡女儿王晓吟提供）

王均予

王均予，1905 年出生，湖北宜昌人。1926 年加入中国共产党。1926 年参加革命工作，1936 年 12 月至 1937 年 11 月担任中共广州市委书记兼外县工委书记。1937 年上半年经天津去延安，参加党的白区工作会议；同年 12 月任延安解放社发行科科长。1938 年 4 月在延安马列学院学习。1939 年初回广东工作，3—9 月任中共广东省西江特委书记；1939 年 8 月至 1940 年 12 月任中共广东省委秘书长；1940 年 12 月至 1942 年 6 月任中共粤南省委委员；1942 年 2—4 月任中共粤南省委组织部部长；1943 年到延安参加整风运动；1944 年先后在中央党校二部、一部学习；1945 年 4—6 月作为大后方代表团成员出席中共七大。中华人民共和国成立后，曾任中南总工会秘书长，广东省劳动局副局长、局长、党组书记。1958 年任中国科学院广州分院副院长。1978 年 7 月 17 日在广州病逝。

艰苦岁月的传奇小故事

王超权　王小松

王均予的革命生涯中，既有很多临危不乱的正确决断，又有不少富有传奇色彩的故事，为他的战友们所津津乐道。

▶“你就是鸿生啊!”

1933 年，王均予从事党的秘密刊物的发行工作。他通过地下刊物

《时代文化》读者会，在全国各地建立了一个地下发行网，以至红军在长征途中都能看到他发行的书刊。麦蒲费（20 世纪 30 年代中期任中共广州市委外县工委负责人）曾向中青盟员们讲过一段传奇故事。当年王均予按红军长征路线不断寄出他发行的书刊，到沿途各地成为无法投递的邮件而存放在邮局。红军每到一地，必到邮局搜寻书刊邮件，得到了许多宝贵的白区信息资料。当时冀南和太原的党组织与党中央失去联系，也是从这个发行网得到不少党的书刊，从中了解到党的政策指示等信息。各地不少进步青年更是通过《时代文化》的引导走上了革命道路。

1937 年 5 月，王均予到延安参加党的白区工作会议。大会发言时，他介绍了上海秘密发行工作和地下工作经验，令与会者十分惊奇和高兴。发言后，许多同志围上来，因为他们当年与王均予有过秘密联系，他们看到的很多书刊都是王均予发行的。“原来你就是鸿生啊!”……“鸿生”，正是王均予创办《时代文化》小报时对外通信用的笔名。

1937 年 5 月，在延安召开党的苏区代表会议和党的白区工作会议，为即将到来的全国抗日战争做政治上和思想上的准备

王均予出色的发行工作，受到与会者的一致称赞。第二天，应会议负责同志要求，他又在延安中央机关干部大会上讲了一次白区秘密工作经验。

会议期间，在刘少奇副主席的带领下，王均予受到毛主席的接见。会后，当时党中央的领导成员张闻天、博古也分别向王均予作工作指示，并发给他一笔工作经费。

▶记忆奇人

白区地下工作既秘密又危险，身上的一纸一物，都可能暴露身份，稍不留神就会招致杀身之祸。在敌人鼻子底下活动，必须慎之又慎。王均予自有一套秘密工作的本领，其中最令人叫绝的，是他那超强的记忆力，竟可以把长长的党的白区工作会议决议完整地熟背下来，神不知鬼不觉地装在脑子里从延安带了回来。

1936 年 6 月底，王均予根据中共中央北方局的指示，回到广州重建中共广州市委，当年 12 月担任中共广州市委书记。1937 年上半年，王均予去延安参加党的白区工作会议。会议结束后，按原路取道天津搭船回广州。开会回来必须传达贯彻会议决议和精神，但白区工作会议决议和自己所做的会议笔记都不能带走，只能靠脑子记。王均予就天天背，沿路背，把会议内容都背熟了。回到天津，向李大章汇报了白区工作会议经过，把会议决议背写出来，由北方局记录下来并印成文件，再带回广州。离开延安前张闻天（时任党中央总书记）写了一封短信，托王均予转给中共南方工作委员会书记薛尚实。王均予把信装在牙膏管里带了回来。

回到广州，很多青年党员第一次看到党中央的决议文件，看到有总书记亲笔签名的信件，受到很大鼓舞，对广东党组织与党中央有了直接的联系接触，并得到党中央的赞许感到万分高兴，更加坚定了革命的信心。

▶ 王副官的故事

“王副官”是王均予的绰号，这个称呼来自一次机敏应对。

1938 年底，由中央派任中共广东省委书记的张文彬到延安开会，要求中央增派干部到广东工作，并点名要正在延安马列学院学习的王均予，又指定王均予担任南下干部队的队长和党支部书记。

当时是国共第二次合作时期。一行 40 多人到达西安后受到国民党军官的刁难，不给放行。西安八路军办事处出面雇了两辆大卡车，让一行人换上国民党军队的军服，分别戴上上校、中校、少校、上尉等军衔领章。王均予则乔装为上尉副官，沿途出面应付，一路畅通无阻，到衡阳后转搭火车到中共广东省委机关驻地韶关。

一路上，王均予见多识广、机智沉着地应付种种情况，给同行的干部留下了深刻的印象，“王副官”的绰号也随之流传开来。此后几年，王均予先后担任中共广东省西江特委书记、广东省委秘书长、粤南省委组织部部长。直至后来较长时间里，很多同志仍喜欢称呼他“王副官”。

王均予在革命战争年代的许多传奇小故事，充分体现了共产党人信念坚定的优秀品质，并将永远激励后人不断前行，去夺取新的胜利。

（选自广东省档案馆编：《父辈的抗战往事》，广州：花城出版社，2015 年版，第 7　11 页；文章作者系王均予之子王超权、王小松，本书编辑时内容有删节）

方 皋

方皋，1915年出生，广东开平人。1938年5月加入中国共产党。1938年2月在八路军驻长沙办事处，由徐特立同志介绍，奔赴延安，进入中国人民抗日军事政治大学学习；9月，在中国人民抗日军事政治大学结业后派往山西八路军一一五师一个支队担任作战教育参谋。中华人民共和国成立后，历任中国人民银行中南区行副行长兼华南分区行长和广东省分行行长，广东省财委副主任，中共中央华南分局交通工作部副部长、部长和工业交通部部长，广东省经委主任，广东省副省长等职。1963年10月任中国人民银行副行长，中国银行副董事长兼副总经理。1979年兼任中国农业银行行长、党委书记。1982年4月任中国人民银行总顾问。1982年12月离休。1995年3月27日在深圳逝世。

为追求革命真理到延安

方广胜

1937年，日本帝国主义制造卢沟桥事件，全面发动对中国的侵略战争，激起了全国人民的愤怒。几天后，父亲方皋得知国民党中央军校长沙分校公开招考国民党第七师抗战政治工作训练班，并知道清华大学、北京大学、南开大学等著名学府南撤到长沙组成国立长沙临时大学（国立西南联合大学的前身）的很多大学生都准备投考。父亲怀着对祖国的热爱和解放民族的壮志，报考了国民党中央军校长沙分校，一心想要学军事，从军抗日救国。

考进国民党中央军校政治队后，刚开始时政治队里青年学生的抗日救亡热情很高，但渐渐地他们对学校里法西斯的军事管理和政治态度的含糊产生了怀疑和反感，大家不断地对不满的状况进行反对和斗争，也有部分人自行退学走了。原北京大学学生何锡麟（20 世纪 60 年代南开大学党委书记）和父亲参与秘密组织发动全队学员，联名写反对学校处分学员的抗议信，学校当局在接到这份抗议书时十分恼火，整个抗议事件持续近一个月。因为父亲他们与军校内的国民党右翼“少校团”总有摩擦，学校当局就很注意父亲他们的活动，同时也想采取欺骗利诱的办法拉拢他们，散布说很快就给大家发呢制服，将来毕业军衔会授予较高等等。军训一个月后的一天，在大家集合准备进行野外演习时，校方突然宣布包括父亲在内的十几名学员出列，然后将他们带到一间屋子里，桌上放好十几个信封，每个信封内有回原籍的证明和 10 元钱。教官很简单地对大家说，你们十几名学员申请退学，现在批准退学回家，立即换便装离校。当时屋外边停着一辆大卡车，父亲等人上车后就自发地高声唱起救亡歌曲，一直唱出校门外，当汽车开到市区边时负责的人就让大家下车各自离去。

因为遣散事件发生突然，父亲他们中的几个人就约好事后在国立长沙临时大学会面。据后来留在队里的长沙临时大学的学生出来说，当天下午在野外演习时，学员们的情绪都很低落。第二天校方就挂牌开除了他们十几个人，学校还对大家讲，这些人是有能力的，但是不能为国民党所用，开除针对的主要是何锡麟和父亲，说何锡麟是共产党，并说父亲是什么阵线的。事情发生后当大家再想联系下一步应该怎么做时，很多人已经联系不上了，只剩下何锡麟、父亲、刘兴嘉、廖衡胜，还有一个浙江同学共 5 人，最后他们商定先去八路军办事处找共产党，然后去延安。为达到去延安的目的，父亲他们几个人先后去八路军办事处几次。后来有一天晚上，徐特立同志一个人来到叶克强同学家里，和他们 5 个青年人见了面。徐老当时是八路军驻长沙办事处的负责人，他给大家介绍了中国延安的情况，并介绍了中国共产党领导抗日的主张和敌后斗争形势。在充分了解了大家一心向往拿起枪，奔赴抗日前线与日寇作战的心情后，徐老说，共产党在延安也有自己的军校，也为国家培养军事人才，军校毕业后学员可以到日寇占领的敌后进行抗日斗争。徐老的介绍使得大家热血沸腾，更加迫切地向往延安。

1938 年 2 月，介绍方皋奔赴延安的八路军驻长沙办事处负责人徐特立同志

徐老给父亲等人开了去延安的介绍信后，大家于 1938 年 2 月从长沙启程奔赴延安，准备到中国人民抗日军事政治大学（简称“抗大”）学习。

▶ 全新的环境

在抗日激情和救国救民的理想激励下，父亲他们几个人结伴离开繁华的大城市，抛弃舒适的生活环境，通过共产党组织的关系，一路向北，奔赴革命圣地——延安。北上经过汉口、西安等八路军办事处，顺利地来到陕北延安。大家刚一踏上地域广袤、贫瘠荒凉的西北，就体会到这是一个思想解放、抗日气氛高涨的青年人向往的“天堂”。

抗大的前身是中国红军大学，是共产党培养自己高级军事指挥员的摇篮。1937 年初，共产党审时度势，把握着民族矛盾成为主要矛盾的形势，为迎接全民抗日高潮的发展，把中国红军大学改为中国人民抗日军事政治大学，校址设在延安。毛泽东同志任抗大教育委员会主席，他为抗大设定了“坚定正确的政治方向，艰苦朴素的工作作风，灵活机动的战略战术”的教育方针。抗大院系分高级科、上级科、普通科。八路军和新四军的师团以上干部在高级科，军队的连以上干部在上级科，父亲等青年属于对外招考的知识分子，被分在普通科。

在进入抗大的那个时候，父亲才知道何锡麟是共产党员。回想当时他们在国民党中央军校与国民党反动分子的斗争，原来一直是在共产党的领导下进行的，只是他自己并不知道。报到后大家就参加了抗大第四期的学习，父亲等几人被分散编入了区队。从此，何锡麟和刘兴嘉同队，与父亲之间的战斗友谊就一直伴随了他们一辈子。

1995 年，在西郊民巷家中，方皋（左）、何锡麟（中）、刘兴嘉（右）同为抗大第四期的学员

他们那一期共收学员 5562 人，分编为 8 个大队，43 个队，大队长是团级干部。大队下面分为中队、区队。其中八路军、新四军的干部有 907

人，编为7个队；招收的知识分子有4655人，编为31个队，占学员总数的80%。其中女生654人，编为第八大队。由于学员空前之多，延安原来的校舍已容纳不下。因此，除在延安驻4个大队外，还在瓦窑堡、蟠龙、甘肃的庆阳等地分驻了4个大队，父亲有幸被分到延安的大队。父亲从南方都市来到完全不同环境的北方西北黄土高坡，从小生活在大城市里的南方人来到荒山沟壑的西北，住进了从黄土中挖出来的窑洞，用惯了的电灯改为煤油灯，大米饭换上金黄色的小米……尽管有诸多生活上的不习惯，但父亲随着天南地北会集的同学一到这里，就兴致高涨地投入了紧张的军校学习生活。西北的革命环境和人民抗日激情、充沛的民族热情，特别是革命队伍同志间朴实无华的人与人的真诚关系，让父亲感受到这就是他一直寻找追求的全新的天地，他很快就融入了这个充满活力的新环境。

▶ 在抗大的学习

毛主席在抗大当时还是中国红军大学的第一期开学典礼上发表过讲话："创办红大，是为了促进和迎接抗日民族革命战争的到来。第一次大革命时有一个黄埔，它的学生成为当时革命的主导力量。我们的红大就要继承黄埔的精神，要完成黄埔未完成的任务，要在大革命中成为主导力量，要争取中华民族的独立解放。"党中央很重视抗大的建设，在中共中央政治局常委会会议上确定了红军学校的组织：校长林彪，教育长罗瑞卿，校务部主任周昆，教育委员会由毛泽东和林彪、罗瑞卿、周恩来、杨尚昆、周昆组成，教员由毛泽东和张闻天、秦邦宪、周恩来、张浩、凯丰、李维汉、杨尚昆、叶剑英、林彪、罗瑞卿、罗荣桓、张如心、袁国平、董必武等党中央领导担任。

从第一天的军事列队训练开始，同学们就进入了"团结、活泼、严肃、紧张"的学习生活。早起练操，上军事课、政治课，劳动，训练，唱歌……父亲深深感觉到从来没有过的心灵充实。共产党的中共中央领导毛主席、朱德总司令等都到学校给大家讲课。军事理论课开设有游击战争、步兵战术与战略，课程设置的内容重视提高学员的军事素养；根据不同对象，组织大家学习毛泽东军事思想，进行近战、夜战和射击、刺杀、投弹等战术技术训练，掌握灵活机动的战略战术。课程还设有测绘、地形、筑城、救护等。文化课开设有地理常识、自然常识、算术、日文等。在敌人封锁、物质生活十分艰难困苦的情况下，抗大师生一手拿锄，一手拿枪；一面学习，一面生产，自己动手，开挖窑洞，开荒种地。学校的教学注重“少而精原则”“理论与实际联系”“军事、政治、文化并重”“集体研究讨论”“互相帮助学习”等等。抗大每期学习为4—8个月。在军事队中，军事技术战术训练和军事操课时间占全部学习时间2/3，政治课占1/3。父亲学习的第四期，全校工作人员扩大到1386人，其中大部分是学校本身培养的青年知识分子干部，这就大大加强了教育的力量。当时的军政教育科科长和主任教员有23人，其中有艾思奇、任白戈、徐懋庸、郭化若、张庆孚、杨钊等；军事教员和助教90人；政治教员和助教128人；文化教员12人。

抗大第四期的徽章

父亲他们在课上认真地听着教员们讲授不同的内容：国际形势、分析中日战争国家与经济对比的形势、国共两党关系的转变、中日战争持久的必然性、中日战争的战略和战术、共产党的理论等等。不论是政治课还是军事课，教员深入浅出，举例生动，翔实……使得他们这些不同生活经历、不同文化层次、不同地域习惯的学员，都能放开眼界了解当前的中国实际情况。在教官的耐心教导下，他们很快地掌握了基础的军事理论、军事技能。学员中流传着很多领导对抗大的勉励，毛主席就非常赞赏学员们艰苦学习的作风。一天，毛主席来到学员中，诙谐地说："你们是过着石器时代的生活，学习当代最先进的科学——马克思列宁主义。你们是元始天尊的弟子，在洞中修炼。天下大乱你们就下山！"

▶ 从此把一生交给了党

中共中央军委在《关于整理抗大问题的指示》中指出："学校一切工作都是为了转变学生的思想。政治教育是中心的一环。"还提出教育知识青年的原则是："教育他们掌握马克思列宁主义，克服资产阶级、小资产阶级的思想；教育他们有纪律性、组织性，反对组织上的无政府主义与自由主义；教育他们决心深入下层实际工作，反对轻视实际工作经验；教育他们接近工农，决心为工农服务，反对看不起工农的意识。"全校师生都遵循这些原则，努力用马克思列宁主义改造自己的世界观。抗大的政治教育内容有哲学、政治经济学、社会发展史、中国革命运动史等基本理论，还有国内外形势以及统一战线和党的路线、方针、政策等教育。政治教育是抗大教育的中心。抗日战争期间，延安不仅是中国革命的领导中心——革命圣地，还是共产党培训干部的总基地。

像父亲他们在敌后对真实情况有一些了解，对腐败无能的国民党政权又感到失望的知识青年，在延安抗大的学习中，认定中国共产党才是民族的救星。党支部在学习生活中关心他们每一个学员的成长，通过对党的理论学习、党的理想教育，以及身边党员的言传身教，使父亲认识到只有中国共产党才能够救中国。经过组织的考验，父亲于 1938 年 5 月 5 日，由王光伟同志、袁义忠同志介绍加入中国共产党，从此把自己一生交给了党。

▶ 青年是抗日救国的希望

中共中央根据抗日战争的形势，认识到青年是抗日救国的希望，制定了积极争取知识分子的正确决策，在延安开办了抗大及中央党校、陕北公学、中国女子大学等学校，广泛吸收前来延安的知识青年。全国各地乃至海外华侨中的大批革命青年艰难跋涉，投奔延安，仅抗战前三年就有 4 万余名知识青年进入延安各个学校。他们经过学习和训练，又分赴敌后各根据地，为中国共产党进行政治斗争、军事斗争提供了最主要的干部来源。这一大批既有文化知识，又学到革命理论和军事指挥艺术的干部到各地后，很快就能组织和发动起广大群众，成为进行抗日斗争的重要骨干。

毛主席指出："枪杆子里面出政权"，建军队就要有军事人才。抗大原来是红军大学，是红军高级干部培训的摇篮，从 1937 年底的第三期开始，党中央为了迎接全面抗日高潮到来，扩大共产党根据地，培养发展革命势力，注重对革命青年的培养，在延安从全国招收大批知识青年进行共产主义理论知识教育，从中大批地发展优秀青年加入中国共产党，提高党组织的知识结构，充实优秀的新鲜血液，输送到迅速扩大的军队和抗日革命根据地。从当时的中国全局看，谁争取的优秀青年最多，将来的天下就是谁的。延安吸引了全中国最优秀的部分青年，抗大就是其中环节之一。经过在抗大几个月的紧张学习后，当将要毕业离开时，父亲眼望着延河畔的宝塔山，深深感到自己已经由一个热血青年转变为一个有理想、有政治头脑、有军事知识技能的基层指挥员，和大家一样都热切地希望能尽快地奔赴前线，投入抗日的战场。

［摘自方广胜（方皋儿子）主编：《从军人到银行家——纪念方皋同志诞辰百年》，北京：中国文联出版社，2015 年版；本书编辑时文字有所改动，增加照片］

邓发（左）、陈慧清夫妇

邓发，原名元钊，1906年3月7日出生，广东云浮人。1925年10月加入中国共产党。1934年10月参加红军长征。1937年12月任中共中央政治局委员。1939年任延安中央党校校长兼中共中央职工运动委员会书记、民运委员会书记、中央组织委员会委员。1946年4月8日与王若飞、秦邦宪、叶挺、黄齐生等乘飞机回延安，在山西兴县黑茶山失事遇难。

陈慧清，1909年12月在香港出生，广东番禺人。1926年加入中国共产党。1926年参加革命，1934年10月参加红军长征。1935年到达延安后，曾任陕甘宁边区政府粮食部仓库主任、粮食调剂局主任。中华人民共和国成立后，曾任广东省直属机关党委副书记、省政法党委书记、省民政厅副厅长、省总工会副主席，广东省妇联、广东省政协、广东省人大常委会委员。1978年9月被选为中国妇女第四次全国代表大会代表。1983年病逝。

抗战中的邓发

邓北生

▶ 在新疆从事党的统战工作

1937年9月，邓发胜利完成党中央委托的使命，从苏联莫斯科回国到迪化（今乌鲁木齐市），化名方林。党中央决定，让他留在新疆，接替陈云同志任中共驻新疆代表兼八路军驻新疆办事处主任，并负责领导原红军西路军总支部队（对外称“新兵营”）的工作。

此时，国内形势发生了重大变化，抗日战争全面爆发。由于我党的努力，实现了国共两党的第二次合作，建立了抗日民族统一战线。新疆的战略地位十分重要，它是中国仅有的几个不能被日本帝国主义飞机轰炸到的地区之一，是一条极为重要的抗日运输线和重要的国际交通线。

为了保证这条通道的畅通，邓发按照党中央的指示，积极发展抗日民族统一战线的方针，利用当时新疆地方实力派盛世才标榜实行联共、反帝、亲苏等“六大政策”的有利条件，坚持既团结又斗争、以斗争求团结的策略，将原则性与灵活性相结合，开展了大量工作。

1938年夏，邓发在新疆迪化，任中共驻新疆代表兼八路军驻新疆办事处主任

他根据盛世才的请求，向党中央建议，从延安先后选派了130多名共产党员到新疆各地工作。他派共产党员担任《新疆日报》等报社的社长和编辑，利用报纸书刊开展广泛的抗日宣传。新疆所呈现出来的抗日进步的浓厚氛围，引起了全国人民的高度关注和称赞，吸引了诸如杜重远、萨空了、茅盾和赵丹等一大批爱国民主人士、进步知识分子和文艺工作者，千里迢迢自内地奔赴新疆，从事讲学、办报和戏剧演艺等活动，促进并形成了声势浩大的新疆新文化运动。

他选派黄火青到新疆各族民众反帝联合会担任秘书长，使“反帝会”真正成为新疆各族人民反对帝国主义的群众性的进步组织。我党通过该会多次成功地发动和领导了新疆城乡的募捐活动。新疆各族人民曾经捐出几万件皮大衣和一批药材运往延安。

邓发还推荐共产党员林基路担任新疆学院教务长，派遣一批共产党员到新疆学院任教，用中国人民抗日军事政治大学的精神办学，为革命事业培养人才。

他经请示党中央同意，将从延安去莫斯科治病路过新疆的毛泽民留在新疆，担任财政厅厅长。经过毛泽民一年多的整顿治理，新疆财政经济出现全面好转的局面。

邓发还组织西路军总支队广大指战员学习汽车、炮兵、装甲兵、无线电、空军等军兵种军事技术，并领导建立了人民军队第一航空队。

▶ 担任中央党校校长

1937 年 12 月，邓发任中共中央政治局委员。1939 年秋，他奉命回到延安，担任中央党校校长。

1940 年初，邓发任中央党校校长兼中共中央职工运动委员会书记时摄于延安（手中的照相机是 1937 年他用在莫斯科东方大学讲学时的演讲费购买的苏联相机）

邓发亲自主讲“党的建设”课程。大家印象很深：“他能够理论结合实际来讲，特别是结合他本身经历来讲。”

邓发非常强调工农分子与知识分子结合的必要，他说：“我过去虽然做过一些工作，但对于理论的学习，如果没有革命的知识分子把马列主义书籍翻译过来，我就不可能有今天的了解程度。而革命的知识分子，仅有理论上的知识，却不吸收工农分子的经验，那么他也将是一个教条主义者。”那时，邓发兼任中共中央职工运动委员会书记。

在相当长一段时间里，他更多地注重理论联系实际的研究，在中央机关刊物《新中华报》《解放日报》等刊物上发表了上百篇具有相当理论水平的文章。

多年后学生们回忆时说："他名气很大，资格很老，但没有一点老资格的味道。""（下课后）经常跟我们开玩笑，说说广东话，非常亲切，他深入学生实际，当年盖礼堂，他也亲自（参加）劳动。"他对大家的态度十分谦虚。一次，几个"知识分子"同志帮助他抄写"讲授提纲"，他说："我写的不够有条理，麻烦你们在抄的过程中也研究一下，给我提些意见。"邓发很关心学生们的学习和日常生活，常常亲自到班上来，详细地研究全班的学习计划，检查对计划执行的情形；吃饭的时候，他也常来检查饭菜的好坏，经常与校务处同志研究如何使学生们能多吃些肉、面。他还经常与学生交谈，讲解革命伟人的史绩，对于年轻的学生，不断地勉励他们，又不断地要求他们虚心……

当1943年国内反共高潮的时候，邓发曾有整整两天没有睡觉，看材料、研究、开会、总结工作、做报告、参加职工委的基层工作……他不知疲倦地工作着。记得有一次上大课，学生们都觉得，邓校长太忙了，他已经两天没有睡觉了，最好今天让校长休息。教务处也很同意。可是，在将要上课的前一刻钟，邓校长从中央开会回来了，他马上叫人通知上课。大家要他休息，而他只要10分钟的吃饭时间，绝不愿因为他一个人的休息而影响了1000多人的学习，使得既定的教学计划时间延长。

他到课堂来了，敬仰、钦佩的眼神都向着他。邓发用坚定的语声告诉大家："任何反动逆流我们都不怕，我们要相信自己的力量。但是我们也要加紧提高能力，学习掌握党的政策。在任何艰苦和紧张的情况下，我们还是要安心学习，按照计划来进行工作，绝不应该有所懈怠。"

▶ 一个心眼只为党

1936年7月，邓发受命离开延安前往苏联时，对夫人陈慧清只说要出去一段时间。去哪里，去多长时间，都没有说。

陈慧清牵肠挂肚，5 个月之后，邓颖超大姐告诉陈慧清，邓发安全到达莫斯科。1937 年下半年，党中央正式通知陈慧清，邓发调新疆工作，同时告诉她，为了照顾他们的夫妻关系，组织决定派她到八路军驻新疆办事处工作。

1937 年冬，陈慧清怀着急迫的心情，与几位同志从延安出发，于 1938 年 1 月到了新疆迪化。当时，新疆大地冰封雪盖，早晚气温下降时，寒气侵身，陈慧清衣服单薄，浑身时觉发冷。办事处的同志看到这一情形，又知道邓发有点积蓄，就劝他给陈慧清买件棉衣。

邓发在中共驻共产国际代表团工作时，组织给他发了一些津贴，他到迪化，在苏联驻新疆总领事馆兼职，每月也领到一些津贴。这些津贴，他累积保存，牢牢藏在柜中。

陈慧清受冻，邓发何尝不知道？何尝不想给她买件棉衣呢？但当他想到党的革命事业急需资金时，他便舍不得花掉这笔钱。

他怀着矛盾的心情，抱歉地对陈慧清说："按说，应给你买件棉衣，可是你知道，我们党的事业需要资金，共产国际和苏联总领事馆发给我的津贴，我想交组织。过些时间，气候就会慢慢热起来，你先将就点吧。"陈慧清是党性很强的老党员，她理解爱人的心思，并且也主张这样处理。

同年秋，王稼祥从苏联回国，住在办事处。邓发拿出积存的津贴，说是他的党费，请王稼祥转交党中央组织部。

王稼祥知道邓发的大孩子寄养在老家，家里的生活比较困难，劝他把这笔钱寄到老家，补助家里的生活。

邓发执意要上交组织，他说，党的革命事业需要资金，应先考虑革命事业的需要。他再三请王稼祥转交党中央。王稼祥看他态度坚决，表示带一点交党费，留一些寄给邓发老家。

在邓发一再坚持下，王稼祥无奈，只好将这些钱全部收下，带回延安，转交中共中央组织部。

1946年4月8日，邓发即将从重庆乘飞机回延安，突然接到老家三哥辗转寄来，时间已过去两个月的一封信。信中告诉他，家里生活困难，他寄养在老家的星儿，得病一年多，因无钱治病已离开了人世。

邓发无钱接济家里，又因自己的孩子幼年夭折，心里很难过。他沉默思索了一阵，写好了通信地址，从手腕取下早年在香港结婚时买的一块手表，对王若飞的爱人李培芝说："我马上乘机去延安，有件个人的事来不及处理，请你代劳。我有个朋友，家里生活困难，你把这块手表卖掉，按我写的地址，把钱寄给那位朋友。"

邓发遇难后，党中央给邓发家里发电报，核对他家的地址时，才发现邓发所说的"朋友"，正是他的三哥邓章。之前由重庆红岩村工作人员拿去当铺卖了的那块手表，在邓发遇难后，工作人员再去当铺赎回，由邓颖超带回延安交给了陈慧清。

一个心眼只为党，这就是一位无产阶级革命家的思想和情怀。

（摘自广东省档案馆编：《父辈的抗战往事》，广州：花城出版社，2015年版，第44—49页；文章由邓发儿子邓北生提供，本书编辑时增加照片）

邝启常

邝启常，原名邝杞恒，1915 年 10 月 10 日出生，广东开平人。1935 年夏加入中国共产党。1937 年全面抗战爆发后，任广州中共地下党支部书记、中共台山支部书记等职。1938 年 10 月被组织派往延安，先后在延安组训班及马列学院学习、工作，在八路军总政敌工部任党支部书记、研究员，并在第三五九旅南征干部队任组长。其间，以署名“启常”“常”在《解放日报》发表文章。中华人民共和国成立后，历任国家计委轻工局处长、副局长，国家经委轻工局局长，国家经委生产办公室副主任、顾问等职。1984 年 11 月 29 日逝世。

战斗在没有硝烟的战场

——记邝启常在八路军总政敌工部的工作片段

邝晓谦

1940—1941 年，中国的抗日战争进入相持阶段中期，日军逐渐丧失战略进攻的能力。在战场上，中国共产党领导的八路军、新四军和人民武装与日军浴血战斗。在根据地延安，具有战略眼光的中共领导人，开始思考战后对日关系等诸多问题。这时，不仅在军事上，更在政治上、经济上和社会实际情况等方面，加强对日本研究的重要性被提到各项工作的议程上来。

很快，中共中央和中央军委相继成立对日工作部门：中央成立了敌工委，军委总政敌工科扩大为敌工部，中央调查研究局政治研究室设立了敌伪研究组（后改属军委总政治部领导归入敌工部）。毛泽东兼任局长的同时还兼任政治研究室主任，陈伯达为副主任，足见延安领导人对敌工作的战略认识程度。

马列学院在延安城北蓝家坪，土石山上的一排窑洞就是校舍，同杨家岭隔延河相望

1941 年 9 月间，中央调查研究局政治研究室成立伊始，邝启常从马列学院调入政治研究室所属的敌伪研究组工作，后来机构归属调整，随之转入军委总政部敌军工作部（对外称“八路军总政敌工部”，王学文任部长，李初梨任副部长），当研究员并任党支部书记。

这个时期，总政敌工部集中了一批在延安懂日文的中、青年知识型干部，如王学文、李初梨、李凡夫、黄乃、庄涛、邝启常等，以及日籍人士，如共产国际代表、日共领导人野坂参三（任敌工部顾问）、原清志（延安新华广播电台日语广播第一人）等，以加强对日本的各项调研、宣传等工作。

邝启常和敌工部同事们在延安昏暗的窑洞里，坚持收听日本广播，分析通过北平、天津、太原等城市地下工作者收集转送来的日本报刊、资料。通常每天清晨，野坂会很早起来，首先阅读分析日本报刊等资料，将重要信息作出标记。随后，邝启常和其他研究人员一道核对信息、分析资料，研究整理并撰写出有关报告。每周的周末下午，邝启常和敌工部“日本问题研究会”成员就要聚在一起，以座谈会形式，听野坂作关于日本问题的报告，随即大家一起，就一周以来研究工作难点、要点以及野坂的报告提问、讨论，共同提高对日分析和研究的能力。

毛主席为《解放日报》及《敌情》专刊手书标题

1941年5月16日，《解放日报》在延安创刊（博古任社长），成为根据地第一份大型日报，也成为中共中央西北局的机关报（1942年9月起）。毛主席对报纸创刊极为重视，亲自手书了6张“解放日报”报名让报社挑选，并撰写了《发刊词》，以后还陆续为报社写了许多社论、评论和按语等。9月16日，报纸由四开两版扩大为对开四版。中央直属机关纷纷争取在《解放日报》设立专刊。刚刚调来敌工部工作的邝启常马上和同事成立编辑部，由黄乃任主编，在《解放日报》（第四版副刊和专论）设立了《敌情》半月专刊，成为当时第四版八大专栏（《军事》《敌情》《青年之页》《中国工人》《中国妇女》《科学园地》《卫生》《文艺》）之一。

延安清凉山的中央印刷厂。《解放日报》在此印刷

在此之前的几年，在根据地延安很难见到关于日本国内形势、国民状况等方面有什么正式论文发表。这时，敌工部的对日研究打开了一个局面，先后编辑出版了《日本便览》《敌国汇报》小册子和专刊等一系列资料，为中央和军委领导提供制定决策的重要信息，也为前方的同志更好地执行党对敌工作政策提供方法。《解放日报》连续发表有影响的对敌军的报道和论述文章等，很快引起了中央和军委的领导的重视。

早在20世纪30年代中，邝启常在日本留学期间就特别关注了解日本社会，并经常在报刊上发表研究论文。回国抗战，在敌工部这个没有硝烟的战场上，他又手执笔杆投入到抗日的战斗当中来。在窑洞里的小油灯下，邝启常连续挑灯夜战已成家常便饭。本来就体质较弱、双眼又高度近视的他，一度到了离开眼镜就寸步难行的地步。几年后，在1945年随南下干部大队一次行军穿过敌人封锁线时，他因为丢了眼镜举步艰难，险些掉队造成灾难。幸亏同队的梁湘紧紧拉住他不松手，才让他最终得以安全通过封锁线。后来，60年代初，在一次与黄乃（当时已经成为中国“盲文之父”）的家庭聚会上，对于自己深度近视愈发严重的眼疾，邝启常曾诙谐地同老战友讲：“我很快也要做你的盲文学生啦。”

延安窑洞艰苦条件没有阻碍邝启常忘我工作。毛主席的话：“馍馍少吃几个，担子多挑几斤”，一直是他在延安时期，以及后来在所有艰难年代里的行动准则。当时的延安周末舞会盛行，中共中央和八路军总部所在地的杨家岭、枣园、王家坪成为交际舞会的主要场所。知识分子集中的敌工部，当同事们常常跑去鲁迅艺术学院、马列学院等地参加周末舞会的时候，邝启常却仍旧执笔伏案，守着窑洞里的小油灯。除了

邝启常在《解放日报》及《敌情》专刊上发表署名文章

定期在《敌情》专刊发布敌工部获悉的敌军信息情报之外，邝启常还经常为《解放日报》其他版面撰写对日本政治、军事、经济等方面的研究专论：

1. 他的文章，既有对日军的战术分析也有战略揭露：如《半月敌情简报》(1944 年 7 月 28 日《敌情》第 56 期)、《一月敌情·西太平洋日寇继续败退》(1944 年 3 月 27 日《敌情》第 48 期)、《日本法西斯的隐痛》(1943 年 3 月 25 日《敌情》第 40 期）等；

2. 既有论述日本政党政治，也有介绍其工业经济：《为什么敌人最近又改组“大政翼赞会”》(1942 年 7 月 21 日《敌情》第 22 期)、《日寇在伪满的重工业》(1944 年 9 月 27 日《敌情》第 60 期）等；

3. 既有日军在国际上的动态，也有日军在华统治区的情况：《日寇在菲律宾牵引的傀儡戏》(1944 年 11 月 15 日《敌情》第 63 期)、《日本法西斯如何统治东北》(1943 年 9 月 27—28 日连载《敌情》第 43 期）等；

4. 文章篇幅既有短评简报，也有长篇连载：《短评：敌寇新阴谋》(1944 年 5 月 27 日《敌情》第 58 期)、《日本帝国主义南进的宣传机关》(1942 年 1 月 27—28 日连载《解放日报》第二版）等；

5. 文章内容既涉及严肃题材，也有杂文漫谈：《新战争动员下的日本青年》(1942 年 1 月 15 日《敌情》第 8 期)、《敌华北指挥官的贪污腐化》(1944 年 10 月 27 日《敌情》第 62 期）等；

6. 所写文章既有单独署名完成，也有（与敌工部同事）联名集体创作：《日寇对华新政策的破产》［署名：“启常、傅弭（黄乃的笔名)”，1944 年 4 月 25 日《敌情》第 49 期］、《太平洋战争一年来的日本》（署名：“傅弭、启常、黎伟、李林、挹清集体创作”，1942 年 12 月 8 日《敌情》第 31 期）等。

《解放日报》及《敌情》专刊从第 1 期（1941 年 9 月 27 日）至最后的第 66 期（1945 年 3 月 31 日）上，邝启常发表了研究日本方面的有数十篇署名文章。1945 年 4 月，党的七大在延安召开，中央决定开辟湘粤边根据地，军委组织了一支 200 多人的南下干部大队（伍晋南任政委)，邝启常从总政敌工部抽调出来，集中到营团干部队准备南下。直到这个时候，他才放下笔，投入新的战斗岗位。

这个时期的《敌情》专刊，毛主席每一期必读。为此，毛主席还专门为《敌情》手书了专刊标题，并于1943年1月6日《解放日报》第33期《敌情》开始启用。邝启常是延安培养出来的第一代研究日本和对日工作的骨干之一，他在对日工作实践和对日本问题研究方面作出的重要贡献，受到中共中央及军委领导的重视，也受到了毛主席的表扬。

中国抗日战争胜利的历史经验，是成为影响战后中日关系的根本历史原因。中国共产党对日本的认识，就是延安时期，从八路军总政敌工部有组织、正式地对日本问题研究开始的。战后中国共产党的对日认识和新中国的对日政策，很大程度上受到这种历史认知的影响。

（摘自广东省档案馆编：《父辈的抗战往事》，广州：花城出版社，2015年版，第67—72页；文章作者系邝启常儿子邝晓谦，本书编辑时文字、照片有所改动）

伍晋南

伍晋南，1909年出生，广东兴宁人。1927年加入中国共产党。1934年10月参加红军长征，到达陕北后，在红二十八军担任政治部主任。抗战时期，先后任八路军第四纵队政治部主任、晋察冀挺进军政治部主任，八路军晋西北军区第三五八旅政治部主任、八路军留守兵团政治部副主任等职。1945年出席中共七大。中华人民共和国成立后，历任中共北江地委（后粤北区党委）第一书记、粤中区党委书记。1954年夏调任中共广西省（自治区）委副书记、区党委书记处书记。1999年3月在广州病逝。

“到底是延安老红军的作风！”

——伍晋南二三事

伍依丽

▶ 参加红军长征到延安

20世纪30年代初，粤东北部兴宁县。

一天夜晚，青塘排村突然响起狗的狂叫声和人的杂喊声。村角边一间土屋，刚进家和母亲说话的伍晋南警觉起来，他赶紧抓起一件衣服，从窗口跃出，迅速消失在屋后黑黝黝的山林中。国民党反动武装扑了个空——他们要抓的，是中共闽粤赣边区特委西北分委派到兴宁县委工作、原梅县工委书记伍晋南。由于当时革命斗争处于低潮，白色恐怖严重，一时难以接上组织关系，潜伏的伍晋南不久到了江西寻乌，由县委介绍到了赣南红军独立三师，从此成为红军队伍中的一员。1934 年 10 月，随红一方面军参加长征并胜利到达陕北延安。

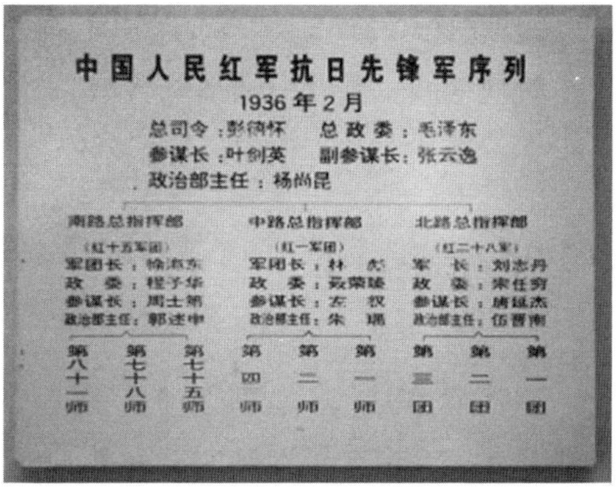

延安革命纪念馆内的展牌。红二十八军领导名单在右下（摄于 2006 年）

1935 年底，在瓦窑堡，党中央决定由陕北红军为主体组成红二十八军。刘志丹为军长，宋任穷为政委，伍晋南为政治部主任。中革军委副主席周恩来亲自与派到红二十八军工作的中央红军干部谈话，嘱咐他们要尊重地方红军，互相学习，加强团结。后来，大家在工作中相处得很融洽。

在 1936 年 2 月，红军东征战役中，短短一个多月，红二十八军先后在 10 多个重要城镇打击了敌人，牵制敌军，辅佐主力红军东渡。伍晋南及时组织采写战斗讯息，在中央政府机关报《红色中华》作过多次报道。

抗战时期伍晋南（前左一）与贺龙（前右一）、李井泉（后中）、王震（后右）等在延安合影

4 月中旬，红二十八军在攻打三交镇的战斗中，刘志丹军长亲临前沿阵地指挥作战，不幸被敌人的子弹击中，壮烈牺牲，年仅 33 岁。宋任穷政委惊闻噩耗，急忙从指挥所赶到前沿，指战员们悲痛万分。

刘军长的遗体被护送到镇上的一所宅院。在这里等候的伍晋南立即安排侦察科筹备船只，民运科购买木板制作简易棺材，将刘军长遗体装殓入棺。当夜，运载遗体的渡船悄悄划过黄河，运往党中央所在地瓦窑堡。在咆哮的黄河边，红二十八军的官兵们挥泪扶棺，向敬爱的军长告别……

抗战期间，伍晋南随部队转战晋察冀，并参加了延安整风运动和中共七大，在战斗和工作中经历了延安精神洗礼。

▶ 毛主席派他回广东

1945 年 4 月，伍晋南作为晋察冀代表团的正式代表，参加了在延安召开的党的第七次全国代表大会。七大给予伍晋南的教育和鼓舞是至为深刻的。

七大代表伍晋南

七大刚刚闭幕，伍晋南奉命来到枣园，毛泽东、刘少奇等领导亲自与他谈话，交代任务。毛主席说："我们想让你到广东东江纵队去工作，你有什么意见?"伍晋南表示服从组织安排。然后毛主席谈到了广东游击战争的形势，他说：东江纵队干得不错，这次派你去，就是要把七大的精神带到广东去，把老红军的作风带到游击队中去，要使东江游击队不断向前发展，就要艰苦奋斗，密切联系群众，还要注意做统战工作，团结一切可以团结的力量。现在我们对付日本，打败日本后，要对付蒋介石，可能还要打几年。你到广东后，要有长期斗争的精神准备。

中央领导继续告诉伍晋南，中央的战略意图是，要以湘粤赣边为中枢建立华南战略根据地，以便将来日军败退时，我华南武装能进退有据，在国民党发动内战时，又能配合全国制止内战。为此，1944 年 11 月，中央派出了由八路军第三五九旅主力组成的南下支队第一梯队4000多人，由王震、王首道率领，已抵达湖南，正向湘粤边界的五岭挺进。此次中央决定组建八路军南下支队第二梯队6000余人，文年生为司令员，张启龙为政委，伍晋南为广东干部队政委。他们的任务是沿平汉路迅速南下，尽快抵达五岭地区。

伍晋南表示，有毛主席、党中央的领导，我们紧紧依靠广大人民群众，就一定能战胜千难万险，把日本侵略者赶出中国，把蒋家王朝推翻！

1945年6月中旬，由文年生、张启龙、伍晋南等人率领的八路军南下干部约200多人从延安出发。在河南境地队伍即将渡黄河时，部队接到中央命令：日本宣布投降，命令部队停止南下，立即转赴东北，加入东北野战军序列。于是，张启龙率二三十人组成先遣队骑马先行，伍晋南带广东干部徒步紧跟，日夜兼程向东北开进，经过近两个月的艰苦跋涉来到沈阳。11月，东北局任命伍晋南为吉林省工委副书记兼军区副政委，他和同志们立即投入伟大的解放战争中。

在后来的日子里，无论到哪个工作岗位、在哪种境遇下，伍晋南始终保持了老红军的优良传统和作风，坚韧不拔，鞠躬尽瘁，清正廉明。老战友们在他逝世后敬送挽联悼念：弱冠请缨跨雪山过草地抗日伐蒋，北战南征功卓著；毕生清正宿梅岭扶壮乡访寒问暖，廉明刚直树楷模。

（摘自梁淑如、伍依丽、兵者编著：《伍晋南画传》，北京：中央文献出版社，2015年版；中共中央党史研究室第一研究部编：《七大代表忆七大》，上海人民出版社，2016年版；文章由伍晋南女儿伍依丽提供，本书编辑时内容有删节，照片有所改动）

李凡夫（左）、陈怡夫妇

李凡夫，原名郑锡祥，1906年出生于广东省中山市濠头村。1934年加入中国共产党。七七事变后，到延安担任《解放周刊》编辑，任中国工农红军大学、中国人民抗日军事政治大学、陕北公学等校教员，被公认为名教授之一。中华人民共和国成立后，先后任中共中央华南分局和中南局宣传部副部长，中央第五中级党校校长兼党委第一书记，中共安徽省委委员兼调研室主任、省委常委兼宣传部部长，安徽省人民政府副省长、第四届政协副主席、人大常委会副主任。1990年在北京病逝。

陈怡，原名陈洁梅，1916年12月4日出生于广东省新会县（现江门市潮莲镇）。1934年10月加入中国共产党。1938年1月到陕北公学学习，历任女生队政治干事、队长、教员。1939年冬受党组织委派到冀察晋华北联大文艺教育学院、晋东南中国人民抗日军事政治大学总校工作。1942年5月在延安任中央政治研究室敌伪组研究员兼秘书，后被调到八路军总政宣传部工作，担任秘书、干事等职。1949年9月任广州市文教接管委员会秘书处副处长兼人事科科长。1950年1月任中共中央华南分局宣传部干部教育科科长、干部管理处副处长。1953年初任中南工委文教部副部长。1985年12月在中共中央组织部离休。2008年1月6日在北京逝世。

一张老照片的故事

李林英

2003年暑假我回到北京，见到88岁的母亲，头发雪白精神爽朗，走路还是那么快捷，说话还是那么大声。她卧室的老式竹书架上摆着一个小镜框，珍藏着一张颜色泛黄的父母年轻时的照片。这张照片虽然年头已久，但保存完好。照片中父母都穿着军装。父亲戴着八路军军帽，没系腰带，也没绑腿，面带微笑。母亲系着腰带，捆绑腿，军帽下露着边际整齐的短发，青春焕发，神采奕奕。

1938 年，李凡夫与陈怡在延安的结婚照

我指着他们身后的小山坡问母亲：这张照片是在哪儿拍的？

母亲答道：“是 1938 年在延安清凉山上拍的。当时，你爸是陕北公校的教员，可以不捆绑腿。我是学员，进行军事化的学习，所以我是捆绑腿的。你爸当时教政治经济学，彭德怀曾向学员们说‘李凡夫是名教授’。政治经济学，这门课很难教，他重读了资本论，结合边区的经济调查，讲课能理论联系实际，深入浅出，通俗易懂，演讲风趣生动，深受学生的欢迎。我当时是陕北公校的女生队长。这是结婚照，是你爸自拍的。”

我问母亲：“妈，你们当初是怎么认识的？”

母亲打开记忆的宝库，对我讲述她年轻时的往事：

“1933 年，我在广州女师读书时就参加了普罗文化总同盟的革命文化运动。当时，广州的白色恐怖很严重，我们 6 个女师的同学去上海找组织，梁未闻是大姐，还有梁宝钿。谭国标同志是普罗文化总同盟的负责人之一，后来牺牲了，是广州文总六烈士之一。他与上海社联负责人之一的李凡夫是好友，经谭国标同志介绍，我们到上海找李凡夫同志，这是第一次见面。初次见面，他给我的印象是革命意志坚定，生活作风严谨。他介绍我们加入了上海社会科学联盟。我们当时只会讲广东话，李凡夫教我们普通话，我成了他的学生。

李凡夫和我是上下级关系，也是老战友。1934 年，他介绍我加入中国共产党。那时发文件到内三书店，有一次我送文件见到鲁迅先生，后来我们写了一个剧本寄给鲁迅，鲁迅给我们回信提意见，很让我们感动。但在上海我和李凡夫并不生活在一起。1937 年，中央调一批文化名人去延安，冯雪峰通过鲁迅找到李凡夫，李凡夫是第一批去延安的文化名人之一，他对日本问题有很深的研究，得到毛主席的接见。我后来也去了延安学习。我们相识四年，共同经历了革命斗争的风雨。在我毕业时，他向组织递交结婚申请，由李富春（当时中共中央组织部部长）批准，我们在清凉山结婚。没有任何仪式，只是由你父亲自拍了这张照片，作为结婚纪念。

在上海时我从事地下工作，由于与我联络的人失掉联系，我原有的组织关系丢了，但我并没有离开革命，仍积极工作。1938 年在延安我重新入党，又是李凡夫当我的介绍人。后来经过组织上多方调查，把我的全部历史查清了。我在香港失去组织联络时还参加了妇女救国会，我历史上每个阶段都找到了证人，所以给我恢复全部党籍，我的党龄从 1934 年算起，按政策享受老红军待遇。

我和你父亲志同道合，经历风风雨雨，同甘苦共患难，成为革命的终身伴侣。这张照片伴随我几十年，保存下来不容易啊！”

我久久地望着这张珍贵的老照片，心想要把这张老照片的故事讲给下一代人听，学习老一辈的坚强意志、高尚情操和思想美德，做对人民有用的人。

（文章由李凡夫女儿李林英提供，本书编辑时文字、照片有所改动）

李子惠

李子惠，1914 年 7 月 11 日出生，河南开封人。1932 年加入中国共产主义青年团，1935 年长征途中转入中国共产党。参加中央苏区第四、第五次反“围剿”和红军长征。1937 年由甘肃永登到延安。抗日战争和解放战争时期，在延安保安处任职科员、科长。中华人民共和国成立后，先后任中南军政委员会轻工业部人事处处长、公安部执行处处长。1953 年 2 月以正师级转业，离休前在南海水产研究所任革委会主任、党核心领导小组组长。2010 年 9 月 21 日逝世。

父亲从参加宁都起义到奔赴延安

李勇健

我的父亲李子惠，自幼家庭贫困，为了生活不到 16 岁就离家参加冯玉祥的部队。蒋介石为了排除异己，将冯玉祥的部队调到江西“剿共”。当时父亲在冯玉祥的二十六路军，进驻江西宁都。二十六路军大部分是北方人，本不愿为蒋介石卖命到江西，认为是受了骗。蒋介石视二十六路军为“杂牌军”，各方条件都十分苛刻。当时父亲是七十四旅特务连的一等兵，那时候的全饷是每月 11 元，经扣减后实发才 7 元 3 角 5 分钱，再除去伙食费，加上军官条例的克扣，发到手只不过是 3 元 5 角钱。由于北方人到南方屡见有水土不服的情况，疾病和死亡情况都非常严重。因此，广大官兵情绪低落，军纪废弛，对蒋介石十分不满。在中国共产党的影响下，父亲逐渐认识到共产党才是人民的队伍。二十六军广大兵士看到了光明，大家认定了红军好，共产党好的思想深入人心。

1931 年 12 月 14 日，在共产党的领导下，刚满 17 岁的父亲在江西宁都参加了由赵博生、董振堂、季振同等领导下举行的起义。有 1.7 万多人加入了中国工农红军，这就是中国革命史上著名的“宁都起义”，得到了党中央的肯定。

1938 年参加宁都起义的部分同志，在延安受到毛泽东、王稼祥、肖劲光等领导的接见并合影留念。当时毛主席还在合影照片上题词：“以宁都起义的精神，用于反对日本帝国主义，我们是战无不胜的。”当时因父亲有紧急任务不在延安，错过了这一机会。这确是父亲一辈子的遗憾，但后来中共中央组织部仍把相片寄给父亲作留念。

1938 年参加宁都起义的部分同志，在延安受到毛泽东、王稼祥、肖劲光等领导的接见并合影留念

宁都起义后，父亲的心情非常激动。部队经过短时间的教育整顿，改编为红一方面军第五军团。父亲一开始被编排到十三军的一个连队里，不久被调到团部任政治处文书。为粉碎国民党的“围剿”，毛主席指挥部队主动出击。

1932年2月，红五军奉命出征与一、三军团一起攻打江西赣州、福建漳州。7月又奉命到达广东南雄的北口迎战蒋介石搬来的陈济棠部队，战斗进行得十分剧烈，整整打了三天三夜，部队是越战越英勇，奋勇杀敌，取得了第四次反“围剿”的胜利。水口战役后，父亲被调到军团政治部。后成立了红五军团保卫局，父亲又被调到保卫局任总务科员、预审科员、科长等职。蒋介石不甘心战役失败，增加兵力发动了第五次“围剿”，对苏区红军进行了重点进攻，步步为营的堡垒战术，步步紧逼压缩。当时“左”倾机会主义在党内占据了领导地位，排挤毛泽东，死抱着教条主义那一套，再加上苏联的军事顾问李德，对敌采取了正规战、阵地战，命令上山挖工事与敌人对着干。但怎么经得起敌人飞机、大炮的轰炸，根本无法与敌人对抗。红军完全陷入被动，最后不得不放弃中央苏区根据地向西突围，走上了长征之路。红五军团担任后卫为掩护中央，边打边走。在著名的湘江战役中，父亲记不起在湘江边上到底打了多久，但他清楚地记得红五军团两个师，只过了一个师。红五军团三十四师奉命阻击敌人三天三夜后，为防追兵，在渡江浮桥已被炸毁后，孤悬江东，师长陈树湘率部死战，全军尽殁。身受重伤的陈树湘师长不幸落入敌手，这位29岁的红军师长，硬是自己用手从腹部伤口处绞断了肠子，壮烈牺牲！

11月28日至12月2日，霜冷湘江，5天苦战，3万多红军将士阵亡。但红军勇士们硬是用血肉之躯，迎着疯狂飞来的弹雨掩护中央纵队渡过湘江。全州脚铺至界首间30公里长的湘江两岸渡口，烈士们的遗体漫山遍野，飘满了湘江，江水都被红军烈士的鲜血染红了。

湘江流淌的鲜血，促成了遵义会议的召开，也从此扭转了中国革命的命运。在用兵如神的毛主席指挥下，红军影南实北，声东击西，四渡赤水，南渡乌江，强渡大渡河，飞夺泸定桥，彻底摆脱了数十万追兵。在第一次翻越夹金山后与红四方面军胜利会师了。在毛儿盖会议后，红军分为左右两路军，当时红五军团归属左路军，当部队到了阿坝，张国焘与中央继续北上抗日背道而驰，执意南下，撤换了五军团的领导，使左路红军不得不三过雪山、草地，经受着饥饿、寒冷、冰雹、烈日、毒水、沼泽，还有屡遭强敌围剿，导致伤亡惨重。红五军团的干部战士对张国焘分裂党和红军的行为十分不满。父亲虽然没有公开反对，但在言行之中表现出来，于是被定为反张国焘的“反党”分子。父亲从阿坝医院出院后，即被监管起来，不让回军团保卫局。到了丹巴城内，五军团参谋长曹李槐同志从扣押处的人员手里，将父亲要回了五军团保卫局。回到保卫局后父亲才知道时任国家保卫局部长胡底同志被杀害，同时还杀害了不少所谓的“反党”“反张国焘”的优秀干部。记得父亲跟我描述，他是被撤职查办并开除了党籍又一次被关押，差点被杀害。后来父亲到了延安，当时国家保卫局秘书长慕容楚强告诉父亲，原来是他接到要处决父亲的电报，当即向局长曾传六次建议不能处决，并把父亲调到保卫局，父亲才得以被救。张国焘分裂党和红军的阴谋被党中央识破，毛主席召唤要坚决北上抗日。第三次过雪山、草地，这也是最艰苦的一次。整个部队一路上根本没东西可吃，别说粮食，就连树皮、草根也找不到（都被前面的部队吃光了），到处都是光秃秃的，透着腐臭味的沼泽，不知哪是实地，哪是深坑，不知吞没多少年轻战友的生命。有一次一个战友陷了下去，另一个战友营救，最终不但没营救成功，自己亦被淹没下去了。回想起早上还在一起并肩作战的战友，眨眼间就被沼泽吞没了。饥寒交迫的他们吃皮带，捡马粪中未被消化的豆子，甚至是破旧棉衣的花絮也抽出来硬吞进肚子里充饥。过雪山时，父亲用了“寒光闪闪”“寒风刺骨”“寒气逼人”三个词对记者说：雪山上的气候变化莫测，刚才还烈日当空，转眼就变成了风雪交加。越往上走越冷，山顶上的白雪皑皑，加上高山氧气稀薄缺氧，很多战士只穿着薄薄的单衣，互相扶助一步一步往山顶爬，不少体弱的战友在雪山上停下来想休息一下，很快就被冻僵了。一位姓李的炊事员感到呼吸困难，实在撑不住了，就一屁股坐下，结果再也没有站起来了。父亲和他的战友们用生命丈量着雪山、草地，以惊人的革命毅力三过雪山、草地，坚持北上抗日。父亲这第三次过雪山、草地时被张国焘当作了“犯人”，白天行军时用绳子捆着，还要背着一个帐篷，晚间宿营时脚镣手铐，就更加艰辛了。

1936年4月5日，父亲的部队与任弼时、贺龙领导的部队会合。10月，又与左权、聂荣臻带领的部队在甘肃的将台堡兴隆镇与红一方面军胜利大会师。到了陕北的会宁后才把父亲放出来，送回西路军政治部。

1936年10月，红四方面军总指挥部奉命率领第五、第九、第三十军，在甘肃靖远虎豹口西渡黄河，改称为西路军，开始了异常艰苦的战斗历程。1937年3月，梨园口战役后，西路军只剩下1000多人，退守青海祁连县以南的石窝。西路军总部决定，将现有人员编为3个支队，分散于祁连山打游击，他们的口号是"打回延安去"。又坚持了一个多月，最后被打散了。父亲和他们的一些战友，在弹尽粮绝的情况下，不幸被马步芳的搜山部队捕抓，送到"红军收容队"。5月，国民党九十八师又把集中营里的红军押送到西安集中营。直到西安事变后，与西安八路军办事处联系上，父亲与一批红军才被接出来，安置在一所大学的校园里，有病的治病，发了棉衣棉被。

1937年，办事处派专人将父亲送到延安，父亲终于来到了陕北革命根据地延安，回到了党中央、毛主席的身边。到达延安后，组织上要安排父亲去中国人民抗日军事政治大学学习。但是因工作需要，老领导慕容楚强要父亲马上到边区保安处，父亲二话不说就到了处长周兴领导的边区保安处报到并投入工作，错过了这个学习的机会。父亲当时在边区保安处预审科任科长，抗日战争胜利以后，调到东北战场，在四野军需部保卫科任科长，后来随部队南下到武汉，在中南军区公安部任执行处处长。父亲于1953年2月以正师转业到武汉钢铁公司，1957年调入广东省冶金工业厅、水产厅、南海水产研究所，1976年离休；任广东省第四届政协委员。

（文章由李子惠儿子李勇健提供，本书编辑时标题、文字、照片有所改动）

杨泽江

杨泽江，又名杨俊仁，1921年4月出生于河南省清丰县杨庄。1938年6月加入中国共产党。1937年底参加革命，1938年10月赴延安参加中央青年工作会议和西北青年救国会代表会议。1943年被选为七大代表赴延安，先进入中央党校一部第二党支部学习，后参加中共七大。中华人民共和国成立后，曾任中共中央华南分局青委书记，华南垦殖总局副局长，中共海南区党委副书记、书记、第二书记、第一书记，中国人民解放军海南军区政治委员，广东省湛江地区革委会第一副主任，中共汕头地委书记，中共广东省委秘书长、省委常委，以及中共河北省委常委、副书记兼保定地委第一书记，中共河北省顾问委员会主任等职。1995年离休。任河北省关心下一代委员会主任、河北省炎黄文化研究会会长。

父亲杨泽江与党的七大

杨永庆　杨永春　杨永海　杨永夏

1945年4月，父亲时年24岁，他作为当时最年轻的七大代表之一，参加了中共第七次全国代表大会。弹指一挥间，70多年过去了。父亲每每与我们忆及七大，总是抑制不住内心的激动，他的深情讲述，总会将我们的思绪带到那个战火纷飞的年代。

▶ 奔赴圣地

1943年，在一次反“扫荡”中，父亲右胳膊中弹负伤，在伤口还没有完全愈合的情况下，他不听医护人员的劝阻，执意重返抗日战场，继续投入到激烈的反“扫荡”战斗中。同年9月，日军对冀鲁豫边区进行秋季大“扫荡”，父亲所在的抗日救国总会随边区机关冲出敌人合围后，他接到了区党委书记黄敬的通知，得知自己被选为七大代表，即将赴延安出席七大。匆匆准备之后，父亲与中共中央北方局的刘宴春（时任冀鲁豫边区常委、宣传部部长）、芦雪夫妇，军分区司令员刘德海（后任信息产业部副部长）、段君毅夫人陈亚琪（段君毅后任中共北京市委书记）等，乔装成农民，沿着刘少奇去延安的路线出发了。

在武装交通队的护送下，他们连续冲过日军两道封锁线，到达绥德中国人民抗日军事政治大学总校招待所。此时，芦雪临盆待产，已来不及送医院，情急之下，找到一位农村老大娘帮忙就地接生。拂晓时分，这个远赴延安出席七大的小分队又添了一位小战友——一个嗷嗷待哺的新中国的后备军成员。

冀鲁豫边区距延安路途遥远，沿线日军封锁严密，父亲他们连续昼夜行军奔波，在两个月后（当年12月）抵达延安。中共中央组织干部科科长王鹤寿（后任中纪委副书记）接待了父亲一行。由于行军奔波中险情不断，父亲不慎将组织介绍信遗失，因此无法确认身份，只能暂住中组部招待所，一边学习一边等待。后经一起来延安的同志和组织核实确认，才得以顺利报到，父亲从此开始了在延安的第二次学习。

▶ 延安学习

1944年初，父亲进入中央党校一部第二党支部学习（简称“一部二支”）。当时的校长是毛泽东，副校长是彭真，教育长是黄火青（后任最高人民检察院检察长）。当时的一部，集中了许多准备参加七大的代表。在支部中，大家都非常关心爱护年龄尚小又刚入党不久的父亲，经常主动向父亲介绍党的历史和前段时间进行的“抢救运动”的情况。

在中央党校一年多的学习期间，正是延安整风运动处于总结历史经验阶段。父亲在此阶段得以深入系统地学习党的历史，逐渐明确了毛泽东思想的发展过程与其领导革命走向胜利的过程，也深刻认识到王明“左”倾路线对革命造成的巨大损失。

学习之余，父亲还参加延安大生产运动，学会了种粮食、扎扫把、纺羊毛。有一次在施肥劳动中，同志们开玩笑，故意将大粪泼到父亲身上，说是对知识分子的特殊照顾。经过一段时间的生产锻炼，父亲由一名知识分子变成了一个农活好手。我们常常问起父亲在延安时期的生活情况，父亲说，就当时的条件来说，党校已经算是非常好的了。在党校，伙食格外注意粮食米面的搭配，每个月还保证定量供应 4 斤肉；文化娱乐活动也非常丰富，《白毛女》《逼上梁山》《三打祝家庄》等众多新剧都在党校首演，有时甚至还能看到电影。同时，中央对病号学员特别关照，都是用当时条件下最好的药品治疗，父亲的肠胃病和腿关节就是那时治好的，至今未犯。父亲常说，在延安，自己的身心两方面都得到了党“治病救人”的疗效。

▶ 七大盛况

1945 年 4 月，中共第七次全国代表大会开幕。父亲顺利通过最后一次资格审查，作为晋冀鲁豫边区代表团的一员参加了会议。会议中，父亲与代表们一道听取了毛泽东、刘少奇、周恩来、朱德等中央领导人的报告，特别是学习了毛主席《论联合政府》的书面报告，参与了热烈的讨论。父亲说，七大的选举最充分体现了高度民主基础上的集中和高度集中指导下的民主，是民主集中制的生动实践。据父亲回忆，开始是由代表提出中央委员和候补中央委员候选名单，大会据此下发一个供再讨论的候选名单，再由代表对其提出各种意见，并将意见汇集反映上去。毛主席亲自对选举作了专门报告，教育大家要把各个地方、各个岗位、各种经历的优秀人物汇集起来，对几次在“左”倾路线中犯过错误又已经改正的同志，也要纳入候选名单。候选名单公布后，先进行预选，据其结果中央又做了许多说服工作，最后才进行正式选举，达到了中央和代表们的共同目标。当时党内空前团结、统一，为党内民主选举树立了楷模。

七大结束后，根据组织的安排，父亲被派回冀鲁豫边区工作（此时重庆谈判尚未结束）。1945 年冬，父亲回到濮阳，被安排到鲁西南新建的菏泽、定陶、南华、东明四县工作，先后任抗日联合会主任，中共南华县委书记，南华、东明工委书记。

▶ 七大感怀

七大前后，父亲能在中国共产党这样一个重要历史时期，在中国革命的心脏——延安学习生活了 1 年零 10 个月，在党的历史、革命理论、革命知识、工作作风、工作方法等方面，系统地强化了自己在党务工作方面的知识和理论，受益极大。他对党的领导和党与人民的关系有了更深刻的理解，为日后的革命生涯打下了坚实的基础。

经过七大，父亲对以毛主席为核心的党中央领导和老一代的革命家们的风采、经历、贡献等，都有了生动形象的感性认识和深入的理性认识。父亲常说，参加党的七大是他一生中的一大幸事，这一时期也是他受马列主义、毛泽东思想教育最集中、最有效果的时期。这段经历对父亲一生产生了非常重要的、根本性的影响，是父亲革命思想的一次大升华。

（节选自《父亲杨泽江的北战南征》；文章由杨泽江子女提供，本书编辑时文字、照片有所改动，新加标题）

吴有恒

吴有恒，1913 年出生，广东恩平人。1936 年 9 月加入中国共产党。1939 年赴延安，任中共中央党务研究室研究员。之后进入中央党校一部学习，并参加整风运动。1945 年 4—6 月作为大后方代表团成员出席中共七大。中华人民共和国成立后，历任中共粤中地委、广州市委书记，中国作协广东分会副主席，《羊城晚报》总编辑，广东省人大常委会副主任。1994 年逝世。

父亲到延安

吴小坚　吴幼坚　吴卓坚　吴树坚

2003 年父亲的老战友、著名杂文家牧惠寄给我们一张照片。他写道：“前年，《北京青年报》刊登了一幅十二大时代表们投票选举中央委员的照片。我一眼认出，队列中的第二人是吴有恒。我想，他的子女一定很喜欢见到这幅照片，于是剪下来寄给你们。七大、八大、十二大这三次重要的党代表大会，吴有恒都是代表。这是他的光荣。当然，他是当之无愧的、共产党的合格代表！”

人一生能参加一次全国党代会，就被认为是很光荣的事了。父亲能当上党的七大、八大、十二大代表，的确值得自豪。父亲离开我们已经有 20 多年了，我们根据他的文章、口述，参考有关资料，追溯他走过的路，希望触摸一个共产党人的灵魂。

1982 年 9 月，中共十二大在京召开，正式代表吴有恒（队列中左第二人）准备投票选举中央委员

▶ 作为香港的七大代表前往延安

父亲吴有恒是广东恩平人，出身于书香门第。1936 年，他在香港全国各界救国联合会任华南区总部干事，同年 9 月由孔志诚（即薛尚实）介绍入党。母亲曾珍原籍广东五华，出身于香港城市贫民家庭，受方方夫人苏惠教育，于 1936 年入党。同年 10 月，吴有恒、曾珍、赖石昂 3 人组成香港地下党支部。吴、曾先以夫妻名义租屋与赖共住，后结为革命伴侣。1938 年中共香港市委成立，父母分别任市委书记、妇委书记。

1939 年，父亲被选为中共七大代表。11 月，香港代表吴有恒、钟明、何潮、周小鼎、周材 5 人，启程进入东江游击区，经惠阳、连平到达韶关，与中共广东省委代表区梦觉、古大存、唐初、朱荣、方华会合，组成 10 人广东代表团前往延安。当时中共广东省委在韶关，指示代表们化装分别前往桂林。于是古大存假扮国民党军官，吴有恒和钟明扮成香港学生……大家在桂林八路军办事处会合后，换上军装乘坐新四军派来的军车，直抵安徽黄山附近的太平镇，下车翻过黄山继续步行到泾县云岭新四军军部，后又转移到中共中央东南局驻地丁家山村。

1940年1月，在新四军的护送下，父亲和同志们从芜湖乘坐两只大木船，绕过日军的巡逻艇，渡过长江。之后又随罗炳辉的部队夜间越过津浦路，辗转行军至1940年春节后不久，到定远县的新四军江北指挥部。当时中共中央中原局也驻在江北指挥部里，刘少奇为书记。古大存和父亲等几人去向中共中央中原局（1941年5月，中原局和东南局合并为华中局）报到，在那里父亲第一次见到刘少奇。

在香港市委工作中，父亲常读到党内的一些文件，它们对于曾在党内流行的“左”倾关门主义、冒险主义，批判尖锐，言简意赅。听说那是刘少奇写的，他深为敬佩。父亲想象中的刘少奇机敏健壮，见到的他却是身体瘦弱，语速较慢，言词简洁准确，像个中学数理化教师。刘少奇迎上前欢迎来自南方的七大代表，紧握古大存的手说：“噢！你就是大存同志，是大存同志。噢！”提高了的声调充满热情。随后他简略地介绍说，江北是敌后地区，日军只占住少数点线，大片地方则散布着国民党的正规军和杂牌军，还有土匪。新四军的部队是新发展建立的，地区是新开辟的，还没有建立起地方政权，处境很困难……他话锋一转：“这里也有有利的条件。这地方东至海，西至平汉路，北至陇海路，南至长江，联结数省，人口约5000万。人民是要抗日的。只要我们政策正确，发动群众，建成抗日根据地，经营好这地区，就能出100万兵。这是极为重要的战略任务。”父亲听着，将“5000万人口，100万兵”两个数字铭刻进脑子里。

北上参加七大的代表，除广东、香港外，还有浙江、安徽、江西、广西、湖南、上海市和闽粤赣边区9省市共44人组成南方代表团。由古大存任团长和临时党支部书记。少奇交给代表们行军路上一个任务：学习途经各抗日根据地和游击区群众工作、武装斗争、政权建设等的经验。过了两三天，少奇来探望分散住在民房里的代表们。在广东代表的住处，他坐下来就问：“你们认识孔志诚吗？”父亲答：“我认识。”少奇说：“是我派他回广东去的。”那是1936年的事了，孔志诚奉命从北方回广东，负责重组已被破坏了的地下党组织。他先到香港全国各界救国联合会华南区总部，以暗号找“何起超”，父亲明白其意，于是带他去见负责人何思敬。从此孔志诚就认识了父亲，后来孔志诚还介绍他入了党。少奇和广东代表们亲切交谈，父亲联想少奇“5000 万人口，100 万兵”的话，汇报广东党领导的抗日游击队数量还很少的情况，说：“可惜，我们没敢放手搞，要是敢放手，现在该已有一两万人了。”少奇微微一笑说：“你很有革命热情。”顿了顿又说，“我们中国同志们的革命热情很高，比得上任何外国的同志。许多同志不怕危险，不怕杀头。但光有热情还不能使革命胜利，还要有实际精神，讲求实际，用科学态度找出有效方法，这才会胜利。而这种实际精神，我们却往往是很不够的。什么时候我们的同志做到既有革命热情，又有实际精神时，那时，革命就会胜利了。”

又过了几天，少奇在指挥部召开干部会议，也邀南方代表团参加。少奇作了形势和任务的报告《华北华中大同小异论》。他来中原局之前主持过北方局工作，由于坚持了独立自主发展抗日游击战争的方针，我党在华北迅速地发展了武装部队，建立了抗日民主政权，建设了根据地。而华中则受王明右倾错误主张的影响，部队发展得慢，完全未建立政权，未有巩固的根据地。少奇要华中也像华北那样，贯彻独立自主的方针。他具体生动地介绍了华北各方面的经验，最后说：“我们要敢于同国民党顽固派针锋相对，不管他喜欢不喜欢。明天我们的定远县县长就走马上任了。国民党顽固派可以派人当县长，为什么我们就不能派人当县长呢？”很快，我军果然解放了定远县城，委任了县长，建立了江北地区第一个抗日民主政府。从此整个地区革命形势掀起大发展的高潮。父亲由此学到最宝贵的经验就是：解放了定远县，立即委任县长，建立抗日民主政府，从而推动一切工作。数年之后，他回广东南路、粤中开展武装斗争，建立民主政权，就是受少奇启迪做的。

▶ 开展政治工作，改造新收编的“会道门”武装

不久，江北指挥部从皖中转往淮南。春末夏初，我军解放了盱眙县

城。南方代表团渡过洪泽湖到了皖东北，准备转往山东。皖东北是新区，新四军两个连挺进到这里，两三个月就扩展为30多个营，部队很杂，干部奇缺。日军和国民党顽固派不断来犯，代表们难以越过陇海铁路，只好等待时机。团里派出父亲为首的4人小组，到新四军第六支队第四总队第十二团去。这是新收编的“会道门”武装，全团1200多人，只有团长、团总支书记和特务连长是党员，政治工作很难开展。半个月后，父亲得知少奇来到皖东北，就去汇报说：“这个团纪律太坏了，是改造不好的，留下来反而败坏了我们新四军的名誉，不要它算了。”少奇因骑马擦伤了腿，斜躺在椅子上。他听到这里抬起身子来，皱着眉头说：“你这个人真大方呀！这个部队如果我们不要它，日本人就会要它，一点也不会嫌它纪律坏。国民党也会要它，也不会嫌它纪律坏。再不然，他们自己也会去当土匪，纪律也不会比现在好。你说说看，你说的纪律坏是怎么个样子的？”父亲举例说：“一个战士偷了老百姓的鸡，见到我来，连忙把鸡藏在衣衫底下。我问他：‘你干什么?!’他连忙立正行礼，手一离了鸡，鸡就咯咯咯地飞脱了。”少奇莞尔一笑：“你们的工作很有成绩啊！你们已经让那些人知道新四军的纪律是不准偷鸡的，因此他见了你就要把鸡藏起来，怕你看见。再说，你们是共产党派去那里做政治工作的，那些人原不懂什么是政治工作，不尊重你的，现在，他已懂得了尊重你，当你是长官，见了你，要立正敬礼。这很好嘛，这些人是可以改造好的，一定要改造好！”少奇善意的批评令父亲心悦诚服，之后，4人积极开展政治工作，发展了30多名党员。直到“南方代表团”可以继续北上了，他们才离开第十二团。

想不到10年之后，这支部队竟与父亲相会了。1949年10月20日夜，父亲率粤中纵队独一团，随同二野四兵团第四十四师师长向守志率领主力部队，解放了开平县长沙镇。部队进驻国民党专署，突然有两个南下大军战士闯进来，要住这栋房子，警卫不同意，双方争执起来。父亲闻声而出，对大军战士说：“我是这里游击队的司令员，请回去领你们部队首长来相谈吧。”炮兵营长和营教导员到来敬礼后，觉得眼前这位司令员很面熟，便问：“请问首长，你是否曾在新四军第六支队第四总队第十二团工作过呢？”父亲答道：“我在那里工作过一段时间。”“啊！你是我们的老首长！”两位大军急忙上前和他握手，高兴地说：“老首长，你1940年在皖东北到我们团工作时，我们是该团的士兵，是你给我们上政治课，也是你介绍我俩参加中国共产党的呀！”父亲一听非常激动。曾经认为改造不了的第十二团，已成长为一支主力部队，南下解放广东，并在自己负责的粤中地区相逢，何等令人惊喜！营长解释说，他们是师部直属炮兵团，受命南下滨海追击敌人，由于前方公路木桥被烧毁，只好待桥修好才南下。父亲立即吩咐参谋帮助大军解决住房问题。

▶ 迢迢万里路远赴延安

据《中共七大纪实》记载：南方各省七大代表奔赴延安历尽艰辛。从八路军总部到延安的途中，南方代表团连闯5道封锁线，有时一个晚上要行军70多公里。1940年12月16日下午，经过艰苦跋涉的南方各省七大代表终于到达延安。广东的代表从1939年12月底算起，整整历时一年，跨越11个省，行程万余里，可谓一次艰苦的“长征”。他们在新四军、八路军的掩护下无一伤亡，全部安全到达延安，这也是个奇迹。

1982年9月，父亲参加十二大时在《人民日报》发表《我们的党总是自强不息》，文中写道：1939年（11月），我曾从广东出发去延安出席党的第七次全国代表大会，徒步而去，经过各个抗日游击区和根据地，长途跋涉转战数千里，历时1年又1个月才抵达延安。七大过了4年才开，会后我又徒步而归，费了同去时差不多的时间才回到广东。

确实，赴延安之路非常艰辛，这批代表们与沿途护送的部队指战员、地下交通员冒着枪林弹雨，冲破敌人的道道封锁线，有的同志还为此付出鲜血和生命。父亲曾告诉我们，有一次他们来到一个村庄，四周死般的寂静让人感到不祥的预兆，几天前他们在交通员带领下曾到过这里并得到接待。可是眼前是烧焦的房屋，村里连人影也不见，最后在村外树上发现吊挂着几具被剥去皮的尸体，那是丧心病狂毫无人性的日本鬼子的残酷暴行啊！活生生将人剥皮，让夜间的野狼噬咬……听到这里我们毛骨悚然，父亲眼中流露的是悲痛愤怒的目光。

途中代表们时时准备对付日本鬼子和伪军拦截袭击，还常常挨饿抵冷。父亲当年27岁，队伍中大多数是年轻人，正是身强力壮食欲旺盛之时，挖野菜捉“野味”，田里的青蛙树上的乌鸦都成了他们改善伙食的材料。北方有养鹅看家的习惯，有次父亲和同志们在集市上看到有人卖鹅，打听价格很便宜，不由得想起广东家乡的“焖鹅”，即时买下宰掉砍块，支起大锅烧猛火开焖，谁知煮了半天都无法咬得动，原来是只淘汰老鹅，味如嚼蜡、韧似橡皮，光买柴火的钱就远比大鹅价要贵得多！

我们曾经问过父亲，你这辈子尝过的山珍海味中，印象最深的佳肴是什么？他回答：“羊杂碎。”羊杂碎是由羊的头、蹄、血、肝、心、肠、肚等过去被遗弃的下脚料混合烩制而成，又称“羊杂烩”。劲辣美味热气腾腾，端上一碗，蹲在土墙角晒着太阳慢慢扒拉，这是大西北一带穷苦百姓的挚爱。没想到生长在广东沿海富庶侨乡，来自美食天堂香港的父亲，终生难忘回味无穷的竟是陕北普普通通的羊杂碎！

父亲回忆，一次行军途中实在饥渴难忍，他捧着随身带的搪瓷口盅，敲开老乡的家门讨水喝。当地极为缺水，老乡也很为难，只见犹豫片刻便转身入里屋，出来时手里的口盅竟装了半满的老陈醋！

▶ 投入延安的工作学习生活

1940年12月，44位七大代表终于走到了延安。代表们到中共中央组织部报到，父亲仍保持着地下党香港市委书记的身份，但不准写信对外联系。因许多七大代表未到，大会延期召开，他被分到中共中央党务研究室当研究员。研究室主任是王若飞，下设晋察冀、冀鲁豫等解放区和大后方国统区等小组，他在大后方国统区研究小组。

父亲在研究室工作期间完成了给中央的三个报告：（1）《吴有恒：关

于香港市委工作给中央的报告——1936年9月至1939年11月香港的政治环境和党的组织、群运、统战等工作》（1941年2月16日）。（2）《吴有恒：关于粤东南特委工作给中共中央的报告——1938年11月至1939年11月》（1941年1月13日）。参见由中国人民解放军历史资料丛书编审委员会（军事科学出版社，2008年，北京）编写出版的《华南抗日游击队上册》。（3）《香港青年工作报告》（1941年1月25日）。

香港江关生著，2011年出版的纪实书籍《中共在香港》有如下段落，提到父亲在研究室期间完成的两个报告——

《吴有恒：关于香港市委工作给中央的报告——1936年9月至1939年11月香港的政治环境和党的组织、群运、统战等工作》（1941年2月16日）。该报告长达280页，约15万字，副题列出了要叙述的内容。尽管有不少资料都是取材自当时港英政府的报告，仍然令人惊叹，身处偏远闭塞的陕北延安窑洞，如何写得出洋洋洒洒十几万字的报告。没有一种革命热忱、献身精神、文化修养和对工作的娴熟，是不可想象的。

《香港青年工作报告》（1941年1月25日）。30—40年代，香港的青年处于什么思想状态？他们有什么政治活动？可幸，中共在香港从事青年工作的地下党员，留下了一份108页的《青年报告》。这份在延安窑洞里写出来的《青年报告》，撇开政治立场不论，其内容之详尽细致，即使放到今天，也绝对不比任何同类主题的专家报告、学术论文差，甚至犹有过之。唯一可以想到的理由：这是一份用“革命实践”、真正“用生命影响生命”写出来的报告。

该报告没有署名作者。估计极有可能是从香港到延安参加党代会的吴有恒执笔。吴有恒另有一篇长文《关于香港市委工作给中央的报告》，内容巨细无遗，十分详尽。两份报告的写作风格与体例也极为相似。

一年后，父亲进入中央高级党校一部学习。第一次听报告是1941年5月，毛主席在延安干部会议上所作《改造我们的学习》，其与《整顿党的作风》《反对党八股》，是毛主席关于整风运动的基本著作。毛主席曾用10句话来形容主观主义者的形象：一声不响；二目无光；三餐不食；

四肢无力；五官不正；六神无主；七窍不通；八面威风，九（久）坐不动；十足无用。报告正式发表时，删掉了这10句话，只保留了一副对子："墙上芦苇，头重脚轻根底浅；山间竹笋，嘴尖皮厚腹中空。"对主观主义者进行了辛辣的讽刺。聆听了毛主席的这个报告，犹如上了一堂生动的马列主义哲学课。父亲第一次走进中央党校礼堂时，就看见礼堂正中由毛主席亲手写的醒目大字："实事求是"。经过在党校学习，更经过后来长期的革命实践，他日益理解"实事求是"的深刻含义。它是党的思想路线，是共产党员的党性。几十年后父亲回顾延安整风时说："延安时期，整顿三风：整顿学风，反对主观主义；整顿党风，反对宗派主义；整顿文风，反对党八股。主要的是整顿了学风，以实事求是之风代替教条主义与经验主义之风。那变化真大呀！整风前，人们想事只习惯于搬书本、搬老经验，整风后变为懂得调查研究，按实际办事了，一下子就智力大解放，都聪明了，全党、全军、全民生气蓬勃，智慧无穷。几年之间，赢得抗日战争的胜利，赢得解放战争的胜利。"

父亲除学好本科课程外，还博览群书，全面增长知识，爱好体育运动，参与各种文娱活动。他来自五邑排球之乡，入选陕甘宁边区排球队。当时打的是老式的9人排球，父亲是二排侧扣球手。一次，他们这支冠军队和朱老总（朱德）所在的军直队比赛。父亲得到前排中供球，跃起一击，球正中朱老总鼻子。父亲忙过去道歉，朱老总捂着鼻子连忙摆手，说："没啥，没啥，继续比赛。"延安军民爱跳秧歌舞，演秧歌剧，还组织舞会。中央党校宣传队的队长是艾青，父亲是乐队副队长，常为毛泽东、朱德等领导出席的舞会拉二胡伴奏。宣传队演出周而复编的秧歌剧《牛永贵挂彩》，该剧比《白毛女》的创作演出还要早。乐队的主要乐器是二胡，由父亲和钟汉华动手制作。二胡用木头加胶水粘成，找不到南方用的蛇皮，就改用老鼠皮替代。父亲做二胡的兴趣延续到1956年，小时候我们看着他用炼乳罐头做二胡，将湿漉漉的田鸡皮罩上去，一干就绷得紧紧的了，他边动手边说在延安就是这样做二胡的。多年后父亲仍怀恋那段朝气蓬勃、民主团结的延安岁月。

▶ 无私战士有情人

在中央党校，父亲与一部主任古大存住在一起。古大存是东江革命根据地和红军创始人，父亲对比自己大10多岁的古大存十分敬佩。中共广东省委要选个军事方面的七大代表时，他投了古大存的票。步行往延安途中，他俩喜欢你一句我一句地背诵《离骚》。路上，古大存说过这样一件事：在东江打游击时，他带兵路过某地，见石壁上有劝降诗："共产十年闹翻天，上山游击苦难言；山穷水尽已无路，赶快投降莫迟延！"他立即用木炭题诗"奉答"："幼习兵戎未习诗，诸君何必强留题？江南美味你先吃，塞北寒风我自知。解带结缰牵战马，扯袍割袖补红旗。雄师百万临城下，且看先生拱手时。"在延安时，他俩经常下棋、吟诗，共读《楚辞·离骚》，互为知己。当时毛主席的《清平乐·六盘山》一词未公开发表，但已传开了。古大存读到诗中的"红旗漫卷西风"，就对父亲说："'漫'可改'满'字，'红旗满卷西风'不是更好吗?"两人都笑了。一天，他俩去见叶剑英，叶剑英正在读广西大学校长马君武的诗集，三人自然谈论起诗来。叶剑英见父亲也喜好诗，就将那本诗集借给他带回去看。

1941年12月7日，日本海空军突然袭击夏威夷珍珠港，美国太平洋舰队遭受重大损失。8日，美、英对日宣战；11日，德、意对美国宣战，太平洋战争由此爆发。日本帝国主义为争夺远东殖民地，独霸亚洲发动的太平洋战争，不到半年便侵占了香港和东南亚地区国家，处于暂时的军事优势。父亲密切关注战局的发展，战争爆发，香港沦陷，他向古大存提出要求回南方组织游击队抗击日本侵略者，并以诗表达请战愿望。古大存告诉他：已向中央报告未获同意，并说你是来延安参加七大会议的，此时七大还未召开，怎么能走呢?

呈古大存

1942 年初

无限胸怀又欲诉，北风瑟瑟在枯枝。
十年征战怜君老，一代潮流恨我迟。
既往辛酸成片断，未来争斗更长期。
仰天长啸山川动，是甚心情不自知。

记　事

1942 年

其一

坐到天寒欲曙时，暗风透彻旧棉衣。
闲闲星斗此长夜，切切心情两首诗。
或喜或悲唯一语，为君为我亦三思。
呜呼今夕竟何夕，相对无言两自持。

其二

无边雪月溶溶夜，不尽星辰耿耿天。
寒迫纸窗人未醒，梦回鸡塞我犹怜。
英雄易老余强项，争斗方长共少年。
并立茫茫天欲曙，森森情感在双肩。

香港是父亲走向革命道路，从事革命工作的地方，战友们还在继续与敌人斗争，爱人曾珍和不到两岁的女儿也滞留日本侵略者铁蹄下的香港。沸腾的生活也有寂静的时候，每当此时，刻骨铭心的思念就袭上心头。自奔赴延安后，他与从事地下工作的妻子就完全断了联系，她一切可好？明月千里寄相思，父亲写下了《偶成》等：

偶　成

1941 年

偶持破纸学描真，意态惊成梦里人。
莫道相思难刻画，一涂一抹自传神。

秋　思

1941 年

初秋一雨却如春，草色偷窥久别人。
也有入怀情一缕，无言独坐到黄昏。

闻太平洋战争爆发

1941 年

烽火相侵急，云山寄望深。
三秋无雁讯，一夜欲龙吟。
大海正腾浪，热情不自禁。
长空何阔阔，四顾极森森。

▶ 出席七大，回南方开展游击战

父亲和代表们在延安等了 4 年，七大终于在 1945 年 4 月 23 日召开。正式代表 547 人，候补代表 208 人，代表全国 120 万党员。七大是中国共产党在民主革命时期召开的最后一次代表大会，大会通过的党章确立以毛泽东思想为党的指导思想。毛主席在开幕词中指出：中国共产党经过北伐战争、土地革命战争、抗日战争这样三个英勇奋斗的历史时期，积累了丰富的经验，已经成了中国人民抗日救国的重心，中国人民解放的重心，打败侵略者、建设中华人民共和国的重心。他强调：我们应该谦虚、谨慎、戒骄、戒躁，全心全意地为中国人民服务。父亲亲聆毛主席这一讲话，决心在日后的革命生涯中付诸实践。

1945 年 4 月，中国共产党第七次全国代表大会在延安召开，吴有恒作为正式代表出席大会

七大结束后，中央计划组织三个梯队南下广东。父亲负责组织抽调团级干部 90 多人组成干部连队，由他任指导员，随第二梯队行动。到了河南洛阳，因日本投降，部队调往东北，父亲等几位奉命南下干部各自化装到上海，再乘船返香港。他肩负着组织上给的重要任务，回广东传达毛主席在七大闭幕大会上讲的十五点困难问题。毛主席说，我在《论联合政府》中已讲了我们革命胜利的条件，现在我要讲讲存在的困难，大概有十五点困难：第一，抗日战争胜利后，估计蒋介石要发动内战；第二，我们队伍内部，可能会出现像斯戈比式的动摇分子、投降主义分子，我们要提高警惕；第三，抗日战争之后，可能发生经济困难，出现荒年，对这困难我们要有足够的估计；第四，英、美帝国主义可能出兵帮助蒋介石打内战……毛主席号召全党和全国人民战胜困难，争取全国解放的胜利。

父亲将报告内容全部背下来，上路前烧毁了笔记本。归程辗转花了一年，1946年春父亲回到香港。中共广东区党委召集各级干部，分批听他传达七大精神，特别是传达毛主席讲十五点困难的报告。

返回阔别的广东，父亲在党的领导下，结合七大精神与战友们同心同德，积极开展革命武装斗争，为配合南下大军解放粤中地区作出了应有的贡献。

（文章由吴有恒子女提供，本书编辑时文字、照片有所改动）

吴慕奇

吴慕奇，1913年5月4日出生，广东海丰人。1938年加入中国共产党。1938年至1939年6月在陕北公学学习，1939年7月至1940年12月在延安马列学院第四期学习。1941年1月至1945年12月，任延安马列学院、中央研究院、中央党校三部财会科科长。1946年1月至1949年9月，任晋察冀边区（张家口）银行总行及察哈尔省银行业务科科长。中华人民共和国成立后，先后任中国人民银行广东省分行行长，广东省商业局副局长、党组副书记，广东省财贸办公室副主任、党组副书记，中共广东省顾问委员会委员。2014年11月2日在广州逝世。

听父亲讲在延安的经历

吴晓明

1992年的一天下午，在家里和父亲吴慕奇说到他在延安时期的学习、工作和生活时，他很认真地和我们进行了一次少有的长时间的谈话。由于当时没好好记录，事后又没好好整理，现在只能根据手上很不全的零散的资料和凭脑子里残留的记忆，来回忆整理些片段了（以下文章中的“我”代指父亲吴慕奇）。

▶ 参加革命

1937年，我当时在香港的培真小学任教员工作。在我二哥（吴伯仲）的影响下，我参加了一些共产党的外围组织活动，接触到共产主义思想。当七七事变后，日本侵略者大举南下，所到之处烧杀掠抢，无恶不作。国民党军队节节败退，导致全面崩溃，中华民族到了生死关头。我和香港的一些进步青年，为抗日组织了募捐活动。向新加坡、南洋的华侨和香港的同胞收集了大批的物质和金钱，统统交给了八路军驻香港办事处。还组织高年级的学生上街游行抗议日本侵略军的罪行，受到了党组织的关注。1938 年，我受八路军驻香港办事处廖承志主任的委托，带着介绍信，带着三辆爱国华侨捐赠的救护车和抗日物资，与一批热血青年奔赴延安，到抗日战争的行列中去。一路上冒着被敌机轰炸的危险，历尽千辛万苦，闯过重重难关，终于到达八路军驻西安办事处，将救护车和华侨捐赠的抗日物质交给了办事处叶剑英主任。随后，进行了体检和考核，及格后发了一套军装就离开了西安。又经过半个月的长途跋涉，到达了陕北公学。

西安八路军办事处旧址

▶ 在陕北公学的日子里

陕北公学是根据中共中央决定，为了实现全民族抗战，培养大批青年成为抗日战争所需人才和优秀干部而设立的。在校期间，我看到陕北已成为进步青年向往的地方。成千上万的革命青年，怀着抗日救国的热情，寻求革命真理的渴望，对中国共产党的信仰，从全国各地，从日寇占领的沦陷区，从国民党统治区，从千里迢迢的国外，从南洋、香港等地冒着生命危险，冲破层层封锁，长途跋涉，历尽艰难困苦，奔赴革命的圣地——延安。我庆幸自己的选择是对的，更坚定了我跟着共产党走的决心。鉴于我在香港的表现及八路军驻香港办事处的推荐，学校很快就发展我成为中国共产党党员并当选为班长。当时学校的编制是每班 8—10 人，每分队 3—4 个班，每学员队 3—4 个分队，每区队 3—4 个学员队，一切行动军事化。生活是艰苦的，穿的是土布军衣，吃的是小米、咸菜、茶油，住的是一个班一个窑洞（我们班有 12 人）。我们班人多些而且学员情况也较复杂，除了有进步青年外，还有个国民党军官。因当时是国共合作，所以吸收一定比例的国民党人参加。还有个混进来的国民党特务名叫孔源（后来被甄别出来逮捕了）。在那里，我们既要学习军事知识，又要学习革命理论和科学知识，还要开荒种地，自给自足。虽然很艰苦，但我苦得其所，乐在其中。通过学习和劳动，我懂得了不少革命的道理和马列主义与中国革命实践相结合的理论知识，更坚定了我为共产主义奋斗终生的信念。在毕业典礼上，毛主席说：有了陕北公学，中国不会亡。中国有一大群这样的先锋分子，中国革命的任务就能够顺利地解决。1939 年 6 月我们毕业了，学校准备选拔少数的优秀青年进入马列学院学习和深造。我被选上了，但还要经过严格的考试。记得当时考试的题目是“抗日战争的两条路线”，我用在陕北公学研读的马列理论，结合中国革命的抗战形势和国民党消极抗战的事实进行分析，清楚地阐述了国共两党不同的抗日路线而造成的不同的效果，以高分获得了通过。

▶ 在马列学院的学习和工作

延安马列学院从1938年5月开办起，到1941年5月改组时，共招收了5个班即5期学员，加上为准备参加党的七大代表专门开设的两个班100多人，前后共招收学员八九百人。学员的基本构成是两部分：一是参加革命战争多年，或在国民党统治区做过多年地下工作的老干部，其中不乏很有资历的红军指挥员和地下党的领导人；另一部分则是一二·九运动后入党的知识青年，而这部分人在入学前，绝大多数先经过中国人民抗日军事政治大学或陕北公学、中组部训练班以及中央党校的短期学习，经过考试、体检等严格的审批程序和筛选后留下来的。1941年5月，马列学院改组为马列研究院。7月，改组为中共中央研究院。1943年5月，研究院并入中央党校，为该校的第三部。

能被录取的学员个个都为自己能进入中央的最高学府而感到自豪。我决心刻苦钻研，努力掌握马列主义理论，为抗战、为报效祖国而贡献一份力量。

1939年7月至1940年12月，我在马列学院的第四期学习，这期有100多名学员。学习的6门课程分别为：马列主义基本问题、中国现代革命运动史、党的建设、政治经济学、哲学、西洋革命史。每星期上4—6个半天课，下午自习，晚上开小组会讨论。教育方法活泼，没有教条主义。同学们学习积极性很高，刻苦学习的气氛很浓。大家在学习上、思想上、生活上互相关心，互相爱护，互相帮助，真正体现了团结、紧张、严肃、活泼作风。课余时间，同学们积极参加体育活动，打球、游泳等。到处都洋溢着歌声，散发着勃勃的生机。

我们还经常聆听中央领导的报告。毛主席的《论持久战》《新民主主义论》，张闻天院长的《战略与策略》，刘少奇同志的《论共产党员的修养》和陈云同志的《怎样做一个共产党员》的报告，使我们对国内外的形势都非常清楚，更加坚定了我们和全世界反法西斯战争人民一道将抗战进行到底的信念，更加坚定了我们为共产主义奋斗终生的决心。

在马列学院读书时，是供给制，每年一套单衣，三年一套棉衣，袜子自己缝制，每月一块钱津贴。延安的冬天很冷，我从南方来，不习惯，手脚都长了冻疮。同学们都很乐观，发扬互相帮助的友爱精神，大家分头去找些蓝布、棉花，自己制作了棉袜和棉鞋分发给大家御寒。夏天只有一套单衣，不够换洗的。我们就将棉衣的棉絮揪出来，当成单衣穿。

生产自救

1939 年，国民党颁布《限制异党活动法》，对陕甘宁边区进行重兵包围和封锁。这对本来就很艰苦的生活更是雪上加霜了。陕甘宁抗日根据地的群众也非常困难，生活用品如棉布、粮食、医药、食盐等均奇缺。在这关键的时刻，党中央毛主席发出了生产自救的伟大号召，提出了“自己动手，丰衣足食”的口号。党中央召开了发动大生产运动的干部大会，在会上毛主席说：“对于国民党的封锁，我们是饿死呢？解散呢？还是自己动手呢？饿死是没有一个人赞成的，还是自己动手吧。这就是我们的回答。”响应党中央的号召，我们放下笔杆，拿起锄头向荒山进军。我们每天早出晚归，个个争先，士气高涨。手起血泡，挑破再干，泥水和汗水混成一团，没有一个人叫苦，没有一个人退缩。在大生产运动中，我不但学会了开荒种地，还学会了纺纱、纺线和打毛线等活。

辛勤的劳动获得了丰硕的成果。丰收的喜悦宣告了国民党企图冻死、饿死共产党人的痴心妄想的破产。

一年多的学习生活结束了，我在思想上、生活上，特别是在对马列主义思想与中国革命相结合的理论基础上有了更深的认识。正如张闻天院长所说的：马列学院半年学习当得莫斯科两年。毕业了，100 多个同学将要奔赴全国各地不同的岗位去。我该何去何从呢？学院需要工作人员，决定从该批学员中挑选些优秀的人才留校。我被选中了，要求我留校工作。我表示坚决服从组织分配，愉快地留在学院，被分配到学院总务处当财会科科长。从 1941 年 1 月一直干到 1945 年 12 月。当我接手时，学院的财务工作较乱，没有系统的财务制度和完整的财会账，只能按收支平衡做简单的报表。我边干边学，花了一年时间，根据学院的实际情况，搞了一套较完整的财务报表，一直沿用到学院结束。这一年，延安开始了整风运动。

延安整风

延安整风之前，中国共产党曾先后发生过瞿秋白、李立三、王明等三次“左”倾错误，其中在1931年1月召开的六届四中全会上台的王明“左”倾教条主义是理论形态最完备、持续时间最长、影响最深、危害最大的一次。它在军事上实行冒险主义，在政治上实行关门主义。这一系列“左”倾错误直接导致中央苏区第五次反“围剿”战争失败，南方各根据地相继丧失，全国红军从30万人减少到3万人，党员从30万人减少到4万人，白区的党组织也几乎损失殆尽。

尽管在遵义会议上博古“左”倾中央的统治宣告结束，但由于环境和条件的限制，当时只是解决了最为迫切的军事和组织问题，而思想上、政治上的路线问题并未作出正确的结论。此后，毛主席在1940年12月政治局会议上曾试图解决这一问题，彻底否定六届四中全会以来形成的“左”倾政治路线。但是由于教条主义在党内的思想基础仍然根深蒂固，他的努力没有获得完全成功。这让毛主席逐渐认识到，必须在全党范围开展一次整风运动，才能从根本上彻底解决思想路线问题。

1941年5月，毛主席作《改造我们的学习》的报告。9月、10月间，中共中央召开政治局扩大会议，党的高级干部开始学习和研究党的历史，总结党的历史经验，从政治路线上分清是非，达到基本一致的认识。这次会议初步统一中央领导层的思想，为全党普遍整风做了准备。1942年2月，毛主席先后作《整顿党的作风》《反对党八股》的演讲。此后，整风运动在全党普遍展开。1944年5月至1945年4月，召开了党的六届七中全会。全会通过《关于若干历史问题的决议》，使全党对中国民主革命基本问题的认识达到了马克思主义基础上的一致。整风运动胜利结束。

整风运动既是一次深刻的马克思主义教育运动，也是一次伟大的思想解放运动。它坚持马克思主义同中国实际相结合的正确方向，使全党端正了思想政治路线，破除了把马克思主义教条化，把苏联经验和共产国际指示神圣化的教条主义。它是加强党的建设伟大工程的一个创造，是增强党的战斗力的一次成功实践。它所积累的经验对党的建设具有重大和深远的意义。整风运动为党的七大顺利召开奠定了基础。

延安整风从1941年5月开始到1945年4月结束，历时5年时间。而这5年也是我在马列学院工作的时间。可以说，我是在延安经历了整风的全过程的。由于马列学院是党的理论学习和研究的最高学府，所以党中央对我们的整风是非常重视和关注的。运动开始时，由于不理解，我们以为是一次对每人的历史审查，通过搞批评和自我批评、搞人人过关的运动，所以运动的方向有些偏差，打击面扩大化了。后来毛主席说："要惩前毖后，治病救人"，"大部不抓，一个不杀"，才纠正了学院的运动方向。通过认真阅读整风文件和不断地学习，使我清楚地认识到这次延安整风运动主要是：反对主观主义以整顿学风，反对宗派主义以整顿党风，反对党八股以整顿文风。其中，反对主观主义是整风运动最主要的任务。主观主义是中国共产党内反复出现"左"倾与右倾错误的思想认识的根源。之所以要在全党开展整风运动，就是要全党从根本上彻底解决思想路线问题。通过总结历史经验，从思想上、政治上、路线上分清是非，才能看清方向，不走错路。通过不断地学习党的斗争史，使我逐步认识到只有坚持马列主义与中国革命的实践相结合，才能使中国革命事业从胜利走向胜利，而毛主席的革命理论和斗争实践证实了这个真理，更坚定了我跟着共产党、跟着毛主席干革命的信心。

▶ 离开延安

1945年日本侵略军投降后，党中央决定派遣10万大军和10万地方干部去接收东北。我被分配参加这个队伍，从那时起就离开了延安。但由于我们晚了一步，被国民党的军队挡在张家口，过不去了，于是我被分到晋察冀边区银行工作。

1986 年，摄于杨家坪毛主席居住的窑洞前（左四是吴慕奇）

1986 年离休后，我又重回延安。来到杨家坪毛主席居住的窑洞前，它与当年我学习和工作的马列学院（蓝家坪）仅一河之隔，那时候，我们经常可以看到毛泽东、朱德、周恩来等中央领导同志散步。

今天重返故地，心情依然激动，我深深感到中国革命的胜利来之不易，延安是抚育我们成长的革命圣地，延安精神要代代相传，发扬光大！

（文章由吴慕奇儿子吴晓明提供，本书编辑时文字、照片有所改动，新加标题）

沙飞（右）、王辉夫妇

王辉，原名王秀荔，1911 年 11 月 15 日在香港出生。1937 年旧历九月十日加入中国共产党。1936 年冬，参加潮汕抗日义勇军。1944 年初，调到延安中央党校学习。曾任中国银行广东省分行副经理，中国人民银行广东省分行副行长、党委书记、顾问等职。2005 年 5 月 3 日病逝。

沙飞，原名司徒传，1912 年出生，广东开平人。1942 年加入中国共产党。早年在上海参加左翼文化活动。1937 年参加八路军。抗战期间，先后担任晋察冀军区新闻摄影科科长、晋察冀画报社主任、华北画报社（解放军画报社前身）主任等职。是人民军队第一位专职新闻摄影记者。1950 年逝世。

战火奇缘蝶恋花——抗战中的王辉夫妇

王少军

1931 年九一八事变后，一首《松花江上》的歌曲，迅速传遍中国大江南北。广东省汕头市电报局的职员沙飞和王辉，顿时热血沸腾，他们思考着如何报效祖国。在他们的推动下电台成立了一个救国会，他们都被选为常委。救国会的工作主要是捐款给东北抗日义勇军，出版刊物《醒来吧》。1932 年“一·二八”事变以后，他们的募捐工作更加紧，全台的人都很热心。他们还增加通报时间，专门收集上海第十九路军抗战的消息，然后给汕头市民报道。

沙飞和王辉结婚了，他们就是我的父亲和母亲。父亲是特级报务员，有着150块大洋的较优厚的工资收入。不久我的大哥大姐相继出生，家庭中充满了欢乐。

为蜜月旅行买的照相机使父亲对摄影产生了兴趣，逐渐迷上这小黑匣子。他每月给父母亲寄钱后，留下不多的钱几乎全用在了摄影上。最初每逢节假日，一家子出去游玩，或游泳、打球、看比赛、听音乐。但当父亲的镜头开始对准劳苦大众后，他陪家人的时间就越来越少了。

1936年6月，父亲背着照相机，乘着小木船，颠簸几个小时，再次来到与台湾隔海相望的南澳岛。他拍摄了数十张照片。

1936年11月，邹韬奋主编的《生活星期刊》上，发表了一整版6张照片，题目是《南澳岛——日人南进的一个目标》，署名沙飞，有文字说明；不久，这些照片又以《敌人垂涎下的南澳岛》《国防前线南澳岛》等为题，先后在《中华图画杂志》及广州、桂林的沙飞摄影展览上发表。

这位以拍摄鲁迅生前最后的留影及葬礼，并在广州成功地举办了第一次个人影展的摄影家，在桂林公众面前的第一次亮相，即引起广西文化界、艺术界人士的关注。

父亲到桂林不久，给母亲写了一封信，告知已到桂林，并准备举办个人影展。正当父亲踌躇满志时，收到母亲来信：希望你能尽快回到汕头，否则提出离婚。

这封信如晴天霹雳给父亲以致命的打击，几乎使他疯狂、崩溃，他的心被深深地刺伤了。他，没有回家。他曾写道："……痛哭过甚至企图自杀过。但是因为随即记起了鲁迅的一言'能生（憎），能爱，才能文'和托尔斯泰的'不要让现实的大海把你毁灭'。于是我才以衫袖揩干了热泪，执起笔来，写下这么八个字'誓不屈服牺牲到底'，然后大笑起来，回了妻子一封同意离婚的信。"他字里行间流露出对妻子的"怨恨"。他把痛苦深埋在心中，努力使自己忘掉"王若冰"。

父亲为摄影，离开了家；为救国，奔赴华北抗日前线；还由于"恨"妻子，私底下将"王秀荔"改名为"王若冰"。

父亲选择摄影作为终生事业，立志做一名战地摄影记者，他要见证历史、记录历史，实现他报效祖国的理想。

当初父亲迷上摄影的时候，母亲一直认为，摄影不是职业，不能解决吃饭问题。父亲为了摄影离开家，没有固定工作、固定收入，只挣点稿费，这样下去只有死路一条。其实1936年冬，母亲背着丈夫已经参加了潮汕抗日义勇军，搞读书会、新文字运动。1937年9月即已参加中国共产党。她考虑再三，给在桂林的丈夫写了封信，书面提出离婚，这是她的撒手锏。她认为毕竟是恩爱夫妻，又有两个孩子，他爱自己、爱孩子、爱家庭，绝不可能同意离婚，他收到信后，一定会立即返回汕头，回家，重新开始生活。

但是她万万没有想到，丈夫竟然会弃家搞摄影。她终于意识到，他完全变成另一个人，家庭和摄影，他更爱的是摄影。她了解他，一旦决定了干什么，就一定干到底，决不回头。她没有再写信，无奈地吞下了自己酿的一杯苦酒。

母亲在父亲走后，既要挣钱养家照顾两个孩子，又要参加抗日工作。1937年8月，汕头青年抗敌同志会（简称“青抗会”）正式宣告成立，母亲是发起人之一，任理事。她在青抗会用的名字是王玉珠，到重庆后改名为王辉。

1938年三八妇女节，青抗会组织纪念大会，主任陈瑞莲主持，母亲作为宣传干事作了国际妇女运动报告，大会发出“妇女动员起来救中国！”“打倒日本帝国主义，保卫大潮汕！”的怒吼。会后举行环市游行，规模空前。1939年3月15日，青抗会会刊《抗敌导报》纪念妇女运动专辑发表文章《抗战中的潮汕妇女》，署名王秀莉。

在青抗会组织的一次宣传会上，当时才5岁的大哥上台表演王亚夫编导的汕头抗战民谣：“你别笑我是小鬼，小孩人小志气大，挽起衫袖和裤腿，赶走日本鬼。”

1938年5月，中共潮汕中心县委机关搬到了母亲的家——汕头市新马路79号。方方、谢育才、李碧山、苏惠等中共南方工作委员会领导人到汕头时，常住在这里。母亲的家乡也曾是县委机关所在地。1938年底，母亲通过《新华日报》记者陈克寒的文章《模范抗日根据地晋察冀边区》，知道父亲已奔赴华北前线参加了八路军。她既高兴，也不感到意外，终于明白：他再也不会回家了。

中国战时儿童保育会于1938年3月在汉口正式成立后，立即开始了抢救和保育难童的艰苦工作，宋美龄担任理事长。香港保育院是其下属机构，为了抗日，母亲做好了随时牺牲的准备，她给香港的朋友吴伟机写信，请他帮助联系把两个孩子送到该院，不久回信说已联系好。

1939年春，方方派母亲从汕头到香港找八路军驻香港办事处廖承志、连贯，请示并准备去南洋到华侨中进行抗日救国募捐工作，为潮梅地区开展抗日游击战筹集经费。这次去香港，母亲带上了两个孩子。在乘船途中，顽皮的儿子与一小男孩在甲板上打架，被推倒在一桶开水上，屁股和大腿被烫伤。母亲抱着儿子，看着仍然高兴玩耍的女儿，心酸极了，她真怕控制不住自己，当众大哭起来。她，这是要将自己的亲生骨肉送走！她，只是仅仅抱着一线希望：在兵荒马乱中给孩子们一条生路！他们，将来的命运到底如何不得而知！到达香港后，她拖着极其疲惫的身躯，咬紧牙关，抱着受伤无法行走的儿子，拖着幼小的女儿到了保育院，结果保育院只收留了妹妹。无奈之下，她请吴伟机帮助先将儿子送进医院治疗。母亲离港前，嘱托这位善良的朋友：孩子的父亲已去华北前线抗日，现在战乱，我随时都有可能牺牲，如果我死了，请你帮我照顾两个孩子。在朋友的关怀下，儿子的伤治好后，送进了保育院。

1939年6月21日是端午节，22日凌晨汕头市沦陷。

战事发生时，得到消息的母亲立刻赶回已撤至郊外的电报局，按预先指示，发急电向闽西南潮梅特委、青抗会及各分会报警，青抗会及时组织撤退。金砂乡分会得知情况后，迅速向保安第五团“借”枪支弹药，这批枪弹成了当时潮汕游击队抗日的主要武器。母亲站好最后一班岗，完成任务后从容撤退。

从此，汕头市一个温馨浪漫的小康之家彻底消失。父母亲各自走向抗日前线，一双儿女流落为难童，一家四口天各一方。

1940 年 9 月，母亲随方方离开广东到了桂林。她在李克农领导的桂林八路军办事处工作了几个月。母亲一直牵挂着两个孩子。她曾向李克农提出，可否请廖承志撤离香港时将自己的两个孩子带出来。李克农说，现在香港十分混乱，廖承志工作很忙，自顾不暇，没有办法。年底母亲收到吴伟机来信，说香港保育院已撤退到贵阳。

1940 年 12 月，母亲奉调到重庆八路军办事处。她乘八路军军车经过贵阳休息时，有意识地翻阅当地报纸，在报纸的下角有关于香港保育院一批儿童到达贵阳的消息。她在贵阳八路军交通站负责人袁超俊陪同下，在一座被日本飞机轰炸过的破楼里，终于找到了自己的孩子——7 岁的司徒飞（儿子）和 5 岁的司徒鹰（女儿）。兄妹两人经过长期逃难生活，骨瘦如柴、眼睛发炎、皮肤溃烂，和街头的小叫花子没有两样，已是寒冷的冬天也还没穿棉衣，晚上睡觉没有棉被。孩子们望着有些面熟而又陌生的女人发呆，母亲在他们脑海里已淡漠了。母亲一把将两个孩子拉过来，紧紧搂抱着、亲吻着，叫着他们的乳名，他们才慢慢地胆怯地喊出："妈妈!"母子三人悲喜交加，抱头失声痛哭。经过近两年的颠沛流离，在远隔家乡千里之外的落后闭塞的地方居然与失散的亲生骨肉重逢。感恩老天爷，令她有幸找回了被迫亲手"送走"的孩子，一家三口得以团聚。对母亲来说更重要的是：他们是沙飞的血脉呀!

她立即请示李克农，要求组织将两个孩子送往延安。李克农要袁超俊电话向重庆周恩来请示，并命令身上带有绝密账本的母亲必须与办事处人员按规定时间离开贵阳。母亲与孩子分手时，流着泪抱着他们说，你们一定会回到妈妈身边的。12 月底她抵达重庆，办事处钱之光处长告诉她，周恩来已批准把两个孩子带到重庆。

袁超俊将孩子们从保育院接到住所，帮他们洗身上溃烂的疥疮，无微不至地照顾他们。不久他们随贵阳交通站全体人员一起撤离，抵达重庆，回到母亲身旁。办事处给他们发了棉被和新灰布棉衣，医务室医生治愈了他们的眼病和身上的疥疮，苦难的生活结束了。

1941 年 1 月皖南事变后，中共中央南方局决定部分人员及家属撤到延安。为此，大哥改名为王大力（即王达理），大姐改名为王小力（即王笑利）；还有谢育才的女儿谢莹改为王莹。同一批走的还有李克农、博古的孩子及李鹏、叶选平、蒋南翔、李金德等人。100 多人分乘几辆大卡车和一辆小轿车，周恩来、邓颖超等人去送行。一行人顺利到达延安。大哥大姐到延安保育院小学读书。

1944 年，王辉与沙飞的孩子王达理、王笑利在延安

在重庆，母亲担任中共中央南方局会计兼出纳，她在机要、电台所在的三楼办公。其他人不能随便进出，对内部人也保密。

南方局钱的来源绝密，财务账绝密，母亲的工作绝密。周恩来、董必武等用钱都在母亲那里支取，给她收条。她用最薄的纸做账页。每月终，她把账结清，然后交周恩来的秘书童小鹏审核，之后把单据销毁，在账页上签名作绝密件保存。根据周恩来指示，为使新华日报社一旦遭到突然袭击时不致泄密，母亲每次去查完账后，便将所有账表烧掉。有几次周恩来叫她到办公室，将现金交给她，让她当场清点，这都是捐款，是共产党活动经费。当时共产党经费来源十分困难，不少爱国同胞、华侨和外国朋友给予很大支援。周恩来再三嘱咐母亲，钱来之不易，要绝对保密，如果暴露，就会追查迫害捐款人，将造成极大的损失。当时母亲保管的现金数目相当大，她还保管一些衣物，方便同志外出化装。她工作时穿军装。

党中央为照顾周恩来，发给他 180 元保健费。有一次，母亲把钱拿给周恩来，他说：我身体很好，不需要，小超当参议员有津贴，够我们俩用。母亲说：这是中央决定发的，你不要，我不好处理。说完把钱放在他办公桌上就出去了。后来知道，周恩来把这笔钱给了有实际困难的同志。

周恩来在公开场合穿的一身西装，是他在苏联休养时做的，裤子早就磨破了，邓颖超找母亲要一块布补这条破裤子。母亲觉得周恩来穿得太朴素说不过去，她从周恩来的警卫员那里要了那条裤子做样，买了料子，送到裁缝店做了条新裤子，做好后不敢送去，交给了邓颖超。为此周恩来把母亲批评了一顿：为什么要动用办事处的经费？母亲是在执行财务规定，她继续把周恩来夫妇份内的钱如数发给他们。他们没有购买衣物，而是给了更需要的人。

1942 年下半年，母亲患了肺结核病。病中的她看到延安八路军军政杂志社出版的《抗战中的八路军》及沙飞主编的《晋察冀画报》创刊号，华北前线的照片，有的署名沙飞。她看着画报，想了很多，他在用摄影为抗战服务！当初那么坚决地反对他搞摄影，真的错了。他现在个人生活怎么样了？想我和孩子吗？还恨我吗？坚强的母亲掉下了眼泪。她躺在床上胡思乱想，非常难过。邓颖超看到她情绪低落，主动跟她聊天，讲自己在长征途中患了肺病，顽强地与疾病作斗争，坚持走到陕北，鼓励她增强战胜疾病的信心。母亲跟邓大姐谈了自己与沙飞的关系。大姐说，既然你们俩现在都参加了革命，如果他现在还没成家，那就应恢复关系。谈话后母亲似乎看到希望，心情轻松了很多。她经过一段时间休养，病好后恢复正常工作。

1944 年 3 月，母亲要调往延安学习。走前两个月她很忙，要把办事处的账全部结清，向中央报销，要把各界捐来的数百万元钱清点好、包装好带到延安。她最后结账时，发现少了法币 1 万元，她多次查，仍然查不出原因。钱之光处长帮助查，也未查出。她非常着急，这是她从桂林到重庆管财务以来最大的失误，她要求给予处分。并表示到延安后，搞好生产，增加收入来偿还这笔款。

1944 年 5 月，母亲到了延安。周恩来知道母亲工作出了差错，立即叫她去汇报，并把情况写成书面报告，还说忙中有错是难免的，要好好吸取教训。

初到延安，母亲在《我的自传》中写道：“抗战后，听说他到华北，现在晋察冀，改名沙飞，在画报上常常看见他的摄影；我们过去的离婚，不是为了什么了不起的事，我对于他的爱没有完全消灭，听了他进步，我甚快活安慰，认为我过去没有爱错人，我常常默祝他进步、健康、幸福。”

母亲在组织部招待所住了一个多月后，进中央党校三部学习，后来转到六部。她向从晋察冀边区来的同学打听沙飞的情况，当知道沙飞已经加入中国共产党，还没有结婚时，一向冷静、沉着的母亲沉不住气了。她很快到周恩来、邓颖超那里，跟他们谈了自己和沙飞的关系及他现在的个人情况，并要求转封信给他。邓大姐说，应该恢复关系。母亲马上写了封信给沙飞，说她在延安学习，两个孩子也在延安上学。周恩来把信交给聂荣臻后，很快托耿飚将信带去晋察冀。母亲原来从不跟孩子提及他们的父亲，但她从周恩来那里回来后，告诉他们：你们的爸爸叫沙飞，在华北前线晋察冀军区搞摄影，是画报社主任。孩子们高兴极了。

有一天，未满12岁的大哥带着妹妹及项英的儿子项阿毛等几个孩子去杨家岭周恩来那里玩。在院子里，邓颖超拿出《晋察冀画报》给孩子们看。大哥一边翻看着画报，数沙飞拍了多少张照片，一边很自豪地对小朋友讲这是自己的爸爸。阿毛告诉他，晋察冀军区司令员聂荣臻现在就在周恩来办公室。大哥马上去找，聂荣臻出去上厕所，他就在外边等。聂荣臻刚出来，他就问，聂司令员，您认识沙飞吗？聂荣臻一边回答认识，一边打量眼前这个穿灰布制服的少年，发现他长得挺像沙飞的，马上问，你是沙飞的弟弟？当听到“我是沙飞的儿子”时，他愣了：“什么？沙飞有这么大的儿子？”大哥又拉着笑利说，“这是我妹妹。”他讲了母亲、自己及妹妹的情况，并询问父亲在晋察冀的一切。聂荣臻既惊讶又高兴，叫他给父亲写信。

周恩来与聂荣臻很慎重，因为在战乱中，各种情况都可能出现。聂荣臻发一封电报到晋察冀政治部，朱良才、潘自力接到后，当天通知沙飞到政治部。他看了电报，得知母亲曾在重庆八路军办事处跟周恩来、邓颖超一起工作，负责财务，现在在延安中央党校学习，两个孩子都在延安读书。一刹那间他愣了，脑子一片空白，不知说什么好，反复看着电报，很久才回过神来。朱良才征求他本人对于复婚的意见。朱主任说：你的情况由我们电复延安，你本人究竟欢迎不欢迎王辉和孩子，只能你自己答复。父亲毫不犹豫立马明确表态，“我愿意与她复婚！”他立即亲自复电报。离开政治部后，想到一家人将在华北抗战前线团聚，父亲非常兴奋。他高兴地骑着马，飞奔了十几里路，他知道在自己内心深处，始终有“她”、有两个孩子的位置，这也是他们离婚8年，而他仍然独身一人的根本原因。

不久，延安中央党校办公室通知母亲去杨家岭周恩来那里，她立刻猜到，一定是有了关于“他”的消息。电报由周恩来秘书转交，她看到了朱良才和父亲分别拍的两封电报，朱良才代表组织介绍了父亲的情况：政治上是共产党员，工作是晋察冀画报社主任，生活是未成家。父亲的电报是：信收到，即带飞儿来此。母亲悬着的一颗心终于放下了。她专门去安塞延安保育院小学，把父亲来电报的好消息告诉孩子，他们高兴得跳了起来。邓颖超希望她在党校学习完才走。母亲给父亲回了封电报：我学习完再去，望等我。

1944年初冬，在中央党校三部学习的师荣之找到母亲，转给她一封信，是父亲在4月份托他带给她的。她感到非常奇怪和意外！因为当时自己还在重庆呢！他怎么知道两个孩子在延安，我很快就要到延安呢？每天，她都把信及电报看了再看，思念着远方的亲人，想到很快将与丈夫团聚，她心花怒放！缘！这就是缘！这是心有灵犀的奇缘呀！这是他们命中注定的缘分！

1943年12月，父亲身负重伤，双脚几乎要被锯掉。躺在病床上的父亲突然特别想念妻子及两个孩子。自从他回了同意离婚的信后，如今已整整6年了！一直没有他们的音信，他们在哪里？他们的命运如何？他在心中思念着他们、呼唤着他们！他感觉、希望、相信他们会在延安。他的感觉是对的。

1944年春，政治部师荣之去延安前，专门去看望父亲。父亲交给他一封信，托他到延安后，去找自己的两个孩子。师荣之答应了。

但昔日的王秀荔已改名为王辉，两个孩子也已改名换姓。师荣之到延安后，根本无法找到他们。

师荣之为了不负朋友之托，写信回晋察冀。此时已与母亲联系上的父亲立即把妻子的姓名、地址清楚地告诉了他。这封信从春天辗转到冬天，终于到达母亲手里。师荣之还专门去学校看望两个孩子，知道是父亲身边来的叔叔，兄妹俩感到格外亲切。

1945年6月，母亲奉命调往晋察冀，途中要经过敌人的几道封锁线，她决定不带孩子，自己先去。她一直加紧纺纱、生产，增加收入，还把从重庆带来的一些衣物变卖。离开延安前，她去向周恩来夫妇告别，遗憾的是邓颖超不在，母亲把相当于1万元法币的陕甘宁边区币交给周恩来，说这是自己劳动赚的钱。周恩来说：重庆八路军办事处已经找到原因了，有人说要捐多少款，但少捐了1万元，结果账就错了，你有两个孩子，自己留下来用吧。母亲把钱交给周恩来的秘书李金德。他问，周副主席不要怎么办？她说，那就交党费吧。

母亲一行5人在路上走了一个月，7月到达河北阜平。第一眼见到父亲，觉得他老了，但眼睛还是那么明亮。她刚伸出手，已被丈夫紧紧地拥进了怀里。她跟他骑着一匹马“回家”！一切语言都是多余的，一切痛苦都成为了过去，他俩谁都不提起那不愉快的一段，他们的感觉就是分别8年，而不是离婚8年。让他们觉得最幸福的是：他们竟然破镜重圆于八路军的队伍里！

那些天，村里的妇女都在谈论着沙主任夫人，双眼皮大眼睛，个子高，身材苗条，非常朴素，穿一身蓝粗布衣服，北方农村布鞋，说话面带笑容，和蔼可亲；那些天，战友们和老乡都关注着他们，父亲的脸上经常挂着笑容，精神振奋，情绪高涨，晚饭后他俩手拉手地在村外河边散步，那么亲密、幸福、美满，大家都受到了感染，为他们高兴。

1946年，沙飞、王辉夫妇与长子王达理（右二）、长女王笑利（左一）在河北张家口

父母亲在抗战胜利前夕终于团圆，并愉快地度过第二个蜜月！一个月后，日本投降了。神州大地举国欢腾，普天同庆，全国人民沉浸在抗战胜利的喜悦中。年底，两个孩子从延安到张家口与父母亲团聚。那天画报社办公室坐满了人，大人们叫两孩子辨认父亲。有的人出来说“我是你爸爸”，又有另外的人说“我是你爸爸”，搞得女儿不知所措，还是儿子凭感觉认出了父亲。父亲一下子把两孩子拥进怀里，久久地亲吻着，母亲则任凭幸福的热泪默默地流淌。在抗战中沙飞创办的晋察冀画报社里，父母亲与战友们共同见证分享了这磨砺8年的奇迹般的全家团聚的幸福时光。在以后的4年里，他们的3个孩子陆续出生。抗战前的四口之家，抗战胜利后成为有7个人的大家庭。

父亲与母亲的悲欢离合令我感慨万千：他们以坚贞不渝的爱情共同奏鸣了纷飞战火中一曲《蝶恋花》乐章，创造了人间奇迹！这是苍天对他们对中华民族的痴心热爱和伟大奉献的馈赠，令这个家庭得以在特定时间、特定地点有个最圆满的大结局！

“天若有情天亦老，人间正道是沧桑。”

在纪念抗日战争胜利70周年之际，谨以此文献给赋予我宝贵生命的远在天际的亲爱的父亲与母亲！

［选自王雁（沙飞二女儿）：《铁色见证——我的父亲沙飞》，北京：社会科学文献出版社，2005年版；文章由沙飞小女儿王少军提供，本书编辑时内容有删节，标题与插图有所改动］

宋发祥

宋发祥，1926 年 4 月出生，河北安国人。1945 年加入中国共产党。1941 年考入中国人民抗日军事政治大学第二分校附中，1943 年转入中国人民抗日军事政治大学第七分校。抗日战争时期，曾在中共中央机要处、中央社会部工作。中华人民共和国成立后，在中共广东省委直属机关工作，曾任广东省国家安全厅第一局副局长，兼广东省侨办副主任等职。1987 年离休。2017 年 6 月 10 日逝世。

在“抗大”历练成长的战士

宋安丽

▶ 紧急动员转移

1941 年，晋察冀军区司令员聂荣臻决定成立冀中中国人民抗日军事政治大学（简称“抗大”）第二分校附属中学。当年6 月，宋发祥考入这所附中。不久，学校从河北省定县彭家庄村转到灵寿县陈庄附近。

1943 年春节过后，学校刚转入紧张的学习和训练，突然传来新的命令：紧急动员，准备反“扫荡”。

2 月 12 日，附中全体师生到灵寿县陈庄附近的“团泊口”集合，抗大第二分校的“高上科”（专为训练团营级干部的连队）及陆军中学的队伍也在这里集合。团泊口是一个小山沟，地处磁河上游山峦起伏的丘陵地带。

会场严肃寂静。全场的目光都集中在主席台，全神贯注。所谓的主席台，不过是山麓间稍高一点的一块小坪地，没有桌椅，没有扩音器，首长们席地而坐。

孙毅校长给大家讲话。只见他身穿整洁的军装，腰间紧扎着皮带，打着出花的裹腿，手里拿着平时行军时随身带着的藤子棍，神采奕奕，环视全场。

在作了形势分析后，他告诉大家，为了粉碎敌人新的“扫荡”，保存一批宝贵的干部和附中1300多名优秀青年，军区首长决定，组织反“扫荡”演习，把这批干部和学员转移到更适于学习的地方：“你们必须马上进行转移的准备，待命行动。”

孙毅校长要求轻装行动，一个背包、一条米袋、三双鞋、一个挎包、一个饭碗，其他的任何东西都不要带了。他嘱咐说，要好好地保护脚，走路靠的就是脚。红军长征靠脚走出二万五千里，八路军的脚走到哪里，哪里就胜利，哪里就解放。要求每人准备一根棍子，以助脚力，迎接将要遇到的急行军、夜行军、爬高山、涉冰河……

孙毅校长最后用高亢有力的声音说：“希望同学们为着抗日的胜利，为了人民解放事业的利益，不怕艰苦，勇于自我牺牲，努力学习，在艰苦的环境中锻炼自己，不失为未来新中国的青年，不失为抗大的战士。‘抗大抗大，越抗越大’。祝你们一路顺风，从胜利走向胜利！”

当时为了保密，孙毅校长没有透露这次转移行动是奔赴延安。

那年宋发祥16岁。他只知道要行动了，人走家搬，目的地是哪里，谁也不知道，也无从猜测。但他抱定了坚决抗战、战胜困难的坚强信念。

▶ 兵分三路西进

团泊口大会后，全校投入到紧张的转移准备工作中。经过几次动员清理，才达到最轻装的要求。

上级为这次行动做了周密的安排。为了减小目标及行军途中宿营吃住方便，抗大附中1300多教职员工和学员，加上“高上科”的几个队，合编为三个独立营，分北、中、南三路向西进军。目的地相同，行军路上各自独立行动。宋发祥被编在北路的第三营，共约800人。由江隆基校长和抗大第二分校教育长熊白涛同志（原晋察冀边区四分区司令员）率领。

1943年2月16日，这支军队分三路浩浩荡荡出发了。2月中旬，江南已是春风送暖、万物复苏的景象。但在太行山北麓、雁北地区依然是北风呼啸、雪花漫卷的寒冬。冀西和晋北地形险恶，高山陡峭，层峦叠嶂，为了避开敌人，队伍尽量多走山路，而且经常是夜间行军。经过十几天的连续行军，进入山西境内，从小路绕过平型关，向西直向雁门关方向前进。

进入雁门关，大家沿着长城行走，时而登高，时而横越，远眺延看，兴奋不已。长城以北是大片大片的沙砾和积雪，有人说这就是金沙滩了，传奇中的宋代杨家将抗击外族入侵的许多壮烈故事就发生在这里。现在，这里已是八路军抗击日本侵略者的战场。古往今来，为了这块土地，为了这个民族，不知有多少志士仁人献出了宝贵的生命。

雁北地区，向来地瘠民贫。一天，夕阳西下时，队伍走进一个小村庄，村里空荡荡的见不到人。到群众家中一看，土炕上连席子都没有，只有一堆莜麦秸，全家靠着取暖。大姑娘没有裤子穿在这里并不是传说，有的全家只有一两件羊皮衣，谁出门谁穿。民众处于水深火热之中，看了使人心酸。

几天之后，队伍穿越了这次行军路上最大的障碍——同蒲铁路封锁线。这一路段，日军在铁道两边纵深几十里布防了一个封锁面，穿越时不能停留。3月3日，部队用一夜急行军100多里（1里=500米，下同）的速度迅速安全通过了封锁面。队伍涉过宁武河，一直走到离同蒲铁路几十里路外的安全地带才稍事休息。

就在这次短暂的休息时间，队长传达了上级决定学校转移到延安去的指示。这个消息使全队沉浸在兴奋、幸福、期望的气氛中，久久难以入睡。

▶ 穿越芦芽大雪山

3月4日，队伍到达摩天岭大山脚下一个叫“暖水河”的村庄，即将进行出发以来最艰难的一次夜行军，翻过摩天岭，穿过90多里地的无人区和大雪山芦芽山。

摩天岭，晋北名山管涔山的主峰，海拔2771米。队伍爬到半山腰时，只觉得山越来越高，积雪越走越深，山峰重叠，白雪皑皑，山路蜿蜒曲折。队伍如一条长长的黑蛇，向前蠕动。

经过一夜紧张的行军，队伍翻越了摩天岭，来到芦芽山的山脚下。大家抓紧时间休息，准备通过上下90多里路的无人区和大雪山。芦芽山顶端有一条长达100多里地的黄草带，海拔2783米，是汾河与桑干河的发源地和分水岭。山上终年积雪，空气稀薄，气候变化无常，稍有不慎就会迷失方向走错路或掉进雪坑里，这个季节是没人敢过的。部队请来当地群众做向导，除了总向导外，每个连队都有一名向导。

翻越大雪山的出发时间选在傍晚，饱餐了一顿后，每人还发了几块黑褐色鹅卵石形状的莜麦面干粮。天公不作美，在山谷中行进时忽然下起了雨夹雪，无处可躲，队伍冒着雨雪继续前行，棉衣、鞋袜都淋湿了。黄昏时分开始上山，只看到白桦树随风摇曳，发出刺耳的尖叫声。越往高，雪越深，天越冷，路越滑。

快爬到山顶时已是后半夜了，山上的积雪有一两尺厚，有的地方雪深过腰，树枝上全是冰雪，一棵树就像一个大雪球。狂风阵阵，夹杂着大片大片的雪花，吹得人睁不开眼，气也喘不过来。恶劣的天气阻挡着前进的步伐，但是绝对不能停止前进的脚步，不然随时都有冻伤冻死的危险。同学们斜着身子手拉着手，一步一步艰难地向前行进。在此之前被雨雪打湿的棉衣鞋袜，遇到山上的奇寒，鞋袜和脚冻在一起成了一个大冰疙瘩，使脚步更加沉重；脸和帽子冻在一起，增加了行动的不便；棉衣冻得硬邦邦的打不了弯，走起路来哗哗作响。

这时江校长下令，马上把背包打开，把被子披在身上。大家迅速解开背包，用背包绳将被子横穿起来，像斗篷一样披在身上。这样可遮挡一些刺骨的寒风，但又增加了行进的阻力。同学们都咬着牙、鼓着劲，再艰难也要坚持到最后。

与狂风大雪搏斗了几个小时，终于迎来了黎明，同志们也爬上了顶峰。风雪好像也折腾累了，慢慢减弱。东方天际间，从云霭中透出一线曙光，风雪停了下来，天大亮了。同学们感到松了口气，虽然已筋疲力尽，但终于战胜了暴风雪的威胁，心中充满胜利的喜悦。

又通过弯曲回折的下山路，直到下午四五点钟，队伍才到达山脚下的一个山村。正当大家庆幸终于战胜大雪山的时候，传来了不幸的消息，小同学王金耀冻死在山上了。

这支分队到延安后，又听说学校后来的队伍于 5 月时节翻越这座大雪山时，冻摔而牺牲的男女同学竟有五六个人。“要奋斗就会有牺牲”，为了抗日救国，为了民族复兴，多少年轻人献出了自己宝贵的生命。

翻过大雪山后，队伍从岢岚县路经兴县，到达临县境内“第八堡”黄河渡口，准备分批乘木船横渡黄河。看到滚滚黄河汹涌澎湃，同学们不约而同唱起了抗大校歌：“黄河之滨，集合着一群中华民族优秀的子孙……”渡过黄河就是陕西葭县了，队伍终于踏上了陕甘宁边区的土地。

▶ 在绥德胜利大会合

大西北，黄土高原，无比壮丽又蕴含着无限的神秘色彩。今天，这支队伍踏上了这片壮丽的土地，古往今来与我们民族休戚相关的伟大土地。

从葭县出发，队伍一直行进在高原上，山头上一块连着一块平平整整的可耕地，极目无边，宋发祥感到好像回到了美丽富饶的家乡——冀中平原。但高原缺水，靠天吃饭，村庄也建在原上，人畜用水都要从很深的山沟里汲取，然后用毛驴、牛马驮到原上。驮水的牲口像马帮的驮子一样，两边是两个大木桶。这一景象，一直走到绥德还能见到。

“米脂的婆姨绥德的汉，清涧的石板瓦窑堡的炭”，一过黄河老同志们就向大家念叨这两句话，说是陕北的特产，大概在陕北这样地瘠民贫的一隅之地堪称难得了。

进入米脂城这个漂亮的内陆小城，对于一群刚从山沟里钻出来的“土包子”来说，颇感新鲜。这里看不到战争的痕迹，街市很热闹，用砖窑组成的小庭院优雅别致。最引人注目的是身着白衣黑裙、三五成群的女学生，在街市闲庭信步。比起硝烟弥漫的前方战场，摸爬滚打的艰苦行军，这里显得特别幽静，人们脸上那么平和，从容不迫，憧憬着更加美好的明天。

3 月 20 日，队伍从米脂城出发到达绥德，接着南路军到达绥德。4 月初，中路军也到达绥德，全校胜利大会合。4 月 7 日，全校移驻清涧城，进行行军总结。

从 1941 年冬通过平汉铁路封锁线到 1943 年 4 月初的一年多时间里，牺牲的、病逝的同学共有 30 人，他们为今天的胜利付出了生命的代价。

从冀中平原、冀西山区到陕北革命根据地，这次全校的大转移、长途行军历经 3000 里，历时 5 个月。

▶ 回归延安总校建制

1943 年 4 月 30 日，全校到达革命圣地——延安。队伍驻扎在延安城外桥儿沟一带，离延安城约 10 里路，是延安鲁迅艺术学院驻地。

延安的春天特别美丽，蓝蓝的天空飘荡着片片白云，一座座山峦上铺满绿油油的庄稼，山川里无数的杨柳树茂密成荫。延河绕着延安城郭缓缓流过，清澈的河水倒映着古老的塔影。一队队扛着锄头的人欢笑着上山去开荒种地。大道上一群群运货的毛驴和驮骡，响着脖铃，赶驮人哼着信天游优哉游哉行进着。

延安古城在抗战初期被日本的飞机炸为平地，现只留下一片瓦砾场，残垣断壁中长满了野草。机关、学校都住在半山上自己打的窑洞里，或住在山脚下简陋的平房里。入夜，半山坡上的窑洞闪耀着点点灯光，一排一排，高高低低，像层层万丈高楼依山而立。就是在这星辰般的灯光下，毛主席、党中央指挥着全国的抗日救国斗争，培育了千千万万革命干部。一批又一批的政治、军事骨干，从延安奔赴抗战前线，前赴后继，最终打败了日本侵略者，取得了抗日战争的伟大胜利。

5月3日，在大砭沟八路军大礼堂，联防司令部举行欢迎大会，由联防军政治部谭政主任主持，贺龙司令员讲话，他宣布说："中央决定，抗大二分校附中和晋绥陆军中学合编为抗大七分校。"到陇东建校，由主要学习文化改为主要学习军事。

5月5日晚，全校又集合到八路军大礼堂，等待中央首长接见。朱德总司令来了，他身穿灰色棉军衣，腰间扎着皮带，打着绑腿，走起路来英武健壮，笑容满面地频频向大家挥手。他代表党中央、毛主席来看望大家。在分析了当前的国际形势及抗日战争的任务后，他说：党中央要求你们，拿起镢头开荒种地、打窑洞，自己动手建设校舍；拿起枪杆子保卫边区，学好带兵打仗的本领；拿起笔杆子学习马列主义和文化知识，为民族的解放贡献自己的力量。你们都很年轻，你们最有前途！

延安，给年轻的抗大学员们指出了前进的道路，大家也向党表达了发愤图强、立志成才的决心。

5月16日，学员们到达陇东合水县。新的战斗历程又开始了！

（摘自广东省档案馆编：《父辈的抗战往事》，广州：花城出版社，2015年版，第186—192页；文章作者系宋发祥女儿宋安丽，根据宋发祥回忆整理）

陈 泊

陈泊，原名卢茂焕，又名布鲁，1909年出生，广东乐会（今海南琼海）人。1926年5月加入中国共产党。1937年到延安，历任陕甘宁边区保安处侦察科科长、情报科科长、保卫部部长，主办第一期侦察情报干部训练班（特训班）。1943年初，任绥德保安处副处长、地委委员、处长。1946年10月后，任哈尔滨市公安局副局长、松江省公安厅厅长、吉林省公安厅厅长、江西省公安厅厅长。中华人民共和国成立后，任广东省公安厅厅长兼广州市公安局局长。1972年2月逝世。

★★★

延安的福尔摩斯——布鲁

莫壮伟

1943年6月底，时任中共中央书记处书记的刘少奇在延安召开记者招待会，谴责军统秘遣特务试图暗杀毛泽东，一时之间中外舆论大哗。破获此次惊天大案的功臣，就是曾被毛泽东誉为“延安的福尔摩斯”的布鲁。

布鲁，真实姓名陈泊，原名卢茂焕。陈泊出生于一个渔民之家，因为家境贫寒，年轻时的陈泊靠钳工技术谋生。1926年，陈泊参加琼崖工农红军，并于当年5月加入中国共产党。因为作战勇敢、灵活，他被提升为副连长。在此期间，钳工出身的陈泊还创办了一所琼崖红军小型机械军工厂。1928年，由于琼崖红军斗争受挫，陈泊被迫远走印尼苏门答腊岛，次年前往雅加达与马来亚共产党取得了联系，担任马来亚总工会纠察总队队长，专门负责保卫、锄奸工作，从此开始以布鲁为别名。

1931年，马来亚共产党新加坡区委书记李锦标被捕变节，亲自带领警察大肆抓捕新加坡地下党员。为避免新加坡地下党组织遭到更大破坏，马来亚共产党决定迅速采取刺杀李锦标的锄奸行动，并指令陈泊亲自负责执行。陈泊携带自制的炸弹进入一所酒店准备执行刺杀任务时，因炸弹意外爆炸，陈泊的脸部、左眼严重受伤，整个左手掌被当场炸飞，昏迷不醒的他被闻声赶来的警察抓捕。陈泊在当地警方审讯过程中始终咬定炸弹是别人扔进房间，自己只是无辜受害的住客。案件拖了将近一年之后，当地警方找不到证据给陈泊定罪，以“危险分子”的名义，将陈泊解送出境。

1936年底，陈泊与中共地下党组织重新取得了联系，并经香港回国，从广东辗转奔赴延安，进入中国人民抗日军事政治大学学习半年。于1937年成为延安保卫部门的一名侦察员，负责中央及地方治安保卫工作。此时国共开始第二次合作，国民党当局虽然承认了陕甘宁边区的合法地位，但亦同时屯重兵于边区周边，对延安进行封锁、监视，并不断派遣军统特务潜入破坏。延安成为了国共双方在隐蔽战线上较量的主战场。有着丰富地下斗争经验的陈泊，到延安以后很快就显现出他在谍报方面的天才，屡建奇功，不久就升任为边区保安处侦察科科长，后又任保卫部部长，并与中共中央社会部二室治安科科长陈龙、总政锄奸部侦察科科长钱益民一起，被誉为延安情报界“三大奇才”。

▶ 反潜伏，陈泊智破“汉中特训班”大案

延安时期的陈泊有许多传奇。有一次，陈泊获知边区保卫部门抓获了一名伪装成国民党《中央日报》记者的军统特务，目的是检查边区临近几个县里潜伏特工的“反共”成效。敢于冒险，好出奇招的陈泊以假代假，自己冒充军统特务，带着国民党《中央日报》记者证，继续巡视各县。每到一处，当地潜伏特务纷纷专程前来“谒见”，尽心款待后奉上

早已准备妥当的各种材料，仅仅数天时间，陈泊就抓获了40多个潜伏的特务。

1942年初，时任边区保安处侦察科科长的陈泊，又一举破获了“汉中特训班”大案，从此名声大振，并因此获得了“延安的福尔摩斯”的称誉。

所谓的“汉中特训班”，全称为“汉中特种技术训练班”，是1939年9月国民党重庆政府为实施向延安边区渗透、潜伏任务，由军事委员会调查统计局（即“军统”）在汉中国民政府军事委员会天水行营开设的战时游击干部训练班，招募特务骨干进行专业培训，内容除“反共”教育外，还有射击、爆炸、暗杀及窃取情报的技术，毕业后分批潜入延安，搜集中共高层情报。汉中特训班开办后，戴笠亲自兼任班主任，具体班务则由军统局内“反共专家”负责。至1942年初，汉中特训班已相继派遣数十名骨干学员潜入延安，其中有些人已成功渗透到中共中央情报机关、部队、边区政府等要害部门。

1942年春节前夕，庆阳县保卫部门抓获一名来自国统区的神秘男子，名叫陈兴林①。在审讯过程中，陈兴林自称自己此来负有军统交办的重要使命，并表示弃暗投明。据陈兴林交代，他本人是国民党军统汉中特训班1—9期的教员，因为上年底胡宗南曾计划进攻延安，需要潜伏在延安的特务内应外合，于是这次派遣熟悉各期特训班学员的陈兴林前来负责联络事宜。

陈兴林提供的情况引起了边区保安处高度重视。陈泊在与陈兴林彻夜长谈之后，判断其投诚是出自真心，遂建议对其进行攻心战，以此为突破口一举铲除潜伏在延安的汉中特训班特务成员。当时，陈兴林提出自己十分挂念家乡的母亲与妻子，希望能给他三天时间先回老家探亲，边区保安处内部多数同志表示激烈反对，认为陈兴林不过是借口探亲试

---

① 也有材料称之为邢三益。此处名称为陈兴林，是以凤凰卫视2011年报道的《撩开冤情厚重帷幕　建国后公安系统的第一冤案》和《上海法治报》2014年《红色福尔摩斯的“铆钉”人生》提法为准。

图寻机逃脱。而陈泊则根据经验判断，陈兴林既然已主动交代如此重要情报，并且敢于说出自己家人所在，应该是真心投诚，因而不但可以同意其回家探亲的要求，甚至不必派人跟随或暗中监视，干脆让其能够自由来去。最后，中共中央社会部也表示同意陈泊的意见，并让陈泊代为赠送给陈兴林边币、食品等物。

不出陈泊所料，三天后陈兴林如期返回。按照陈兴林提供的情报，陈泊对潜伏在延安的汉中特训班特务进行逐一摸底，最后决定在 5 月 4 日延安各界南关大操场举行盛大庆祝会之际，进行全面收网。五四青年节这天，陈泊与十几名精心挑选的保卫干部，带上陈兴林隐蔽在会场入口处的彩门两侧。从上午 9 时开始，延安各单位队伍唱歌列队进场，依次经过彩门，至庆祝会结束时陈兴林共指认出特务 36 名。随即，陈泊布置保卫人员对被指认特务进行同时抓捕、突审，其后再经已被逮捕的特务指认，又相继抓获出潜伏的汉中特训班特务 20 余人，潜伏在延安的汉中特训班骨干成员被一网成擒。

“汉中特训班”案是边区保安处破获的国民党特务机关潜入中共人数最多、潜伏范围最广的一次惊天大案。

陈泊一手破获军统“汉中特训班”大案，在中共保卫部门引起轰动。毛主席称破获此案为“奇功”，并说：“这个布鲁，真是我们‘延安的福尔摩斯’！”

▶ 再建奇功，一举破获军统刺杀毛泽东的“假田守尧”案

1943 年 6 月上旬，驻守陕北吴旗及富县的边区部队，相继向延安保卫部门报告两起武装特务偷越哨卡事件。虽然上述两地的部队报告称，偷越边境的特务均被击毙，但这一反常的情况引起了时任边区保安处处长陈泊的注意，多年的反特经验让他意识到近期延安可能有大事发生。在边区政府保卫部门的建议下，由中共中央军委保卫部牵头召开留守兵团、保安处、公安局等单位参加的联席会议，做出了加强延安防特反特

工作的决定。

陈泊每天有一项从不中断的日常工作，即是阅看保安处抄来的中央主要领导同志日常活动的安排。6 月 20 日，陈泊在阅看领导日程表时注意到，6 月 22 日上午 10 时，毛主席将接见新四军第三师第八旅旅长田守尧。这是个陌生的名字，陈泊觉察到这个所谓新四军旅长可能存在问题，他立即找中共中央军委保卫部了解情况。他从军委保卫部参谋提供的田守尧报到的材料中发现蛛丝马迹，这份材料虽然详细记录了田旅长自 3 月上旬从华中出发，经渤海、冀东、平西，然后由晋西北进入边区的经过，但田守尧本人却在抵达晋西北时发电报给中共中央军委，称自己所持介绍信丢失。陈泊联想到最近接连发生的边界特务偷越事件，他立刻提出给晋西北的兵站发报查证。当天下午，当地兵站回电报告称并无新四军旅长田守尧经过之事。事关重大，陈泊当即一边单独隔离“田守尧”，一边加紧调查。经过两昼夜的突击审查，陈泊终于查明这个假冒新四军旅长田守尧身份之人实际上是军统高级特工，混入延安的真实目的是为了寻机刺杀毛泽东。原来，这一年的 3 月份，新四军第三师第八旅旅长田守尧一行从山东赴延安参加会议，在连云港与日军作战时不幸全部牺牲。事件发生后，当地军统部门获悉战死者身份，立即密电重庆军统总部，戴笠认为这是一次大好机会，于是亲自策划由军统高级特工假冒田守尧身份，乘毛泽东接见之机进行刺杀行动。由于中共对于真正的田守尧旅长遇难一事毫不知情，这个假冒的田守尧旅长顺利地混入延安后，在中共中央军委招待所住了整整 5 天，并没有人对他的身份表示怀疑。如果不是陈泊心思缜密，抓住了军统暗杀计划中存在的微小破绽，两天后毛泽东接见假田守尧旅长的后果也许不堪设想。

破获假田守尧刺杀毛泽东的大案，使中共中央赢得政治上的重大胜利，揭露了国民党重庆当局顽固反共的真面目，让其陷入了舆论漩涡，不得不暂时停止制造更大规模的反共摩擦。此案，也使陈泊这个延安的红色“福尔摩斯”名声大振。

▶ 还真相，陈泊同志蒙受的冤假错案被平反

1949 年 10 月，中共中央华南分局第一书记兼广东省省长叶剑英将陈泊调到广东，担任广东省公安厅厅长兼广州市公安局局长等职。1950 年春，陈泊被降为第一副厅长和第一副局长。1951 年 1 月，陈泊与陈坤（时任广州公安局副局长）两人同时蒙冤被捕。1982 年 5 月，陈泊、陈坤的冤案得到平反。公安部在北京八宝山为陈泊、陈坤两人举行追悼大会暨平反大会。公安部部长赵苍璧在大会上致悼词，指出：……陈泊同志忠于党、忠于人民、忠于革命事业，……在长期的锄奸保卫工作中，坚决打击敌人，保卫人民。特别在延安九年，对保卫延安、保卫陕甘宁边区、保卫党中央、保卫毛主席作出了应有的贡献。

1951 年，蒙受冤案的陈泊（左）与陈坤（右）合影

（文章作者系陈泊侄外孙莫壮伟，本书编辑时文字、照片有所改动）

陈洪潮

陈洪潮，1911年出生于广东省台山市斗山镇大湾乡。1935年9月在日本东京，由林基路（革命烈士）介绍加入中国共产党。七七事变爆发，随即从日本回国，1937年8月奔赴延安，1937年9月正式进入延安陕北公学第二期第九班学习。在延安期间，历任陕北公学二区队党总支委员，中央医院政治教导员、党支部书记，中央办公厅秘书处党总支委员，中央干部休养所所长。1941年延安整风运动后，担任中共中央西北局宣传部秘书，陕甘宁边区陇东地区县委宣传部副部长、副县长、县长等职。中华人民共和国成立后，先后任中共中央华南分局行政处副处长，交通部广州造船厂党委书记，广州工学院副院长兼党委常务副书记，中南科技学院副院长，广东工学院党委副书记，广东石油化工设计研究院院长，省港务局党的核心小组成员、生产组副组长等职。1980年6月离休。1994年5月3日在广州病逝。

陈洪潮在延安的岁月

陈树清

1937年，抗日战争全面爆发，大批热血青年带着共同的理想信念，从全国各地奔赴革命圣地——延安。陈洪潮就是其中一员。

陈洪潮，广东省台山市斗山镇大湾乡人，青少年时与林基路（烈士，1943年9月与陈潭秋、毛泽民一同壮烈牺牲于新疆）既是同乡，又是同学，成为志同道合的好朋友，并一起走上革命道路。1935 年 9 月，在日本东京，由林基路介绍，陈洪潮加入中国共产党。随后，陈洪潮与林基路、官亦民按照中共上海文委负责人周扬的指示，组建了中国共产党上海文委东京支部（中共东京支部），林基路为支部书记，陈洪潮为支部组织委员，官亦民为支部宣传委员。接着，陈洪潮又把从上海来的 10 多个共青团员组织起来，成立共青团东京支部，兼任支部书记。中共东京支部虽存在仅两年多，但它在团结流亡海外日本的左翼文化人士和留学生，组织学习马克思主义理论，致力于开展进步文化传播和抗日宣传活动等方面，发挥了骨干和核心作用。

1937 年七七事变爆发，陈洪潮随即回国，但由于当时交通和通信极其不便，无法与先前回国的林基路等人取得联系。后来，陈洪潮在广州何干之家中遇到林基路的弟弟林为干，得知林基路已到延安中央党校学习，何干之也在延安陕北公学任教，便决定立即奔赴延安。1937 年 8 月，他告别了家乡和未满月的儿子就踏上奔往延安的路程。

毛主席在陕北公学对第二期学员讲话（此时陈洪潮正在陕北公学第二期第九班学习）

几经周折，通过八路军驻广州办事处主任云广英的精心安排，陈洪潮到达西安，得到八路军驻西安办事处林伯渠主任签发的通行证，陈洪潮终于到达了向往已久的革命圣地——延安。后来又通过汪复泉教授（原上海复旦大学文学系教授，左联成员）写信介绍，得以与陕北公学校长成仿吾相见。1937 年 9 月，陈洪潮正式进入延安陕北公学第二期第九班学习。

1939 年 11 月 7 日，延安中央医院举行成立典礼后，与会首长姜齐贤、王首道、张鼎丞、傅连暲等同中央医院及中央卫生处工作人员合影。彩门上方的院名“中央医院”为毛主席题写，陈洪潮时任中央医院教导员、党支部书记（照片由金茂岳医生的女儿金星提供）

在延安期间，陈洪潮历任陕北公学二区队党总支委员，中央医院政治教员、党支部书记，中央办公厅秘书处党总支委员，中央干部休养所所长。当时中央医院在党中央和各界人士的大力支持下，克服了资金匮乏、设备简陋、医护人员短缺等重重困难，不断发展壮大。中央医院原来也承担中央领导和老同志的休养治疗任务，但随着形势发展，伤病员不断增加，医院已不能适应要求。于是中央决定，组建中央干部休养所，陈洪潮任所长。后来，领导发现他懂多种语言，包括英语、日语、广东话、上海话、普通话等，就调他到中央办公厅招待科担任科长兼招待所所长、党支部书记。当时担任中央办公厅主任的王首道同志（中华人民共和国成立后任交通部部长，“文革”期间任中共广东省委书记）曾对陈洪潮的工作给予高度评价，说他满腔热情，积极肯干，具有务实精神，在很短的时间里就开创了招待所工作的新局面。

1941 年延安整风后，陈洪潮主动要求到前线工作，先后担任中共中央西北局宣传部秘书，陕甘宁边区陇东地区县委宣传部副部长、副县长、县长等职。

在陇东地区工作期间，陈洪潮和大家一起，积极响应党中央和毛主席开展大生产运动的号召，在所在地区建立抗日民族统一战线，开展减租减息的民主改革运动，有力地支持了抗日前线的工作。他亲力亲为，带头参加各种生产劳动。由于他出身于劳动人民家庭，从小养成劳动的习惯，很快就适应了当地的农业劳动。他深入了解掌握当地的各种资源情况，领导大家因地制宜发展生产。特别是他利用小时候跟着祖母、母亲学习纺粗棉线、麻线和织粗棉布、麻布的技术，摸索出一套用当地羊毛来纺毛线、织毛毯的方法，有效解决了军民的御寒问题。他亲手编织的一套白色毛衣毛裤和毛毯，跟随他渡过在延安的岁月，后来又跟着他转战东北，南下解放广州，直至他到北京中央党校学习，最后破烂到不成样子，才把它拆了改织给孩子们用。

1945 年 4 月，在世界反法西斯战争和中国抗日战争将取得胜利之际，在中国面临着两种前途、两种命运斗争的关键时刻，中国共产党在延安召开了第七次全国代表大会，党中央号召全党全军各地代表干部分赴各个战场进行战斗。陈洪潮被选调参加南下干部工作队，从陇东回到延安。该大队由杨尚奎担任大队长兼政委，黄一平任副大队长，伍晋南任副政委，云广英任副政委兼参谋长。6 月 13 日，队伍从延安出发，朱德总司令前往送行。在中央警备旅护送下，大队安全通过了重重封锁线，到达太行山根据地。1945 年 8 月，抗日战争胜利结束，按照中央指示，南下干部工作队不再南下，改为开往东北，建立东北革命根据地。从此，陈洪潮转战东北，继续战斗在党最需要的地方。

（文章由陈洪潮儿子陈树清提供，本书编辑时文字、照片有所改动）

陈越平（右）、吴刚夫妇

陈越平，原名陈成昌，又名陈志立，1914 年 9 月出生于广东省东莞市南城区篁村袁屋边。1939 年 10 月加入中国共产党。1937 年春参加革命工作，1941 年 6 月至 1943 年 6 月，任陕甘宁边区关中分区统战部干事、科长；1943 年 7 月参加延安中央党校整风运动；1944 年 10 月留在中央党校教务处任校刊编辑和党校文化教员；1945 年 8 月在延安中央党校新三部任秘书科长、组教科长；1946 年 10 月奉中央指示撤出延安，行军半年，直至 1947 年 3 月到达冀鲁豫区党委所在地山东阳谷县。中华人民共和国成立后，先后任中共广东省委常委、宣传部部长，兼任广东省社会科学院院长、党组书记及广东省社会科学界联合会主席；1983 年 3 月至 1985 年 7 月，任中共广东省顾问委员会副主任。2012 年 2 月 2 日在广州逝世。

吴刚，原名邓文惠，1915 年 8 月 6 日出生于湖南省洞口县。1946 年加入中国共产党。1941 年参加革命，1943 年 8 月在延安大学参加整风运动；1945 年 8 月在延安中央党校新三部托儿所任副所长；1946 年 10 月奉党中央指示撤离延安。中华人民共和国成立后，曾任中共广州市东山区委常委、副区长、党组成员，区人民政府顾问，地专级干部。2007 年 2 月 5 日在广州病逝。

难忘的延安精神

陈东东　陈湘湘　陈芳芳　陈士矛

父亲陈越平 1941 年进入陕甘宁边区后，在关中分区统战部工作了一年（当时是高峰当书记、习仲勋当专员）。1943 年奉调到延安参加整风。

那已是“抢救运动”后期，一到延安，就每人发一本《抢救失足者》小册子，关起来审查，他与母亲吴刚半年也见不上一面。因怕被审查对象出事，口袋里连一根绳子都不许带。有的还动员蒋管区来的女同志把金链首饰都“捐献”出来。父亲还算幸运，由于会打排球，与爱好打球的学校领导关系较熟，相对来说行动自由一些。那时的本地干部消息闭塞，对外面情况不太了解，在极“左”思潮主导下，不了解火车为何物，一听说你在蒋管区能坐火车，就认为你必定是国民党特务……

延安整风前期的“抢救运动”，很多人受到冤屈。毛主席后来在一次大会上作报告说：“是则是，团结抗战；非则非，摘掉帽子，赔个不是。”当即举手敬礼，大家一时愣不过神，没反应。主席又说：“我已经赔不是了，你们再不原谅，我这手就放不下来了。”大家这才明白过来，全场鼓掌。这一场面，父亲亲临在场。当时许多人被戴上特务帽子，心中有气，有一段时间里就天天让大家出气，发扬民主，什么意见都可以提。弄清事实，组织上很快作出结论。结论有了，气也出了，大家心情舒畅，团结一心搞抗日。主席主张的抗日民族统一战线，就连真正的特务，过去“是则是”了，只要今后愿意参加抗日，也可以团结起来。

不久，父亲调中央党校，一开始在一部、四部当文化教员；接着借调校部，与赵东垠同志一起编刊物；后来调到新三部，任组教科科长。延安整风整顿三风：反对主观主义以整顿学风，反对宗派主义以整顿党风，反对党八股以整顿文风。最突出的是坚持“实事求是”，反对主观主义的学风。批评党八股是“墙上芦苇，头重脚轻根底浅；山间竹笋，嘴尖皮厚腹中空”。反对宗派主义、山头主义，说“承认山头，照顾山头，消灭山头”，充满了实事求是辩证的观点。当时中央党校学习与当前政治斗争结合得很紧：各个战区的头头从前线回来，或从大后方回来，大多会到党校作报告，大政方针也都在学员中讨论。如周恩来同志从重庆回来在党校作报告，学员们在讨论中提了一些意见，周恩来同志就吸收了大家的意见，补充了他自己的发言稿；又如陈毅同志报告前线作战的战略战术，学员们也出谋划策，提出各种意见，充分体现了发扬民主、走群众路线的延安精神。那时毛主席除了作报告，还爱看京戏、跳舞、散步……有的女同志与毛主席跳舞时，抓紧机会当面请教有关党的政策、军事斗争的问题。有一次，讨论“什么是毛泽东思想”，有人说是八个“关于”，有人说是九个“关于”等等，众说纷纭，莫衷一是。于是有的女同学在跳舞时就当面问毛主席，说得对的，主席就点头认可。又有一次，讨论“蒋介石有没有革命性”，大家意见不统一。跳舞时请教主席，主席一字一顿地说：“没、有、革、命、性。”美军观察组到延安，个别人跳舞时对女同志有非分举动，她们就问军调部的我方领导：“遇此情况该怎么办?”该领导说：“给他一个耳光。”

在延安，父亲亲耳聆听过主席5—6个报告。父亲记得重庆谈判前的8·13报告，大伙不放心主席亲往重庆，主席颇激动地说：“与蒋介石作斗争，要有理有利有节；你打得他越疼，他就越老实，我到重庆就越安全。”后来，我军在平汉路打了一个大胜仗，主席在重庆发表的《沁园春·雪》中写道：“数风流人物，还看今朝。”那种自信、豪情，溢于言表。当时，中央党校礼堂的墙上，书写着“实事求是”四个大字，深刻地体现了整风后的延安精神。正是这种精神吸引了成千上万大后方的文化人、大学生，甚至国民党大官僚的子女，冒着各种危险，自觉自愿投奔延安。

整风后期，紧接着党的第七次全国代表大会召开，毛主席的报告是《论联合政府》、朱总司令的报告是《论解放区战场》。60多年过后的今天，父亲至今能清清楚楚地背出七大的政治路线：“放手发动群众，壮大人民力量，在我党的领导下，打败日本侵略者，解放全国人民，建立一个新民主主义的中国。”那时整个延安民主气氛、学习气氛、实事求是作风浓厚。《在延安文艺座谈会上的讲话》《与史沫特莱的谈话》等等，全部能及时传至广大群众，并且深入人心。这为我党我军培养了很多人才。

延安的生活是艰苦的。人们一周才能吃上一两顿羊肉。当时，父亲所在的党小组，由徐向前的爱人黄杰掌勺：这次“张三”吃到了，下次就轮到“李四”，以此类推下去。工资是一个月6元边币，7—8个人凑几个月，跑到新市场吃一顿就完了，每人也就只能吃到2—3块羊肉罢了，大家却很高兴。生活清贫但内容丰富，常常有秧歌、跳舞、歌咏、戏剧、赛球等活动。每逢星期六，属两口子的，或男的到女方住处，或女的到男方住处，自抱着被子，提着铁桶……有首打油诗曰：“自力更生提桶子，争取外援送本子；轻重缓急要排队，自力更生小土群”（注：“小土群”指大生产中种种小规模土法上马的群众发明创造）。党校在杨家岭对面，与母亲吴刚所在的桥儿沟，一东一北，隔着延河，没有桥，水涨时，要冒险坐老百姓的羊皮筏渡河。周末，有时一个窑洞同时住两三对夫妻，中间拉布帘子隔开。

1945年在延安，吴刚与两个孩子合影。左是哥哥陈士矛，右是妹妹陈芳芳（在延安出生）

1945年6月，父母生下大女儿，正遇上荒年，起名为芳芳，意思是“防旱备荒”，“荒”的湖南话谐音为芳（母亲是湖南人）。党中央号召大生产运动，毛主席说：“丰衣足食面向荒山，新式武器锄头一把。”父亲还亲眼见到周总理和朱总司令与大家一起纺纱。学员们发明了加速轮（就是利用大小轮直径比来改变转速），使纺纱速度快了好多倍，一下子就完成了原来规定的指标（党校学员每人每年交任务要相当于一斗六小米的价值）。织毛衣、做鞋子、编手套等等，都是自己动手。群众中还有许多新发明：墨水用的是染衣服的蓝靛；肥皂是地里的盐碱土加羊油熬制出来的；石灰造粉笔……父亲承担的任务是开荒以种土豆作折算，开荒则是到林子里把树连根挖掉，树干推下山沟，要的就是树根下的那点儿土地种东西。他还与赵东垠同志在校部办小报，表扬劳动英雄，要去杨家岭、枣园调查英雄事迹。毛主席的一个勤务员，洗衣服每月省肥皂一两块，也登小报当上了劳动英雄。

在延安期间，王若飞、秦邦宪、邓发、叶挺、黄齐生（著名教育家）同志，还有叶挺的家属，在黑茶山飞机失事，父亲他们都去机场迎接遇难烈士遗骸。父亲说：当时有人以为有一个美军军官同机回延安，会安全的——这可能属于大意轻信了。

苏德战争、抗战胜利的时候，父亲也在延安。那时天天都有好消息传来，他们敲盆打桶游行庆祝，把盆桶都打烂了，唱着："钟声在响，炮声在响，明斯克，×斯克（注：收复的小城市，天天变），收呀收复了。"又唱："今天打下了一座城，明天夺回了几个镇，嘿呀嗨哟，遍地花儿开，红军的旗帜红。"歌唱红军的胜利，以鼓舞抗日斗志。

1946 年 12 月胡宗南匪帮进攻边区，6 月间我方先后主动撤出延安。父亲接到命令后，和梅开五、郝友三等组织中央党校新三部的学员、妇女儿童约 300 多人向后方转移。由于队伍庞大，有时坐笨重的木轮车，一天才走 10 华里（1 华里 =500 米），有时要绕路。前面有敌人时，因不是作战部队，不得不暂时住下，等候敌情过去。也有连夜行军十几小时，边走边打瞌睡的，一到地方停下，个个累得站着就能睡着了。从延安到山西时已是数九寒天，汾河河面结了一层厚厚的冰，我方火力把敌人压制住后，就开始过河。起初冰厚，可几十头骡马踏过，久了冰逐渐承受不住被压裂，大人小孩掉进河里。学校的总务处处长郝友三同志急忙跳下河，把孩子、妇女抢救上岸，浑身衣服冻成了硬邦邦的"盔甲"，队里的女同志纷纷解开自己的包袱，不管大人的、小孩的、男装、女装、厚的、薄的，都拿出来先给落水者捂着；母亲也拿出了她的一件布大衣（那年头没有尼毛料的）……这一行走了几个月，最后到达冀鲁豫边区。

1947年4月11日，陈越平（二排右二）、梅开五（二排右四）、郝友三（二排右三）等在太行山八路军部队驻地

离开延安时父亲带出来三件珍贵的纪念品：一是飞马五星奖章——那是奖给参加过长征的干部战士的。当时延安流传着一句关于女同志择偶的话："宁嫁飞马五角星，不嫁清华大学生"，说的就是这奖章。这枚奖章是在延安中央党校新三部学习的贾淑贞同志送的。她夫妻俩都参加了长征，所以有两枚，离开延安时，就送了一枚给父亲留念。第二件是粗纺的羊毛毯——撤离延安时父亲所在的新三部买了五条，分给了父亲一条。第三件是马褡子——是用粗毛线织成布后，缝制而成，搭在马背上，行军时可放衣物。

贾淑贞送给父亲的飞马五星奖章（是纪念红军10周年的奖章）

正如《延安颂》所歌唱的："啊，延安……你的名字将万古流芳，在历史上灿烂辉煌。"而父亲、母亲从延安走出来后，在祖国的大地上走南闯北，为抗日战争、解放战争以及建设中华人民共和国默默奉献，无时无刻不忘坚持和发扬实事求是和艰苦朴素的延安精神！

（摘自陈士矛、陈芳芳、陈湘湘、陈东东：《他从延安走来》，广州：广东人民出版社，2014 年版，第 102—106 页；文章由其儿女提供，本书编辑时照片有所改动）

林李明

林李明，曾用名李吉明、李明，1910年出生，海南文昌县人。1927年加入中国共产主义青年团，1933年转入中国共产党。1937年8月历尽艰辛到达延安，12月底从延安调回广东工作。1940年1月作为琼崖特委代表赴延安，准备参加中共七大，由于工作需要，5月又从延安启程返回海南。中华人民共和国成立后，历任中共中央华南分局副书记，中共海南区委第一书记兼海南军区第一政治委员，中共广东省委副书记，广东省革委会副主任、省政协副主席、副省长、代省长等职。是中共第十届候补中央委员，第十一届中央委员，第三、第四届全国人大代表。1977年8月在北京逝世。

★★★

抗战时期林李明两次赴延安

林小狄

林李明在中学读书时就积极参加学生运动，并加入中国共产主义青年团。1927年参加琼崖农民赤卫队，后编入琼崖工农革命军。1930年到上海，曾任共青团中央巡视员。1932年“一·二八”淞沪抗战期间，林李明参与了发动上海群众支持驻沪国民党第十九路军抵抗日军的作战。1933年，他转为中国共产党党员，后任中共上海闸北区委组织部部长、闸北区委书记等职。同年，国民党当局对上海中共地下党组织发动大搜捕，白色恐怖笼罩上海，党组织遭受严重破坏。11月，林李明被国民党当局逮捕，关押在上海提篮桥监狱。他在狱中受尽酷刑，始终没有暴露党的地下组织。后被判10年刑，转至苏州第一军人监狱，与中共厦门中心市委特派员方毅同关在一个监狱。在狱中，林李明多次和难友参加绝食斗争，表现了共产党人的坚定信仰和崇高气节。

▶ 从延安到海南岛抗战

1937年抗日战争全面爆发后，国共两党进行第二次合作。经周恩来、叶剑英的交涉，苏州监狱的全部共产党员被营救出狱。8月，林李明、方毅两人出狱后一路乞讨，历尽艰辛到达延安。林李明到延安后，向毛主席与中共中央组织部汇报了他被国民党关押5年的情况。

1937年12月底，中共长江局重建长江中下游各省市党组织，长江局组织部副部长黄文杰被任命为长江局驻两广特派员。黄文杰从中央组织部获知林李明是广东人，遂向中央提出将林李明从延安调回广东工作。

1938年春，中共中央为了适应南方抗战形势，加强广东党组织的领导，撤销中共南方临时工作委员会，于4月成立以张文彬为书记的中共广东省委。为了加强琼崖抗战的领导力量，是年8月，广东省委派遣林李明回琼崖，任中共琼崖特委书记（1937年10月，琼崖特委书记冯白驹被国民党逮捕后，特委书记由王白伦代理）。从1938年8月至1939年12月，林李明任中共琼崖特委书记一年多时间里，始终贯彻中共中央建立抗日民族统一战线的方针，与冯白驹共同领导琼崖民众和抗日武装力量进行抗日救亡斗争。

1938年10月21日，广州沦陷后，日军飞机、军舰频频窥视海南岛，琼崖危在旦夕。面对日军加快侵琼步伐的紧迫形势，中共琼崖特委积极着手做好红军改编的准备工作。10月22日，琼崖国共两党在新的历史形势下，终于达成合作抗日的协议，琼崖抗日民族统一战线正式形成。12月5日，海南岛各地红军游击队集中在琼山县云龙圩举行改编暨抗日誓师会，改编后的部队番号为广东民众抗日自卫团第十四区独立队，冯白驹任独立队队长。此时，独立队虽然统一为国民党军队的编制，但琼崖特委一刻也没有削弱对独立队的领导，特委通过冯白驹对独立队进行直接领导。云龙改编后，这支由中共琼崖特委领导的抗日武装在三个多月的时间内，就从300多人枪扩编为1000多人枪的总队建制。

1939年期间，为了贯彻中共中央统一战线方针，林李明与中共琼崖特委指示各地武装，主动配合国民党军队一起对日作战。6月，第一、第二大队主动与琼山县杨永仁部游击大队配合，围攻文岭和龙发两个日军据点，迫使日军退走，打破日军对这个地区的控制。10月初，琼崖特委和独立总队部派马白山到第三大队加强对琼西地区抗战的领导。当时，琼西重镇那大驻有100多个日军和1个中队伪军，对琼西抗战形势发展不利，为了拔除那大日伪军据点，琼崖特委和独立大队指示马白山与第三大队队长张开泰深入那大周围，向国民党军政人员和广大群众进行宣传发动，争取他们共同在那大地区开展对敌斗争。经过宣传发动，共有数千军民参加围攻那大战斗。其中包括：独立总队第三大队队长张开泰率200多人，儋县县委领导抗日武装200多人，各乡民兵1500人，儋县国民党游击队王焕所部一个大队。围攻战从10月26日开始至11月6日，日军不得不弃城而逃。围攻那大战斗，是琼崖抗战初期，国共合作、军民合作的一个典型战例①。

从1939年2月10日日军占领琼崖起到年底的10个月时间内，琼崖特委和独立总队共同领导根据地军民英勇抗击入侵之敌，在敌后积极开展游击战争，先后对日军作战70多次，消灭日军800多人，缴获日军轻机枪两挺、掷弹炮一门、长短枪20余支和一批军用物资。②

▶ 再次赴延安，向毛主席汇报海南抗战的形势

1940年1月，林李明与李黎明两人作为琼崖特委代表赴延安，准备参加党的第七次代表大会，特委书记之职转由冯白驹代理。林李明到延

---

① 《红旗不倒》，北京：中共党史出版社，1995年版。

② 《中共琼崖特委第八次扩大会议记录》，1939年12月。

安后即向党中央汇报琼崖抗日情况和请示工作。4月，毛主席亲自找林李明谈话和了解琼崖抗战形势。这次谈话后，中共中央根据林李明的提议，决定派庄田和一批军事干部到琼崖工作。同时，决定派遣林李明重返海南岛参与领导琼崖抗战。

1940年5月，林李明从延安启程返回海南。为了沿途掩护需要，中共广东省委将在余汉谋部进行抗日宣传的余珍抽调与林李明假扮夫妻，一同前往海南。9月，林李明与庄田率领的延安军事干部7人小组到达海南岛后，林李明向中共琼崖特委传达了中央的指示，及时调整了领导班子，冯白驹复任特委书记。余珍掩护林李明到达海南岛后，在特委政治部下属的宣传部工作。而后，林李明与余珍正式结为夫妻，庄田夫妇作为他们的证婚人。①

▶ 在中共琼崖特委第三次执委会议上传达党中央的指示

1941年2月中旬，中共琼崖特委在琼山树德乡召开特委第三次执委会议，冯白驹、林李明、王白伦、黄魂、黄一青、陈乃石、肖焕辉、欧绍汉、朱克平9位执委参加了这次会议，数月前从延安抵达海南的庄田也参加了这次会议。

林李明在会上传达了中央对琼崖特委的指示："要树立长期艰苦奋斗的思想，在抗日民族统一战线中，必须发展进步势力，争取中间势力，打击顽固派，坚持有理有节的原则。"②

会议最后通过民主选举，经执委会正式通过，冯白驹任特委书记，林李明任副书记。遵照中共中央指示，成立军事委员会，选举冯白驹为军委主席，林李明、庄田为军委委员。这次会议还通过组织部部长王白伦、统战部部长黄魂、民运部部长欧绍汉为特委常委，庄田为特委委员（1944年递补为特委常委），马白山递补为特委委员，陈健为宣传部部长。

---

① 《海南日报》，2011年9月19日。

② 《中共琼崖特委第三次执委会议记录》，1941年2月15日。

琼崖特委在第三次执委会议上，确定了“继续高举武装斗争的旗帜，坚持团结抗战”的总方针，并作出几项决定：（1）号召全体军民积极开展对日寇的游击战、破击战，争取更大的胜利，迎接“红五月”；（2）继续贯彻“发展进步势力，争取中间势力，孤立顽固势力”的统战方针，呼吁社会各阶层群众及国民党中爱国人士制止内战，团结抗日，同时集中力量，坚决粉碎反共顽固派的军事进攻，保卫抗日根据地；（3）广泛建立各级抗日民主政权，积极筹备成立海南全区抗日民主政府，充分发挥人民政权的领导作用，动员一切人力、物力支持长期抗战，争取最后胜利；（4）大力发展抗日武装力量，积极培养军政干部，健全部队的军事、政治工作制度，逐步实现部队的正规化建设；（5）积极开展黎、苗族聚居的山区群众工作，创造条件建立稳固的革命根据地。①

琼崖特委第三次执委会议充分发挥党内民主，严肃认真讨论中共中央、毛主席对坚持抗战的指示，是琼崖抗战时期的一次重要会议。这次会议建立了以冯白驹为核心的琼崖特委集体领导班子，为坚持抗日斗争及巩固、扩大根据地，奠定了坚实的基础。

1950 年，在云南合影。左起：林李明、庄田、黄景文

① 《中共琼崖特委第三次执委会议记录》，1941 年 2 月 15 日。

第三次执委会议后，林李明一直以特委副书记之职与特委书记冯白驹，以及庄田等特委成员集体领导琼崖军民坚持抗日斗争，直至抗战胜利。解放战争时期，中共中央于1948年1月将林李明从琼崖调任中共中央华南分局委员；1949年6月他被中共中央华南分局派到云南，任中共滇桂黔边区党委书记兼滇桂黔边纵队政委，参加云南解放战役。

（文章由林李明儿子林小狄提供，本书编辑时文字、照片有所改动）

胡仁（李德尧），1927年改名为胡仁，1908年出生于湖南省浏阳县文家市。1927年加入中国共产主义青年团，1932年加入中国共产党。1927年参加游击队，他参加了保卫中央苏区的五次反“围剿”战斗。1934年10月至1935年10月参加红军二万五千里长征到达陕北，因伤病留在延安边区政府工作。先后担任中央政府西北办事处造纸厂厂长，石油厂政委，盐税局局长，工业局副局长，陕甘宁边区政府建设厅工矿科科长、技术展览会主任、建设厅秘书、大生产成就陈列馆馆长等职。中华人民共和国成立后，曾任广东华南垦殖局机务处处长、广东省第一任专卖局局长、广东省水产供销公司经理、广东省水产厅正厅级副厅长。1985年5月离休。1989年6月9日在长沙病逝。

胡仁（右）、张诚夫妇

张诚（张宜秀），1919年出生。1938年加入中国共产党。1933年参加红军，随军参加了二万五千里长征到达延安。曾在延安中国女子大学妇女大队学习，抗日战争时期，担任陕甘宁边区中央总医院护士、护士长。中华人民共和国成立后，先后在湖南军管会、中南税务局、广东商业厅工作，直至离休。2009年在长沙病逝。

★★★

忆父亲胡仁在延安

李家秦

回忆父亲在延安的一段接待毛主席并与之合影的工作经历。

▶ 胡仁在延安陈列馆

1941 年，胡仁在延安

1941 年，日本帝国主义的疯狂进攻和残酷“扫荡”，国民党反动派的军事包围和经济封锁，给各抗日根据地造成严重的经济困难。为了战胜困难，坚持抗战，党中央发出了“自力更生，克服困难”的号召，提出了“发展经济，保障供给”的方针，动员解放区军民开展以农业为主的大生产运动。轰轰烈烈的大生产运动，很快就取得了显著的成绩，逐步战胜了敌人造成的困难。为了总结经验，表彰先进，党中央决定，从1941 年开始，每年都要在延安举办一次检阅军民大生产成绩的展览会，专门在延安南关大操场东侧的二十孔石窖洞里，正式建立了陕甘宁边区政府大生产运动成就陈列馆。当时我父亲胡仁担任边区政府建设厅技术展览会主任，就被任命为陈列馆馆长。

陈列馆设有采编组、制作组、宣传组织组、保卫组、后勤组等进行筹展工作。我母亲张诚就在后勤组工作。

1943 年隆冬，胡仁在延安陈列馆筹办了第三届检阅边区军民大生产成果的工农业展览会。这次展览会经过半年多的筹备，于 12 月初在陈列馆正式展出。这次展览会是由陕甘宁边区所属的延安、绥德、关中、陇东等地区和中直、军直、边区政府、西北局的直属系统联合举办的。虽然条件简陋，但内容丰富，有实物、图片，还有先进模范人物的优秀事迹。

这次展览会共展出 10 天，在延安地区的军民、机关、工厂、学校都组织人员进行了认真的参观学习。大家都说，内容很丰富，看到了军民大生产运动的巨大成就，很受教育、很受鼓舞，增强了抗战胜利信心。参观人数达3万多人次，是一次举办得非常成功的展览会。

展出快结束时，接到边区政府指示，要展览会延期一周。大伙儿纷纷猜测，但谁也说不准是啥原因。后来，边区联防司令部派来在陈列馆担任保卫组组长的刘科长说："延期是因为毛主席要来参观。"馆里的工作人员听了，都非常高兴，保卫组的小赵忙追问道："毛主席什么时候来?"他说，"参加革命以来，我就盼望着能见到毛主席，可是总没机会，这回要是能见到他老人家，那就太好了。"我父亲在一旁听了他们的话连忙说："具体时间还要等通知，大家不要多说，思想上做好准备，把工作做好就是了。要注意保密!"

第三天上午，展览会增设了门岗。这一天是1943年12月9日。陕北大地银装素裹，一派北国风光。我父亲胡仁前一天就接到边区政府正式通知，说这天有中央领导同志来陈列馆视察"第三届边区军民大生产成就展览会"。我父亲和他的同事们一大早就做好了接待的准备工作。

这天天气很好，冬日的太阳暖洋洋地照在延河上。我母亲张诚将我收拾得干干净净，穿一身新棉袄、棉帽和棉鞋，还背着一个棉布小书包，都是我们边区自己种的棉花，自己纺的纱、织的布，母亲动手缝制的。还有书包里的饼干也是用我们自己种的小麦磨的面粉，母亲亲手做的。那时，我们家就住在陈列馆大院里面。我一面啃着饼干，一面高高兴兴地和父亲等人站在大门口等候。9时多的时候，只见从延安旧城的南门坡那边，有十几匹大马由远而近，直奔陈列馆而来。一位在远处迎接的工作人员连忙跑过来，大声告诉我父亲："馆长，毛主席来了!"其中骑一匹大青马的正是大家日夜盼望的毛主席。毛主席面容饱满，很有精神，穿着灰色棉布制服，头上戴一顶灰布军棉帽。与毛主席同来的还有边区政府林伯渠主席，中共中央组织部陈云部长，中央电影团吴印咸团长和中央警卫团的保卫干部等。当他们一行到陈列馆下马的时候，我父亲胡仁立刻牵着我的手，激动地迎上前去，崇敬地说："欢迎毛主席！欢迎各位领导！”我母亲张诚后来回忆告诉我说：“那天看到魁梧的毛主席满面慈祥的笑容的样子，和三年前看到他的时候一样。”原来三年前我母亲在延安中央医院担任护士长，就在中央医院生的我。当时，毛主席的夫人江青因病在中央医院住院，在我出生的第三天，毛主席到中央医院来看望江青以后，顺便到各个病房看望了正在住院的其他伤病员。于是，中央医院傅连暲院长就陪同毛主席来到我母亲的病床边。那时我出生第三天，已经可以睁开眼张望了。当时我吃过了奶，正睁开眼张望着。傅连暲院长向毛主席介绍了我母亲的情况。毛主席一脸慈祥地看着我笑着说：“这个娃娃皮肤白，高鼻梁，以后会是一个秀才，张诚同志，要把这个革命的接班人带好哇！”我母亲听了主席的嘱咐，十分感激，当即表示一定听主席的话，把孩子带养好！三年以后又一次在陈列馆见到毛主席，我母亲和大家一样，非常高兴。这时，毛主席下马后大步走过来，用他那温暖有力的大手握住了我父亲的手说：“同志们好！”陪同毛主席前来的陈云、林伯渠等同志也同大家一一握手。

此时，毛主席一眼看到了靠在父亲身边的我，小脸在冬日的阳光下红彤彤的，手里还拿着啃了一角的饼干。主席问父亲：这是你的娃娃吧，几岁了？父亲连忙催促我说：“快告诉主席你几岁了？”我当即口齿清晰地回答：“三岁半了！”我母亲这时过来摸着我的头笑着说：“毛毛乖，给毛主席吃饼干好不好？”毛主席看着我犹豫的神情有趣，就进一步逗我说：“好不好？”终于，我大大方方地把手伸出去，把饼干送到毛主席面前：“你吃！”引得在场的人都乐开了。毛主席大笑：“伯伯不吃，毛毛

1940 年，张诚抱李家秦在延安

自己吃。”说着，主席弯下身来，伸出两只有力的大手，把我抱起，举到空中：“还很重呢！”他摸着我穿的新棉袄说：“这真是自己动手，丰衣足食啊！”我母亲看了，笑着说：“这孩子今天真乖，平时他的饼干谁都要不到的，连我们他都舍不得给的呢。”又引起大家一阵笑声。随后，母亲从主席手中接过我，带我去一边玩了。

父亲陪同毛主席一行逐室逐馆进行了一连三天认真的参观。第一个展馆是农业馆。毛主席参观时非常认真，每件展品，每张图表、照片，都要看个详细，而且边看边问。特别是看到旧社会陕北人民在三座大山的压迫下，出的牛马力，吃的糠糠片，这时主席紧皱眉头，拿起一些实物来仔细观看，他的神情充满了对人民苦难的同情和对反动派的仇恨。当参观到在党和人民政府的领导下，边区人民发展生产，丰衣足食的景象，他喜笑颜开。当参观到陕甘宁边区劳动模范杨步浩、王德彪、郝树才等同志开荒和劳动的图片时，主席的神情显得非常兴奋，久久注目凝视。当看到主席自己种的洋葱和西红柿，朱德总司令和林伯渠主席种的大南瓜的图片和实物也进行了展览的时候，他会心地笑了。这天，一直到中午，毛主席才看完第一馆。我父亲胡仁一直陪同讲解。

第二天，毛主席不顾疲劳，继续参观，看的是工业馆。这儿展出的既有陕甘宁边区各工厂的产品，也有各地生产合作社的产品。各类毛绒毯子、绒单子、毛巾、毛线、土布呢子、宽机布。特别令人瞩目的是“丰足”牌火柴、新华肥皂、马兰纸。这三种产品凝聚了陕甘宁边区人民艰苦奋斗、自力更生的革命精神。自从国民党反动派对边区实行经济封锁以后，这三样东西在延安奇缺。但在党中央毛主席的英明领导下，我们用双手解决了这些难题。马兰纸就是1936年国民经济部部长毛泽民指示我父亲胡仁创办的边区第一个造纸厂——瓦窑堡造纸厂生产出来的。我父亲胡仁当时任第一任创业厂长，以后这个厂一直生产得很好。马兰纸是我们当时唯一的办公用纸，毛主席的很多著作都是用马兰纸写成的。展品中还有自制的子弹、枪支、手榴弹及工业发展的图片，还有劳动模范赵占魁、李凤莲等的先进事迹，等等。这一部分中还展出了粉碎日军

“大扫荡”和国民党反动派反共高潮中缴获的胜利品。我们英勇的八路军在朱德总指挥、彭德怀副总指挥的指挥下，一面生产，一面保卫延安，粉碎了胡宗南、马鸿达匪帮的“围剿”，缴获的山炮、八二炮、轻重机枪等武器也在这里展出。毛主席参观到这里，边看边深有感触地说：“只要我们认真总结经验教训，农业也好，工业也好，打仗也好，就能不断取得新的胜利。因为有一条，天下的穷人要闹革命，这就是我们不断取得胜利的主要原因。”这一天，毛主席兴致很高，看得又仔细，问得也详细，很迟才歇息。

第三天，毛主席比前一天来得还早。第三馆，这是前两馆无法容纳的一些内容。有自制的织布机，有干部生产的工具——手摇纺车，有各地区先进农业工具，也有延安鲁迅艺术学院师生创造的艺术作品，如图片歌舞剧《兄妹开荒》等。还有边区考古出土的化石、铜器等文物。其中有一个木制“三行播种耧”，还有一个平原收割麦子的特殊镰刀。毛主席看了很感兴趣，要求讲解员现场表演。我父亲就请从农区专门调上来做讲解员的任宗桂一面讲，一面现场表演。毛主席观看后，高兴地说：“这个农具的确先进，要保质量，多生产，大力推广，促进农业生产。”毛主席还亲切地握住小任的手说：“谢谢你！”当看到周恩来副主席用过的手摇纺车也在这里展出时，毛主席深情地说：“看来我们的周副主席还真是个多面手呢！”

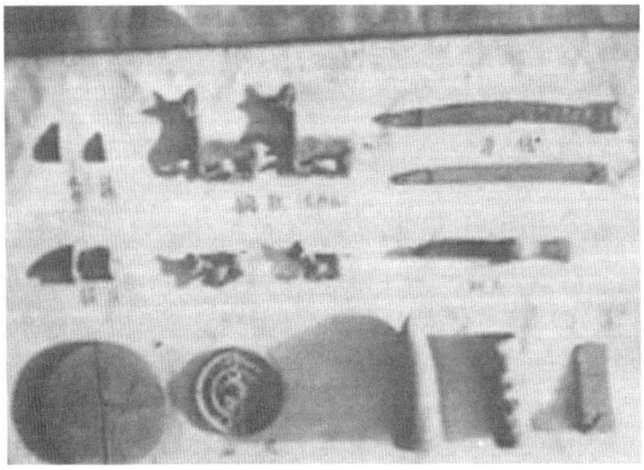

陕北考古出土春秋时期钱币

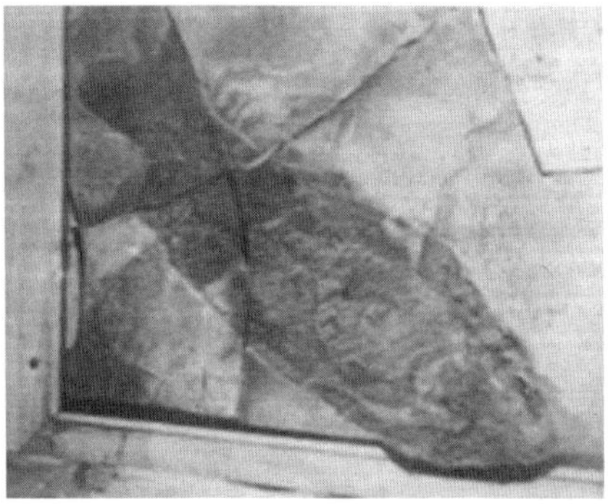

陕北考古出土史前鱼化石

1943年，延安鲁迅艺术学院师生演出歌舞剧《兄妹开荒》

陕北考古出土春秋时期铜器

这天看过展览在接待室休息的时候，随行的中央电影团团长吴印咸抓拍了毛主席与我父亲胡仁谈话时的照片。当时毛主席微笑着，和陈云、林伯渠坐在右边，我父亲靠在左边门柱站立着，他们都含笑望着镜头。这一和谐的瞬间，从此载入史册。接着我父亲请毛主席题词留念。毛主席欣然命笔，首先为展览会题词，写下“自己动手，丰衣足食”八个大字。这正是在此之前，毛主席抱起我的时候说过的那句话。于是这八个大字和这张照片就成为抗战时期解放区军民大生产运动的历史见证标志而载入史册。后来，吴印咸把照片洗印出来，特地送给我父亲一张，这张照片就成了我们家的传家宝。1993年中央文献出版社为纪念毛泽东同志诞辰100周年出版《毛泽东》画册时，特地派出摄影记者，从北京来到长沙我们家里，翻拍了这张记录了1943年12月9日当时实际全景原貌的照片，并在之后原封不动地收入《毛泽东》百年纪念画册中的第142页上面，还原了这段历史的真实图景。还要说明的是，因为我父亲当时给毛主席题词准备的纸张是普通的信纸，比较小，而毛主席题词时字写得比较大，小信纸一张写不下，当时毛主席就写了两张纸，并在两张纸上都签了名。可是后来在对外发表的时候，把两张纸并列拍摄成一句话八个大字时，就出现了有两个毛泽东签名的情况，于是有些人看了会一时不解。我也是听了我父亲的说明以后才明白过来的。虽然毛主席写的这八个大字早已闻名天下，但它的真实来历却鲜为人知。

1943 年 12 月 9 日，毛泽东和陈云、林伯渠参观陕甘宁边区第三届大生产展览会，并题字。左立者为胡仁

那八个字是毛主席给展览会的题词，写完了以后，毛主席又认为陈列馆举办展览会的工作做得很好，特地题词对陈列馆嘉奖与勉励。我父亲立即找来一张较大些的纸，于是毛主席挥笔写下“不要自满，要更精、更好、更进步”的题词。这也就成为我父亲胡仁一生的座右铭，激励着他毕生为党努力工作、战斗和学习。因为这一题词有一定的针对性，所以在其他的地方好像没有看到过介绍，也许我这里是第一次对外公开披露出来，使其不至于被历史湮没。

当然，1943 年 12 月那时的我只有 3 岁半，当时虽然在现场，但对当时发生的事情是不会记得的，这些情况都是以后长大了，听父亲胡仁和母亲张诚说出来才知道。现在两老都已去世，这些就成了我的回忆，记在这里，作为对两老的缅怀。

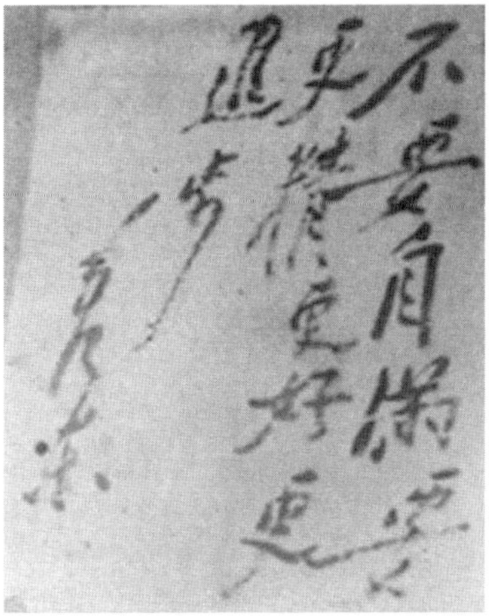

1943年12月9日，毛主席为陈列馆题词

1945年6月1日，在延安的全家福。左边是胡仁，右边是张诚，中间从左依次是孩子：李延、李家秦、李牧

（文章由胡仁儿子李家秦提供，本书编辑时文字、照片有所改动）

侯 甸

侯甸，曾用名侯镇球、方绥，1914 年 12 月 9 日出生，广西苍梧人。1936 年 8 月，在日本东京支部由林基路、苏曼介绍加入中国共产党。1938 年 8 月起，赴延安任陕甘宁边区文协编辑。中华人民共和国成立后，先后任广东省人民委员会办公厅副主任，广东省人民委员会副秘书长，广东省文化局局长、党组书记，同时兼任广东省暨广州市对外文化协会副会长，广东省戏剧家协会党组书记，中国人民对外友好协会常务理事、文化部对外文化联络第四司司长、中国演出公司首任总经理、文化部对外文化交流委员会委员等职。1983 年 12 月离休。2005 年 6 月 9 日在广州病逝。

隐蔽战线上的一名尖兵

侯东海　侯东林　侯东迎

1937 年从日本回国后，侯甸投身到党的抗日统一战线工作，曾在延安陕甘宁边区，八路军驻重庆、桂林办事处等地任职。

从 1939 年 9 月至 1949 年 5 月，侯甸都是在党组织安排下做地下统战、联络和情报工作，是中国共产党隐蔽战线上的一名尖兵，为党和人民作出了重要贡献。

1938 年 12 月，侯甸在延安陕甘宁边区文协任编辑时，受中共中央组织部派遣回南方工作。当时中央组织部副部长李富春找他谈话，并交给他一封到八路军驻重庆办事处工作的介绍信。他在办事处和重庆新华日报社工作8个月后，1939年9月，被组织派遣回广西到八路军驻桂林办事处工作。在中共中央南方局领导下，他参加秘密联络与掩护中国南方各省和香港、海外共产党组织的工作。其中心任务是建立和整顿共产党的组织，贯彻抗日民族统一战线政策，团结各界爱国民主人士，探听国民党的动态和掌握日军情况，还负责向延安输送军用物资、武器弹药等。八路军驻桂林办事处处长是李克农（中华人民共和国成立后，先后任中共中央军委情报部部长、中央社会部部长、解放军副总参谋长、外交部副部长等职，1955年授予上将军衔）。侯甸是李克农个别单线联系的几位“特别秘密”的党员之一①。

同年9月，侯甸由李克农派遣进入桂系的要害部门——广西绥靖公署政治部。时任广西绥靖公署政治部主任程思远，先后任命侯甸为广西绥靖公署政治部科员、政训科长、办公厅秘书；1943年程思远调任重庆三青团中央团部服务处处长时，侯甸亦随程被调任重庆三青团中央团部服务处组长。侯甸是由周可传推荐给程思远的。周可传在20世纪30年代初期赴日本留学前，于五四运动期间，已经在南宁为程思远创办的乐群社工作，是程思远的部下，相识多时，程对他怀有好感。因而，他介绍侯甸到程思远处工作，一开始工作就很顺利。同时，由于侯甸自觉身负重任，在工作中充分发挥了他的聪明才智，总能机敏灵活地应对一切。在很短的时间内，就熟练掌握了广西绥靖公署方方面面的工作关系，尤其是程思远要用电话联络人，总喜欢召唤侯甸去拨发电话，因为侯甸记忆力好、反应快，随呼随拨。程思远感到让侯甸协助他工作，得心应手，快捷妥当，从而对侯甸充分信任。程思远的私人信件都交给侯甸拆阅，拟稿代复，程签阅后即发，实际上程已将侯甸作为他的随身副官兼秘书使用。后来，程思远调去重庆三青团中央团部任职时，又将侯甸一起调去。在重庆时，他让侯甸代笔写题为《青年运动的方向》等文章，用程思远的名字在重庆出版的《西南青年》杂志上发表，程思远特别赞赏。

---

① 开诚：《李克农——中共隐蔽战线的卓越领导人》，北京：中国友谊出版公司，1996年版，第221－222页。

侯甸在广西绥靖公署工作时取得程思远的器重，被当时任广西绥靖公署政治部副主任的韦贽唐（国民党军统特务）所嫉恨。韦贽唐在一次下乡视察回桂林寓所时，公署政治部一批科长上门拜候，而侯甸因事未能出席，韦贽唐便多次借故对侯甸发泄不满，经常在言谈中暗示："要注意侯甸，我看他不是我们的人。"

后来，侯甸得知韦贽唐已经注意了他的行动后，他就巧妙活动，利用社会名流和各种统战关系进行掩护，摆脱韦贽唐的监控，继续为党、为人民工作。他通过时任广西省民政厅厅长陈良佐的关系，于1944年12月委派他任国民党果德县（今平果县）县长，后来又被调任横县县长。侯甸在担任"两面政权"县长两年半时间里，为果德县人民除了大害，为党、为人民立了功，作出了重要贡献。他上任果德县县长伊始，根据当地人民群众举报，果德县境内有8名甘当日本侵略者的汉奸走狗，祸国殃民，民愤极大，他当即指令县武装大队进行查处。经过深入侦查，不久就逮捕了这8名汉奸，举行公审并游街示众，随即枪决，为民除了大害。侯甸这一果敢行动，引起社会极大震动，激发了果德县人民的抗日情绪。事过20多年后，1968年冬天，组织上派人去果德县向当地群众进行查证，很多人印象深刻，重述当时情景还记忆犹新。原果德县政府的一位理发师说："侯县长很勇敢，他来上任不久，就根据举报查实，一口气干掉了8个汉奸，大家高兴不已，人人拍手称快。当时我们以为他只是一位开明爱国的'县太爷'，到中华人民共和国成立后才听说他在广州当上了'大官'，原来他是共产党，我们哪能知道呢?"

侯甸进入国民党阵营内，长期潜伏所进行的隐蔽斗争是很成功的。这是由于他能严守组织纪律，机智灵活，还能充分发挥自主孤军对敌的大无畏精神。他能极其严格按李克农的指示活动，不公开直接与李克农接触，而是遵循李克农的嘱咐，只与八路军办事处林其英单线联系，而"不到办事处来"。李克农还指示他"要接近核心"，"可以开明面目出现，但不要红"。侯甸忠诚地执行了上级指示，他自己隐蔽得非常周密，始终未露出半点破绽。"在广西国民党阵营里，注意到做什么像什么，他当县长到桂林开县长会议时就打麻将，平时他是不打的。”“在近 10 年的时间里，侯甸在广西地下工作很有成绩，真实身份也没有暴露，国民党内部特务的报告也只称他为‘开明’县长。”①

侯甸在横县任县长，到 1947 年 4 月卸任，紧接着他到桂林广西大学当副教授。他在辞去县长职务前，巧妙地秘密转移了一批轻机枪、卡宾枪和手枪回他老家，然后通过党组织输送给罗定县游击队，有力地支持了我党地方武装斗争，对解放战争作出了重要贡献。

1949 年 5 月，侯甸在党组织安排下从家乡梧州乘船到香港，辗转进入中国人民解放军粤赣湘边区纵队政治部任科长，1949 年 10 月随军解放广州。

（节选自广东省地方史志办公室编：《父辈的足迹》，广州：岭南美术出版社，2009 年版，第 299—302 页；文章作者系侯甸之子，本书编辑时文字、照片有所改动）

---

① 开诚：《李克农——中共隐蔽战线的卓越领导人》，北京：中国友谊出版公司，1996 年版，第 222 - 223 页。程思远：《政坛回忆》，南宁：广西人民出版社，1983 年版，第 130 页。

饶卫华

饶卫华，曾用名饶君强、饶志雄、姚仲云、仲云，1906 年 1 月出生，广东大埔人。1924 年加入中国共产主义青年团，1926 年 1 月加入中国共产党。1928 年底任中共香港市委委员、九龙区委书记、广东省委秘书长。1930 年任中共南方局秘书长，之后为中共中央香港华南交通总站首任站长。1937 年第三次在南京坐牢，由周恩来、叶剑英保释，出狱后到南京八路军办事处报到，然后由中共中央组织部安排他到延安任陕北公学秘书长。中华人民共和国成立后，先后任广州市手工业管理局局长，广州市建筑材料工业局局长，广州市政协常委、副主席。1996 年 9 月 14 日在广州病逝。

烽火十四载　延安二春秋

——饶卫华抗日救亡在陕北浴火重生的节段

饶潮生

父亲亲历了 14 年抗战的始末。翻开党史部门 1964 年给父亲整理几万字的回忆录①，记载父亲从事党的事业为其一生职业的生涯，有四次北上三次南下的经历。四次北上的第一次是党派他从广州到苏联东方大学学习，第二次是从上海到东北恢复中央与满洲省委的组织联系并参与了

① 指中国共产党广东省委党史研究委员会 1964 年访问饶卫华的记录《我参加革命的回忆》一文。发表在《广州党史研究》1992 年第 4 期（总第 20 期）。《中国共产党组织史资料汇编领导机构沿革和成员名录》，第 479 页。

组建共产党领导的第一支抗日武装的工作，第三次是南京坐牢时在国共二次合作后获周恩来保释后北上延安，第四次是抗战胜利后从香港到鲨鱼涌集中北撤到山东，后到河北西柏坡被中央工委分派到石家庄、北京工作。三次南下的第一次在六大会后从苏联回到香港，第二次在西安事变后从延安到韶关，第三次在1949年后从北京到广州。其四上三下的时间都正值中国重大历史转折时期，由党中央直接安排，从当时的革命中心地始发。本文侧重他第三次北上和第二次南下，其在延安工作前后的故事。回忆录语气平实，记述了他到延安前后两年间所亲历的故事（本文是该回忆录节段，引文中父亲用第一人称——我。编者加小标题）。

▶ 上海反帝成南京死囚

与陈潭秋一起出席会议，不幸被捕

“1932年9月，刚完成联系满洲省委使命并参与东北抗日联军初创工作从东北回到上海，在中央招待所住了两个星期。组织部临时通知我去参加上海区委会议，汇报日本纱厂工人纪念九一八一周年罢工的斗争情况。我出席这个会，在会上被混进党的内奸出卖，和参加会议的十多人一同被捕。那天中央职工委员会的陈潭秋同志也与我在一起出席这个会，他因有事，先退席；他刚走开，特务就来包围，他幸得没有被捕。与我一同被捕的那些人，刚被送到公安局就先后叛变了。国民党反动派又去抓了江苏省委妇女部部长帅孟奇同志。后来我与她一同被解送南京，在宪兵司令部被军事法庭判无期徒刑。陶铸同志1933年到上海时亦遭逮捕，后来与我们同关在中央军人监狱（南京水西门外），也被判无期徒刑。”

判处无期徒刑进死牢，仍坚持斗争

“国民党对政治犯非常残酷。看守动不动就打人，甚至还给你钉上脚镣，我们在监狱受尽了折磨。后来我又患病，到出狱时，几乎不会走路了。监狱看守要我们去袜子厂织袜子，做完一个月给两三毛钱，可以用这些钱来寄两封信或买点盐和肥皂。出去做苦工有时可以拿到报纸杂志，或拿他们的铅笔、纸张等，可与难友传递消息，所以我们也宁愿去做苦工。在牢房里同志们都互相关心和鼓励，生活上互相照顾，争取一切机会互通消息，偷拿来的报纸杂志大家秘密地传着来看。偷来的纸、铅笔大家用（这些东西都是监狱里非常珍贵的，是不易得到的）。而且大家也知道同房的哪些人是坚定的，哪些人是有问题的。因此虽然没有正式成立党组织，但互相了解的同志互相信任。我们发明了一种特殊的联系方法，叫“打电报”。与隔墙的同志联系，便用敲墙壁；与对面房的同志联系，便从小窗口上比手指。敲一下或比一指，便是A；敲两次或比两指，便是B，按拉丁字母表排列下去，就这样用拉丁字母并成一个词，便可以当作通话，传递消息。这就冲破监狱的隔离封锁，组织联合斗争，冲破监禁我们的铁窗和重门。”

▶ 万劫过后在延安重生

恩来保释，重获自由

“1937年夏，日寇侵占上海又进迫南京，日寇飞机天天来炸，当时监狱旁边也落了炸弹。我们在牢中知道形势严重了，但不知具体情况。这一年9月18日，我突然被看守叫名出去。我不知是怎么一回事，自以为是送去处决。因为判无期徒刑的人，被叫名出去的总是有问题，不是被打，便是被枪毙。我随着看守到了办公室，见到有个戴青天白日帽章的军官走过来，和我握手，称我为同志，我拒绝与他握手。后来听他说是周恩来同志派来的。起初我不相信，他说明了现在国共两党重新合作，红军改为八路军，已在南京设了办事处，是周恩来同志派他来保释我的。就在这一天，我被保释放了。比我早几天出狱的还有王鹤寿、肖桂昌等同志。在八路军办事处，我们见到面很高兴地谈了各人的情况，我才知是先出狱的同志把我的病情向领导报告了，周恩来同志便先提出将我保出治病。”

党的怀抱，领导接见

“出狱后，我在南京只住两晚，八路军办事处便介绍我去西安办事处，又转延安。我到党中央组织部报到，在这里受到陈云、李富春两位部长的接见。经过中央详细审查，认为我被捕后无任何政治问题，给我恢复了党籍。此时正值陕北公学开办，中央组织部安排我到陕北公学任秘书长。1938 年党的六届六中全会在延安举行，会议期间中央调我到组织部在延安城隍庙办的高干学习班（陈云部长做班主任），之后在王德同志为班主任的中央高干训练班一起学习了几个月。六届六中全会后，中央派我回南方工作，在广东地区再度开展救亡运动，投入抗日斗争。”

1937—1938 年，延安陕北公学领导班子成员。后排左起是宋侃夫、江隆基、成仿吾、周纯全，前排左三是饶卫华

▶ 亲切回顾，革命情怀

在革命年代，父亲曾数度遇见周恩来，并曾在周恩来领导下工作。父亲与周恩来同志领导下的工作关系以及父亲怎样到延安的经历，父亲另有文稿记载。以下是该文相关节段。

“1924年，我在国立广东大学（中山大学前身）读书期间，参加了党领导的广东新学生会。这年10月参加了广东各界人民要求解散广州买办商团群众示威大会，声讨英帝国主义公开运送枪支武装反动商团以图推翻广东革命政府的行径。会上，第一次见到时任黄埔军校政治部主任的周恩来同志。那天，周恩来以民族解放协会代表的名义在大会上作了反帝的讲话，很受鼓舞。”“1925年我参加了共青团，1926年1月参加中国共产党，并担任了广东大学团支部书记和党支部书记。当年3月组织调派我到中共广东区委组织部任秘书。周恩来同志时任中共广东区党委常委兼军委书记和国民革命第一军党代表。因工作关系经常遇见和接触到来区党委工作的周恩来同志。在参加区党委干部大会上，聆听到周恩来分别作出的关于学生运动、职工运动、党的军事工作的报告；在区党委组织的几期干部训练班上，多次听过周恩来同志讲的课，深受教益。”“五卅运动前广东出现了日益高涨的爱国反帝斗争形势，针对广东新学生会开展工作存在关门主义保守思想，发现运动中脱离群众的倾向不适应斗争需要的情况，周恩来同志几次专门对我们共青团的同志作报告，指导我们要团结大多数同学，带领全体同学参加到爱国反帝反封建的斗争行列中去。”“我们自按照周恩来同志指示工作后，广东的学生运动很快就出现了新的良好局面。”第一次国共合作期间，父亲担任了省港罢工委员会党团书记邓中夏的秘书，在参加全国第二次劳动大会筹备会的秘书工作和在中华全国总工会工作期间，“周恩来同志针对广东职工运动中的问题，也向我们罢工委员会干部作过几次报告，指导罢工委员会将罢工工人按产业组织起来，摆脱黄色工会的消极影响，使工人团结在省港罢工委员会统一领导之下。”

“我在苏联东方大学学习期间，1928年在苏联召开党的六大，我被调到大会秘书处工作，会议期间再次见到来参会的周恩来同志，有机会听到周恩来同志的发言，明确了革命方向和斗争的策略。”

“1937年9月，周恩来同志担任我党代表到南京和国民党谈判合作抗战，在南京成立八路军办事处。他获悉我被判无期徒刑并在狱中患重病的消息后，即派办事处一同志到监狱，指名将我担保出狱。当时正值日军轰炸南京，周恩来在我出狱当天，特地嘱咐我不要在南京停留，即安排我乘坐列车从陇海铁路转到西安，并要我在西安八路军办事处，先留下在那里的医务所治好病，然后到延安找党中央联系。周恩来同志无微不至的关怀、对同志的友爱，即使在百忙中也是一样，处理得非常细致周到。把党的温暖灌注到每位同志身上，他代表组织对我的关怀，使我终生感激，永不忘记!”

“在延安，党中央分配我到陕北公学担任秘书长。1938 年 3 月间，周恩来同志从华北敌后回来，在延安城内抗大的操场上给干部作形势报告。那天的报告，从上午 8 时到傍晚才散会，中间只作小休。会场是露天的，无遮盖，也无扩音器，就凭着他洪亮的声音一口气作了 8—9 小时的报告。嗓子干了喝点水，小休时吃点干粮。我们坐在雪地上，他始终站着讲，全不知疲劳。会间他还不断地要大家‘如果谁坐累了，就起身在会场旁边走动一下’。大家一再写条子要求他休息，他还是坚持讲下来，争取把报告讲完。那天他的报告是讲抗战的大好形势，讲我八路军入华北敌后和新四军在江南敌后打击敌人，建立敌后根据地；讲如何发挥毛主席的持久战理论大打人民战争，在敌后困难的条件下，我军依靠群众团结各界人民，战胜一切困难；在敌人的炮楼下，在交通干线两侧，在敌人据点周围，如何有力地打击敌人、疲劳敌人，争取分化和瓦解敌人，粉碎日本皇军不可战胜的神话。只要有我们人民的地方，在毛主席、党中央正确的抗日统一战线政策下，到处都可以建立抗日根据地。没有枪可以争取有枪，没有政权可以建立政权。我们部队相对数量虽小，但可以很快得到扩充壮大。正如毛主席所形容的‘散豆成兵’一样。他有力地揭露了国民党反动派畏敌如虎、遇敌即逃，丢失大片锦绣河山，置广大同胞生命财产于不顾，无异于被用以资敌，使同胞遭受敌人蹂躏之罪恶行径。恩来同志还详细具体讲解我党各项政策，如何团结一切能团结的力量，调动一切积极因素，尽量化解消极因素为积极因素，就一定能战胜暂时强大的敌人。报告中，分析了敌人占领我国大片国土之后，我党我军团结人民坚持抗战的斗争下必然会遇到的困难，指出这些困难敌人是无法克服的，而且这些困难会日益增大。这天报告虽长，讲的人不知疲倦，在场听的几千人也忘却了疲劳。恩来的讲话，使同志们得到莫大的鼓舞，增强了大家战胜一切困难的勇气和决心。同志们会后纷纷请求早日到敌后去、到前线去，参加打击日本侵略军的战斗。恩来的报告，给延安军民和大后方军民无限的鼓舞。增强了他们抗战胜利的信念，使更多的人凝聚在共产党周围，跟着中国共产党走，并由此投身到为争取民族解放、国家独立而奋斗的革命队伍上来。”

▶ 战友抒怀，情牵陕北

以下是关于父亲在延安，老战友老同志的相关回忆摘要。

李源（中国延安陕北公学华北联合大学校友会原秘书长）的回忆①：

西安事变和平解决，共产党威望空前提高。国民党蒋介石集团在内外压力下，不得不从内战转到抗战，后来形成国共第二次合作，全民抗战的局面，中国革命进入一个新的伟大抗日战争的时期。全国各地和海外华侨华人中许多先进知识青年和爱国人士，都把希望寄托在延安，延安成为共产党和红军“总后方”，成为“红色首都”。各地先进人群像潮水一样涌向陕北延安，不避风险，不辞劳苦，突破一切阻拦，为了探寻抗日救国的道路，为抗日救国效力。

党中央高瞻远瞩，除继续扩大中国人民抗日军事政治大学之外，抓紧创办一所普通高等学府，培养各方面抗战建国人才。1937 年 7 月底，党中央委托林伯渠、吴玉章、董必武、徐特立、张云逸、成仿吾等同志负责筹备工作。同年 8 月，党中央委派中共中央组织部副部长李富春直接领导此项工作，并任命成仿吾为校长、党组书记。正如成仿吾在《战

---

① 李再延：《延安陕北公学的历史功绩》，2011 年 12 月 29 日。陕北公学学员，中国延安陕北公学华北联合大学校友会原秘书长李源接受中国人民大学校友工作办公室副主任宋莉芳、校史馆高增等同志采访的报道。

火中的大学》说的："陕北公学的校名，反映了我们党抵制蒋介石限制政策，独立自主地发展抗战教育的决心。"陕北公学主要工作分三个时期，从 1937 年 8 月陕北公学成立到 1938 年 6 月陕北公学分校成立为第一时期。1937 年 8 月，陕北公学领导班子建立：校长、党组书记成仿吾，教务长邵式平，生活指导委员会主任周纯全、副主任邓洁，校务部部长袁福清，秘书长饶志雄（即饶卫华），总支书记宋琏（女），后由季凯（季诚龙）接任。邵、周、袁为党组成员。

陈坚（即陈传禄，上海市第二轻工业局原副局长、党组成员）回忆①：

为参加祖国抗战，我离开南洋，于 1937 年底乘坐十八集团军西安办事处军车到达延安。凭蔚然老师介绍信，到延安找到陕北公学秘书长饶志雄（即饶卫华）同志。饶志雄经过了解我的情况，为我办理了入学手续。不久，我担任了班长。1938 年 3 月 8 日我加入中国共产党，6 月转正。转入中共中央组织部第一期党员训练班学习，任组长。后任中共中央警卫教导队党支部书记。次年到中央党校学习。1940 年进入延安财政经济研究所，年末派到十八集团军重庆办事处工作。上海解放参加接管工作，主编 200 万字的《上海私营工商业概况》，指导全国工商业改造工作。

邓刚忠（即邓毓群，内蒙古自治区赤峰市体育局离休干部）1984 年给饶卫华的信写道：1938 年 4 月，我从广东大埔家乡出发奔赴延安，在广州逗留期间于文德路大埔公会住约一个多月。饶善初（指饶卫华的父亲）对我陕北之行给我极大帮助，获悉我拟奔赴延安，让我免费在公会寄宿……他在公会常拿出你（指饶卫华）写给他的信让我看，在我思想上倾向革命寻求党的道路上，饶善初做了大埔在穗青年学生的指路人。他后来引领我去见在广州的中共地下党同志，帮我在东山廖公馆取得了去西安七贤庙十八集团军的手续……

---

①《万宁党史人物传略》，陈坚词条和中央民族大学 2002 年出版的《万宁文史资料（第六辑）。万宁华侨华人史料（上）》，蔡德佳主编，陈家明的署名文章《历尽艰辛写春秋，纵横驰骋铸辉煌——记陈坚同志的革命生涯》。

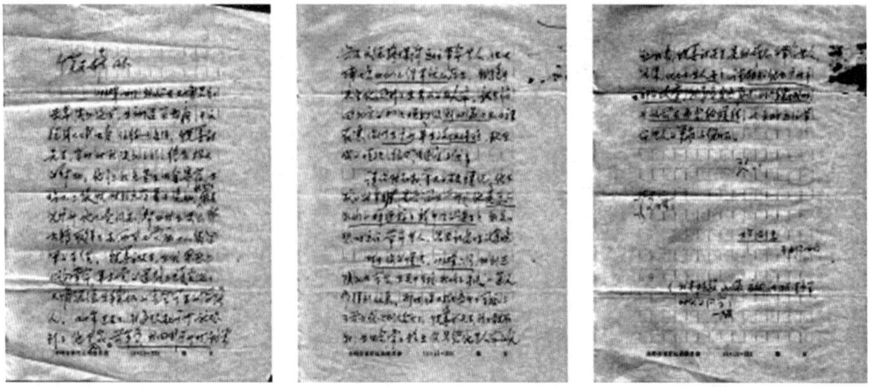

邓刚忠（邓毓群）1984 年 5 月 4 日给饶志雄（饶卫华）的信，回忆 1938 年奔赴延安时饶善初（饶卫华的父亲）引领他找到中国共产党在广州的地下党开具到延安八路军报到的介绍信，并用其儿子饶卫华从延安寄来的家书鼓励他投奔延安参加革命的经过

1938 年 6 月，我到达延安陕北公学关中分校。2000 年著有《故乡情——未写完的答卷》诗集，内容提到其奔赴延安历程在广州文德路大埔公会的那段经历，深情写到了“饶善初会长是个爱护青年的革命家长”。今年，中共中央国务院中央军委给邓刚忠同志颁发了中国人民抗日战争胜利 70 周年纪念章。

邓刚忠 2000 年的作品，记载了他从家乡到广州大埔公会，然后投奔延安参加抗战和如何走上革命道路的历程，并抒发了他豪迈的情怀

▶ 田嘉谷《抗战教育在陕北》

抗日战争让中国形成了一个以反抗外敌侵略为使命的民族命运共同体，在抗日的旗帜下，使原来素不相识的人们由此连接起来，面对亡种灭族引发的爱国救国运动，使有这个共同意愿的人们走到一起，走向有让民族新生希望的延安，延安成了抗日救国爱国者的集结地，古老民族的生命力在这里焕发出新机。延安当年处于农耕时代，生产力水平偏低，但社会化组织程度并不亚于已进入工业时代的其他地区。这对来自民不聊生的国统区有救国抱负的人来说，延安充满魅力。不少人长途跋涉躲过当局封锁来到延安，并从此走上革命的道路，为推翻三座大山加入中国共产党领导的革命队伍，如父亲战友陈坚和邓刚忠等。他们从南洋谋生地和粤东山区家乡，不远千里去到延安，又从这里出发走向全中国，到抗日前线参加反侵略战争，走向大后方组织民众开展抗日活动，中华人民共和国成立后又投身到新的建设中去。

对延安陕北公学的情况，田嘉谷于 1938 年春编著的《抗战教育在陕北》有所介绍。这是抗战国共合作期间在国统区发行，正面宣传延安陕北边区社情及边区教育事业发展新风貌的一本专著，内容分为陕北边区的新变化，新的教育制度，陕公、抗大和党校，一个抗战的学校，陕北

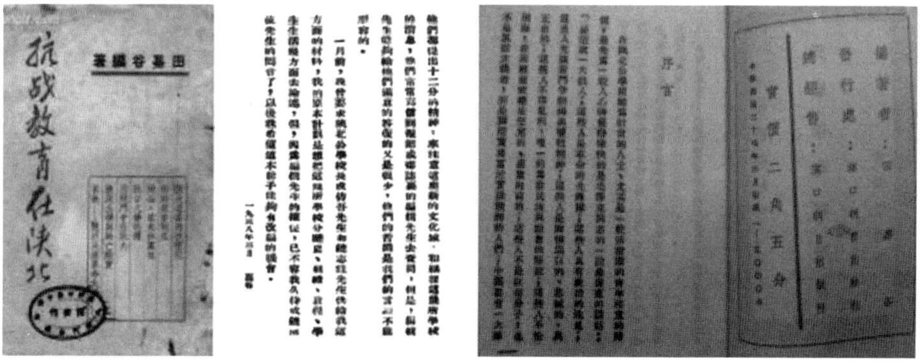

田嘉谷编著的《抗战教育在陕北》

公学与救亡教育，陕北——革命的耶路撒冷，抗大的巡礼，延安的吸引力等部分。作者田嘉谷在序言披露，为了宣传抗日救亡，事前曾于1938年2月到延安造访陕北公学，联系校长成仿吾先生和饶志雄（即饶卫华）先生收集编撰该书需要的相关素材。[①]

▶ 南下救亡，再蹈烽火

林彪率队出延安，长沙徐特立分配工作

“1938年冬（六届六中全会后），中央从延安派出60多位同志到华南各省发展工作，我是其中之一。离开延安时，我们穿上十八集团军的军官服、戴上领章，坐几部大军车，浩浩荡荡地开到西安。到西安咸阳桥时，被胡宗南的检查站扣留了半天。同车的有谢觉哉同志，与检查站人员大闹，才放我们到八路军办事处。但胡宗南仍不许我们离开西安，后来由林彪（他当时是八路军第一一五师师长，是带我们一同到西安的）出面与他们交涉，胡宗南只口头准许说可以经陇海路转到湖南。但实际却一天天拖延，不让我们走。我们认为等待不是办法，便改变主意，突然坐卡车越过秦岭，经紫荆关到老河口而到达襄阳。这一带的驻军都是杨虎城的第十七路军，他们见我们是十八集团军，对我们很客气，没有任何留难。我们到沙市时（当时武汉刚沦陷不久），正是新年，便在沙市过了新年；然后便渡长江到常德，转到长沙。恰是‘长沙大火’后，原来八路军办事处的房子也被烧为焦土，我们一时无法找到党组织，我们的车队便停在公路上想办法。后来我见到一位邮差，便试问八路军办事处地址，碰巧这位邮差是我党党员，知道我们是延安出来的同志，即带我们找到了徐特立同志（长沙八路军办事处主任）的临时住处。我们由他分别分配到各省去工作。有30多人被派到广东，其中有些是抗大出来的，有些是参加过长征的干部。”

---

① 田嘉谷编著：《抗战教育在陕北》，1938年3月汉口明日出版社发行。

叶剑英的指示：建党是首要，并搞好统线

“我们以后又继续南下，到衡阳时，见到了叶剑英同志，他是长江局的负责人，向我们介绍了广东的情况并指示说：广东各地党组织刚刚恢复，你们到广东的首要任务是建党。在广东的抗日前线、在沦陷区要组织游击队打击敌人。但要注意，在国民党后方，则不是搞武装斗争，要搞好统一战线，争取抗日爱国人士共同抗战等等。当时他特别提到韶关的国民党专员莫雄，便是我们团结的对象，是我们的朋友。

1939 年初，我们到了韶关，30 多位同志中有王均予、梁鸿均、涂振农（1943 年叛变）、谢阳光和赵学夫妇、郭大同和李殷丹同志等，中共广东省委书记张文彬同志也与我们一起回来。

这时广东省委设在南雄，书记是张文彬，组织部部长是李大林，宣传部部长是和我一起回来的涂振农。委员有区梦觉、古大存等。博古同志的爱人张月霞同志，亦在省委组织部工作。”

参与组建东江特委，贯彻党中央方针政策

“广州沦陷前，尹林平、饶彰风到东江，他俩先进行筹备建立东江特委。东江特委成立后，尹林平同志为书记，饶彰风同志任宣传部部长，我任组织部部长。1939 年 2 月间，我们在古竹开了东江特委正式成立大会。

紫金县委书记是黎孟持同志，他的父亲黎雨楼老先生是地方上有名望的人，他同情和多方掩护我们开展抗日救亡和建党的革命工作。我们首先在这里和附近的观音阁、蓝塘地区展开工作，并在古竹办了党员训练班，训练各县的党员干部。当时蓝塘圩小学有我们的同志潘祖岳（中华人民共和国成立后任广东人民广播电台副台长）做校长，发展了一批学生入党。在古竹附近的农村，我们用办妇女夜校和群众识字班的形式，在农村开展群众工作，在农民中发展党的组织。

1939—1940 年间，我在东江特委工作，对建党工作是利用‘华侨回

乡服务团’和‘抗日先锋队’的合法地位，把革命种子散在各县，一方面宣传抗日，一方面发展党的组织，同时搞好统战工作，争取团结地方的进步、抗战力量和开明士绅，开展抗日活动。抗先队初到博罗、河源、龙川时，国民党的县长都出来欢迎。到 1940 年国民党掀起反共高潮时，龙川、河源两县的县长都暗中向我们表示：‘上级要这样做，我们没办法，你们走吧！以后我们做朋友。’博罗的国民党县党部书记长陈洁、海丰的陈其尤、紫金的黎雨楼和惠阳的张友仁等在我党的抗日民族统一政策号召影响下，激发了他们的爱国热情，多方掩护我党的活动。这些爱国民主人士，我们都很尊重他，而他们对我们党的支持，给我们党的工作的开展起了很大作用。我们那时是把党的秘密工作与公开活动很好结合，利用一切公开合法的活动，掩护党的秘密工作。在国民党统治的后方，开展我们党的工作，一点一滴地积蓄革命力量，为争取广东全省抗战胜利和以后解放胜利做了准备。当年从特委到支部党员生活，都是充分发扬艰苦奋斗作风，我们大多数同志每月只发 3 元毫洋以维持生活。很多家庭较富裕的同志，放弃了安适生活，还千方百计从家里拿出钱来维持党的工作，全不计较个人得失，把个人的一切贡献给党的事业。”

（文章由饶卫华儿子饶潮生整理提供，本书编辑时文字、照片有所改动）

袁德良

袁德良，1916年9月出生，山西汾阳人。1937年10月加入中国共产党。1936年底参加山西牺牲救国同盟会（牺盟会），1937年任张家庄抗日自卫队队长。1938年1月成为炮兵团成立后的第一批排长之一，3月到延安中国人民抗日军事政治大学学习。1941年7月延安开始了“自己动手，丰衣足食”的大生产运动，其就在军队的后勤战线上为部队做后勤保障工作。中华人民共和国成立后，任中南（广州）军区后勤部军需部处长、副部长、部长，广州军区后勤部副部长，广州军区司令部副参谋长、直属党委书记，广州军区司令部顾问。1955年被授予上校军衔，荣获二级独立自由勋章、二级解放勋章；1960年晋升大校军衔；1988年被授予中国人民解放军独立荣誉勋章。曾任中南军政委员会轻工业部财务处处长，中共广东省委委员、省委常委，广东省革命委员会副主任兼生产组组长。担任过广交会副主任。1990年4月离休。2017年8月2日在广州逝世。

我家传承的是延安军人的军风、军纪

袁伟生

父亲袁德良和母亲周槐青于1939年11月在延安结婚。1942—1952年间，我们6个兄弟姐妹相继出生。我和大哥生在延安，其余弟妹生在哈尔滨和武汉，父母作为延安军人的作风感染了我们，并一直传承至今。

1939 年 11 月，父亲母亲在延安时的结婚照

父母重回延安，在窑洞前合影

6 个兄弟姐妹都参了军，我们是名副其实的军人家庭

父亲在 1936 年底参加了山西牺牲救国同盟会（简称“牺盟会”），母亲在 1937 年也参加了牺盟会。父母亲在革命队伍中相识相爱，并共同赴延安学习、工作达 6 年之久。他们参加了延安整风，参加了延安的大生产运动。延安实事求是、艰苦奋斗的精神与作风，影响了他们一辈子。

几十年来，他们参加过抗日战争、解放战争、援越抗美、自卫反击战等战斗和战役。在革命军人的家庭里，我们兄弟姐妹接受了革命光荣传统的教育，并且先后都参军，成为光荣的中国人民解放军一员。我们家庭是名副其实的革命军人家庭。在父母的革命传统教育下，兄弟姐妹继承了父母清廉、不谋私利的好作风。

1995 年 2 月 20 日，母亲不幸病逝，15 年过去了，母亲一身正气、两袖清风的高贵品德一直留在儿女的心中，指导着我们做人做事的方向。父亲今年已 95 岁高龄，仍保持旺盛的革命热情，离休后参加了老干部大学学习书法，并取得了可喜的成绩。

如今，我们的大家庭已是四世同堂，享受着天伦之乐。感谢党的改革开放政策，让我们的生活越来越好。

（原载《广州日报》，2010 年 9 月 6 日；文章由袁德良儿子袁伟生提供，本书编辑时文字、照片有所改动，新加标题）

顾醒智

顾醒智，出生于1913年农历五月十一日，江苏常州武进人。1948年加入中国共产党。1938年经西安八路军办事处到达延安，在保育院工作，曾在绥德土产公司、石岔盐业公司、米脂贸易公司工作，1946年在大连旅大地委，1947年在吉林通化矿务局，1948年在辑安航务办事处。1949年在营口航政局，1950年在广州港务局。1983年在广州海运集团离休。2003年8月23日逝世。

传奇到延安　起名寓意深

肖延清　肖延忠　肖秦德

我们的母亲顾醒智，传奇式地到延安，起的名字也寓意深长。她于1913年出生在江苏常州武进的一个贫困家庭。

我们的母亲在孩童时就要替人放羊，大些就要干农活，还要到上海的纺织厂做苦工。1937年，她到了同乡的沈毅和王蕴华夫妇家里帮忙带小孩。正是这次的结缘，她的命运发生了意想不到的改变。那是因为沈毅早年留学法国，在重庆和周恩来相识，激发了他参加抗日的爱国情怀，在周恩来的鼓励和安排下，决定全家秘密奔赴延安。对于这些情况母亲并不知道，只因为在他们家，母亲感受到他们的平易近人和善良，待母亲很关心照顾。所以在1938年他们决定远行时，母亲非常尊重和信任他们，毅然决定背井离乡跟随远行。沈毅携带自己的母亲、妻儿、侄女连同我们的母亲一共9人，从上海出发，经过长沙，几经曲折辗转才秘密抵达西安八路军办事处，由组织安排到达了革命圣地——延安。这时候母亲才明白，他们夫妇在全国抗日的关键时刻，做出举家跟随共产党，投奔革命根据地的重大决定。母亲的命运就这样发生了传奇式的改变，她光荣地参加了八路军，走上了为中国革命胜利奋斗终生的道路。

肖延清（左一）、肖延忠与丈夫吴章元（右二、一）和沈毅夫妇（左二、三）合影

约 1942 年冬，父亲肖华湘怀中是肖延清（姐），站立者是母亲顾醒智，坐在狮子上的是肖延忠（妹）

在延安，沈毅的学识发挥了积极的作用，作出了重要贡献，而王蕴华和我们的母亲则分配在保育院工作。母亲在农村时，大家喊她“阿秀”，没有正式名字，到了延安后，要填表、登记，母亲大字不识一个。这时，沈毅同志特意为母亲起名为“醒智”，寓意是为了中华民族的解放，为了抗日战争的胜利，要觉悟、觉醒、有智有勇。在革命队伍中，母亲经受了革命的教育和锻炼，提高了政治觉悟，从一个没有文化、没有知识的普通农村妇女，光荣地加入中国共产党，脱胎换骨成为一名忠诚的革命战士。在延安，母亲和经历了二万五千里长征的红军肖华湘结婚，沈毅和王蕴华夫妻特意送了从上海带去的苏绣龙凤被面贺喜。在延安，母亲生育了我们姐弟三人。“顾醒智”这意义深远的名字，伴随着我们的母亲光荣的一生。

（文章、照片由肖华湘与顾醒智的子女肖延清、肖延忠、肖秦德提供）

符　克

符克，1915年出生，海南文昌人。1938年加入中国共产党。1938年春赴延安陕北公学学习，同年中共中央为进一步动员和组织广大海外华侨参加抗日救亡运动，抽调人员组成海外工作团，到东南亚各国开展华侨工作。符克被选入海外工作团，受党的派遣，前往越南发动华侨支援祖国抗战。1939年2月，日军侵占琼崖的消息传到越南。在符克的建议下，琼侨救国总会于3月组织越南琼侨回乡服务团，委托符克任团长。不久，在中共琼崖特委的支持下，以“救国救乡”为目标的“琼崖华侨回乡服务总团”于1940年6月19日宣布成立，符克任团长，1940年8月被国民党内的汉奸特务杀害，年仅25岁。

海外工作团的特殊使命

——记琼侨抗战英烈符克

李华影

符克的家族是华侨世家。1936年，符克入读上海国立暨南大学教育学院华侨师资班。1937年5月，暨南大学教育学院院长陈科美带领暨大考察团到各地进行社会考察。离开上海前，符克专门准备了一个用来征集名人题词的笔记本，作为他进行社会考察的纪念册。符克随暨南大学考察团到达南京时，时任国民政府行政院院长孙科在符克的纪念册上题写了“力行主义”的赠言，勉励他努力实现三民主义。山东省国民政府秘书长、教育厅厅长何思源先生则为符克题写了“团结救国”。当考察结束时，符克的纪念册上收录了许多著名人士的亲笔题词。

1936 年，符克的国立暨南大学入校学员证

1937 年 8 月 13 日，日军进攻上海，暨南大学在上海租界的真如校舍遭到日军飞机轰炸。随考察团在外地的符克躲过了日军的轰炸。这年深秋，符克从暨南大学毕业，他的父亲从越南赶到上海劝说他返回越南远离战乱。符克深情地对父亲说：“国难当头不去救国，怎能对得起祖国。”此时，符克的心早已飞向延安。1937 年冬末，符克和暨南大学的部分同学历经千难万险，跋山涉水来到延安。他们被安排进入陕北公学接受军事训练和学习革命理论。这个时期，一批又一批像符克这样的华侨热血青年从各地汇聚在宝塔山下，投身于抗日救亡工作。至 1938 年底，陕北公学的 2000 多名学员中，仅华侨青年就有 200 多人，占陕北公学当时学员总数的 10%。符克在陕北公学学习期间加入了中国共产党。

中国抗日战争全面爆发后，旅居海外的 800 万华侨虽然身在异国却心系祖国，他们不惜以鲜血和生命支援祖国抗战。1938 年 3 月，毛泽东、周恩来在延安会见马来亚华侨各界抗战后援会代表团时，高度赞扬了广大华侨的抗日爱国运动，并题词号令“全体华侨同志应该好好团结起来，支援祖国，克服日寇”。毛主席还表示共产党愿意与全部华侨建立抗日民族统一战线。

当年在延安中国人民抗日军事政治大学和陕北公学学习的华侨青年有 300 多人。1938 年 7 月初，中共中央从延安中国人民抗日军事政治大学、鲁迅艺术学院、陕北公学这三所学校中挑选了 20 多名华侨共产党员和青年学生，组成海外工作团，赴东南亚一带宣传党的抗日主张和中国人民的抗日事迹，并由八路军总司令朱德兼任主任。

1938 年，符克（三排右一）和延安陕北公学同学合影

蔡克明、蔡白云、符克、詹镛（中国人民抗日军事政治大学学员）、钟萍（陕北公学学员，新加坡华侨）等 21 名华侨青年被选入海外工作团，蔡克明任团长，蔡白云任副团长。一天，符克和 9 位在陕北公学一起学习的华侨青年来到一所窑洞接受任务。

这个窑洞是陈云部长的办公室。陈云与 10 位华侨青年见面时，代表党中央派遣他们参加海外工作团并返回侨居国开展地下工作。会面结束时，陈云在符克的纪念册上题写了“艰苦奋斗”四个大字，勉励他返回南洋后，克服一切困难和阻力，完成党中央交付给他的特殊任务：动员华侨支持祖国抗战。

新成立的海外工作团在西安八路军办事处周密安排下，由团长蔡克明和副团长蔡白云率领符克、詹镛、钟萍等 21 名海外工作团成员从延安启程，辗转南下赶赴武汉八路军办事处。到达武汉的第二天，周恩来接见了海外工作团，亲自为他们部署了发动海外华侨参加抗日救亡的行动方案。离开武汉之前，武汉八路军办事处主任董必武在符克的纪念册上题写“还我河山”四个字作为离别赠言。

抗日战争全面爆发后，旅居越南的华侨对日寇侵略祖国，群情激愤却不知如何报效祖国。1938 年 8 月，符克和詹镛从延安辗转回到越南西贡，他俩开始了党托付的特殊使命。符克的堂兄全力以赴地支持他开展抗日救亡活动，将家族酒店作为越南地下党组织的秘密联络处。符克、詹镛与越南《全民报》总编辑吴敬业在位于西贡堤岸的暨南中学开办了“五四阅报社”。每到夜晚，许多华侨青年和进步学生就会聚集到阅报社了解国内的消息。符克和詹镛经常向青年们宣讲《论持久战》《论新阶段》《抗日民族统一战线》等文章，发动华侨抗日救国。符克还通过越南华侨救国总会发动华侨捐款救国。许多爱国华侨通过街头义演和卖花来募集资金。男人上街卖花成为西贡许多街区的特殊景色。侨胞们有钱出钱，有力出力，不分阶层，团结一心投身于救国救亡活动。

中共中央南方局、八路军驻香港办事处廖承志主任直接领导和支持符克在越南的工作，在将詹镛调往泰国执行任务后，应符克的请求将蔡白云和钟萍派往越南协助符克继续开展工作。

1939 年 2 月 10 日，日军侵占海南岛。家乡沦陷的消息传到西贡，令符克的心感到万般悲愤。此时，宋庆龄创建的“保卫中国同盟”在香港倡导海外华侨总会和琼崖华侨联合总会成立“琼侨回乡服务团”，号召海外琼籍华侨青年报名参加服务团回乡抗日。符克在越南率先发起组织回乡服务团，他面试录取了一批琼籍华侨，并亲自担任教员对参加回乡服务团的青年进行战地救护等技能培训。

1939 年初秋，西贡码头阳光灿烂。“火箭号”轮船停靠在码头。这天是符克与亲人离别的日子，他的父亲、兄弟和妻女都到码头为他送行。妻子抱着女儿把他送到甲板上，符克一边深情地吻别女儿，一边把一张字条递到妻子手中，郑重地叮咛道：“万一我回不来，你到这个地址去，听从组织安排。”

符克率领的越南回乡团冲过日军炮艇封锁的琼州海峡，奔赴海南岛抗日战场，与符思之率领的香港回乡团和陈琴率领的星洲回乡团在文昌县南部胜利会师。三个华侨回乡团共有 245 人成功穿越日军海陆封锁线回到故乡海南岛，有7名华侨青年在穿越封锁线时不幸遇难牺牲。此后，三个回乡服务团以抗日救国为原则，慰问前方抗战将士，组织战地救护及培训，开展民运救济难民，以及向海南岛上的国共抗日武装派发海外华侨捐献的援战物资。

香港团团长符思之、星洲团团长陈琴以及越南团团长符克都是中国共产党党员。1939年冬，三个华侨服务团的团长都想到将三个团联合成立为一个总团。他们将成立总团的想法向中共琼崖特委汇报，获得了特委领导的支持和同意。特委领导林李明提议由符克担任总团长，由符思之担任总团特支书记，陈琴和梁文墀担任副总团长。成立总团的想法得到中共琼崖特委支持后，符克乘木船冒险穿越琼州海峡到香港向琼崖华侨联合总会办理报批手续。1939年岁末，符克安全抵达香港，他向琼崖华侨联合总会递交了成立总团的提议。香港总会经过开会研究，同意将三个团合并成立总团，并正式任命符克为总团团长，任命陈琴、梁文墀为副总团长。总会还决定设立琼崖华侨联合总会救济部驻琼崖办事处，委任符克为办事处主任。

1940年春，符克携带总会批准成立总团的公文从香港乘船到湛江。琼崖华侨联合总会在湛江的西营办事处有一批南洋华侨捐献的医疗器材、被服、布匹、药品等物资急需运到海南岛，符克与梁文墀承担起运送这批物资的重任。在地下交通站的安排下，符克、梁文墀一行6人用八九辆牛车将这批物资运到徐闻县乌石港，再将货物装载到一条船上，然后乘着夜色穿越日军封锁线回到海南岛。

1940年6月19日，符克在琼山县树德乡文林湖村召开全体回乡服务团成员大会，传达琼崖华侨联合总会的决定，正式宣布成立“琼崖华侨回乡服务总团”。总团成立后，华侨青年抗日救亡活动的热情日益高涨，他们的足迹遍布文昌、琼山、定安、乐会、万宁等侨乡。琼崖华侨回乡服务总团成立后，符克以总团长暨琼崖华侨联合总会救济部驻琼崖办事处主任的双重身份，致力于斡旋琼崖国民党与共产党团结一致共同抗战。

这年8月，符克将华侨捐赠的物资送到琼崖游击队总队驻地后，准备只身一人到国民党保安团驻地慰问。此行需经高山密林，路途险峻。临行前，琼崖抗日独立总队总队长冯白驹为符克的安全感到担忧，决定派地下党员韦义光跟随符克一道同行。告别时，符克对冯白驹说："我个人生死是小事，国共团结抗战是大事。"这天，符克和韦义光穿山越岭，于黄昏时分到达了隐藏在深山密林中的琼崖国民党守备司令部驻地。符克向王毅司令递交了香港华侨总会的公文并汇报华侨总会救济难民和支援琼崖抗日救国的方案。慰问结束后，符克与韦义光两人连夜下山返回服务团驻地。那天晚上，天色特别黑，月亮也躲到了云层后面。他们两人步履匆匆，一夜疾行。黎明前夕，他们来到一座山岭边，眼看就要走出黑暗的树林，突然，一颗罪恶的子弹穿透了符克的胸膛。又一声枪响，韦义光也倒在了血泊中。隐藏在国民党中的汉奸特务暗杀了华侨抗日英雄符克，制造了震惊海内外的"符韦血案"。

符克牺牲时年近 26 岁，他在一封已经写好但还未寄出的家书中写道："爸和哥，别挂心！鬼子赶出国土以后，我们一定能够得以共叙天伦之乐！……假使遇有不幸，也算是我所负的历史使命完结了……我之所以参加救国工作，不惜牺牲自己生命为的是尽自己之天职，尽其能力贡献于民族解放之事业而已。"

华侨英烈符克用生命完成了党交给他的特殊使命。

（文章由符克外孙女李华影提供，本书编辑时文字、照片有所改动）

梁金生

梁金生，1906年出生于越南东川省南圻。1924年春经同学刘亚任介绍加入中国共产主义青年团，1927年3月经曾宪尧、谭锡泉介绍直接转入中国共产党。1936年至1938年7月在深圳创办民族中学，创建中国共产党领导的抗日自卫队，任南头中学校长；在广东宝安、广州、香港从事革命工作（建立中国共产党的秘密交通线）。1938年7月受党组织安排去延安。1938—1939年后，在中央职委会筹办职工学校。1939年3月至1945年8月在陕甘宁边区任边区参议员、文协执行委员、中医研究会常委、医药研究会委员、东方各民族抗日联盟执委、侨联执委。在延安先后任光华制药厂厂长、卫生材料厂厂长、光华制药总厂厂长，陕甘宁边区保育院小学校校长（延安保小）。1945年5月在延安党校学习。1946年在越南遭国民党特务用毒药暗杀而壮烈牺牲，年仅40岁。

中医中药在延安

梁汉平

从清朝政府被推翻以来，中国医药事业面临的核心问题就是如何对待中医，如何认识中医。但这个问题至今没有得到彻底的解决。我们中华民族医药事业的发展，当然要在继承和弘扬中医传统优秀文化的基础上实现；学习西医文化，中西医文化融合，就是这个基础上的现代医药文化，其短暂而耀眼，虽为昙花一现，却取得了辉煌的成果。但这一历史光辉，却埋没在故纸堆里，这就是1939年9月至1942年2月，在中国共产党领导下的陕甘宁边区所取得的成功。在如此短暂的时间内，在极其落后的边区，中医药事业能取得如此突飞猛进的发展，这是我们当今应该借鉴的。为此，我将查阅共产党当时在重庆出版的《新华时报》和在延安出版的《解放时报》刊载的有关中医药的内容摘要如下，并加以必要说明，供关心中国医药事业发展的朋友们参考。

问题的提出和中药厂的创办和发展过程

我父亲——梁金生是边区中医研究会常委，光华制药厂厂长。创办中药厂是我父亲梁金生提出来的。中共中央组织部存档的梁金生自传里记载了此情节，“1939年2月底，我由中组部调到职工委员会工作，筹备成立职工学校，我为了解决该校困难，拟出了职校中药合作社的计划，张浩同志很赞成，他把这计划交给中央财经部审查，后因组织决定要把这计划交由中央财经部自己办理，所以中组部又把我调到中财部工作。由此，我一直在药厂工作到1942年。”

从1939年9月光华制药厂建成到1942年2月停办的短短两年半的时间里，光华制药厂的机构多次调整、壮大。这 过程，中国共产党的报纸都有细致的报道。

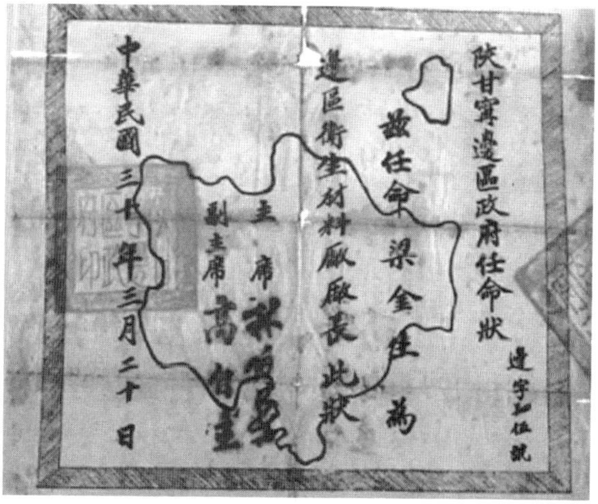

梁金生被陕甘宁边区政府任命为边区卫生材料厂厂长的任命状

1941年3月20日，梁金生又被任命为边区卫生材料厂厂长，有委任状为凭。这时梁金生担任了光华制药厂和卫生材料厂两个厂的厂长。

1941 年 5 月 1 日，卫生材料厂与光华制药厂合并，光华制药厂升格为光华制药总厂，梁金生任总厂厂长，令狐野、劳冬任副厂长，原卫生材料厂为光华制药分厂（见 1941 年 5 月 21 日和 1941 年 9 月 19 日《解放日报》）。

八路军卫生材料厂以生产西医药用品为主，也兼生产一些中药。我父亲梁金生上大学时学的是师范，曾在上大学时自修了中医，他没有学过西医，却担任了边区中西医药厂的厂长，这是中医药事业在延安发展的鼎盛时期。遗憾的是，1942 年 2 月，光华制药总厂归属边区卫生处领导，结果将光华制药总厂撤销。对于中国医药卫生事业的发展来说，这是多么惨痛的教训啊！光华制药总厂所取得的成果，可明确地证明此点。

▶ 光华制药厂所取得的成果

1. 光华制药厂由单一的中药制造厂发展成为中西药生产、中医门诊、住院治疗的综合企事业实体。

《中医中药在边区》（1941 年 3 月 28 日重庆《新华日报》）还细致报道了："光华制药合作社的组织情形，光华制药合作社由理事会主席分管，下有采药科、总务科、保管科、会计科、工务科等，工务科下有碾药间、制药间、干燥间、包装间，每间设有主任，现制药工人有五十余名，此外尚有诊望室和疗养所，都归合作社理事会主席领导……现在，我们制出十二种药品：光华退热散、八路行军散、光华红白痢疾丸、光华平胃散、光华补脑丸、光华止咳散、光华补血调经丸、光华痧症丸、清肠丸……过去每月产量，各种药品为一万包，现每月可出七万包，为了荫及大众及服务社会，定价每包都不过二角洋……我（记者）对于药力功效问题，颇可相信，记得曾服过一包胜利茶，其功颇不亚于西药中之所阿司匹林。但阿司匹林每片所售二元，而胜利茶则每包不过一二角钱，当然可以治病，其他药品则在延安有口碑。"

"制药与附设之疗养所近况如何？"

“疗养所是为重伤病员而设，时间还很短，不过数月历史矣。现在所长一人，医护数人，大都购服汤药，按中医疗病方法进行医治。现已住院百五十余人，其所医好者，有胃病、肺病、淋病、痢疾、伤寒、睾丸炎、关节炎等症……”

我们再看看八路军卫生材料厂的情况。对此，1940 年 11 月 27 日《新华时报》“抗建中的药剂问题”有报道：“（四）八路军卫生材料厂的工作成绩，卫生材料厂的成立不到两年左右，已制出了二百余种有效良药，对解决战时药品的困难，尽了很大的努力，取得不少的成绩。例如：（1）卫生材料有脱脂棉纱等。（2）西药制造有远志酊、冠酊、皮酊、杏仁水、母尼精等四十余种。（3）中药提精有苠蓉膏、甘草膏、龙膏等十数种。中药制剂有行军丹、健胃散、热退蜜、经便通等三四十剂。现在又添置了许多药品仪器设备，中药提精更进一步的研究，向着我们理想的道路迈进，我们想将来一定能得到更大的收获，使国药科学化与西药中国化的发展相互配合。”

我们看到，在光华制药厂与卫生材料厂合并以前，这两个制药厂是边区制药的两个最大的骨干企业。卫生材料厂以西医药为主，光华制药厂是中医药厂；卫生料材厂规模大于光华制药厂，而光华制药厂在结构规模上、功能规模上都是创举。这两个厂的合并，是光华制药厂发展的顶峰，也是中西医无间合作典范。

2. 光华制药厂与医大卫生部合组中西医研究室。

边区《解放日报》（1941 年 6 月 19 日）报道，标题《光华药厂与医大卫生部合组中西医研究室》，全文如下：“［本报讯］边区卫生材料厂与光华制药厂已进行合并，由梁金生、令狐野、劳冬同志分任正副厂长，现该厂出品已达卅余种，有临床经验，证明百分之六十以上皆有功效。留守兵团政治部魏善剑同志曾患肺结核病，于休养所休息六个月，仍未能恢复健康，之后由梁厂长诊后，服用中药十一帖，病近痊愈，今已调任某处工作。其所服之中药曾用有贝母、天冬、石决明、海藻等药品，据云这些中药内含有碳酸钙、磷酸钙、碘质等成分，故能收效。现该厂为了研究医药工作，特与医大、卫生部合起成立中西医研究室，以科学态度，共同研讨医药工作。此外该厂并出有《国药通讯》半月刊。”

我们可以看到：在中西医合作，中医科学化的过程中，中医都处在主动、主导的地位上。光华制药总厂的成立，标志着在我党的领导下，在极端困苦的陕甘宁边区开创出一条中国卫生事业发展的新路子，建立起由中医领导的中西医药生产、中医诊望、住院治疗的大型联合企事业单位。

▶ 从梁金生个人取得的成果看中医药事业在延安的影响

梁金生在边区曾任以下职务：光华制药厂厂长、光华制药合作社主席、卫生材料厂厂长、光华制药总厂厂长、延安保小校长。另外，梁金生出席了边区第一届文化代表大会，并被选为主席团成员、第一届文协执委，他还被选为边区国医研究会常委、医药研究会委员、边区第二届参议会参议员，并担任《解放日报》通讯员，出席了著名的延安文艺座谈会。

父亲参与了那么多的活动，是与光华制药厂取得的成果，中医取得的成果分不开的。记得 20 世纪 90 年代初，我与爱人刘松柏去看徐明清阿姨（王观澜的爱人）时，徐阿姨问我，“你是谁?”当她知道父亲是梁金生时，高兴地说，“梁金生我知道，他给王观澜治过病。”高耶夫说，“我哥的病，就是李鼎铭先生介绍找梁金生给治好的。”所以说，梁金生在边区获得的这些荣誉成绩，实质上是中医药事业取得成果的见证。

▶ 梁金生明确提出了中国发展医药事业的方针路线

在延安，梁金生明确提出了发展中国医药事业的方针路线——中西医合作，中医科学化、西医中国化。并身体力行，努力去实现中西医合作，中医科学化。这一方针路线，对整个边区，乃至重庆都有很大的影响。重庆《新华日报》刊登有关中医药的报道有：《陕甘宁边区的工业合作》（1940 年 1 月 13 日）就用较大的篇幅报道了光华制药工业合作社的情况，《抗建中的药剂问题》（1940年11月27日）报道了八路军卫生材料厂既生产西医药产品也生产中药的情况，及发展中国医药事业的一些措施，“必须首先促使中医科学化，西药在药物治疗上同时更要求其大众化、普遍化。（1）以有效的国产药物代替西药。（2）以国药的原料制成西药。（3）移植外制经验成国药，如西药最有效之毛地黄、金鸡纳之类都是应用而且必须加以移植试种。（4）国人应当赶快用科学方法来研究中医，使发明的劳绩及任务不要让外人专笑，如大枫子和当归的前例，使我中药得以灿烂辉煌于世界。（5）国内各医药学校应一律增设中药一科，以整理中药的知识并推进中药研究。以上五条，与中医科学化的关系有的是直接的，有的是间接的，对于普及目前抗战医药品的供应，实为最有效的方案，而且这五种办法不仅是节流，而且是开源，不仅与中医有关，而且与西医也有关系，更深刻地说和整个中华医学有很大的关系。”

《中医中药在边区——名医梁金生先生访问记》（1941年3月28日重庆《新华日报》）报道：“早已聆他是我国的岐黄妙手，积极推行中医科学化的倡导者，然而他绝不是资本家，他是一个革命的科学家，他的努力不仅在于克服抗战时期的医药困难，而尤对我国数千年来医学传统的发展给以极宝贵的贡献。”

特别值得一提的是，中医科学化的问题在重庆《新华日报》引起了包括郭沫若等专家学者一次大讨论。文章发表的日期和题目附下：1944年10月2日《“中医科学化”的疑议》——郭沫若。1945年3月17日《〈“中医科学化”问题讨论〉〈读“中医科学化”的疑议〉后的商讨疑议》　颜公辰，《复颜公辰先生》——郭沫若。1945年3月15日《函郭沫若先生》——程荣梁，《再致郭沫若先生》——颜公辰，《申述关于中医科学化的问题》——郭沫若。

而延安《解放日报》有关中医、中西医合作的报道从1941年5月至1945年间就有31篇，其中有关中西医合作的报道有13篇，有关中医科学化的报道有8篇。特别值得注意的是，中医主动与西医合作、主动研究中医科学化的问题多有报道，但西医中国化却没有一篇有分量的报道，只是上级领导在大力提倡。这是一个十分值得深思的现象。

▶ 光华制药总厂被撤销，是经验还是教训

在光华制药总厂发展的鼎盛时期，1942 年 2 月，中央的领导找总厂的三个厂长，谈撤销光华制药总厂的事情。深夜父亲回到家，非常气愤地说："都说马列主义、辩证法，其实他们不懂辩证法，中医是最讲辩证法的……"但妈妈从来没有说是谁与父亲等三位厂长谈的话，父亲当时坚持，撤销了光华制药总厂，他还搞中医，但领导的答复是，父亲要搞中医，就只能去当街头郎中，这样就失去了组织关系。无奈，父亲只好作罢。父亲在交给中共中央组织部的自传中写道："药厂直接归西医领导，因我是中医生，他们不相信我的制药工作，对我成见也多，本来中组部准备调我和安南、袁廷炳同志一起到中央党校学习的，于是我要求把药厂移交给卫生处。李部长（李富春）便批准了，我移交时还保存大批原料器材，使今天卫生处用药不缺，而西北药材也大大发展，移交的一切账簿都还保存着。当移交时柳厅长知道我是在外面办过教育的，于是又把我调来保小，直到现在。"

1942 年 5 月，在延安文艺座谈会上，父亲向毛主席反映了撤销光华制药厂的经过，提出中西医合作的必要性，毛主席赞成中西医合作的方针，说："这都是他们干的，现在事情太多，以后再说。"

毛主席没有忘记自己的承诺，对此，1944 年 11 月 4 日《解放日报》有具体报道："文教会医药卫生组于典型报告后，复进行各项具体问题之座谈与讨论，其中特别着重中西医合作问题。10 月 30 日毛主席在大会的演说，对中西医合作的促进帮助更大。"使中西医合作成为这次大会的主题之一。

（节选自梁金生儿子梁汉平的文章，2009 年发表于《益生文化》杂志，本书编辑时文字、照片有所改动）

梁　湘

梁湘，曾用名梁百生，1919 年 9 月出生，广东开平人。1936 年加入中国共产党。1937 年到延安中央党校学习。1938 年毕业，分配到陕北公学二十二队，任党支部书记兼队长；同年，调中央组织部干部科工作。1939 年在中共中央组织部干部培训班第六支队任队长、书记。1940 年后曾任中央党校党总支部书记、教务处副主任。中华人民共和国成立后，先后任广州市副市长，中共韶关地委副书记，中共广州市第三届委员会书记处书记（副书记），中共广东省委常委，中共广州市委第二书记，中共深圳市委第一书记，中共深圳市经济特区委员会常务委员会书记，深圳经济特区人民政府市长，中共广东省顾问委员会副主任，中共海南省委副书记，海南省第一任省长。1998 年 12 月 13 日在广州病逝。

父亲梁湘 18 岁到延安

梁　明

父亲梁湘，1919 年 9 月出生于广东省开平县博建乡西宁里一个农民家庭。祖父梁就帮年轻时就远赴加拿大谋生打工，祖母一直在乡务农。父亲自幼在乡小学读书，帮祖母做家务，带两个小弟弟（三叔、四叔），后到广州市大中中学（今广州市第十七中学）念书。1935 年受到进步思想的熏陶，积极投身爱国学生运动，秘密参加了广州市中国青年同盟。

1936 年 10 月转为中国共产党正式党员，当时年仅 17 岁，在中共广州市委地下党机关工作。

1987 年春，梁湘夫妇回延安，在延安中央党校窑洞前合影

1936 年底，中央红军长征胜利抵达陕北，建立了新的根据地。中国共产党已在抗战最前线领导着全国人民浴血奋战，延安成为许多热血青年向往的地方。经组织介绍，父亲于 1937 年 10 月奔赴延安，进入中央党校学习。三叔梁文森是一位著名的经济学教授，在 48 年后忆起哥哥梁湘徒步奔赴延安前跟母亲说“忠孝不能两全”的情景，流泪了——一个 17 岁的少年，远离家门投身革命时是如此刚烈。

1938—1945 年，父亲在延安历任陕北公学二十二队党支部书记，中共中央组织部训练班支书、总支书记，中央组织部干部科干事，中央党校组织科科长、总支书记，校务部政治处主任，教务处副主任兼七大代表班支书，工作人员整风班负责人。1945 年 8 月，党中央派遣第三五九旅南下开辟抗战新战场，父亲随军南下，任干部支队中队长。途经河南时，抗战胜利，党中央决定奔赴东北，为夺取全国胜利奠定强大基础，部队即时转赴东北。1945 年 10 月至 1949 年 9 月，父亲在东北期间，历任辽宁省（曾属吉林省）西安县（今辽阳市）工委书记、县长，西安地委组织部副部长，沈阳市大西区委书记兼区长，沈阳市委党群委员，沈阳市纺织系统总支委。

（节选自广东省地方史志办公室编：《父辈的足迹》，广州：岭南美术出版社，2009 年版，第 353—354 页；文章由梁湘儿子梁明提供，本书编辑时文字、照片有所改动，新加标题）

谢阳光

赵　学

谢阳光，曾用名薛庸，1917年出生，广东东莞人。1934年加入中国共产主义青年团，1936年初加入中国共产党。1937年底北上延安，途中被第一一五师军政干校挑中，后又并入中国人民抗日军事政治大学，毕业于中国人民抗日军事政治大学四期，随后被李克农的军委二局选中，从事情报和延安保卫工作。中华人民共和国成立后，先后在中共中央华南分局组织处管组织工作，任广州重型机械厂厂长兼总工程师。“文革”后任广东省机械厅副厅长。1982年初病逝。

赵学，1917年出生，广东东莞人。1934年8月加入中国共产主义青年团，1936年初加入中国共产党。1937年底北上，投奔延安中国人民抗日军事政治大学，成为中国人民抗日军事政治大学三期学员，毕业后留校任八大队副大队长。中华人民共和国成立后，先后在中共中央华南分局中级的党校任教。“文革”后任广东省体委副主任。1983年病逝。

★★★

延安四人行

谢　海

20世纪30年代，我的父母亲谢阳光和赵学在广州参加左派中学生运动，受到军阀陈济棠通缉，因而离开广州，赴上海寻找革命组织。1934

年夏，他们在上海加入了中国共产主义青年团。1935 年 9 月，受组织派遣返回广东工作，发展革命力量和壮大组织建设。1936 年初，中共南方工作委员会通知该地团组织解散，团员自动转为党员，他们履行了入党宣誓并立即成为中国共产党正式党员。谢阳光和赵学以东莞为中心，宣传抗日救国，同时在进步青年中发展组织成员。

▶ 请缨北上

1937 年抗日战争全面爆发，谢阳光和赵学决心投笔从戎，拿起武器和日本侵略军战斗。他们非常向往正面战场的武装斗争，希望学习军事，亲手消灭日本侵略军。谢阳光和赵学多次向组织申请北上参加八路军。当时中共东莞县委担心他们的离去会削弱当地的组织力量，没有同意。经过多次申请，县委终于松了口，县委书记姚志华同意他们北上赴延安。姚志华对谢阳光说："你去就算了，不要再动员其他党员去，但可以带群众去。"就在县委书记批准后的第三天，谢阳光和赵学就起程去延安了。他们带了两百大洋作路费，并把一岁的儿子托付给我爷爷抚养。为了行动方便，赵学上路时是女扮男装。

▶ 奔赴延安

1937 年底，谢阳光和赵学带上李任之和陈和卿，离开东莞北上。李和陈都是还未加入组织的进步青年。4 人从广州乘火车去汉口转车。在火车同车厢内有一队国军宪兵，大约 20 多人，一路上他们唱抗日救亡歌，谢阳光 4 人也跟着一起唱。车到湖南的一个小站，站台上有警察在殴打卖食物的小贩，宪兵们就下车去将那些警察"修理"了一顿，获得谢阳光他们 4 人的喝彩。当时有个青年宪兵与谢阳光一行闲聊，得知这些宪兵去了深圳执勤，任务完成后返回汉口，他问 4 人要去哪里，谢阳光说："我们去西安读书。"那时，很多年轻人转道西安去延安。那宪兵大概意识到眼前的四个年轻人将是去延安的，他说：“近来有许多人都去西北，你们到那边后，希望能给我写信，我也想到那边去读书。”接着，他便将汉口的通信地址给了谢阳光，并再三叮嘱：“到了那里后，千万要写信给我。”两天后火车到达汉口，在这些宪兵的热情帮助下，谢阳光4人买到了当天中午去郑州的火车票，他们将要在郑州转乘陇海线的车去西安。

到达西安后，谢阳光他们顺利找到了在西安的八路军办事处，办事处介绍他们报考第一一五师军政干校。于是他们于1937年底出发去第一一五师，1938年1月2日到达临汾与洪洞之间的第一一五师军政干校的驻地。同行的还有来自上海的女演员孙维世同志，她也是转道西安八路军办事处去延安的，因而结伴同行。晚上，谢阳光三个男同志同住一间房，赵学对孙维世说：“我们两个共住一间吧。”这下把孙维世吓了一跳，孙维世正想发作，赵学解释道，为了路上安全而女扮男装。从此，她们俩结成好友。

▶ 进入第一一五师军政干校和八路军随营学校

经过面试，第一一五师军政干校只录取了谢阳光，其余3人被介绍到民族学校。赵学希望和谢阳光一起留在军政干校，于是和负责招生的干部吵了起来，惊动了师长林彪。林彪出来接见了赵学，解释了第一一五师不招女生的原因，并亲笔写了介绍信让她去延安读中国人民抗日军事政治大学（简称“抗大”），因为那里招收女生。这样，谢阳光和赵学暂时分开了：谢阳光留在第一一五师，赵学投奔抗大。离开第一一五师后，赵学和孙维世结伴向延安进发。

随后，第一一五师军政干校与八路军随营学校合并。李任之和陈和卿两人不愿去民族学校，先行入读了随营学校，而后谢阳光随军政干校并入了随营学校。在随营学校，谢阳光在第四大队第七班当班长，第四大队的指导员是欧阳清，学校的校长是韦国清。学习期间，同学们跟随部队行军，同时学习军事知识。他们的老师是共产党最优秀的军事家，谢阳光在这里学会了各种游击战和运动战的指挥要领，由普通的青年学生升华为优秀的军事指挥员。后来，谢阳光谈起随营学校趣事，说是一位从城市来的同学，扛起自己的大皮箱行军，还洋洋自得地说，他是白天辛苦晚上舒服。其实，扛了一天大皮箱，晚上腰酸背疼也舒服不到哪去。不过，这位仁兄练出来的话，扛个迫击炮倒是好手。

一天，延安用电报发来了毛主席的最新文章，随营学校组织大伙学习。文中有个成语“哗将取宠”，很多人对此百思不得其解。这时，有位老兄跳上台来解释这个新成语，引经据典地说了一大通，正讲得兴起时，译电员跑过来说电文有错，那成语是“哗众取宠”。会议主持人接着说，刚才这位同志诠释了什么是“哗将取宠”，台下笑晕一大片。

谢阳光在军政干校写过信给那个在火车上认识的青年宪兵。后来那个宪兵真的来到了随营学校，还带来了一位同伴，要求入学。谢阳光找指导员汇报了此事的来龙去脉。指导员请示了校长韦国清，韦国清表态同意接受他们。这两个人被安排在李任之和陈和卿所在的第七大队。

▶ 进入延安抗大

1938 年 3 月，日寇进攻晋西南，随营学校奉命往陕北转移，最后到了延安。谢阳光所在的随营学校第四大队编入了抗大第四期的第一大队，从 1938 年 4 月起学习 4 个月。在抗大期间，谢阳光被编在第一大队第五队，大队长是苏振华，大队政委是胡耀邦，第五队队长王宁是大渡河十八勇士之一，指导员是段大名。在抗大，谢阳光和赵学又见面了。他们谈起组织关系问题，上级已为他们向中共东莞县委发信要求把他俩的组织关系转来延安，但迟迟不见回复。谢阳光和赵学商量决定，先在延安重新入党。延安《解放日报》王均予证明他俩在南方已是党员，因而两人重新入党都不需要预备期。李坚贞同志介绍赵学入党并作为赵学的入党宣誓监视人，谢阳光则由正副班长介绍重新入党。

赵学先于谢阳光进入抗大，她入读抗大第三期，比谢阳光早了一期。

在抗大期间，赵学和鲁迅艺术学院的孙维世经常见面来往。一次，她俩在延河畔见面，对面走来一个大美女，孙维世悄悄告诉赵学，此人就是蓝苹。这样，赵学在延安时就知道了江青的别名蓝苹。孙维世了解太多江青的往事，也许这就种下了她一生中的祸根。中华人民共和国成立后，每逢去北京，赵学都去探访孙维世。她们最后一次见面是在 1965 年，孙维世请赵学观看了话剧彩排，那是孙维世导演的《豹子湾的战斗》，该剧直到“文革”后才公演。公演时孙维世已在“文革”中被迫害身亡。

赵学成了抗大第三期学员，凭她多年地下工作经验、组织能力和鼓动能力以及个人的口才，当学员时就被提拔为抗大妇女中队长。赵学在军事课和政治课都取得了优异的成绩。在抗大的射击科目中，她还获得了“优秀射手”的称号，得到一条毛巾的奖品。抗大第三期毕业后，赵学作为骨干留校，在抗大教育长罗瑞卿手下工作，并升为抗大第八大队的副队长。一天，林彪以抗大校长的名义视察学校，当走到女生队时，他认出了领头的赵学，主动打了招呼并交谈了几句。赵学很高兴首长还记得自己。半年前的男生打扮瞒过了孙维世，如今的女生打扮未能瞒过校长。在延安，赵学最后一次见林彪是在他负重伤后，她作为抗大女生代表，手捧鲜花，和其他同志去医院慰问了林彪。

赵学所在的女生大队培养了大批优秀的妇女干部，也是共和国开国将帅夫人的摇篮。但也有例外发生。赵学刚到延安，就经历了黄克功、刘茜事件。黄克功曾任抗大大队长，是红军干部，如果活到中华人民共和国成立后，他会是一个高级干部。黄克功和刘茜原在一个大队，刘茜是学员，两人谈过朋友。后来刘茜拒绝黄克功的结婚请求，遭黄克功枪杀。黄克功在延安最后被公审枪决。

抗大第四期毕业后，作为几年党龄的毕业生，谢阳光优先被李克农的军委二局选中，从事情报和延安保卫工作。在情报战线，为了保密的原因谢阳光的名字不再出现，而代之以“薛庸”的化名。1938 年 9 月，“薛庸”到军委二局的谍报参谋训练班学习，接受了情报和特工训练，擒拿格斗、短枪匕首都成了他日后对敌斗争的利器。

谢阳光的好友李任之和陈和卿于1938年在抗大毕业，将要分到新四军工作。分手时，陈和卿告知谢阳光，和他们在一起的来自宪兵的两个青年，其中一人已入党了。从抗大毕业开始，每个人的命运沉浮随着历史的进程而展开。

▶ 重返广东

正当谢阳光和赵学在延安的工作开展得得心应手时，中共广东省委向中央要求谢阳光和赵学回粤参加华南抗日武装斗争。中共广东省委书记张文彬来延安开会，顺便向中央要军事干部回广东工作，他优先考虑广东籍干部。在看过档案后，张文彬把谢阳光、赵学夫妇作为首选对象。张文彬通过胡明——赵学的广州女师同学，在一家小饭馆宴请了谢阳光夫妇，动员二人回广东参加抗日武装斗争。谢阳光和赵学愿意接受调遣。后来，张文彬向李克农要人，李克农同意放谢阳光，但抗大罗瑞卿不同意放走赵学。张文彬通过中共中央组织部做工作，罗瑞卿最后勉强同意赵学离开。临走时，罗瑞卿还单独与赵学面谈。1938年12月下旬，由涂飞和王均予带领包括谢阳光、赵学在内的一批干部南下，涂飞带领部分干部去了江西，王均予则带领其余干部进入韶关，交中共广东省委分配。在随后的战争岁月里，谢阳光和赵学都拿起武器在华南的战场上与日寇作战。

（谢志平和谢遇安生前收集了大量有关谢阳光和赵学的传记素材，此文的很多段落取自于他们的手稿）

廖 威

廖威，曾用名罗启章，1913年出生，广东大埔人。1938年加入中国共产党。1938年从马来亚回国赴延安，先是在华侨训练班学习，后进入中央党校学习，并且考到马列学院在五班学习。七年中，系统地学习了哲学、政治经济学等等，此后担任过中共中央军委办公厅合作社主任。中华人民共和国成立后，先后任广东省府办公厅直属供给处处长，行政学院校务处处长、行政处处长，华南企业公司贸易部经理，省跃进铁厂党委书记，岭南工具厂革委会副主任等职。1980年逝世。

延安走出来的“老黄牛”

廖建军

廖威，1913年出生于广东省大埔县一个贫农家庭，11岁在家乡的陶瓷厂当工人，12岁“卖猪仔”远走马来亚，从店铺小工做起，淘过金沙，修过铁路。1927年，蒋介石背叛革命，大肆屠杀共产党人，许多革命者逃往马来亚，在原始森林修铁路时就有不少的共产党人，每天晚上在森林中燃起篝火（以驱赶野兽），在篝火旁聆听革命者讲中国革命，真理的光辉照亮了这个贫苦工人的心。他决定回国去找共产党参加革命，尤其想去井冈山。没想到回到故乡一打听，蒋介石已将井冈山包围得铁桶一般，莫说一个外江人，就连一盒火柴都进不去。无奈他只能在家乡教书维持生计，然而贫瘠的家乡连糊口都难，只能二度下南洋。

1937年七七事变后，全面抗战爆发了，全国上下，海外同胞同仇敌忾，热血沸腾发出怒吼。这时的他正在一个日本人开的铁矿当工人，他自发在工人里秘密宣传抗日，串联一些有觉悟的骨干分子。并且在附近的另一个日本铁矿他也做了大量工作，提出了“中国人不能替日本人挖铁矿造枪炮打自己的同胞!”这个简单朴素的口号，成功地领导了两个铁矿几千名矿工罢工，在南洋引起不小的轰动。当地许多爱国华侨纷纷捐款支持他们，当时很多报社记者来采访他，当问他今后有什么打算，他毫不犹豫地说要去延安，一个记者问他有无熟人，他摇头，记者热心地说:“我有个同学在延安，叫艾思奇，你去找他。”于是，他怀揣着这封介绍信和满腔抗日的热忱，连怀孕的妻子、母亲和儿子都没说（当时马来亚的日本人势力很强，杀了很多革命者），坐上华侨赞助的航船回国，家里人都听说他被杀掉了，后来他的妻子就改嫁了。这是后话。从香港到广州，再到武汉和西安，一路走一路找八路军办事处，坎坎坷坷，风餐露宿跋涉数千里，辗转数月，终于到了他仰望已久的革命圣地——延安。他先是在华侨训练班学习，认识了很多南洋回来的青年，他们常用马来语交谈，有何理良（后来成为黄华夫人）、鲁浩然、何琦等人。作为工人运动领袖，他进入中央党校学习，在那儿他认识了一个农民运动领袖，同时也是老乡的古大存，他俩亲切地用客家话交谈。后来他又考到马列学院在五班学习，在这儿认识了很多从广东来的青年，包括后来成为亲家的徐亮，还有他的堂妹廖冰（中国科学院院长郁文的夫人）、王建华等等，在延安他找到家的感觉，如鱼得水。他如饥似渴地学习理论，同时也响应中央指示“知识分子工农化，工农分子知识化”，满怀热

廖威在认真读书

情地学习小提琴，学跳交谊舞，参加大生产运动，什么艰苦都不在话下。这7年中他系统地学习了哲学、政治经济学等等，读完书后他担任过中共中央军委办公厅合作社主任。

1945年，中央把许多广东籍的干部召集起来，南下开辟新的抗日根据地，回广东打游击。他没想到走到河南省就“八一五”，日本投降了，中央急电不准睡觉马上北上到东北。他们日夜兼程，直奔东北。在解放战争中，他参与了围困四平等大的战役，曾任营教导员、军分区民运科科长、旅供应部政委、师供应部政委等职务。1949年，他在四野独立第一六四师任师供应部政委，随大军南下到广东。1950年转业到广东省府办公厅任直属供给处处长、行政学院校务处处长，后任行政处处长。刚解放时，广东省府一穷二白，连开会的礼堂都没有。1950年12月至1951年8月，上级号召搞“机关生产”，古大存副省长叫省府办公厅副秘书长左洪涛直接领导。1951年秋，他任华南企业公司贸易部经理，从省粮食厅多次借粮食运到香港出售，赚的外汇购买轮胎、西药、汽油，运回来支援抗美援朝，赚的差价其中还盖了省府礼堂。1952年开展的三反运动，他蒙冤被停职审查。2月12日被羁押，12月24日才恢复自由，在狱中许多干部受不了被自己信仰的党怀疑的委屈而自杀。但他坚定地相信党一定会搞清情况，还他清白。1953年1月，他任华南企业公司工业部副经理，1955年任华建公司副经理，1956—1964年任广东省工业厅机械处副处长，机械厅技术处、电工处、农机处副处长。在工业厅这8年中，他在繁忙的工作外利用午休时间坚持学习英语，直到可以看懂英文版的技术资料。这种孜孜不倦的学习精神，在当时是少有的。

1964年，他被调粤北筹建兵工厂，到1970年任跃进铁厂党委书记，1970—1974年任岭南工具厂革委会副主任，1974年冬筹建广东省电子研究所。每项工作他都亲力亲为，修建大礼堂，他爬上脚手架吹哨亲自指挥吊装大梁；修建办公大楼，他和民工一起扛起上百斤的水泥包上楼，不顾已经66岁的年岁，人称“开荒牛”。每天上下班他都是骑单车，以致有一次被车撞成重伤落下疾患。20世纪70年代末，他赶上了改革开放的浪潮，他非常赞同，认为中国不改革就没希望，他打了个比方：旧的体制是大包干，政府背的包袱太重，就像一群猪，你可以赶着它跑，赶得快就跑得快，现在是全部都背起来，怎么能快！要充分调动一切主观能动性才行！他积极主动地和外商谈中外合资项目，成功地和德国合资，引进彩色电视、收录机等生产线，并建立了广州第一个售后维修站。他把外商送的礼品全部上缴，哪怕是一根烟也未拿过。外商邀请他出国考察，他拒绝了。他正准备大干的时候，却因病逝世。广东省电子局局长叶卧波在悼词中说："三反运动中，他受到怀疑，曾被关入狱一年多，受到撤销职务，留党察看两年的处分，但他仍以党的事业为重，从不计较个人得失，光明磊落，胸怀坦白，仍然保持旺盛的革命意志，坚持不懈地为党工作。最后，他在三反运动中遗留的问题，终于得到纠正和平反，经中共广东省委批准，撤销了对廖威同志处分的错误决定，级别定为十三级，党组织为他恢复了名誉。"这平反虽然来得迟，但他还是等到了这一天。

20 世纪 70 年代，廖威在施工现场

他最引以为自豪的是人们称他"延安干部"。我们怀念你，延安走出来的"老黄牛"——廖威。

（文章由廖威儿子廖建军提供，本书编辑时文字有所改动，增加照片）

后 记

为了弘扬延安精神，再现延安干部的精神风貌，传承红色基因，推动中华民族的伟大复兴事业向前发展，进一步发挥党史部门存史、资政、育人功能，中共广州市委党史研究室、广东省延安精神研究会和广州市延安精神研究会于2014年10月开始合作编辑《延安情结》一书。

《延安情结》涉及的60余位延安干部，曾于1935—1948年期间在延安工作、学习、生活过，他们大部分也曾经在广东省（包括海南，海南建省前属广东省管辖）不同岗位工作过。由于这批延安干部多已仙逝，他们留下的材料并不多，编者尽可能联系他们及其后代、亲戚、战友、记者等，收集相关资料。还有部分文章从已公开出版的书籍或发表的文章中截取部分内容。为更凸显、契合延安精神的主题，个别文章在不影响作者本意的前提下略作改动。经过多方征集资料，多次编辑校对，于2017年8月形成第四次修改的初稿。在此基础上，广泛征求意见，邀请专家审核修改，反复完善核实，最终定稿。为了方便阅读，本书分三个部分，每一个部分的内容都是按照文章中延安人物的姓氏笔画排序的。

广东省延安精神研究会、广州市延安精神研究会会长吴晓峰参与前期立项工作和编辑全程工作的整体把握；广东省延安精神研究会副会长陈芳芳负责原始材料的积累，文章、照片的组织、收集、整理，稿件内容审核、编排及修改、补充，联系家属与作者等工作；办公室副主任肖淼、工作人员易桂娜协助开展资料整理、打印、校对和对外联络等工作。中共广州市委党史研究室主任李汉强主持本书各阶段的编辑、修改、审定工作；副主任陈穗雄参与前期立项工作；副主任廖惠霞参与审读书稿和出版事宜；原副巡视员杨苗丽参与部分资料收集整理、结构编排、内容审核修改等工作；宣传科研处处长贺红卫参与前期接洽工作；征集研究处周颖参与资料收集、编辑校对等工作。

本书的编辑出版得到时任广州市市长陈建华的关心与支持。本书中的一些延安干部的子女、亲人，还有部分文章作者提供了大量文字、图片资料，对书稿进行反复修改、补充、校对。广东省文联原主席、广东画院原院长、著名作家刘斯奋，应邀欣然为本书题写书名——《延安情结》。广东人民出版社为本书的编辑也付出了辛勤劳动。在本书付梓出版之际，一并表示真挚的感谢。

由于本书中大量文章是回忆文章，虽然经过多次审核、校对，但难免存在不足，特作以下说明。一是文中涉及的具体时间或时间范围，均以当时的写作时间作为参照；二是由于时间久远，个别延安干部记忆上的模糊，不同作者回忆同一事件有所不同，个别文章未能一一核出并加以修正或作说明，尊重作者说法；三是由于客观原因，个别文章的回忆内容无法联系到作者本人核实，故按原稿处理。

由于时间仓促，能力和水平有限，本书涉及的延安干部还不够全面，收录的资料也未能穷尽，书中错漏之处，敬请读者批评指正。

编　者

2018 年 1 月